Mírame y bésame

Biblioteca Megan Maxwell

Biografía

Megan Maxwell es una reconocida y prolífica escritora del género romántico que vive en un precioso pueblecito de Madrid. De madre española y padre americano, ha publicado más de cincuenta novelas, además de cuentos y relatos en antologías colectivas. En 2010 fue ganadora del Premio Internacional de Novela Romántica Villa de Seseña, en 2010, 2011, 2012 y 2013 recibió el Premio Dama de Clubromantica.com. En 2013 recibió también el AURA, galardón que otorga el Encuentro Yo Leo RA (Romántica Adulta), y en 2017 resultó ganadora del Premio Letras del Mediterráneo en el apartado de novela romántica. *Pídeme lo que quieras*, su debut en el género erótico, fue premiada con las Tres Plumas a la mejor novela erótica que otorga el Premio Pasión por la Novela Romántica.

Encontrarás más información sobre la autora y su obra en:

https://megan-maxwell.com

@Megan Maxwell

@megan__maxwell

@MeganMaxwell

Megan Maxwell

Mírame y bésame

Las guerreras Maxwell, 8

Esencia/Planeta

Avda. Diagonal, 662-664, 08034 Barcelona (España)
www.esenciaeditorial.com
www.planetadelibros.com

Adaptación de la cubierta:Booket / Área Editorial Grupo Planeta a partir de la idea original de José Luis Paniagua
Imagen de la cubierta: © Lorado / Getty Images
Primera edición en Colección Booket: junio de 2024

Depósito legal: B. 9.809-2024
ISBN: 978-84-08-28883-1
Impresión y encuadernación: Liberdúplex, S. L.
Printed in Spain - Impreso en España

Para mis Guerreras y Guerreros.
Porque nunca hemos de olvidar que se necesita tristeza para conocer la felicidad, silencio para estimar el ruido, desamor para apreciar el amor y ausencia para valorar la presencia. La felicidad no llega cuando conseguimos lo que deseamos, sino cuando disfrutamos, apreciamos y valoramos lo que tenemos.
Con cariño,

MEGAN

Capítulo 1

Valle de Bergsdalen, Noruega

En el precioso valle de Bergsdalen, donde las auroras boreales que cruzaban el cielo eran increíbles, las pequeñas Revna y Agda miraban al cielo desde la ventana de su fortaleza cuando la segunda preguntó:

—¿Por qué nadie mira al cielo esta noche?

Revna suspiró. Su hermana llevaba razón. Desde donde estaban veía las calles desiertas. Pero era consciente de que su padre, el *jarl* Óttar Gundersen, duque de Bjälbo, más conocido como Óttar *Costilla de Hierro*, había convocado una reunión de urgencia, por lo que, para quitarle importancia, respondió:

—Estarán cansados, Agda. Es tarde.

Su hermana asintió convencida. Si Revna, que era quien siempre la protegía, decía eso, seguro que todo estaba bien.

—¿Crees que papá se recuperará esta vez? —preguntó a continuación.

Revna sonrió y asintió sin dudarlo. Para ella su padre era una pieza fundamental en su vida. Llevaba años enfermo. Una extraña tos contraída en uno de sus viajes lo mermaba año tras año, y ese último estaba siendo devastador para él. Sin embargo, intentaba ser positiva, por lo que afirmó:

—Papá es fuerte. Es Óttar *Costilla de Hierro* y todos los años lo demuestra.

—Pero este año él...

—Se recuperará —la cortó Revna.

De nuevo se quedaron en silencio unos instantes y, para hacer que su hermana pensara en otra cosa, la niña indicó:

—¿Sabes, Agda? Me gusta mucho el brillo que proyectan las armaduras de las valkirias en el cielo.

—Y a mí.

—Me gusta más cuando el cielo se torna violeta.

—A mí también.

—Y el color verde de ahora... —insistió Revna—. Lo hace mágico.

Agda iba a hablar cuando sus ojos vieron correr por la calle al que era la mano derecha de su padre, el tío Louis. Al observar su gesto apurado se dispuso a preguntar, pero Revna, que también lo había visto, se apresuró a indicar señalando al cielo:

—Oh, mira el color azul..., ¡qué bonito!

—Sí —afirmó su hermana, olvidándose de lo que acababa de ver.

Miraban el cielo cuando Revna distinguió andando por la calle al tío Leiv *Buenospelos*, hermano de su padre, junto a su hijo Sigurd *Diente Podrido*. ¿Cuándo habían llegado?

No le extrañaba verlos, pues últimamente los visitaban a menudo debido a la enfermedad de su padre. Sin embargo, en ese instante su manera de caminar y las pinturas que llevaban en el rostro la alertaron. Aun así, para que Agda no los viera, dijo atrayendo su mirada mientras sonreía:

—De todos los colores que hay en el cielo, mi preferido es el violeta.

—¿El color de mamá?

Pensar en su madre la hizo agrandar su sonrisa. Entonces miró una cajita de madera que había en la habitación, donde ella conservaba recuerdos, como una flor violeta y seca de Escocia que su madre guardaba y que le había regalado.

—Sí —afirmó—. Ya sabes que a mamá le gusta ese color porque le recuerda a los campos de su amada Escocia.

Con una candorosa sonrisa, ambas se miraron y asintieron al recordar la preciosa historia de amor de sus padres y sus tíos Louis y Candance. Desde pequeñas supieron que su madre y su tía eran escocesas. Y las niñas hablaban el escocés con total fluidez, además del nórdico.

A Blanca y a Candance, tras ser raptadas por unos malhechores que habían matado a sus familias, las metieron en un barco junto con otras mujeres para ser vendidas lejos de su localidad. Pero ese barco fue interceptado por sorpresa por un drakar vikingo y, tras una sangrienta lucha, terminaron en Bodø, Noruega, donde, por circunstancias del destino, ambas consiguieron escapar.

Una fría noche, en Bodø, Candance se desmayó víctima de la desnutrición y el agotamiento. Sin pensar en su seguridad, Blanca fue en busca de ayuda y se encontró con Óttar y Louis, un duque vikingo y su hombre de confianza, un nórdico de madre escocesa, que les prestaron auxilio. Durante dos semanas pagaron la estancia en una posada para que las jóvenes pudieran reponerse y estuvieron cuidándolas. Pero, cuando llegó el momento de dejarlas, algo bonito y puro había surgido entre ellos, y sin dudarlo se casaron, convirtiéndose Blanca, una escocesa, en la duquesa de Bjälbo, para horror de muchos, y Candance en la mujer de Louis.

Solo con la mirada, sin necesidad de decir nada, las niñas sabían que ambas estaban pensando en la preciosa historia de amor que sus padres les habían contado.

—Pues mi color preferido también es el violeta —afirmó Agda.

Al oír eso Revna rio. A diferencia de ella, su hermana era muy cambiante, y decidió pincharla.

—Pero ¿tu preferido no era el azul? —preguntó con una sonrisa.

Agda se frotó un ojo porque el cansancio comenzaba a poder con ella.

—El azul me gusta, tonta. Pero en este momento me gusta más el violeta —aseguró.

Revna asintió. Que a su hermana le gustara lo mismo que a ella siempre le hacía gracia. Últimamente Agda se había hecho también el tatuaje guerrero de la familia que ella y su padre llevaban en el brazo izquierdo.

—Escucha, Agda... —repuso—. Aunque seamos iguales no quiere decir que nos tengan que gustar las mismas cosas.

—Lo sé. Pero a ti no te importa, ¿verdad?

Oír eso hizo sonreír a Revna, que se encogió de hombros.

—Por supuesto que no.

Se quedaron en silencio durante unos segundos observando los preciosos colores del cielo hasta que, de pronto, este se tornó rojo. Era un tono de rojo estremecedor, sangriento, que duró más de lo que solían durar los demás.

—La otra noche —murmuró Agda con voz temblorosa—, cuando el escaldo recitó su poema, dijo que cuando el cielo se tornaba rojo durante más tiempo de tres respiraciones pausadas era porque la sangre, la muerte y el horror se acercaban...

Revna se movió incómoda; deseando quitarle importancia a aquello, aunque en su fuero interno la inquietaba, al ver que el rojo del cielo por fin se desvanecía, exclamó:

—Oh, mira, Agda, ¡violeta otra vez!

Revna y Agda eran gemelas idénticas. Dos gotas de agua: ojos azul cielo y cabello rubio como el sol, aunque nada más nacer fue evidente la fragilidad de Agda frente a la fortaleza de su hermana.

Revna vino al mundo minutos antes que Agda, y cuando esta última nació todo el mundo pensó que moriría esa misma noche, cosa que finalmente no ocurrió. Los días pasaron. Los meses. Pero mientras que Revna era un bebé sano, sonriente y regordete, Agda era menuda, seria y enfermiza. Óttar y Blanca, los padres de las gemelas, pedían a sus dioses que los ayudaran. Las gemelas habían nacido de su segundo embarazo. El primero no llegó a su fin. Pero esta vez los dioses les habían enviado dos niñas, que tenían que vivir sí o sí.

Tras unos meses duros, cuando Agda comenzó a salir adelante con mucho esfuerzo, en poco tiempo pasó de ser una niña desahuciada a tener casi la misma vitalidad que su hermana, aunque carecía de su sonrisa.

Durante años ambas hijas fueron cuidadas con mimo, pasión y adoración. Óttar y Blanca, a la que apodaron *Sonrisa de Ángel*, se desvivían por ellas, aunque por Agda siempre un poco más, algo que la volvió caprichosa, cosa que a Revna nunca le importó.

El *jarl* Óttar Gundersen, consciente de que aquellas niñas eran su única descendencia y de que no deseaba yacer en el lecho de ninguna otra mujer que no fuera su amada Blanca para que le diera más hijos, las protegía de todo ataque. Por el hecho de ser mujeres y no hombres, su hermano Leiv, más conocido como *Buenospelos* por su precioso cabello claro, le reclamaba el título de duque para él en caso de que Óttar muriera, pues no le entraba en la cabeza que ninguna de aquellas niñas pudiera poseerlo, y menos siendo medio escocesas como eran.

Óttar *Costilla de Hierro*, un guerrero gentil y piadoso y muy adelantado a su tiempo, por su fortaleza, su valentía y su arrojo, le enseñó a Revna todo cuanto sabía, pues veía en ella a una líder nata, cosa que nunca había visto en Agda debido a su situación. Mientras Blanca las instruía en tareas más propias de mujeres que las dos hermanas aprendían con disciplina, Óttar les enseñaba cosas de hombres: cazar, rastrear, usar el hacha, la espada, liderar..., algo que a Revna le encantaba pero que a Agda no.

Las gentes del pueblo, muy dadas a sacarle apodo a todo el mundo, bautizaron a las niñas como Revna *la Duquesa Guerrera* por su fuerza letal y su valentía, y a Agda como *la Bella Enfermiza*, por sus continuos males.

Óttar deseaba que su hija Revna fuera algún día la duquesa, la *jarl* de aquellas tierras, pues se lo merecía por derecho. Quería que supiera defenderse de posibles ataques y, sobre todo, que fuera justa con sus gentes para que la obedecieran con respeto y amor.

Desde bien pequeña Revna había poseído una preciosa sonrisa; era observadora, intrépida, desinteresada, audaz y muy guerrera. En cambio Agda, a causa de su fragilidad, era seria, apocada, caprichosa y superficial. No valoraba nada, puesto que todo se lo daban hecho.

Revna había crecido protegiendo a su hermana, y en ocasiones, aunque el mal lo hubiera hecho Agda, ella se autoinculpaba. Por su parte, Agda pensaba que si su hermana quería cargar con las culpas, ¿quién era ella para decirle que no?

Seguían contemplando el cielo cuando la puerta se abrió y entró la tía Candance, a la que apodaban *la Soñadora*.

—Por Freya, ¿qué hacéis asomadas a la ventana? —preguntó con gesto de apuro y algo acelerada.

Agda se encogió de hombros pero no dijo nada, y Revna, evitando preguntar lo que deseaba, contestó con una sonrisa:

—Viendo las llamas del cielo.

Candance asintió, y, tratando de ocultar lo preocupada que estaba por los últimos acontecimientos, que concordaban con los sueños que había tenido últimamente, apartó a las niñas de la ventana, pues era peligroso para ellas, y las condujo hasta sus camas. A continuación, sorprendiéndolas, les entregó unas ropas que ellas no habían visto nunca antes:

—Ponéoslas —dijo.

Las niñas se miraron entre sí, aquello no era suyo.

—Vamos, ponéoslas —insistió Candance—. Vuestros padres lo han ordenado.

—¡¿Qué?! —exclamó Agda.

Su tía asintió con la cabeza y Revna, sorprendida, preguntó:

—Tía, ¿papá y mamá quieren que nos pongamos estos andrajos para dormir?

Candance volvió a asentir. En su expresión Revna pudo ver incomodidad, nerviosismo, y, casi en un suspiro y con el labio inferior temblándole, respondió:

—Mis pequeñas, obedeced. El tiempo apremia y vuestros padres vendrán ahora a veros.

Revna parpadeó sin dar crédito. Aquello no pintaba bien.

Agda miró entonces aquellas ropas, que más bien parecían andrajos.

—No voy a ponerme esto, aunque ellos lo quieran —cuchicheó—. ¡Soy Agda *la Bella*!

—Póntelo ahora mismo —la increpó Candance.

Pero Agda no estaba por la labor.

—¡Huele fatal y parece mordisqueado por ratas! —gruñó.

Candance se frotó el rostro al oír eso. Sabía que la niña llevaba razón, pero si les había llevado aquellas ropas era precisamente con un propósito. Necesitaba que quienes las vieran no apreciaran su buena vida, sino que pensaran todo lo contrario. Entonces

Revna, cogiendo lo que Candance le tendía, dijo mirándola a los ojos:

—Yo me lo pondré.

La mujer le sonrió agradecida, pero Agda protestó:

—¡Revna, no seas tonta! Parecerás una andrajosa.

Sin querer reparar en el olor que aquellas ropas desprendían, Revna se quitó una pulserita que su padre le había regalado, la guardó en su cajita de madera e insistió dirigiéndose a su hermana:

—Si papá y mamá así lo han pedido, no hay más que hablar.

Candance asintió al oírla. Revna siempre había sido más espabilada que Agda. A menudo no hacía falta explicarle las cosas para que las entendiera, y sonrió cuando la oyó añadir:

—Y tú, Agda, también te lo vas a poner.

—No.

—¡Póntelo!

—No. La hija de un *jarl* nunca se pondría algo así.

Revna asintió, sabía que tenía razón, pero, mirándola, cambió el tono de su voz e insistió:

—Como diría mamá, todo tiene su porqué. Y si ellos lo han pedido así, no hay más que hablar.

—Pero...

—Agdaaaaaaaaa —gruñó Revna.

Aquella llamada de atención, alargando su nombre más de lo normal, significaba que en ese momento su hermana paciencia tenía la justa, por lo que Agda, cogiendo de malos modos las prendas que Candance le entregaba, procedió a ponérselas sin decir más.

Una vez que acabaron, las niñas se miraron y Revna, intentando no sonreír, musitó:

—Estás ridícula.

Agda arrugó la nariz y estornudó.

—No sé de qué te ríes, ¡tonta! —protestó.

Revna ensanchó la sonrisa al oírla. Realmente no sabía por qué se reía, menos cuando su sexto sentido le decía que algo no iba bien. Solo sabía que debía proceder de ese modo para no inquietar a su hermana.

De pronto se oyó un estallido que lo iluminó todo a su alrededor e hizo que los muros y el suelo de la fortaleza temblaran.

Candance chilló, las niñas también, y rápidamente se acercaron a la ventana. Una bola de fuego había caído justo debajo de su habitación, sobre la cocina de la fortaleza, mientras la gente gritaba y corría por las calles.

—¡Por Odín! —murmuró Candance.

Las niñas, asustadas, no sabían hacia dónde mirar.

—¡Revna, tienes sangre en el rostro! —gritó Agda.

Con rapidez, la aludida se tocó. Su hermana tenía razón. Candance la miró y, limpiando con la mano la sangre, musitó con pesar:

—Es la ceja la que te sangra.

Revna parpadeó, no había notado nada. Entonces Candance, que era una mujer muy resuelta, dijo:

—Habrá que cosértela, mi cielo.

Revna simplemente asintió y Agda, agarrándose a su hermana, iba a preguntar cuando la puerta de la habitación se abrió. Eran sus padres y el tío Louis. Sus gestos de preocupación y angustia lo decían todo, y las dos niñas se fijaron en que su padre y su tío llevaban los rostros pintados. Muescas hechas con pintura de color azul les cruzaban el ojo derecho, y eso solo tenía un significado: estaban en guerra.

—¡Dios santo, ¿qué te ha ocurrido?! —gritó Blanca al ver sangre en el rostro de su hija.

Revna parpadeó, apenas si podía hablar, y Candance lo hizo por ella:

—Debe de haberle cortado la ceja algún trozo de piedra al estallar.

Blanca y su marido, preocupados, miraron a su hija, pero esta, tragando el nudo de emociones que tenía en la garganta, susurró:

—Tranquilos. La tía me lo coserá.

Candance y Blanca se miraron, y a continuación, la segunda, dirigiéndose a la primera, murmuró:

—Por desgracia, tu sueño vuelve a hacerse realidad.

Candance cerró los ojos horrorizada y Blanca, angustiada al notar el desconcierto en los rostros de sus hijas, las apartó de la ventana para que dejaran de ver el fuego y el horror, y las acercó a la cama.

Entonces Revna, que veía a su hermana llorar, preguntó:

—Mamá, ¿qué ocurre?

La mujer intercambió una mirada de suma tristeza con Candance y acto seguido indicó a sus hijas:

—Sentaos. Tenemos que hablar con vosotras.

Candance y Louis salieron entonces de la habitación para darles intimidad. Óttar y Blanca se miraron. Lo que ocurría era lo peor que les podía pasar. Y la mujer, sentándose entremedias de sus dos hijas, susurró:

—Todo tiene su porqué, vida mía. Atended a vuestro padre.

Ese tono de voz y especialmente su mirada hicieron que Agda quedara tan muda como su hermana. Acto seguido, Óttar se agachó ante ellas.

—Sabéis que vuestra madre y yo os queremos mucho, ¿verdad? —dijo con gesto cansado.

Sin dudarlo, las niñas asintieron y aquel, tras una nueva explosión que hizo temblar la fortaleza otra vez, prosiguió:

—¿Y que daríamos la vida por vosotras?

De nuevo ellas asintieron. Óttar agarró las manos de sus hijas.

—Está pasando lo que llevo tiempo temiendo que pasara —dijo—. Vuestro tío Leiv *Buenospelos* y sus guerreros...

El hombre no pudo continuar. Pensar en que su propio hermano había ido allí a entrar en guerra para matar a sus hijas y despojarlo de su título de *jarl* y de sus tierras era duro, por lo que Blanca, tras mirar a su amado esposo, paseó una mano por su rostro.

—Como siempre os digo, mis niñas —les indicó—, en esta vida todo tiene su porqué. Y el porqué de que vuestro tío haga esto es la avaricia y la envidia. Quiere algo que no es suyo, y para conseguirlo no le importan el dolor, la muerte y la destrucción que va a provocar. Estamos en guerra y debéis partir.

—¡¿Qué?! —murmuraron las niñas.

A Óttar le entró un ataque de tos por la angustia y el humo que subía a causa del fuego que habían originado las explosiones. Durante varios minutos el hombre tosió y tosió, y cuando finalmente pudo hablar intervino con un hilo de voz:

—Los vikingos pasamos media vida reinventándonos, por lo que tenéis que marcharos de aquí. Viajaréis de incógnito con vuestra madre, la tía Candance y Louis, y...

—No, Óttar.

El hombre maldijo al oír a su mujer.

—Amo a nuestras hijas con todo mi ser, pero tú eres «mi porqué» en esta vida, así que me quedaré contigo y que sea lo que tenga que ser —siseó Blanca.

Óttar se incorporó desesperado; quedarse con él significaba morir.

—Blanca, te he dicho... —gruñó después de tomar aire.

—Y yo te he dicho que no me iré —lo cortó ella—. No voy a reinventarme si no es contigo.

Otra bola de fuego cayó en el patio de la fortaleza, haciendo que parte del techo se desplomara. Desesperado por sacar de allí a sus hijas, Óttar iba a hablar cuando su mujer se levantó con decisión y señaló:

—Si muero con las niñas tu hermano no te creerá, y eso provocará que nunca dejen de buscarlas hasta que las encuentren y las maten.

—Pero, Blanca...

—Óttar *Costilla de Hierro*, ¡sabes que tengo razón! —afirmó ella levantando la voz mientras pasaba un paño por la herida de su hija—. Necesitamos que nos crean. Que las den por muertas. Que las olviden, ¡o pondrán precio a sus cabezas! Y la única manera es privándonos de ellas. Tu hermano nos conoce y sabe que hacerlo nunca entraría en nuestra cabeza, porque amamos a nuestras hijas por encima de todas las cosas. Por ello, solo alejándolas de nosotros creerán que han muerto en realidad y las olvidarán. Lo sabes, mi vida... Lo sabes tan bien como yo.

—Pero ¡yo no quiero que mueras tú! —exclamó él.

—¡Óttar! —gritó Blanca.

—Mamá, pero..., pero ¿qué...? —murmuró Revna horrorizada mientras Agda los observaba muda.

—Yo quiero que vivas con ellas —insistió el hombre—. Y sabes tan bien como yo que mi hermano, tras este ataque...

Blanca, que era consciente de lo que el hermano de aquel haría, le tapó la boca con la mano para que no lo dijera en voz alta.

—Mi vida, tú y yo..., siempre —susurró.

Óttar miró a sus hijas y luego le sonrió a su mujer. Aquella frase era su frase.

—Lucharé junto a vosotros —terció entonces Revna a pesar de su corta edad—. No..., no me iré, y Agda tampoco.

Óttar y Blanca miraron a sus hijas con amor. Tras muchos pesares la vida les había regalado una familia preciosa. Y, abrazándolas en silencio, se quedaron unos segundos, hasta que finalmente Óttar, siendo consciente de que su mujer llevaba razón, susurró:

—Debéis partir para no regresar nunca más.

—Noooo... —murmuró Revna.

Blanca, que vio el sufrimiento en la mirada de su hija, insistió:

—Mi vida, haz caso a tu padre. Debéis partir y no volver jamás. Aquí, sin vuestro padre, vuestras vidas corren peligro. Nunca te permitirán ser la duquesa de Bjälbo, ni a tu hermana, en caso de que tú faltaras. Partid y prometedme que nunca regresaréis ni reclamaréis el ducado.

Las niñas se miraron. Intentaban entender lo que aquellos les decían, pero era complicado.

—Revna y Agda, tenéis que marcharos —insistió su padre.

—¡No! —gritó la primera.

La muchacha parpadeó horrorizada. Que sus padres pensaran eso era una locura. ¿Cómo iban a alejarse de ellos? ¿Cómo iba a permitir que ellos murieran?

Agda lloraba asustada, y Óttar, quitándose la cadena de plata que llevaba con la medalla de bronce que tanto significaba para él, pues había sido un regalo de su padre, se la puso a Revna, su primogénita, y dijo:

—Si para que viváis vosotras el idiota de mi hermano ha de creer que habéis muerto y nosotros morir para su satisfacción, así será.

—Papá, nooo —suplicó Revna.

Óttar negó con la cabeza y, mirando a aquella niña a la que adoraba, pidió intentando sonreír:

—Ayúdame, mi preciosa guerrera, no me lo pongas más difícil.

La joven Revna parpadeó, miró a *Ragnar*, la fiel hacha de su padre, y cuando se disponía a hablar este añadió:

—Revna..., como decía mi padre, no hay mejor equipaje que la cordura y la mente clara. En tierras lejanas son más útiles que el oro y sacan al pobre de apuros. Sé justa y buena persona, y que nada ni nadie borre tu preciosa sonrisa, porque la sonrisa descoloca al enemigo. Y, por favor, cuida a tu hermana como lo haría yo.

Revna, sin saber por qué, asintió, aunque a cada momento que pasaba entendía menos. Aun así, todo estaba decidido, todo estaba hablado. Y Óttar, mirando a su otra hija, indicó sabiendo muy bien lo que decía:

—Agda, sonríe más y nunca olvides que mi hermano Leiv, por envidia, jamás me quiso y decidió mi final. Tú tienes una buena hermana que sí te quiere. Cuídala como la cuidaría yo.

El ruido atronador del exterior había dejado de sobresaltarlos. Lo que en la habitación de la fortaleza se estaba decidiendo era algo terrible, y Blanca, tomando aire, intervino.

—Candance y Louis os cuidarán. Presentaremos batalla para daros tiempo a huir.

—Pero, mamá, ¿qué dices?

La mujer miró a su hija mayor y le sonrió.

—Iréis a caballo hasta Vaksdal, donde abandonaréis vuestras monturas —susurró su padre—. Una vez allí ya está todo organizado para que viajéis en una carreta de feriantes hasta Trengereid...

—Pero...

—En Trengereid os esperan. Cabalgaréis hasta el puerto de Bergen, donde os aguarda vuestro tío Lars Ragnarsson, que os sacará en uno de sus navíos y os llevará a las islas Órcadas.

Revna y Agda temblaban. La primera de indignación; la segunda, de miedo. Y su padre, viendo el gesto de sus hijas, indicó:

—Siempre temí que ocurriera lo que está pasando ahora... Tu

tía Candance lo vio en sus sueños. Vio sangre y destrucción, por lo que esta huida es algo que lleva años planeado.

Las niñas apenas si podían respirar. Entre el humo, que cada vez era más denso, y lo que decían sus padres, les era difícil tomar aire.

En ese instante la puerta se abrió de par en par y entraron Ross y Lincoln, junto al tío Louis y otros hombres de confianza de Óttar, portando el cuerpo de un hombre, una mujer y dos niñas.

Horrorizadas, las niñas miraron aquellos cuerpos sin vida. ¿Quiénes eran?

—Tu tío Leiv ha de creer que perdisteis la vida junto a Candance y Louis en esta habitación calcinados por el fuego —musitó su padre entonces—. De ahí que hayamos provocado que la primera bola de fuego cayera justo debajo de vuestra ventana.

—Mamá... —susurró Agda.

Pero Blanca, consciente de que era la única solución, afirmó:

—Resultará creíble, hijas. Nuestro dolor por vuestra pérdida lo hará creíble y...

—Mamá, papá. No..., no..., no... No voy a obedeceros —la cortó Revna, olvidándose de la sangre que manaba de su ceja.

La mujer se emocionó al oírla y Óttar, mirando a su primogénita, a aquella a la que llevaba toda la vida aleccionando para ocupar su lugar, indicó:

—No hables así a tu madre, Revna. ¡No te lo permito!

La aludida miró a su padre.

—Y yo no te permito que... —siseó.

—Una vez es un aviso —la cortó el guerrero—. Dos una advertencia, y no habrá tres.

Revna lo miró sin decir nada. Aquella advertencia significaba mucho para ellos. Pero lo que sus padres proponían era una verdadera locura.

—Eres mi hija —continuó él entonces, suavizando el tono—. La hija de Óttar *Costilla de Hierro*, duque de Bjälbo y *jarl* de estas tierras. Eres mi guerrera valiente y brava a la que llevo toda la vida preparando para que sea imparable, y ahora necesito que te serenes y me ayudes.

Revna apenas si podía pensar con claridad; todo aquello la superaba. Nunca nadie, ni siquiera su padre, le había hablado de lo que podría ocurrir.

—Pero..., pero... ¿qué pasará con vosotros? —musitó mirando a su padre.

Óttar y Blanca se miraron. Sus destinos tenían los días contados, por lo que él, agarrando la mano fría de su mujer, se la besó y murmuró:

—Nosotros os esperaremos en el Valhalla.

Las niñas, de diez años, se miraron horrorizadas. No. Ellas no podían vivir sin sus padres. Revna se disponía a insistir, pero entonces Óttar continuó:

—Sé que lucharías con bravura y honor para defender lo que te corresponde. Pero, llegados a este punto, vuestra madre y yo tenemos claro que vuestras vidas valen más que este maldito ducado y...

El hombre se derrumbó. Tener que despedirse de ellas era lo más duro que había hecho nunca. Y su mujer, tan dolida como él, pero con esa fortaleza guerrera que siempre la había caracterizado, intervino tras besarle la mano.

—Soy escocesa y, por circunstancias de la vida, terminé en Noruega, donde encontré una bonita vida y también el amor. Debéis saber que en ocasiones los caminos difíciles pueden llevar a bellos destinos. Si os digo esto es porque fue lo que me pasó a mí y, sin lugar a dudas, todo tiene su porqué. Ese porqué fue conocer a vuestro padre y ser amada y bendecida con vosotras en nuestras vidas. Desde hace años Candance ha tenido el mismo sueño una y otra vez... Ve fuego, muerte y destrucción, y que vosotras regresáis a Escocia. Ahora tanto vuestro padre como yo deseamos y ansiamos que allí encontréis el porqué del retorno al lugar de donde yo partí.

—¡¿Escocia?! —inquirió Agda.

Blanca asintió, y, tras quitarse una pulsera, se la entregó a su hija.

—Sí, vida mía. Escocia es vuestra tierra, igual que lo es Noruega —afirmó.

Agda sollozó, pero Blanca insistió:

—Escocia fue mi hogar, como ahora lo es Noruega. Y mi deseo

es que encontréis la felicidad allí, puesto que aquí se os negará para el resto de vuestras vidas.

La niña, horrorizada, rápidamente se abrazó a su padre, mientras él la consolaba con tiernas palabras y Revna parpadeaba. Pero ¿qué harían ellas en Escocia?

Entonces su madre se quitó los bonitos pendientes labrados en plata que su padre le regaló el día que le pidió matrimonio y los puso sobre la mano de Revna.

—Que nadie te haga creer que no eres escocesa ni nórdica —añadió—. Eres tan escocesa como yo, y tan nórdica como tu padre. Tu suerte es poseer ambas sangres, que te hacen fuerte y especial. Sé la guerrera que tu padre crio, y la mujer dulce y cándida que yo te he enseñado a ser.

Revna, apretando los pendientes que estaban en la palma de su mano, totalmente desconcertada, no supo qué decir; entonces su madre cuchicheó viendo la sangre en su rostro:

—Debéis cambiar de nombre. No podéis seguir llamándoos Revna y Agda Gundersen. Eso os pondría en peligro..., y por supuesto olvidaos de mencionar los apodos de Revna *la Duquesa Guerrera* y Agda *la Bella Enfermiza*. Como ha dicho vuestro padre, debéis reinventaros, por lo que esa parte de vuestras vidas se acabó.

Al oír eso el guerrero miró a su triste mujer y esta, sin dudarlo, dirigiéndose a Revna, indicó:

—Tú serás Beth. —Y mirando luego a Agda agregó—: Y tú, Gladys.

Las niñas parpadearon. ¿Cómo? Pero ¿qué locura era esa? ¿Cómo que se tenían que reinventar? Pero Óttar, sin darles tiempo a pensar, añadió:

—Beth y Gladys Craig. En honor a vuestra madre, usaréis su apellido escocés. —Y, observando el tatuaje que sus hijas llevaban en el brazo izquierdo como él, indicó—: Si alguien os pregunta, que os preguntarán, tenéis que decir que vuestro horrible padre vikingo os lo hizo en contra de vuestra voluntad cuando erais unas niñas...

—Noooo. Nunca diré eso, papá.

Óttar mandó callar con la mirada a su hija Revna.

—Lo harás porque yo te lo estoy ordenando, ¿entendido? —replicó.

La niña no contestó. No podía casi ni respirar.

—Decid que os marqué —prosiguió su padre—. Que fui lo peor que hubo en vuestras vidas, y que por eso vuestra valiente madre escocesa me rajó las tripas y me mató.

—¡Papá! —jadeó Revna.

—Y cuando ella murió de unas terribles fiebres —agregó el hombre—, fuisteis a vivir a las islas Órcadas con vuestros tíos. Eso justificará vuestro acento nórdico.

Sin dar crédito, las niñas escuchaban la nueva vida que les habían creado en un segundo; Agda volvió a llorar y su padre volvió a abrazarla, y en ese momento Blanca miró a su hija mayor y añadió:

—Candance y Louis, que ahora se llamarán Ottilia y Sven Paterson, cuidarán de vosotras como lo haríamos vuestro padre y yo. Hacedles caso. Sed buenas y gentiles con ellos, y recordad: la tía Candance tiene sueños premonitorios que en muchas ocasiones se hacen realidad.

—Pero, mamá...

—Vida mía —la cortó la mujer—, el tiempo apremia y necesito decirte varias cosas antes de que partas.

Oír eso hizo que Revna asintiera y guardara silencio.

—Prométeme que vas a seguir sonriendo, porque tu sonrisa iluminará nuestras vidas en el Valhalla —continuó Blanca—. Nunca cuentes demasiadas cosas de ti a los demás, porque en tiempo de envidia el ciego comienza a ver, el sordo a oír y el mudo a hablar. Abraza con cariño y amor y cuida siempre a tu hermana. Pero también has de cuidar de ti, y bajo ningún concepto aceptes de nadie menos de lo que das, porque quien bien te quiera nunca te hará sufrir... ¡Prométemelo!

—Mamá...

—¡Prométeme todo lo que te he pedido! —insistió la mujer.

—Te lo prometo —convino la niña con un hilo de voz.

Blanca asintió. Por suerte la sangre había dejado de manar de la ceja de su hija, y tras besarla con mimo en la frente le susurró con emoción al oído:

—Siempre serás mi momento favorito del día.

Madre e hija se miraron. Blanca solo le decía esa frase a Revna. La conexión que ambas tenían era algo único y maravilloso. Y cuando vio que Agda las miraba con su habitual gesto serio, la mujer soltó a Revna y dijo:

—Recordad, vidas mías, que las personas felices no pierden el tiempo haciendo el mal, puesto que el mal es para las personas mediocres y envidiosas como vuestro tío Leiv *Buenospelos*. Por tanto, aunque os duela el alma, protegeos del mal y de la envidia, y no olvidéis que a veces, tras muchas luchas, hay que saber parar y mirar por uno mismo.

—Ante el enemigo, no penséis, actuad —insistió Óttar.

Acto seguido los cuatro se quedaron en silencio, mientras Blanca y Candance se fundían en un abrazo y Óttar, tras mirar a su buen amigo Louis, lo estrechaba también entre sus brazos.

—Óttar *Costilla de Hierro* —declaró entonces este último—, ha sido un placer vivir y luchar a tu lado. Te prometo por mi vida que cuidaré de tus hijas como si fueran mías.

El aludido asintió. Sabía que aquel, junto a su mujer, así lo haría.

—Louis *Daga Sangrienta* —musitó mirándolo con emoción—, buen amigo y compañero de viaje. Sé que te quedarías aquí conmigo para presentar batalla al idiota de mi hermano Leiv *Buenospelos*, pero necesito que cuides de mis hijas y te las lleves de aquí para siempre, porque si son descubiertas lo pagarán con sus vidas.

Mientras los mayores se despedían las dos niñas los observaban. Agda, llorando, y Revna, con gesto serio, eran testigos de aquello, hasta que Óttar, tocando con amor el cabello rubio de sus hijas, dijo:

—Recordad, mis pequeñas. Cuando vuestras vidas estén en peligro, no penséis, sino ¡actuad! Y el hombre que os merezca y que desee vuestro amor tiene que anteponeros siempre a cualquier cosa, porque vosotras seréis su mundo.

Oír eso hizo que el vello de todo el cuerpo de Revna se erizara. Entonces Louis indicó con gesto trémulo:

—Hemos de partir.

—¡Nooooo! —chilló Revna dando un golpe a su cajita de recuerdos, que cayó al suelo.

Rápidamente Óttar y Blanca abrazaron por última vez a sus adoradas y preciosas hijas. Instantes después, con una frialdad que los mató en vida, permitieron que Louis y Candance, junto a otros guerreros, Olav Gormsson entre ellos, se las llevaran a rastras entre gritos de angustia, pérdida y dolor, mientras uno de los pendientes que Revna llevaba en las manos caía al suelo.

Capítulo 2

Valle de Bergsdalen, Noruega, quince años después

Leiv *Buenospelos* caminaba con sus secuaces entre su pueblo.

Llevaba quince años siendo el *jarl* de aquel lugar, pero sus gentes, aunque por miedo hacían lo que él quería, nunca lo habían querido. La sombra de Óttar *Costilla de Hierro* seguía planeando sobre ellos.

Eso era algo que lo ponía enfermo, pero al tiempo le gustaba. No podía obviar que le agradaba matar, martirizar y castigar a quien no le rendía pleitesía.

En un momento dado se dirigió a uno de sus hombres de confianza mientras pasaban junto a una cabaña.

—Virgil, ordena que lleven a esa mujer a mi lecho y que la preparen.

El aludido miró a la joven que tendía la ropa y asintió.

—Buena hembra de caderas anchas —señaló.

Ambos rieron por su comentario, y luego Leiv, tras mirar a otro de los hombres y hacerle una señal, vio como este se acercaba hasta aquella y, entre gritos, se la llevaba.

Una vez que Leiv *Buenospelos* y su comitiva llegaron a la vieja fortaleza, que había visto tiempos mejores, se bajaron de sus caballos y con paso seguro el *jarl* se subió a un altillo de madera y caminó hasta su trono, el mismo que siempre había ansiado. Tras sentarse y coger un cuerno con bebida que una de las mujeres le ofrecía, clavó de pronto la mirada en un muchacho alto.

—¿Adónde vas, Adalsteinn? —preguntó.

El joven, que ese día cumplía quince años, lo miró al oír su nombre. Odiaba a aquel que era su padre con todas sus fuerzas.

—Voy a visitar a Briana —repuso.

Leiv *Buenospelos* asintió. Aquella mujer era una de las más viejas del pueblo. Y, reparando en la bolsa que el joven llevaba colgada, siseó:

—Termina bien lo que acabas de decir.

El joven tomó aire y, consciente de qué era lo que tenía que hacer, pues aquel y sus tres hombres de confianza lo miraban, dijo:

—Voy a visitar a Briana..., padre.

—¡Padre! —se mofó Leiv soltando una risotada—. Me gusta cuando me llamas así porque sé lo mucho que te incomoda.

Adalsteinn no se movió. Lo último que sentía en su corazón era que aquel era su padre. Y Leiv, consciente de la incomodidad del muchacho, insistió:

—¿Vuelves a llevarle comida a esa vieja?

—Sí.

—¡¿Sí, qué?! —bramó el *jarl.*

—Sí, padre —indicó el muchacho.

Los hombres rieron, y Virgil comentó:

—No puede negar que es hijo de su madre.

—Tan blando como ella —matizó Leiv *Buenospelos* con disgusto.

Durante unos segundos Adalsteinn no se movió. Sin que aquellos lo supieran, a través de la vieja Briana el chico se reunía con su tío Lars Ragnarsson, actual *jarl* de Bergen y fiel amigo de su madre, y juntos lideraban un grupo de hombres que odiaban a Leiv *Buenospelos* y a su hijo Sigurd *Diente Podrido*. Tanto su madre como él buscaban la venganza. Ella, por lo que aquel le hizo a su primer marido, Óttar, y a sus dos hijas, Revna y Agda. Y él, por lo que le hizo pasar a su madre hasta que la mató.

—Hoy Virgil, Fell y Eluf comerán en nuestra mesa —declaró Leiv.

Adalsteinn asintió. Sabía que su padre los había invitado para celebrar su cumpleaños. E, intentando no faltar a la reunión que tenía con Lars, dijo:

—Regresaré pronto para festejarlo con ellos.

Leiv *Buenospelos* asintió en el mismo instante que su hijo Sigurd *Diente Podrido* entraba en la sala. En su rostro llevaba un gesto que lo desconcertó.

—No vas a creer lo que tengo que contarte —lo oyó decir.

—¿Con quién acabo de tener otro bastardo? —se mofó aquel, que prosiguió hablando con sus amigos.

Sigurd maldijo e insistió:

—Padre, ¿puedes prestarme atención?

Leiv *Buenospelos* lo miró.

—Espero que sean buenas noticias —sentenció.

—Muy buenas, padre —aseguró aquel. Y, acercándose a su hermano, le dio un pescozón en la cabeza y añadió—: Felicidades..., aunque dudo que llegues a los dieciséis.

Adalsteinn lo empujó enfadado y Sigurd, divertido, comenzó a golpearlo.

Leiv *Buenospelos* los miraba desde su posición. Sigurd y Adalsteinn, sus dos hijos reconocidos, no tenían nada que ver. Sigurd tenía treinta y cinco años, era moreno, alto, ambicioso y, como a él, el pueblo le tenía miedo. Por su parte, Adalsteinn tenía quince, era rubio como su madre, también alto, y la gente lo amaba por ser hijo de Blanca *Sonrisa de Ángel*.

—¡Parad ya! —ordenó Leiv. Y mirando a Sigurd insistió—: Dime qué es eso tan importante.

Sigurd, divertido al ver el gesto incómodo de su hermano Adalsteinn, rápidamente soltó:

—Padre, ha llegado hasta mis oídos que las hijas de Óttar y Blanca están vivas.

Oír eso era lo último que Leiv *Buenospelos* esperaba. Desde el día del ataque, quince años atrás, las había dado por muertas.

—¡¿Qué tontería es esa?! —siseó poniéndose en pie.

Sigurd, obviando a su hermano, que ahora lo miraba con atención, contó mientras caminaba hacia su padre:

—El hijo bastardo de Axel Erikson, el que vive en Escocia y se hace llamar Goran Glenn, le ha dado esto a uno de mis hombres para que me lo entregase.

Leiv *Buenospelos* rápidamente cogió el papel que aquel le tendía y, viendo dibujado a grandes rasgos un tatuaje bastante conocido para él, preguntó mientras se lo pasaba a sus hombres para que también lo vieran:

—¿Qué quieres decir con eso?

Sigurd sonrió, se sacó algo más del bolsillo y añadió:

—También me dio esto.

Sin entender nada, Leiv cogió lo que aquel le tendía y, al verlo, su rostro se desencajó.

—¡Por Odín!

Aquello que sujetaba en la mano era una medalla de bronce igual que la que él tenía, pero con una «Ó» de Óttar. Sabía que solo existían dos iguales: la suya y la de su hermano Óttar *Costilla de Hierro*.

—Al parecer —continuó Sigurd—, en Oban hay dos hermanas gemelas llamadas Beth y Gladys Craig. Son rubias, de ojos claros, extraño acento y, curiosamente, llevan en el brazo el tatuaje guerrero de tu hermano Óttar.

Leiv *Buenospelos* y sus hombres de confianza se miraron boquiabiertos. ¡No! ¡No podía ser! ¡Esas niñas estaban muertas! Tirando con fuerza la medalla al suelo, el *jarl* se dio la vuelta para mirar a Adalsteinn y, sin previo aviso, le dio una bofetada que lo hizo caer al suelo.

—¡La perra de tu madre me dijo que habían muerto! —bramó furioso.

Adalsteinn no respondió. Aquella noticia lo había sorprendido a él también. ¿Cómo podían haberlas descubierto? ¿Quién podía haberlas encontrado?

—Traedlas ante mí —ordenó entonces Leiv dirigiéndose a Sigurd.

—Sí, padre.

La mente de Adalsteinn pensaba a toda velocidad mientras, agachado y con disimulo, recogía la medallita y se la guardaba. Nunca imaginó que conocería a sus hermanas, como nunca imaginó que tras tantos años su hermano las encontraría. Y no. No pensaba permitir que les ocurriera nada malo.

—Las mataré —oyó decir a su padre—, como debería haber ocurrido en su día.

Sigurd y Leiv rieron entonces a carcajadas, mientras Adalsteinn, agitado pero intentando mantener la tranquilidad, los escuchaba.

Desde que Leiv *Buenospelos* había tomado el mando y se había convertido en el duque de Bjälbo, las gentes nunca lo habían querido. Por ello, en su momento, tras acabar con la vida de su hermano Óttar, decidió no matar a Blanca, su mujer. El pueblo adoraba a la duquesa y, en contra de su voluntad, la convirtió en su esposa y esclava.

Desde el primer instante, y durante años, la vida de Blanca fue terrible. Palizas, malos tratos..., pero aun así, cuando parió a Adalsteinn, la mujer lo cuidó y lo amó. Le habló de sus hermanas en secreto, enseñándole la diferencia entre el bien y el mal, e intentó con todas sus fuerzas que su hijo fuera un buen hombre, no uno envidioso y sanguinario como lo eran su maldito padre y su hermano.

Blanca, en su empeño de cuidar a su hijo y protegerlo de Leiv, puso su vida en peligro cada vez que este y Sigurd, con sus secuaces, marchaban de incursión. Ella se arriesgaba para verse con Lars Ragnarsson, primero para urdir planes contra Leiv y Sigurd, y segundo para que aquel adiestrara a Adalsteinn en el arte de la guerra.

Blanca cuidó también sin descanso de su pueblo. La gente del valle de Bergsdalen era su familia. Hasta que Leiv *Buenospelos*, al descubrir una noche que ella era la que abría las celdas para que escaparan los prisioneros que atentaban contra él, la mató sin pensarlo dos veces.

El pueblo, al enterarse, se le echó encima. ¿Cómo podía haber matado a la duquesa? Pero todo se volvió a reconducir cuando Leiv, mostrándoles a Adalsteinn, que en ese momento tenía ocho años, les dijo que o paraban o también lo mataría. Como era de esperar, por el amor que tenía a su fallecida duquesa, el pueblo claudicó pensando en el hijo de aquella.

Sigurd *Diente Podrido*, al ver a su hermano en el suelo, sonrió. Desde su nacimiento, aquel mierda era su rival, su competencia en el ducado, y agarrándolo del cuello lo zarandeó hasta que el muchacho pudo soltarse y echó a correr. Debía avisar a Lars Ragnarsson cuanto antes. Habían descubierto a sus hermanas y tenían que protegerlas.

Leiv *Buenospelos* y Sigurd *Diente Podrido*, al ver cómo aquel corría, reían sin imaginar nada de lo que el muchacho ocultaba.

—Busca a las hijas de mi hermano y tráemelas —ordenó Leiv a continuación.

Sigurd asintió y, cuando se dio la vuelta para marcharse, sonrió. Las encontraría. No obstante, una vez que las tuviera en su poder, se casaría con una de ellas, mataría a su padre, a Adalsteinn, a la gemela sobrante y, cuando la desposada le diera un hijo, la mataría también. Lo quería todo, porque él y solo él era el verdadero duque de Bjälbo.

Capítulo 3

Elgin, Tierras Altas de Escocia

—Beth... Beth...

La aludida sonrió al oír su nombre. La que la llamaba era su hermana.

—¡Gladys, ¿qué quieres?! —preguntó en voz muy alta.

Esta última se encaminó hacia la cocina de la taberna que regentaban sus tíos, Ottilia y Sven, y, tras abrir la puerta, preguntó:

—¿Crees que me queda mejor en el cabello la cinta azul o la roja?

Beth, que troceaba el conejo para el guiso que Ottilia estaba preparando, al oír eso se volvió. Su hermana, como siempre, escabulléndose del trabajo. Sabía que no había nada en el mundo que le gustara más a Gladys que estar bella en todo momento para los hombres.

—Gladys, por favor, necesitamos tu ayuda —musitó.

—¡Pero, Beth! —protestó ella.

La aludida suspiró. Llevaban viviendo en Elgin unos meses, tras marcharse precipitadamente de su anterior destino. Allí sus tíos habían abierto una nueva taberna para sobrevivir.

—Hermana... —añadió Beth con una sonrisa—. Hoy es domingo, y sabes que la taberna se llenará de gente para comer por el mercadillo.

Gladys asintió. Sabía perfectamente qué día era y que la taberna se pondría a rebosar de gente, del mismo modo que sabía que quería ser adulada por los hombres que pasarían por allí.

—Vamos, Beth... —replicó—. ¡No seas tonta!

—¡Gladys!

Pero Gladys era Gladys, y sin pensar en nada más insistió:

—Por todos los santos, hermana. Tan solo dime cuál crees realmente que me hace más bella.

Beth suspiró y, tras ver negar con la cabeza a su tía Ottilia y morderse la lengua, consciente de que una vez más Gladys no estaba haciendo lo que se esperaba de ella en ese momento, siseó cuchillo en mano:

—Lo que de verdad creo es que como no te subas el escote del vestido y te pongas a cortar verdura ahora mismo, no te va a hacer falta ninguna cinta, porque yo misma me encargaré de que tu belleza sea inexistente.

Gladys parpadeó al oírla y, cuando iba a replicar, Beth clavó con seguridad el cuchillo en la tabla y, mirándola con aquella mirada retadora que antaño había tenido su padre, le advirtió muy seria:

—Una vez es un aviso. Dos, una advertencia. Y no habrá tres.

Según dijo eso, Gladys soltó de golpe las dos cintas que llevaba en la mano. Cuando su hermana la miraba así y decía aquello, nada bueno se podía esperar de ella. Acto seguido, se puso frente a una de las mesas, cogió un cuchillo de mala gana y varios tomates, y los comenzó a trocear.

La tía Ottilia, que removía con un cucharón el estofado al fondo de la cocina, sonrió al verla. Beth tenía el valiente carácter de su madre y la osadía de su padre; la miró con complicidad y le guiñó un ojo, cosa que hizo que ambas sonrieran con disimulo. Al poco la mujer se le acercó.

—Llevo días teniendo un sueño —cuchicheó.

—¿Bonito o terrible?

—¡Bonito!

Ambas sonrieron y la joven preguntó:

—¿Qué sueñas?

Ottilia, que se moría por compartir su sueño con ella, contó:

—Que un hombre surca los mares por ti y tú sonríes como llevas tiempo sin hacerlo.

—Por favorrrr, tía... —se mofó Beth frunciendo el entrecejo.

La mujer asintió.

—En mi sueño también veo flores y... bebés —matizó.

Beth suspiró. Su tía y sus sueños... Pero cuando iba a hablar, aquella indicó:

—Mi pequeño y adorado *Nubarroncito*..., intuyo que alguien muy especial va a aparecer en tu vida.

Beth sonrió al oír aquel apodo cariñoso con que Ottilia la llamaba cuando se ponía seria y puso los ojos en blanco. Después de lo que le había ocurrido, lo último en lo que quería pensar era en aquello.

—Creo que el destino ahora va en tu favor —agregó su tía.

—Con que el destino me deje como estoy, me doy por satisfecha.

—Ais, mi vida. Tu sonrisa era tan plena y bonita al verte rodeada de tanto amor que me he despertado llorando de la emoción.

Gladys las estaba escuchando. Ver la conexión que había entre ambas le molestaba. A diferencia de Beth, ella siempre intentaba escabullirse de todos los trabajos, de todo esfuerzo, cosa que sus tíos le recriminaban día sí y día también, aunque su hermana en muchas ocasiones la exculpaba.

Como le había prometido a su padre, a pesar de los malos tiempos, Beth intentó que la sonrisa no abandonara su rostro. Y, como le había prometido a su madre, cuidaba de Gladys todo lo que podía. Se desvivía por ella e intentaba facilitarle la vida en todos los sentidos. Si se encontraba mal, ella hacía su trabajo. Si se dormía, ella la cubría. Si tonteaba con hombres que no debía, intentaba que recapacitara, aunque a veces era muy complicado. Gladys solo se preocupaba de sí misma, de conseguir sus propósitos sin pensar en nadie más.

Pero eso a Beth no le importaba. Procuraba entenderla. Su hermana era delicada, enfermiza, diferente, y ella siempre había sido la fuerte, por lo que tenía que protegerla y cuidarla, aunque a veces el egoísmo de Gladys fuera desesperante.

Tras una mañana en la que las tres mujeres cocinaron diligentemente, la puerta volvió a abrirse y entró Mina, la camarera, que se acercó a Ottilia.

—Tengo a seis hombres hambrientos sentados a la mesa esperando el estofado de conejo —indicó.

Ottilia asintió. Mina volvió a salir de la cocina, y en ese momento Beth, antes de que nadie dijera nada, se limpió las manos con un trapo y, asiendo la vasija con el estofado, dijo:

—Yo iré. Vosotras seguid preparando más cantidad. Hoy domingo la vamos a necesitar.

Sin dilación Ottilia asintió, mientras Gladys murmuraba molesta. Beth salió de la cocina y su tía preguntó mirando a la joven:

—¿Qué refunfuñas para tus adentros?

Gladys, que, como cada domingo, lo que deseaba era mostrarse entre los hombres que iban a comer a la taberna de sus tíos, rápidamente cuchicheó:

—¿Por qué es siempre Beth quien tiene que servir la comida?

Ottilia resopló.

—¿Otra vez con lo mismo? —replicó—. Y, Gladys, por favor, súbete el escote del vestido.

La chica gruñó. No le parecía justo que su hermana fuera quien sirviera a los comensales.

—Ella sonríe y habla con ellos, mientras yo he de permanecer aquí, languideciendo en la cocina contigo —repuso—. Pasa igual que en Oban... Ella siempre se sale con la suya.

—¡Gladys!

Pero la joven insistió retirándose el pelo del rostro:

—¡No es justo!

Ottilia resopló. Si Beth se ofrecía a salir y servir a los comensales no era para charlar y reír con ellos, sino para ayudar y, sobre todo, para proteger a su hermana. Los hombres en ocasiones bebían de más y se propasaban, algo que Beth manejaba a la perfección por su temperamento, pero Gladys no.

A pesar de ser una dulce jovencita, con una mirada o un gesto Beth les hacía saber que por ese camino con ella no se iba, pero con su hermana la cosa era distinta. Les seguía el juego hasta que ella misma se veía en un camino sin retorno. Así pues, sin querer entrar en discusiones, Ottilia atajó:

—Vamos. Parte pan y luego pica más cebolla, la necesito.

Gladys volvió a murmurar para sí al oírla. Esta vez Ottilia no le preguntó, hasta que la joven, incapaz de callar, siseó:

—El *Nubarroncito* siempre ha sido vuestra preferida.

—No digas tonterías.

—Tus sueños bonitos siempre son con ella, no conmigo.

—Por algo será... —susurró Ottilia.

La mujer, al ver el gesto de Gladys, resopló. Estaba claro que la había oído. Y cuando iba a hablar, aquella insistió:

—Esa tonta y su eterna sonrisita.

—Gladysssss —reprochó la mujer, y, bajando la voz, añadió—: Tu hermana solo quiere iluminar el Valhalla para tus padres.

Pero la joven insistió:

—¡Todos decís siempre Beth por aquí..., Beth por allá..., y..., y..., ¿y yo qué?!

Oír eso hizo que Ottilia dejara lo que estaba haciendo. Lo que la joven decía no era justo. Y, sin contemplaciones, se le acercó, la cogió por la oreja y siseó:

—¡Habló Gladys *la Envidiosa*!

—¡Tía, soy *la Bella*, no *la Envidiosa*! —Y a continuación cuchicheó—: Y si algo le pasara a Beth, que Dios no lo quiera, yo sería la duquesa de...

—¡Gladys! —la cortó ella—. ¡Cierra esa bocaza y no digas más tonterías!

La joven, aunque molesta, obedeció. Lo que estaba diciendo no era ninguna tontería. El ducado que su hermana había heredado de su padre, por ser la mayor, aunque no lo utilizaran ¡estaba ahí!

Entonces Ottilia, que estaba horrorizada por lo que aquella había insinuado, replicó omitiendo lo que pensaba en realidad:

—Tu maldita envidia solo refleja tus deseos de ser ella.

—¡Lo dudo! —gruñó la joven dolida, con los ojos plagados de lágrimas.

—No esperes cosechar frutos si no te esfuerzas en sembrar antes, muchachita —insistió aquella. Y, conocedora de cómo eran aquellas dos hermanas, prosiguió—: El día que seas capaz de ver lo mucho que Beth te protege y se esfuerza por ti será un día grande en nuestras vidas, porque significará que has crecido como mujer. Y ahora sigue trabajando y deja de decir tonterías.

Molesta, cuando Ottilia le soltó la oreja la joven se la tocó. ¡Qué bruta era su tía! Y cuando se disponía a protestar, la puerta de la cocina se abrió y Beth entró.

—¡Necesito el pan! —pidió.

Al ver a su hermana con los ojos acuosos, se acercó a ella y preguntó:

—¿Qué te pasa, Gladys?

Sin dejar de cortar pan, la joven no respondió.

—Que la envidia es su enfermedad y espero que se cure —terció Ottilia.

Oír eso hizo que Beth mirara a su hermana y, consciente del porqué de ese comentario, aun sabiendo que hacía mal y que una vez más su hermana se saldría con la suya, la abrazó con todo su amor.

—Sabes que te quiero más que a mi vida, ¿verdad? —murmuró.

Gladys, gustosa por aquel abrazo que le hacía entender que su hermana ya estaba donde ella deseaba, musitó:

—Yo también te quiero a ti, hermanita.

Beth sonrió y, tras darle un cariñoso beso en la frente, preguntó mirándola:

—¿Quieres sacar tú el pan a las mesas?

—¡Beth! —protestó Ottilia.

La aludida la miró y, rogándole con la mirada que callara, añadió sonriendo:

—Necesito su ayuda, tía. —Y, asiendo una de las cintas que su hermana llevaba al entrar en la cocina, se la colocó con mimo en el cabello y afirmó—: Sin duda, la azul resalta tu belleza.

Oír eso era lo que la joven Gladys deseaba. Ella no quería estar en la cocina. Ella deseaba estar donde la gente pudiera verla y alabarla, por lo que rápidamente su gesto cambió y, agarrando dos paneras repletas de plan, miró a Beth y preguntó:

—¿A qué mesas hay que llevarlas?

Beth, viendo aquel gesto en su hermana que tanto le recordaba a su madre, indicó:

—A la tres y a la cinco. Y también dos jarras de cerveza fría.

—Súbete el escote del vestido —le recriminó Ottilia.

Gladys, sin hacerle caso, sonrió y, sin más, salió de la cocina justo en el momento en el que Ottilia decía:

—Así no la ayudas.

—Lo sé... —repuso Beth.

—De este modo lo único que consigues es que siga comportándose como una niñita caprichosa, envidiosa y malcriada. Por su culpa y la de Ronan tuvimos que...

—Tíaaaa...

Ottilia gruñó.

—Lo de Oban fue culpa mía —añadió Beth.

El gesto de Ottilia cambió; odiaba a aquel guerrero que tanto había hecho sufrir a sus niñas.

—De eso nada —siseó enfadada por todo—. Y me da igual lo que digas.

Beth tomó aire. Ronan, aquel patán por el que se había dejado embaucar y con el que se había casado sin pensar, en un matrimonio de un año y un día, la destrozó antes de cumplirse el plazo del enlace. Aun estando embarazada de él, Ronan no quiso seguir casado con ella y empezó a tontear con su hermana.

Beth creía que había encontrado en él a un hombre íntegro y familiar como lo fue su padre, pero el tiempo le demostró que solo era un embaucador. Algo que Ottilia le había advertido, pues sus sueños se lo decían, pero Beth hizo caso omiso a sus consejos.

Cuando pasó aquello la joven se volvió loca. No dormía ni comía, y todo fue a peor una noche en la que, por culpa de su tensión, el bebé que esperaba nació prematuro y a las pocas horas murió, casi llevándose a la madre con él.

Fueron días tristes, difíciles, y a eso se le sumó que la partera que la asistió le dijo que, por lo ocurrido, dudaba que pudiera volver a concebir otro hijo. Perder a su bebé, saber que nunca volvería a ser madre, ser rechazada por su marido y ver a su hermana con él le resultó muy duro... Pero ¿cómo podía Gladys hacer aquello?

Sin embargo, Beth se recompuso. El deslumbramiento que había sentido en su día por aquel sinvergüenza se apagó y acabó reinventándose, como su padre le había pedido. Creó una coraza a su alrededor y les hizo creer que todo aquello que estaba sucediendo ya no le afectaba. Gladys era su hermana. Había prometido a sus padres que la cuidaría y así sería.

Por su parte, Sven y Ottilia se tomaron la traición de su sobrina de otra manera. ¿Cómo podía ser tan inconsciente esa muchacha? ¿Acaso no veía el sufrimiento de su hermana? Pero sus quejas y regañinas cayeron en un pozo sin fondo. Gladys, en su egoísmo, no quiso escucharlos. Siempre había ansiado todo lo que su hermana tenía y, tras exigirle la medallita de bronce de su padre, pues Beth la tenía junto a la cadena de plata, se marchó a vivir con él, ignorando las súplicas de sus tíos y de su hermana.

Una noche, dos meses después, creyendo que Ronan la amaba de verdad, Gladys se fue de la lengua. Le contó algo que Beth nunca le había dicho acerca de su pasado, y al guerrero le pudo la ambición.

Su exmujer y la mujer con la que estaba en ese momento eran las hijas de un duque noruego. El duque de Bjälbo. Sin dudarlo, comenzó a indagar por los puertos y las tabernas en busca de más información. Por allí había muchos vikingos encubiertos, y cuando, días después, un hombre llamado Goran Glenn lo buscó y le requirió información, él se la dio sin dudarlo. Le dibujó en un papel el tatuaje que las muchachas llevaban en el brazo y, por unas monedas más, le dio la medallita que le había quitado a Gladys.

Su sorpresa fue enorme al saber que las jóvenes eran buscadas en Noruega, y si las entregaba, con la recompensa que ofrecían podría vivir el resto de su vida como un rey.

Sven se enteró de aquello una noche, mientras tomaba unos tragos con unos amigos vikingos. Estos, que no sabían la verdadera historia de Sven y su familia, le refirieron que Ronan iba contando aquella barbaridad sobre las gemelas. Haciéndose el sorprendido, Sven rio, pero cuando esa noche regresaba a su casa supo que tenían que marcharse de allí. Nadie podía saber que Revna y Agda estaban vivas o sus vidas correrían peligro. Así pues, de inmediato habló con su mujer y con Beth, que comprendieron que debían irse, aunque antes tenían que recuperar a Gladys.

Como era de esperar, esta no quiso escucharlos. Según ella Ronan la amaba, y sus tíos y Beth, enfadados con ella, se lo estaban inventando todo. Sin embargo, cuando una noche le reprochó su indiscreción a Ronan, él, afectado por la bebida que llevaba encima, admitió que sabía que podía conseguir una buena recompensa y que las había delatado. Horrorizada, Gladys le gritó y él, viendo que su dinero podía volar, le pegó una buena paliza y la maniató para que no escapara.

Malherida por la paliza recibida, cuando Ronan se fue de nuevo a la taberna Gladys se deshizo como pudo de sus ataduras y, de madrugada, se dirigió a la casa de sus tíos. El susto que se llevaron al verla ensangrentada fue monumental. Sven se volvió loco. Ottilia no dejaba de llorar y Beth, antes de que sus tíos se dieran cuenta, decidió terminar con aquello.

Les había prometido a sus padres que cuidaría de su hermana, que la protegería, y no quería que su tío Sven se manchara las manos de sangre. Así pues buscó a Ronan y, tras encontrarlo en una taberna, fingiendo que no sabía que las había delatado, le pidió explicaciones de lo que le había ocurrido a su hermana.

En un principio el guerrero se sorprendió. ¿Quién era aquella insolente mujer y dónde estaba la dulce Beth del pasado?

Observados por los parroquianos de la taberna, entre ellos se originó tal discusión que cuando Ronan, rabioso, desenvainó su espada, la joven tuvo claro que era su vida o la de él.

Beth solo llevaba una daga a la cintura, un arma demasiado liviana para enfrentarse a aquel malnacido, pero uno de los hombres de la taberna se sacó entonces del cinto su espada, se la ofreció y la joven la agarró sin dudarlo. Ronan rio al verla. Con seguridad la joven no sabría utilizarla. Pero Beth, sorprendiéndolos a él y a todos los que allí estaban, y tal como le había prometido a su padre, al verse ante el enemigo que quería segar su vida no pensó, solo actuó, y dio muerte a Ronan.

Por suerte para ella Ronan era un hombre más odiado que querido, y cuando la justicia apareció en busca de explicaciones por lo ocurrido, la gente se puso del lado de la joven y quedó absuelta; aunque ella buscó sin descanso la medallita de su padre, nunca la encontró.

Regresando al presente, Beth miró a Ottilia, a la que consideraba su madre, le dio un cariñoso abrazo por todo el amor que recibía de ella y susurró:

—¿Sabes que te quiero mucho, mucho, muchísimo?

Ottilia suspiró. La carga que sin querer los padres de aquella le habían echado sobre los hombros a su hija estaba siendo enorme.

—Mi dulce *Nubarroncito* —murmuró abrazándola con cariño—, ¡yo sí que te quiero a ti! No conozco a nadie más bueno y con mejor corazón que tú que merezca ser amado. Pero hazme caso y ¡despierta! No sigas consintiéndoselo ni perdonándoselo todo a Gladys, porque eso algún día te va a pesar.

Beth le dio un beso en la mejilla. No quería seguir hablando de ello. Entonces de pronto oyó que rascaban en la puerta trasera y, después de abrir, se agachó y musitó con mimo:

—¿Cómo está mi *Abuelillo* preferido?

Abuelillo era un menudo perro lanudo y viejito de color chocolate y grandes ojos oscuros, que vivía con ellos desde la primera noche que llegaron a Elgin. Aquel día llovía, hacía frío, y Beth, al mirar por la ventana y ver al perro empapado, no lo pensó, salió a por él y ya no se separaron.

Si algo le gustaba a Beth eran los animales; ellos nunca la decepcionaban. Tras besar a *Abuelillo* en el hocico, cogió su cazo, echó un poco de estofado y cuchicheó:

—De momento come esto. Luego hablamos, ¿vale?

Abuelillo, feliz por el cariño que la muchacha le prodigaba desde que lo encontró, ladró y se lanzó a comer justo en el momento en el que Mina abría de nuevo la puerta de la cocina.

—Acaban de entrar diez comensales más —anunció la camarera.

Ottilia y Beth, al oír eso, se apresuraron a ponerse otra vez manos a la obra. Tenían mucho trabajo. La taberna se llenaba de gente y no podían parar.

Capítulo 4

Peter McGregor, junto a sus buenos amigos y socios Aiden y Harald, observaba a sus caballos en las caballerizas cuando el ruido de unos cascos al trote los hizo volverse. De inmediato, al reconocer a los jinetes, Peter sonrió.

—¿No dijiste que venían tus padres con Iver? —cuchicheó Aiden.

Él asintió. Hacía tres meses que Peter y su esposa Carolina habían sido padres de Mac, un precioso niño al que los familiares Campbell y McGregor iban a conocer por turnos.

—Conociendo a mi hermano —dijo Peter—, estoy convencido de que se ha adelantado para avisarnos de su llegada.

Los tres hombres sonrieron. De todos era sabido lo particular que era la madre de Peter, una mujer agradable pero algo áspera en cuanto al trato.

—Carolina agradecerá esta deferencia por parte de Iver —se mofó Harald.

Peter asintió.

—Especialmente porque los esperábamos esta noche, y no a media tarde.

Sonriendo, los tres hombres observaban como los dos jinetes se acercaban en sus caballos. Cuando estuvieron a menos de un palmo el primero se lanzó del caballo y, abrazando a Peter, lo saludó:

—Hermano, ¡enhorabuena por tu paternidad! ¿Cómo es mi sobrino? ¿A quién se parece? ¿Carolina está bien?

Peter sonrió. Sabía cuánto adoraba Iver a los niños.

—Gracias —respondió—. Tu sobrino Mac es un bebé precioso. Se parece a sus padres, y Carolina está mejor que bien.

Iver asintió encantado. La llegada de aquel nuevo integrante a la familia los había colmado a todos de felicidad.

Acto seguido Alan McGregor, que era quien lo acompañaba, se bajó también de su caballo y abrazó igualmente a Peter.

—Enhorabuena, papaítooooo.

Peter volvió a sonreír. Alan, el mejor amigo de Iver, era como un hermano para él, y, tras abrazarlo, iba a hablar cuando Iver, después de saludar a Aiden y a Harald, comentó:

—Madre y padre llegarán antes del anochecer con los hombres. Padre se lo está tomando con tranquilidad y, de paso, va aleccionando a madre para que cuando vea a tus suegros no diga nada incorrecto.

Peter suspiró.

—Mis suegros tuvieron que partir anoche.

—¿Y eso?

—Al parecer, un hermano de Carolina se cayó de un muro y se rompió una pierna. Y, claro, mi suegra se inquietó y decidieron irse.

—Vaya, lo siento —musitó Iver.

Peter se encogió de hombros y su hermano añadió:

—Madre está feliz y como loca por conocer a su nietecito, aunque, ya sabes..., madre... es madre.

Los dos hermanos intercambiaron una significativa mirada.

—¿Qué tal por Fort William? —quiso saber entonces Harald.

Iver y Alan sonrieron al oírlo. Desde hacía unos meses los dos guerreros habían entrado en el negocio de los caballos y las ovejas con Peter y sus socios, por lo que se habían trasladado a vivir a Fort William.

—Muy bien —contestó Alan.

—Pero ¿venís de Fort William o de Dirleton? —preguntó Harald.

—De Dirleton —dijo Iver—. Madre y padre querían que fuera a visitarlos, por lo que Alan y yo fuimos a Dirleton, pasamos allí unos días con nuestras familias y luego los acompañamos para venir aquí.

Los demás asintieron y luego Aiden preguntó:

—¿Habéis conocido ya al cuñado de Zac?

Iver afirmó con la cabeza y, pensando en Duncan McRae, aquel guerrero imponente, indicó:

—Sí. Vino a visitarnos.

—Serio y cumplidor —aseguró Alan.

Los demás cabecearon. Si había un hombre serio y cumplidor, sin duda ese era Duncan McRae.

—Le agradaron nuestras ovejas y su lana —agregó Alan—. Hemos quedado con él en ir a visitarlo antes de la esquila para hablar de negocios.

Los guerreros asintieron. Que Iver y Alan tuvieran negocios con Duncan era un acierto total.

A continuación Iver, mirando a su hermano Peter, comentó:

—Alan y yo nos hemos adelantado para avisaros de la llegada de padre y madre, puesto que si no lo hacía, mi querida y dulce cuñada Carolina Campbell podría haberme matado. —Los demás rieron—. Eso sí, en cuanto conozca a mi pequeño sobrino hemos de ir al pueblo a celebrarlo.

—Mira lo que te digo, Iver McGregor...

Los hombres se volvieron para mirar. Allí estaba Carolina, la mujer que había podido con todos los McGregor con su personalidad arrolladora, con el pequeño Mac en brazos, acompañada de Alison, la mujer de Harald, que sonreía.

—¿Acabas de llegar y ya quieres irte al pueblo a tomar unos tragos? —soltó Carolina.

Iver sonrió. Adoraba a su cuñada. Verla con el pequeño Mac entre los brazos, con ese pequeño al que iba a adorar toda su vida, se le antojó como algo maravilloso.

—Estás radiante. Preciosa —murmuró sin moverse.

Carolina resopló con gracia y, mirando al recién llegado, cuchicheó:

—Si empiezas con halagos, ¡conmigo vas mal!

Iver sonrió. Contemplar a Mac lo obnubilaba. Si algo tenía claro en la vida era que quería ser padre de numerosos hijos. Y, volviendo a mirar a su cuñada, de pronto recordó algo.

—Peter me ha dicho lo de tu hermano. Lo siento —dijo.

Oír eso hizo que la joven resoplara. Su hermano Rob Roy, ese idiota con el que no se hablaba porque siempre la había despreciado, se había caído al subirse a un tejado.

—No lo sientas —respondió mirando a Iver—. La pena es que solo se haya roto una pierna...

El grupo soltó una carcajada. Todos conocían la inexistente relación de Carolina con sus hermanos excepto con Greg.

—A mí lo que realmente me apena —añadió ella— es que mamita y papito se han tenido que ir para cuidar a ese patán que no los merece.

Iver asintió. La entendía. Y, dando un paso hacia la joven, murmuró sonriendo:

—Antes de marcharme a tomar ese trago pensaba saludarte y conocer al nuevo McGregor.

Según dijo eso la ceja de Carolina se levantó, y Peter susurró sonriendo:

—Hermano, ¿acaso quieres guerra?

Iver rio. Si alguien conocía a su cuñada ese era él, y, divertido, tras haberla hecho rabiar, se corrigió:

—Quería decir al nuevo McGregor-Campbell.

Los demás presentes rieron, especialmente Carolina, que era incapaz de enfadarse con su cuñado. Se acercó a él y se empinó para darle un cálido beso en la mejilla mientras murmuraba:

—Si no te quisiera tanto, no sé lo que te haría.

Acto seguido poso al bebé en los brazos de su recién llegado tío y notó el gesto de admiración de Iver al ver por primera vez a su precioso sobrino.

—Iver, te presento a Mac Munro Cailean, tu sobrino —indicó.

El guerrero parpadeó emocionado. Tenía entre los brazos al bebé más precioso que había visto nunca, que era sangre de su sangre. Y, tras observarlo con orgullo y detenimiento unos instantes, musitó:

—Es perfecto.

—Lo es —afirmó Peter orgulloso.

—Es igualito que tú, hermano.

El aludido asintió. El parecido entre su hijo y él era asombroso.

—Pero tiene mi nariz —terció Carolina.

Peter sonrió. Y, cogiendo la mano de su esposa con mimo, se la besó.

—Y tu mala leche también... —dijo con un hilo de voz.

Los demás rieron por aquello. Cuando Mac lloraba se lo oía muy muy bien. De hecho, Demelza y Aiden los compadecían, pues su hija Ingrid había sido una llorona empedernida cuando nació, y otra amiga había apodado al niño como Mac *el Rabioso.*

Entonces Alison se acercó a Harald, lo abrazó por la cintura y, al ver que Alan la miraba, cuchicheó:

—¿Cuándo vas a perdonarme que te diera con aquel palo en la cabeza?

Alan sonrió. Aquello, que ocurrió en el pasado, ya había quedado como una broma entre ellos.

—No lo sé, todavía lo estoy pensando... —señaló divertido.

Todos pasaron un rato charlando de manera distendida, hasta que Carolina preguntó:

—¿Suegrita y suegrito tardarán en llegar?

—Cariño... —cuchicheó Peter.

Iver sonrió. A su madre la ponía de los nervios que la llamara así, por lo que Carolina susurró con gracia:

—Tranquilo, corazón, que no lo diré en su presencia.

Peter cabeceó. Su mujer, aquella Campbell, era tremenda.

—Antes de anochecer ya estarán aquí —declaró Iver divertido.

Carolina sonrió. El trato con su suegra había mejorado mucho. La mujer ya nada tenía que ver con la Arabella seca y arisca que había conocido en el pasado, aunque todavía seguía teniendo sus cosas.

—Seguro que se alegra de no ver a mi padre y espero que venga tranquilita, aunque sé que se enfadará cuando se entere de que Mac lleva el nombre de mi padre antes que el del tuyo —murmuró.

Peter sonrió. El pequeño se llamaba Mac Munro Cailean. Él y Carolina no se ponían de acuerdo en cuanto a qué nombre poner a continuación del de Mac, y al final lo decidieron tras una competición de arco. Quien ganara decidiría. Y ganó Carolina.

—Tranquila —dijo Peter—. Yo se lo explicaré y lo entenderá.

—Y si no lo entiende es su problema. Mac se llama así, y ¡fin del asunto! —añadió ella.

Gustoso, Peter besó en los labios a su díscola mujer, y entonces Iver, arrugando la nariz, preguntó:

—¿No oléis algo raro?

Peter sonrió. Él ya se había percatado de ello.

—¿Algo que parece mierda? —quiso saber.

Sin dudarlo, Iver asintió y Carolina, mirándolo, cuchicheó:

—Oficialmente eres su tío...

—¡¿Qué?! —preguntó aquel sin entender.

Aiden, Harald, Peter y las dos mujeres sonrieron, y Alison exclamó:

—¡Por Tritón! Tu sobrino se acaba de cagar en tus brazos, por lo que oficialmente eres su tío Iver.

Boquiabierto, Iver lo miró. ¿En serio? ¿El niño se había cagado? ¿Cómo aquella cosita tan linda y dulce que dormía como un angelito podía haber hecho aquello?

Entonces Carolina, quitándoselo de los brazos, susurró con picardía al ver cómo el guerrero la miraba:

—Ni confirmo ni desmiento en cuanto al olor. —Y, divertida al ver que aquel se olía las manos, añadió—: Id a tomar ese trago al pueblo y volved antes de que suegrita y suegrito estén aquí.

Enseguida Alison se unió a ella y, entre risas, se alejaron.

—Se la ve feliz —comentó Iver dirigiéndose a su hermano.

Peter asintió orgulloso.

—Tan feliz como lo soy yo junto a ella.

Aiden y Harald intercambiaron una mirada. A Peter lo había cambiado el amor, al igual que a ellos. Iver intercambió entonces una mirada con Alan y soltó:

—Hermano..., ¿desde cuándo eres tan cursi?

Peter se envaró y cambió el gesto. Pero al ver a sus amigos mirarlo y sonreír, finalmente respondió:

—Desde que la felicidad llegó a mi vida.

Oír eso hizo que Alan e Iver pusieran los ojos en blanco. El amor, tal como lo sentían, era algo que hasta el momento habían mantenido lejos de ellos.

—¿Qué tal si vamos al pueblo a tomar algo antes de que lleguen vuestros padres? —propuso entonces Alan.

—Os llevaré a la nueva taberna de unos amigos —indicó Harald.

Los hombres se miraron. Sin duda era una excelente idea. Y, montándose en sus caballos, se dirigieron al pueblo entre risas y camaradería.

Capítulo 5

La jornada en la taberna había sido dura, agotadora.

Beth trabajaba por dos. Por ella y por su hermana. Pero nunca se quejaba. Así era su vida y así la había aceptado, aunque sus tíos le dijeran una y otra vez que debía cambiarla.

Los domingos, día de mercadillo en Elgin, infinidad de personas pasaban por allí, por lo que el trabajo se multiplicaba por veinte y debían lidiar con él para poder sobrevivir.

Cansada por el largo día, y con un poco de dolor de tripa, Beth salió a la parte trasera de la taberna con un vaso de leche en las manos y se dirigió hacia la pequeña cuadra donde sus tíos tenían a *Ron* y a *Mona*, dos viejos caballos a los que adoraba pero que nada tenían que ver con las impresionantes monturas que había poseído en Noruega y que su padre le había enseñado a amar.

Tras salir de la cuadra se dirigió hacia los caballos de los clientes que tomaban unas copas en la taberna. Con cariño les acarició el lomo, mientras bebía su vaso de leche e imaginaba que algún día ella volvería a tener un animal de aquellas características como lo había tenido en el pasado. El suyo se llamaba *Bradmira*, una yegua parda de crines blancas a la que adoraba, pero que tuvo que dejar atrás como el resto de su vida.

—¡*Abuelillo!* —saludó la joven al ver aparecer a su precioso perro.

Como siempre que la veía, el animal se deshizo en muestras de amor. Él y Beth tenían una conexión muy especial, algo que con Gladys nunca había sucedido. *Abuelillo* se volvía loco cada vez que veía a Beth, pero era ver a Gladys y comenzaba a gruñir.

Estaba jugando divertida con él cuando una yegua blanca llamó su atención. Era bellísima. Se le acercó y, tocando su hocico, murmuró sonriendo:

—Eres preciosa, pero no te lo creas... Tú selo sin creértelo o te volverás anodina, y eso nunca es bueno para nadie.

Durante varios minutos Beth dedicó sus mimos a aquella preciosa yegua, hasta que de pronto vio llegar a un grupo de guerreros y sus ojos se fijaron en un precioso caballo negro con una oreja blanca. Era divino, majestuoso, y con el vello de todo el cuerpo de punta susurró:

—*Balder*...

El grupo de guerreros, que parecía animado, no reparó en ella ni en su perro. Ni siquiera los vieron. Hablaban y reían, y, tras bajarse de sus caballos, los ataron a unos postes y entraron en la taberna. Parecían sedientos.

Sin perder un segundo, Beth, al ver a *Abuelillo* correr hacia el final de la calle, caminó entre los caballos hasta llegar ante el impresionante caballo negro. Era igualito que uno que su padre había tenido llamado *Balder*, con la diferencia de que este tenía una oreja blanca. Gustosa por ver aquel precioso animal, acarició su lomo, admiró sus fuertes patas y murmuró:

—Eres como él... Bonito, fuerte y recio.

El animal pareció entenderla, se movió con elegancia como si quisiera darle la razón y resopló.

Beth sonrió.

—Impresionante —dijo.

Observaba al precioso animal en silencio cuando oyó a su espalda:

—Tú lo has dicho: ¡impresionante!

La joven rápidamente se volvió. De la oscuridad salió un hombre al que no había visto en el tiempo que llevaba allí. Estaba claro que era un forastero. Con curiosidad dio un paso atrás y comprobó que era alto y moreno de tez y cabello. Cuando este se acercó, tras mirarla de una manera que la puso nerviosa, apoyó la mano sobre el hocico del animal y dijo:

—Se llama *Chambers*.

Sin quitarle el ojo de encima Beth asintió mientras notaba que su corazón se aceleraba ante la presencia de ese hombre. Sentir aquello no era propio de ella, por lo que, recomponiéndose para no parecer una lela, preguntó al tiempo que dejaba el vaso de leche sobre un poyete de madera:

—¿Es tuyo?

Observándola desde su altura, el hombre afirmó:

—Sí.

La joven asintió con la boca seca y, sin querer parecer una damita desvalida ante un tipo como aquel, dijo sonriendo:

—Pues enhorabuena.

—¡Gracias!

Ambos sonreían cuando de pronto se oyeron los gruñidos de un animal. Rápidamente el guerrero se movió y Beth, al ver de dónde provenía el ruido, llamó:

—*Abuelillo*, ¿qué haces? ¡Ven aquí!

El perro obedeció sin dudarlo y, cuando se sentó a los pies de Beth, al ver que le faltaban varios dientes y el pelo del hocico era muy blanco, Iver preguntó:

—¿Cuántos años tiene?

Ella se encogió de hombros.

—No lo sé. Lo encontré hace algún tiempo y desde entonces nos cuidamos mutuamente. Pero solo hay que ver su rostro canoso y que le faltan algunos dientes para saber que es bastante mayor.

Iver sonrió. En cuanto vio al perro apoyando el hocico en los pies de aquella, comprendió el amor que el animal le tenía.

—Tienes un buen aliado —comentó.

Beth asintió y, tocando con cariño la cabeza del perro, afirmó:

—La lealtad de un animal no tiene límites.

Iver sonrió al oír eso y entonces la joven añadió:

—Si mi padre viera tu caballo te diría que tienes un excelente semental.

Iver sonrió. *Chambers* y él llevaban poco tiempo juntos; tras la muerte de su anterior caballo se lo había regalado su hermano Peter, y desde el primer instante habían conectado, por lo que musitó con gracia después de tocarle la mancha blanca de la oreja:

—Tu padre me caería bien.

Oír eso hizo que Beth sonriera más abiertamente. Si aquel escocés supiera quién era su padre sin duda no pensaría de ese modo. Sin embargo, obviándolo como siempre para evitar problemas, posó una mano sobre la frente del caballo.

—Mi padre tuvo uno muy parecido llamado *Balder* —cuchicheó.

Iver, que había regresado junto a su caballo para coger algo de las alforjas que debía darle a Peter, preguntó al oír eso:

—*¿Balder?*

—Sí —afirmó la joven.

—¿Balder no era el segundo hijo de Odín? —inquirió él.

Sin dudarlo, y evitando hablar del dios vikingo, la joven asintió.

—¿Tu padre tuvo la osadía de ponerle a su caballo el nombre de un dios nórdico? —insistió Iver.

De nuevo sin dudarlo Beth sonrió, y aquel murmuró divertido:

—Interesante, tu padre.

Ella asintió descolocada. Era la primera vez en muchos años que mencionaba a su padre ante un desconocido. ¿Por qué lo había hecho? Pero, consciente de que ya estaba dicho, agregó:

—Mi padre era muchas cosas además de interesante.

Mientras sacaba de las alforjas lo que había ido a buscar, Iver miró a la muchacha y sin entrar en el «era», preguntó al ver al perro de aquella salir corriendo:

—¿Y tú tuviste algún caballo?

Sin dudarlo, ella asintió.

—Una preciosa yegua parda con las crines blancas.

—¿Y dónde está?

Responder a aquella pregunta era complicado.

—Con mi padre —susurró Beth cambiando el gesto.

Iver la miró con el rabillo del ojo. Estaba claro que hablar de aquello a la joven le dolía, por lo que preguntó:

—¿Eres de estas tierras?

Sin querer contarle su vida, ella afirmó con la cabeza e Iver, curioso, insistió al ver cómo la luna iluminaba los cabellos dorados de la joven:

—¿Y por qué tienes ese extraño acento?

Beth llevaba respondiendo a esa pregunta desde que habían llegado a Escocia. Con los años tanto ella como su hermana habían suavizado su acento nórdico, pero más de lo que habían hecho ya no podían hacer, y con tranquilidad contestó estirando la manga de su blusa para que no se viera el tatuaje:

—Porque me crie en las islas Órcadas.

Oír eso hizo que Iver asintiera.

—Solo he estado una vez en las Órcadas —comentó—, pero me pareció precioso.

—Lo es —aseguró Beth.

Ambos sonrieron y, a continuación, el guerrero preguntó:

—¿Añoras tu lugar de origen?

Esa pregunta le hizo gracia a la joven y, acordándose de Noruega, respondió:

—La verdad es que sí.

—¿Y regresarás?

Beth resopló. Aún recordaba cuando su padre le había pedido a Sven que sus hijas nunca regresaran allí.

—No —indicó.

Según dijo eso, uno de los caballos que estaban allí atados acercó el hocico al trasero de la joven y le pegó un mordisco.

Rápidamente Beth dio un salto y eso la hizo caer en los brazos de Iver. Durante una fracción de segundo ambos se miraron a los ojos y sus respiraciones se aceleraron, hasta que, sin poder remediarlo, comenzaron a reír a carcajadas por lo ocurrido.

—Ay, Dios... ¡Perdona por el pisotón!

Iver, divertido y algo descolocado por el modo en que el aroma personal de aquella mujer había inundado sus fosas nasales y ella lo había hechizado con aquella preciosa sonrisa, repuso:

—Tranquila. No pasa nada.

Se miraron sonriendo y entonces el guerrero se presentó.

—Soy Iver McGregor. ¿Y tú?

Sin dudarlo, la joven le tendió la mano.

—Beth Craig.

Se estrecharon la mano y luego ella, nerviosa, cogió su vaso.

—¿Qué bebes? —preguntó él.

—Leche.

—¡¿Leche?!

—Sí. Me calma el dolor de tripa.

Iver se mofó divertido:

—No sé por qué esperaba que fuera algo más acorde con el lugar, como una cerveza.

Ambos soltaron una carcajada.

—¿Andas de paso por estas tierras? —preguntó ella a continuación.

Caminando un poco llegaron hasta un pequeño banco de madera, donde se sentaron.

—He venido a conocer a mi sobrino —respondió Iver—. Mi hermano Peter y Carolina han tenido un...

—¿Mac *el Rabioso* es tu sobrino? —lo cortó ella sorprendida.

Esta vez el sorprendido fue él, que preguntó divertido:

—¿Mac *el Rabioso*?

Beth sonrió. Los nórdicos rápidamente sacaban apodo a las personas, y cuando se disponía a contestar Iver volvió a preguntar:

—¿Y ese mote a qué se debe?

—¡Ya lo descubrirás! —Beth rio.

Iver sonrió. Aquello le hacía gracia, y pensando en el pequeñajo que había conocido insistió:

—Pero bueno, ¿de qué conoces tú a ese pequeño truhan?

Pensar en el bebé los hizo sonreír a ambos, y luego Beth respondió contenta:

—Conocí a Carolina a través de Demelza y Alison; ¿las conoces?

Iver asintió.

—Las conozco muy muy bien.

De nuevo ambos rieron y, como si se conocieran de toda la vida, siguieron charlando y bromeando sobre el pequeño Mac *el Rabioso*, sin percatarse de que desde la ventana Gladys los observaba con gesto serio. Entonces Mina, la camarera de la taberna, se le acercó y, al ver lo que miraba, señaló:

—Guapo guerrero.

Eso llamó aún más la atención de Gladys.

—¿Lo conoces? —quiso saber.

Mina asintió sin dudarlo.

—Es Iver, hermano de Peter McGregor y cuñado de Carolina Campbell. ¿Sabes quiénes son?

Gladys asintió. A su tía y a su hermana les caían muy bien aquellos. A continuación Mina, cogiendo una panera, añadió:

—De vez en cuando Iver viene de visita, y me consta que ciertas mujeres lo pasan muy bien con él... Es un gran mujeriego.

Gladys cabeceó. Ver a su hermana charlar y reír con aquel guapo desconocido que desearía que le sonriera de ese modo a ella no le hacía mucha gracia, por lo que, tras un rato observándolos, se alejó de la ventana.

—¿En serio llora como dices? —inquirió Iver.

Beth asintió y afirmó con gesto divertido:

—Te lo juro. La semana pasada estuve en casa de Carolina y, ¡oh, Dios!, cuando Mac se puso a llorar supe que su apodo era *el Rabioso*.

Iver resopló. Todavía no conocía esa faceta de su sobrino, pero la faceta que estaba conociendo de aquella muchacha le encantaba, por lo que preguntó mirándola:

—¿Llevas mucho viviendo aquí?

Beth se encogió de hombros y, sonriendo, afirmó:

—Unos meses.

Esa sonrisa, la dulzura que la joven le transmitía y la vivacidad de sus ojos hicieron que preguntara:

—¿Tú siempre sonríes?

Beth afirmó con la cabeza al oírlo. Tenía un gran motivo para hacerlo.

—¿Tú no sabes que sonreír desconcierta al enemigo? —cuchicheó.

Aquella contestación, tan de su cuñada Carolina, y aquel descaro al responder a Iver se le antojaron encantadores, y desplegando sus artes de seducción inquirió:

—¿Y yo soy el enemigo?

En ese instante *Abuelillo* regresó junto a ellos y esta vez se acercó a él para saludarlo. Beth lo miró y, con gracia, repuso:

—Como diría tu cuñada, ¡ni confirmo ni desmiento!

Ambos sonrieron por aquello, y de pronto le vino a la mente el sueño de su tía.

—No. No me pareces un enemigo —respondió intentando no ponerse nerviosa—. Pero tienes que reconocer que el mundo se ve más bonito y positivo tras una sonrisa.

Atraído y bloqueado a partes iguales por aquella muchacha, sin dejar de tocar la cabeza del perro, Iver clavó la mirada en ella. Pero ¿de dónde había salido? Y cuando iba a hablar, al mover la mano le dio sin querer un golpe al vaso de leche que llevaba en la mano y este inevitablemente se derramó sobre la falda de la joven. Ambos se levantaron de sopetón. *Abuelillo* también.

—Dios, qué torpe..., ¡lo siento! —se disculpó él.

Beth, acostumbrada a que le tiraran comida o bebida sobre la ropa, sonrió y musitó:

—No pasa nada.

—Pero te he puesto perdida de leche... —insistió él.

La joven, sin perder la sonrisa, clavó sus ojos azules en él.

—¿Lo has hecho adrede? —repuso.

—No.

—Pues entonces ¡no pasa nada! La ropa se lava.

Iver asintió. Sin duda ella llevaba razón. Acto seguido un silencio se hizo entre ellos. Sin poder remediarlo, se miraron a los ojos y un extraño calor los embargó, hasta que la joven, descolocada, viendo a su perro sentado tranquilamente a los pies de aquel desconocido, dijo:

—Bueno, creo que es mejor que vaya a cambiarme.

Iver, igual de descolocado, la miró. Le molestaba dejar de hablar con ella. El rato que habían pasado juntos le había agradado.

—¿Nos volveremos a ver? —preguntó.

Beth asintió gustosa; tipos con la educación de aquel no había conocido muchos. Se encogió de hombros y afirmó deseosa de que así fuera:

—¡Seguro que sí! Elgin no es muy grande.

Oír eso a Iver le gustó.

—Si te veo por el pueblo, te saludaré —añadió.

—¡Eso espero, o pensaré de ti lo peor! —afirmó Beth guiñándole el ojo con una bonita sonrisa.

Acto seguido comenzó a caminar hacia la puerta trasera de la taberna, e Iver preguntó a su espalda:

—¿Vives aquí?

Ella lo miró e indicó sonriendo antes de desaparecer por la puerta:

—Sí. Mis tíos regentan la taberna desde que llegamos al pueblo. Así que si entras, me encantará invitarte a una jarra de cerveza fría.

—Sin duda entraré —afirmó Iver gustoso.

En cuanto se quedó a solas, el guerrero asintió para sí. Era la primera vez que se encontraba con aquella muchacha. ¿Cómo era que no la había visto antes?

Bajó la cabeza mirando a *Abuelillo*, que estaba a su lado, le tocó la cabeza y musitó:

—Tienes una dueña dulce y encantadora.

El animal ladró e Iver afirmó divertido:

—Me alegra que pienses como yo.

Sonriendo, se encaminó hacia *Chambers*, su caballo, para coger finalmente lo que había ido a buscar, y antes de entrar en la taberna miró al perro, que estaba sentado, y dijo con cariño:

—Ha sido un placer conocerte, *Abuelillo*.

Un par de minutos después Iver entró en la taberna. Sus ojos rápidamente buscaron a su hermano y a sus amigos, y cuando los divisó se dirigió hacia ellos, no sin antes comprobar que Beth no estaba por allí.

Una vez que llegó dejó un sobre frente a Peter.

—Esta misiva te la envía Thomas —informó—. Es sobre los caballos que quiere venderte.

Su hermano asintió. Sabía quién era Thomas, y sabía a qué caballos se refería. Por ello se guardó la carta en el bolsillo, cogió la jarra de cerveza que había sobre la mesa y, tras llenarle el vaso a Iver, todos levantaron el suyo para brindar.

—Por mi hijo Mac Munro Cailean —dijo—, por Carolina y por su felicidad.

Los demás asintieron, e Iver añadió:

—Por Mac Munro Cailean y Carolina. Y porque mi sobrino sea un fuerte, avispado y bravo guerrero que nos llene a todos de alegría y felicidad, aunque ahora alguien lo haya apodado Mac *el Rabioso*...

Según oyeron eso todos prorrumpieron en carcajadas, y de pronto Iver, al notar a su lado una presencia, se volvió y su sonrisa se ensanchó. A su lado estaba Beth. Si a la luz de la luna era bonita, a la luz de las velas era preciosa. Portaba una jarra de cerveza y, recordando lo que le había dicho antes, preguntó:

—¿Es la jarra a la que me ibas invitar?

Oír eso hizo que todos lo miraran. ¿Se conocían? Pero la joven, que negó con la cabeza, replicó con gesto de desagrado:

—Si la quieres, la pagas. Aquí no se fía a nadie.

Sorprendido, Iver parpadeó al verla alejarse de nuevo con la jarra.

—Algo me dice que no le caes bien... —cuchicheó Harald divertido.

Boquiabierto, él no supo qué responder. ¿Qué había podido pasar para que ahora le hablara así?

Sin moverse de su sitio Iver continuó brindando con su hermano y sus amigos, pero no podía dejar de seguir a la joven de pelo como el sol y ojos como el cielo. Así estuvo un buen rato, hasta que antes de marcharse hizo por encontrarse con ella y, sonriendo, le comentó:

—Ya nos vamos.

La joven asintió al oírlo y, con gesto de desprecio, soltó:

—Me alegra perderte de vista. Hueles que apestas.

Dicho esto, se dio la vuelta. Todos rieron por su comentario, e Iver, molesto por su desfachatez, la cogió del brazo para que lo mirara y, necesitando una explicación, inquirió:

—¿Se puede saber qué te pasa?

Gladys, pues aquella no era Beth, rabiosa porque el guerrero hubiera reparado antes en su hermana que en ella, y sobre todo deseosa de que si Beth se lo encontraba él ni la mirara, replicó:

—Me pasa que, viéndote ahora con luz, ya no solo hueles mal, sino que además tu presencia me desagrada..., tonto.

Él la miró boquiabierto.

—¿Me acabas de llamar «tonto»?

—Con todas las letras —se mofó la joven.

Aquello que le había dicho delante de su gente era indignante, e Iver, molesto, acercó su rostro al de ella y siseó:

—Tú sí que me desagradas a mí.

Gladys levantó las cejas y sonrió como solía hacerlo su hermana; entonces él, dándose la vuelta, miró a Peter y a sus amigos y, sin darles opción a mencionar lo ocurrido, masculló:

—Vamos, padre y madre van a llegar y no quiero que Carolina los reciba sola.

Minutos después, una vez que aquellos se fueron, una puerta que daba a la taberna se abrió y entró Beth. Como siempre, lucía una preciosa sonrisa y miró curiosa a su alrededor. Iver, el interesante guerrero que había conocido, había dicho que pasaría por la taberna, pero al no verlo se apenó.

—¿Qué buscas, Beth? —preguntó Gladys acercándose a ella.

La joven, al ver que el hombre que buscaba, que podía haber sido con el que su tía había soñado, no estaba, suspiró y, cogiendo una jarra de cerveza para servirla, contestó:

—Nada.

Cuando se alejó, Gladys sonrió en su fuero interno. Los hombres guapos como aquel tenían que fijarse primero en ella, no en su hermana.

Capítulo 6

Una vez que llegó a Saint Andrews, en Escocia, con cautela para no ser descubierto por ningún escocés curioso, Sigurd *Diente Podrido* cambió sus ropajes antes de reunirse con sus amigos Goran Glenn, que le había solicitado a su *laird* unos días libres por asuntos personales, y David Morrison.

Aquellos tres, junto a un centenar de horribles hombres, eran mala gente. Vivían de provocar el sufrimiento a los demás, raptando, matando y vendiendo personas al mejor postor, daba igual la nacionalidad.

Esa noche, en una posada de mala muerte, Sigurd le explicó a David Morrison lo que pretendía hacer. Goran Glenn ya lo sabía. Debían ir a Oban para raptar a dos hermanas. Cuando las tuvieran en su poder debían meterlas en uno de sus barcos de esclavos y poner rumbo a Noruega. Sin dudarlo, David se unió a la causa al saber el dinero que aquello le reportaría.

Viajaron juntos a Oban, pero allí todo se torció al comprobar que las jóvenes ya no estaban y que el hombre que les había proporcionado la medallita y el dibujo había muerto.

Durante días indagaron. Pero la pista de las muchachas parecía haberse perdido. Nadie sabía adónde habían podido ir, y Sigurd, sabiendo que seguir en Escocia era peligroso, dejó a Goran y a David al mando para encontrarlas y volvió a Noruega con un cargamento de escoceses, franceses e irlandeses para vender.

En cuanto volvió al servicio de su *laird*, cada vez que salía de viaje por mandato de aquel Goran indagaba sobre dos gemelas rubias de pelo claro. Nadie parecía conocerlas, hasta que un día, cuando regresaba de Wick y estaba en una tienda de Inverness hablando con el tendero, este le contó que tenía un amigo medio vikingo que vivía en Elgin y tenía dos sobrinas gemelas idénticas, de ojos y pelo claro, llamadas Gladys y Beth.

Eso llamó la atención de Goran, que fue hasta Elgin. Allí rápidamente se enteró de dónde encontrarlas, y cuando desde la distancia distinguió el tatuaje que aquellas llevaban en el brazo, supo que al fin había dado con ellas.

Feliz y contento, regresó junto a su *laird*. No debía levantar sospechas, pero envió dos misivas, una a David y otra a Sigurd, diciéndoles que las había encontrado. Ahora solo tenía que esperar un par de semanas o tres para recibir instrucciones de Sigurd.

Cada vez que iba a Elgin, Goran procuraba pasar por la taberna que regentaban los tíos de las muchachas, y pronto se percató de que a la que llamaban Beth era despierta, desconfiada y trabajadora, y la otra, Gladys, era floja y le encantaba provocar a los hombres.

La misiva con la respuesta no tardó en llegar. En ella Sigurd le pedía a su amigo que se acercara a alguna de las chicas y la sedujera. Conseguido aquello, el resto ya lo pensarían. Por ello, una tarde entró en acción al dirigirse a la taberna para tomar unos tragos.

Goran, un guerrero de pelo oscuro y ancha espalda, una vez en el lugar, como todos, no supo quién era Beth y quién era Gladys; no quería llamar la atención, y medio oculto por su capucha se miraba las manos cuando una de las jóvenes se acercó a él y le preguntó:

—¿Quieres más cerveza?

Él asintió y, mirándole con descaro el escote, respondió:

—Sí. Aunque también me gustaría otra cosa.

La joven sonrió. Eso le confirmó a Goran que se trataba de Gladys.

—No eres de por aquí, ¿verdad? —le preguntó ella tras llenarle la jarra.

Goran negó con la cabeza.

—Estoy de paso.

Gladys asintió y, viendo cómo aquel tenía los ojos clavados en el escote de su vestido, sonrió. Le agradaba disfrutar del placer de los cuerpos con forasteros. Hacerlo con gente del pueblo siempre podía traer problemas.

—¿Y estarás mucho por aquí?

Consciente de que, sin haber hecho nada, ya había contactado con ella, el guerrero respondió:

—Depende...

—¿De qué depende?

Goran, que volvió a pasear la mirada por su escote, afirmó:

—De lo que me dé una preciosidad como tú.

Acalorada por lo que aquel guapo hombre le hacía sentir, ella dijo sin dudarlo:

—Soy Gladys Craig. ¿Y tú?

—Goran. Goran Glenn.

Ambos se miraban con interés cuando Gladys, tras comprobar que ni su tío ni su hermana la veían ni la oían, preguntó:

—¿Te apetece que nos veamos esta noche tú y yo?

Goran asintió. Aquella muchacha le estaba allanando el camino. Pero de pronto ella vio salir de la cocina a su hermana Beth y, tensándose, añadió:

—¿Conoces la capilla de la cúpula de musgo?

Goran, que llevaba varios días por allí, volvió a asentir.

—A las doce de la noche nos vemos allí —dijo Gladys.

—Allí estaré.

Entonces Goran vio pasar a Beth por su lado.

—Sois como dos gotas de agua —comentó—, pero tu cuerpo es más tentador.

Gladys sonrió. Aun llevando la misma ropa que su hermana, ella siempre se bajaba más el escote. Y, tras guiñarle el ojo, se alejó. Esa noche tenía una cita.

Cuando Goran se marchó de la taberna, sonrió. Estaba claro que a la muchacha le gustaba que la ensalzaran, por lo que supo que sería fácil seducirla y llevar a cabo su plan.

Capítulo 7

La llegada de Cailean y Arabella McGregor fue motivo de felicidad para todos, y más al ver cómo aquellos se desvivían por su nietecito Mac.

En un principio, al enterarse de que el pequeño llevaba el nombre del padre de Carolina antes que el de su marido, Arabella resopló, pero el tiempo le había enseñado que ahora eran sus hijos y sus esposas quienes debían tomar ese tipo de decisiones, así que sorprendiendo a todos calló y lo aceptó. Lo importante era que el niño estuviera sano y feliz. Con eso valía.

Dos días después Iver no podía quitarse de la cabeza a la tonta de la taberna mientras cepillaba a su caballo. Que lo hubiera despreciado y humillado así delante de su gente no le había gustado nada, y estaba pensando en ello cuando Alan se le acercó.

—Voy a Elgin —le dijo.

—¿A qué vas?

Alan, un guerrero fornido y algo presumido, contestó sonriendo:

—Quiero comprarme una camisa como la que llevaba anoche tu hermano. ¡Me gustó!

Iver asintió. Si algo tenía Alan era que le gustaba ir perfectamente vestido.

—Carolina me ha indicado la tienda donde la compró —añadió este último—. Al parecer se llama O'Maley, y he decidido acercarme a ver.

Iver asintió de nuevo. Había intentado no regresar al pueblo para no cruzarse con la joven desagradable de la taberna, pero, incapaz de negarse en ese instante, dejó el cepillo y dijo:

—Voy contigo.

Veinte minutos después, una vez que los dos guerreros llegaron al pueblo, tras intercambiar varias miraditas con las mozas del lugar, quienes al verlos sonreían y les pestañeaban, Alan comentó al llegar frente a O'Maley:

—Carolina me dijo que las vendían aquí.

Iver miró el letrero y se apeó de su caballo.

—Pues no se hable más. Entremos a ver esas camisas.

Cuando dejaron sus monturas atadas a uno de los postes, los dos amigos entraron en el local. La tienda era un lugar algo oscuro, sombrío, pero sin duda el género de sus ropas era bueno, como pudo comprobar Alan. La tendera los atendió encantada, y cuando, un buen rato después, ambos guerreros salieron con un par de camisas cada uno, este último propuso:

—¿Qué tal si nos tomamos algo?

Iver asintió y, mirando a su alrededor, al ver al fondo de la calle la taberna a la que no quería ir, indicó:

—Me parece bien. —Desató su caballo y, señalando más allá, dijo—: Vayamos a aquella de allí, la de la derecha.

Alan asintió.

Mientras los dos guerreros caminaban por la embarrada calle con sus caballos al lado, de una de las tiendas salió Beth. Había ido a comprar la verdura necesaria para preparar las comidas en la taberna. Rápidamente reconoció a Iver y sonrió. Quería saludarlo, por lo que, mirando a su anciano perro, que la esperaba en la puerta, dijo:

—Vamos, *Abuelillo*, ¡sígueme!

Entrando de nuevo en la tienda de donde había salido, esta vez acompañada por su perro, procedió a salir por otra puerta y, al hacerlo, como bien sabía, se dio de bruces con los guerreros.

Iver la miró. Ella lo miró a él y sonrió.

—Hola, ¡qué alegría volver a verte! —saludó.

Según oyó eso Iver parpadeó sin dar crédito. Alan sonrió, pero el primero, todavía enfadado por cómo lo había tratado días atrás, clavó la mirada en ella y siseó:

—Será para ti, porque para mí es un horror verte...

Beth dejó de sonreír al oír eso. ¿En serio?

—¿Y a ti qué mosca te ha picado? —preguntó frunciendo el entrecejo.

Sin dar crédito, Iver pensó en lo último que aquella le había dicho e, ignorándola a ella y al perro, que movía el rabo ante él, dijo dirigiéndose a Alan:

—Tengo sed. ¡Vámonos!

Sin decir más los dos guerreros rodearon a la joven y prosiguieron su camino, mientras Alan murmuraba divertido:

—Bonita mujer...

—Y desagradable también —gruñó Iver.

Alan miró hacia atrás. Sin moverse, la muchacha los miraba con gesto serio, lúgubre. Y entonces, recordando algo, preguntó:

—¿Esa no es la que te dijo que olías...?

—Sí. —No lo dejó terminar.

Alan sonrió, y cuando iba a hablar de nuevo, la muchacha, que segundos antes los observaba junto a su perro, los adelantó y, parándose frente a Iver, que tuvo que detener el paso, inquirió:

—Pero ¿qué te ocurre?

A cada instante más sorprendido por la desfachatez de aquella, Iver negó con la cabeza.

—Venga, ¡vamos! —insistió mirando a Alan.

Sin embargo, cuando fue a moverse la joven se interpuso en su camino y siseó:

—¡Oye!

Iver, que la había oído, como Alan, la rodeó sin mirarla y prosiguió su camino junto a su amigo, pero esta no se dio por vencida y comenzó a caminar a su altura.

—¿En serio me vas a ignorar? —gruñó.

Alan, intentando no sonreír, miró a la joven y a su gracioso perro.

—Si le dices que te bese, ¡quizá te mire! Iver nunca rechaza un beso —cuchicheó.

Oír eso hizo que Beth se quedara quieta. *Abuelillo* también se paró. No pensaba decirle eso, pero al ver que aquellos dos guerreros se miraban y se reían, retomó su camino y les cortó el paso.

—Antes beso el culo de un cerdo que pedirle un... —aseguró.

—Antes se lo beso yo —la cortó Iver.

Beth parpadeó atónita mientras Alan y él reían a carcajadas, y entonces la joven, enfadada tras mirar a su perro, que parecía juzgarla, clavó sus claros ojos en el tipo que la menospreciaba. Aquel idiota no podía ser el hombre con el que su tía había soñado; más que un mundo lleno de luz le sugería sombras, no entendía por qué había cambiado.

—Oye, *creído*... ¿Cómo eres tan desagradable? —le soltó.

Boquiabierto, el guerrero negó con la cabeza y, dejándose llevar, replicó:

—¡Y eso me lo dice la *pesadilla* más desagradable y maloliente de Elgin!

Beth se enfadó. ¿Maloliente ella? Pero ¿qué osadía era esa?

Y, olvidándose de los finos modales que su madre le había enseñado y que Ottilia le recordaba que una mujer debía tener ante un hombre como aquel, soltó la cesta con verdura que llevaba en el suelo, empujó a Iver sin pensarlo y siseó:

—Vuelve a decir lo que has dicho, maldito arrogante, y lo lamentarás.

Abuelillo, al ver aquello, comenzó a ladrar, e Iver resopló.

Por norma era un hombre empático y tranquilo con la gente. Odiaba los conflictos, pero aquella mujer lo estaba sacando de sus casillas.

—Si vuelves a empujarme... —empezó a decir.

Beth, con gesto ofuscado, volvió a hacerlo. *Abuelillo* seguía ladrando, y ella soltó:

—Ya lo he hecho, ¿y ahora qué?

—Eres una osada —murmuró Iver entre dientes.

—Eso lo dice Iver *el Creído* —se mofó ella.

—¿Cómo me has llamado? —preguntó él descolocado.

Alan los observaba divertido. Como a su amigo, le encantaban las mujeres con carácter, y sin duda aquella lo tenía. Iver, sorprendido por el arranque de aquella y su osadía de llamarlo Iver *el Creído*, susurró:

—Te estás extralimitando, mujer.
—Agradece que no tenga una espada aquí, porque si la tuviera...
—Ten cuidado no te dañes con ella —la cortó Iver.
Oír eso enfermó a Beth. Le encantaría poder enseñarles a creídos como aquel el poderío que tenía con una espada en la mano. Sin embargo, lo ignoró, cambió el gesto y sonrió. Como le había dicho su padre, la sonrisa desconcertaba al enemigo.
—¡Qué mono eres! —cuchicheó de pronto.
Oír eso a Iver lo dejó sin palabras. Pero ¿qué hacía aquella mujer? Y la joven, viendo el desconcierto en sus ojos, cambió de nuevo la sonrisa por el gesto fiero de su padre.
—Una vez es un aviso —musitó—. Dos, una advertencia. Y no habrá tres.
—Por favor... —se mofó Iver ante la risa de Alan.
Durante unos segundos aquellos se miraron como dos rivales mientras *Abuelillo* los rodeaba nervioso.
—¿Pretendes amedrentarme? —inquirió Iver sin dar crédito por la desfachatez de aquella.
Beth no movió ni una pestaña y, aturdido, el guerrero añadió con un gruñido:
—Me humillas diciéndome la otra noche que ya no solo huelo mal, sino que mi presencia te desagrada...
—Eso es mentira, y yo no suelo mentir —lo cortó Beth.
—Incluso me llamaste «tonto» ante la gente, y ahora pretendes que sea amable contigo.
Beth parpadeó al oír eso. «¡Oh, Diossss! ¡Oh, Diosss!», pensó. Y Alan, para echar una mano a su amigo, dijo mirándola:
—Siento decirte que así fue. No solo lo oyó él, sino también las personas que íbamos con él y seguro que alguien más de la taberna.
Beth esta vez no dijo nada. Con oír eso de «tonto» supo quién se había dirigido así a él; sujetó a *Abuelillo*, que cada vez estaba más nervioso, y, mirándolo, dijo:
—A ver, mira..., todo tiene su explicación y su porqué.
—¿Ah, sí?
—Sí —afirmó Beth, que insistió—: La mentira no me va, porque si algo soy es sincera.

—Me sobran tus explicaciones y tus porqués —apostilló Iver molesto.

—Pero...

—Que no quiero escucharte. ¡Fin del asunto!

La joven, molesta por aquello, levantó un dedo para protestar, pero él continuó diciendo:

—Mira, *pesadilla...*

—*¿Pesadilla?*

—Sí.

—¿Me acabas de llamar «pesadilla»? —preguntó boquiabierta.

Iver fabricó una de sus desesperantes sonrisas e indicó recordando algo:

—Con todas las letras.

Beth parpadeó. Las explicaciones que pensaba darle para disculparse por lo ocurrido ya no se las quería dar. Entonces él, viéndola ahora desconcertada a ella, añadió mofándose:

—*Pesadilla...*, ni somos amigos ni vamos a serlo. Por tanto, ¿qué tal si nos dejas continuar nuestro camino y tú sigues el tuyo con tu perro?

Molesta y perpleja por lo descubierto, Beth asintió y cogió la cesta con las verduras que había comprado.

—*Abuelillo*, ¡vamos! —dijo levantando el mentón.

Y, seguida por el perro, se alejó a grandes zancadas.

Iver y Alan, que observaban como se marchaba, se miraron y el primero cuchicheó:

—Reconozco que ese carácter me gusta.

—Lo sé —afirmó Alan divertido.

Ambos sonrieron. El carácter combativo y guerrero en las mujeres siempre lo había atraído.

—¿Por qué algunas son tan raras? —preguntó a continuación Iver divertido.

Alan se encogió de hombros y, sonriendo, respondió:

—No lo sé, Iver *el Creído...*

Ambos guerreros se miraron.

—Vuelve a decir eso y te juro que te corto la lengua —masculló el aludido.

Los dos amigos rieron con complicidad, y luego Alan indicó:
—Venga, vayamos a refrescar nuestras gargantas.
Iver asintió y, tras echar un último vistazo a aquella descarada, que se alejaba con gesto de enfado, miró a su amigo y repuso:
—Será lo mejor.

Capítulo 8

Beth llegó a la taberna, que aún estaba cerrada al público. Tras entrar y cerrar de un portazo, su tío Sven gruñó:

—Muchachita, ¡¿es que pretendes romper la puerta?!

Ella no contestó. Tomó aire y su tío, que la conocía muy bien, al verla con aquel gesto fiero y enfadado, añadió bajando la voz:

—*Nubarroncito*..., ¿qué te ocurre?

La joven, que durante el camino había rumiado lo sucedido y, sobre todo, se había calentado al saber lo que había hecho su hermana, preguntó mientras observaba a *Abuelillo*, que iba hasta su bebedero:

—Tío, ¿tú crees que soy una pesadilla?

Sorprendido, Sven la miró. Beth podía ser cualquier cosa menos eso.

—¿Quién ha osado llamarte eso, mi cielo? —preguntó.

—¡Un idiota!

—¡Pobre idiota, lo que le habrás dicho...! —se mofó él.

—Corta me he quedado para lo que deseaba decirle.

—Beth...

Pero la joven estaba muy enfadada.

—¿Dónde está la imbécil de mi hermana? —preguntó.

—¿Qué ocurre? —inquirió su tío.

Enfadada y molesta, ella respondió mirándolo:

—Voy a despellejarla.

—Beth... —Sven sonrió mirando a *Abuelillo* tumbarse.

La aludida apretó los puños por la rabia que sentía y exclamó fuera de sí:

—¡Juro por Odín que la quiero, pero a veces es un ser horrible!

—*Nubarroncito*...

—Puede dar las gracias por ser mi hermana y no mi enemiga, porque, si no fuera así, como le prometí a padre, actuaría y no pensaría.

Sven negó con la cabeza. Le pasaba como a Beth: adoraba a Gladys, pero en ocasiones, con su egoísmo y su poca empatía, la muchacha lo desesperaba.

Entonces Ottilia, al oír la voz de su sobrina, salió de la cocina con una jarra de vino en las manos y, al ver su gesto, murmuró:

—Uis, qué oscuro nubarrón veo en tu mirada.

Beth no contestó. Nubarrón era poco... Y Ottilia, al ver a su marido sonreír, preguntó:

—¿Qué ocurre?

Beth estaba muy enfadada, tanto que no podía ni contestar, y Sven lo hizo por ella.

—Que se avecina tormentilla entre nuestras niñas.

Ottilia resopló. Aunque desconocía lo ocurrido ya sabía que la culpa era de Gladys.

—Mi cielo, relájate, cuenta hasta diez y... —musitó intentando serenarla.

—He contado hasta veinte —la cortó Beth—. Pero la voy a despellejar.

Sven y Ottilia se miraron, y luego su sobrina preguntó:

—¿Gladys se ha levantado ya?

Sin dudarlo, Ottilia negó con la cabeza y Beth, entregándole la cesta con las verduras que había ido a comprar, dijo quitándole la jarra de vino de las manos a su tía:

—¡Voy a despertarla!

—Ay, Dios mío —musitó Ottilia viendo que *Abuelillo* se levantaba y la seguía.

Sven asintió. Ver la cara de enfado de Beth y saber adónde iba con aquella jarra de vino le hizo saber lo que iba a ocurrir, por lo que, sujetando a su mujer, la animó:

—Ve y despiértala, mi cielo, ¡que ya es hora!

Ottilia miró a su marido. ¿Acaso se había vuelto loco? Y cuando Beth desapareció de su vista, iba a hablar, pero este, tras darle un cariñoso beso en los labios, se le adelantó y dijo:

—Tranquila...

—Pero...

—Lindura, tranquila. La sangre no llegará al río.

—Pero está muy enfadada —insistió la mujer.

Sven asintió. Efectivamente, Beth parecía muy enfadada.

—Por mucho enfado que tenga, ¡ya sabes cómo es con su hermana! —declaró seguro de lo que ocurriría.

Ottilia resopló. Su marido tenía razón. Y, mirando las verduras que la joven había comprado, afirmó sin más:

—¡Excelentes zanahorias!

Capítulo 9

Beth se encaminó con la jarra de vino hacia la escalera que conducía a la parte superior de la vivienda y, a grandes zancadas, se dirigió hacia la habitación de su hermana. Una vez que llegó frente a la puerta, *Abuelillo* se detuvo. El perro nunca entraba en el cuarto de Gladys.

Enfadada, Beth abrió la puerta de par en par y, al verla durmiendo, se acercó a la cama. Sin contemplaciones, le arrojó el vino de la jarra a la cara y Gladys se despertó con un sobresalto.

—¡Te voy a despellejar! —siseó esta.

Acto seguido se levantó de la cama de un brinco y, corriendo para alejarse de su hermana, gritó:

—Pero ¡¿se puede saber qué te ocurre?!

Beth, que se acercaba a ella, pues no tenía escapatoria, una vez que la tuvo contra la pared se sacó de su bota la daga que siempre llevaba consigo y, poniéndosela a su hermana en el cuello, gruñó:

—Te lo advertí...

—¿Qué me advertiste?

Beth negó con la cabeza, furiosa.

—Te advertí que nunca más volvieras a jugármela —soltó.

Gladys jadeó. ¿Cómo se había enterado su hermana de que la noche anterior se había escapado para ver a Goran?

Dio un gritito que se desvaneció en el aire cuando Beth preguntó con sorna:

—¿Otra vez haciéndote pasar por mí?

Según oyó eso, Gladys parpadeó. Ahora sabía que no se refería a Goran.

—¿No tienes nada que contarme, hermanita? —exclamó Beth enfadada.

Gladys temblaba. Despertarse así no era lo normal.

—¡Tíaaaaa...! —gritó.

—La tía no vendrá.

—¡Tíoooo...!

—Él tampoco...

Horrorizada, Gladys levantó la voz y volvió a gritar mientras oía los ladridos de *Abuelillo* en el pasillo:

—¡¡¡Beth se ha vuelto loca!!!

Oír eso hizo que la aludida sonriera con amargura.

—Loca estoy por seguir queriéndote cuando creo que no te lo mereces —soltó.

—¡Si mamá o papá te oyesen, te regañarían!

Nada más decir aquello Beth se había arrepentido, pero, enfadada, insistió:

—Te he preguntado si no tienes nada que contarme...

Gladys negó con la cabeza.

—El silencio del envidioso está lleno de ruidos —añadió Beth.

—¡Beth!

—Te lo he dicho no una, ni dos, ni tres, sino más de veinte veces, que no te hagas pasar por mí...

—Tiene su explicación —musitó aquella tosiendo.

Beth apartó la daga del cuello de su hermana, pero, sin dejar que se moviera, agregó:

—¿Cómo se te ocurre llamar «tonto» y «maloliente» a...?

—¡No te convenía!

Sorprendida por aquello, Beth parpadeó.

—¿Y por qué no me convenía?

Gladys no supo qué contestar, y Beth, viendo la respuesta en los ojos de su hermana, siseó:

—No me convenía porque, una vez más, no soportas que un hombre se fije en mí antes que en ti, ¿verdad?

Temblando, Gladys cuchicheó:

—Mina me dijo que ese guerrero es un mujeriego incorregible.

—¿Y...? —gruñó Beth.

Gladys volvió a toser. Tras hacerlo de forma teatral, se dio aire con la mano y Beth, echándose hacia atrás para darle espacio, suspiró.

—Hermana, si lo hice fue pensando en ti —dijo Gladys tosiendo de nuevo.

—¿En mí?

Gladys asintió. Beth se guardó entonces la daga en la bota y fue a buscar una toalla para que aquella se limpiara el vino de la cara.

—¡No deseaba que otro hombr...! —continuó Gladys.

—¡No sigas! —la cortó ella.

Durante unos segundos las dos hermanas se miraron, hasta que Gladys susurró:

—Nunca me perdonaré lo que te hice con Ronan.

Beth, que había oído eso mismo de su boca demasiadas veces, se tocó la cadenita de plata que llevaba al cuello.

—Me parece bien que no te lo perdones..., porque lo hiciste muy mal y encima perdimos la medallita de bronce de papá —indicó.

Gladys asintió. Aquello la apenaba, pero insistió:

—No quiero verte sufrir por alguien que no lo merece..., hermanita. Por..., por eso... hice lo que hice como tú lo hiciste en otro momento.

Beth levantó una mano para que callara. Sabía que su hermana se refería a la muerte de Ronan. Y, aunque le había explicado un millón de veces que había sido en defensa propia, algo en su interior le hacía creer que Gladys seguía cuestionándoselo.

Había pasado tiempo. Beth sabía que el amor que su hermana le había tenido a aquel ya se había esfumado, pero si algo no soportaba Gladys era que un hombre se fijara en Beth antes que en ella. Tenía una rivalidad tremenda con su gemela.

—Que sea la última vez que te haces pasar por mí, ¿entendido? —le advirtió esta.

Gladys asintió con la cabeza y, tras limpiarse una fingida lágrima con el dedo, iba a moverse cuando su hermana, al ver un chupetón en su hombro, siseó:

—¿Quién te ha hecho esto?

Al ver el cardenal que Goran le hizo la noche anterior mientras disfrutaban del placer de los cuerpos, Gladys suspiró.

—Nadie en especial.

Beth la miró fijamente.

—Te lo he dicho muchas veces y te lo repito. No soy nadie para decirte con quién debes o no tener intimidad. Pero como los tíos se enteren de lo que haces, se van a enfadar.

La otra asintió. Luego Beth agarró una bata, se la lanzó y dijo:

—Póntela, no cojas frío.

Sin dudarlo, ella obedeció mientras su hermana se dirigía ya hacia la puerta.

—Aséate y vístete —añadió Beth—. Te necesitamos en la cocina.

Gladys asintió y ella salió de la habitación y cerró la puerta. *Abuelillo* rápidamente saltó para darle un lametazo y, juntos, fueron a la habitación de Beth, donde, al entrar, la joven cerró la puerta.

Las cosas que hacía su hermana cada vez la enfadaban más, y, tras resoplar mirando a *Abuelillo*, susurró:

—La quiero, pero hasta el querer se me está acabando con ella...

Capítulo 10

Peter y Carolina McGregor, tras la llegada de los padres de él y de su hermano Iver, quienes habían ido a conocer al pequeño Mac, decidieron dar una fiesta a la que invitaron a amigos y familiares. Estaban hablando de ello cuando Arabella comentó mirando a Carolina:

—Siento mucho que tus padres no estén aquí.

La joven afirmó con la cabeza; inexplicablemente la creía.

—Gracias, pero créeme que yo lo siento más —murmuró.

Arabella asintió. En ocasiones como aquella, al ver el gesto triste de Carolina le daban ganas de abrazarla. Pero no. Eso ya sería excesivo. Ella no era de abrazar, por lo que, tomando aire, iba a hablar cuando su hijo Iver preguntó:

—¿Qué es eso de Mac *el Rabioso*?

Al oírlo, Peter y Carolina sonrieron, y la joven indicó:

—El apodo que se ha ganado tu sobrino por su manera de llorar.

—¡Qué horror de apodo! —exclamó Arabella—. ¿Quién le ha puesto eso a mi nieto?

Carolina, al oír a su suegra, pensó en Beth. Y, omitiendo que era vikinga y que los vikingos le sacaban apodos a todo el mundo, respondió:

—Una amiga.

Arabella torció el gesto.

—Pues no me gusta. Es un nombre horrible para mi nieto.

Iver sonrió y, desviando el tema para que su madre no entrara en bucle, a continuación preguntó:

—¿Cuándo llegan Ethan y Eppie?

—Mañana —contestó Peter.

Arabella, la madre de aquellos dos, asintió.

—Vienen desde Dundee —indicó—. Ethan tenía unos negocios que atender allí, por lo que a medio camino nos separamos. Y, oye, le dijimos a Eppie que prosiguiera camino con nosotros, pero no quiso. Prefirió acompañar a su marido a viajar con tu padre, Iver y conmigo.

—Normal, madre..., normal —repuso Peter.

Según oyó eso la mujer lo miró.

—¿Normal por qué? —preguntó—. ¿Acaso sigo siendo una *bruja*?

—¡Dios nos libre! —se mofó Cailean al oír a su mujer.

Iver sonrió. Su madre era su madre...

—A ver qué le dices a madre —cuchicheó mirando a su hermano.

Ambos rieron y, a continuación, Cailean terció:

—Arabella, tesoro mío, tanto Eppie como Ethan deseaban viajar juntos. Están enamorados y no querían separarse. No le des más vueltas.

La mujer asintió y, cuando iba a responder, las puertas del comedor se abrieron y apareció Ximena con el pequeño Mac en brazos. Rápidamente Carolina corrió hacia ellos y, tras coger a su bebé, mirando a la que era su suegra, para hacerla rabiar saludó con la manita del pequeño:

—Hola, abuelitaaaaaa..., tu pequeño demonio Campbell ya está aquííííí.

Arabella hizo un amago de sonrisa y se puso en pie.

—Pequeño demonio, ven con tu abuelita... Steward.

Todos rieron por aquello; al menos ahora se podía bromear al respecto de ese tema. Sin dudarlo, Carolina le entregó a su nieto, aquel bebé grande y regordete que ahora era la alegría y el orgullo de la familia.

Mientras Cailean y Arabella le hacían monerías, Carolina se aproximó a su marido.

—Cómo me gusta poder bromear con tu madre —cuchicheó.

—Mientras no la llames «suegrita»... —se mofó Iver.

Los tres rieron por aquello y luego la joven preguntó:

—¿Crees que a tus padres les importará quedarse con Mac esta tarde mientras voy al pueblo con Demelza y Alison a encargar unas cosas para la fiesta del sábado?

—No les importará en absoluto —afirmó Iver viéndolos entregados al niño.

Durante toda la mañana los cinco disfrutaron de un bonito momento familiar junto al bebé, aunque Carolina se fijó en que su suegra todo el rato le hacía desplantes a Cailean.

—¿Qué te ocurre con Cailean? —le preguntó en un momento en el que se quedaron a solas.

Arabella no respondió, así que Carolina insistió:

—Le hablas mal continuamente.

Arabella se tocó el cabello.

—Es un pesado con sus muestras de cariño —dijo—. Y bien sabes que...

—Por Dios, Arabella, lo más bonito que hay es que tu esposo te demuestre su amor.

La mujer suspiró. Sabía que aquella llevaba razón. Pero, incapaz de soltar la frialdad y la soberbia que durante años había ido acumulando, debido a las enseñanzas de sus padres, comentó al ver que se abrían las puertas del salón:

—Oh, mira. Ya llegan tus amigas.

Alison y Demelza, como dos torbellinos de vida y vitalidad, entraron en la estancia, y tras saludar a los presentes se marcharon con Carolina. Tenían que hacer compras.

Arabella, que se quedó con su marido, sus hijos y su nieto, cuchicheó viendo por la ventana como las jóvenes se alejaban a caballo.

—No me puedo creer que una sea vikinga y la otra pirata...

—Madreeeeee... —musitó Peter.

Arabella negó con la cabeza.

—Pero, hijo, ¡si no he dicho nada!

Los tres hombres se miraron. Arabella, aun habiendo cambiado un poco para bien, todavía tenía muchas cositas que la hacían una persona complicada. Y acto seguido añadió con gesto soberbio:

—Recuerdo la vez que conocimos al padre de Alison. Qué pesado con querer bailar danzas españolas y gritar «¡Olé!»...

—¡Jack Moore! ¡Qué tío tan simpático! —Cailean sonrió.

Arabella, como siempre hacía, torció el morro al oírlo.

—¿Cómo puede parecerte simpático un desvergonzado pirata? —gruñó.

—¡Madre! —protestó Peter.

Cailean miró a su mujer y, al pensar en la vez que lo había conocido en casa de su hijo Peter, repuso:

—Porque, a pesar de las barbaridades que dicen de él, yo veo en Jack a un buen hombre que empatiza con la gente que lo necesita.

Arabella torció el cuello. El recuerdo que tenía de él era nefasto.

—No sé si podría tener en la familia a una vikinga o a una pirata —replicó.

—Madre, por favorrrrr —suplicó Iver.

—Si ya le costó «la Campbell»... —se mofó Cailean.

De nuevo la mujer se revolvió en su silla.

—Vale —indicó—. Sé que tuve mis reservas con Carolina por ser una Campbell, pero...

—¿Reservas? —se mofó Peter.

Los tres hombres rieron. Arabella se había opuesto completamente a Carolina en su día.

—Por el amor de Dios —cuchicheó entonces—, si tener a una Campbell en la familia ya fue un escándalo, imagínate lo que sería tener ¡una vikinga o una pirata! ¡Dios nos libre!

—Arabellaaaaaaa ... —protestó su marido.

La aludida, con su nieto en brazos, iba a hablar de nuevo cuando Iver susurró divertido:

—Madre, ¿eres consciente de que tienes en brazos a un pequeño Campbell?

Arabella miró con adoración a Mac e indicó tras darle un beso en el moflete:

—Es un McGregor-Steward, hijo.

—Y un Campbell —afirmó Peter, el padre, con seguridad.

Este y su madre se miraron a los ojos. Los pasos atrás que en su momento se dieron no iban a volver a darse.

—Adoro a Carolina como adoro a Mac —añadió la mujer—. ¡Solo era un comentario!

—¡Tú y tus comentarios! —se burló Cailean.

Los tres hombres se miraron con complicidad y luego Peter continuó, dirigiéndose a ella:

—Madre, sé que eres consciente de que estoy casado con el amor de mi vida, que es Carolina Campbell, la hija del Diablo Campbell. Y necesito que seas consciente también de que mis mejores amigos están aquí y son escoceses, vikingos e incluso una pirata. Por ellos daría la vida, como sé que ellos la darían por mí. Por tanto, si nos quieres y nos respetas a nosotros, espero que respetes a mis amigos y, delante de ellos, no hagas ni un solo comentario que me pueda avergonzar o incomodarlos a ellos.

Arabella parpadeó al oír eso.

—Hijo —susurró rápidamente—. Quizá mis comentarios no sean acertados, pero créeme que no los he hecho por maldad... Solo los he hecho por comentar.

—Lo sé, madre..., lo sé... —afirmó Peter—. Pero recuerda que la vida nos ha enseñado que lo importante es la persona, no si es Campbell, Steward, vikinga o pirata.

—Muy bien dicho, hijo —convino Cailean.

Arabella resopló e, incapaz de callar, insistió:

—No me digas que no hay vikingos que...

—Madreeeeee, por favor —la cortó Iver.

Los cuatro se quedaron en silencio y entonces Arabella, arrugando la nariz, preguntó:

—Uf..., ¿no oléis algo raro?

Iver y Peter se miraron y el primero señaló divertido:

—Oficialmente eres su abuela...

Arabella no lo entendió. ¿De qué hablaba su hijo menor? Y Peter, muerto de risa, se lo explicó minutos después.

Capítulo 11

Demelza, Carolina y Alison se acercaban en sus caballos al pueblo cuando la primera preguntó:

—¿Por qué tu suegra nos mira siempre de esa forma?

Divertida, Carolina contestó con despreocupación:

—Porque ve a una vikinga y a una pirata, y creo que os observa para ver si a ti te salen unos cuernos en la cabeza y a ti una cola de pez o un parche en el ojo...

—¡Por Tritón! —se mofó Alison—. Todavía recuerdo cuando mi padre, aquel día en tu casa, le propuso bailar una danza española y gritar «¡Olé!»...

Las tres rieron. Recordar la gracia de Jack bailando aquella danza española era divertido.

—Creo que la cara de incomodidad de Arabella fue una de las cosas más chistosas que he visto en mi vida —afirmó entonces Demelza.

—¿Y cuando mi tío Roy la abrazó al despedirse? —añadió Alison sin poder parar de reír.

—Casi se le salen los ojos. —Demelza rio.

Carolina asintió con una gran sonrisa. Los abrazos no eran algo que su suegra pusiera en práctica a menudo.

—Es que ella no es de abrazar —repuso—. Es como si le diera urticaria prodigarse en gestos de cariño, aunque con Mac me está sorprendiendo.

Las tres reían por aquello cuando Carolina, divertida, cuchicheó:

—Lo creáis o no, Arabella ha cambiado un poquito. Ya os he contado todo por lo que me hizo pasar por ser una Campbell. ¿Cómo no os va a mirar sabiendo que una de vosotras es vikinga y la otra pirata?

De nuevo las tres rieron.

—Espero que Iver —agregó Carolina—, el día que se enamore, sea capaz de hacerlo de una mujer que a Arabella la haga feliz, porque tanto Ethan como Peter eligieron a quienes a ella no le gustaban.

—Pero ahora os adora —matizó Alison.

Ella asintió.

—Sí. Nos adora y nosotras a ella. Pero nuestro trabajito nos costó y nos cuesta cada vez que nos vemos... Yo solo espero que a la chica que Iver elija no le cueste tanto.

—No veo yo a Iver por la labor de enamorarse —comentó Demelza.

—Yo tampoco —indicó Alison.

Carolina sonrió. Iver era un enamorado del amor, quizá el más abierto y galante para demostrarlo.

—Pues os equivocáis. Él es delicado, cariñoso, romántico, considerado..., y está abierto a vivir plenamente el amor. Solo tiene que aparecer esa mujer deslumbrante, como dice él, que lo haga querer vivirlo todo.

Las demás asintieron, y luego Alison preguntó:

—¿A quién has invitado a la fiesta?

Carolina iba a responder cuando, al entrar en el pueblo, vio a un grupo de gente que parecía discutir.

—¿Qué ocurrirá allí?

Sin dudarlo dirigieron sus caballos hacia donde estaba el conflicto y, al apearse, oyeron que alguien exclamaba:

—¡Oh, qué monoooooo!

Frente a un montón de gente una de las gemelas Craig se enfrentaba a un hombre que, al oír eso y ver la sonrisa de la joven, no supo cómo reaccionar. Entonces ella, al ver que había conseguido lo que buscaba, cambió el gesto y siseó:

—Si vuelves a venderle a cualquier otra persona un pescado

en mal estado y yo me entero, ¡te juro que te las vas a ver conmigo!

El hombre, un sinvergüenza de mucho cuidado, preguntó al oírla:

—¿Acaso he de temerte, mujer?

Beth, que no soportaba a esa clase de caraduras, asintió y, con aquella expresión heredada de su padre que siempre desconcertaba a todos, aseguró:

—Más que a la muerte.

Los hombres y las mujeres que los rodeaban sonrieron al oírla, y cuando se llevó la mano a la daga que colgaba de su cinto, el vendedor soltó:

—¿Pretendes amedrentarme sin una espada siquiera?

Beth asintió tranquila. Su tío, sabiendo cómo se las gastaba la muchacha si alguien la increpaba, prefería que solo llevara una daga.

—No la necesito —replicó—, y yo nunca miento.

De nuevo todos rieron y luego Beth, cogiendo el pescado que aquel tipo le había vendido a Marla, una ancianita, se lo tiró a la cara y ordenó:

—Y ahora, o le devuelves el dinero o le das un pescado que sea comestible.

El vendedor miró el pescado podrido que estaba a sus pies y, cuando se disponía a hablar de nuevo, Beth lo apremió:

—Ni Marla ni yo tenemos toda la mañana..., ¡vamos, elige!

Demelza, al reconocer a la muchacha como una de las gemelas de sus amigos Sven y Ottilia, rápidamente se abrió paso entre la gente y, plantándose frente a ella, preguntó:

—¿Qué ocurre?

Beth, sin dilación, le contó lo ocurrido, y cuando Demelza se disponía a intervenir añadió:

—Tranquila, ya me ocupo yo sola de esto.

Demelza, Alison y Carolina se hicieron a un lado. Sin duda, aquella muchacha parecía tener agallas.

Todos miraban al vendedor sinvergüenza hasta que finalmente este, sacando de su cesto un pescado fresco y del día, se lo tendió a Marla y ella lo cogió gustosa.

Una vez que la mujer tuvo su pescado en su cesta, Beth cambió su gesto serio por una sonrisa.

—Muchas gracias, caballero —dijo, y volviéndose hacia el grupo—: Vamos, vamos, esto se ha acabado. Cada uno a lo suyo.

Instantes después el vendedor y la mayoría de los presentes se dispersaron, y Marla se dirigió a la joven.

—Gracias, tesoro, por preocuparte por una vieja solitaria como yo.

—Marla, ¡no diga eso!

—¿Beth o Gladys? —cuchicheó la anciana acercándose a ella.

—La primera —afirmó aquella.

La anciana sonrió con cariño.

—Los viejos como yo ya no importamos, hija —agregó—. Somos más bien un estorbo.

—De eso nada —replicó Demelza—. Que nadie le haga creer eso.

—De estorbo nada —protestaron Alison y Carolina al unísono.

La mujer miró a las cuatro jóvenes y cuchicheó:

—Gracias por vuestro cariño. Disfrutad de la vida y la juventud mientras las tengáis. —Y, cogiendo las manos de Beth, afirmó—: Qué bien te han criado tus tíos y qué orgullosos han de estar de ti, cielo.

Dicho esto, le dio un beso en la mejilla y se marchó feliz con su pescado fresco a su hogar.

Una vez que se quedaron las cuatro solas, Beth rápidamente las abrazó. Aquellas muchachas le caían muy bien. Y Demelza, mirando a la joven, le preguntó:

—Disculpa, ¿eres Beth o Gladys?

—Beth. —Ella sonrió y, al ver cómo las chicas la miraban, indicó—: Si prometéis no contárselo a nadie, os diré un pequeño truquito para diferenciarnos. Pero... ¡no se lo debéis decir a nadie!

—Lo prometemos —aseguraron las tres al unísono.

Divertida, Beth se retiró el pelo que le caía sobre la frente y dijo:

—Mi hermana no tiene esta pequeña cicatriz en la ceja derecha y, además, por su gesto siempre parece que esté oliendo mierda de vaca...

Eso hizo que las mujeres sonrieran.
—Gracias por la información —musitó Carolina—. Es bueno saberlo, pues nunca os diferencio.
—Ni tú ni nadie —se mofó Alison, comenzando a caminar—. Harald mismo, el otro día, me dijo: «He estado con una de las sobrinas de Sven, pero no sé quién era»...
—Fue conmigo. Nos vimos en la tienda de los O'Maley.
—¡Exacto! —afirmó la joven.
En cuanto llegaron frente a un establecimiento, Demelza señaló:
—He de entrar a por unas hierbas para Aiden. Últimamente las comidas le sientan mal.
—¡Voy contigo! —se ofreció Alison.
Carolina y Beth se quedaron en la puerta, y entonces esta última preguntó:
—¿Cómo está Mac *el Rabioso*?
Al oír eso Carolina soltó una risotada.
—Bien. Creciendo día a día. Tienes que venir a verlo.
Beth sonrió. Los bebés le encantaban. Los adoraba, aunque intentaba alejarse de ellos. El dolor que le provocaba verlos tras la pérdida del suyo todavía no lo había superado.
—Que sepas —añadió Carolina— que mi suegra se ha escandalizado al oír ese apodo...
Divertida, Beth asintió. Si la suegra de aquella supiera que a su cuñado también le había puesto un mote, sin duda se volvería a escandalizar.
—Deja que lo oiga llorar y entenderá por qué —indicó.
Ambas rieron y, a continuación, Carolina agregó:
—Por cierto, el sábado por la noche vamos a dar una fiesta en honor a Mac, puesto que mis suegros y mis cuñados han venido a conocerlo. Díselo a tus tíos y a tu hermana y acercaos a tomar algo. Nos encantará que vengáis.
Beth suspiró. Y, omitiendo que con la última persona que querría encontrarse era con el cuñado de aquella, respondió:
—Gracias por la invitación, pero el sábado por la noche tenemos mucho trabajo en la taberna y nos será imposible asistir.
—Pero podríais venir cuando cerréis —insistió ella—. Te asegu-

ro que la fiesta durará hasta bien entrada la noche. Por favor, díselo a tus tíos y a tu hermana y animaos a venir.

En ese instante salieron Demelza y Alison de la tienda y, al oírlas hablar, la primera dijo:

—Sí, por favor, venid a la fiesta, ¡será divertido!

—Pero ¿quién va? —quiso saber Alison.

Esta vez, y de memoria, Carolina citó varios nombres y al acabar musitó:

—Seguro que alguien más, pero ahora no lo recuerdo.

Beth, que había escuchado en silencio, levantó una ceja y susurró incapaz de callar:

—Si os soy sincera, allí hay alguien que no me quiere ver..., y yo a él tampoco.

—¿Quién? —preguntaron las tres al unísono.

—Alguien que me llama *Pesadilla*.

—¡Será idiota! —gruñó Demelza.

—Muy idiota. Tanto que su apodo es *el Creído* —afirmó Beth evitando decir el nombre.

Divertidas, las mujeres la miraron y ella añadió:

—Además de creído es idiota, arrogante y chulito..., ¡lo tiene todo! —se mofó.

De nuevo las tres amigas se miraron, y Carolina indicó:

—A mí Peter al principio me llamaba *Molestia*...

—Noooooooooo —murmuró Beth.

La joven asintió y Alison terció divertida:

—Y, mira, ¡al final se casaron!

Las cuatro terminaron riendo y acto seguido Beth declaró con seguridad:

—Dudo que yo algún día me case con ese arrogante.

—¿Quién es el idiota que te llama *Pesadilla*? —preguntó Demelza con curiosidad.

Beth sonrió al ver cómo aquellas la miraban. Decir el nombre de Iver, el cuñado de Carolina, era fácil. Pero también sabía que lo que hablara allí le podía llegar, y no quería más polémica con él, por lo que, prefiriendo no darle más importancia a algo que no la tenía, se recogió la falda con una mano y simplemente dijo:

—Gracias por la invitación, pero ahora he de marcharme o mis tíos no me perdonarán que no llegue a tiempo para las cenas.

—¡Pardiez! Pero dinos quién te dijo eso —insistió Alison.

Divertida por aquello, Beth negó con la cabeza.

—Se dice el pecado, pero no el pecador. Y, la verdad, chicas, no merece la pena pensar un segundo más en él. Es un hombre totalmente olvidable para mí.

Y, sin más, la joven se alejó sonriendo mientras las otras tres la miraban y Carolina preguntaba:

—¿Qué idiota, creído, arrogante, chulito y olvidable llamaría *Pesadilla* a una chica tan encantadora?

Alison y Demelza se miraron y luego la primera comentó:

—Harald me ha dicho que el otro día, en O'Maley, Ruarke Davidson estaba muy pesado con ella.

—Me consta que ese Davidson es muy arrogante —afirmó Carolina.

Las demás asintieron y Alison añadió:

—Al parecer, esa sanguijuela quería invitarla a dar un paseo y ella no aceptó. Y ante su insistencia, le dijo cuatro cositas que al otro no le gustaron... ¡Seguro que es él!

—¡Seguro! —confirmó Demelza pensando en el muchacho.

Carolina suspiró. Ella misma, en el pasado, había comprobado la arrogancia de muchos hombres.

—Con lo estupenda que es Beth, se merece, como poco, conocer a tipos educados y galanes que la sepan valorar —cuchicheó mirando a sus amigas.

—¡Y tanto! —convino Alison.

—Y además es deslumbrante —prosiguió Carolina, y, tocándose la barbilla, agregó—: Si viene a la fiesta le presentaré a Iver. Conocerlo le hará saber que no todos los hombres son arrogantes y chulitos.

—Excelente idea —afirmó Demelza.

Mientras charlaban sobre el tema continuaron con sus compras, sin pensar ni por un segundo que aquel idiota arrogante, chulito y olvidable no era otro más que Iver McGregor.

Capítulo 12

La llegada de Ethan y Eppie los llenó a todos de felicidad.

Esa noche Carolina, ayudada por sus buenos amigos Blake y su mujer Ximena, prepararon una esplendorosa cena en la que no faltó de nada.

A los postres todos reían sentados alrededor de la mesa con el pequeño Mac entre los brazos de su abuelo cuando Ethan, levantándose, cogió la mano de Eppie, que se levantó también, y declaró:

—Familia..., mi preciosa Eppie y yo queremos comunicaros que dentro de unos meses seremos uno más en la familia.

Según dijo eso, la explosión de felicidad que tuvo lugar en el salón familiar fue increíble. Eppie lloraba emocionada por su futura maternidad, mientras todos los felicitaban y los abrazaban. Todos... excepto Arabella.

La mujer, que, emocionada como todos, había recibido la noticia, observaba como sus hijos sonreían cuando Carolina, acercándose a ella, cuchicheó tras echarle un ojo a Mac, que ahora estaba en brazos de Iver:

—A la futura mamá le gustaría un abracito...

Arabella suspiró. Los abrazos seguían sin ser lo suyo.

—Luego se lo daré —murmuró.

Divertida, Carolina asintió y luego, mirándola, musitó:

—Vaya..., vaya..., la familia sigue creciendo. ¿Eso te hace feliz?

—Claro —afirmó aquella con sequedad.

Eppie e Iver reían divertidos por los gestos del pequeño Mac cuando Arabella susurró:

—Iver siempre ha sido el más niñero. Espero que pronto pueda disfrutar de esos hijos que tanto ansía.

Oír eso hizo que Carolina sonriera.

—Ahora solo falta que encuentre a la mujer que necesita para que mi felicidad sea completa —agregó Arabella.

Carolina la miró asombrada.

—Con lo que has dicho..., ¡estoy por abrazarte! —exclamó.

—Ni se te ocurra —le advirtió la mujer.

—Vale, suegrita, vale.

Arabella la miró de reojo, aquella era incorregible, y con gesto serio murmuró:

—Te he dicho mil veces que no me...

—¡*Bruja* es peor!

Arabella negó con la cabeza. Su nuera no tenía remedio. Y Carolina, mofándose, insistió:

—Pero ¡si te gustaaaaa que te lo diga!

La mujer tomó aire. Que la llamara de esas formas no era lo que más le gustaba en el mundo, pero Carolina se había ganado un pedacito de su corazón.

A partir de todo lo que pasó con ella su mundo había cambiado un poco. Ahora era un poco más permisible que antes, pero aunque en ocasiones intentaba serlo más, algo en su interior no la dejaba.

—Tampoco te pases, Campbell —repuso.

Ambas sonrieron por aquello y Carolina, mirándola, cuchicheó:

—Debes seguir practicando la sonrisa, porque todavía das miedo.

—¡Muchacha!

La joven, consciente de lo que decía, insistió:

—Suegrita..., hazme caso y practica, porque tu sonrisa es fría y sin emoción.

Arabella negó con la cabeza, no pensaba hacer caso.

—La semana pasada —comentó tras tomar aire—, en una fiesta en la que estuvimos en Edimburgo, le presenté a Iver a lady Yvaine DeClaire, una preciosa muchacha discreta, de elegancia suprema y modales cautivadores con la que podría tener unos niños preciosos. Pero nada..., mi hijo fue galante con ella y poco más.

Carolina asintió y, mirando a su cuñado menor, indicó:
—Quizá no sea el tipo de Iver.
—Pelo claro, ojos como el mismísimo cielo, bella, elegante y con una educación impresionante. ¡Es todo lo que le gusta a Iver!
—¿Sabe bordar? —preguntó Carolina.
Sin dudarlo, Arabella afirmó:
—¡Como los ángeles!
—Ahí tienes el fallo.
—¡¿Cómo?!
Divertida al ver los gestos de su suegra, Carolina cuchicheó:
—Siento decirte que a Iver, al igual que a Peter y a Ethan, le gustan las mujeres que precisamente bordar no es el centro de su vida.
Arabella negó con la cabeza y, cuando iba a responder, la joven murmuró:
—Que sí..., que lo sé. Que bordar, según tú, otorga distinción y clase, pero, suegrita, Iver no quiere eso.
—¿Y qué quiere Iver? —preguntó Arabella.
Carolina, que observaba como la familia bromeaba con Eppie y Mac, señalándolos, afirmó:
—Iver quiere eso. —Arabella siguió la dirección de su dedo y la joven añadió—: Desea una compañera cómplice, amiga, de buen corazón, divertida, valiente y con un gran sentido del humor para criar juntos a sus hijos. No desea una mujer encorsetada, oprimida, aburrida, que borde como los ángeles y le dé preciosos hijos, por muy guapa y elegante que sea.
Su suegra resopló.
—Solo se la presenté. Nada más.
—Arabellaaaa, que nos conocemos.
Pero la mujer insistió con gesto agrio:
—Ni se la he vuelto a mencionar, aunque me consta que ella quedó prendada de él, cosa que me parece normal: Iver es un guerrero imponente, como sus hermanos.
Carolina sonrió al oír eso y miró de frente a la mujer.
—Si lo que quieres es la felicidad de Iver —declaró—, deja que sea él quien encuentre a la mujer de su vida.

—Pero...

—Arabella —la cortó—. Soy madre como tú y ahora te entiendo mucho mejor. Las madres por nuestros hijos ¡matamos! Pero en el tema del amor y los sentimientos no solemos ser objetivas, porque a veces lo que para nosotras es lo mejor verdaderamente no es lo mejor para ellos.

Arabella resopló. Ella no pensaba así, y cuando se disponía a responder, Iver se acercó a ellas y preguntó:

—¿Qué urden dos brujas como vosotras juntitas?

—¡Iver! ¿Cómo me dices eso? —gruñó su madre.

Carolina y él se miraron y este aclaró:

—Madre, estaba bromeando...

Arabella negó con la cabeza.

—Esas bromas no me gustan, y lo sabes.

Iver resopló. Su madre, como siempre, en su línea.

—Hablamos de tus futuros y preciosos hijos —comentó Carolina—, y de que te agradan las mujeres que saben bordar como los ángeles.

Oír eso hizo sonreír a Iver.

—¡Lo de bordar me sobra! —replicó con sorna.

—¡Hijo!

Divertido, él se acercó a su madre y, tras darle un beso antes de que ella retirara la cara, indicó:

—Tú preocúpate de otras cosas, que de mi vida privada ya me ocupo yo.

Carolina sonrió con disimulo; entonces Cailean se acercó a ellos con el pequeño Mac en brazos y rápidamente Arabella se lo quitó, y en ese momento Iver, agarrando el brazo de su cuñada, cuchicheó:

—Por el amor de Dios, Carol, ¿qué haces hablando con mi madre de semejante insensatez?

—Ha empezado ella. Me ha dicho que el otro día, en no sé qué fiesta, te presentó a lady Yvaine DeClaire y...

—Una joven preciosa, pero insufrible y malcriada —la cortó Iver.

Carolina sonrió.

—¿De qué te ríes? —preguntó él.

—¿Por qué era insufrible y malcriada?

Iver ahora sonrió a su vez y, con complicidad, afeminó el tono de voz y soltó con guasa:

—Oh, Iver, Iver, Iver..., el agua está muy fría..., ¿puedes pedir que me la templen para que mi dulce y armoniosa voz no se perjudique? —Carolina parpadeó y este prosiguió con su broma—: Oh, Iver, Iver, Iver..., el suelo está resbaladizo por el aliento húmedo de la noche..., llama a un criado para que seque los escalones antes de posar mis delicados pies sobre ellos. Temo resbalarme y hacerme algún mal irreparable...

—¿En serio? —preguntó Carolina muerta de la risa.

Él asintió.

—En serio.

La joven negó con la cabeza. Estaba claro que su suegra seguía teniendo un pésimo gusto para buscarles pareja a sus hijos. Y, recordando a alguien que no tenía nada que ver con aquella que había descrito, dijo:

—El sábado, en la fiesta, si eres bueno, quizá te presente a una joven encantadora.

—¿Es deslumbrante?

Al oírlo, Carolina, por primera vez, le preguntó con curiosidad:

—Vamos a ver, cuñado, ¿qué es para ti una mujer deslumbrante?

Iver sonrió y, tomando aire, indicó:

—Pues una mujer que sea audaz, valiente pero serena, resuelta pero comedida, con buen corazón, y cuya actitud en la vida me sume y no me reste.

Sorprendida, Carolina declaró al oírlo:

—Siempre pensé que eso de «deslumbrante» se refería a la belleza exterior.

Sin perder la sonrisa, él asintió y bajó la voz para añadir:

—A ver..., la belleza exterior es algo que lógicamente como hombre aprecio, porque tonto no soy. Pero tú me has preguntado qué es una mujer deslumbrante para mí, y yo te lo acabo de decir.

Carolina asintió. Una vez más Iver acababa de sorprenderla, y sin dudarlo, y pensando en Beth, afirmó:

—Ten por seguro que esa mujer que te voy a presentar es más que deslumbrante.

Él sonrió y, estirándose la chaqueta negra que llevaba, contestó con sorna mientras observaba que sus hermanos y Eppie se acercaban a ellos:

—Estoy deseando que llegue el sábado para conocerla.

Capítulo 13

La taberna estaba siempre muy concurrida los sábados. Forasteros y aldeanos pudientes acudían en masa para comer o tomarse unos tragos junto a los amigos, y Beth y sus tíos trabajaban sin descanso.

—¿Sabes que Marcia, la hija de Owen y Fina, ha tenido ya su bebé? —le comentó Ottilia.

Ella asintió.

—Lo sé.

Su tía miró a la joven e insistió:

—Ha sido una niña y la ha llamado Audrey.

—Bonito nombre —afirmó Beth; echó en un cazo un poco de carne y patatas, miró a su perro, que dormitaba en un rincón, y dijo—: ¡*Abuelillo*, a comer!

Ni que decir tiene que el animal se despertó de inmediato y, tras dejarle Beth el cazo en el suelo, comenzó a comer.

Ottilia, que se había dado cuenta de que su sobrina evitaba hablar de aquel tema, se le acercó y cuchicheó:

—Me dijo Fina que a Marcia le encantaría que pasaras a conocer a su hija.

Beth resopló. Los niños le gustaban mucho, pero desde que perdió al suyo y le dijeron que ya no podría tener más intentaba implicarse lo menos posible con ellos.

—Iré un día de estos —contestó.

Ottilia asintió y, abrazándola, indicó:

—Deja de culparte por algo de lo que no eres culpable.

Beth asintió con tristeza. Sabía que su tía tenía razón.

—Si yo no me hubiera vuelto loca cuando ocurrió lo de Ronan, quizá mi bebé estaría hoy correteando entre nosotros —respondió.

A la mujer se le rompió el corazón al oír eso. Aunque había pasado el tiempo y Beth no decía nada, seguía dándole vueltas a lo sucedido.

—Pero pasó lo que pasó... —continuó—. Mi bebé murió y la vida no me volverá a dar otra oportunidad.

Ottilia tomó aire; era duro oír eso.

—La vida no quiso que mi amor y yo tuviéramos nuestros propios hijos —dijo mirándola—, pero la vida también nos regaló a dos preciosas niñas a las que criar y amar. —Ambas sonrieron y la mujer añadió—: Vosotras no solo sois la luz de vuestros queridos padres, sino también la maravillosa luz de Sven y mía.

—Tía... —murmuró con cariño.

Ottilia asintió y luego afirmó con seguridad:

—La familia no son las personas de tu misma sangre, sino la gente que te ama y te cuida todos y cada uno de los días de tu vida. Tú y Gladys sois mis niñas. Nuestras niñas. Las hijas que tu tío y yo siempre anhelamos tener... Y que nadie ose decir lo contrario, o juro que le arranco la cabeza.

Ambas reían por aquello cuando Sven entró en la cocina.

—Maldita sea, Lindura... ¿Por qué habéis permitido que Gladys se marche a casa de Epifanía a dormir justamente hoy?

Ottilia, que seguía emocionada por lo que momentos antes Beth y ella hablaban, miró acalorada a su marido y replicó:

—Amor, ¡deja de ser tan gruñón!

Sven seguía protestando cuando Mina entró en la cocina.

—Necesito tres platos más de estofado.

—¡Marchando! —dijo Beth.

Rápidamente Sven cogió los tres platos que su niña le entregaba y, tras pasárselos a su mujer, esta los llenó y preguntó dirigiéndose a Mina:

—¿Para qué mesa son?

—Para la seis.

Una vez que él se marchó con gesto ceñudo, Beth abrió la puerta de la calle para que *Abuelillo* saliera a dar su paseo y, mirando a su tía, preguntó:

—Pero ¿qué le ocurre?

Ottilia resopló.

—Está molesto por la falta de Gladys.

Beth asintió. Por poco que su hermana ayudara, se notaba que faltaban dos manos.

—Lo sé —murmuró—. Estamos sobrepasados, pero es que Gladys últimamente vuelve a toser en exceso y me preocupa; por ello creí que era mejor que se fuera y descansara.

La mujer no dijo nada; ella también se había percatado de aquello.

—Tranquila —susurró—. Dentro de un par de horas, cuando no haya tanto trabajo, se le pasará.

En ese momento se abrió la puerta de la cocina de nuevo y Sven entró con el mismo gesto ceñudo con el que se había marchado. Beth se le acercó y lo abrazó.

—Si no sonríes, me rompes el corazón —cuchicheó.

Al oír eso y sentir su abrazo, el guerrero sonrió. Adoraba a aquella muchacha por encima de todo. Y, soltando aire, la abrazó y susurró mientras le daba un beso en la coronilla:

—Ya sonrío, mi cielo. No quisiera ser el culpable de eso.

Mirándose, los dos sonrieron, y el guerrero añadió:

—Pero sigo pensando que Gladys tendría que estar aquí, como lo estás tú. Este negocio es para que los cuatro podamos vivir y...

—Tío, Gladys últimamente no se encuentra bien.

—O finge que no se encuentra bien —musitó él.

—¡Sven..., amor! —gruñó Ottilia.

Beth suspiró. Entendía que su tío pensara así. No sería la primera vez que su hermana fingiera sentirse mal, pero, segura de lo que decía, insistió:

—Me preocupa su tos y he preferido que descansara, tío.

Sven finalmente asintió. Él también la había oído toser por las noches. Y, cuando iba a hablar, la puerta de la cocina se abrió de nuevo y entró Mina, que dijo:

—Necesito cinco platos de estofado y pan para la mesa diez.

Con la rapidez de un rayo, tío y sobrina se deshicieron del abrazo y volvieron a trabajar. Ya hablarían.

* * *

A las doce de la noche la taberna por fin estaba cerrada. Solo quedaban Sven, Ottilia y Beth, junto con *Abuelillo*, que dormitaba, terminando de recoger las cosas en la cocina.

—Anoche volví a soñar con Blanca —dijo Ottilia.

Oír eso no les extrañó a Sven y a Beth. Y esta última, sabiendo que hablaba de su madre, preguntó:

—¿El sueño de siempre?

Ottilia asintió sentándose.

—Sí. Sigo sin entender por qué me mira y se pone las manos sobre la tripa.

Los tres se quedaron callados, hasta que Beth dijo:

—Quizá sea su manera de decirte que te echa de menos.

Ottilia asintió con la cabeza.

—Pues espero que siga echándola de menos mucho tiempo —terció Sven—. Mi Lindura está muy bien conmigo.

Los tres rieron por aquello y Beth, sentándose junto a su tía, comentó:

—Gladys insiste de nuevo en ir a Edimburgo.

Sus tíos intercambiaron una mirada y la joven añadió:

—Creo que deberíamos llevarla al médico que nos recomendó Daniel Thomson.

Los tres se miraron.

—Puedo acompañarla yo —continuó Beth—. Vosotros os quedáis al frente de la taberna y...

—¡Ni hablar! —protestó Sven—. No voy a permitir que vayáis las dos solas. ¿Acaso no ves los peligros que os podéis encontrar en el camino?

Beth resopló. Su tío siempre veía peligros donde no los había.

—Tu tío tiene razón —dijo Ottilia—. Dos muchachas solas, de viaje, es algo peligroso.

—Tía Ottiliaaaaaa...

—Además, vosotras sois quienes sois y...

—Tía, ¡aquí nadie sabe quiénes somos! Es más, ¡ya no lo somos!

Sven y la aludida se miraron. Para ellos sus sobrinas siempre serían las que eran. Habían prometido proteger a esas niñas con sus vidas y así lo harían. Pero Beth insistió:

—Escucha, tío...

—No, mi cielo, escúchame tú a mí. Iremos a Edimburgo y...

—Pero ¡no podemos cerrar la taberna! —se quejó la joven.

—Lo sé. Pero ya lo hemos hablado tu tío y yo —afirmó Ottilia.

Beth suspiró. Cerrar la taberna ahora que la gente estaba confiando en su comida y en su buen hacer no era lo más idóneo para el negocio, por lo que insistió:

—El otro día Gladys me contó que oyó decir a Alice y a Thomas McDougall que, junto a varios familiares más, partirán a Edimburgo dentro de un par de semanas para asistir a la boda de una sobrina. Tío, creo que si hablas con ellos no les importará que los acompañemos. Luego, una vez allí, Gladys y yo buscaremos a ese médico para que la visite, y después podemos esperar a que los McDougall regresen a Elgin y volver con ellos.

Ottilia y Sven se miraron.

—¿No os parece una idea excelente? —añadió Beth con gracia.

El matrimonio negó con la cabeza en silencio. Ni locos dejarían que las niñas partieran sin ellos.

—Les prometí a tus padres que os cuidaría y... —empezó a decir Sven.

—¡Tío! —lo cortó Beth—. Lo haces todos y cada uno de los días. Además, cuidarnos también es cuidaros vosotros y cuidar nuestro negocio. No será bueno cerrarlo y...

—Pero, mi cielo, ¡nunca nos hemos separado de vosotras! —se quejó Ottilia.

Con su eterna sonrisa, Beth asintió. Desde que las habían arrancado de los brazos de sus padres, no había pasado ni un solo día en que Sven y Ottilia no hubieran estado a su lado, ni siquiera cuando ella había estado casada.

—Gladys y yo ya somos adultas y...

—Pero sois nuestras niñas y también lo que ya sabes y no voy a decir en voz alta —la cortó Sven.

Oír eso hizo que Beth resoplara.

—¿Cuándo vais a aceptar que no soy la duquesa de Bjälbo ni lo seré nunca? —murmuró.

—¡Muchacha, baja la voz! —gruñó Ottilia.

—¡Ni lo menciones! —susurró Sven.

Eso hizo sonreír a Beth y, cuando iba a contestar, el hombre siseó en un tono de voz intimidante:

—Da igual lo que tú creas. Siempre serás quien eres, además de mi niña, y yo tengo que cuidarte. —Al oír eso Beth miró a su tía y sonrió, y el guerrero añadió—: Además, he de estar alerta y a vuestro lado por si alguien aparece y...

No dijo más. Sven se calló tras recibir un codazo de su mujer, y Beth, viendo aquello, musitó:

—Nadie aparecerá, tío. Nadie sabe que estamos aquí.

Sven, que no se perdonaba el dolor sufrido por sus niñas y el peligro al que el idiota de Ronan las había expuesto, respondió:

—Debería haberlo matado yo. No tú.

—Tío..., no...

—¿Quién me asegura que no seguís en peligro?

Viendo el gesto preocupado de su marido, Ottilia comentó:

—Ha pasado casi un año, Amor. Nadie las ha buscado y...

—No me fío —insistió él.

Un extraño silencio se apoderó de la estancia. El dolor que Ronan les había provocado a todos seguía siendo palpable.

—Sé que viviremos siempre con la incertidumbre —agregó Ottilia dirigiéndose a su marido—, pero hemos de vivir. —Luego, mirando a Beth, prosiguió—: Solo deseamos que tanto tú como Gladys encontréis la felicidad con hombres que os amen, os cuiden y os respeten. No con patanes de bonitos rostros que os hagan perder la razón y os vendan al mejor postor a la primera de cambio. Aunque, la verdad, mi vida, al hombre al que en mi sueño no vi el rostro le sonreías de una manera especial.

—¿Qué hombre y qué sueño? —preguntó Sven cerrando un ojo.

Oír eso hizo que Beth sonriera.

—La tía tuvo uno de sus sueños... En él veía que un hombre surcaba los mares por mí, yo le sonreía y él llenaba mi mundo de flores.

—Y de... bebés —añadió Ottilia.

Sven miró a su mujer. Pero ¿qué hacía hablando de bebés?

—Lindura..., ¡por Odín! —protestó.

Beth y él se miraron, y luego Ottilia afirmó:

—Mis sueños hablan, y el destino ¡es el destino!

Sin poder remediarlo, la joven sonrió haciendo sonreír a su tío.

—Como habría dicho mi madre —declaró después—, si algo está destinado a suceder, no tendré que perseguirlo, porque ese algo me perseguirá a mí.

Los tres sonrieron al recordar esa frase de aquella a la que tanto quisieron, y luego la joven continuó:

—Necesito que sepáis que lo ocurrido me hizo recordar que solo se merecerá mi corazón, mi lealtad y mi amor aquel que me quiera por encima de su propia vida.

Ottilia asintió y Beth, cogiéndolos de la mano, musitó:

—Pero, de momento, solo vosotros, mi familia, os merecéis eso, por lo que no os tenéis que preocupar, ¿entendido?

Sus tíos se miraron. Beth era una joven tremendamente especial.

—Tu tía y yo ya hemos hablado de llevar a Gladys a ese médico en Edimburgo —declaró entonces Sven—. Yo viajaré con vosotras.

Beth parpadeó.

—Pero ¿cómo se va a quedar la tía sola?

Ottilia resopló y luego murmuró:

—No me quedo sola. Mina y sus hermanas me ayudarán.

Beth negó con la cabeza. No le parecía suficiente.

—Mi vida —terció Sven—, en estos meses tu tía ha hecho buenos amigos, por lo que no estará sola. Estará protegida y acompañada.

Beth suspiró, iba a protestar, pero, al ver las sonrisas de sus tíos, finalmente susurró:

—De acuerdo.

Sven y Ottilia se miraron y sonrieron. Y, tras darse un rápido beso en los labios, el guerrero añadió:

—Y..., bueno, creo que a ti te vendrá muy bien mi ayuda para controlar a Gladys con los hombres. Ya sabes cómo es.

Beth asintió. Por desgracia, entendía las palabras de su tío.

—También sabes cómo soy yo cuando me enfado. —Rio—. Por algo me llamaban *la Duquesa Guerrera*, ¿no?

El matrimonio sonrió. La fuerza y el genio de Beth podían ser tremendos.

—Sí, *Nubarroncito* —admitió Sven.

Los tres estaban mirándose cuando la joven insistió:

—Habla con los McDougall, tío... Es la mejor opción.

—Quizá en Edimburgo conozcas al hombre de mi sueño —sugirió Ottilia.

Beth sonrió y su tío terció con seriedad:

—Lindura..., ¡no me calientes!

—Amor... —musitó la mujer.

Divertida por ver cómo aquellos se miraban, pues su tía estaba deseosa de que tanto su hermana como ella se emparejasen, algo que su tío Sven se negaba a aceptar, Beth besó al guerrero grandullón y pidió en voz baja:

—Tío, por favor, no te preocupes por nada y confía en mí.

Sven asintió. Beth siempre le había dado motivos para confiar en ella, todo lo contrario de Gladys. Pero, entendiendo que debía hacer aquello, cogió aire y afirmó:

—Hablaré con ellos.

Beth aplaudió al oírlo, y luego Ottilia dijo sorprendiéndola:

—Por cierto, antes de marcharse Gladys me ha entregado una misiva de Carolina Campbell para invitarnos a una fiesta que está dando esta noche en su casa. En ella dice que tú lo sabías, Beth, y que como la fiesta durará toda la noche, que nos animemos a pasarnos una vez cerrada la taberna.

Beth parpadeó. ¡Ni loca quería ir a esa fiesta! Pero, cuando iba a hablar, Sven se levantó y exclamó animado:

—Mañana la taberna estará cerrada porque toca hacer limpieza general, y yo llevo tiempo sin bailar con mis chicas.

—¡Oh, me apetece mucho bailar, Amor! —afirmó Ottilia moviendo la cintura.

La pareja se miró sonriendo y luego Sven insistió:

—¿Y si nos acercamos un ratito a la fiesta?

Beth los miró como ellos la miraban a ella. Ir a esa fiesta supondría tener que encontrarse con el idiota de Iver y, la verdad, no le apetecía. Pero verlos sonreír y tan deseosos de fiesta, tras tanto trabajo que llevaban a sus espaldas, la hizo suspirar y afirmó fingiendo entusiasmo:

—¡Me parece genial!

Capítulo 14

Peter y Carolina bailaban en el bonito y espacioso salón de su casa, rodeados de familiares y amigos. Celebrar esa fiesta por Mac, su pequeño, que ya dormía como un angelito en su habitación, era de las cosas más bonitas que habían hecho juntos.

—¿Lo estás pasando bien? —preguntó el guerrero mirando a su mujer, al acabar la pieza de baile.

Ella asintió. Añoraba a sus padres, aunque afirmó encantada:

—Faltan algunos Campbell para darle más alegría a la fiesta, pero por lo demás me lo estoy pasando genial.

Peter sonrió y ella, tras besar a su marido, vio entonces a Harald y a Alison hablando con unos invitados que acababan de llegar.

—Ven —dijo—, vayamos a saludarlos.

Se trataba de Ottilia, Sven y una de sus sobrinas. Había pensado que no irían a la fiesta, pero finalmente allí estaban. Carolina se les acercó y los abrazó, y tras observar con detenimiento el rostro de la joven para comprobar si tenía la cicatriz en la ceja derecha, preguntó:

—¡¿Beth?!

—La misma —afirmó ella.

Ambas sonrieron por aquello y luego Carolina dijo:

—¿Dónde está tu hermana?

La joven, que miraba inquieta a su alrededor, no se percató de que Carolina le preguntaba a ella, y Ottilia, al darse cuenta, respondió:

—No se encontraba bien de su tos. Es enfermiza desde que nació, y hemos preferido que hoy descansara en casa de una amiga.

Como era de esperar, todos se preocuparon por el estado de salud de Gladys, y, cuando Sven les habló del tema, Peter se apresuró a decir:

—Mi familia regresará dentro de unos días con nuestros guerreros al castillo de Dirleton y justamente pasarán por Edimburgo. Si queréis, hablaremos con ellos; las muchachas podrían acompañarlos. Y, por supuesto, de regreso vendrían custodiadas por algunos de mis guerreros, que yo mismo enviaría.

Al oír eso Beth rápidamente negó con la cabeza. Cuanto menos tuviera que ver con los McGregor, mejor.

—No hace falta, de verdad —dijo.

—¿Cómo que no hace falta? —exclamó su tía al oírla.

Beth, a cada segundo más incómoda, repuso:

—Iremos con los McDougall.

—No si podéis ir custodiadas por mí y por los guerreros McGregor.

—¡Tíoooooo...!

Pero aquello ya no entraba en la cabeza de Sven ni de Ottilia. Que el *laird* Peter McGregor ofreciera a su familia para custodiar a sus niñas y de regreso ellas volvieran con los guerreros de este era como poco un lujo que no podían rechazar, así que, sin importarle el gesto de su sobrina, Sven siguió hablando del asunto.

—Si te parece bien —dijo Peter al cabo—, vayamos a tomar algo, Sven, y concretemos el tema.

—Me parece genial. —Él sonrió gustoso.

Al rato Beth, incómoda, tras coger una copa, fue a apoyarse en una pared, y vio justamente enfrente de ella a Iver McGregor. Lo observó boquiabierta. Estaba guapísimo con aquel traje y el pelo oscuro bien peinado. Desde donde estaba lo veía reír con mujeres y bailar. Era un excelente bailarín. Y sin duda tenía una sonrisa preciosa. Pero cuando se acercó un poco más de la cuenta y vio que podía ser descubierta, Beth se cambió de lugar. Lo último que deseaba era que la viera.

Mientras se alejaba hacia la otra punta del salón divisó a sus tíos bailando y pasándolo bien. Ver sonreír a Ottilia y a Sven le llenó el corazón de felicidad, pero entonces oyó a su espalda:

—Beth..., tus tíos me han dicho que andabas por aquí.

Según oyó esa voz, la joven cerró los ojos. Tras ella estaba Daniel Thomson, el médico del pueblo. No quería ser antipática con aquel, por lo que se dio la vuelta y saludó:

—Daniel, qué alegría verte.

—Tu belleza me deja sin palabras —afirmó aquel paseando con avidez la mirada por su cuerpo.

—Gracias, Daniel —musitó Beth incómoda al ver que él clavaba los ojos en el escote de su vestido.

Como era de esperar, el médico desplegó todas sus artes de seducción ante ella, mientras Beth, con el rabillo del ojo, controlaba que Iver no apareciera. Por ello, cuando las hermanas O'Maley se acercaron a hablar con ellos, se escabulló como pudo. Le dio esquinazo a Daniel Thomson y salió al jardín a tomar el aire.

Una vez fuera comenzó a caminar hacia un árbol que había justo en lo alto de una empinada ladera. Con la copa en la mano y bajo la luz de la luna disfrutaba del momento hasta que, al llegar a lo alto, se detuvo y, viendo que estaba frente a un precipicio, murmuró para sí:

—Impresionante caída...

Sin moverse, y con los pies casi al borde, la joven cerró los ojos. Siempre le habían gustado las alturas. A diferencia de mucha gente, no la asustaban, no perdía el equilibrio, no se mareaba.

Mientras disfrutaba del aire que le daba en el rostro y que su madre siempre le había dicho que eran besitos cariñosos desde el Valhalla, oyó que alguien decía a su espalda:

—Por favor..., no te muevas...

Al oír aquella voz, que reconoció enseguida, abrió los ojos.

—Lentamente y con seguridad —añadió él—, da un paso atrás y después otro.

Girando el cuello hacia su derecha, Beth vio con el rabillo del ojo que a escasos pasos estaba el hombre del que había intentado ocultarse, y sin moverse, cambiando el gesto, musitó:

—Mi suerte no podría ir a peor.

Iver, que hasta oír su voz no la había reconocido, se alarmó más aún. ¿Qué hacía aquella chica al borde del precipicio?

Permaneció inmóvil, sin saber qué hacer. Al salir a tomar el fresco había visto la figura de una mujer en lo alto de la ladera, y eso lo había alertado, pues sabía que justo al lado de aquel árbol había un precipicio.

—Oye, en serio —musitó—, no sé por qué estás ahí, pero creo que...

Con seguridad, Beth se dio entonces la vuelta para mirarlo y, sin moverse del borde del precipicio, insistió:

—No sé qué te has imaginado, pero no me voy a tirar.

A Iver las alturas solían incomodarlo. Se mareaba y, si podía evitarlas, lo hacía. Entonces decidió tenderle una mano a la muchacha y dijo con voz cautelosa:

—¿Qué tal si me das la mano?

Oír eso a Beth le hizo gracia, y encogiéndose de hombros respondió:

—¿Qué tal si te marchas y te olvidas de que estoy aquí?

Pero Iver no podía hacer eso. La inconsciencia de la joven no le permitía ver el peligro que corría, así que dio un paso hacia ella.

—No me voy a ir de aquí sin ti —insistió.

Beth sonrió y para hacerlo rabiar, sin mirarlo, comenzó a caminar de un lado a otro al borde del precipicio mientras decía:

—Pues yo no me voy a mover de aquí hasta que tú no te quites de ahí.

Estuvieron unos segundos en silencio durante los cuales a Iver le subieron las pulsaciones. Si aquella muchacha daba un mal paso, caería por el barranco y se mataría, por lo que susurró:

—Mírame.

—Sinceramente..., eso es lo último que me apetece.

—Que me mires —repitió él.

—No. No lo voy a hacerrr —canturreó Beth con guasa.

Iver maldijo. Aquella era insufrible.

—Por el amor de Dios, mujer, ¡¿quieres obedecer?! —gruñó.

Beth se detuvo y, sin mirarlo, replicó:

—Ni hablar.

Desesperado, Iver no sabía qué hacer. Como cayera por el precipicio delante de él no se lo iba a perdonar en la vida.

—Tu testarudez es insoportable —soltó.

—... dijo Iver *el Creído*...

Boquiabierto al oír eso una vez más, Iver se disponía a protestar cuando esta añadió:

—*Pesadilla*, «testaruda», «insoportable»..., ¿algo más?

—¡Mírame, mujer! —bramó él, a cada instante más enfadado.

Pero Beth no lo hizo. Continuó caminando por el borde del precipicio hasta que de pronto notó que él comenzaba a acercársele. Luego miró en dirección al barranco y el gesto le cambió. El pie derecho le resbaló y, antes de lo que ambos habrían imaginado, Iver se escurrió.

Con un movimiento rápido Beth lo agarró. Con lo que acababa de hacer Iver había puesto en peligro su vida y ahora él colgaba del precipicio.

—¡Te tengo cogido! —exclamó Beth agarrándolo con fuerza.

—¡Maldita sea! —siseó Iver desconcertado.

—Intenta escalar con los pies.

El guerrero lo hizo, pero el nerviosismo podía con él.

—¡No puedo! —jadeó.

—¡Por san Fergus que puedes! —gritó ella.

Iver, sin resuello y colgando del precipicio, apenas si podía respirar. Era imposible que aquella muchacha, que era más menuda que él, pudiera ayudarlo. Y al notar que su peso hacía que ella se balanceara peligrosamente hacia delante, exclamó:

—¡Suéltame!

—¡No!

—¡Suéltame! —insistió él.

Pero no, Beth no pensaba hacerlo. Aunque no fuera el guerrero con el que su tía había soñado y le pareciera insufrible, no pensaba soltarlo, y voceó sintiendo que los brazos se le iban a desmembrar del cuerpo por el peso:

—¡No voy a soltarte!

—Suéltame o caerás tú también.

—Pues caeremos los dos.

Sintiéndose culpable por haber llegado a esa situación al haber estado jugando con el peligro, Beth negó con la cabeza y tiró con todas sus fuerzas.

—¡No te vas a caer! ¡No lo voy a permitir! —bramó.

Iver jadeó. Las fuerzas comenzaban a fallarle.

—Vamos —insistió Beth—. No pienses y haz algo para ayudarme a subirte.

Iver intentó hacer todo lo que se le ocurrió, pero su peso era demasiado para ella.

—Suéltame, maldita sea, ¡suéltame antes de que caigas tú también! —clamó mirando al vacío.

Beth se negó. No se rendiría, ni dejaría que él se rindiera.

—¡Eh... —gritó—, Iver *el Creído*, mírame!

Pero él no lo hizo. Solo podía mirar bajo sus pies. Entonces ella, al recordar algo que su amigo le había dicho, volvió a gritar:

—¡Mírame y bésame!

Esta vez el guerrero la miró. ¿En serio le estaba diciendo eso en ese terrible momento? Desconcertado y casi sin fuerzas, no sabía qué contestar, pero ella exclamó:

—No puedes matarte sin besarme antes. Lo dijo tu amigo: tú nunca rechazas un beso...

—Pero ¿qué dices? —murmuró Iver descolocado.

—Tienes que besarme.

—Lo que voy a hacer es matarte como salga de esta —espetó él recuperando las fuerzas.

Beth, al ver que lo que le había dicho lo había animado, insistió:

—Maldita sea, Iver. Saca fuerzas de donde no las tengas porque tienes que besarme. Necesito tu beso ¡ya!, ¡ya!, ¡ya!

Sin entender por qué, oír eso en medio del terror que sentía lo hizo sonreír. Aquella muchacha estaba loca, ¡loquísima! Entonces una extraña fuerza se apoderó de él y, tras un gran esfuerzo por parte de los dos, Beth logró izarlo con su ayuda.

Cuando los dos quedaron tirados en el suelo al borde del precipicio, con las respiraciones aceleradas y los corazones al galope, se miraron y Beth jadeó abrazándolo:

—Rendirse es de cobardes, y tú no lo pareces.

Iver, que había pensado que aquel era su final, mientras tomaba aire y conseguía dejar de temblar por lo ocurrido, no supo qué decir ante su abrazo. La muchacha, a riesgo de perder su propia vida, acababa de salvarlo.

—Gracias..., gracias... —murmuró cerrando los ojos—. Las alturas y el mar abierto me producen inseguridad.

Al oírlo Beth asintió y no preguntó nada. Igual que él, tomaba aire. Necesitaba aire. Y cuando, pasados unos instantes, ambos dejaron de abrazarse, se alejaron del precipicio a rastras, se apoyaron en el tronco del árbol y permanecieron en silencio hasta que él dijo:

—Podrías haber caído conmigo.

Al oírlo, Beth sonrió.

—Me lo habría merecido por haberte puesto en peligro.

Iver asintió. Al menos reconocía su parte de culpa.

—Ahora debería besarte —indicó entonces sorprendiéndola.

Beth se alarmó al oír eso. Rápidamente negó con la cabeza.

—¡Ni lo sueñes! —replicó.

El guerrero regresó de pronto a la realidad.

—Pero si me has dicho «mírame y bésame»... —añadió.

—¡Por san Fergus! —Ella comenzó a reír.

Iver la veía carcajearse y no entendía nada.

—Has dicho que no podía morir sin besarte antes —insistió.

Beth se levantó divertida. Él hizo lo mismo, y ella, con gracia, mientras se sacudía el polvo de la ropa, aclaró:

—Vamos a ver, Iver *el Creído*... Te he dicho eso para provocarte, para que pusieras de tu parte y ayudarte a subir. Pero ¿en qué cabeza cabe que yo te quiera besar a ti?

Molesto y enfadado porque no conseguía entender a aquella mujer que siempre lo desconcertaba, él dio un paso atrás y, mientras se sacudía el traje, siseó:

—No hay quien te entienda...

—¡Ais, qué monooooooo!

Al oírla y ver su gesto de mofa, Iver maldijo y protestó clavando los ojos en la muchacha:

—No me gusta que me hables así.

—Por eso lo hago —replicó Beth.

El guerrero resopló. Aquella joven era insufrible.

En silencio y durante varios minutos ambos se preocuparon de adecentar sus ropas manchadas de tierra, y cuando Iver terminó sin que hubiera podido quitarse bien varias manchas, preguntó mirándola:

—¿Siempre eres tan desesperante?

—Depende de con quién —se mofó ella entendiendo por qué lo preguntaba.

Iver suspiró. A aquella no había quien la comprendiera.

—Como diría mi madre —añadió Beth con una sonrisa—, ¡todo tiene su porqué! Y si me dejas explicarte por qué te digo esto...

—¡No te dejo! —bramo él al sentirse ninguneado.

—¿Y por qué no me dejas?

Iver tomó aire por la nariz.

—Porque mi instinto me dice que nada de lo que una mujer como tú tenga que explicarme me va a interesar.

—¡Ais, qué monoooooo!

—Me estás cabreando...

Al oír eso la joven sonrió. Su propósito ya estaba conseguido. Pero él insistió furioso:

—Mira, *Pesadilla*...

—¡Bonito halago! —se mofó divertida para enfadarlo más aún.

Ver la seguridad y la sonrisita perpetua de la joven lo estaba sacando de sus casillas.

—Soy un hombre bastante cuerdo, justo y cabal, pero las personas como tú me desesperan —añadió—. Gracias por haberme salvado, pero espero no volver a hablar contigo nunca más. ¡Fin del asunto!

—¿Fin del asunto? —se volvió a mofar ella.

—Sí. ¡Fin del asunto!

Y, dicho esto, Iver, rabioso e indignado, comenzó a alejarse, mientras Beth lo observaba divertida. ¿En serio había querido besarla?

Y feliz por haberle salvado la vida, cuando podría haber ocurrido una terrible desgracia, la joven decidió regresar a la fiesta. Tenía algo que celebrar y ahora iba a bailar como llevaba tiempo sin hacerlo.

Capítulo 15

La fiesta en casa de los McGregor-Campbell estaba siendo todo un éxito.

Todos los que habían asistido eran buenos amigos y familiares, tanto de Peter como de Carolina, y el ambiente era relajado y distendido, pues daba igual que uno fuera escocés, nórdico o inglés. Allí si uno era buena persona, era bien recibido.

Demelza y Harald, que habían tenido tiempo para charlar con tranquilidad con Sven y Ottilia, supieron por fin la verdadera historia de aquellos, algo de lo que no podían hablar cuando se veían en la taberna por la discreción que el tema requería. Y al ver a la joven Beth pasar corriendo por el salón, sin pensarlo dos veces se dirigieron hacia ella.

—¿Qué te ocurre?

Beth, que había bailado ya dos piezas con el plasta de Daniel Thomson, murmuró:

—Estoy huyendo de Daniel Thomson... Es muy pesado.

Harald y Demelza intercambiaron una mirada y luego ella dijo:

—Beth, ponte detrás de Harald. Y tú, Harald, estírate y no te muevas.

El guerrero obedeció y la joven se escondió tras él. Entonces Daniel Thomson, con la particular mancha que le rodeaba el ojo derecho, pasó por su lado mirando a su alrededor. Estaba claro que buscaba a Beth. Y cuando se alejó Demelza dijo:

—Se ha marchado. Ya podéis moveros.

Harald y Beth lo hicieron y esta última cuchicheó:

—Por Dios, ¡qué molesto es! No entiendo por qué me persigue.

Demelza sonrió y Harald indicó con gesto serio:

—Si quieres, hablo yo con él y...

—No, tranquilo. —Beth sonrió—. Llegado el momento, yo me encargaré de él.

Eso hizo que los tres sonrieran. Sabían por Ottilia y por Sven cómo podía ser Beth, aunque lo disimulara, y entonces Demelza, al ver que la joven iba manchada de tierra, inquirió:

—¿Qué te ha ocurrido?

Rápidamente, a la luz de las velas, Beth comprobó que su vestido no lucía como debía lucir, a pesar de que se lo había sacudido.

—Que soy una torpe —mintió sonriendo—: he resbalado y he caído en la tierra.

Harald y Demelza se miraron y el primero preguntó:

—Pero ¿estás bien?

—¡Perfectamente!

Harald dio entonces media vuelta y se dirigió a una mesa para coger algo de bebida, y en ese momento Demelza cuchicheó:

—Sabes que no me creo nada de lo que dices, ¿verdad?

Beth sonrió. Por lo poco que la conocía, Demelza siempre le había caído bien.

—Haces bien —indicó.

Las dos jóvenes sonrieron, y Harald, acercándose de nuevo a ellas con unas copas en la mano, preguntó:

—¿Te apetece probar el *bjorr* que yo preparo?

Al oír eso, Beth se sorprendió. El *bjorr* era un licor extremadamente fuerte típico de Noruega que se hacía con fruta fermentada. Y, tras coger el vaso que aquel le tendía y darle un trago, murmuró:

—¡Wooooo! Es más fuerte que el que prepara tío Sven.

—Esta es la receta de mi familia —afirmó Harald orgulloso.

Los tres sonrieron y luego Demelza comentó:

—Harald y yo hemos estado hablando con tus tíos largo y tendido, y nos ha impresionado mucho lo que nos han contado...

La joven, sin querer darse por enterada, los miró y Harald musitó:

—Bonito nombre el de Revna *la Duquesa Guerrera*... Tranquila, como bien sabes, somos como tú y sabemos guardar muy bien los secretos.

Al oír eso Beth sonrió. Aquel apodo por el que nadie la llamaba tenía para ella un significado muy especial. Durante un rato hablaron sobre aquello. Sobre la vida que se le había negado y lo que había significado para ella vivir lejos de su hogar y de sus padres, hasta que Demelza dijo:

—Siento lo que le ocurrió a tu familia.

Beth asintió y, sacando esa fuerza que ocultaba para protegerse, siseó:

—Le prometí a mi padre que no regresaría, aunque mi sed de venganza desearía hacerlo para matar a mi tío con mis propias manos.

—Es totalmente comprensible —dijo Harald.

A continuación los tres guardaron silencio, hasta que Demelza, entendiendo el dolor que la joven albergaba en su interior, añadió:

—También siento lo que te ocurrió con ese tal Ronan.

Oír ese nombre siempre hacía resoplar a Beth, y, sin saber muy bien qué era lo que les habían contado sus tíos exactamente, preguntó:

—¿Por qué lo dices?

—Tu tía nos ha dicho que jugó contigo y con tu hermana, y que al final tuviste que matarlo —señaló Demelza.

Saber que no le había contado algo tan doloroso como lo del bebé en cierto modo la alegró.

—No lo sientas —repuso—, porque aprendí de ello. Y si alguien vuelve a despreciarme o a poner a mi familia en peligro como hizo él, juro que lo abriré en canal, le sacaré las tripas y las pondré a secar al sol.

—Esa última frase es muy del pueblo vikingo...

—Es que somos vikingos.

Los tres sonrieron y, tras juntar sus copas, brindaron y bebieron. Luego Demelza, para hacer más liviana la conversación, preguntó:

—Y..., bueno, a pesar de todo, ¿qué tal llevas lo de vivir en Escocia?

Poder hablar de aquello con alguien que no fueran sus tíos o su hermana era una novedad para Beth, que rápidamente les contestó.

Siempre había tenido la venganza en mente, pero respetaba lo último que su padre le había pedido: no regresar a Noruega y no reclamar su ducado, y así sería, aunque se muriera por echarse a su tío Leiv a la cara y matarlo.

Los tres se sonrieron con cariño, y luego Harald dijo:

—Yo nací y me crie en el pueblo de Borgund.

—Y yo en Ski —matizó Demelza.

Dicho eso, y en confianza, comenzaron a hablar en noruego. Poder hacerlo con aquella libertad en aquella casa a Beth le encantó. Sus tíos se lo habían prohibido, aunque ella y Gladys hablaban en ese idioma siempre que tenían que decirse algo especial y estaban a solas. Hacerlo las acercaba a sus raíces.

Harald y Demelza se interesaron por el tatuaje que la joven llevaba en el brazo. Lo habían visto con anterioridad, aunque ahora lo ocultara bajo la manga del vestido, y por primera vez en muchos años la joven pudo contar la verdad y no lo que su padre le había pedido. Poder hablar bien de su padre, como el ser maravilloso y entregado que había sido, tras repetir tantas veces que había sido lo peor, emocionó a la joven.

Después de hablar un buen rato sobre sí misma, fue Beth la que, interesándose por ellos, preguntó:

—Y vosotros, ¿cómo terminasteis en Escocia?

Sin filtros, tanto Demelza como Harald contaron sus historias, dos historias unidas por la familia y la pena que, con el tiempo, se había tornado en felicidad. Ambos estaban felices en Escocia, se sentían en casa y, sobre todo, muy queridos y valorados por sus parejas. Eso sí, fuera de su entorno no decían cuál era su procedencia. Todavía había muchos escoceses que odiaban a los vikingos, y omitirlo les evitaba muchos problemas. De ahí que Harald hubiera dejado de ser Harald Hermansen y pasado a llamarse Harald McAllister, el apellido del marido de Demelza.

Beth los escuchaba con atención; estaba claro que todos estaban allí por avatares del destino. Entonces Alison apareció y, cogiendo la mano de su marido, dijo:

—Cariño, ¿qué tal si bailas conmigo?

Harald asintió sin dudarlo y, siguiendo a su mujer hasta la pista, comenzó a bailar.

Desde donde estaban Demelza y Beth tenían una buena vista de todos. De pronto la primera, al ver a su marido Aiden hablando con los McGregor al completo, preguntó curiosa:

—¿Conoces a Iver McGregor?

Beth se envaró al oír ese nombre, pero, disimulando, negó con la cabeza.

—No.

Demelza asintió y, paseando la mirada por aquel guerrero escocés que tan bien le caía, añadió:

—¡Qué curioso...!

—¿Qué curioso el qué? —preguntó Beth.

Demelza clavó entonces la mirada en los ojos claros de su amiga y señaló:

—Iver McGregor tiene las mismas manchas de tierra en la ropa que tú.

Rápidamente Beth miró al guerrero. Al igual que ella, a pesar de haberse limpiado todo lo que había podido aún llevaba manchas que lo delataban. Y, al ver que Demelza la miraba con gesto pícaro, cuchicheó:

—Vale... Lo conozco.

—Interesante.

—De interesante, nada de nada. Es un idiota —se mofó Beth.

—Noooooo.

—Sí.

—¿No me digas que él es... *el Creído*?

—Te lo confirmo.

—¡Cuéntame! —apremió Demelza sorprendida.

Beth, que omitió la primera parte de su encuentro, susurró:

—He tenido que salvarlo de caer por un precipicio. De ahí las manchas de tierra.

Demelza la miró boquiabierta y ella añadió:

—Pero no se lo recuerdes o herirás su hombría.

Ambas reían divertidas cuando Carolina se les aproximó, cogió la mano de Beth y, guiñándole un ojo a Demelza, indicó:

—Venid. Quiero presentar a Beth.

Sin poder oponerse, la joven se dejó guiar y, al llegar frente al grupo donde segundos antes estaba Carolina, la oyó decir:

—A Aiden, el esposo de Demelza, y a mi marido Peter ya los conoces, pero ellos son mis suegros, Cailean y Arabella McGregor-Steward. Suegros, ella es Beth Craig.

La joven, intentando no mirar al hombre que estaba al lado de aquellos, sin dejar de sonreír y moviendo los hombros al compás de la música, los abrazó con cariño.

—Un placer conocerles, señores —dijo.

Arabella, tiesa como una vara, la miró. ¿Por qué diablos la abrazaba aquella? Carolina rio al ver el gesto tan natural que la joven había hecho y Cailean, tan divertido como el resto, miró a la muchacha y preguntó:

—¿Te gusta bailar?

—Muchísimo, señor. —Y al ver cómo aquel seguía el ritmo de la música con el pie, afirmó—: Cuando quiera estaré encantada de bailar con usted.

Cailean sonrió con gusto. Le encantaban las mujeres seguras, y aquella lo parecía. Entonces Arabella murmuró, ya repuesta del abrazo:

—Qué ojos y qué pelo tan bonito tienes.

Oír eso hizo que Beth la mirara. La mujer, como ella, también era de ojos y pelo claro.

—Gracias, señora. Sus ojos y su cabello también son preciosos —afirmó volviendo a abrazarla.

De nuevo el gesto horrorizado de Arabella ante el abrazo hizo sonreír a todos y, consciente de que debía ser agradable y no una borde, una vez que la joven la soltó, musitó con retintín:

—¡Oh, qué encanto de chica!

—Y cariñosa —apostilló Cailean.

Los demás sonrieron y luego Carolina añadió:

—Y ellos son mis cuñados Ethan y Eppie McGregor. Que, por cierto, están esperando su primer bebé.

Al oír eso, como era de esperar, Beth los abrazó también. Sabía perfectamente cómo podía sentirse Eppie y, al recordar su embarazo con pesar, declaró ocultando su tristeza:

—Encantada, y ¡enhorabuena! La llegada de un hijo siempre es motivo de felicidad porque es el mayor regalo que la vida os dará. Disfrutadlo cuando llegue y queredlo mucho.

—Oh, ¡qué hermosas palabras! —afirmó Arabella.

—Gracias, Beth. —Eppie sonrió, tan encantada como Ethan.

Acto seguido Carolina miró a Iver.

—Cuñado —dijo—, te presento a Beth Craig. La joven de la que te hablé. Beth, él es mi cuñado Iver McGregor.

Ambos se miraron a los ojos. Desde luego, peor suerte no podían tener.

—¿Ella es la mujer deslumbrante? —soltó Iver sin cortarse dirigiéndose a su cuñada.

—¡Iver! —gruñó Peter.

—¡Muchacho! —regañó Cailean a su hijo.

—Sin lugar a dudas —afirmó Carolina con gesto serio.

Iver volvió a mirar a Beth, y, antes de que aquel dijera nada, esta soltó:

—Vaya, vaya..., pero si es Iver *el Creído*. El tipo idiota, arrogante, chulito y olvidable con el que no deseaba encontrarme.

—Uisss... —susurró Eppie.

—¡Por el amor de Dios, qué despropósito! —murmuró Arabella llevándose la mano al cuello.

—¡Qué interesante! —se mofó Ethan.

Boquiabiertos por aquella reacción de la joven, todos la miraban. ¿En serio había dicho aquello?

Carolina, al entender que Iver era el hombre del que ella hablaba el día que estuvieron juntas, miró a Demelza, que por su gesto disfrutaba con lo que ocurría. Entonces Iver, incapaz de callar, siseó:

—Hombre, pero si es la *pesadilla* de mujer que quisiera olvidar...

—Ais, qué monoooooo —se burló Beth.

—Eres una deslenguada —soltó Iver.

—¿Quieres que te diga qué me pareces tú?

Los demás los observaban sin dar crédito.

—Lo mejor es que cierres esa boca y te comportes —pidió Iver.

—... dijo el tonto de la fiesta.

Arabella, que escuchaba boquiabierta, rápidamente soltó:

—A mi hijo no lo insulta una deslenguada como tú.

Beth, que vio el gesto de guasa de Demelza, miró a la mujer y, sabedora de cosas que Carolina le había contado sobre ella, replicó:

—Lo de deslenguada me lo tomo como un halago.

Boquiabierto por el descaro de aquella, Iver se disponía a dar media vuelta para terminar con aquello cuando Beth, que estaba disfrutando del momento, sin importarle el modo en que todos la miraban, cuchicheó:

—Eso..., huye.

Oír eso descuadró al guerrero. Pero ¿es que aquella no paraba? Y cuando se volvió su gesto eran tan serio que su padre, viéndolo, le advirtió:

—¡Muchacho!

—Iver... —susurró Ethan.

Beth, dando un trago a su copa, intercambió una mirada con Demelza, Carolina, Cailean, Ethan y Eppie con la que les pedía disculpas, y sin cortarse lo más mínimo se subió la manga de su vestido para mostrar su tatuaje vikingo y guerrero.

—Señores —dijo—, me ha encantado conocerles y espero que lo pasen muy bien en la fiesta. Pero ahora, si me disculpan, voy a alejarme antes de que cierto insensato, creído y arrogante diga una tontería más y tenga que sacarle los ojos con la daga que llevo en la cintura para hacerme unos pendientes con ellos. —Y, levantando su copa, añadió—: *Sköl!*

—Wooooo —se mofó Cailean mirando a su hijo Ethan, que se carcajeó.

—¡Oh, por Dios, menuda asalvajada! —exclamó Arabella horrorizada mientras Iver, boquiabierto, no sabía qué decir.

Y así, sin más, y con su eterna sonrisa, Beth se dio la vuelta y, ante el gesto de guasa de todos, excepto de Iver y Arabella, se alejó de ellos.

—Las vikingas somos así —declaró entonces Demelza—. Claras y directas.

Iver parpadeó. Lo que aquella había dicho delante de su familia era indignante. Pero Demelza, con picardía, le tocó entonces la pechera del traje y comentó:

—Uis..., no me digas que te has caído en la tierra con Beth...

Todos miraron las manchas de su ropa, y Aiden, asiendo a su mujer de la cintura, sonrió y, tras darle un beso en los labios, para quitarla de en medio dijo:

—Mi lianta pelirroja..., ¿quieres bailar?

—Me encantaría.

Beth, a quien el corazón le latía desbocado por lo que acababa de hacer, resopló. Si sus tíos se enteraban de aquello con seguridad la regañarían. Y, enfadada, se disponía a salir al jardín de nuevo cuando oyó que decían a su espalda:

—Beth, ¡te estaba buscando!

Oír la voz de Daniel Thomson era lo último que deseaba en ese momento, pero al mirar y ver que Iver la observaba, cambió el gesto por otro más encantador, asió a Daniel del brazo y repuso:

—Pues aquí estoy.

Una vez que los McGregor se quedaron a solas, Peter miró a su hermano, que no dejaba de observar a la joven, e inquirió:

—¡¿Iver *el Creído*?!

El aludido resopló y Peter, haciendo caso omiso del gesto de su madre, preguntó:

—¡La has llamado *Pesadilla*! ¿La conoces?

Iver no contestó.

—No es por liarla más, hermano —añadió Ethan sonriendo—, pero Carolina comenzó siendo *Molestia* y hoy por hoy es...

—¡Antes me meto a monje! —lo cortó Iver.

Todos lo miraban sorprendidos, pues por norma Iver siempre se lo tomaba todo a guasa.

—Desagradable vikinga... —musitó entonces Arabella con desagrado.

—Arabella... —le reprochó Carolina.

—Y qué horroroso tatuaje lleva en el brazo, ¡es indecoroso y vulgar! Pero, claro, siendo una vikinga, ¿qué podemos esperar?

—¡Madreeeee! —murmuraron Ethan y Peter al unísono.

—Pues la rubita ha dejado a Iver *el Creído* sin palabras —se mofó Cailean.

—¡Padre, por favor! —se quejó el aludido.

Carolina, que estaba tan sorprendida como todos, sin entender nada, preguntó dirigiéndose a su cuñado:

—Pero ¿de qué conoces tú a Beth?

Iver no respondió. Solo podía observar como ella hablaba con aquel tipo y, enfadado, apretó los puños al ver que él, con disimulo, clavaba los ojos en el escote de su vestido.

Carolina y Peter se miraron. Estaba claro que Iver estaba a otras cosas. Y Peter, dándole un empujoncito para que lo mirara, preguntó:

—¿Esa no es la misma chica que conociste en la taberna y que te llamó «tonto» y te dijo que apestabas?

—¡¿Quééééé?! —susurró Carolina.

Arabella musitó horrorizada:

—¿Esa vikinga tuvo la desfachatez de decirte eso?

Pero Iver apenas si podía dejar de mirar a Beth y a su acompañante. De pronto, esa desesperante mujer lo tenía totalmente abducido.

—Suegrita... —oyó canturrear a Carolina—, si vuelves a llamarla «vikinga» de esa manera tan despectiva, la vamos a tenerrr...

Arabella resopló al oírla y, cuando iba a contestar, Peter intervino:

—Madre, recuerda lo que hablamos. Esta es mi casa, mi hogar, y la gente que me rodea es mi familia. Por tanto, como dice mi mujer, ten cuidado con tus palabras porque te pueden hacer más mal que bien.

Iver, al que el hecho de que Beth fuera vikinga, inglesa o escocesa no le importaba en absoluto, pero sí le importaba el modo en que aquel tipo se acercaba a ella, indicó ante la mirada acusadora de su cuñada:

—Se acabó. Fin del asunto.

Y sin más, al ver a Alan reír con unas jóvenes preciosas, se dirigió caminando hacia él dejándolos a todos boquiabiertos. No obstante, Carolina, incapaz de quedarse así, se acercó segundos después a Beth, que seguía hablando con Daniel, y una vez que la separó de él, antes de que la joven hablara preguntó:

—¿De qué conoces a Iver? Y, no..., no voy a dejar de insistir hasta saber por qué los dos habéis reaccionado así, cuando se supone que no deberíais conoceros.

Beth resopló. Estaba claro que Carolina no pararía hasta saber cómo se habían conocido y, viendo que Daniel las observaba, cogió a su amiga del brazo y, alejándose de él, contó:

—Lo conocí en la taberna una noche, cuando salí a tomarme un descanso y observaba a los caballos.

—¡¿Y...?!

—Hablamos, reímos y lo invité a entrar en la taberna a tomar una cerveza, pero el vaso de leche que yo llevaba en la mano cayó sobre mi falda, fui a cambiarme, y, cuando él entró en la taberna, me confundió con mi hermana Gladys.

Carolina asintió.

—No sé qué pasó entre Gladys y él —añadió ella—, solo sé que lo llamó «tonto» y «maloliente», y cuando el otro día Iver me vio me despreció, me llamó «incordio» y, aunque intenté explicarle que no había sido yo sino mi hermana, no quiso escucharme... Y, mira, la verdad es que da igual. Como te dije, él es una persona olvidable en mi vida.

Boquiabierta, Carolina asintió y luego preguntó curiosa:

—¿Y lo de Iver *el Creído*?

—Por hacerlo rabiar... ¿Has visto cuánto le molesta? —cuchicheó.

Sin poder evitarlo, ambas rieron por aquello, y Carolina, necesitando saber más, volvió a preguntar:

—¿Y por qué los dos vais llenos de tierra esta noche?

Beth resopló y, mientras observaba a Iver bailar con una mujer, aclaró con cierta rabia:

—Al llegar a la fiesta, para no verlo ni encontrarme con el incómodo de Daniel Thomson, he salido al jardín, he subido la ladera y he llegado hasta el precipicio. Iver me ha visto, ha pensado que me iba a tirar y, en su afán de ser mi salvador, él se ha escurrido y al final quien ha tenido que salvarlo de no despeñarse he sido yo. Perooooo, como le he dicho a Demelza, no se lo digas o me odiará todavía más por machacar su hombría, ya que una mujer lo ha salvado.

Carolina soltó una risotada. Ahora entendía la reacción de Iver.

—Solo te diré que, después de mi marido Peter, Iver es el hombre más paciente, comprensivo y bueno que he conocido en la vida —repuso al verlo bailar con la joven con la que estaba—. Y estoy segura de que cuando sepa que te ha prejuzgado por una equivocación, te pedirá disculpas.

—Oh, no, no quiero sus disculpas. Entre él y yo ya está todo dicho.

Carolina miró hacia el lugar donde aquel bailaba y, al ver que las miraba, musitó:

—Lo dudo...

—Carolina —la cortó Beth—. Dejemos las cosas como están, y prométeme que no le vas a decir nada.

—Pero...

—¡Prométemelo!

Carolina finalmente claudicó y, tras pensar lo que hacía, afirmó:

—Vale, te prometo que yo no le diré nada.

Gustosa por aquello, Beth la abrazó y, tras mirar una vez más a Iver, que se divertía con una joven morena, respondió al ver que Daniel Thomson volvía a estar en su campo de visión:

—Vayamos a por algo de beber. Lo necesito.

Capítulo 16

Con la luz del día, y tras haber descansado, el humor de Iver mejoró.

Aunque disfrutó de la fiesta hasta que esta acabó y no pudo dejar de observar desde la distancia a aquella mujer que lo había hecho enfadar y al baboso que la perseguía como un perro faldero, cuando la vio marcharse con sus tíos, una extraña desazón se apoderó de él.

Iver entró en el comedor y vio que allí estaban ya sus padres y su hermano Ethan, los cuales lo saludaron con una sonrisa. De la mesa del bufet se sirvió comida en un plato y luego fue a sentarse con ellos. Rápidamente comenzaron a charlar y, como no podía ser de otra manera, su madre no tardó en soltar:

—Cada vez que pienso en esa..., esa vikinga, me pongo enferma.

Cailean, Ethan e Iver la miraron, y el primero repuso:

—Arabella, esa muchacha tiene nombre.

—¡Beth! —afirmó Ethan ante la mirada de su hermano.

—¡Y encima osó abrazarme..., la muy desvergonzada! —cuchicheó la mujer.

Los hombres se miraron entre sí.

—¡Oh, qué horror... —se mofó Cailean—, te abrazó! —Y añadió—: Deja de llamar a Beth «vikinga», porque, como te oigan Peter o Carolina, se van a enfadar contigo. Y, sí, te abrazó. Y eso debería demostrarte que es una persona cariñosa, no como tú, que eres un cardo borriquero...

—¡Cailean!

—Padre —gruñeron Iver y su hermano Ethan.

Cailean tomó aire y, viendo el gesto de aquella a la que amaba a pesar de ser tan rarita, posó su mano sobre la de ella y añadió, aunque estaba muy cansado de su manera de ser:

—Pero eres mi cardo borriquero..., y te adoro.

La mujer resopló mordiéndose la lengua.

—Beth es una mujer muy guapa —comentó Ethan divertido.

—Mucho —afirmó Cailean.

Iver no contestó y su hermano, que conocía muy bien sus gustos en lo que a mujeres se refería, insistió:

—Tiene todo lo que te gusta: cabello claro, ojos claros, carácter y...

—¡Fin del asunto! —lo cortó Iver—. O el que te sacará los ojos para hacerse unos pendientes con ellos seré yo...

Ethan y su padre comenzaron a reírse mientras Arabella, horrorizada, miraba a su hijo menor y decía:

—¡Iver McGregor! ¡¿Qué manera es esa de hablarle a tu hermano?!

Iver no contestó, y en cuanto a Ethan, sin dejar de reír, repuso:

—Tranquila, madre. A Iver *el Creído* se lo perdono.

El aludido lo miró. Sin duda sus hermanos emplearían aquel ridículo apodo el resto de su vida.

De pronto Peter y Carolina aparecieron por la puerta y la joven saludó con su habitual alegría:

—¡Buenos días, preciosos McGregor y complicadita Steward!

Todos sonrieron por aquel saludo y Peter, al ver la expresión de su madre, preguntó:

—¿Qué te ocurre?

—Mejor no preguntes, hijo —mascculló Cailean.

Carolina, que al igual que Peter se había percatado del gesto serio de su suegra, se sirvió comida en un plato y se sentó frente a ella.

—Sin preguntar, ya sé qué te pasa —señaló.

—¿Tú crees? —preguntó Arabella.

Sin dudarlo, la joven asintió.

—Ni confirmo ni desmiento.

Los hombres sonrieron al oír eso y ella, mirando a su suegra, añadió:

—Te conozco mejor de lo que tú crees, Arabella, y te voy a decir una cosa: Beth es encantadora, a pesar de que anoche sacara su genio contra Iver *el Creído*...

—Maldita sea —murmuró este.

—Ella te abrazó —prosiguió Carolina—, y tú te empeñas en llamarla despectivamente «vikinga».

Arabella no respondió, y Cailean indicó mirando a Iver:

—Pues a mí esa muchachita me cayó muy bien.

—A ti y a muchos —apostilló Carolina.

Cailean asintió y, dirigiéndose a su nuera, afirmó:

—Me cautivó su sonrisa y cómo dejó a mi hijo sin palabras.

—¡Padre! —se quejó Iver.

Ethan y Peter se miraron sonriendo mientras Arabella gruñía a su marido:

—Cailean McGregor, ¡a ti te cautiva cualquiera!

El hombre asintió al oír eso y, tras guiñarles un ojo a sus hijos, soltó:

—Tienes razón, querida... ¡Fíjate que incluso me cautivaste tú!

—¡Cailean! —protestó Arabella—. Pero ¡¿cómo te has levantado hoy?!

El aludido resopló y su nuera Carolina, para quitarle hierro al asunto, se mofó:

—Suegrito..., suegrito... ¡Fin del asuntito!

Todos, incluida Arabella, sonrieron al oír eso. Era imposible no hacerlo.

Durante unos minutos desayunaron con tranquilidad mientras hablaban de la fiesta de la noche anterior y reían por lo que se contaba, hasta que Peter comentó el tema del que había hablado con Sven. En cierto modo a Iver le gustó oírlo. Eso le aseguraba que volvería a ver a la joven. Pero entonces su madre musitó:

—¿En serio tienen que viajar con nosotros?

Peter asintió. Se lo había prometido a Sven.

—Irán custodiadas por su tío Sven y varios guerreros míos —repuso.

—Pido distancia entre ellos y nosotros —matizó Arabella—. Lo siento, hijo, pero tras lo ocurrido esa muchacha de horribles modales no es santo de mi devoción.

Iver miró a su madre con gesto ceñudo.

—Como siempre, sacando conclusiones sin conocer a la gente... —protestó Carolina—. ¿Por qué eres así de complicadita, Arabella?

La mujer iba a contestar cuando Cailean intervino:

—Iremos todos juntos. No habrá dos grupos. Y será así porque lo digo yo.

Arabella, al oír eso, supo que tenía que callar. Entonces su marido, dirigiéndose a su hijo Iver, que había permanecido en silencio, preguntó:

—¿Qué te parece a ti mi decisión?

El guerrero, que estaba confuso porque por un lado no quería volver a ver a aquella chica, pero por otro se moría por viajar con ella, declaró:

—Mientras no se acerque a mí, que viajen con nosotros no me incomoda.

Peter sonrió. Esa respuesta era lo mínimo que esperaba de su hermano.

—Fin del asunto. ¡Viajarán con vosotros! —afirmó.

Arabella suspiró. Aquello no le hacía mucha gracia, pero, siendo consciente de que no podía luchar contra toda su familia, masculló:

—De acuerdo. Me rindo. Viajarán con nosotros.

Carolina sonrió al oírla y, mirando a la que era su suegra, susurró con cariño:

—Si te gustaran los abrazos, te daría uno, peroooooo... me contendré.

Todos rieron por aquello, incluida Arabella. De pronto Carolina le dio un pisotón a Peter y este la miró. La joven, con disimulo, hizo un gesto y él se apresuró a decir:

—Iver..., ¿sabes que Beth y su hermana son gemelas?

Eso hizo que todos lo miraran.

—¡Qué horror...! —murmuró Arabella—. ¡Y encima hay dos iguales...!

—¡Madre! —la regañó Ethan.

Carolina suspiró. Su suegra a veces era para matarla. Entonces Peter, de nuevo azuzado por su mujer, añadió:

—Sé de buena tinta que conociste a Beth una noche y que, cuando fue a cambiarse de ropa porque se le derramó la leche encima, con quien hablaste en la taberna fue con Gladys, su gemela... Por eso no entendiste que te contestara de malos modos.

Iver parpadeó. ¿Gemelas? Y, desconcertado, preguntó mientras Eppie entraba en la sala:

—¿Que Beth tiene una gemela?

—¡Son como dos gotas de agua! ¡Idénticas! —afirmó Carolina omitiendo lo de la cicatriz de la ceja.

Iver asintió. Acababa de comprender lo que hasta el momento le había resultado raro.

—¿Y tú cómo sabes lo del vaso de leche? —preguntó a su hermano Peter.

Peter miró a su mujer, pues no le gustaba meterse en esas cosas, y esta, incapaz de callar, soltó:

—A ver, que quede claro que quien te lo ha dicho ha sido tu hermano, ¡no yo!, puesto que le prometí a Beth que no te lo diría. Pero ya que Peter te lo ha contado porque no sabe guardar secretos...

—Tendrá poca vergüenza —se mofó Peter divertido.

—... te diré —prosiguió Carolina sonriendo— que fue Gladys y no Beth quien te llamó «tonto» y «maloliente». Y aunque ella te lo quiso explicar, tú no se lo permitiste.

—Muy mal, Iver..., pero ¿cómo se te ocurre? —gruñó Ethan.

Eppie, al oírlo y recordar algo, rápidamente miró a su marido y terció:

—Ethancito..., Ethancito... ¡Tú mejor cállate!

El aludido asintió al oírla. Aquello mismo que le reprochaba a su hermano había sido lo que él había hecho con la que ahora era su mujer.

Entonces Carolina, mirando a Iver, añadió:

—Así pues, sabiendo lo que ya sabes, de ti depende si quieres disculparte o no, pero creo que Beth se merece una disculpa.

La mente de Iver iba a toda velocidad. Era cierto que aquella había intentado aclararle algo que él se había negado a escuchar, y, viendo cómo todos lo miraban, resolvió:

—Sin duda, se merece una disculpa por mi parte.

—Creo que vamos a tener un monje en la familia... —cuchicheó Ethan al oírlo.

Todos rieron, excepto Arabella, que, mirando a su hijo menor, protestó:

—¡¿Una disculpa?! Pero si anoche volvió a insultarte delante de todos.

De nuevo Iver asintió. Pero, entendiendo las razones que habían llevado a Beth a hacerlo, repuso:

—Tienes razón, madre. Pero si lo hizo fue porque antes yo la provoqué y ella se defendió. Sin saberlo, y sin ella merecerlo, la acusé de algo que no había hecho, y sabes que odio ese tipo de injusticias.

Eppie asintió.

—Ser acusada de algo que no se ha hecho no es fácil de gestionar ni agradable de entender —terció—. Estoy contigo, Iver, has de pedirle disculpas.

Todos se miraron en silencio. Por desgracia, hacía tiempo Eppie había pasado por algo parecido.

—Este es el Iver que me gusta —dijo entonces Cailean—. Justo, razonable y honesto.

El aludido sonrió. De pronto, conocer aquel dato de la joven le había alegrado el día, pues desde la noche anterior no había podido dejar de pensar en aquella mujer y en qué hacer para verla de nuevo, por lo que levantándose de la mesa declaró:

—Cuando uno se equivoca ha de reconocerlo, y yo me equivoqué. Por tanto, Beth Craig se merece una disculpa mía y se la voy a dar.

—Muy bien dicho, hermano —afirmó Ethan mirando a Peter, que sonrió.

—¡Lleva flores, que siempre ayudan! —aconsejó su padre.

—¡Caileannnn! —protestó Arabella.

—Querida, una ayudita extra nunca está de más —aseguró el aludido divertido.

Y, sin más, Iver salió del comedor en el mismo momento en que Alan entraba.

—¿Adónde va? —preguntó al verlo marcharse.

Carolina sonrió y, señalando el asiento libre que había a su lado, respondió:

—Ven. Siéntate y te cuento adónde va Iver *el Creído*.

Capítulo 17

Cuando Iver llegó frente a la taberna, una vez que se bajó de su caballo y lo ató al poste, se acercó a la puerta y maldijo al ver un letrero que decía que justo ese día el establecimiento no abría. Al hacerlo miró a su alrededor. No pensaba marcharse de allí sin ver a Beth y hacer lo que había ido a hacer, por lo que se asomó a una de las ventanas. Rápidamente, a través del cristal vio a una mujer morena y, sin dudarlo, picó con los nudillos para llamar su atención.

Mina, que estaba fregando el suelo, al oírlo se acercó a la ventana.

—Está cerrado —dijo—. Puedes ir a la taberna de enfrente.

Pero Iver tenía claro su propósito, y preguntó:

—Disculpa, ¿está Beth por aquí?

Mina asintió.

—¿Podrías avisarla y decirle que la espero aquí? —añadió Iver.

Sin dudarlo, ella volvió a asentir.

Iver estaba esperando cuando notó que algo rozaba sus piernas. Al mirar hacia abajo, sonrió y, agachándose, saludó:

—Hola, *Abuelillo*.

El perro ladró y, moviendo el rabo, rápidamente comenzó a darle besos, lo que a Iver lo hizo sonreír.

Mina, que había dejado lo que estaba haciendo para entrar en la cocina, miró a la joven que estaba fregando unos cacharros junto a su tía y preguntó:

—¿Eres Beth o Gladys?

Acostumbrada a esa pregunta, la joven respondió sin mirarla:

—Beth.

—Entonces preguntan por ti —añadió Mina.

Cuando Beth iba a preguntar quién era, la camarera ya había desaparecido y, cogiendo un trapo para secarse las manos, oyó a su tía decir:

—¿Esperas algún pedido?

Beth negó con la cabeza.

—Como regrese tu tío de comprar la bebida que necesitamos y vea que tu hermana no está ayudándonos con la limpieza, la vamos a tener —añadió Ottilia.

Beth se encogió de hombros. Su hermana, como siempre, dando la nota.

—Tranquila —dijo—. Subiré a llamarla ahora.

Ottilia asintió.

—No tardes, mi cielo.

Beth, que estaba cansada por haberse acostado tarde la noche anterior, se retiró el pelo del rostro y, sin dudarlo, salió al comedor. Allí solo estaba Mina, que, señalando la puerta, dijo:

—Te esperan fuera.

Sin entender quién preguntaba por ella, la joven cruzó la taberna y, cuando salió y se encontró a Iver recibiendo demostraciones de cariño de su perro, gruñó:

—¡*Abuelillo!* Esto sí que no me lo esperaba de ti.

Rápidamente el guerrero se levantó del suelo. El perro se sentó a su lado, y la joven exclamó con gesto hosco:

—¡Por Odín! Pero ¿qué mal he hecho yo para que tenga que verte otra vez?

Iver, al oírla, iba a hablar cuando ella dio media vuelta.

—Ni «adiós» te voy a decir —soltó.

Rápidamente él alargó el brazo y, cogiéndole la mano, dijo:

—¡Espera!

El tacto de su mano en la suya hizo que el vello del cuerpo de Beth se erizara, y, retirándola con fuerza, gruñó viendo que *Abuelillo* entraba en la taberna:

—Si vuelves a tocarme lo lamentarás.

Iver asintió, pero, sin poder evitarlo, añadió:

—Será solo un momento. Por favor.

Ese «por favor» a Beth le gustó y, recostándose en el quicio de la puerta, preguntó:

—¿Acaso has venido a seguir discutiendo?

Él negó con la cabeza sonriendo. Estaba claro que el carácter de aquella le hacía gracia. Y, mirando el tatuaje que ahora veía con mejor claridad, comentó:

—Así que vikinga...

Beth parpadeó. Si comenzaba por ahí, mal iba.

—Sí. Mi padre era nórdico y mi madre escocesa..., ¿algo que objetar? —replicó.

—Dios me libre —se mofó Iver sonriendo—. Tengo excelentes amigos vikingos a los que no cambiaría por ningún escocés.

Su sonrisa descolocó a Beth, y entonces él, cogiendo de la silla de su caballo un ramo de flores violetas que había recogido por el camino, declaró:

—Vengo a presentarte mis disculpas.

Ella parpadeó sorprendida y frunció el ceño.

—¿Por qué vienes a presentarme tus disculpas? —inquirió.

Iver, viendo las reticencias en su mirada, sin soltar el ramo repuso:

—Porque cuando uno se equivoca y hace las cosas mal, lo justo es intentar enmendar el error.

Eso hizo que Beth asintiera.

—¿Y qué es lo que has hecho tú mal, Iver *el Creído*? —preguntó.

Él sonrió, no pensaba enfadarse con ella por aquello.

—Llamarte *Pesadilla*, no dejar que te explicaras, hablarte mal delante de mi familia y no reparar en que no fuiste tú quien me insultó, sino tu hermana gemela —contestó.

Al oír eso, la joven protestó:

—Carolina me prometió que no te lo diría.

Iver suspiró.

—No me lo dijo ella, sino Peter, mi hermano.

—¡¿Peter?!

—Está claro que mi ingeniosa cuñada se las arregló para cumplir su promesa contigo, pero también para que yo me enterara de mis errores a través de mi hermano... —Y, sonriendo, cuchicheó mofándose—: ¿No es una monada?

Oír eso último hizo sonreír a la joven.

—Excelente estrategia, usar la sonrisa y la picardía para desconcertar al enemigo —añadió él.

Beth parpadeó al sentirse descubierta.

—Y, dicho esto —continuó Iver—, quiero pedirte disculpas por...

—¡Disculpado! —lo cortó ella—. Ya puestos, yo quiero disculparme contigo por lo que mi hermana Gladys te...

—Tú no eres tu hermana, pero ¡quedas disculpada!

Según Iver dijo eso, ambos sonrieron. La tensión que había entre ellos por aquel malentendido se esfumó, y él agregó entonces tendiéndole las flores:

—Por favor, acéptalas.

Beth miró el ramo. La última vez que había aceptado flores de un hombre la cosa no había terminado bien.

—Gracias, pero no —repuso desconfiada.

Al ver cómo ella miraba el ramo, Iver insistió:

—¿No te gustan?

—Me encantan.

—¿Entonces...?

Beth resopló. No le apetecía contarle su vida a aquel.

—Las he cogido especialmente para ti —explicó él.

—Ese es tu problema.

—Mujer, no seas tan arisca.

—Soy clara y concisa.

—Y arisca —insistió Iver.

Ver su insistencia a pesar de la negativa a Beth le hizo gracia.

—Te recuerdo que llevo sangre vikinga —indicó.

—También escocesa —replicó Iver.

La joven, sorprendida al ver que tenía respuestas para todo, cuchicheó decidida a desconcertarlo:

—Ay, qué monooooo es Iver *el Creído*...

Él sonrió. Se había dado cuenta de que la muchacha utilizaba aquello para confundirlo, y, levantando una ceja, tiró de ingenio para sorprenderla.

—Por favor, milady —musitó—, ¿sería tan amable de aceptar el presente que gustoso he traído especialmente para usted?

Ante aquellas palabras al final Beth se rindió. Iver era un cielo de hombre. Y, cogiéndolas, murmuró:

—Gracias. Pero que conste que te las acepto porque has sido muy educado.

Feliz por haber conseguido conectar con ella, él preguntó:

—¿Te gustan?

Beth afirmó con la cabeza. Le encantaban. Y, dejándose llevar, susurró:

—Mucho. Además..., este era el color preferido de mi madre.

Saber eso a Iver le gustó, aunque también se percató de que la joven hablaba de su madre en pasado, como en su momento lo hizo de su padre.

—Tu madre tenía muy buen gusto —comentó.

Beth sonrió. Lo que había dicho era muy bonito. Y, de pronto, deseosa de estirar el rato con aquel, sugirió:

—¿Te apetece una jarra de cerveza fría?

—Pero ¿no está cerrada la taberna?

Beth asintió y, sin dudarlo, respondió:

—Sí. Pero, para ti, si quieres esa cerveza, está abierta.

Feliz porque la sintonía entre ellos volviera a ser la que había sido, Iver se apresuró a responder:

—La verdad es que tengo sed.

Esta vez fue Beth la que alargó el brazo y le cogió la mano a él. De nuevo la piel de ambos se erizó con el contacto, y ella, tirando de él, dijo:

—Entra. Te invitaré a esa jarra.

Gustoso, Iver se dejó guiar por la muchacha, y apretando los dedos de esta con los suyos disfrutó del momento hasta llegar a una mesa, donde la joven dejó las flores y, soltándole la mano, dijo:

—Voy a por un jarrón y a por la cerveza. ¡No te muevas!

—No me moveré —afirmó él viendo al perro tumbado plácidamente en el suelo.

Una vez que la muchacha desapareció, como un tonto sonriente Iver miró a su alrededor. Tal como su padre había dicho, las flores lo habían ayudado, y Beth le había facilitado el momento. Estaba claro que ella tenía tantas ganas como él de que la cordialidad se instalara en su relación. En ese instante vio aparecer a la joven por una puerta y, sonriéndole, comentó:

—La taberna de tus tíos es agradable.

Ella lo miró sin moverse. No era Beth, sino Gladys. La muchacha se disponía a hablar cuando la puerta de la cocina se abrió y, en cuanto la verdadera Beth apareció con su sonrisa, Iver murmuró boquiabierto:

—Como diría Alison..., ¡por las barbas de Neptuno!

Al ver a su hermana allí parada, observándolo, Beth dejó el jarrón y la cerveza sobre la barra y se le acercó. Cogiéndola por el brazo, tiró de ella y, plantándola delante del guerrero, dijo:

—Iver, ella es mi hermana Gladys. Gladys, él es Iver McGregor. Creo que se merece una disculpa por tu parte, ¿no te parece?

Gladys, acalorada por la vergüenza del momento y por lo atractivo que se le antojaba aquel hombre, tragó saliva y, consciente de que su hermana esperaba que lo hiciera, declaró:

—Siento haber sido tan grosera y haberte engañado haciéndote creer que era Beth.

Iver asintió sin dudarlo, y, sin querer hacer leña del árbol caído, contestó:

—Acepto tus disculpas.

Gladys miró a su hermana y esta asintió gustosa. Era lo mínimo que esperaba de ella. Luego Beth, acercándose de nuevo a la barra, cogió el jarrón con agua y la jarra de cerveza y, tras dejarlo todo sobre la mesa, indicó dirigiéndose a su hermana:

—La tía te espera en la cocina. Ve y ayúdala.

Gladys asintió y, dando media vuelta, corrió hacia la cocina. Al cerrarse la puerta Beth miró a Iver y se disponía a hablar cuando este dijo:

—Es impresionante lo mucho que os parecéis.

La joven sonrió. Lo sabía, eran como dos gotas de agua. Y, tras colocar las flores en el jarrón, se sentó frente a él a la mesa.

—Solo mis tíos y *Abuelillo* nos diferencian —indicó—. Ellos nunca se equivocan.

Ambos sonrieron e Iver, todavía sorprendido, afirmó:

—Sois como dos gotas de agua.

—¿Sabes que esa es la frase que más veces he oído en mi vida?

El guerrero cabeceó.

—¿Y cómo se lleva tener una hermana gemela? —quiso saber.

Beth se encogió de hombros.

—Te acostumbras.

—Pero imagino que las confusiones serán continuas...

Con cierta amargura, la muchacha asintió.

—Cuando éramos pequeñas me encantaba, pero ahora es diferente.

Iver dio un trago a su cerveza y, feliz de volver a encontrarse con la encantadora chica que había conocido aquella noche, musitó:

—¿Por qué dices eso?

—Porque es la verdad. Nuestros caracteres son diferentes. Y lo que le gusta a una no suele gustarle a la otra. Y aunque esté mal decirlo, mi hermana es algo especialita, aunque la quiero y daría mi vida por ella, como les prometí a mis padres.

Iver entendía lo que decía e, incapaz de callar un segundo más, preguntó:

—¿Quién era el hombre con el que bailaste anoche varias piezas?

Sorprendida porque se hubiera fijado en aquello, la joven, al pensar en el molesto Daniel Thomson, dijo suavizando su respuesta:

—Un conocido. ¿Por?

Iver asintió. Ver cómo aquel tipo la miraba no le había gustado un pelo, y cuando se disponía a seguir preguntando la puerta de la cocina se abrió y apareció Ottilia. La mujer se les acercó con una sonrisa y exclamó mirando el jarrón:

—¿Y esas preciosas flores?

—Las ha traído Iver —contestó Beth al ver cómo su tía la miraba en busca de una explicación.

—Vaya... ¿Y para quién?

—Para Beth —afirmó el guerrero con seguridad mientras observaba que *Abuelillo* salía de la taberna.

Boquiabierta, Ottilia asintió. ¿Quién era ese hombre y por qué le llevaba flores a su niña? Y, clavando la mirada en aquel, de pronto preguntó:

—¿Tú no estabas en la fiesta de anoche?

Iver asintió y Beth se apresuró a aclarar:

—Sí, tía. Es Iver McGregor, hermano de Peter y cuñado de Carolina.

Ottilia asintió gustosa. La noche anterior la madre de aquel, una mujer demasiado estirada para su gusto, le había hablado de su hijo menor, Iver, un guerrero, valeroso y educado.

—Las flores son preciosas, al igual que mi Beth... —comentó.

—¡Tía!

Al ver el gesto de apuro de la aludida, Iver sonrió. El interés de Ottilia por saber le recordó al de su madre en otros momentos.

—El próximo día le traeré también flores a usted, señora —afirmó.

—Oh, qué galante eres, Iver McGregor —murmuró la mujer.

Luego los tres se quedaron en silencio, y Ottilia, ignorando la mirada de Beth pidiéndole que se marchara y los dejara a solas, siguió preguntando:

—¿Has venido a conocer a tu sobrino desde Dirleton?

—Sí, señora.

—¿Y has venido solo o con tu mujer?

—Tíaaaaa...

Beth la miró sin dar crédito. Pero ¿qué hacía?

Iver, divertido por el intercambio de miradas de las dos mujeres, aclaró:

—No estoy casado ni comprometido, señora.

Ignorando en todo momento a Beth, Ottilia asintió al oír eso. Lo sabía, pero solo quería corroborarlo.

—Oh..., ¡qué maravilla! Solterito como mi Beth..., y, por favor, tutéame y llámame Ottilia.

—Tíaaaaa...

La mujer entonces volvió la cabeza hacia ella.

—*Nubarroncito*, quita esa cara de mala leche, que a mí no me impresionas.

Sonriendo, Iver la miró. ¿*Nubarroncito?* Entonces la mujer, deseosa de saber, pues la mirada de aquel muchacho le agradaba, insistió:

—¿Y regresarás con tus padres a Dirleton?

—Sí, señora. Los acompañaré con Alan y nuestros hombres, y después o bien regresaremos de nuevo aquí a recoger unas ovejas que mi hermano nos traerá o bien nos iremos para Fort William —afirmó él.

—¿Fort William? —preguntó Ottilia curiosa.

Iver asintió.

—Mi hermano Ethan y su mujer Eppie actualmente viven en la casa que yo tenía cerca de Dirleton. Y, bueno, hace unos meses yo me instalé con Alan McGregor en una fortaleza próxima a Fort William. Ambos nos estamos introduciendo en el mundo de los caballos y las ovejas con mi hermano y sus socios, y es un buen lugar para vivir.

—Entonces Beth y Gladys viajarán con mi marido y contigo hasta Edimburgo, ¿verdad? —señaló Ottilia feliz.

Al oírla Beth quiso matarla, y, dándole por debajo de la mesa un pequeño toque con el pie, iba a hablar cuando su tía continuó, dirigiéndose a ella:

—Ay, mi cielo, toda seguridad es poca tratándose de vosotras.

Iver, que se había enterado de aquello esa mañana, miró a Beth.

—Por supuesto que vendrán con nosotros —declaró—. Mi familia y mis hombres, junto a su marido, nos ocuparemos de que lleguen a Edimburgo sanas y salvas para que el médico visite a Gladys. Y por el regreso no se preocupen: los guerreros de mi hermano, junto con los míos y su esposo, las protegerán. Yo mismo me encargaré de ello, si eso la deja a usted más tranquila.

Beth parpadeó sorprendida. ¿En serio iba a viajar con Iver?

—Ay, hijo de mi vida, muchísimo más tranquila... ¡Eres un amor!

—Tía, por favor...

Ottilia sonrió, justo en el momento en el que Sven entraba en la taberna con una caja de bebida. Al ver a su mujer y a Beth con aquel guerrero, el hombre se extrañó, puesto que la taberna estaba cerrada.

—Es Iver McGregor, el hermano de Peter —se apresuró a aclarar su esposa al ver su gesto.

Sven asintió. Lo recordaba de la noche anterior. Pero que los hombres rondaran a sus niñas era algo que lo llenaba de desconfianza y más aún tras lo ocurrido. Entonces Iver se puso en pie y le tendió la mano, que Sven aceptó, y dijo:

—Un placer volver a verle, señor.

—Lo mismo digo, muchacho.

Un incómodo silencio se creó entre los cuatro, y Ottilia, para romperlo, explicó señalando el jarrón:

—Mira, Sven, Iver le ha traído flores a Beth.

El aludido cerró un ojo y, mirando a Iver con desconfianza, preguntó:

—¿Con qué propósito le traes flores a mi Beth?

La joven, horrorizada por aquello, rápidamente dijo:

—Con ningún propósito, por favorrrrr...

Sven asintió sin cambiar el gesto, y entonces Iver, sorprendiéndolos, añadió:

—Aprovechando que están usted y su mujer aquí, quería pedirles permiso para dar un paseo con Beth esta tarde, ya que la taberna está cerrada. Por supuesto, si a ella y a ustedes les parece bien.

Ottilia y Beth se miraron. ¿En serio les estaba pidiendo permiso?

A Sven le temblaba el ojo por la tensión, y entonces la joven se apresuró a decir:

—Imposible, Iver. Tenemos mucho trabajo limpiando la taberna y la casa. Y luego hay que ir a donde Jack, a por provisiones, y tras eso habrá que hacer mil cosas más, por lo que...

—A mi marido y a mí nos parece bien —la cortó su tía—, ¿verdad, Sven?

El aludido, al que aún le temblaba el ojo, miró a su mujer.

—Dice que sí —agregó esta—, aunque es hombre de pocas palabras.

Sven y Beth se miraron. Pero ¿qué hacía Ottilia? Y la mujer, entendiendo que aquellos dos podían explotar de un momento a otro, apremió:

—Ahora, querido Iver, es mejor que te vayas para que a Beth le dé tiempo a terminar con sus obligaciones. Ven a buscarla sobre las cuatro de la tarde, ¿de acuerdo?

Iver, que se estaba percatando de lo que allí ocurría, se levantó rápidamente. Sus ojos miraron a Beth, que estaba boquiabierta. Después a Sven, que refunfuñaba. Y Ottilia, cogiéndolo del brazo, caminó con él hacia la puerta de la taberna y, al abrirla y ver el caballo que estaba atado al poste, comentó:

—No me digas que esa belleza de animal es tuyo...

—Sí, señora. Es mío.

Ottilia asintió con una sonrisa.

—Que tengas una buena mañana, Iver McGregor —afirmó satisfecha—. ¡Hasta la tarde!

Y, dicho esto, cuando el guerrero se quedó en la calle, sonrió mientras lo veía montar en su caballo y marcharse.

Una vez que Ottilia cerró la puerta de la taberna y dio media vuelta, Sven siseó:

—¿Se puede saber qué has hecho, mujer?

Ottilia corrió feliz hacia Beth y la cogió de las manos.

—¡Creo que es él! —exclamó.

—Tía...

—¡De momento ya te ha traído flores!

—Tía, por favorrr...

Sven, observando la expresión de su niña y entendiendo a su mujer, cuchicheó:

—Lindura, ¿acaso has oído mi pregunta?

—He hecho lo que se debía, Amor —asintió—. Acompañar al muchacho hasta la puerta e invitarlo a regresar para que pasee con Beth.

Sven maldijo y Beth, a pesar de ver la felicidad de su tía, inquirió:

—Pero ¿no ves que yo no quería pasear con él?

—Tus ojos y tu sonrisa no decían lo mismo.

—Por Odín, tía...

—Mi vida, te conozco. Y sé muy bien cuando alguien te desagrada.

La mujer se acercó a aquellos dos, que la miraban con gesto ceñudo, justo en el momento en que la puerta de la cocina se abría y entraba Gladys. Los cuatro se quedaron en silencio, hasta que Ottilia musitó mirando a Beth:

—Mis sueños hablan.

—¡¿Y...?! —preguntó Sven.

La mujer se sentó en una silla y cuchicheó:

—La sonrisa de Beth era la misma que vi en mis sueños.

—También le sonreía a Ronan como una tonta —masculló Gladys.

Oír eso hizo que todos la miraran, y Ottilia repuso intentando no pensar mal:

—Mi vida..., tu hermana nunca le sonrió así. —Y, mirando a Beth, que seguía desconcertada, preguntó—: Pero, nena, ¿tú has visto lo buen mozo que es ese McGregor?

Beth no contestó. Claro que sabía lo atractivo que era Iver. Y Ottilia, que necesitaba que Beth volviera a darse una oportunidad en el amor, añadió:

—La vida no se detiene ante las desgracias, y tanto tú como tu hermana lo aprendisteis siendo muy niñas. Estamos aquí para ser felices, y la felicidad se encuentra, pero para encontrarla tenéis que estar dispuestas a...

—¿Y si resulta que ese McGregor es otro sinvergüenza y le rompe el corazón? —la interrumpió Gladys.

Al oír eso, sin dudarlo, Sven indicó:

—¡Pues esta vez lo mataré yo!

—¡Tío! —gruñó Beth.

—¡Amor! —protestó su mujer.

El hombre, al ver cómo aquellas lo miraban, finalmente sonrió. Y, consciente de que no debía generalizar porque era un error, agregó mirando a Gladys:

—Ese McGregor y su clan os protegerán en vuestro viaje a Edimburgo para ir a visitar al médico.

—¿Viajaremos con los McGregor? —preguntó Gladys esperanzada.

—Sí, mi vida —contestó Ottilia.

La joven sonrió, aquella era una excelente noticia.

—No todos los hombres somos iguales, como no todos los veranos son igual de calurosos ni los inviernos igual de fríos —matizó entonces su tío.

Ottilia asintió. Era una excelente respuesta para el escéptico de su marido.

—Beth ya no es la inocente jovencita que conoció ese indeseable —añadió.

La aludida asintió. No conocía a Iver, pero lo poco que sabía de él ya le había demostrado que nada tenía que ver con Ronan.

—¿Sabes, Gladys? —indicó—. Con lo que me ocurrió aprendí muchas cosas, pero especialmente tres. La primera, que a mi familia nadie la toca. La segunda, que la decepción no mata, sino enseña. Y la tercera, que no hay nada que enseñe tanto en la vida como equivocarse. Y yo con Ronan me equivoqué y aprendí. Dicho esto, espero que tú, con tus equivocaciones, estés aprendiendo también.

Al ver que todos la miraban, Gladys asintió sin dudarlo mientras su mente trabajaba a toda velocidad. El viaje a Edimburgo se materializaba, e ir con los McGregor era una suerte. Por lo que, consciente de que debía ver a Goran, dio media vuelta y desapareció.

—Excelentes reflexiones —afirmó un orgulloso Sven.

—Vosotros me las enseñasteis. —Beth sonrió.

Ottilia asintió y, cogiendo una mano de aquella mujercita a la que amaba como si fuera su propia hija, se reafirmó:

—La Beth que tengo delante es más lista e intuitiva porque, tras lo ocurrido, aprendió a tener los pies bien plantados en el suelo y a no dejarse llevar por fantasías de princesas que pocas veces son verdad, por muy bonita que sea la cara del guerrero.

Sven, conmovido por las sonrisas de Beth y su mujer, le cogió entonces la otra mano a la muchacha y dijo:

—Sabes que a ti y a tu hermana os protejo con mi vida y que lo último que quiero es veros sufrir. Sin embargo, necesito que encuentres tu felicidad. Tu padre crio a una guerrera luchadora y valiente y tu madre, a una mujer atenta y cariñosa. Tú eres ambas cosas, y aunque yo en ocasiones desee matar a los hombres que se acercan a conocerte, sé que tengo que permitirlo, porque si no lo hago nunca serás feliz.

Los tres sonrieron y Sven añadió:

—Y, además, si mi Lindura dice y afirma que lo soñó...

—Lo soñé.

—Entonces yo no tengo nada que objetar —aseguró él.

Beth los abrazó a ambos con cariño. Adoraba a sus padres, siempre los llevaba en su corazón, pero sin Ottilia y Sven no podría vivir. Ellos eran sus padres en la vida, y que se preparara quien osara tocarles un pelo.

Capítulo 18

Cuando a las cuatro de la tarde Iver volvió a la taberna a recoger a Beth, ambos tenían los nervios a flor de piel. No había nada entre ellos, pero verse los acaloraba... ¿Qué les ocurría?

Ottilia y Sven salieron a la puerta a despedirlos y la mujer indicó sonriendo:

—¡Pasadlo bien!

Iver y Beth asintieron y luego Sven, acercándose al joven, se sacó del cinturón un arma vikinga muy querida para él y declaró mirándolo:

—Llevo muchos años sin usar esta daga. Antes me llamaban Sven *Daga Sangrienta*...

—¡Tío!

Eso le hizo gracia a Iver, pues entendió la advertencia, y cuando se disponía a contestar, sin apartar la mirada de él, el vikingo añadió con gesto fiero:

—Si algo le ocurre a mi niña, te rajo la tripa de arriba abajo.

—¡Sven! —gruñó Ottilia boquiabierta.

—¡Tío, por favor! —murmuró Beth.

Por respeto, Iver no contestó. Como todo buen vikingo, aquel era claro y conciso, por lo que asintió mientras Ottilia y Beth regañaban al hombre, que seguía mirándolo sin pestañear.

Segundos después, una vez que comenzaron a caminar y Beth le pidió a su tía que metiera a *Abuelillo* en la taberna para que no los siguiera, al alejarse de aquellos Iver cuchicheó:

—¿La discusión les durará mucho?

Beth sonrió. Sus tíos se adoraban, no podían vivir el uno sin el otro.

—Tranquilo —respondió—. En cuanto se miren a los ojos más de dos minutos, él le diga «Lindura» y ella le diga «Amor», todo volverá a estar bien entre ambos. Se adoran y se quieren por encima de todas las cosas.

Iver sonrió.

—Tu tío no se anda con tonterías.

—No. La verdad es que no.

Él asintió y luego preguntó curioso:

—¿Es siempre tan protector?

Beth miró hacia atrás. Su tía continuaba regañándolo mientras Sven aún los observaba sin moverse, y tras levantar la vista al cielo repuso:

—Decirte que no sería mentira.

Iver asintió y entonces, recordando algo, preguntó:

—¿Por qué tu tía te ha llamado *Nubarroncito*?

Beth rio.

—Porque cuando me enfado dicen que paso de ser una plácida mañana de sol al peor nubarrón en el cielo.

Iver sonrió al oír su explicación.

—¿No es un poco exagerado eso?

La joven se encogió de hombros. Aunque él la había visto enfadada, nunca la había visto cabreada como para entender el apodo, por lo que simplemente le dio la razón.

—Seguramente sí.

Durante la tarde pasearon y charlaron sin descanso por el bosque, llevando el caballo de Iver agarrado por las riendas. La sintonía que había entre ellos era buena, y eso hacía que su comunicación fuera fluida y que las horas pasaran como si de minutos se tratase, aunque Beth volvía la cabeza de vez en cuando mirando hacia atrás.

Iver se dio cuenta de ese detalle, y la tercera vez que lo hizo le preguntó:

—¿Qué ocurre?

Beth, acostumbrada desde niña a estar alerta de todo lo que pasaba a su alrededor, murmuró:

—¿No tienes la sensación de que alguien nos observa?

Iver, sorprendido, pues él no se había percatado de nada, se lo tomó a guasa.

—No te extrañe que sea Sven *Daga Sangrienta*... —cuchicheó.

Eso hizo que ambos rieran, ajenos a que Goran los observaba desde la distancia.

Iver, al sentir a la joven algo inquieta, propuso dar un paseo sobre *Chambers*, quizá eso la despejaría. Y estuvieron cabalgando hasta que comenzó a anochecer y comprendieron que había que regresar.

Caminaban por las calles del pueblo de Elgin, con *Chambers* a su lado, y eso hacía que se ganaran más de una curiosa mirada, cuando Iver se mofó:

—¿No tienes la sensación de que nos miran?

Divertida por aquello, la joven asintió.

—Imagino que se preguntarán qué hace un McGregor como tú con una medio vikinga como yo.

Él rio y, con gracia, repuso al ver a cierto tipo mirándolos:

—Lo que se pregunten no es algo que a mí me importe mucho.

—Pues ya somos dos —afirmó ella al ver a Daniel Thomson parado a un lado de la calle con gesto serio.

Encantado por la respuesta de Beth, al llegar a la puerta trasera de la taberna, una vez que Iver hubo atado su caballo al poste, ella miró hacia arriba cuando oyó un ruido y señaló:

—Esa es la ventana de mi habitación.

Iver levantó la cabeza para echar un vistazo.

—¿He de tomarme eso como una invitación? —murmuró divertido.

Boquiabierta, la joven cuchicheó:

—Noooooo.

Iver sonrió e, incapaz de callar, añadió:

—Dicen que los vikingos vivís la intimidad de otra manera.

—¿Ah, sí? —se mofó la joven.

Iver, que como muchos había oído hablar del tema, afirmó:

—Según he oído, en la cultura vikinga las mujeres libres gozáis de la misma libertad en el placer de los cuerpos que los hombres..., ¿o me equivoco?

Beth sonrió.

—No, no te equivocas. —Y, al ver cómo él la miraba, añadió divertida—: Los vikingos disfrutamos de determinadas licencias con respecto al placer que...

—Eso no va conmigo —la cortó Iver—. En mi cabeza no entraría que mi mujer disfrutara en el lecho con otro que no fuera yo..., ni que yo la compartiera con otro.

Beth sonrió. A pesar de su sangre vikinga, ella pensaba del mismo modo, y al ver cómo Iver la miraba declaró segura de lo que decía:

—No te voy a besar.

—¿Por qué?

—Porque no.

Ambos sonrieron y luego él bromeó:

—Pues me debes un beso.

—De eso nada.

El guerrero asintió.

—Me dijiste que no podía morir sin besarte, y aquí estoy —apostilló sonriendo—, vivito, coleando y deseoso de recibir ese beso que tú misma me ofreciste... Además, me llama mucho la atención saber cómo sería, pues, que yo recuerde, jamás he besado a una mujer de sangre vikinga.

—Pues conmigo lo llevas claro. —La joven rio.

Iver rio a su vez. ¿En serio ella había notado que la deseaba? Y, divertido, replicó:

—Pero, tranquila, no te lo voy a volver a pedir. No soy insistente, y menos aún en esas cosas.

—¡Harás bien! Pero permíteme que lo dude, porque sé que lo estás deseando.

—¿Y por qué crees eso? —inquirió él alegre.

Beth, que tenía cierta experiencia en rechazar a hombres, musitó:

—Porque me miras los labios a la vez que te muerdes el tuyo.

Atónito por la claridad de aquella al hablar de aquel tema, Iver soltó una risotada y, apoyándose en el quicio de la puerta, señaló:
—Me sorprendes.
—¿Por qué?
Con la misma claridad con que ella le hablaba, él respondió:
—Porque no te veo como a una experta en esas lides como para saber lo que es el deseo de un hombre por una mujer.
Al oír eso Beth negó con la cabeza y, con cierta chulería, susurró:
—Pues te equivocas.
—¿En qué me equivoco?
—En eso que dices de la experiencia.
Iver parpadeó. En ningún momento había esperado una contestación así por su parte.
—Si te oye tu tío, creo que a quien mata es a ti —cuchicheó.
Ambos rieron y luego ella declaró con seguridad:
—Iver, trabajo en una taberna, donde los hombres intentan propasarse conmigo un día sí y el otro también... ¿Acaso me crees tan tonta como para no saber cuándo un hombre me desea? Además, te recuerdo que tengo sangre vikinga, y tú mismo has dicho algo referente a mi libertad sexual.
Boquiabierto, él parpadeó. Aquella joven lo estaba sonrojando y alterando con su descaro a partes iguales, por lo que, dispuesto a darle la vuelta al asunto, replicó:
—Vale, mujer experimentada..., ¿puedo pedirte ese beso de nuevo?
—Noooooo.
—Pues sigues teniendo una deuda conmigo...
—¡Iver! —se mofó ella.
Ambos se miraron y soltaron una carcajada divertidos. Entre ellos había una excelente sintonía.
—Si mi tío te oye, te mata —dijo Beth—. Por tanto, no voy a besarte, porque valoro tu vida..., y deja de mirarme así.
Él tomó aire. La muchacha tenía razón. No podía exigirle algo que ella no deseaba dar, y, dispuesto a cambiar totalmente de tema, preguntó sin querer que Beth se marchara:
—¿Tu tío también es vikingo?

—Sven *Daga Sangrienta* —se burló ella— es medio vikingo como yo...

Eso hizo sonreír a Iver, que, sin dudarlo, preguntó:

—Me muero por saber cuál era tu apodo...

La joven bajó entonces la vista al suelo. Decirle que era *la Duquesa Guerrera* conllevaría que preguntara. E Iver, que comprendió que no iba a responder, preguntó de nuevo:

—¿Qué les ocurrió a tus padres?

Beth parpadeó. Había dos versiones: la verdadera y la inventada. ¿Cuál debía contarle a Iver?

—Murieron —dijo simplemente mirándolo.

Él se contuvo de preguntar el motivo por no ser indiscreto, pero insistió:

—¿Ocurrió hace mucho?

Beth asintió y, con gesto de añoranza, afirmó mirando hacia la ventana de su habitación:

—Cuando yo tenía diez años.

—¿Y ahora tienes...?

—Veinticinco, casi veintiséis.

Él afirmó con la cabeza, y Beth, sonriendo, declaró con orgullo en la voz y la mirada:

—Mi padre fue un valeroso guerrero que siempre antepuso su familia a cualquier otra cosa, y mi madre, la mujer más dulce y cándida que he conocido en mi vida. Te habrían caído bien.

—Seguro que sí —afirmó Iver.

Ambos sonrieron, y luego la joven, viendo que él esperaba más información, comentó:

—No suelo hablar de mis padres. A nadie le agrada saber que él era nórdico y mi madre una escocesa que se enamoró de él.

—¿Acaso enamorarse es un delito?

—Para algunos sí, y más aún si no se cumplen las reglas exigidas.

Iver asintió. Entendía a la perfección lo que decía, pues su propia madre era una de los que exigían esas reglas.

—Las reglas están para saltárselas, ¿lo sabías? —cuchicheó.

Oír eso hizo sonreír a Beth.

—Según mi madre —agregó él—, mis hermanos y yo solo debíamos contraer matrimonio con mujeres McGregor o Steward. Pero Peter se casó con una Campbell y en cuanto a Ethan, lo hizo con una Gordon, y ahora míralos, son felices. Por eso te digo que las reglas, en cuanto al amor se refiere, se han de saltar.

—¿Y tu madre cómo lo lleva?

Iver resopló. Lo de su madre tenía telita...

—Pues depende del día lo lleva fatal o peor —respondió.

Ambos rieron y, al cabo, Beth de pronto soltó:

—Yo me salté las reglas una vez y no salió bien.

Iver levantó las cejas sorprendido.

—Me dejé embaucar por la persona equivocada y lo pagaré el resto de mi vida —continuó ella.

Él se disponía a preguntar cuando la joven, omitiendo ciertos detalles, añadió:

—Desoyendo las advertencias de mis tíos, me casé y...

—¿Estás casada? —preguntó Iver envarándose.

—No. Ya no.

El guerrero asintió y, sintiéndose aliviado al saberlo, inquirió curioso:

—¿Un *handfasting*?

—Sí.

—¿Estabas enamorada de él?

Beth negó con rotundidad.

—No. Pero sí deslumbrada.

Se miraron en silencio mientras la joven podía ver el deseo de saber más en los ojos de él.

—De los errores se aprende —agregó—, y yo aprendí.

Con complicidad Iver le cogió entonces la mano y se la apretó. Después, sin poder evitarlo, se la llevó a los labios, le besó con delicadeza los nudillos y dijo:

—Estoy convencido de que algún día encontrarás a ese hombre que te merezca. Y esa persona, por el amor incondicional que sentirá por ti, aun teniendo la libertad de hacer lo que desee, siempre te elegirá a ti, porque tú serás su vida.

Beth sintió que el corazón se le aceleraba. Aquellas mismas

palabras habían sido las últimas que su padre le había dicho y, atraída como un imán hacia él, acercó su rostro al del guerrero y pidió:

—Mírame.

Iver la miró y Beth susurró entonces deseosa de él:

—Y ahora, bésame.

Sin dudarlo, él hizo lo que le pedía. Nada le apetecía más que aquello, y, con todo el mimo y la delicadeza del mundo, Iver besó sin ningún pudor aquellos labios que tanto deseaba y sin temor a que Sven los viera y lo matara.

El beso tímido del principio fue subiendo de intensidad a cada instante que pasaba, tanto que ambos acabaron abrazados y apoyados en la puerta trasera de la taberna, hasta que el beso acabó abruptamente al oír unos ladridos. Sin soltarla de sus brazos, Iver murmuró:

—Me estás volviendo loco.

Beth abrió los ojos y lo observó. Ella tampoco se entendía. ¿Qué le ocurría? ¿Por qué sentía esa necesidad de tocarlo y besarlo? Y preguntó, sabiendo la respuesta, con un hilo de voz:

—¿Por qué?

Iver, al que un extraño calor le recorría el cuerpo, contuvo las ganas que sentía de volver a besarla y susurró a escasos milímetros de su boca:

—Me dices que no te bese y vas tú y...

No pudo continuar, puesto que Beth volvió a besarlo. El beso que aquel hombre le acababa de dar no tenía nada que ver con los que le había dado Ronan en el pasado. Por lo que quiso volver a disfrutar de un preciso beso lleno de ternura, delicadeza y pasión. Cuando esta vez fue ella la que acabó el beso, al ver cómo él la miraba, susurró:

—Besas muy bien, Iver *el Creído*.

—Tú también, Beth *la Pesadilla*.

Ambos sonrieron y a continuación la joven, tomando las riendas de su cuerpo, afirmó dispuesta a que él no volviera a interferir en su vida:

—Mi deuda para contigo ya ha quedado saldada. Y ahora, por

favor, prométeme que no aparecerás mañana ni pasado de nuevo por aquí.

—¿Por qué?

—Porque no me gustan los agobios, e intuyo que a ti tampoco. Simplemente nos hemos besado, y no hay más que hablar. Además, me voy con mi tío a Inverness para recoger unas provisiones que hemos encargado.

Iver, a quien oír eso no le hacía mucha gracia, iba a responder cuando ella, tapándole la boca con la mano, exigió:

—Te debía un beso y te he dado dos, por tanto, y como dices tú, ¡fin del asunto!

Iver, molesto, no supo qué decir. En la vida una mujer lo había rechazado como lo estaba haciendo aquella.

Entonces la joven, tras dedicarle una bonita sonrisa, entró por la puerta de la taberna y, con el cuerpo temblándole por lo acontecido, desapareció.

Al llegar a su habitación Beth encendió una vela y vio a *Abuelillo* plácidamente dormido sobre su cama. Acalorada por el momento vivido con Iver, se miró en el espejo de su cuarto y, sin poder evitarlo, sonrió y pensó: ¿en serio se había lanzado dos veces a besarlo?

Una vez que Iver quedó solo frente a la puerta cerrada, miró hacia la ventana que ella le había indicado y, al ver que a los pocos segundos la luz se encendía, sonrió descolocado.

Él no era un hombre inexperto con las mujeres, pero sin duda conocer a Beth y sentir lo que su cuerpo había sentido al besarla lo había cogido por sorpresa.

Pensó en lo que siempre les había oído decir a Peter y a Ethan, que aseguraban que, después de dar un beso, si este seguía quemando en la boca era porque había sido un beso especial, y sin duda los suyos lo habían sido.

Por ello, y desconcertado, tras mirar de nuevo hacia la ventana de Beth, se encaminó hacia su caballo *Chambers* y montó en él. Era mejor que se marchara de allí antes de que la locura se apoderase de él y le diera por trepar por la pared para subir a buscarla.

¿Qué clase de hechizo le había echado aquella mujer?

Capítulo 19

Al día siguiente Beth canturreaba. Se sentía como si estuviera en una nube. Recordar la tarde que había pasado con Iver era como volver a sentir un maravilloso aire fresco sobre la piel, y eso la hacía sonreír continuamente, aunque al final había sido ella quien le había dicho que no volviera a aparecer por allí... ¿Es que se había vuelto loca?

Su hermana, que, como sus tíos, se había percatado del buen humor de Beth, la observaba cuando Sven, dirigiéndose a ella, indicó:

—*Ron* y *Mona* ya están preparados. Cuando quieras, partimos para Inverness.

La joven afirmó con la cabeza. Le gustaba hacer aquella clase de viajes con su tío.

—Dame un segundo, que termino de poner los jarrones sobre las mesas y voy —pidió mirándolo.

Sven asintió.

—Dile a tu hermana que se suba el escote del vestido —agregó.

—Sí, tío.

Una vez que aquella se marchó, Ottilia cuchicheó dirigiéndose a su marido:

—Veo ilusión en sus ojos.

El guerrero no dijo nada y la mujer insistió:

—Mírala, canturrea como llevaba tiempo sin hacerlo, y eso es por lo que es...

—Lindura, a ver...

—Amor —lo cortó la mujer—. Beth ha de encontrar a ese hombre que la haga feliz. ¿Quién te dice que no es ese McGregor?

Él resopló y, mirando a aquella mujer, a la que adoraba, repuso:

—Tiempo al tiempo, mi cielo.

Gladys abrió la puerta de la taberna molesta. Que su hermana se marchara e hiciera noche fuera significaba que ella tendría que trabajar el doble, y estaba gruñendo cuando vio entrar, como siempre oculto bajo su capucha, a Goran.

En cuanto él se sentó en una mesa, Gladys se le acercó y, consciente de que no había nadie aún allí, le preguntó:

—¿Vino o cerveza?

Él sonrió mirándola y, paseando los ojos por los pechos de aquella, murmuró:

—Cerveza.

Sin dudarlo, Gladys fue a la barra a por ella y, cuando la depositaba ante él, la puerta de la cocina se abrió y apareció Beth, que, acercándose a su hermana, tiró hacia arriba de su vestido para colocárselo bien.

—Me voy con el tío a Inverness —declaró.

—¡Beth! —protestó Gladys al notar el tirón.

—El escote, donde tiene que estar, ¿entendido?

Acto seguido la joven se marchó y Gladys, molesta por aquello, preguntó con gesto hosco dirigiéndose a Goran:

—¿Qué te apetece comer?

Él, viendo la mirada de odio de aquella hacia su hermana, preguntó a su vez:

—¿Qué tenéis hoy?

—Estofado de conejo con verduras o pescado con patatas.

—Pescado con patatas —decidió Goran.

Gladys asintió, y, dándose la vuelta, entró en la cocina y pidió dirigiéndose a su tía y a Mina, que cocinaban:

—Para la mesa dos, un pescado con patatas.

—De acuerdo, mi vida —afirmó Ottilia.

En ese momento Beth entró de nuevo en la cocina y, dejando en una esquina una bandeja vacía, tras tocarle la cabecita a *Abuelillo*, que dormitaba, indicó:

—Tía, me voy ya a Inverness con el tío.

—De acuerdo, mi vida. Llevad cuidado.

Acto seguido la joven se acercó a ella, le dio un cariñoso beso en la mejilla y, tras abrazarla, murmuró:

—Mañana nos vemos, preciosísima.

—Así será —afirmó Ottilia besándola con cariño.

A continuación Beth miró a su hermana, se le acercó y la abrazó también.

—Pórtate bien. Deja de enseñar más carne de la que debes y ayuda a la tía en todo lo que necesite, ¿entendido?

—Lo dudo —se mofó Ottilia.

Gladys resopló y Beth le dio un cariñoso beso. Sin poder remediarlo, su gemela se apartó y Beth preguntó sorprendida:

—¿Qué haces?

Gladys, consciente de lo que había hecho, gruñó:

—Dejarte claro que no quiero besos ni abrazos tuyos.

Beth levantó las cejas asombrada.

—Por el amor de Dios, Gladys —exclamó su tía—, pero ¿qué tontería es esa?

La aludida no respondió.

—Mira, hermana, voy a pensar que tienes un mal día y no te lo voy a tomar a mal —musitó Beth—. Por Dios..., ¡qué insoportable estás!

Y, dicho esto, dio media vuelta, salió por la puerta y se marchó.

Cuando Beth desapareció, Gladys, sin pensarlo, le dio una patada a *Abuelillo*, que le gruñó.

—¡Gladys! —la regañó su tía al verla.

—¡¿Qué?! —siseó ella.

Ottilia, que, como todos, cada vez entendía menos a la joven, negó con la cabeza y finalmente dijo:

—Vamos, sal y atiende en la taberna.

Una vez que Gladys salió al comedor, se bajó de nuevo el escote de su vestido y miró a su alrededor. ¿Por qué tenía ella que estar sirviendo a otros cuando en realidad los demás tendrían que servirle a ella?

Se acercó a la mesa de Goran e iba a hablar cuando aquel preguntó:

—¿Tu tío y tu hermana se van?

La joven asintió.

—Sí. Van a Inverness.

—¿A qué van allí? —quiso saber él.

—A recoger mercancía.

Se quedaron unos segundos en silencio, hasta que el guerrero preguntó:

—¿Qué te ocurre, mi princesa?

La joven suspiró. La intimidad entre ellos había subido de nivel. Y, mirándolo, respondió:

—Que odio vivir aquí. Odio vivir así y odio a mi hermana.

Goran, deseando decir lo que ella necesitaba oír, repuso:

—Te mereces vivir como una reina.

—Lo sé —afirmó Gladys.

El tipo, que en ese tiempo se había dado cuenta de lo ambiciosa que era aquella, insistió:

—No sé cómo tus tíos no hacen algo para que vivas mejor de como vives.

La joven asintió y, sin dudarlo, soltó:

—Y más cuando lo merezco por derecho de cuna.

Goran, al oír eso, la miró haciéndose el sorprendido, y Gladys, consciente de lo que había dicho, musitó:

—He de contarte algo.

—Tú dirás.

La joven sonrió.

—Aquí y ahora, no. Esta noche.

Él asintió. Una vez más, la joven le había facilitado el trabajo, y ella, segura de sí misma, indicó:

—A las doce en la vieja cabaña del bosque.

—Allí te esperaré.

Dicho esto, Gladys volvió a sonreír y, alejándose, entró en la cocina. Vio que el perro la miraba enseñándole los dientes y, dirigiéndose a su tía, preguntó:

—¿Y mi pescado con patatas?

Ottilia, aún molesta por lo desagradable que era en ocasiones su sobrina, le tendió el plato y exclamó:

—¡Súbete el escote!

Gladys, haciendo oídos sordos a aquello, salió de nuevo al comedor, pero se quedó sin palabras al ver que Goran había desaparecido. ¿Dónde se había metido?

Capítulo 20

Camino de Inverness, Beth montaba a *Mona* mientras Sven cabalgaba sobre *Ron*.

Como siempre, tío y sobrina disfrutaban del placer de la conversación, hasta que él de pronto preguntó:

—¿Has oído ruido de hojas quebrándose?

Beth asintió. Llevaba un rato oyendo aquel ruido tras ellos, pero, por más que miraba con disimulo hacia atrás, no veía nada.

—Es solo uno —declaró a continuación su tío.

Beth volvió a asentir, pues, al igual que él, solo había oído a una persona.

—Estemos atentos y ten a *Floki* en la mano.

Beth agarró su espada, aquella que Sven le había regalado cuando llegaron a Escocia. La joven había crecido con ella y le había puesto de nombre *Floki*. Continuaron el camino en silencio, y de pronto el silbido de una flecha al acercarse hizo que los dos saltaran de sus caballos.

Sin tiempo que perder, reptaron por el suelo hasta una roca y, mirándose, Beth preguntó:

—¿Crees que nos quieren robar?

Sven se encogió de hombros.

—Probablemente.

Ella asintió y, de pronto, mirando a *Mona*, vio que la yegua sangraba, y levantándose gritó:

—Tío, ¡han herido a *Mona*!

El aludido rápidamente miró al animal y, tirando del brazo de su sobrina para que se agachara de nuevo, vio la herida de la yegua y susurró mientras oía unos pasos acercándose:

—Por suerte, es superficial.

Beth maldijo para sí.

—No te muevas —indicó entonces su tío—. Yo iré hasta aquella roca y...

—Ni hablar —gruñó Beth—. No voy a permitir que te expongas.

De nuevo otra flecha pasó rozando la cabeza de Beth, que gritó:

—¡No sé quién eres, pero juro por Odín que cuando me levante vas a pagar por haber herido a mi yegua, porque *Floki* te atravesará las entrañas!

Instantes después oyeron como los pasos que hasta poco antes se habían acercado, ahora se alejaban corriendo, y, cuando dejaron de oírlos, Sven y Beth se levantaron. Vieron que a su alrededor no había nadie y, mirándose, el hombre preguntó:

—¿Adónde ha ido?

Sorprendida, Beth no sabía qué responder, pero de pronto oyeron los cascos de unos caballos que se acercaban. Esta vez tío y sobrina estaban espada en mano y Sven indicó:

—Ponte detrás de mí.

—Tío...

—Ponte detrás de mí —insistió.

Beth, con aquel aplomo que tenía siempre que estaba en peligro, ancló los pies en el suelo y quedó muy sorprendida al ver que quienes cabalgaban hacia ellos eran Iver McGregor y su amigo Alan.

Sven, que los miraba, igual que la joven, sin bajar la espada, preguntó:

—¿Ese no es el muchacho con el que paseaste ayer?

Con el corazón acelerado, Beth asintió, y Sven, envainando su espada, ordenó:

—Guarda a *Floki*. No hay nada que temer.

Los dos jinetes se les acercaron e Iver quiso saber:

—¿Qué ha ocurrido?

Beth resopló y contestó mientras se aproximaba a su yegua:

—Que alguien ha decidido lanzarnos un par de flechas y han herido a *Mona*.

Preocupado, Iver se lanzó de su caballo e insistió yendo hacia la joven:

—¿Tú estás bien?

Ella asintió al tiempo que su tío preguntaba:

—¿No habéis visto a nadie cuando os acercabais?

Alan e Iver negaron con la cabeza, y Sven, sacando unos paños de sus alforjas, los puso contra la pata de *Mona* al tiempo que murmuraba:

—No entiendo nada...

Preocupado, Iver le presentó a Alan mientras atendían a la yegua, y cuando finalmente terminaron y se subieron a sus caballos, Sven preguntó:

—Iver McGregor, ¿qué haces tú por aquí?

Este último, a quien el corazón ya se le había desbocado desde que había visto a Beth, respondió:

—Señor, Alan y yo vamos a Inverness.

Oír eso hizo que la joven parpadeara.

—Curiosamente, nosotros también vamos allí —añadió entonces su tío.

Haciéndose los sorprendidos, Alan e Iver se miraron, y este último, con una candorosa sonrisa, y sobre todo pensando en la seguridad de Beth, dijo:

—Pues si les parece bien, podríamos ir juntos.

Sven, al ver que su sobrina lo miraba, iba a hablar cuando ella se le adelantó:

—Tío..., seguro que ellos llevarán prisa. Además, *Mona* está herida y...

—No tenemos prisa —la cortó Iver—. Y mucho menos os vamos a dejar aquí después de lo que os ha pasado.

Sven, a quien no se le escapaba el modo en que aquel guerrero miraba a su sobrina y viceversa, resolvió entonces dándose la vuelta:

—Pues prosigamos camino.

En un principio los cuatro cabalgaron en silencio, mientras Iver y Alan sonreían. Como había supuesto Iver, si los interceptaban en el bosque podrían viajar con ellos, algo que le proporcionaba tiempo para estar con Beth.

—¿A qué vais a Inverness? —dijo Sven.

Alan, adelantando su caballo para ponerlo junto al de aquel, respondió:

—Necesitamos comprar unas bridas especiales para nuestras ovejas y solo las venden allí.

Sven asintió, e, ignorando a su sobrina y a Iver, que iban tras ellos en sus caballos, comenzó a hablar con Alan del negocio que aquellos habían emprendido.

Beth, a quien las pulsaciones todavía no se le habían normalizado, cuando fue capaz de mirar a Iver preguntó bajando la voz:

—¿Se puede saber qué haces aquí?

El guerrero, encantado por haber logrado su propósito, repuso:

—Verte.

Beth parpadeó sin dar crédito y, viendo a su tío hablar con Alan, protestó:

—Te dije que no quería que...

—Me dijiste que no querías que fuera a la taberna...

Beth asintió, incómoda aún por lo ocurrido, mientras volvía con disimulo la cabeza.

—¿A quién teméis? —quiso saber Iver.

Oír eso le hizo gracia, y respondió:

—A nadie.

—Entonces ¿por qué tu tío y tú miráis hacia atrás todo el tiempo?

La joven se encogió de hombros. No pensaba contestar a eso, e Iver, percatándose de ello, dijo:

—No he ido a la taberna, por lo que no he faltado a mi palabra.

Beth sonrió.

—Iver McGregor —murmuró a continuación—, no sé qué quieres, pero...

—Quiero conocerte.

Aquella rotundidad en sus palabras hizo que la joven lo mirara y este, guiñándole un ojo, cuchicheó:

—Y aunque a ti te cueste decirlo, sé qué quieres conocerme a mí.

Beth rio y luego susurró:

—... dijo Iver *el Creído*...

A partir de ese instante la joven olvidó el incidente y el viaje se convirtió en algo bonito y especial para ellos, que no eran conscientes de cómo Sven los observaba y sonreía por dentro.

Cuando llegaron a Inverness, Beth, gustosa pero azorada por el modo en que Iver le hacía sentir, miró a un grupo de enormes guerreros que bebían y gritaban en la puerta de una taberna y musitó:

—Me compadezco de los taberneros...

Sven asintió. En ocasiones los hombres, cuando bebían de más, eran unas verdaderas bestias. Y Alan matizó con pesar al reconocer a dos de aquellos:

—Son hombres de David Morrison.

Iver afirmó con la cabeza.

—¿Los conocéis? —quiso saber Sven.

Iver y Alan asintieron.

—Son traficantes de personas —indicó el primero.

Oír eso llamó más aún la atención de Beth. Unos sinvergüenzas como aquellos habían sido los que sacaron a su madre y a su tía Ottilia de Escocia.

—Escoceses, irlandeses y noruegos sin escrúpulos que se dedican a destrozar las vidas de quienes se cruzan en su camino —agregó Alan.

Iver, consciente de que debían alejarse de aquellos antes de que vieran a Beth, apremió:

—Vamos, marchémonos de aquí.

Sven, que como Beth pensaba en su Lindura y en Blanca, apretó el paso y afirmó:

—Excelente decisión.

Beth, horrorizada por lo que acababa de oír, se disponía a hablar cuando Iver preguntó:

—¿En qué posada os alojaréis?

—En El Trébol Escocés —contestó Sven—. ¿Lo conoces?

Iver negó con la cabeza y rápidamente dijo:

—Os acompañaremos. Quizá tengan habitaciones libres y podamos pasar la noche nosotros también allí.

—Excelente idea —convino Sven.

Beth, que sabía que el nivel adquisitivo de aquellos era superior al de su tío y ella, intervino:

—Es una posada demasiado humilde para vosotros. Creo que El Caminante de Oro, que está en la zona alta de Inverness, os gustará más.

—Si para vosotros El Trébol Escocés está bien, para nosotros también lo estará —sentenció Iver—. Al fin y al cabo, solo será una noche.

La joven miró a su tío, y este, encogiéndose de hombros, indicó:

—A mí me parece bien.

Iver y Sven comenzaron a charlar mientras se encaminaban hacia la posada cuando Beth oyó a Alan decir:

—Lo sé... Es una encerrona en toda regla.

La joven asintió y el guerrero se mofó:

—Iver *el Creído* se empeñó en venir.

Ambos sonrieron y ella, viendo a su tío reír a carcajadas con Iver, miró a Alan y preguntó:

—¿Qué es lo que quiere Iver?

El guerrero, que conocía muy bien a su amigo, respondió:

—Conocer a su *Pesadilla*.

Oír ese apodo hizo que la joven volviera a reír.

—Le dije a Iver que no quería que... —matizó.

—Cuando a Iver le dices un «no», siempre va a por el «sí»...

—Pues conmigo lo lleva claro —replicó Beth negando con la cabeza.

Oír eso le hizo gracia a Alan, que sonrió sin poder evitarlo.

Instantes después, cuando llegaron a la humilde posada, los cuatro desmontaron e Iver, mirando los caballos que aquellos llevaban, comentó:

—Son muy viejitos, ¿verdad?

Beth asintió y, acariciando con cariño el morro de *Mona*, le dio un plácido beso y afirmó:

—Sí. Y precisamente por eso los quiero más.

Gustoso por el cariño que aquella prodigaba a los animales, Iver asintió mientras la joven seguía a su tío y a Alan para entrar en la posada. Como era de esperar, allí tenían varias habitaciones libres, por lo que Iver y Alan reservaron dos.

Acto seguido, y sin más remedio, tuvieron que dejar marchar a Sven y a Beth, que tenían cosas que hacer. Cuando aquellos se fueron Alan miró a su alrededor.

—Este sitio es un asco —dijo.

Iver asintió. Ellos estaban acostumbrados a alojarse en lugares mejores.

—Solo será una noche.

Alan cabeceó y, viendo la expresión de aquel, preguntó:

—¿Contento de estar con tu damisela?

—Sí.

Alan, que nunca había visto a su amigo tan interesado en una mujer, se mofó:

—Iver *el Creído*..., ¿qué tiene esa mujer para que estés así?

El guerrero resopló. No podía explicar algo que él todavía no entendía.

—Una preciosa sonrisa —murmuró simplemente.

A cada instante más boquiabierto, Alan parpadeó. Conocía a Iver de toda la vida. Lo había visto flirtear con cientos de mujeres, pero nunca lo había visto tan descolocado por una.

—¿Y una simple sonrisa te hace estar así de tonto? —preguntó.

—No es una simple sonrisa.

—¿Ah, no?

Iver, sonriendo, se retiró el pelo del rostro y declaró:

—Es *Pesadilla*.

Divertido al oír aquel apodo, Alan soltó una carcajada e Iver, consciente de las cosas que decía, resopló y preguntó:

—¿Estoy muy tonto?

—Bastante —afirmó Alan.

Su amigo asintió. Ahora entendía las reacciones de sus hermanos cuando Eppie o Carolina habían llegado a sus vidas.

—¿Te dio mi hermano la dirección a la que tenemos que ir para comprar las bridas? —murmuró tomando aire.

Alan afirmó con la cabeza.

—Pues vayamos a comprarlas —decidió Iver—. Conozco poco a Sven, pero intuyo que querrá comprobar que lo que hemos dicho es cierto.

Sonriendo, los dos guerreros salieron de nuevo de la terrible posada, montaron en sus caballos y se dirigieron a comprar algo de lo que tenían en demasía, pero que sin duda necesitaban.

Capítulo 21

Cuando Sven y Beth recogieron lo que habían encargado en una de las tiendas de Inverness, regresaron a la posada. Allí, tras ir cada uno a su habitación, dejaron los víveres que habían comprado, se asearon y, cuando bajaron a cenar, al entrar en el comedor vieron que Iver y Alan estaban allí.

Sven, que veía como su sobrina miraba a aquellos, preguntó:

—¿Te parece bien cenar con ellos?

Beth asintió. Tener a Iver tan cerca era para ella una tentación.

—Si a ti te parece bien, a mí también —señaló.

Sven sonrió y luego se encaminaron en su dirección.

Iver, que sonrió nada más ver a Beth, los observaba.

—Vuelves a tener cara de tonto —se mofó Alan.

Pero a él le dio igual. Le gustaba ver a aquella joven y saber que era ella sin dudar de si era su hermana. Sin poder remediarlo reparó en que la joven vestía un pantalón de cuero que se le ajustaba a la perfección, con una camisa y un pañuelo sobre ella. Aunque lo que más llamó su atención fue la espada que colgaba del cinto de aquella.

¿Beth sabía manejar la espada?

Sven y la joven llegaron hasta ellos, y Alan, viendo la espada colgada en la cintura de Beth, dijo sorprendido:

—¿Y eso?

Ella sonrió y soltó:

—Es *Floki*.

—¡¿*Floki*?! —preguntaron al unísono Iver y Alan.

Beth miró entonces a Sven y, sin querer dar más explicaciones, dijo simplemente:

—Mi tío está más tranquilo si la llevo conmigo.

—Toda protección es poca —apostilló Sven.

Iver, divertido al verla con la espada, indicó:

—Ten cuidado y no te hagas daño con *Floki*.

—Lo tendré —afirmó Beth.

Todos sonrieron y luego Sven añadió:

—¿Hay hueco en esta mesa para nosotros?

—Por supuesto que sí —afirmó Iver encantado.

Durante la cena reinó la armonía entre ellos. Hablaron, rieron, contaron anécdotas y, como bien había supuesto Iver, Sven les preguntó por las bridas.

Una vez que Alan le enseñó una que curiosamente llevaba en el bolsillo de su chaqueta y le explicó para qué las utilizaban, un hombre se acercó a ellos y Sven enseguida lo saludó: era Merli, el que le había vendido los víveres.

Durante un rato charlaron y luego Merli dijo:

—Anímate, Sven, y ven a tomar un trago.

El guerrero negó con la cabeza; ni loco dejaba a Beth. Pero esta, mirándolo, indicó:

—Ve, tío. Estaré bien.

—No —repitió él.

—Tío.

—No te dejaré sola, y menos con esos traficantes por aquí, ¡olvídalo!

Beth resopló. Ella estaba segura en la posada.

—A ver, tío, ¡ve! —insistió—. Yo me subiré a la habitación. No te preocupes.

El hombre volvió a negarse, y entonces Iver intervino:

—Nosotros podemos encargarnos de su seguridad.

—Por supuesto —confirmó Alan.

Oír eso hizo que Sven los mirase.

—¿Vosotros no vais a salir a tomar unos tragos?

Rápidamente Iver, ante el gesto de sorpresa de Alan, negó con la cabeza.

—Estamos cansados —dijo—. Mejor descansaremos para regresar despejados mañana.

Sven asintió y preguntó:

—¿Podríais estar pendientes de Beth?

—¡Tío!

Sin dudarlo, Iver asintió, consciente de cómo aquel velaba por la seguridad de la muchacha.

—Entonces, sabiendo que estaréis aquí —añadió Sven—, me iré con Merli a la taberna de al lado. —Y mirando a Beth ordenó—: Prohibido salir a la calle. De aquí te vas a la habitación.

—Yo mismo la llevaré hasta su cama —se ofreció Iver.

Al oír eso Sven cerró un ojo, mientras que Alan sonreía, e Iver, viendo la hosca mirada de aquel, aclaró:

—Sven, me refiero a que estaré pendiente de que entre en su habitación.

El hombre asintió. Quería dar ese voto de confianza al muchacho. Tonto no era, y era consciente de cómo aquellos se miraban.

—Si necesitas algo, que no creo que se dé el caso —añadió dirigiéndose a su sobrina—, avisa a Iver o a Alan, ¿de acuerdo?

—Sí, tío.

—Yo regresaré a las doce de la noche y pasaré a verte.

Sin dudarlo la joven asintió y Sven, sacándose la daga del cinto, la puso sobre la mesa, y cuando iba a hablar Beth protestó:

—Por Dios, tío, ¡otra vez con lo de Sven *Daga Sangrienta*!

—Nunca está de más recordarlo —afirmó aquel mirando a los hombres.

Una vez que el guerrero les hizo saber con la mirada que si algo le ocurría a su niña sus vidas correrían peligro, desapareció, y Alan, que no entendía nada, inquirió:

—¿Sven *Daga Sangrienta*?

Esta vez Beth soltó una risotada e indicó al ver a Iver sonreír:

—En Noruega lo llamaban así. Es su manera de advertiros que, si os propasáis conmigo, ¡os matará con su daga!

Alan parpadeó boquiabierto mientras Iver y Beth no podían dejar de reír.

Capítulo 22

Tras la sobremesa se dispusieron a subir a las habitaciones y, al pasar por la puerta de la posada, Beth se acercó, miró el cielo y sonrió. Hacía una noche perfecta.

—Beth —dijo Iver—. Le hemos prometido a tu tío que irías directa a tu habitación.

—Sí, por Dios. No quisiera conocer a Sven *Daga Sangrienta* —se mofó Alan.

Los tres estaban sonriendo por aquello cuando oyeron:

—Corre, ¡ha escapado!

—Tú, maldita sanguijuela..., ¡ven aquí!

Al mirar hacia la calle vieron a un muchachito correr y a dos tipos enormes que lo perseguían.

—Son los traficantes de personas —dijo Beth echando a correr—. Ayudemos a ese niño.

Sorprendidos, Alan e Iver se miraron, y este último gritó:

—¡Beth!

Pero la joven seguía corriendo, por lo que los guerreros no lo dudaron y fueron tras ella mientras Alan cuchicheaba:

—Su tío nos mata..., si no nos matan antes los hombres de Morrison.

—¡Cállate! —ordenó Iver.

Beth vio que el chiquillo se metía en un callejón y los hombres se metieron detrás, por lo que sin dudarlo ella los siguió. Entonces Iver la alcanzó y la agarró del brazo.

—¿Es que estás loca?

Beth, que no podía quitar ojo al muchachito, que ahora estaba acorralado contra la pared, al ver que uno de aquellos se quitaba el cinturón gritó:

—Eh, tú, ¡maldito montón de mierda! Como se te ocurra tocar al niño, te las vas a ver conmigo.

—Beth, ¿qué haces? —gruñó Iver.

La joven ni lo miró, y Alan cuchicheó:

—Amigo, nos acabamos de meter en problemas...

Los hombres de Morrison, al oír una voz de mujer, se dieron la vuelta; entonces uno de aquellos cogió al pequeño del brazo, le dio una terrible bofetada y soltó:

—Esta sanguijuela gala es de mi propiedad.

Beth maldijo, odiaba oír eso.

—¡Nadie es propiedad de nadie! —gritó.

Los hombres que tenían al niño rieron e, ignorando a los dos guerreros que acompañaban a la joven, ordenaron:

—Vete, mujer.

—Sí, desaparece antes de que decida tu futuro.

Beth, que vio el miedo en los ojos del sucio chiquillo, murmuró:

—Quizá sea yo quien decida tu futuro, ¡cerdo asqueroso!

—¡Beth! —gruñó Iver.

—Por san Fergus —musitó Alan.

Pero Beth ya no escuchaba. Odiaba la injusticia. Odiaba el miedo que aquel niño tenía en la mirada, y, sin pensarlo, dio un salto hacia el hombre que lo sujetaba y le propinó una patada en el pecho que hizo que este cayera bruscamente en el suelo junto con el niño.

El otro tipo, al verlo, se abalanzó sobre la joven. Pero no llegó a tocarla porque Iver y Alan se arrojaron sobre él y sobre el otro, que intentaba levantarse.

La bofetada que había recibido el crío lo tenía aturdido. La fuerza con que aquel corpulento hombre se la había dado podría haber tumbado a un guerrero fuerte y fornido, y Beth, conmovida, se agachó a ayudarlo. Preocupada, miró su rostro y, al ver sangre en la fina y pequeña nariz de aquel, rasgó su vieja camiseta, lo limpió y musitó:

—Tranquilo. Esto no es nada. No es nada...

Asustado, y con la respiración acelerada, el chiquillo la miró. En sus ojos Beth pudo ver reflejado el miedo. Reconoció su mirada llena de temor y desconcierto como algo que ella había vivido en su pasado, y al notar que aquel temblaba, removida, mientras le limpiaba la sangre, preguntó:

—¿Tienes frío?

El niño asintió. No hacía frío, estaban en septiembre. Pero necesitaba hacer algo por él mientras Iver y Alan tranquilizaban a aquellos dos gigantes, así que se quitó el pañuelo que llevaba al cuello y, poniéndoselo con cariño sobre los hombros, volvió a preguntar:

—¿Mejor así?

Con mirada asustada, el muchachito de ojos verdes observó el fino y limpio pañuelo que aquella le había puesto encima.

—*Oui, mademoiselle.* Mucho mejor —susurró.

Su dulce tono la hizo entender por qué aquellos lo llamaban despectivamente «galo». Y, antes de lo que Beth imaginó, el niño dio media vuelta y huyó despavorido.

Al verlo, y aunque deseaba hacerlo, la joven no lo detuvo. Sin que esos bestias lo persiguieran, el niño podría escapar. Y, una vez que desapareció de su vista, cogió una piedra del suelo, se volvió hacia aquellos sin dudarlo y, sin pensar, se la lanzó furiosa.

La pedrada que recibió el que le había dado el bofetón al niño hizo que el tipo cayera contra el suelo.

—Por san Fergus, Beth... —murmuró Alan al verlo.

El otro gigante, al ver a su amigo sangrando en el suelo, se llevó los dedos a la boca, dio un extraño silbido y siseó:

—Os vamos a matar.

A continuación Beth le soltó una patada en la tripa que hizo que el hombre cayera también a plomo.

—Antes tendrás que levantarte —replicó.

Iver y Alan se miraron. Aquella no tenía cabeza...

—Nosotros evitando el problema —dijo el primero— y tú...

No pudo decir más. De pronto, a la llamada del silbido aparecieron corriendo unos tipos tan enormes como aquellos dos. Rápidamente vieron que eran sus compañeros y Alan, desenvainando la espada, dijo con un hilo de voz:

—Son unos treinta y nosotros..., dos.

—¡Tres! —recalcó la joven.

—Nuestras opciones de salir airosos son pocas —musitó Iver ignorándola.

Beth, que igual que ellos veía que los otros estaban acercándose, murmuró consciente de lo difícil que iba a ser aquello:

—Mi tío nos va a matar.

—Creo que nos van a matar antes ellos —se mofó Alan.

Iver maldijo. Con algunos hombres más a su lado se enfrentaría a aquellos, pero eran demasiados. Y, pensando en la seguridad de Beth, la agarró de la mano y dijo:

—¡Vámonos!

Sin tiempo que perder, Iver, Alan y ella echaron a correr. Debían escapar o, como los pillaran aquellos bestias, el desenlace podía ser terrible. Sin embargo, al ir a salir por el otro lado del callejón tres hombres los interceptaron y de inmediato comenzó un cruce de espadas.

Iver, horrorizado, no sabía adónde mirar. Debía defenderse, pero quería defender sobre todo a Beth; sin embargo, vio sorprendido que ella se movía con soltura con la espada. De pronto la dulce jovencita cuyo mayor don había creído que era la belleza tenía la fuerza y el empuje de su cuñada Carolina, y sonrió cuando oyó a Alan decir:

—¡Vaya con *Pesadilla* y su *Floki*...!

Ver su soltura a Iver le dio tranquilidad, y cuando los tres dejaron a sus adversarios en el suelo preguntó mirándola:

—Pero ¿a ti quién te ha enseñado a luchar así?

—Antes mi padre y ahora, mi tío.

Alan y él se miraron y el primero, sonriendo, soltó:

—A tu tío lo conozco. Pero ¿quién era tu padre?

—Un gran guerrero —afirmó Beth orgullosa.

—¡Vamos! —apremió Iver entonces, asiéndola de la mano, al ver al grupo de hombres dirigirse hacia ellos.

Sin descanso corrieron por las calles de Inverness en busca de una salida. Aquella zona baja de la ciudad era una ratonera que no conocían. Y, de pronto, otros tipos salieron por una calle y Beth indicó:

—¡Me quedo el del centro!

—Pero si es el más grande —gruñó Iver.

Ella asintió con tranquilidad y, moviendo la espada con maestría, declaró:

—Pero le falta el ojo izquierdo, por lo que lo puedo noquear atacándolo por ese lado.

Iver y Alan, boquiabiertos por su rapidez de visión y pensamiento, intercambiaron una mirada, y este último comentó sonriendo:

—Esta mujer cada vez me gusta más.

Entonces la lucha comenzó de nuevo. Iver, Beth y Alan peleaban cuerpo a cuerpo contra aquellos con sus espadas, y cuando otra vez consiguieron quitárselos de encima, Iver, al ver que su amigo y la joven comenzaban a hablar de los golpes dados, la asió de nuevo de la mano y apremió:

—¡Ya hablaréis en otro momento!

El grupo de hombres gritaba. Les pisaban los talones sin darse por vencidos, mientras Iver, agobiado, miraba a Beth. Si le ocurría algo, tras lo que le había prometido a su tío, nunca se lo perdonaría. Entonces, al llegar a una calle la joven vio una puerta abierta más allá.

—¡Entremos! —dijo.

Alan e Iver la siguieron. Cerraron la puerta y, al darse la vuelta, se encontraron con una veintena de ojos que los miraban.

Frente a ellos una congregación de monjitas preparaba pastelitos en la cocina de lo que era un convento, y Beth, viendo el susto en sus miradas, dijo guardándose a *Floki* en el cinto:

—Lo siento..., lo siento, hermanas. Pero unos hombres nos persiguen para matarnos.

Acto seguido se oyeron unos fuertes golpes en la puerta. Los tipos estaban fuera. Y, en busca de una solución, Beth suplicó:

—¡Necesitamos ayuda!

Las monjitas se miraron, hasta que una de ellas dio un paso al frente y apremió:

—Soy sor Amelia. Rápido. Venid.

Sin dudarlo los tres se adentraron en la cocina mientras las otras monjas movían la enorme mesa donde preparaban los pastelitos. A continuación apartaron una gran alfombra que había en el suelo y, cuando apareció una trampilla, sor Amelia indicó:

—Vamos, meteos ahí abajo y esperad.

Rápidamente Iver y Alan abrieron la trampilla. El hueco que había en el suelo no era muy grande, aunque sí lo suficiente como para esconderse. A toda prisa Beth se tumbó boca arriba. Tras ella lo hizo Alan y, cuando Iver iba a hacer lo propio, al ver que de esa forma no cabrían y que aquellos bestias iban a tirar la puerta abajo de un momento a otro, se lanzó sobre Beth y la colocó sobre él con rapidez. Luego las monjitas cerraron la trampilla, pusieron la alfombra y corrieron la mesa, y con la respiración entrecortada Iver murmuró:

—Por san Ninian...

Los gritos de los hombres y la caída de cacharros al suelo les hicieron saber que las bestias entraban en la cocina. Sus pisadas rápidas y todo el ruido hacían imposible que oyeran las respiraciones aceleradas de los que estaban bajo el suelo.

—Como nos descubran nos matan —musitó Alan.

—Si no lo hacen ellos lo hará mi tío como regrese y no esté en la habitación... —afirmó Beth.

—Definitivamente tenemos un futuro muy incierto —repuso Alan con sorna.

Eso hizo que Beth y Alan rieran por lo bajo, e Iver gruñó:

—Callaos.

Aquellos lo hicieron, y entonces Iver, al notar que Beth se movía, susurró:

—Para de moverte.

La joven cerró los ojos azorada mientras dejaba caer la cabeza sobre el hombro de aquel. Por suerte, allí abajo no había luz para poder verse las miradas, pero ella estaba totalmente pegada a Iver, sentía el cuerpo del guerrero a la perfección y, sin poder evitarlo, comenzó a reír.

Iver, que sabía por qué ella se reía, iba a hablar cuando Alan protestó:

—¿Crees que es momento para esto, Beth?

La joven, ocultando el rostro en el hombro de Iver, negó con la cabeza, y, embriagándose del olor de aquel hombre, cuchicheó:

—Perdón..., perdón...

Pero ahora era Iver el que reía. Aquello era surrealista. Y Alan, que como los otros estaba a oscuras, siseó:

—Ahora tú...

Iver y Beth, sin poder evitarlo, reían uno sobre el otro, y Alan, sin saber por qué, se les unió. Algo avergonzado por lo que le ocurría, Iver murmuró al oído de la joven:

—Lo siento.

Beth, que reía divertida al notar la erección de aquel entre las piernas, dijo en voz muy baja:

—Tranquilo. Todo está bien.

Durante un buen rato los tres permanecieron encerrados bajo el suelo de la cocina. Al cabo el silencio regresó al lugar, oyeron mover de nuevo la mesa y la luz de las velas se filtró entre las tablas del suelo al retirar la alfombra.

—Ya podéis salir —indicó sor Amelia al abrir la trampilla.

Iver y Beth se miraron y ella, cogiendo la mano de una de las monjas, se puso en pie y salió. Tras ella fue Iver y, por último, Alan, que hizo que las monjas más jóvenes suspiraran encantadas. Por suerte aquellos salvajes las habían respetado por ser religiosas, y eso hizo que Iver y Alan se apaciguasen.

Una vez que los tres estuvieron fuera, las monjas, que estaban revolucionadas por lo ocurrido, no paraban de hablar hasta que una de ellas señaló:

—Sor Amelia, esos salvajes se han apostado en la puerta trasera y delantera.

Con disimulo Iver y Alan se asomaron a las ventanas y, al ver a aquellos sentados, se miraron. ¿Cómo lo iban a hacer para salir?

—Siento haberos metido en este embrollo —murmuró Beth—. Pero mi madre y mi tía fueron víctimas de gentuza como esa, y yo, al ver a ese niño...

Sorprendido por aquello que contaba, Iver se apresuró a responder:

—Tranquila.

Sin perder la sonrisa, la joven asintió. Entonces vio que una de las monjas pasaba entremedias de todos aquellos hombres y estos la ignoraban por completo.

—Debemos salir de aquí cuanto antes. Cuando tío Sven regrese a la posada irá a verme a la habitación, y como no esté...

—Nos matará —afirmó Alan.

Oír eso hizo que Iver y Beth volvieran a reírse y aquel, mirándolos, comenzó a reír también.

—¿Se puede saber por qué nos estamos riendo? —dijo entre carcajadas.

Sin saber por qué, los tres reían, aunque la situación no era para hacerlo. Entonces Beth, mirando a sor Amelia, señaló:

—Creo que sé cómo podemos salir de aquí.

—Tú dirás, hija —contestó aquella con interés.

La joven, tras mirar a Alan y a Iver, volvió a sonreír. Lo que iba a decir a ellos no les iba a hacer ni pizca de gracia.

—Aquello es una capilla, ¿verdad? —preguntó mirando hacia el otro lado de la calle.

—Sí —afirmó la monja.

Beth asintió encantada.

—Sé que es tarde, pero ¿cree que podrían salir ustedes a rezar a la capilla?

Al oír eso la mujer la miró y ella añadió:

—Si nos dejan unos hábitos como los que llevan ustedes, podríamos salir camuflados entre el grupo y, una vez en la capilla, nos marcharemos.

Según oyeron eso Iver y Alan negaron con la cabeza, y el primero protestó:

—Bastante humillante ha sido no presentarles batalla como para ahora también tener que disfrazarnos.

—¡Estoy contigo! —aseguró Alan.

Beth asintió, entendía sus reacciones. Los guerreros como ellos no estaban acostumbrados a huir. No obstante, era necesario, por lo que insistió:

—Es nuestra única solución.

—¡Me niego! —gruñó Iver.

Beth resopló y, mirando a los dos guerreros, que estaban ofuscados, dulcificó al máximo su voz y, pestañeando, imploró:

—Por favor..., por favor. No quiero que mi tío Sven llegue, no me encuentre y se vuelva loco buscándome por todo Inverness...

Alan e Iver intercambiaron una mirada. Les gustara o no, aquella era la única solución que veían al problema que se les había presentado; finalmente, aunque a regañadientes, Iver murmuró:

—De acuerdo.

Oír eso hizo que Beth se abalanzara sobre él y, tras abrazarlo y después abrazar a Alan, miró a sor Amelia y pidió:

—Tráiganos esos hábitos, por favor.

Minutos después Beth ya estaba vestida de monja. En la vida se había imaginado así, y cuando miró a los chicos, hizo lo posible por no reír. Como era de esperar, los hábitos les quedaban cortos y estrechos. Estaban ridículos con ellos, y más cuando las monjas les pusieron la cofia en la cabeza. Ver eso hizo que tanto Beth como las monjas se troncharan de risa, mientras ellos las miraban con gesto fiero.

—Esto es lo más humillante que he hecho en mi vida —se quejó Iver dejándose colocar el velo sobre la cofia.

Alan, que, como él, resoplaba, mirando a Beth, susurró:

—Como no pares de reír, la vamos a tener, *sor Pesadilla*...

Beth contuvo la risa mirando hacia otro lado y asintió. Sabía lo humillante que estaba siendo aquello para ellos, pero todo volvió a cambiar cuando sor Amelia dijo:

—Debéis caminar encogidos.

—¿Encogidos? —inquirió Iver.

—Y acortar vuestra zancada —apostilló otra de las religiosas.

Las monjas, que lloraban de la risa, se miraban unas a otras.

—Debéis ser más suaves al caminar, no tan rudos —indicó sor Amelia.

—Son demasiado altos —se quejó otra tirando de la falda del hábito de uno de ellos.

Iver y Alan protestaban, y entonces este último miró a la monja y soltó:

—¿Acaso pretenden que nos cortemos las piernas?

Las religiosas y Beth no podían parar de reír. Estaban graciosísimos con aquellos trajes de monjas.

—Solo pretenden que dulcifiquéis el paso y que vuestras cabezas y vuestros hombros no sobresalgan por encima del grupo o esos hombres os verán —explicó ella como pudo.

Iver y Alan maldijeron en silencio.

¿Quién les iba a decir a ellos que terminarían el día vestidos de monjas?

Minutos después, una vez que acordaron lo que debían hacer, como había predicho Beth, cuando las puertas del convento se abrieron, los guerreros que estaban allí apostados se levantaron del suelo y simplemente las observaron al pasar.

El grupo, bien junto, con Iver, Alan y Beth en el centro y los guerreros encogidos para su dolor de espalda, cruzaron del convento a la capilla sin problemas y, en cuanto llegaron a ella y cerraron las puertas, todos se abrazaron felices por haberlo conseguido.

Tras agradecer su ayuda a las monjas y quitarse los hábitos, Beth, Iver y Alan salieron por la puerta trasera de la capilla y se dirigieron a la posada a paso rápido. Quedaban pocos minutos para que fuera medianoche y Sven debía de estar a punto de regresar.

Cuando por fin llegaron allí Iver vio el cielo abierto: Beth volvía a estar segura.

Subieron los escalones de dos en dos y, al hallarse frente a la habitación de la joven, Alan, mirándola, dijo:

—Esto que ha pasado debe quedar entre nosotros, ¿entendido?

Beth sonrió. Estaba claro que no querían que aquello trascendiera.

—Así será —aseguró.

Alan asintió gustoso y, entendiendo que sobraba en ese instante, soltó con guasa:

—Hermanos..., que Dios bendiga vuestra noche. —Y, dirigiéndose a Beth, añadió—: *Sor Pesadilla*, ¡pórtate bien!

Eso hizo reír a Iver y a Beth, y cuando se quedaron solos este cuchicheó:

—Ha sido una imprudencia. Si algo hubiera salido mal...

—Pero no ha sido así. Hemos conseguido que ese niño pudiera escapar —lo cortó la joven.

Iver sonrió.

—Veo que hemos llegado antes que tu tío —añadió a continuación.

La joven, hechizada por los sentimientos que aquel hombre le despertaba, asintió, y él, notando el hechizo, apretó los puños y, consciente de que tenía que irse o la iba a liar, dio media vuelta y dijo:

—Buenas noches. Descansa.

Al ver que se marchaba Beth parpadeó. ¿Se iba a ir así, sin más?

Y, decidida, caminó hacia él y, tras cogerlo de la mano, susurró a su espalda:

—Iver...

El guerrero se volvió y ella dijo:

—Mírame y bésame.

Oír eso hizo que él hiciera paso por paso lo que ella le había pedido. Mirarla y besarla. Llevaba todo el día ansiando esa intimidad, ese momento, y una vez que el beso acabó ella murmuró:

—Cuando lleguemos a Elgin no te quiero ver por la taberna.

—¡Ya estamos! —protestó él.

Beth lo besó. Tras ese beso llegó otro y otro, y cuando la temperatura entre ellos fue subiendo, comprendieron que o paraban o allí se desataría algo más. Iver la soltó entonces y, dando un paso atrás, murmuró:

—Buenas noches, *sor Pesadilla*.

Y, dicho esto, se dio la vuelta y se marchó.

Beth, descolocada por lo ocurrido, abrió la puerta de su cuarto y entró en él mientras se sentía flotar. Lo que había sucedido, aunque había sido peligroso, le había permitido disfrutar de la compañía del guerrero.

Pensando en Iver se desnudó, apagó la luz de la habitación, se metió en la cama y cuando, pocos minutos después, su tío pasó a verla, ella se hizo la dormida mientras no podía dejar de sonreír.

Capítulo 23

Esa noche, en Elgin, cuando tía Ottilia se acostó Gladys salió con sigilo de la casa por la puerta trasera y se internó en el bosque amparada por la oscuridad.

No era la primera vez ni la última que hacía aquello. Su hartura por seguir viviendo como una humilde tabernera ya la había hecho explotar. Si su hermana y sus tíos no querían hacer algo para que su suerte cambiara, lo haría ella. Así pues, intuyendo que Goran podía ayudarla, caminó con decisión dispuesta a recuperar lo que consideraba que era suyo.

Cuando abrió la puerta de la casucha abandonada y vio a Goran frente al hogar, saludó con una sonrisa:

—Hola, Goran.

—Hola, preciosa.

Como siempre, aquel hombre le decía lo que deseaba oír; se acercó a él y lo besó.

Aquel beso descarado y atrevido terminó de encender la mecha, y Goran, cogiéndola entre los brazos, la llevó hasta el catre que había a un costado, donde, tras arrancarse mutuamente las ropas que llevaban sin el más mínimo decoro, ambos disfrutaron como dos perros de la lujuria de los cuerpos.

Agotados y sudorosos por el momento carnal, yacían desnudos sobre la cama cuando Gladys susurró tocándose las muñecas doloridas:

—¿Y si te dijera que tengo familia y un hogar en Noruega?

Al oír eso Goran la miró.

—Antes de venir a Escocia viví en el valle de Bergsdalen —agregó ella.

—¿En el valle de Bergsdalen?

—¿Lo conoces?

Al ver cómo aquella lo miraba, Goran repuso jugando sus cartas:

—Por Odín, Gladys, ¡yo soy del valle de Bergsdalen!

Oír eso emocionó a Gladys.

—¿Leiv Gundersen sigue vivo? —preguntó rápidamente.

Goran asintió con gesto despectivo.

—Leiv *Buenospelos* sigue vivo, para desgracia de sus dos hijos, Sigurd y Adalsteinn, y también del pueblo.

—¿Adalsteinn? —añadió ella curiosa.

Goran asintió y, evitando mencionar que era medio hermano de ella, simplemente dijo:

—Sí. El hijo que tuvo con su segunda mujer.

Gladys afirmó con la cabeza. Aquello era nuevo para ella.

—Sigurd y su padre no se llevan bien —continuó él—. El pueblo no quiere a Leiv *Buenospelos*. Siguen recordando a Óttar *Costilla de Hierro*, y no le perdonan lo que pasó con su mujer y sus dos hijas, Agda y Revna.

Oír esos nombres hizo que los ojos de Gladys se llenaran de lágrimas por unos segundos; Goran, viendo lo que estaba consiguiendo, decidió meter aún más el dedo en la llaga y añadió:

—Sigurd *Diente Podrido* nunca le perdonó esa barbarie a su padre. Durante un tiempo buscó a Agda y a Revna con la esperanza de que estuvieran vivas para ayudarlas a recuperar lo que su padre les había arrebatado. Pero nunca las encontró.

A Gladys le corrían lágrimas por las mejillas.

—Pero ¿qué te ocurre, mi princesa? —murmuró el guerrero.

La joven, a la que el corazón le iba a mil, miró a Goran y dijo en su perfecto noruego:

—Yo soy Agda Gundersen, hija de Óttar *Costilla de Hierro*. Sigurd es mi primo.

Goran parpadeó haciéndose el sorprendido.

—Agda *la Bella Enfermiza*... —dijo con un hilo de voz.

La joven asintió y, sin dudarlo, añadió con cierta altivez:

—Y duquesa de Bjälbo.

De nuevo Goran parpadeó aun sabiendo que la verdadera duquesa era Revna. Y, levantándose de la cama, se arrodilló frente a ella con toda la parafernalia que sabía que a aquella le gustaría y declaró:

—Mi señora, aquí estoy para serviros.

Conmovida y encantada a partes iguales, Gladys sonrió y, cogiendo su mano, murmuró:

—Goran, por favor. Levántate.

El guerrero obedeció y, cuando ella lo besó, exigió:

—Cuéntamelo todo.

Y así fue como Gladys le contó todo lo que había ocurrido desde el momento en el que empezó el ataque en Noruega hasta que la encontró en Elgin, sin pensar en nada más.

—Pero la duquesa por derecho es tu hermana —murmuró Goran después de escucharla.

Gladys asintió y luego añadió con desprecio:

—Ella no quiere el ducado, ni tampoco regresar a Noruega. Y si la única manera de conseguir ese título es quitándola de en medio, pues que así sea.

—¿La matarías?

Sin dudarlo, Gladys asintió y, con una frialdad que hasta a ella misma la sorprendió, declaró:

—Para ser la duquesa de Bjälbo, sí.

Goran cabeceó. Su respuesta le acababa de dejar claro lo ambiciosa que era aquella muchacha, por lo que preguntó con seguridad:

—¿Quieres que contacte con tu primo Sigurd y le diga que te he encontrado?

Gladys lo pensó un momento y, deseosa de que algo cambiara en su vida, preguntó a su vez:

—¿Crees que él me ayudaría?

Goran asintió y, viendo lo fácil que era engañarla, aseguró:

—Sin lugar a dudas.

A Gladys la emocionó oír eso. No quería seguir viviendo como vivía. Quería una buena vida, y si su primo podía ayudarla a conseguir su propósito, lo haría con toda seguridad.

—Mañana enviaré una misiva a Sigurd a través de unos marineros —resolvió Goran—. Le diré que te he encontrado, que te gustaría hablar con él.

Gladys asintió mientras Goran la besaba y era consciente de lo fácil que resultaba engañar a esa tonta.

Capítulo 24

Pasó una semana durante la cual Iver y Beth no se vieron. Una semana en la que Gladys, emocionada, esperaba noticias de su primo Sigurd. ¿Se alegraría de saber que estaba viva?

El martes Carolina estaba en el salón de su casa con el pequeño Mac y sus suegros; el niño lloraba con toda su rabia, tenía sueño y no conseguía dormirse. De pronto Peter anunció entrando en el salón:

—¡Tenemos visita!

Al levantar la cabeza Carolina sonrió. Junto a su marido estaban Sven, Ottilia, Beth y Gladys. Los cuatro, ante el regreso de los McGregor a Dirleton, habían sido invitados a la casa para ultimar los detalles del viaje.

Después de saludar, Ottilia vio al pequeño Mac llorando de aquella manera y preguntó:

—¿Qué le ocurre?

Carolina resopló; cuando Mac lloraba porque no cogía el sueño, lo hacía como si no hubiera un mañana. Se disponía a responder, pero Arabella, agobiada por el llanto, exclamó:

—¡Eso quisiera saber yo..., por qué no se duerme y deja de llorar con tanta rabia...!

Durante un rato Peter, su mujer y sus padres habían intentado de mil formas que el pequeño dejara de llorar, pero nada, sus esfuerzos habían sido inútiles.

—Mac *el Rabioso* tiene buenos pulmones —comentó Sven divertido.

Todos asintieron cuando Arabella, con dolor de oídos, puso al pequeño en brazos de aquel e indicó:

—Aunque no me guste reconocerlo, ahora entiendo lo de su apodo —señaló.

Sven, con el chiquillo en brazos, comenzó a pasear por el salón ante la atenta mirada de todos, pero al ver que este no se callaba miró a Gladys, que estaba a su lado, y pidió pasándole al niño:

—Gladys, mi vida, inténtalo tú.

Horrorizada, la joven, a quien nunca le habían gustado los niños, miró a Beth. Pero esta rápidamente se cambió de lugar, por lo que fue hacia Carolina, volvió a poner al bebé en brazos de su madre e indicó:

—No hay nada como una madre para calmar su llanto...

Agotada, Carolina cabeceó. Durante un buen rato caminó por el salón con el pequeño, pero este seguía berreando; al final la joven, acercándose a Beth, cuchicheó:

—Lo quiero. Lo adoro. Pero juro por Dios que cuando se pone así ¡me desespera!

Beth asintió al oírla. Sin lugar a dudas la situación era desesperante.

Entonces Ottilia se decidió a cogerlo ella.

—Dámelo, hija —pidió—, a ver si yo logro calmarlo.

Pero nada. El pequeño Mac lloraba y lloraba. Pasaba de mano en mano por todos los que estaban en la habitación, hasta que Carolina, agotada, se detuvo frente a Beth.

—Por favor, inténtalo tú —le pidió.

—No —murmuró la joven dando un paso atrás.

Con el rabillo del ojo Beth vio que sus tíos la observaban.

—Por favor..., por favor... Eres la única que no lo ha intentado aún.

Tras oír las súplicas de Carolina y ver cómo sus tíos y ahora ya todos la miraban, Beth cogió aire y, extendiendo los brazos, aceptó al pequeño que le entregaban.

Durante unos instantes la muchacha sintió que le faltaba la respiración. El último bebé que había cogido había sido su hijo tiempo atrás. La cabeza le iba a mil, los recuerdos la martirizaban mientras permanecía inmóvil y Mac lloraba sin parar con desespero.

Al ver la situación Ottilia se le acercó. Su niña necesitaba una mano, pues estaba sufriendo. Pero cuando iba a hablar, Beth se colocó al pequeño sobre el hombro y caminó hacia el ventanal. Aquel olor a bebé le llenó las fosas nasales a la joven, que, sin poder evitarlo, sonrió. Adoraba el olor a inocencia de los bebés. Y, centrándose en el pequeño, puso la boca sobre el moflete de aquel y comenzó a tararear una canción.

Al cabo de pocos segundos el desconsuelo del pequeño fue mermando, y todos sonrieron al verlo. Incluso se podía decir que alguno hasta daba saltos de felicidad. ¿Cómo lo había conseguido aquella muchacha?

Iver y Alan, que acababan de llegar de los establos, entraban en ese instante en el salón riendo a carcajadas y todos, al oírlos, les ordenaron rápidamente que se callaran. Los guerreros obedecieron y entonces Iver, sorprendido, sonrió al ver a las gemelas allí. Aunque su sonrisa se esfumó al no saber quién de las dos era Beth. Llevaba una semana sin verla y necesitaba contactar con ella.

En silencio, y paseando la mirada de una a otra, intentó descubrirlo por sí mismo, pero le era imposible. Aquellas eran como dos gotas de agua. Entonces miró a la joven que tenía a su lado y finalmente se decidió a preguntar:

—¿Beth o Gladys?

Gladys lo miró. Aquel guerrero alto y gallardo que tanto se interesaba por su hermana le gustaba. ¿Y si le decía que era Beth? Pero cuando notó un codazo en el costado y, al mirar, vio que se lo había dado su tía Ottilia, la joven tosió y respondió:

—Gladys.

Iver asintió y, con una sonrisa, se alejó de ella. Aquella gemela era la que había sido desagradable con él. A partir de ese instante solo tuvo ojos para Beth, que al fondo de la sala tarareaba una canción con su sobrino en brazos. La imagen era preciosa. Perfecta.

Alan, que estaba sirviéndose un pedazo de tarta, miró a su amigo y murmuró:

—*Sor Pesadilla* está preciosa.

—Lo está —afirmó Iver.

—Esa sonrisa de tonto te delata... —cuchicheó Alan metiéndose un trozo de pastel en la boca.

Iver trató de ponerse serio. Encontrársela allí había sido un bonito regalo que no esperaba. Y, pensando en lo mucho que le había costado cumplir su palabra de no ir a la taberna, miró a su amigo y repuso:

—Me gusta esa mujer, y lo sabes.

Alan asintió. Iver no había parado de hablar de aquella hasta volverlo loco tras regresar de Inverness.

—A mí también me gusta —afirmó deseando chincharlo un poquito.

Iver lo miró y, cambiando el gesto, metió un dedo en el trozo de tarta de Alan.

—Pues olvídate de ella —indicó.

—¿Por qué? —se mofó Alan.

—¡Porque yo la vi antes! —sentenció Iver.

Finalmente los dos guerreros sonrieron y Arabella, que había oído su conversación, se horrorizó. ¿En serio Iver ahora le iba a ir con esas? ¿Con una vikinga? No..., no..., no..., ¡ni hablar!

Cailean, que estaba a su lado y que había oído lo mismo que su mujer, tras darle un leve empujoncito a aquella para que lo mirara, le hizo una advertencia con un gesto. Arabella resopló al entenderlo.

Todos observaban en silencio a una Beth que, con dulzura, sonreía y cantaba, ignorando que el corazón de la joven sangraba mientras aspiraba el dulce olor del bebé y pensaba que ella nunca había podido hacer aquello con su hijo.

Su tía Ottilia la miraba apenada cuando Arabella, sirviéndose un pedazo de tarta, preguntó sin entender la letra de la canción:

—¿Qué canta?

Sven, que estaba emocionado al lado de su mujer, al recordar las veces que él mismo había cantado a Beth y a Gladys aquella canción, se apresuró a decir:

—«El canto de la madre».

Gladys asintió y Peter preguntó interesado:

—¿Y qué dice la letra?

Ottilia, que vio la emoción en los ojos de su marido, tomó su mano e indicó:

—Es la historia de cómo una madre, por amor a su hijo, todos los días le baja del cielo una estrella para que esta lo ayude a encontrar su destino y nunca se desvíe de su camino.

—Oh, qué bonito —afirmó Carolina, que oyó a Gladys toser.

—Es una preciosa canción de cuna nórdica. A mis niñas les encantaba cuando se la cantábamos —afirmó Sven tomando la mano de Gladys.

Carolina asintió al oír eso y, mirando a Peter, cuchicheó:

—Nos la tenemos que aprender.

—Que no te quepa duda —aseguró él.

Todos observaron la escena en silencio. Beth caminaba con el niño al compás de la melodía mientras cantaba en aquella extraña lengua y Mac, seducido, se dormía tranquilo.

Minutos después, cuando Beth terminó de cantar besó con mimo la cabecita del bebé y, con los ojos cerrados, imaginó que aquel momento habría sido uno de los muchos que habría compartido con el suyo. Luego, mirando a Carolina, se dirigió hacia ella.

—Ya está dormido. Ve y acuéstalo.

La joven, feliz y gustosa, cogió al pequeño y murmuró:

—Gracias... Gracias... Gracias... Me lo llevo a su cunita.

Beth asintió.

—Me tienes que enseñar esa nana —añadió Carolina.

—Cuando quieras —afirmó la joven con el corazón encogido.

Carolina, al ver a su pequeño dormido, lo besó en la frente y a continuación miró a Beth y comentó:

—Serás una madre excelente.

La joven sonrió con tristeza y Carolina, ajena a sus sentimientos, la animó:

—Prueba la tarta, está buenísima.

—Lo haré. —Beth sonrió de nuevo.

Una vez que Carolina salió del salón seguida de Peter, Arabella se acercó a la joven, que estaba frente a la mesa, y preguntó:

—Beth, ¿verdad? —La aludida asintió y ella añadió—: Preciosa nana.

—Gracias, señora.

—Prueba la tarta, está exquisita.

—Eso iba a hacer —dijo Beth asiendo un cuchillo.

Entonces Arabella, tras comprobar que nadie podía oírla, cuchicheó:

—Te agradezco lo que acabas de hacer con Mac..., pero no vuelvas a faltarle al respeto a mi hijo Iver nunca más en tu vida.

Boquiabierta porque ahora le saliera con aquello, Beth la miró.

—Lo que hiciste la noche de la fiesta insultando a mi hijo Iver no me gustó nada —agregó la mujer—. Y aunque tus salvajadas y tus feas costumbres vikingas no te permitan comportarte como una jovencita decente, nos debes un respeto.

Beth parpadeó al oír eso. Aquella mujer, con su feo comentario, había dejado de tener todo su respeto. Tras oír a su hermana toser, preguntó aun sabiendo la respuesta:

—Arabella, ¿verdad?

—«Señora» para ti —matizó aquella.

Beth sonrió. Cuando se proponía ser borde no le ganaba nadie; moviendo la cabeza, indicó con seguridad:

—Cuando muestres respeto, recibirás lo mismo.

—¡Insolente!

—Mira..., ¡como tú!

La mujer parpadeó boquiabierta al oír eso y luego la joven añadió:

—Aquel día, Arabella, traté a tu hijo como se mereció.

Ver que aquella la tuteaba desagradó a la mujer. Y aunque era consciente de que enzarzarse en una discusión delante de todos no era lo ideal, repuso:

—Una muchacha educada, cosa que veo que tú no eres, sabe comportarse.

—¿Tú me hablas de educación? —se mofó Beth.

Arabella, atónita porque aquella muchacha le replicara constantemente, iba a hablar cuando ella añadió:

—Educada soy y sé comportarme. Y la prueba está en que,

cuando me has llamado «vikinga asalvajada», no te he rebanado el pescuezo.

—¡Oh, por Dios!

—Ni te he arrancado los dientes para hacerme un collar con ellos.

Arabella la contemplaba horrorizada. Aquella joven de mirada serena y dulce gesto era un veneno cuando hablaba. Y entonces Beth, que parecía divertida con la situación, añadió:

—Y una cosirritita más... A respondona no me gana nadie, ni siquiera tú... Por lo que si me buscas, jodida escocesa, ¡me vas a encontrar!

—¡Bendito sea Dios! —musitó Arabella tocándose el cuello mientras torcía la boca—. ¡Vikinga malhablada e insolente!

Beth sonrió y, dulcificando la voz, cuchicheó a continuación para descuadrarla:

—Ay, qué monaaaaaa.

Oír eso, que no esperaba, descolocó a Arabella. ¿«Mona»? ¿Qué era eso de que era mona?

Entonces Iver, al acercarse a ellas y ver el gesto desconcertado de la mujer, intervino.

—¿Ocurre algo, madre?

Arabella negó con la cabeza. La reacción de aquella y su afilada lengua la habían dejado sin palabras.

—A Arabella le ha gustado la nana que le he cantado a Mac, ¿verdad? —dijo Beth sonriendo.

La mujer asintió con gesto hosco, e Iver, que conocía muy bien a su madre como para saber que algo más pasaba, se disponía a hablar de nuevo cuando Beth añadió:

—Qué emocionante el viaje que haremos juntas a Edimburgo.

Arabella, a quien aquello le hacía muy poca gracia, asintió torciendo la boca.

—Muy emocionante.

Los tres sonrieron con cierto retintín, hasta que Cailean llamó a su mujer y esta, para quitarse de en medio, rápidamente dijo:

—Mi marido me llama. Disculpadme.

Una vez que se alejó, Beth negó con la cabeza resignada y dijo observando las tartas:

—Qué mona es tu madre.

—¿Qué te ha dicho? —preguntó Iver al oírla.

—Nada a lo que no haya sabido contestarle.

Iver suspiró. Su madre era un caso aparte. Y, mirando a la joven, iba a hablar cuando oyó a Gladys toser de nuevo.

—Que tos tan fea tiene tu hermana... —murmuró—. ¿Siempre tose así?

Beth la miró y cuchicheó negando con la cabeza:

—No. No siempre es así. Hoy está tosiendo mucho y mañana puede que no tosa nada. Pero el agotamiento que ello le provoca la deja sin fuerzas y eso me preocupa. Es por eso por lo que queremos ir a Edimburgo a que la vea un médico.

Iver, llenándose las fosas nasales del dulce olor de Beth, comentó entonces:

—Me moría por verte.

La joven sonrió. A ella le pasaba igual, y cuando se disponía a contestar, él añadió:

—Bonita canción la que le has cantado a Mac.

Recomponiéndose de aquel momento tan mágico y extraño, la joven cambió el gesto por otro más serio y respondió:

—Es una nana que mis padres y mis tíos nos cantaban a Gladys y a mí cuando éramos pequeñas.

Iver asintió y, mirándola a los ojos, para entender por qué no le sonreían como otras veces, cuchicheó:

—Y seguro que algún día tú se la cantarás a tus hijos.

Inconscientemente Beth se quedó inmóvil al oír eso.

—¿Acaso no quieres tener hijos? —preguntó él.

De nuevo, ella no contestó. Iver no sabía descifrar su expresión.

—Yo espero tener al menos seis —declaró entonces—. Tres varones y tres hembras.

Beth asintió sobrecogida e, intentando mofarse para que Iver dejase de hablar del tema, afirmó:

—Seguro que te salen muy guapos.

Divertido por su contestación, el guerrero soltó una carcajada y, tras beber de la copa que tenía en las manos, musitó:

—Cumplí con la promesa que te hice.

Ella asintió. Esos días sin verlo se le habían hecho eternos.

—Eso me indica que eres un hombre de palabra —dijo.

Ambos se miraron y luego el guerrero, incapaz de callar, matizó:

—Nunca imaginarías lo mucho que me ha costado mantener mi palabra.

Beth sonrió. Iver también. Aquellas sonrisas a ambos les decían muchas cosas. El guerrero, conteniendo las ganas que sentía de pasar la mano por la cintura de ella, acercarla a él y besarla, declaró:

—Me muero por besarte.

—¡Iver!

—Soy claro y conciso, como tú —se mofó él.

La joven lo miró divertida.

—Ni se te ocurra...

—Y si lo hago ¿qué pasará?

Beth parpadeó; consideraba a Iver un hombre con cabeza.

—Primero: mi tío te mata —contestó con ganas de reír—. Y segundo: tu madre se muere.

De nuevo ambos sonrieron con complicidad. Estaba claro que entre ellos se había creado algo que no sabían todavía qué era.

—Me hace mucha ilusión hacer este viaje contigo —comentó él a continuación.

A Beth no se le borraba la sonrisa e, incapaz de callar, respondió:

—A mí también contigo.

Sin tocarse, solo mirándose, ambos podían sentir que se abrazaban, pero de pronto Iver murmuró:

—Sven *Daga Sangrienta* nos está observando...

Con disimulo Beth miró a su tío y, al hacerlo, sus ojos se toparon con los de Arabella.

—Arabella *Morro Torcido* también —señaló.

En ese instante Iver, que estaba bebiendo de su copa, se atragantó y, con un hilo de voz entre la risa y la sorpresa, afirmó:

—Si valoras tu vida, que nunca se entere de que la has llamado así.

—¿Por qué?

—Tú hazme caso —insistió él.

Divertida, Beth cabeceó. Aquella mujer no le daba el más mínimo miedo. Y, viendo que su tío los observaba con un ojo cerrado, indicó:

—Iré al lado de mi tío para que se tranquilice antes de que te rebane el cuello.

Cuando ella se disponía a echar a andar, Iver musitó:

—Oye...

—¿Qué?

—¿Podemos vernos esta noche?

Beth lo pensó. Verlo le apetecía más que nada en el mundo; no obstante, después de comprobar que nadie podía oírlos, repuso:

—Como te conté, una vez cometí el error de dejarme embaucar y no lo pienso repetir.

Él asintió. Aquella respuesta no era lo que quería oír.

—Conmigo no repetirás ese error —aseguró.

A Beth le gustó oír su respuesta. Que ambos tuvieran claras las cosas era lo mejor.

—A las doce en el puente de piedra negra. ¿Sabes cuál es? —cuchicheó.

Él asintió y ella dio entonces media vuelta con gracia y se encaminó hacia su tío, que hablaba con Cailean, y agarrándose a su brazo intentó tranquilizar su corazón.

Iver, por su parte, reprimió una sonrisa, fue a reunirse con sus hermanos y rápidamente se integró en la conversación.

Alan, al ver a la joven Gladys sola, se acercó a ella y se presentó.

—Alan McGregor, y tú eres Gladys Craig, ¿verdad?

Con una falsa sonrisa aquella asintió. Gladys no poseía ni la gracia ni la verborrea de su hermana, por lo que, mirándolo, se limitó a decir:

—Encantada, Alan McGregor.

Durante un buen rato el guerrero intentó hablar con la joven. Siendo tan idéntica a su hermana seguramente era una buena muchacha a la que conocer. Pero, pasado un rato, su percepción cambió. Por ello, en cuanto Ottilia se unió a su charla, Alan puso el pretexto de que Iver lo requería y se alejó de su lado.

Beth hablaba con Carolina, que ya había vuelto de acostar a Mac, pero al ver el gesto de su hermana y de su tía, se disculpó con la joven y se acercó a ellas.

—¿Qué os ocurre?

Gladys, a quien no se le daba bien confraternizar con la gente, resopló, y Ottilia indicó subiéndole el escote:

—Le estoy diciendo a tu hermana que no puede ser tan antipática.

Beth miró a su gemela. Aquello era raro, a Gladys siempre le gustaba gustar.

—Tampoco es que ese Alan McGregor me interesara —respondió esta rápidamente.

—¡Gladys! —cuchicheó Ottilia—. Pero, mi vida, si ese guerrero es...

—Ese tonto es olvidable para mí —la cortó la joven.

—¡Gladys!

La aludida tomó aire.

—Es un simple comerciante de caballos y ovejas, y yo en mi vida busco algo mejor, puesto que soy quien soy.

Beth negó con la cabeza al oír eso.

—Estás muy equivocada, hermana. Hoy por hoy somos simplemente las sobrinas de dos taberneros; olvida lo demás, porque es algo que ya no es.

—No lo será para ti, pedazo de tonta.

—¡Gladys! —la regañó Ottilia.

—Ni lo es para mí, ni para ti —sentenció Beth—. Papá fue claro. Respeta sus últimas palabras. Por nuestro propio bien no debemos regresar a Noruega. Así pues, olvida tus ínfulas de grandeza, ya que nunca se harán realidad, ¿entendido?

Las dos hermanas se miraron, y Gladys, señalando a Alan, que ahora hablaba con Iver y sus hermanos, indicó:

—Si ese supiera la verdad de quién soy, te aseguro que estaría besándome los pies. Pero, claro, ¡como no podemos decir que somos las hijas del duque de Bjälbo...!

—¡Gladys, baja la voz! —la cortó Ottilia.

—Oh, tía, ¡qué cansina eres!

—¡Gladys! —la regañó Beth.

La aludida gruñó.

—Que tú no quieras ser duquesa no quiere decir que no lo quiera ser yo.

Ottilia resopló e, incapaz de callar, dijo mirando a Gladys:

—Aunque te moleste lo que voy a decir, a veces me recuerdas al envidioso y avaro de tu tío Leiv. El egoísmo y la envidia pudieron con él, mi vida, que no te pase a ti lo mismo.

—Oh, por Dios... —se quejó Gladys.

Pero su tía, preocupada, insistió bajando la voz:

—Olvídate de reclamar el ducado de Bjälbo. Eso solo nos traerá problemas, Gladys. ¡Olvídalo!

La joven las miró. Si aquellas supieran lo que estaba haciendo se volverían locas. Entonces Beth, enfadada por la frialdad que últimamente demostraba su hermana, soltó:

—¿No tuviste suficiente con contárselo a Ronan y ver los problemas que eso nos causó como para seguir hablando de ello?

Gladys no contestó. Y Beth, molesta, la increpó:

—Te recuerdo que puedo olvidar lo que dijiste, incluso lo que hiciste, pero nunca olvidaré el modo en que me hiciste sentir.

Pero su hermana, como siempre, enfadada con el mundo y deseosa de malmeter, sin pensar en lo que Beth le había dicho cuchicheó:

—¿Le has contado a la tía que la otra tarde que paseaste con Iver os besasteis indecorosamente a vuestro regreso en la puerta trasera de la taberna?

Beth parpadeó boquiabierta. ¿Por qué su hermana tenía que decir aquello cuando ella llevaba toda la vida encubriendo sus errores con los hombres?

Miró las tartas y valoró la posibilidad de que alguna terminara sobre la cabeza de Gladys... Pero no. No podía hacer aquello. Entonces Ottilia, bajando la voz, preguntó:

—¿Te besaste con Iver McGregor en tu primer paseo con él?

—Tía, por favor... —se quejó Beth.

—¿Te besaste? —insistió.
—Sí —afirmó la joven.
Ottilia, que no sabía si reír o enfadarse viniendo aquello de Beth, tras mirar a su marido indicó:
—Como tu tío se entere, suspenderá el viaje.
A la joven no le gustó oír eso.
—Tía, por favor —replicó—, creo que...
—Mi vida. Eres una mujer soltera como lo es Gladys, y ambas debéis encontrar un marido... ¿Acaso no piensas en tu reputación?
Beth resopló y Gladys intervino:
—Deberías ser juiciosa y no ir besándote por ahí con cualquiera.
Beth miró a su hermana sin dar crédito. ¡¿A que le plantaba la tarta de sombrero?! Y, molesta, gruñó:
—¿Y eso me lo dices precisamente tú, que no solo te liaste con el que fue mi marido, sino que además te lías con todo el que se te antoja?
Las dos hermanas y Ottilia se miraban en silencio cuando Gladys, tras toser, dijo:
—Eso no viene ahora a cuento..., ¡estamos hablando de ti! ¡De la perfecta Beth!
Ottilia y Beth se miraron y acto seguido la mujer gruñó:
—Mi vida, mejor cállate, porque si hablamos de perfección, difícilmente puedo mencionarte a ti.
Gladys, molesta porque su tía dijera aquello, aun siendo consciente de que era verdad, miró a su hermana.
—Que sepas que si no le digo nada al tío de lo que hiciste con Iver McGregor es porque quiero visitar a ese médico en Edimburgo, ¡que te quede claro! —añadió.
Beth asintió y luego murmuró molesta:
—Díselo, ¡vamos! Te animo a que lo hagas...
Gladys parpadeó y Beth musitó:
—Eso sí, una vez que se lo digas, el tío sabrá que te has acostado con Liam Sanders, George Mordor, Sean Whitney, Lucas Black, Klaus McThomson... ¿Continúo?

Su hermana negó con la cabeza de inmediato y Ottilia, boquiabierta, exclamó:

—Por el amor de Dios, ¡Gladys! Dime que no es cierto...

Las gemelas se miraron en silencio, hasta que la aludida susurró:

—Te odio con todas mis fuerzas, Beth.

Esa frase no sorprendió a Beth, pues no era la primera vez que se lo decía, pero a Ottilia le dolió. ¿Cómo Gladys podía ser así con su hermana, que siempre se dejaba la piel por ella?

Un terrible malestar se generó de pronto entre ellas, y Ottilia, tratando de disimular, murmuró:

—Vamos a relajarnos y a tranquilizarnos, ¿entendido?

En ese instante Carolina se acercó a ellas.

—¿Podrías decirme dónde está el agua con limón? —preguntó Gladys dirigiéndose a ella.

Rápidamente la joven asintió y, junto a Gladys, se acercó a una mesa donde había varias jarras.

—No te odia —cuchicheó Ottilia al quedarse a solas con Beth—, es solo que...

—¡Me odia! —afirmó Beth molesta.

La mujer miró con pena a su sobrina y, conteniendo las ganas que tenía de llorar, susurró:

—No sé qué le pasa, pero últimamente está rara.

—¿Cuándo no ha estado rara? —inquirió Beth con malestar.

Tía y sobrina se miraron y la primera, para no seguir hablando de aquel tema, que comenzaba a ser penoso y molesto para todos, dijo:

—Muchacha, si tu tío se entera de que te besaste con Iver...

—No se va a enterar.

La mujer cabeceó.

—Igual que te vio Gladys, podría haberte visto cualquier otra persona.

Beth negó con la cabeza y, sin pensar más, preguntó:

—¿Acaso tú solo besaste al tío una vez casados?

Ottilia resopló. Recordar era bonito y cruel al mismo tiempo. Y, mirando a Sven, indicó:

—Ese sinvergüenza me robó besos desde el primer día en que me conoció con su sonrisa y su ingenio.

—Vaya..., vaya..., pero ¿qué me dices? —se mofó Beth.

Ottilia asintió y, sin percatarse de que Gladys se acercaba a ellas por detrás, bajó la voz y añadió:

—Su primer beso fue la madrugada en que nos conocimos. Tu padre y tu madre hablaban frente al fuego mientras entraban en calor cuando tu tío, al ver que yo me recuperaba de mi desmayo, me miró, me dijo por primera vez eso de «Lindura» y me besó. Ay, mi vida..., yo no sabía ni quién era, pero no me pude resistir.

—Pero bueno, tíaaaaaa...

—Guárdame el secreto. Solo tu madre lo sabía, y ahora también lo sabes tú.

—¡Te lo prometo!

Capítulo 25

Entre semana la taberna estaba más tranquila, por lo que a las once Beth se despidió de sus tíos y de su hermana y subió a su habitación.

Se movía nerviosa de un lado a otro mientras *Abuelillo* la observaba. Tenía una cita con Iver y se moría por volver a verlo. ¿Qué le ocurría? ¿Por qué sentía esa necesidad constante de estar con él?

Abrió el armario y sacó su capa y unos pantalones que la hicieran parecer un hombre, una camisa y a *Floki*.

Sonriendo, se miró al espejo. Ella nunca había sido una muchacha que se preocupara por su apariencia, eso era más de Gladys, pero de pronto quería estar bella. Entonces la puerta de la habitación se abrió y apareció su hermana. Su perro rápidamente comenzó a gruñir y Beth lo regañó.

—¡Basta, *Abuelillo*!

Gladys, que miró al animal sin mucho aprecio, comentó:

—Este chucho no me quiere nada.

—Tanto como tú a él —replicó Beth con sequedad.

Las dos hermanas se miraron en silencio, hasta que Gladys entró, cerró la puerta y, sorprendiéndola, dijo en nórdico:

—Lo siento, Revna. Siento haberte dicho cosas horribles y haberme comportado como una tonta.

Esas palabras y el gesto apenado de su hermana conmovieron a la joven. Solo se llamaban por sus verdaderos nombres y hablaban en nórdico cuando se trataba de algo realmente importante, por lo que, acercándose a Gladys, le cogió las manos y respondió en la misma lengua:

—No pasa nada.

—Sí pasa, hermanita —insistió aquella—. Tú eres siempre tan buena conmigo y yo..., yo...

La joven la abrazó y cuchicheó mientras le ordenaba con la mirada a *Abuelillo* que guardara los dientes:

—Agda, tranquila...

La aludida tosió. No le convenía estar enfadada con su hermana. Y cuando dejó de hacerlo, la miró y declaró:

—A veces soy la persona más insufrible del mundo.

—No te voy a decir que no —se mofó Beth—. Pero ¿sabes? Por muy insufrible que seas, yo te quiero.

Gladys sonrió. Su gemela tenía la misma debilidad con ella que su padre con su hermano Leiv. Por amor y fidelidad se lo perdonaba todo, algo de lo que ella siempre se había aprovechado.

—Me gustaría tanto parecerme a ti... —señaló.

—¡¿Más?! Pero ¡si somos idénticas! —Beth rio tocando la cabeza de *Abuelillo*.

Gladys asintió y, dejándose llevar por el momento, musitó:

—Pero tú tienes la fuerza de papá y la ternura de mamá.

Oír eso a Beth le gustó. Saber que se parecía tanto a ellos era lo mejor que le podían decir y, consciente de lo que su hermana necesitaba oír, iba a hablar cuando Gladys vio aquellas ropas sobre la cama.

—¿Adónde se supone que vas? —inquirió.

—He quedado.

—¿Dónde?

Beth, que no llegaba a fiarse de su hermana, decidió no decirle la verdad.

—En la colina del viejo Crew —contestó.

Gladys asintió.

—¿Iver y tú os vais a ver? —preguntó a continuación.

Beth afirmó con la cabeza y Gladys, complacida al saber que, cuanto más se centrara en aquel hombre, su hermana menos se fijaría en ella, murmuró:

—No me gustaría que ese guerrero te rompiera el corazón.

—No lo hará.

Gladys levantó las cejas con gracia y, viendo que el perro no le quitaba ojo, soltó:

—¿Cómo puedes estar tan segura?

Beth se encogió de hombros.

—Porque no me voy a enamorar de él, y él tampoco se va a enamorar de mí.

—¿Vuelves a estar segura de ello?

Su hermana sonrió.

—Gladys, él valora su libertad tanto como yo la mía.

—Pero te gusta, ¡lo sé! Solo hay que ver tu mirada para saber que...

—Me gusta, sí. Es un guerrero simpático, guapo e imponente —cortó Beth sin querer dar más explicaciones—. Dejémoslo en eso.

Ambas hermanas sonrieron y luego Gladys preguntó:

—¿*Floki* irá contigo?

—Sí.

—¿Y el chucho?

Esta vez Beth negó con la cabeza. Era complicado entrar y salir con *Abuelillo* por donde tenía pensado para no ser vista por sus tíos.

Una vez que terminó de vestirse se recogió el pelo en una trenza y su hermana le pellizcó las mejillas.

—Me consta que la tía ha ido a acostarse —dijo Gladys—. ¿Quieres que baje a entretener al tío para que puedas salir?

—No hace falta. —Beth sonrió.

Su hermana, sin entender, puesto que Beth no solía hacer aquellas cosas, insistió:

—¿Y por dónde vas a salir y entrar para que no te vean?

Beth miró la ventana. Las alturas nunca le habían dado miedo, y Gladys, que tenía mucho vértigo, cuchicheó:

—Noooooo...

—Síííííí...

—Beth, ¡podrías caerte y romperte la...!

—No me voy a caer. Tranquila.

Finalmente Gladys asintió y, deseosa de que se cayera y se rompiera el cuello, musitó disimulando:

—Ten cuidado, hermanita.

—Lo tendré. Y ahora, vamos, vete a tu habitación.

—¿Mañana me contarás?

—Claro que sí.

Una vez que Gladys se hubo marchado, Beth, gustosa por aquel bonito momento entre hermanas, miró a *Abuelillo* con cariño y le ordenó:

—Tienes que esperarme aquí, ser bueno y no ladrar.

El perro hizo un ruidito de decepción y Beth añadió besándole el hocico:

—Prometo tener cuidado y traerte un rico pastelito de carne cuando regrese.

Abuelillo levantó las orejas, pues entendía perfectamente la palabra *pastelito.* Y, repanchigándose en la cama, se relajó.

Beth sonrió al verlo. Era increíble lo listo que era *Abuelillo.*

Acto seguido, tras abrir con cuidado la ventana se colgó a *Floki* a la espalda y, después de mirar hacia abajo, sacó las piernas y fue bajando por la pared de piedra ayudándose de manos y pies.

Cuando llegó abajo pasó con sigilo por debajo de la ventana que daba al salón, donde su tío Sven estaba sentado mirando el fuego de la chimenea. Rápidamente cogió un pastelito de la hornada que su tía había hecho a última hora y que había dejado enfriándose en la ventana. Después, agazapada, entró en la pequeña cuadra y miró a *Ron* y a *Mona.* Apoyó la espada sobre la yegua, dejó el pastelito de *Abuelillo* encima de un tablón para cuando regresara y cuchicheó dirigiéndose a *Mona*:

—Vamos a dar un paseíto, preciosa.

En cuanto la joven se alejó de la taberna, sin tiempo que perder montó a la yegua y cabalgó hacia el puente de piedra negra, donde había quedado con Iver.

Capítulo 26

Con sigilo Beth llegó en su yegua hasta el solitario puente de piedra negro amparada por la negrura de la noche. Miró a su alrededor y, decepcionada al no ver a nadie allí, murmuró:

—Si no viene, casi que será mejor.

Estaba agachándose sobre el cuello de la yegua para darle algún que otro mimo cuando oyó unos ruidos y vio aparecer a Iver de la oscuridad para cruzar el puente desde el otro lado.

Subidos a sus caballos, cada uno desde un extremo, se dirigieron hasta el centro del puente y, cuando se reunieron, Iver dijo:

—Lamento que hayas llegado antes que yo.

—¿Por qué? —preguntó ella con curiosidad.

Iver se apeó de un salto y, tras tenderle la mano para ayudarla a bajar, cuando Beth puso los pies en el suelo respondió:

—Porque lo galante habría sido que te hubiera esperado yo.

La joven sonrió al oír eso, pues no estaba acostumbrada a esa clase de galanterías. Entonces él, sorprendiéndola, tendió ante ella una pequeña flor violeta y susurró:

—Disculpe mi error, milady.

Al ver aquella flor y su mirada, a la joven se le erizó todo el vello del cuerpo y, empinándose, le dio un rápido beso en los labios.

—Disculpado —dijo a continuación en voz baja mientras cogía la flor de su mano.

Iver, gustoso por aquel rápido beso, sonrió, y al ver que ella guardaba la flor en el bolsillo de su capa, miró a *Mona*.

—¿Este es el único caballo del que dispones? —preguntó.

—Sí.

El guerrero, que estaba acostumbrado a los impresionantes sementales que su hermano o él mismo tenían en sus fortalezas o montaban a diario, volvió a mirar a la yegua, que ya había conocido en su viaje a Inverness.

—Ya tiene unos años —musitó.

Beth asintió. *Mona* y *Ron* eran los caballos que ella y sus tíos podían permitirse, y le dio un cariñoso beso en el hocico al animal.

—*Mona* quizá no sea la yegua más rápida ni impresionante, pero es mi yegua y yo la quiero y la respeto porque ella me quiere y me respeta a mí —afirmó.

Iver acarició el pelaje del animal con delicadeza, y de pronto preguntó mirando hacia los lados:

—¿Dónde está tu tío?

Sin entender a qué se refería, la joven respondió:

—En casa, con tía Ottilia y Gladys.

Al oír eso, Iver parpadeó.

—¿Y qué les has dicho para poder salir?

—Nada.

—¿Cómo que nada?

Beth se encogió de hombros.

—Creen que estoy durmiendo en mi cuarto.

Él la miró boquiabierto.

—¿Me estás diciendo que a estas horas de la noche has salido sola de la taberna, has cruzado el bosque y has venido hasta aquí? —gruñó.

Beth asintió simplemente y, ladeando la cabeza, matizó:

—Sola no. Me han acompañado *Mona* y mi espada.

Y acto seguido sonrió divertida. Estaba claro lo que aquel pensaba.

—¿Acaso crees que mis tíos me habrían permitido salir para verte a estas horas de la noche? —añadió.

Iver maldijo.

—¿Y *Abuelillo*? —quiso saber.

—Durmiendo en mi cama.

El guerrero estaba furioso. ¡Podría haberle pasado algo!

—Si llego a saberlo, yo te habría ido a buscar a la taberna.

Beth negó con la cabeza.

—Tranquilo, sé defenderme.

Iver la miró de arriba abajo. Había visto a la muchacha luchar. Entonces ella, descubriendo su espada, que llevaba enganchada a la silla de la yegua, se mofó:

—*Floki* me acompaña, y no quieras saber todo lo que sé hacer con ella.

Sin mirarlo, o se reiría en su cara, la joven comenzó a caminar hacia uno de los lados del puente e Iver la siguió. Inconscientemente, los ojos del guerrero bajaron por el cuerpo de aquella, que iba delante, y al verla con aquellos pantalones de cuero marrón que tan bien se le ajustaban musitó:

—Yo te acompañaré de vuelta a tu casa.

—No hace falta. *Floki* y *Mona* me acompañan.

—Sí, sí hace falta —insistió Iver.

Divertida por sus ansias de protección, que en su opinión sobraban, la joven se dio la vuelta, lo miró de frente y preguntó:

—¿Acaso me ves como una débil mujer?

Él no respondió, y ella, mofándose, cuchicheó:

—Aisss, qué monooooooo...

El guerrero tomó aire y, cuando se disponía a contestar, Beth añadió:

—Te recuerdo que yo solita te salvé de caer por un barranco, e incluso busqué la solución para escapar de aquella cocina con las monjas.

Al oír eso, Iver parpadeó. Recordar aquel episodio aún lo enfadaba.

—Sabía que tarde o temprano me lo recordarías —murmuró.

—¿Duele?

—¡Molesta!

—¡Iver!

—Te lo digo en serio, Beth. Espero que todo eso quede entre las personas que lo sabemos. No quisiera que mis hermanos se enteraran y pasaran media vida burlándose de ello. Bastante tengo ya con lo de Iver *el Creído*...

—¿Acaso tu gallardía disminuiría?

Él resopló incómodo.

Beth bajó entonces hasta el riachuelo de un salto.

—De acuerdo —convino—. Mantendré la boca cerrada, Iver *el Creído*.

La luz de la luna iluminaba su precioso pelo claro y la joven parecía un hada. Entonces Iver, olvidándose de enfados y cautelas que se había prometido durante el camino, se acercó a ella, que reía, la cogió de la cintura, la aproximó a su cuerpo y susurró mirándola:

—Deseo decirte algo.

—Dímelo.

Estaban mirándose a los ojos bajo cientos de estrellas cuando el guerrero murmuró:

—Mírame y bésame.

Beth sonrió. Aquellas palabras habían adquirido un significado especial para ellos. Olvidándose del resto del mundo, lo miró y lo besó como si la vida se fuera a acabar de un momento a otro, mientras ambos disfrutaban de aquel instante de loca y pura pasión.

Cuando instantes después ambos se separaron, Beth susurró con todo el vello de su cuerpo erizado:

—Sigo pensando que besas muy bien.

Iver sonrió. Le gustaba oír eso.

—Pues bésame tantas veces como quieras —repuso.

Y Beth lo besó. Nada le apetecía más que aquello.

Entonces Iver, excitado por el modo en que la joven se aferraba a él, la cogió entre sus brazos y, tras refugiarse bajo el puente, dio rienda suelta a su pasión.

Un beso llevó a otro. Una caricia a la siguiente. Y cuando la excitación que ambos sentían fue a más, Iver se acordó de la cautela y paró. Detenerse en un momento de tanta excitación era complicado, y Beth, deseosa de que prosiguiera, pidió mirándolo:

—Prosigue.

—Beth...

Pero la muchacha insistió en un susurro:

—Deseo que continúes...

Oír eso azuzó aún más a Iver, que, nervioso, dio un traspié y cayó de culo en el riachuelo.

Beth comenzó a reír a carcajadas al verlo.

—No sé cómo lo haces —siseó él molesto—, pero contigo siempre acabo de la forma más ridícula...

Divertida, ella le tendió la mano, lo ayudó a levantarse y murmuró:

—Tienes todo el trasero mojado.

Iver resopló. Aquello era humillante.

—No me lo recuerdes...

Beth sonrió y luego, mirándolo a los ojos, declaró:

—No soy la plácida jovencita que imaginas que soy.

Iver parpadeó. Desde luego el descaro de aquella era tremendo.

—Te recuerdo que estuve casada —añadió Beth—. Por tanto, si seguimos, no vas a hacer nada que sea irreparable.

Iver la entendió. Con aquellas palabras, le estaba dando total acceso a su cuerpo, y murmuró:

—Beth, nada me apetecería más, pero no quiero...

No pudo continuar. La joven, deseosa de proseguir, lo besó, y cuando sus labios se separaron, él, mirándola directamente a los ojos, musitó:

—Reconozco que me asustas un poco.

Beth sonrió. Su experiencia con los hombres era limitada. Solo había estado con Ronan y, después, con un par de hombres más, pero quería que creyera que era una mujer experimentada, por lo que susurró:

—Me encanta asustarte.

Desatada y llena de deseo, de nuevo lo besó. Iver le gustaba mucho. Y cuando el beso acabó, indicó:

—No te haces una idea de cuánto te deseo.

—Creo que sí —dijo él acercándola a su cuerpo.

Nuevos besos, nuevas caricias... Beth, que, como le había dicho, ya había estado casada, sabía lo que era el sexo. Nada de lo que él hiciera podía asustarla. Y, dispuesta a ser ella quien manejara aquel extraño momento, cuando el beso acabó se quitó la capa, la extendió en el suelo y, tras dejar caer su espada, comentó:

—A falta de un buen lecho, la capa puede estar bien, ¿no?

Iver miró la capa que le señalaba e, intentando que la cordura no perdiera la batalla, dijo con un hilo de voz:

—A ver, Beth...

Ella le cubrió la boca con la mano y, mirándolo a los ojos, susurró:

—Te deseo, tú me deseas, y no voy a aceptar una negativa.

Iver parpadeó al oírla y, frunciendo el entrecejo, preguntó:

—¿Qué no vas a aceptar?

—Que me digas que no —afirmó con seguridad—. Por tanto, Iver McGregor, mírame y bésame y luego hazme el amor.

El guerrero, al que aquella muchacha estaba desconcertando, se olvidó de remilgos, cordura y cautelas, la tumbó entonces sobre la capa y, mientras ella se quitaba los pantalones, él se quitó los suyos y, una vez que ambos se libraron de ellos, sin hablar, solo mirándose, él la tomó.

Beth, al notar la intrusión en su cuerpo, jadeó y, sorprendida, oyó a Iver preguntar:

—¿Estás bien?

Ver su consideración, cuando ni Ronan ni los otros dos tipos con los que había estado fueron considerados con ella, la hizo asentir y responder:

—Mejor que bien.

Conteniendo el loco deseo que sentía en ese instante, Iver siguió penetrándola lentamente. Aun habiendo estado casada, aun sabiendo que la joven tenía su libertad sexual, quería que aquello fuera tan grato para ella como para él.

—Mi deseo por ti hace que esté cometiendo esta locura —susurró besándole la punta de la nariz.

—Tranquilo..., la locura la estamos cometiendo los dos.

Un jadeo escapó al unísono de las bocas de ambos mientras sus cuerpos temblaban y se acoplaban el uno al otro.

—¿Te gusta así? —preguntó él.

Beth asintió. Le gustaba mucho. E Iver, al notar que ya estaba totalmente dentro de ella, tras pasear la boca por el rostro de la joven, murmuró:

—Eres deliciosa...

—Y tú encantador.

De nuevo ambos volvieron a jadear.

—Mis ganas de ti me llevan a ser lento y cauteloso —añadió Iver—, cuando lo que en realidad deseo es ser rápido y atrevido...

—Pues sé atrevido —apremió ella.

—¿Tanto como tú?

Oírlo hizo sonreír a la joven, que afirmó:

—Tanto como yo.

Iver, hechizado por lo que su cuerpo sentía, jadeó. La locura del momento podía con él.

Gemidos de placer salían de sus bocas mientras sus cuerpos, ávidos de deseo, chocaban una y otra vez, hasta que pasados unos minutos el más absoluto de los placeres se apoderó de ellos.

Beth temblaba. Su cuerpo estaba aún como levitando, puesto que con Ronan nunca había ardido de aquella manera. Hasta el momento, lo que ella había conocido del sexo había sido algo frío y en cierto modo desconsiderado, y lo descubierto con Yver placentero e inesperado.

Estuvieron unos instantes en silencio, hasta que Iver, al verla tan callada, preguntó:

—¿Te encuentras bien?

Aquella continua preocupación por ella le resultó tan agradable a Beth en ese momento que lo miró, llevó su boca a la de él y lo besó con la ternura que sentía en ese instante.

—Sí —afirmó callando lo que realmente pensaba—. ¿Y tú estás bien?

Iver, que se sorprendió de que ella le hiciera esa pregunta, declaró:

—Mejor que bien.

Ambos sonrieron e, incapaces de parar, volvieron a hacerse el amor.

Capítulo 27

Bien entrada la madrugada, tras haber hecho el amor varias veces a la luz de la luna, Iver murmuró consciente de que era muy tarde:

—Aunque estaría hasta el alba contigo, creo que es hora de que regreses a casa.

Abrazada a él, la joven musitó:

—Espera. Quedémonos un poquito más.

Él sonrió. Aquella muchacha era clara y directa en todos los sentidos, nada que ver con las jóvenes que su madre le presentaba o que él mismo conocía.

—¿Estás bien conmigo? —preguntó.

—Mejor que bien —afirmó Beth sin dudarlo. Entonces de pronto vio una estrella fugaz cruzar el cielo y, señalándola, indicó—: ¡Corre! ¡Cierra los ojos y pide un deseo!

Iver la miró. Y, al ver que ella hacía lo que decía, sonrió. Estar tumbado junto a Beth mientras miraban las estrellas y hablaban de lo primero que se les ocurría era algo nuevo para él, algo diferente. Por norma, las mujeres intentaban saber de él, sonsacarle si estaba cortejando a otra mujer, pero Beth en ningún momento lo había intentado.

Al cabo, ella abrió los ojos con un gesto que a él se le antojó precioso, e Iver iba a hablar cuando la oyó preguntar:

—¿Has pedido un deseo?

Como un tonto, negó con la cabeza. Con observarla ya tenía bastante. Y ella cuchicheó:

—Iver, nunca desperdicies el mágico momento de pedir un deseo a una estrella fugaz porque son los deseos más demandados.

Boquiabierto porque en la vida había oído nada parecido, el guerrero preguntó:

—¿Y eso por qué?

Beth, sin perder la sonrisa, lo miró directamente a los ojos.

—Porque mis padres siempre decían que las estrellas fugaces eran valerosas valkirias dispuestas a conceder a los humanos sus anhelos —respondió.

—Pero ¿qué me dices? ¡Y yo sin saberlo! —susurró Iver, que era consciente del amor que la joven sentía por sus padres.

Ambos sonrieron y luego el guerrero comentó poniéndose serio:

—Sé que a partir de ahora cada vez que mire las estrellas me acordaré de ti.

Ella asintió con gesto triste, y él, intuyendo lo que pensaba, preguntó:

—¿Echas mucho de menos a tus padres?

—Pienso en ellos todos los días —dijo la joven sin dudarlo.

—¿Eran buenos contigo?

Beth asintió y, esbozando una sonrisa, aseguró:

—Los mejores.

Iver sonrió a su vez, y entonces fue ella la que preguntó:

—¿Los tuyos son buenos padres?

Iver asintió también de inmediato.

—Se desviven por mis hermanos y por mí —dijo—, aunque mi madre siempre ha sido algo especial.

—¿Especial en qué? —La joven sonrió pensando en aquella.

Iver tomó aire antes de contestar.

—Especial en cuanto a proteger a sus hijos de mujeres que, según ella, no nos convienen. Y reservada en dar muestras de cariño y afecto. Es más, si la abrazas sin avisar, incluso puede que le siente mal.

—Por lo poco que la conozco, me ha demostrado ser una mujer rígida, exigente y a la que le falta naturalidad y no da muestras de afecto —comentó Beth.

—Así es. Pero es mi madre, y por ella doy la vida —afirmó Iver.

—No esperaba menos de ti.

—Ni yo de ti —repuso él.

Los dos sonrieron de nuevo. Estaba claro que la familia era algo muy importante para ambos.

—¿Tuviste más hermanos? —preguntó entonces Iver.

La joven asintió.

—Sí, pero murió a las pocas horas de venir al mundo.

Se quedaron unos segundos en silencio hasta que el guerrero musitó:

—¿Puedo saber qué les ocurrió a tus padres?

Beth, que sabía que Iver y su hermano Peter no tenían prejuicios contra los vikingos, pues trataban a Harald y a Demelza con adoración y respeto, contó cambiando el tono de voz y sin decir nombres ni entrar en detalles:

—El hermano de mi padre siempre le tuvo envidia. Y esa envidia, unida a su avaricia, lo llevó al más absoluto desprecio, y no cesó hasta que mató a mi padre y a mi madre.

Iver la miró boquiabierto.

—¿Lo estás diciendo en serio?

—Totalmente en serio.

Él parpadeó sin dar crédito. Lo que aquella muchacha contaba era terrible... ¿Cómo alguien podía hacerle eso a su propio hermano? Él mismo tenía hermanos y los amaba por encima del bien y del mal.

Beth, a quien le dolía recordar aquello, cerró los ojos y murmuró:

—De un día para otro pasé de tener unos padres cariñosos, un precioso hogar y una vida encantadora en Noruega a no tener nada. Aunque he de ser justa y decir que tía Ottilia y tío Sven, desde que pasó aquello, se han desvivido por hacernos felices a Gladys y a mí.

Ambos se miraron. Iver no sabía qué decir.

—Lo único material que poseo de ellos es un pendiente de mi madre y esta cadena de plata de mi padre —susurró ella pensando en la medallita que había perdido por culpa de su hermana.

Apenado, Iver la abrazó. Vivir aquello siendo una niña no debió de ser fácil para ella.

Entonces Beth, volviendo a sonreír, miró al cielo y comentó:

—Por suerte, los momentos que vivimos juntos han viajado conmigo en mi memoria, y esos el despreciable de mi tío no podrá arrebatármelos jamás. Recuerdo que antes de dormir, mi madre siempre nos decía que, tras cada estrella que iluminaba el firmamento, ella dejaba besos para nosotras y para las personas que nos hacían la vida feliz. Así que, Iver McGregor, seguro que tras alguna estrella mi madre ha dejado también algún beso para ti.

Oír eso enterneció a Iver de una manera que no lograba comprender. Pero ¿qué estaba haciendo aquella muchacha que, simplemente con sus palabras, lo hacía el hombre más feliz?

—Sin duda me acordaré de ti —musitó.

Ambos rieron de nuevo e Iver, con el corazón desbocado, preguntó:

—Beth Craig..., pero ¿tú de dónde has salido?

Y, completamente hechizado, la besó.

Tras varios besos con los que resultó evidente las pocas ganas que tenían de separarse, ambos se levantaron y, una vez vestidos, mientras ella estaba volviendo a hacerse la trenza, Iver se aproximó a ella, le pasó las manos por la cintura y, acercándola a él comentó:

—Me gustaría saber más de ti.

—Creo que ya sabes suficiente —cuchicheó la joven.

Él negó con la cabeza. No era suficiente. Y, aunque estaba deseoso de preguntarle por el hombre con el que se había casado, decidió callar para no presionarla y simplemente dijo:

—Me ha gustado pasar este rato contigo.

Sonriendo, ella asintió y exclamó con gracia:

—¡Normal!

Aquella seguridad en sí misma hizo sonreír al guerrero.

—Me he ofrecido a ti como una vulgar mujerzuela —añadió entonces la joven.

—¡Beth! —replicó él.

Ella, al oírlo, asintió y añadió ante el gesto de asombro de Iver:

—Imagino que la idea que tenías de mí habrá cambiado.

—¿A qué te refieres? —inquirió él molesto.

—A que ahora entendería que pensases que soy una vikinga amoral y descarada que disfruta del placer del cuerpo sin decoro.

Oír eso incomodó a Iver. A pesar de haber estado con muchas mujeres, él nunca había pensado nada parecido de ninguna de ellas, pero cuando se disponía a responder, Beth se soltó de sus brazos y afirmó:

—Y, mira, te entiendo, pues me he comportado de una manera que, si mis tíos se enteraran, me matarían... Así pues, lo único que te pido como favor personal es que seas discreto por ellos. No creo que les gustara saber que su sobrina es una libertina que disfruta de ciertos placeres prohibidos sin más.

Boquiabierto, él negó con la cabeza. Nunca le había gustado ir contando por ahí lo que hacía o dejaba de hacer con las mujeres.

—No des por sentado algo que yo no he dicho ni pensado —indicó sujetándola para que lo mirara.

Sorprendida, ella asintió.

—Y, por supuesto —insistió aquel—, lo ocurrido entre nosotros quedará única y exclusivamente entre tú y yo, ¿entendido?

Beth asintió. Le gustaba saber eso. Y, en un tono de voz íntimo, tras darle un cariñoso beso en los labios, afirmó:

—¡Gracias! Eres una monada.

Cada beso, cada palabra, cada acción de ella sobrecogían a Iver. Entonces Beth, para cortar aquel momento, que se le estaba antojando excesivamente íntimo y bonito, recogió su espada del suelo, se la colgó a la cintura y, alejándose de él, dijo mientras se encaminaba hacia su yegua:

—Bueno, pues ya nos veremos.

Según oyó eso Iver parpadeó y fue tras ella.

—¿Cómo que ya nos veremos? —inquirió.

Beth, que de pronto comenzó a agobiarse por lo que estaba sintiendo, respondió al llegar junto a *Mona*:

—Me refiero a que nos veremos cuando partamos hacia Edimburgo.

—¿Acaso no nos vamos a ver antes?

—No.

Iver resopló. Y, sintiendo su rechazo, preguntó:

—¿No quieres volver a verme?

Beth, que se moría por ello, lo miró. Decirle que sí era lo fácil. Pero, siendo consciente de que estaba jugando a un juego que una vez ya le salió mal, respondió:

—¿Para qué?

—Para conocernos.

Acelerada por el modo en que su corazón latía, ella replicó:

—Ya nos conocemos. ¿Qué más quieres?

Atónito, Iver no supo qué decir. Las mujeres se morían por volver a verlo, ¿y ella lo rechazaba tan abiertamente? ¿En serio?

Entonces Beth, alterada por lo que el guerrero le hacía sentir, le tocó la barbilla y añadió para desconcertarlo aún más:

—Pero qué mono eresssss...

Dicho eso, la joven se dio la vuelta, tomó impulso y se subió a su caballo.

—¿Adónde se supone que vas? —dijo él descolocado.

—A casa. En breve amanecerá.

Iver la miró. Aquella conversación no había acabado.

—Te acompañaré —resolvió saltando sobre su caballo.

Beth negó con la cabeza y, cuando se disponía a hablar, Iver insistió:

—He dicho que te acompañaré.

—Y yo te he dicho antes que no necesito que nadie me acompañe.

Pero Iver, cuadrándose, se irguió en su caballo y repitió:

—No voy a permitir que vayas sola por el bosque.

—¡Ni que me fuera a perder!

—Ese sería el menor de tus problemas —apostilló el guerrero.

—Pero...

—¡Eres una mujer!

—¡¿Y...?!

Él maldijo. Aquella cabezota no pensaba callarse.

—¡Fin del asunto! —gruñó molesto.

Beth, al oír eso y ver su gesto hosco, sonrió divertida.

—Oye —murmuró—, que sea el fin de tu asunto no quiere decir que sea el fin del mío, por tanto...

—He dicho «fin del asunto» —insistió Iver.

—Pero yo te acabo de decir que...

—Repito: ¡fin del asunto!

Al oírlo de nuevo Beth maldijo. Si ella era cabezota, estaba viendo que él también.

—¿Ves por qué tengo que llamarte Iver *el Creído*? —cuchicheó.

Él la miró. No pensaba tomárselo a mal, y simplemente dijo:

—Vamos. Regresemos.

En silencio fueron uno al lado del otro montados en sus respectivos caballos. Palabras no se decían. Solo se dedicaban miradas que en ocasiones comunicaban más que las propias palabras. En un momento dado, al llegar frente a un alto, estrecho y cochambroso puente que cruzaba un río, Beth se detuvo.

—Si cruzamos por aquí nos ahorraremos una gran parte del camino —dijo.

Pero Iver negó con la cabeza. Aquel puente hecho polvo que cruzaba un enorme precipicio parecía que fuera a caerse de un momento a otro.

—¡Ni hablar! Por aquí no iremos —murmuró.

—Es seguro —indicó ella, que estaba acostumbrada a cruzarlo—. Tranquilo.

—¡Que no!

La cabezonería de aquel estaba comenzando a enfadarla.

—Pero ¿se puede saber por qué no? —preguntó mirándolo.

—Porque no es seguro y, además, las alturas no son lo mío...

Recordando que era la segunda vez que las alturas lo ponían nervioso, ella quiso saber:

—¿Qué problema tienes con eso?

Iver, que había tenido una mala experiencia de niño con Lucas, un amigo que se cayó del mástil de un barco cuando navegaban con su padre y el padre de aquel en mar abierto, resopló.

—Simplemente no me gustan las alturas.

—¿Por qué? —preguntó ella bajándose de *Mona*.

Pero Iver, que no quería hablar del tema, dio media vuelta a su caballo y dijo:

—Vayamos por el camino seguro.

Prosiguió su trayecto en silencio y, al no oír los cascos de la yegua a su espalda, se volvió y gruñó cuando vio a la joven, que cruzaba el cochambroso puente:

—Maldita seas, Beth Craig..., ¡te voy a matar!

—Uis, qué miedo... —se mofó ella.

Receloso por oírla y pendiente de cómo cruzaba el puente siseó:

—¿Ves por qué tengo que llamarte *Pesadilla*?

Al oírlo ella soltó una carcajada y no respondió. Era lo mejor.

Una vez que llegó al otro lado Beth volvió a montar en su yegua, y en ese momento Iver, con las tripas encogidas, cruzó también el puente sin mirar abajo. Si lo hacía, sin duda se caería. Y cuando llegó al otro lado gruñó:

—¿Acaso no me has oído decir que iríamos por el otro camino?

Beth asintió.

—Te he oído. Pero si me acompañas no es para retrasarme.

—Más vale retrasarse que matarse, ¿no crees?

Ella no respondió y, tan pronto como prosiguieron camino, él cuchicheó:

—Maldita cabezota.

Minutos después llegaron hasta un punto del bosque desde donde se divisaba ya la taberna. Su tiempo juntos había acabado. Y, cuando ella iba a hablar, Iver exclamó:

—Pues sí que se corta camino por aquí.

—¡Te lo dije! —afirmó ella con gesto gracioso.

Durante varios segundos se miraron a los ojos en silencio, hasta que él, entendiendo lo que la mirada de aquella decía, declaró:

—Lo sé. Aquí me quedo.

Ambos sonrieron por aquello.

—Gracias por acompañarme —dijo ella entonces.

—Es lo mínimo que debía hacer.

Gustosa por las deferencias que aquel tenía con la joven, esta sonrió e Iver, acercando su caballo al de ella, sin dudarlo la besó.

Tras ese beso, el siguiente lo buscó la joven, y cuando la pasión comenzaba a desatarse de nuevo entre ellos, pararon y Beth, bajándose de *Mona* para tomar aire, decidió:

—Iré a pie el resto del camino.

—¿Por qué?

—Porque no quiero que mis tíos se despierten.

Iver asintió. Y, controlando las ganas que tenía de darle un último beso, indicó:

—Cuando entres en tu habitación, abre la ventana a modo de señal para que yo sepa que todo ha ido bien.

—¿En serio? —se mofó ella.

—En serio —dijo él.

Beth sonrió. Si le contaba por dónde tenía pensado entrar, sin duda se escandalizaría. Y, sin más, se alejó mientras unas extrañas mariposítas revoloteaban en su estómago, y más sabiendo que tras los árboles Iver la observaba.

Una vez que la joven dejó a *Mona* en el establo, metió en el bolsillo de su capa el pastel de *Abuelillo*. Después, sonriendo al imaginar la cara del guerrero cuando la viera encaramarse a la pared de la casa, comenzó a trepar por ella con seguridad.

Iver, que observaba a la joven desde donde estaba, al ver aquello quiso gritar. Pero ¿qué hacía aquella loca? ¿Otra vez jugándose la vida con las alturas?

Beth, por su parte, tras escalar con facilidad hasta su ventana, la abrió, se sentó en el alféizar y, después de lanzar un beso al aire, desapareció en el interior de su cuarto; en ese momento el guerrero, intentando controlar su descontrolado corazón, montó en su caballo y finalmente cuchicheó sonriendo:

—Desesperante *Pesadilla*...

Capítulo 28

Días después Goran entró en la taberna y, al verlo, a Gladys se le iluminó el semblante. Llevaban mucho sin verse, pues él había regresado junto a su *laird* para cumplir con sus obligaciones.

Sin mirarla, Goran tomó asiento y ella, acercándose con fingida indiferencia, preguntó:

—¿Qué deseas tomar?

—Cerveza —dijo él.

Nerviosa, la joven fue a buscarla y, cuando puso la jarra delante de él, este indicó:

—Esta noche, en la cabaña de siempre.

Ella asintió sin dudarlo. Al poco rato, tras tomarse la cerveza, Goran dejó unas monedas sobre la mesa y salió de la taberna.

El resto del día a Gladys se le hizo eterno. Deseaba saber qué había dicho Sigurd al enterarse de que ella estaba viva, y cuando por fin a las once se metió en su habitación, se cambió de ropa y, como en otras ocasiones, una vez que sus tíos y su hermana estuvieron dormidos, salió con sigilo por la puerta y echó a correr. Pasaba de los caballos.

Llegó a la cabaña sin aliento y, al entrar, en vez de ver a Goran, se quedó paralizada al encontrarse de frente con su primo Sigurd. Durante unos instantes ambos se miraron. Los quince años que habían pasado los habían hecho cambiar mucho, y Gladys, viendo en él a un hermoso y gallardo guerrero, susurró algo intimidada:

—Sigurd *Diente Podrido*.

—Agda *la Bella Enfermiza* —replicó él.

Siguieron contemplándose en silencio durante unos instantes, hasta que la joven se repuso.

—Me alegro de verte, Sigurd —dijo.

Él asintió. Tenía ante sí a la persona que le iba a solucionar la vida. Y, tras mirar a Goran, que estaba junto al fuego, se acercó a su prima y, clavando los ojos en ella, murmuró:

—Yo sí que me alegro de verte, Agda.

Acto seguido se abrazaron. Cada uno veía en el otro lo que necesitaba. Cuando el abrazo acabó, Goran, entendiendo la mirada de Sigurd, intervino:

—Os dejaré solos.

Una vez que aquel se fue, Gladys y su primo volvieron a mirarse.

—Goran me dijo que eras bella, pero nunca imaginé que lo fueras tanto.

Complacida, la muchacha sonrió. Nada le gustaba más que los halagos y, quitándose la capa, se recolocó el feo y viejo vestido que llevaba e indicó:

—Gracias por el cumplido.

Sigurd paseó con descaro la mirada por el cuerpo de aquella.

—Primo —añadió ella entonces—, permíteme decirte que el paso de los años te ha tratado muy bien.

Ambos sonrieron y él repuso:

—Cuando pasó lo que pasó, yo tenía veinte.

—Yo diez.

Sigurd, sin titubear, se acercó a ella y, tras recorrer con el dedo el óvalo del rostro de Gladys, cuchicheó:

—Ahora tengo treinta y cinco y tú, veinticinco..., excelentes edades, ¿no crees?

Ella tragó saliva. Su primo, aquel guerrero imponente de penetrantes ojos negros, la estaba poniendo muy nerviosa.

—Sí —afirmó sin moverse.

El guerrero, consciente del magnetismo que tenía con las mujeres, ya fuera por miedo o por deseo, observó:

—Ya no somos unos niños, Agda.

Ella asintió excitada y, en silencio, ambos se sentaron en un banco de madera. Como bien tenía planeado, Sigurd comenzó a hablar ante la atenta mirada de ella sin decir ni una sola verdad. Simplemente le dijo lo que la joven quería oír, evitando hablarle de su madre, y una vez que acabó, Gladys, sintiéndose bien por lo que había oído, susurró:

—Es un excelente plan.

—Lo sé.

—Nunca pensé que nos buscarías.

Sigurd negó con la cabeza rápidamente y exclamó:

—¡Por Odín, prima! Lo que hizo mi padre ¡fue inexcusable! Y el pueblo no se lo ha perdonado. Óttar *Costilla de Hierro*, tu padre, tenía un gran peso en la comunidad, cosa que mi padre nunca ha tenido ni tendrá.

—Mi padre fue un buen *jarl*, aunque algo blando con su gente.

—Opino igual que tú —afirmó Sigurd. Y viendo la ambición en los ojos de ella añadió—: Si tú o tu hermana regresáis, yo os ayudaré a recuperar lo que legalmente es vuestro y...

—Revna no regresará —lo cortó Gladys.

Sigurd, que sabía por Goran la aprensión que aquella le tenía a su hermana, asintió.

—Por derecho, ella es la duquesa de Bjälbo —indicó.

Gladys resopló entonces y, levantándose del banco de madera, siseó:

—Revna no quiere reclamar lo que es suyo porque así padre se lo hizo prometer, pero ¡yo sí quiero ser la duquesa de Bjälbo! Deseo riqueza, bienestar y súbditos. Lo quiero todo, Sigurd. Todo.

El aludido asintió. Y, consciente de la avaricia de la joven, jugando sus cartas dijo:

—Prima, seamos claros. Si tú y yo nos unimos, podemos conseguir lo que deseamos.

—¿A qué te refieres?

Con tranquilidad Sigurd la cogió entonces de la mano y, tras sentarla sobre él en el banco, susurró cerca de su cuello en un tono íntimo:

—Me refiero a que tú deseas vivir como una duquesa y yo deseo ser duque. Tú sola no puedes llegar al valle de Bergsdalen para reclamar nada sin que mi padre te mate. Y yo solo no puedo reclamar el ducado, puesto que el pueblo, por ser el hijo de Leiv *Buenospelos*, no me acepta. Pero si tú y yo nos casamos, podríamos tener lo que deseamos...

Oír eso le gustó a Gladys. Tener poder y súbditos era lo que siempre había querido, y cuando iba a contestar, Sigurd paseó la boca por la de ella y añadió:

—Eres bella y ambiciosa...

—Lo soy —afirmó hechizada.

—Y deseas el ducado tanto como yo.

—Sin duda alguna.

Él sonrió. Como Goran le había dicho, aquella tonta era fácilmente manipulable.

—Para que el pueblo del valle de Bergsdalen se subleve contra mi padre —continuó—, debe ver que os llevo a ti y a tu hermana ante ellos. Recuperar a las hijas de Óttar *Costilla de Hierro* hará que su concepto sobre mí cambie, y más cuando mate a mi padre y a mi hermano.

—No sé por qué tiene que estar mi hermana... ¡La odio! —protestó Gladys.

—La gente necesita veros a las dos —aclaró él—. Pero no te preocupes, Agda *la Bella*. En cuanto eso ocurra, Revna morirá. Yo mismo me encargaré de que así sea, y luego tú y yo nos desposaremos para la felicidad del pueblo.

Gladys asintió. Lo que su primo le proponía le parecía un excelente plan.

—Mataremos a mi padre, a Revna, a Candance, a Louis y a mi hermano Adalsteinn —prosiguió Sigurd—. Y, una vez liberados de todos ellos, tú y yo seremos definitivamente los duques de Bjälbo.

Atraída como un imán por aquel y por las cosas que decía, Gladys asintió, y acercando su boca a la de él, lo besó. Sigurd y su arrojo, su osadía y su fuerza le gustaban, y se dejó llevar. ¿Por qué no?

El beso fue subiendo de intensidad a cada segundo que pasaba. Ambos eran dos animales deseosos de venganza y poder. Y cuando el beso acabó, Gladys propuso:

—¿Qué tal si terminamos de hablarlo en el lecho?

Sigurd asintió encantado. El disfrute de los cuerpos entre los vikingos era bastante liberal, por lo que, mirando hacia la puerta, sugirió:

—¿Qué te parece si lo compartimos con Goran?

Sin dudarlo, Gladys asintió y, después de que Sigurd le diera un grito, aquel entró y, segundos después, los tres, sin ningún tipo de pudor, disfrutaban del placer de los cuerpos embriagados por el ansia de poder.

Capítulo 29

Pasó una semana y, tras un servicio de comida en el que la taberna había estado llena, una vez que terminaron Beth estaba hablando con su tía en la cocina cuando la puerta se abrió y Mina anunció:

—Unas señoras reclaman vuestra presencia en el comedor.

Sorprendidas, Ottilia y Beth se miraron antes de ir a ver.

Al salir al comedor se encontraron con Carolina, Demelza, Eppie y Arabella, y Ottilia, al verlas, saludó sonriendo:

—Pero qué alegría teneros en mi casa. Por favor, sentaos y descansad.

Beth las miró sorprendida. ¿Qué hacían allí?

—Beth, mi vida, tráeles un poco de cerveza —pidió Ottilia.

Desconcertada, la joven hizo lo que su tía le decía, mientras Demelza, Eppie y Carolina se sentaban. Desde la barra Beth observó que Arabella miraba el taburete de madera con cierto recelo, y Ottilia, al percatarse, se apresuró a limpiarlo con el trapo que llevaba en las manos antes de que la mujer se sentara.

Ver eso molestó a Beth, pero sin decir nada regresó con las cervezas y, tras ponerlas sobre la mesa, Ottilia preguntó:

—¿A qué se debe esta grata visita?

Carolina, divertida por el modo en que su suegra miraba a los parroquianos que las observaban sentados a otras mesas, respondió:

—Arabella quería hacer unas compras antes de regresar.

—Y nosotras hemos decidido acompañarla al mercadillo —finalizó Demelza.

—Oh, qué buen plan —afirmó Ottilia, que, sentándose junto a una descolocada Arabella, comenzó a darle conversación.

En ese instante entraron unos hombres en la taberna y de inmediato Beth fue a atenderlos. Mientras estaba en la barra sirviendo las cervezas, Carolina se le acercó.

—Veo que le has causado una gran sensación a mi suegra.

Oír eso hizo sonreír a Beth, que murmuró:

—Es tan monaaaaa...

Ambas rieron y luego Carolina, suspirando, añadió:

—Me ha contado el encontronazo que tuvo contigo el otro día en mi casa. Según ella, eres muy desagradable. Según yo, ¡seguro que se lo merecía!

Beth asintió y, tras pedirle unos segundos, sirvió las cervezas a los hombres y después regresó tras la barra.

—Me buscó ¡y me encontró! —dijo.

Carolina asintió sonriendo.

—Es un poco complicadita, pero ya verás como al final, si ve que no le tienes miedo, da su brazo a torcer.

—¿Y por qué voy a querer yo que dé su brazo a torcer?

Carolina sonrió al oír eso.

—Iver no me ha dicho nada, pero sé que está interesado en ti —cuchicheó—. Es más, su madre debe de haberse dado cuenta igual que yo, y por eso es así contigo.

Beth, al ver que aquello cada vez se hacía más grande, se disponía a responder cuando de pronto la puerta de la taberna se abrió de nuevo y entró Sven con las manos ensangrentadas.

—¿Dónde demonios está Gladys? —gruñó.

Al ver aquello Beth se alarmó y preguntó:

—Por Odín, tío, ¿qué te ha pasado?

—¡Cielo santo! —murmuró Ottilia al ver a su marido herido.

Sin tiempo que perder, la mujer agarró a Sven y lo metió en la cocina. Beth, Eppie, Demelza, Carolina y Arabella, alarmadas, los siguieron. Entonces él se dejó caer en una silla y murmuró sin aliento:

—Estábamos en el mercadillo cuando se ha armado una refriega entre escoceses y vikingos.

—Ya estamos —susurró Demelza horrorizada.

—De pronto he notado que alguien me clavaba algo en el costado y...

Cuando Sven apartó las manos, las mujeres, horrorizadas, vieron la herida, y Ottilia se apresuró a decir:

—Agua caliente, trapos, hilo y aguja. ¡Vamos, Beth, rápido!

Entonces Demelza, que vio cómo a aquel se le ponían los ojos en blanco, indicó:

—Será mejor que lo tumbemos en el suelo. Creo que se va a desmayar.

—¡Dios santo! —Arabella se horrorizó.

Moviéndose rápidamente por la cocina, las mujeres comenzaron a atender a Sven, y entonces el guerrero murmuró:

—Hay que encontrar a Gladys.

A Beth le temblaban las manos. Ver a su tío herido era lo último que deseaba.

—Malditas peleas... —masculló Carolina—. ¿Cuándo aprenderá la gente a vivir en paz sin que importe de dónde procedas?

—Cuando todos estemos muertos —siseó Demelza ayudando a Ottilia.

Las reyertas de los escoceses que no soportaban a los vikingos que vivían allí se daban cada vez más a menudo.

—Tengo que ir a buscar a Gladys —dijo entonces Beth.

—Te... acompañaré..., mi... vida —murmuró Sven.

—Pero si no puedes ni hablar —señaló Eppie.

Rápidamente Beth negó con la cabeza. Su tío no debía moverse de allí.

—Tú te quedas aquí con la tía —ordenó.

—¡Ni hablar! ¡Es... peligroso! —musitó Sven.

Ottilia, ayudada por Eppie, se afanaba por curarlo. No era la primera vez que ocurría algo parecido.

—No puedes moverte, así que quédate aquí y no me des más preocupaciones, ¡¿entendido?! —sentenció Beth.

Arabella, al ver cómo aquella le hablaba, susurró:

—Muchacha..., un respeto a tu tío.

Beth la miró. Comprendía sus palabras, pero estaba alterada.

—Mi mayor respeto lo tiene él —soltó—. Pero si viene conmigo se pondrá peor y su vida correrá peligro. Y si algo le ocurre, ¡por Odín que quemo Escocia por ser como es!

Todos se miraron en silencio, y Carolina intervino:

—Hay que avisar a Peter, a Aiden, a Ethan...

Sin tiempo que perder Demelza, que había saludado a un joven llamado Johnny Anderson al entrar en la taberna, salió al comedor y se acercó a él.

—Johnny, necesito con urgencia que vayas a casa y le digas a Aiden que avise a Peter McGregor. Hay tumultos en el pueblo y los necesitamos.

El muchacho asintió y, sin preguntar, salió raudo.

Demelza regresó a la cocina y los informó de que aquellos ya estaban avisados. Beth asintió satisfecha, pero, desesperada y asustada por no saber dónde estaba su hermana ni cómo estaba, dijo mientras veía desmayarse a su tío:

—He de ir a buscar a Gladys.

—Encuéntrala y tráela sana y salva —siseó Ottilia al ver el estado en el que se encontraba su marido—. O por Odín que te ayudo a quemar Escocia, aunque yo sea escocesa.

Beth afirmó sin dudarlo al tiempo que Demelza decía:

—Yo te acompañaré.

Carolina asintió y, dirigiéndose a su cuñada, pidió:

—Eppie, tú quédate con Ottilia para atender a Sven. Nosotras iremos con Beth.

—¿«Nosotras»? —inquirió Arabella.

Una vez que salieron de la cocina, Beth cogió su espada de debajo del mostrador y, dándose la vuelta para mirar a las demás, empezó a decir:

—Agradezco vuestro ofrecimiento, pero...

—No hay peros que valgan, ¡iremos contigo! —insistió Demelza.

Arabella, a quien aquello no le hacía gracia, iba a protestar, pero Carolina dijo mirándola:

—O vienes o te esperas aquí, ¡tú decides!

La mujer, al ver a los hombres que la observaban sentados a las mesas, decidió:

—Os acompañaré.

Con la mirada velada por la incertidumbre, Beth rápidamente salió de la taberna seguida de aquellas. Acto seguido montaron de inmediato en sus caballos y partieron al galope.

En el mercadillo el caos era total y absoluto. Varios puestos de venta estaban tirados por los suelos, y vikingos y escoceses seguían increpándose unos a otros. De pronto una mujer le arrojó un tomate a la cabeza a Beth al tiempo que exclamaba:

—¡Ella también es una sucia vikinga!

Oír eso a la joven la removió por dentro y Demelza, mirando a aquella mujer, que conocía, siseó con gesto fiero:

—Sigue por ese camino, Georgina McRendall, y te aseguro que no verás ningún otro amanecer, porque yo misma me encargaré de abrirte la panza y sacarte las tripas.

—¡Bendito sea Dios! —murmuró Arabella horrorizada.

En ese instante un hombre agarró a Beth del brazo y la separó de las demás llevándosela a rastras.

Beth luchó contra él, lo arañó mientras intentaba alcanzar su bota y sacar su daga. De pronto el tipo la cogió del cuello y comenzó a estrangularla. La joven trató de zafarse, pero le faltaba el aire y era consciente de que las fuerzas comenzaban a fallarle.

Al percatarse de ello, Demelza se apresuró a abrirse paso entre la gente y se abalanzó sobre el hombre.

—¡Suéltala! —le ordenó.

Beth apenas si podía moverse. Boqueaba en el suelo en busca de un aire que no le llegaba a los pulmones, hasta que vio que Carolina y Arabella se unían a Demelza y, entre las tres, conseguían liberarla.

Sin fuerzas, durante unos segundos Beth permaneció en el suelo respirando como podía, mientras las tres mujeres la rodeaban para que nadie más se acercase.

Cuando por fin pudo incorporarse, la joven miró a aquellas tres, que, como ella, estaban rodeadas por gentes que las increpaban, y susurró:

—Gracias.

—¿Estás bien? —le preguntó Carolina al ver las marcas que aquel bestia le había dejado en el cuello.

Beth asintió y, de pronto, comenzaron a caer sobre ellas lechugas, tomates, cebollas..., mientras la gente que las rodeaba les gritaban toda clase de improperios.

—¡Fuera de aquí, malditas vikingas!

—¡Parad ahora mismo! —exclamó Arabella.

Esquivaban como podían los objetos que aquellos les lanzaban, y Carolina, Beth y Demelza, descolgándose las espadas del cinto, se quitaron de encima a otros hombres que se lanzaron de nuevo a por Beth. Pero ¿qué querían de ella?

Arabella chillaba horrorizada.

—Soy Arabella Steward..., esposa de Cailean McGregor, y juro que cuando mi marido se entere de esto, ¡os matará!

Quienes las rodeaban seguían tirándoles cosas, y una mujer le gritó:

—¡Vergüenza debería darte ser amiga de vikingos!

Arabella, horrorizada al ver que no la escuchaban, mientras veía a las jóvenes defenderse con sus espadas, se dio la vuelta. ¡Necesitaban ayuda! Entonces un hombre la agarró del brazo y, tirando de ella, siseó mientras la golpeaba en el rostro:

—Vas de fina y elegante, con esos ojos fríos y ese pelo como el sol, mintiendo acerca de que eres una Steward, cuando seguro que eres también una sucia y rastrera nórdica...

Oír eso hizo que Arabella se quedara paralizada. ¿Cómo que ella era nórdica? Y cuando sintió que la nariz le sangraba a causa del golpe, fue a sacarse la daga que llevaba a la cintura, pero Beth, acercándose con bravura, le apartó al hombre de encima y, poniéndole su espada en la garganta, siseó mientras lo hacía caminar hacia atrás:

—Si vuelves a tocarla, a increparla, a rozarla o simplemente a mirarla, juro por Odín que te arranco las orejas y después las hago picadillo.

El tipo, al observar su determinación, salió huyendo despavorido. Y Beth, que vio cómo la miraba Arabella, le aconsejó:

—Ante el enemigo, no pienses y actúa. —La mujer continuó sin decir nada, por lo que la joven añadió mofándose—: De nada.

Al ver aquello, varias personas salieron en defensa de las mujeres que estaban siendo vapuleadas por la multitud, y cuando las rodearon un hombre mayor de barba blanca se dirigió a ellas:

—Soy Kendrick McDonald. Seguidme, os pondremos a salvo.

—Estoy buscando a mi hermana —repuso Beth al oírlo.

El hombre asintió y, entre empujones y gritos, indicó:

—La buscaremos, pero ahora hemos de salir de aquí ¡ya!

Beth negó con la cabeza. No pensaba irse sin Gladys.

—Beth —terció Demelza—. Te entiendo. Pero, ahora, ni la vas a encontrar ni puedes hacer nada por ella...

Finalmente la joven se dio por vencida, comprendiendo que tenía razón, y comenzó a abrirse paso entre la multitud. Rodeadas por aquellos hombres, ella y las demás salieron del mercadillo y corrieron hasta refugiarse en una casa.

La escena en el interior era triste. Allí había varias personas heridas, entre ellos algunos niños, y Arabella murmuró horrorizada:

—Dios santo.

—Esto es lo que causa el odio entre pueblos —indicó Carolina apenada.

Kendrick McDonald, un escocés casado con una nórdica, miró a Demelza y a Carolina y preguntó:

—¿Vuestros maridos están avisados?

Sin dudarlo ellas asintieron, y el hombre añadió suspirando:

—Espero que cuando lleguen las cosas estén más calmadas.

—Pero ¿qué ha ocurrido? —quiso saber Carolina.

Kendrick, que estaba en el mercadillo cuando todo comenzó, contó:

—Todo estaba tranquilo, hasta que un hombre que no había visto en mi vida ha empezado a decir que un vikingo le había robado. Luego han herido a tu tío por tener sangre vikinga —dijo mirando a Beth—, y a partir de ahí, lo de siempre: gritos, golpes, empujones...

Al oír eso Beth parpadeó y, tocándose el cuello, que todavía le dolía, preguntó:

—¿Has visto a mi hermana?

El hombre negó con la cabeza y la joven se desesperó. ¿Dónde estaba Gladys?

Las mujeres se miraban cuando una niña, acercándose a Beth y a Demelza, las tomó de la mano.

—Mi mamá dice que vengáis.

Las jóvenes asintieron. Los miembros de la comunidad vikinga se conocían y se ayudaban entre ellos, aunque en el caso de Beth nadie sabía quién era realmente. Solo sabían que provenía de Noruega, como ellos, y con eso les bastaba. Cuando llegaron junto a la madre de la pequeña, Demelza preguntó al verla con sangre en la ropa:

—Herminia, ¿estás bien?

La mujer, una escocesa casada con un nórdico, asintió mientras se tocaba la cabeza:

—Sí. Aunque un poco magullada.

Demelza y Beth resoplaron aliviadas, y luego la primera preguntó preocupada:

—¿Dónde está Daven?

Herminia se tocó el chichón que tenía en la cabeza mientras decía:

—Por suerte está en Perth por negocios. Regresará dentro de un par de días.

Las jóvenes asintieron y luego Beth, viendo el golpe que la niña tenía en el rostro, le preguntó:

—¿Te duele, tesoro?

La niña asintió con la cabeza y, sin entender lo ocurrido, quiso saber:

—¿Por qué esa mujer me ha pegado?

Beth y Demelza se miraron. Intentar explicar el odio que algunos escoceses les tenían a los vikingos no era fácil, y la primera, viendo a Arabella a su lado, dijo:

—Arabella, te presento a Maria. Tiene cinco años. Su padre es nórdico y su madre escocesa, y le encantaría saber por qué esa mujer del mercado le ha pegado.

Ella parpadeó. Aquella muchacha la estaba poniendo en un grave aprieto, por lo que negó con la cabeza y, sin decir nada, se dio la vuelta y se alejó.

—Eso... —murmuró Beth al verla—. Huye de la realidad.

Demelza y ella intercambiaron una mirada cómplice.

Cuando comenzó a anochecer la puerta de la casa se abrió de pronto y apareció Ottilia. Beth, alarmada, corrió de inmediato hacia ella.

—Tía, ¿cómo se te ocurre venir?

La mujer, alterada y despeinada, pues se notaba que la habían agredido, rápidamente besó a su niña al ver que estaba bien y respondió:

—Gladys está en casa... y tu tío ya se encuentra mejor... ¡Oh, Dios! ¿Quién te ha hecho eso en el cuello?

Beth, al ver el gesto fiero de Ottilia, se apresuró a tranquilizarla. Y, cuando lo consiguió, todos los presentes aunaron fuerzas y siguieron atendiendo a las personas que estaban allí heridas mientras esperaban que los tumultos se calmaran.

Capítulo 30

Cuando Aiden, Ethan, Peter, Iver, Alan y Cailean llegaron al pueblo con sus hombres, tenían el rostro desencajado.

No sabían qué había pasado, solo que las mujeres necesitaban ayuda, y cuando se informaron de que estaban en la casa de Kendrick, para allí que se fueron. Por su parte, Ottilia regresó a la taberna para estar junto a Sven, custodiada por algunos hombres de Kendrick. Su marido la necesitaba, y Beth prometió volver una vez que todo se calmara.

Nada más abrir la puerta de casa de Kendrick, mientras Aiden buscaba a Demelza y Peter a Carolina, Cailean, loco porque no le hubiera pasado nada a su mujer, corrió hacia ella al verla y, tras abrazarla durante unos segundos, musitó:

—Arabella, mi vida... ¡Dime que estás bien!

Al verse observada por las gentes, la mujer, horrorizada por aquella demostración de debilidad por parte de su marido, dijo tiesa como un palo:

—Cailean, ¡suéltame y compórtate!

Él obedeció aliviado y, sin importarle quién los viera, le dio un beso en los labios; y al ver que esta protestaba como siempre, se mofó:

—Sin duda estás bien.

Iver, que como el resto había cabalgado agobiado al saber lo que ocurría, después de comprobar que su madre estaba perfectamente se disponía a dirigirse a la taberna de Beth cuando la joven, que en ese instante salía de atender a un herido en una habitación, exclamó al verlo:

—¡Iver!

Al volverse y verla allí, el guerrero sonrió. Ella lo hizo también, y tras comprobar que no había nadie Iver se dirigió hacia el pasillo. Beth se arrojó entonces a sus brazos y susurró:

—Mírame y bésame.

Oír eso fue como oír música celestial para el guerrero, que, agarrándola entre sus brazos, lo hizo sin dudarlo. Cailean y Arabella, los únicos que se habían percatado de la situación, moviéndose se asomaron al pasillo, y el primero, al ver el gesto de su mujer, se mofó cuchicheando:

—Sueño con que algún día tú me beses así...

La mujer, molesta al ver a su hijo con aquella, gruñó:

—Pues sigue soñando.

Iver, ajeno a que sus padres los observaban, una vez que acabó su beso con Beth, al mirarla y ver las marcas de su cuello bramó:

—¡¿Quién te ha hecho esto?!

Ella negó con la cabeza.

—No lo sé.

—Mataría a quien te lo ha hecho...

El guerrero, a quien las pulsaciones le iban a mil, al ver también los cardenales que la joven tenía en los brazos, se disponía a protestar cuando esta aseguró mirándolo:

—Estoy bien. Te lo prometo. Ahora hay que ayudar a los demás.

* * *

Un buen rato después, cuando volvió a reinar la paz entre la gente de Elgin, los guerreros regresaron con sus mujeres a sus hogares y Beth, montada junto a Iver en su caballo, volvió a la taberna ante las miradas curiosas de las personas que los veían pasar.

El guerrero los observaba con gesto ceñudo. Si a cualquiera se le ocurría decirle o hacerle algo a Beth, lo mataría. Ver los moretones que aquella tenía lo enfermaba. ¿Cómo podía alguien haberle hecho aquello?

—Gracias por acudir en nuestra ayuda —le dijo Beth cuando llegaron frente a la taberna.

Iver, que aún tenía el corazón encogido, repuso:

—De nada, señorita, ha sido un placer.

Ambos sonrieron y luego la joven, mirándolo directamente a los ojos, musitó:

—He de entrar en casa.

—Lo sé.

—Necesito ver si mi hermana y mi tío están bien.

Iver asintió; entendía perfectamente lo que le decía. Cuando iba a hablar ella le dio un beso, y, una vez que sus bocas se separaron, Beth comentó:

—Hoy, al verte, me he dejado llevar por mis impulsos.

—Me gustan tus impulsos. —Iver rio recordando el recibimiento.

Beth sonrió al oírlo, pero, poniéndose seria de inmediato, señaló:

—Iver, no puede haber nada entre nosotros.

Oír eso descuadró por completo al guerrero. ¿Cómo podía recibirlo besándolo de aquel modo y luego decirle eso?

—Beth...

La joven puso entonces la mano sobre su boca para acallarlo e insistió:

—Me gustas y sé que yo te gusto, pero...

—¿Por qué contigo siempre tiene que haber algún pero?

Conmovida, la joven le acarició el rostro.

—Porque soy complicada —susurró—, y créeme cuando te digo que no soy lo que tú buscas.

Iver negó con la cabeza y ella, necesitando que se marchara, añadió:

—Vete, estoy cansada. Tengo que ver a mi familia. Y, por favor..., respeta lo que te pido.

Él resopló. Aquella mujer lo estaba volviendo loco. Tan pronto se le acercaba como se alejaba de nuevo. Y, molesto, una vez que ella bajó del caballo, hincó los talones en los flancos y con gesto serio se alejó de allí al galope sin mirar atrás.

Con toda la pena del mundo Beth lo vio marcharse y suspiró. Era consciente de que nunca podría tener una relación con él. Él quería hijos y ella no se los podía dar.

Acto seguido entró en la taberna, que, tras lo ocurrido, estaba cerrada al público.

Al verla su tía se levantó de la silla donde estaba sentada junto a *Abuelillo* y, acercándosele, preguntó con mimo:

—¿Estás bien, mi vida?

Beth asintió, y Ottilia, observando los cardenales que esta tenía en el cuello y en los brazos, susurró horrorizada:

—Mataría a quien te lo ha hecho.

Beth sonrió. Eso mismo había dicho Iver. Entonces, para tranquilizar a su tía, declaró tocando la cabeza de *Abuelillo*, que también la saludaba:

—Estoy bien, tía. Te lo prometo.

La mujer cerró los ojos un momento y luego los abrió de nuevo.

—Tu hermana y tu tío están en sus habitaciones..., ambos están bien —dijo.

La joven asintió y, tras darle un beso, corrió hacia la habitación de sus tíos. Abrió la puerta y, al ver que Sven le sonreía desde la cama, para quitarle dramatismo al momento se mofó:

—Hay que ver lo que puedes llegar a hacer para acostarte pronto...

Él rio al oírla. Aquella muchacha era la luz de sus días. Ella se le acercó, y entonces él vio las marcas en su cuello.

—¡¿Quién ha osado hacerte eso?! —bramó.

Beth sonrió quitándole importancia, pero Sven siseó:

—Si lo pillo, lo mato.

De nuevo eso la conmovió. Que sus tíos e Iver dijeran eso significaba mucho para ella. Beth se arrimó entonces a la cama y lo abrazó.

Sven, emocionado por su cálido y sentido abrazo, murmuró:

—Odio que tengas que vivir cosas así, mi vida.

Beth suspiró y, separándose de él, indicó:

—Y yo odio verte en la cama tan temprano.

Ambos rieron y luego Sven añadió tomando aire:

—Por suerte, tu hermana ha llegado sana y salva. Si algo le hubiera ocurrido no sé qué habría hecho.

Beth no dijo nada. Estaba enfadada con Gladys. Necesitaba explicaciones. Y, viendo que a aquel se le cerraban los ojos, dijo tras darle un beso en la mejilla:

—Te quiero. Y ahora descansa, ¿entendido?

Sven asintió y, cuando la joven salió del cuarto, se dirigió a grandes zancadas hacia la habitación de su hermana.

Al abrir vio que Gladys estaba tumbada sobre la cama, y preguntó mirándola:

—¿Estás bien?

Su gemela asintió. Acto seguido se puso en pie, se acercó a su hermana haciendo un puchero y la abrazó. Estuvieron unos segundos en silencio y, cuando se separaron, Gladys exclamó al ver las marcas que aquella tenía en el cuello:

—¡Por Odín, hermana!

Ambas se quedaron mirándose hasta que Beth preguntó:

—¿Dónde estabas cuando han herido al tío?

Gladys tosió y, parpadeando, dijo:

—Estaba en un puesto de telas mientras el tío compraba la verdura, y entonces todo se ha desatado y...

—Y en vez de buscar al tío, te has marchado, ¿no?

Gladys resopló, ocultando lo que sabía. Dos hombres a los que Sigurd había pagado, tras iniciar el tumulto en el mercadillo para revolucionar a las gentes, debían matar a su tío y, cuando su hermana acudiera allí para buscarla, tenían que raptarla. Pero todo había salido mal, y allí estaban los dos, vivitos y coleando.

Beth, ajena a lo que aquella pensaba, se acercó entonces a la silla donde Gladys había dejado la ropa que llevaba esa tarde y la miró.

—¿Me puedes explicar por qué tu ropa y toda tú estáis intactas? —inquirió.

Molesta por el interrogatorio, Gladys gruñó:

—¿Acaso habrías preferido que me hubiera pasado algo?

Beth negó con la cabeza, aquello era lo último que deseaba; pero, sin comprender cómo era que su hermana había llegado a casa sin un solo rasguño, insistió:

—No, Gladys. Es solo que no entiendo que el tío regresara solo y herido y tú no estuvieras con él.

Ella resopló.

—A ver, hermana. Me he asustado y he salido corriendo... ¿Acaso es un delito asustarse?

Con seriedad, Beth negó con la cabeza. Algo en su interior le decía que Gladys mentía.

—No —repuso—. Pero lo que sí es un delito, o al menos no debería dejarte dormir, es pensar que has abandonado al tío solo en medio de aquel tumulto, cuando él nunca te habría dejado a ti.

Gladys comenzó entonces a llorar, aquello se le daba de lujo, y enseñándole los brazos exclamó:

—¡¿Acaso esto te parece que es salir intacta?!

Beth se alarmó al ver los cardenales que su hermana tenía en las muñecas. Y se disponía a hablar cuando ella añadió:

—En mi huida un hombre me ha cogido. Me ha gritado que era una sucia vikinga, me ha inmovilizado y, cuando creía que me iba a pasar lo peor, ha llegado una mujer y, tras darle con una vara en la cabeza, me ha ayudado a entrar en su casa, de donde no he salido hasta que he pensado que podía hacerlo.

Beth miraba horrorizada las marcas que su hermana tenía en las muñecas y, sintiéndose fatal por haber desconfiado de ella, susurró:

—Perdóname, Gladys...

Beth no pudo continuar. La tensión que había vivido le estaba pasando factura. Y mientras su gemela la abrazaba, se miraba en el espejo y sonreía pensando en la estupenda tarde de sexo que había pasado en la cabaña del bosque en compañía de Sigurd y Goran.

—Tranquila, hermanita —murmuró Gladys—. Todo está bien.

Capítulo 31

Habían pasado varios días desde el tumulto en el mercadillo de Elgin y, poco a poco, la normalidad había regresado al pueblo. En aquel lugar era muy habitual que escoceses y vikingos convivieran, por lo que las aguas volvieron una vez más a su cauce.

Sven, malherido, sanaba poco a poco. Emprender un viaje a Edimburgo en su estado le habría resultado complicado en ese momento, por lo que finalmente Beth lo convenció y su tío envió una misiva a Peter McGregor para cancelar el viaje. Ya lo harían en otro momento.

Gladys, al enterarse, se horrorizó. ¡Ella tenía sus planes y, una vez más, su tío y su hermana se los chafarían! Sin embargo, esa vez la suerte estuvo de su parte cuando Cailean y Peter le dijeron que esperarían a que estuviera repuesto para emprender el viaje hacia Edimburgo. No había prisa.

Eso fue posible gracias a la delicadeza de Iver, que les hizo creer que era idea de ellos y no suya, algo de lo que Cailean se percató, aunque no dijo nada.

Enterarse horrorizó tanto a Arabella como a Beth. Ambas se veían ya libres de no hacer ese viaje la una con la otra, y saber la noticia las mató, mientras que Gladys estaba tremendamente feliz.

Los siguientes días ni Beth ni Iver volvieron a verse. Él estaba molesto. Si la joven no quería volver a verlo, respetaría su decisión aunque le doliera el alma. Así pues, decidió matar su tiempo libre ayudando a su hermano y a sus amigos en todo lo que podía. Necesitaba tener la mente ocupada para no pensar en ella y correr hacia la taberna para verla.

Por su parte, Beth estaba inquieta. Saber que Iver estaba cerca la tenía en un sinvivir. Y más cuando lo veía pasar con Alan o sus hermanos para dirigirse a otras tabernas que no eran la suya o pasear por el pueblo con otras mujeres. Eso le dolía, la destrozaba. Pero ella así lo había querido, y él la estaba respetando.

El guerrero estaba ensimismado en sus cosas mientras miraba unos caballos. Si Beth los viera se maravillaría con ellos, especialmente con una yegua nórdica de color pardo y crines blancas, puesto que así debía de haber sido la que ella tuvo de niña.

Beth... Beth... Beth...

¿Por qué no podía dejar de pensar en ella?

En ese instante su hermano Peter, junto a Alan y Aiden, se acercaron a él y el primero le dio un suave empujón en la espalda.

—Iver, pero ¿en qué piensas? —dijo.

El aludido lo miró y volvió en sí.

—Miraba los caballos —contestó, y tomando aire preguntó—: Esa yegua parda, ¿está vendida o apalabrada?

—¿Por...? —quiso saber Peter.

—Simple curiosidad —dijo él.

—Está vendida —afirmó entonces Aiden.

Él asintió y Peter, clavando la mirada en aquel hermano al que adoraba, insistió:

—Llevas unos días despistado... ¿Seguro que no te pasa nada?

Alan sonrió, puesto que sabía muy bien qué era lo que le ocurría a su amigo.

Entonces Aiden, al verlo de ese modo, preguntó:

—¿Alguna mujer ronda por tu cabeza?

—No —se apresuró a decir Iver.

Alan tosió, y aquella fingida tos hizo saber a los demás que Iver mentía.

—¿Seguro? —insistió Peter.

—Segurísimo —afirmó él, que, mirando a Alan, añadió—: ¿Quieres dejar de hacer el tonto?

—¿Yoooooo? —se mofó aquel.

Alan, que era el paño de lágrimas de Iver, negó con la cabeza cuando Aiden indicó:

—Pues perdóname, pero tienes la misma cara de bobo que Peter cuando apareció muerto de amor por Carolina.

Este último, al oírlo, soltó una carcajada.

—Y eso me lo dices tú —replicó mirándolo—, que es mencionar el nombre de Demelza y una sonrisita se apodera de ti.

—Es que es muy graciosa mi pelirroja. —Aiden rio.

Durante unos minutos Peter y Aiden se mofaron el uno del otro mientras Alan e Iver los observaban en silencio. Sin duda el amor cambiaba a las personas.

Al cabo, Peter volvió a mirar a su hermano e insistió:

—A ver, ¿se puede saber qué es lo que te ocurre? Llevas días sin salir de las tierras, no paras de trabajar de sol a sol y...

—¡Que no me pasa nada! —lo cortó aquel.

—Es que tiene... pesadillas... —cuchicheó Alan.

De inmediato Iver lo miró y siseó:

—Te estás extralimitando, Alan...

—Por favorrrrr, pero si el corazón te va a mil por ella —soltó aquel riendo.

—Alan, ¡si no te callas lo vas a lamentar!

—¡¿«Por ella»?! —preguntaron al unísono Peter y Aiden.

Iver maldijo, y luego Alan musitó:

—¿He de tener miedo..., Iver *el Creído*?

—Bueno..., bueno..., bueno... —se mofó Aiden.

—¿Qué me estoy perdiendo? —inquirió Peter.

Finalmente, viendo a aquellos comentar, Iver murmuró:

—Menudas alcahuetas estáis hechos.

Peter y Aiden se miraron y luego este último señaló:

—¿De quién te estás enamorando?

Los tres guerreros miraban a Iver cuando de pronto Peter, atando cabos, susurró:

—Nooooo...

—¡¿No, qué?! —inquirió Iver.

Peter, que hasta el momento había ignorado ciertas pullitas que Carolina lanzaba sobre Beth e Iver, preguntó:

—*¡¿Pesadilla?!*

—¡Joderrrrr! —gruñó Iver.

—¿En seriooooo? —exclamó Peter boquiabierto por la agudeza de su mujer.

Iver maldijo. De pronto, lo que le ocurría y que casi no lo dejaba vivir estaba en boca de aquellos, y cuando iba a decir algo, Peter se mofó:

—¡Qué contenta se va a poner madre!

Molesto por oír eso, Iver resopló, y tras oír las risas de Aiden y Alan pidió:

—Haced el favor de dejar de...

—¿Qué pasa?

Todos se volvieron entonces y vieron aparecer a Ethan, el otro hermano de Iver.

—¡Que nuestro hermano se nos ha enamorado! —exclamó Peter.

—Noooooo. —Ethan rio.

Iver suspiró. Sin duda ahora se burlarían de él continuamente. Y entonces Ethan, cogiendo a su hermano del cuello, preguntó:

—¿De quién se ha enamorado mi pequeñín?

Él no respondió. Y su hermano, deseoso de saber, miró a Peter enarcando las cejas y este último murmuró:

—De alguien que lo llama Iver *el Creído*.

Ethan lo soltó al oír eso y, sonriendo, cuchicheó:

—*¡¿Pesadilla?!*

Iver negó con la cabeza.

—¡A madre le va a encantar! —aseguró Ethan.

—Eso mismo he dicho yo —se mofó Peter divertido.

—Bueno, ¡basta ya! —protestó Iver al ver a aquellos reír a carcajadas.

—Al menos no es pirata... —susurró Aiden.

Ese comentario hizo que los cinco soltaran una carcajada. Era imposible no hacerlo. Y luego Iver, mirando a su amigo Alan, inquirió:

—¿Vas a cerrar de una vez esa bocaza que tienes?

—Como diría sabiamente la Campbell, ni confirmo ni desmiento.

—¿Tanto te gusta? —preguntó Ethan.

Al oír esa pregunta Iver los miró. Era absurdo mentirles, pues todos lo conocían muy bien.

—No puedo dejar de pensar en ella —declaró.

Los guerreros hablaban, reían y comentaban aquello que a Iver le estaba ocasionando tantos quebraderos de cabeza, hasta que Ethan dijo:

—Ahora entiendo que propusieras retrasar el viaje de vuelta hasta que Sven se recuperara. Tú lo que quieres es viajar con *Pesadilla*.

Iver suspiró. La realidad era esa.

—Si crees que Beth es la mujer de tu vida —añadió a continuación Ethan—, ¡no lo dudes y ve a por ella! No hagas el tonto como Peter y yo, que estuvimos a punto de perderlas.

—Excelente consejo —afirmó Peter.

Iver, a quien aquello lo estaba sobrepasando, asintió sin hablar y los hombres, al ver su expresión de agobio, decidieron cambiar de tema.

Ethan y Alan regresaron a la fortaleza, y entonces Peter dijo:

—Padre me ha contado que ayer visitó a Sven y que este le aseguró que ya estaba listo para viajar. Aun así, padre le ha dado una semana más.

Iver asintió. La noche anterior su padre se lo había comentado.

—Como le prometí a Sven —añadió Peter—, veinte de mis hombres os acompañarán para que se ocupen de Beth y Gladys y no entorpezcan vuestro viaje. Pero hasta llegar a Edimburgo te pediría que, por favor, Alan, tú y vuestros guerreros estéis pendientes de que todo vaya bien.

—Lo estaremos.

Notar a Iver tan callado cuando por norma no era así hizo que Peter y Aiden se miraran, y el primero señaló:

—Aunque si eso te va a provocar alguna pesadilla...

—¡Peter, vale ya! —gruñó él haciéndolos sonreír.

Divertido por ver a su hermano tan descolocado, Peter prosiguió:

—Puedo decirles a mis guerreros que partan un día antes o después y así no os entorpecerán el viaje y...

—Peter —lo cortó Iver—. Te he dicho que estaremos alertas. No hace falta que partan un día antes o después. Iremos todos juntos y yo me encargaré de que las chicas lleguen sanas y salvas a Edimburgo.

—Fíjate que no lo dudo ni un segundo —se mofó Aiden.

—Ni yo —convino Peter.

Los hombres se miraron con una sonrisa y luego este último añadió:

—Por cierto, la yegua parda por la que preguntabas es para Frederick Mull.

Iver miró al animal mientras Aiden proseguía:

—Peter, Harald y yo viajaremos a Wick para recoger las ovejas que compramos a los Preston y luego nos reuniremos con algunos *laird* para hablar de negocios. ¿Regresaréis aquí u os iréis a Fort William?

—Volveremos aquí para recoger las ovejas que os hemos encargado —aseguró Iver.

Trabajar juntos era interesante, pues hacían un excelente equipo. Estaban hablando de ello cuando Harald se les aproximó y, enseñándoles una misiva que acababa de llegar, dijo:

—Frederick Mull.

—¿Qué pasa? —preguntó Peter.

—Necesita los caballos que encargó ya.

—¡Maldita sea! Tenemos que recoger las ovejas en Wick y después pasar por Dornoch para las reuniones con los *laird*. No podemos faltar.

Los hombres se miraron algo apurados. Su negocio de caballos y ovejas, gracias a su buen hacer, estaba creciendo de una forma vertiginosa.

—Harald —terció entonces Iver—, ¿estás hablando del *laird* Frederick Mull de Aberdeen?

Harald asintió.

—Sí —dijo Peter—. El que se ha casado en segundas nupcias con la prima de madre, Anna Steward.

Iver afirmó con la cabeza, sabía quiénes eran aquellos, y acto seguido propuso:

—Alan y yo somos íntimos amigos de Gael y Patrick, los hijos del *laird*. Si quieres, nosotros se los llevamos.

—Pero vosotros vais con madre y padre y...

—A madre le encantará visitar a su prima Anna. Siempre le tuvo un cariño muy especial, a pesar de que no acudió a su boda por no encontrarse bien.

—Lo sé —afirmó Peter.

—Y, total, solo nos desviaremos un poco del camino, así vosotros podréis ir a las reuniones.

Los demás asintieron, y acto seguido Aiden cuchicheó mirando a Harald:

—¿Sabes que Iver bebe los vientos por una de las gemelas Craig?

—Aiden, ¡serás chismoso! —gruñó Iver.

Los demás rieron y Harald, sin sorprenderse en absoluto, preguntó:

—*Pesadilla*, ¿verdad?

Los hombres asintieron entre bromas y luego Iver murmuró:

—Sois insufribles.

—Es lo mínimo que te mereces, hermano —se mofó Peter—. Llevas burlándote de nosotros por amar a nuestras mujeres bastante tiempo, y algo me dice que ahora nosotros nos burlaremos de ti.

—¡Seremos tu peor pesadilla! —apostilló Aiden.

Iver suspiró. No serviría de nada enfadarse con ellos.

Entonces Harald, que era conocedor del pasado de aquella porque Ottilia se lo había contado a él y a Demelza, añadió omitiendo ciertas cosas:

—Beth es una muchacha estupenda y se merece lo mejor. Ahora bien, si lo que quieres es jugar con ella, no te lo aconsejo porque te machacará.

—¿Por qué dices eso? —preguntó Peter.

Harald, que, tras lo que Ottilia le había contado y lo que había hablado con Beth, se había hecho su composición de lugar, respondió callándose determinadas cosas:

—Porque Beth es Beth... Y no olvides que es vikinga.

—Y yo soy yo —replicó Iver—, ¡y soy escocés!

Los demás rieron y Harald, sin querer hablar más de la cuenta, añadió:

—Quedas advertido.

Boquiabiertos, Iver y Peter miraron a Harald.

—Si esa mujer te gusta de verdad, debes hacérselo saber —agregó Aiden.

—Y tener paciencia —apostilló Harald.

Iver miró entonces a su buen amigo vikingo.

—¿Qué sabes tú de ella que yo no sé? —inquirió.

Harald, consciente de que había dado su palabra, respondió:

—No me corresponde a mí hablar sobre ella. Si quieres saber, pregúntale tú.

Iver asintió desconcertado; entonces, viendo a su cuñada Carolina hacer señas con las manos a lo lejos, indicó:

—Peter, creo que Carolina te busca.

—Iré contigo —se ofreció Harald para que Iver no siguiera preguntando.

Aquellos se alejaron. Aiden miraba los preciosos caballos cuando oyó a Iver decir:

—*Nidhogg*, ¡qué bien te veo!

Aiden, al oír eso, miró hacia abajo. Junto a ellos estaba *Nidhogg*, el lobo que su mujer Demelza había criado hasta hacer que fuera uno más de la familia; se agachó para acariciarlo y saludó:

—Hola, sinvergüenza.

El lobo se restregó contra aquel con mimo, y Aiden, al ver lo sucio que iba, musitó:

—Amigo, prepárate. Llevas varios días sin aparecer por casa y me temo que Demelza te bañará en cuanto te vea.

Según oyó eso el animal salió corriendo, lo que hizo reír a los dos guerreros.

—Nunca imaginé que un lobo salvaje pudiera ser tan buen compañero y dar tanto cariño —señaló Aiden a continuación.

Iver lo observaba correr hacia el bosque cuando dijo:

—Me comentó Peter que lo tenéis desde que era un cachorro.

Aiden asintió y, sonriendo, cuchicheó:

—Mientras todos corríamos asustados porque era un pequeño

lobo, Demelza solo vio en él a un dulce y desvalido animalito. Lo crio, lo cuidó, lo mimó. Y hoy por hoy no solo nos protege a nosotros de otros lobos, sino que también lo hace con las ovejas y los caballos. —Ambos sonrieron y luego Aiden añadió—: Los vikingos tienen muchas cosas buenas, y una de ellas es que entienden mejor que nosotros a los animales.

A Iver le gustó oír eso. La conexión que Beth tenía con su anciano perro o con sus caballos era preciosa.

—¿Puedo hacerte una pregunta personal? —dijo a continuación.

Aiden, entendiendo que aquel necesitaba preguntarle a alguien que estuviera casado con una vikinga, respondió:

—Dime.

Iver se envalentonó antes de decir:

—¿Hay mucha diferencia entre una mujer escocesa y una vikinga?

Aiden se encogió de hombros.

—Desde mi punto de vista, lo único que diferencia a una mujer de otra son las cosas que han vivido.

Iver asintió, aquella era una buena respuesta, y Aiden, riendo, añadió:

—Yo creía que no tenía paciencia, pero tras conocer a la vikinga más cabezota y desobediente que hay en el mundo, me di cuenta de que poseo muchísima. Ella ilumina mis días y, por tenerla a mi lado, volvería a pasar por todo lo que pasé en su momento.

Ambos sonrieron.

—En cuanto a Beth, apenas la conozco —agregó Aiden—, pero Demelza la adora. Intuyo que tiene carácter, aunque parece más tranquila y sosegada que mi pelirroja.

—Reconozco que eso me alegra —afirmó Iver, que sabía cómo era Demelza.

Acto seguido se quedaron unos instantes en silencio hasta que Iver musitó:

—Por tus palabras intuyo que amar es bonito pero también desesperante.

Aiden asintió con la cabeza.

—Amar a alguien significa tener lo mejor y lo peor que nos puede dar la vida. Lo mejor porque, en mi caso, estar con Demelza es la mayor bendición, y lo peor, porque solo el hecho de pensar que algo le pueda pasar me vuelve loco. Y esos sentimientos tan bonitos y raros a la vez nunca los tuve hasta que ella apareció en mi vida.

Iver asintió. Inexplicablemente, él comenzaba a sentir eso también.

—Te lo preguntaba por pura curiosidad —matizó.

Ambos sonrieron y Aiden repuso:

—Cuidado con la curiosidad, porque el amor comienza por ahí.

En ese instante Peter los llamó desde lejos con un silbido y, segundos después, Iver y Aiden se encaminaron hacia la fortaleza. Era la hora de comer.

Capítulo 32

Cuando llegó el día de partir hacia Edimburgo Sven estaba plenamente recuperado pero también nervioso. Ottilia intentaba mantener el tipo. Tan importante era que el médico visitara a Gladys como que ella mantuviera la taberna abierta, por lo que se hacía la fuerte, ya que no quería que se marcharan preocupados por ella.

Montando a *Mona* y *Ron*, los cuatro cabalgaban hacia la casa de Peter y Carolina McGregor, donde los esperaban.

—Lindura —murmuró Sven preocupado dirigiéndose a su mujer—, comienzo a arrepentirme de que te quedes aquí.

Ottilia sonrió. Su marido era su mayor protector, y evitando contarle que la última semana había soñado con un incendio, respondió:

—Tranquilo, Amor. Serán solo unos días, y no estaré sola. Mina y sus hermanas estarán conmigo todo el tiempo, a excepción de la noche.

—*Abuelillo* te protegerá por las noches —se mofó Beth.

Los cuatro rieron, pues por las noches el animal dormía como un ceporro. Y luego Sven, tratando de relajarse, añadió:

—Con *Abuelillo* al lado no te puede pasar nada.

Ottilia asintió; entonces Gladys, que sabía que no volvería a verla, dijo para que se sintiera feliz:

—Tía, te echaré de menos.

—Yo también —afirmó Beth—. No sé qué vamos a hacer sin ti.

Ottilia, gustosa y conmovida al sentir el cariño que su familia le daba, aseguró:

—Al final, como sigáis así me vais a hacer llorar.

Todos sonrieron por aquello y luego Sven manifestó:

—Lindura, te traeré el mejor de los regalos de Edimburgo.

—Mi mejor regalo es que el médico visite a Gladys y los tres regreséis sanos y salvos de este viaje —declaró ella—. Con eso me conformo.

Minutos después, cuando se acercaban a las tierras de los McGregor, al ver toda la comitiva de hombres frente a la puerta de la bonita fortaleza, Gladys murmuró, consciente de que tanto guerrero cerca no le convenía:

—Vaya, qué bien acompañadas vamos a ir.

Al oír eso Sven, Ottilia y Beth se miraron.

—Tu principal compañía vamos a ser tu hermana y yo —indicó el primero—, y quiero ese escote todo el tiempo en su sitio.

Beth sonrió, al tiempo que Gladys resoplaba, y Ottilia miró a su sobrina y le advirtió:

—Te lo dije anoche, Gladys, pero te lo repito. Compórtate, ¿entendido?

La joven suspiró y, pensando en la recompensa de su viaje, afirmó:

—Que sí, tía, que sí...

Una vez que pasaron entre los guerreros, que observaron a las jóvenes con curiosidad, las chicas sonrieron mientras Sven les lanzaba una advertencia con un ojo cerrado. Eso hizo sonreír a Ottilia, pues Sven era muy celoso con las personas a quienes quería.

Al llegar frente a la puerta de entrada se detuvieron y, mientras bajaban de los caballos, aparecieron Peter, Arabella y Cailean.

—¡Qué alegría que ya estéis aquí! —exclamó este último.

Sven sonrió; aquel *laird*, que había retrasado su viaje para acompañarlos, le agradaba mucho. Cogió la mano que él le ofrecía y declaró:

—Señor, es un honor y un placer poder viajar con usted.

Al oír eso Cailean se apresuró a decir:

—Sven, el placer es mío, y, por favor, llámame por mi nombre de pila.

Complacido, aquel asintió mientras Peter y Arabella los saludaban a su vez. Como era de esperar, Ottilia, deseosa de que Arabella cuidara de sus niñas, comentó mirándola:

—Me alegra que usted y su nuera Eppie viajen con mis chicas. Estoy segura de que se llevarán muy bien.

Arabella y Beth se miraron con disimulo. La relación entre ellas no era todo lo buena que debería ser, y la primera, al ver que todos la miraban, afirmó fingiendo estar de acuerdo:

—Es un gusto que dos lindas jovencitas como ellas viajen con nosotras. Siempre es más divertido y llevadero cuando hay más mujeres en la comitiva.

Beth resopló. Pero ¿cómo podía ser tan falsa?

Ottilia, ajena a lo que su sobrina pensaba, asintió.

—Y, por favor, no te preocupes por nada —añadió Arabella—. Mis hombres y los de mis hijos las protegerán de todo mal.

—Y mi Sven —matizó Ottilia.

—Ese, el que más —afirmó Arabella.

Encantada, Ottilia sonrió. Necesitaba a aquella mujer para llevar a Gladys a Edimburgo, aunque no fuera santo de su devoción, pues sus ojos decían lo que realmente pensaba. Y, tras mirar a sus niñas, prosiguió hablando con ella mientras caminaban hacia una de las carretas.

Las gemelas las observaban en silencio cuando Beth comentó:

—Menudo viajecito nos espera con Arabella *Morro Torcido*...

Gladys, que no les quitaba ojo a los guerreros, necesitando que aquella y su hermana se distanciaran más aún para que Beth se quedara sola, respondió:

—Esa tonta antipática se cree encantadora.

—Encantadora de serpientes... —cuchicheó Beth al oírla.

Gladys no contestó. Solo tenía ojos para los hombres que las miraban con ganas.

—Qué guapos son algunos de los guerreros McGregor —susurró.

Olvidándose de Arabella, Beth asintió, su hermana tenía razón.

—Sin duda lo son —convino.

Los estaban mirando cuando Beth, al ver el grupo de caballos, se detuvo a observarlos. Eran realmente espectaculares. De pronto sus ojos se fijaron en una yegua parda que de inmediato le recordó a *Bradmira*, y agarrando del brazo a su hermana musitó:

—Me acabo de enamorar.

Al oír eso Gladys miró con avidez a los guerreros que las rodeaban.

—¿Quién te ha enamorado? —preguntó.

Extasiada, Beth señaló hacia el lugar donde estaban los caballos y murmuró:

—Esa yegua parda es..., es...

—Hermana, por Dios... ¿Cómo te puedes enamorar de un animal?

Beth sonrió. En ese instante su tía y Arabella se subieron a una carreta, y Gladys, a la que no le importaba en absoluto la yegua, preguntó:

—¿Crees que tendremos que viajar con ella?

Su hermana, que no podía dejar de mirar la yegua, tras comprender a qué se refería Gladys repuso:

—Espero que no.

En ese instante aparecieron Carolina y Eppie, que rápidamente se acercaron a las jóvenes; después de que Beth las abrazara, Carolina preguntó mirando a Gladys, que tosía:

—¿Qué tal te encuentras hoy?

La joven, gustosa porque la hubiera reconocido, contestó:

—Llevo dos días bastante buenos. Espero seguir así para no ser una molestia para todos durante el viaje.

—Oh, no digas eso —musitó Eppie—. Tú nunca serías una molestia.

Otra carreta parecida a la de Arabella se acercó entonces y Eppie comentó mirándola:

—Según me dijo Ethan, vosotras viajaréis en esta carreta.

Las hermanas sonrieron al saberlo, y Eppie, al darse cuenta, explicó:

—Yo iré con Arabella, pero si en algún momento os apetece cambiar e ir con ella, solo tenéis que decirlo... Es más, ¡os lo suplico!

Con disimulo, Beth sonrió y cuchicheó:

—Tranquila, que te lo diremos.

Eppie y Gladys fueron a asomarse al interior de la carreta, donde había un gran colchón que sin duda les proporcionaría comodidad.

En ese instante aparecieron también a lo lejos Iver, Ethan y Alan, que iban montados en sus respectivos caballos.

—¿Cuál de las dos es Beth? ¿La que está con Eppie o la que está con Carolina? —preguntó Ethan.

Iver, que estaba tan perdido como su hermano, miró a las gemelas, que más iguales no podían ser.

—Eso quisiera saber yo —respondió.

Durante unos minutos los guerreros estuvieron hablando de sus cosas mientras Iver no podía dejar de mirar a las dos chicas. Tenía que haber una forma de diferenciarlas. Quería saber quién era Beth. De pronto su cuñada Carolina le hizo una seña que le indicó que quien estaba con ella era Beth, y su sonrisa se ensanchó.

Al ver aquello Ethan intercambió una mirada con Alan. Los dos guerreros sonrieron y el primero cuchicheó:

—Hermanito..., estás más tonto de lo que imaginaba.

Iver asintió. Aunque la joven lo rechazara continuamente, ver a Beth lo hacía sonreír de ese modo.

—Ethancito, ¡cállate! —musitó.

Los tres guerreros se miraron y luego Ethan, recordando algo, murmuró:

—Hermano..., siempre dijiste que querías en tu vida a una mujer que te deslumbrara. Pues bien, como bien predijimos en su momento, tanto deslumbramiento ¡te ha dejado ciego!

Iver negó con la cabeza. Había que ver lo que les gustaba a sus hermanos reírse de él. Y cuando iba a responder, Peter llamó a Ethan y este se alejó entre risas.

Durante unos instantes Alan e Iver permanecieron junto a sus caballos hasta que el primero, recordando lo que habían hablado la noche anterior, preguntó:

—¿De verdad crees que es ella?

Iver asintió. El vello de todo el cuerpo se le erizaba al tener a Beth cerca.

—Si no es ella, entonces no sé qué narices me pasa —declaró.

Su amigo Alan, que veía todo aquello desde lejos, pues nunca ninguna mujer había llamado su atención de esa forma, preguntó:

—¿Y qué es lo que te pasa?

Iver resopló.

—Me pasa que no puedo dejar de mirarla. Me pasa que me muero por estar a su lado. Me pasa que siento que mi estómago se da la vuelta. Y eso solo puede ser porque por fin he conocido a mi mujer.

Boquiabierto, Alan miró a Beth y preguntó:

—¿Y cómo puedes estar tan seguro?

Iver sonrió y se encogió de hombros antes de responder:

—Me lo dice el corazón.

—Por favorrrr... ¿Y esa cursilada? —se mofó Alan.

Divertido por el modo en que su amigo lo miraba, Iver sonrió, y Alan cuchicheó alegre:

—Me parece a mí que esto del amor es un gran problema...

Ambos rieron por aquello y, dándose la vuelta, comenzaron a hablar con sus hombres. Debían partir.

Capítulo 33

Beth vio a Iver, que hablaba con sus hombres, y se le aceleró el corazón.

¿Cómo podía estar enamorándose tan rápidamente de él tras lo que le había sucedido con Ronan? Pero es que con este último fue diferente. Que aquel alto y guapo guerrero le prestara su atención la había deslumbrado, pero lo que su cuerpo sentía con solo ver a Iver no era deslumbramiento, sino, como habría dicho su madre, era amor.

Verlo le alegraba el día. La hacía sonreír como una tonta, y no poder quitárselo de la cabeza ni un solo segundo le indicaba que aquello era mucho más.

Mientras estaba con Carolina, observó con disimulo a Iver, que ahora cogía a su sobrino Mac para hacerle cariñitos. Estaba guapísimo con aquella piel sobre los hombros, su pantalón de cuero marrón y el pelo aún húmedo. Ver sus labios y recordar la intimidad que había tenido con él le erizó la piel y, con disimulo, resopló. Aquel viaje iba a ser más complicado de lo que esperaba. Beth se estaba enamorando y debía alejarse de él, puesto que no podía darle lo que él deseaba. Debía permitir que él tuviera esos hijos que anhelaba.

Estaba pensando en ello cuando oyó:

—Hay que ver lo que le gustan a Iver los niños. Está como loco con Mac. No quiero ni imaginarme el padrazo que será cuando tenga los suyos propios.

Al oír la voz de Carolina, Beth asintió. Ver aquella estampa de

Iver con su sobrino le hacía saber cuánto deseaba aquel tener sus propios hijos.

—Será un excelente padre —dijo.

Carolina asintió y, al ver que ella desviaba la mirada, preguntó:

—¿Sabías que en ocasiones los viajes cambian la vida?

Beth la miró y, pensando en el viaje que le había cambiado la suya, indicó:

—Sí. Algo sé.

Carolina, al ver su gesto, rápidamente maldijo. Beth y su hermana, por algún motivo que desconocía, habían tenido que irse con sus tíos de Noruega.

—¡Qué bocazas soy! —murmuró a continuación—. Lo siento. No quería recordarte eso.

Beth sonrió y se apresuró a disculparla:

—Ya lo sé. Tranquila.

Ambas se miraron y luego Beth dijo señalando la yegua:

—Me acabo de enamorar.

—Es una yegua parda preciosa, pero está vendida —informó Carolina al ver hacia dónde señalaba Beth—. Iver y Alan la llevarán junto a otros caballos para entregarlos.

Oír eso apenó a la joven. Sin embargo, era consciente de que ella no podía permitirse una yegua como aquella.

—Pues espero que su nuevo dueño la cuide y la haga muy feliz —agregó.

Ambas sonrieron y luego Carolina dijo mirando a su suegra:

—Con Arabella, paciencia. Y si en algún momento se pone cargante, que se pondrá, no te achiques o te hará la vida imposible. Y, por favor, no la abraces. No lo soporta. Y, si puedes, de vez en cuando salva a Eppie de ella. La pobre necesitará su tiempo para respirar.

Ambas se miraron con complicidad, y a continuación Carolina cuchicheó:

—En cuanto a Iver, conócelo. Creo que ambos lo deseáis y os merecerá la pena.

Oír eso último desconcertó a la joven. ¿Tanto se notaba que sentía algo por él? E, incapaz de callar, dijo con total confianza:

—No creo que sea una buena idea.

—¿Por qué?

—Porque él y yo no buscamos lo mismo en la vida.

Carolina sonrió al oírla y, mirando a su guapo marido, murmuró:

—¿Sabes que yo le pedí matrimonio a Peter McGregor para escapar de otro matrimonio?

Beth parpadeó asombrada y su amiga añadió:

—Dijo que no.

Divertida al enterarse de aquello, Beth musitó:

—¿Y cómo es que estáis casados si te dijo que no?

—Porque a la propuesta añadí estas tierras, que yo sabía que su padre deseaba —respondió Carolina con guasa.

Beth la miraba atónita y aquella susurró:

—Si quería las tierras, solo tenía que casarse conmigo en una boda de un año y un día para evitar que yo me casara con otro. Después de ese tiempo él se iría por su lado y yo por el mío. —Y, bajando la voz, prosiguió—: Pero reconozco que fue verlo y, aun sin saberlo, me enamoré de él. Aunque también te digo que lo habría degollado infinidad de veces, como sé que él lo habría hecho conmigo.

Sorprendida, Beth iba a hablar cuando Carolina continuó:

—Nos atraíamos mucho, pero discutíamos más. Todo lo que yo hacía siempre estaba mal hecho, y eso yo no lo podía soportar. Además, su madre y otras personas de su entorno no nos lo pusieron fácil siendo yo una Campbell y él un McGregor. Pero ¿sabes?, cuando el corazón decide a quién amar, da igual lo que ocurra, porque siempre se sale con la suya. Y aunque nos separamos antes de cumplirse el año de nuestra boda, por algo que sucedió en nuestras vidas, al final el corazón hizo que nos volviéramos a juntar. Y, sinceramente, para mí ha sido la mejor decisión de mi vida.

Beth asintió y, al ver cómo Peter las miraba y le sonreía a su mujer, matizó:

—Creo que para él también.

Ambas sonrieron por ello.

—Con esto te digo que, por muy complicadas que veas las cosas con Iver, cuando se trata de amor, ¡todo es posible! —añadió Carolina—. Da igual si uno es vikingo, inglés o escocés. El amor, si es de verdad, todo lo puede.

Beth suspiró. Le había gustado conocer la bonita historia de amor de su amiga. Pero en su caso el amor no lo podía todo; el deseo de Iver de tener hijos era algo que ella no podía darle.

—Lo que cuentas es bonito, pero complicado para mí —cuchicheó negando con la cabeza.

—¿Por qué dices eso?

Beth tomó aire y miró a la bonita yegua. Hablar de aquello de lo que no hablaba nunca y que, a excepción de sus tíos y su hermana, nadie sabía no era fácil.

—¿Acaso Iver no hace que tu corazón se desboque? —preguntó Carolina.

Beth miró al aludido, que, tras dejar a su sobrino, estaba charlando con Alan. Negar la evidencia era una tontería, y, consciente de con quién hablaba, declaró:

—Claro que se me desboca, pero...

—Los «peros», en el amor, sobran —la cortó su amiga—. A no ser que sepas que esa persona nunca será buena para ti... ¡Piénsalo!

Beth se encogió de hombros y no respondió.

—Aunque me maten por lo que te voy a decir —agregó Carolina—, sé que a Iver se le desboca el corazón cuando te ve, porque ha hablado del tema con Peter.

—Nooooo...

Carolina asintió, bajó la voz y afirmó:

—Peter me dijo que frente a Harald, Aiden, Ethan y Alan, Iver admitió que sentía algo por ti.

Impresionada porque hubiera sido capaz de hablarlo con aquellos, a la joven se le aceleró el corazón.

—Hazme caso, Beth. Conozco a mi cuñado y...

—Soy demasiado directa y clara para él.

—Si algo le gusta de ti es eso precisamente —aseguró Carolina.

—Somos demasiado distintos...

—Los polos opuestos se atraen. O, si no, mira a Aiden y a Demelza, a Harald y a Alison o a Peter y a mí. Más diferentes no podemos ser. Pero justo eso es lo que nos hace amarnos como nos amamos.

—Mira, Carolina... —empezó a decir Beth—. Lo poco que conozco de Iver me gusta. Sé que es un hombre tierno, valeroso, íntegro, justo con los demás...

—Y tremendamente familiar —añadió ella al verlo en ese instante dándole de nuevo besos a su hijo Mac.

Durante unos instantes las dos jóvenes observaron a Iver, que le hacía carantoñas a su sobrino. Por el modo en que lo miraba era evidente que moría de amor por él. Y entonces Beth, con el corazón encogido al ver esa preciosa estampa que con ella nunca sería posible, murmuró:

—Créeme, Carol, yo no soy lo que él está buscando.

Su amiga se disponía a replicar cuando Beth, cambiando de tema, explicó:

—En cuanto a tu suegra, no me da ningún miedo, y por Eppie no te preocupes. Intentaré que descanse de Arabella *Morro Torcido*.

Carolina soltó una carcajada al oír eso y, mirándola, cuchicheó:

—Como te oiga que la llamas así, te...

—Ella me llama despectivamente «vikinga asalvajada» —la cortó la joven.

—¿Cuándo te ha dicho eso? —preguntó Carolina sorprendida.

—Cada vez que puede.

—¡Será bruja!

Sin ganas de levantar ampollas, Beth se encogió de hombros.

—Tranquila. Arabella *Morro Torcido* no me da ningún miedo porque ni quiero caerle bien ni lo voy a intentar.

Carolina suspiró. En ocasiones su suegra era peor que un grano en el culo.

—Ella odiaba a los Campbell y yo ¡soy una Campbell! —añadió—, por lo que te puedes imaginar que el hecho de que yo entrara en su mundo como la mujer de uno de sus hijos no fue fácil.

Ambas sonrieron y luego Carolina, cogiendo las manos de aquella, prosiguió:

—Escucha, Beth... No sé qué te hace pensar que tú no eres lo que Iver quiere en su vida, pero olvídalo. Conócelo. Déjate conocer. Y lo que tenga que ser será.

La joven suspiró en el mismo instante en que su mirada coincidía con la de Iver. Le gustara o no reconocerlo, eso le agradaba, y cuando él le sonrió, sin poder evitarlo le devolvió la sonrisa.

—Solo hay que ver vuestros dulces gestos... —cuchicheó su amiga.

Beth lo volvió a mirar. Iver le sonrió de nuevo y ella, retirando rápidamente la vista, se dio aire con la mano.

—Luchar contra el amor es imposible —aseguró Carolina—. Y te lo digo por propia experiencia.

Ambas sonrieron. Eppie y Gladys se acercaron entonces a ellas y al poco se les unieron Iver, Ethan y Alan. El buen ambiente entre ellos era evidente. Y, en un momento dado, Iver, que se había dado cuenta de que Beth contemplaba la yegua parda, señaló:

—¿Visteis la preciosa noche estrellada que hizo ayer?

Algunos lo miraron y, tras negar con la cabeza, siguieron charlando, pero Alan, sorprendido, preguntó:

—¿Desde cuándo te llaman la atención las estrellas?

Iver paseó entonces los ojos por el cuerpo de Beth y respondió:

—Desde que me he dado cuenta de lo bonitas y especiales que son.

La joven supo de inmediato que aquel mensaje cifrado iba dirigido a ella. Sabía que significaba que había pensado en ella. Y, tras intercambiar una rápida mirada con Carolina, declaró:

—Había unas estrellas preciosas.

Iver se esperanzó al oírla. Saber que había captado su mensaje era agradable. Y, dando media vuelta, se alejó hacia sus hombres.

Segundos después, cuando el grupo comenzó a dispersarse, Carolina cogió a Beth por el brazo.

—¿En serio había unas estrellas bonitas? —murmuró.

—Tan bonitas como esa yegua —afirmó ella.

Divertidas, ambas sonrieron; en ese momento vieron a sus tíos Ottilia y Sven besarse y abrazarse, y la joven comentó:

—Si alguna vez encuentro el amor, quisiera que fuera como el suyo.

Carolina asintió. Y, mirando a su marido Peter, que hablaba con Iver, aseguró:

—Pues vas por muy buen camino.

Instantes después todos se despidieron de Carolina y de Peter y emprendieron la marcha.

Capítulo 34

Durante horas la comitiva viajó a paso seguro por las Tierras Altas de Escocia.

Arabella y Eppie iban en una carreta y Beth y Gladys, en otra. Desde su sitio Beth observaba a su tío Sven con su caballo, el viejo *Ron*. Iba muy serio, pero no le hacía falta preguntarle para saber en lo que pensaba.

—Necesito que paremos —se quejó Gladys.

—¿Por qué?

Según oyó eso, Gladys, que en realidad lo que pretendía era dejarle un mensaje a Sigurd, miró a su hermana y cuchicheó:

—¿Tú qué crees?

—Aguanta un poco más —repuso Beth al comprender.

Su gemela resopló. Llevaban horas en aquella carreta.

—¿Tú crees que cuando paremos podré viajar con Arabella? —preguntó a continuación.

Al oírla, Beth la miró.

—¿Por qué quieres viajar con ella? —inquirió curiosa.

—Para jorobarla, básicamente.

Su hermana asintió y, divertida, indicó:

—Espero que tú puedas viajar con ella y yo a caballo. Verme aquí metida me desespera.

Estaban hablando sobre aquello cuando Beth oyó:

—¿Todo bien por aquí?

Al mirar y ver a Iver montado a caballo a su lado, la joven sonrió.

Llevaban días sin verse ni hablarse. Aunque, desde que habían iniciado el viaje, sus miradas se habían encontrado una y otra vez, hasta que Iver no había podido más y había tenido que acercarse.

—¿Cuándo pararemos? —quiso saber Gladys.

—Dentro de un rato —dijo él, y, observando a las muchachas para reafirmarse en quién era quién, añadió con disimulo—: Queremos avanzar lo máximo antes de parar para hacer noche.

Las chicas asintieron, pero Gladys insistió:

—Pues yo necesitaría que parásemos ¡ya!

Iver la miró y, comprendiendo, respondió:

—En ese caso, no te preocupes, que así será.

Acto seguido Iver dio un silbido, y eso hizo que Alan, que iba más adelante, lo mirara y, tras hacer un movimiento con la mano, los guerreros comenzaron a detenerse.

Una vez que la comitiva paró, Iver miró a la joven y preguntó:

—Eres Gladys, ¿verdad?

—Sí —contestó ella sin dudarlo.

Él asintió e indicó:

—Gladys, danos unos segundos para que mis hombres vean que la zona está despejada antes de bajar.

Ella asintió con la cabeza. Por suerte, Goran sabía pasar desapercibido perfectamente.

—¿Qué ocurre? —preguntó entonces Sven acercándose a su carreta.

Gladys se lo indicó con un gesto y el hombre afirmó:

—Yo te acompañaré, mi vida.

Segundos más tarde, después de que los hombres de Iver comprobaran que el sitio era seguro, Sven la ayudó a bajar. Mientras tío y sobrina se alejaban, Beth se apeó también de la carreta.

—¿Estás bien? —le preguntó Iver.

La joven por fin lo miró y tomó aire antes de decir:

—Estaría mejor si pudiera ir a caballo y no ahí metida.

Iver asintió al oírla, la entendía perfectamente.

—¿Crees que tu tío lo aprobaría?

Beth suspiró y, buscando con la mirada a la yegua que la tenía enamorada, se apresuró a decir:

—Sí, pero tía Ottilia se ha llevado de regreso a *Mona*, por lo que solo disponemos de *Ron*, y lo monta él.

Iver, que ya se había dado cuenta de ello, indicó a continuación:

—Veré qué puedo hacer.

Ambos sonrieron y, tras un extraño silencio cargado de preguntas sin respuesta, él cuchicheó:

—Me alegra saber que anoche observaste las estrellas.

Eso hizo que ambos se miraran.

—Eran muy bonitas —afirmó Beth.

—Tú lo eres más —señaló él sonriendo.

Durante unos segundos permanecieron mirándose en silencio, hasta que ella, que no estaba acostumbrada a que le regalaran los oídos, murmuró:

—Iver, no empieces.

—No puedo evitarlo, Beth.

La joven sonrió.

—No deberías decirme esas cosas tan bonitas.

—¿Por qué, si las siento?

Nerviosa por lo que le hacía sentir cada vez que abría la boca, ella repuso:

—Porque no quiero acostumbrarme a ellas y después añorarlas.

Sorprendido, Iver clavó la mirada en ella. Esa muchacha le importaba como hasta el momento nunca le había importado ninguna otra.

—¿Y por qué tendrías que añorarlas? —musitó.

—Iver, ¡por favorrrrrr...!

—Por favor ¿qué?

La joven resopló y él añadió:

—Mis intenciones hacia ti son...

—Ni se te ocurra seguir —lo cortó ella.

—¿Por qué?

—Porque no.

El guerrero, molesto porque aquella lo rechazara cada vez que intentaba acercársele, susurró incapaz de callar al ver que ella volvía a mirar la yegua:

—Siempre has dicho que eres clara en tus respuestas, ¿verdad?

—Verdad.
—¿Te gusto como hombre?
Beth, que paseó la mirada por el cuerpo de aquel, afirmó:
—Sin lugar a dudas.
Complacido al oír eso y ver su pícara mirada, Iver sonrió.
—No puedo dejar de pensar en ti.
—Pues debes hacerlo.
El guerrero, a cada instante más descolocado, insistió:
—No te entiendo, Beth. Te atraigo, piensas en mí...
—¿Y por qué crees que pienso en ti? —preguntó ella molesta.
Iver, que tenía claro que quería llegar al corazón de aquella muchacha de la manera que fuera, afirmó:
—Porque anoche estuviste contemplando las estrellas.
La joven miró hacia el cielo al oír eso. En la vida un hombre le había hablado como lo hacía Iver.
—Te gusto. Me agradas —continuó él entonces—. ¡Conozcámonos!
—No.
Su negativa picó al guerrero, que replicó:
—Me da igual lo que digas y lo que pienses. Voy a pedirle permiso a tu tío para que puedas montar a *Chambers* conmigo durante el trayecto.
Oír eso a Beth le erizó el vello de todo el cuerpo. Lo que Iver quería hacer era una auténtica declaración de intenciones frente a todos los McGregor y su tío Sven. Montar juntos en el mismo caballo les haría ver a todos que entre ellos había algo serio, y, consciente de que debía cortar aquello de una vez por todas, señaló:
—Iver, yo no soy lo que tú buscas en tu vida.
Él, al oír eso tan directo, levantó las cejas y, viendo que nadie los podía oír, inquirió:
—¿Y cómo sabes tú lo que yo busco?
Beth lo miró mientras pensaba qué responder a aquello, pero en ese momento Arabella, que junto a Eppie se había bajado de la carreta para estirar las piernas, dijo acercándose a ellos:
—La verdad, hijo, no te creas que me apetece mucho visitar a mi prima Anna en Aberdeen.

Iver, aún desconcertado por lo que había hablado con Beth, resopló y mirando a su madre indicó:

—Pero, madre, si Anna y tú os adoráis.

La mujer asintió.

—Sí, pero aunque no conozco a ese nuevo marido suyo, Frederick Mull, no es santo de mi devoción. Su familia eran todos unos ladrones, ¡a saber cómo es él!

—¡Madre! —la regañó Iver.

—Por Dios, Arabella —terció Eppie—. ¿Cómo puedes decir eso?

—Digo la verdad, hija. Quien se cría con ladrones, ladrón es —afirmó aquella con autoridad.

Eppie e Iver se miraron. Aquella mujer era incorregible. Y, hablando del tema, intentaron hacerle cambiar de opinión, cosa que parecía imposible. Arabella no razonaba.

Beth, que los escuchaba en silencio, no podía dejar de pensar en lo que Iver le había dicho. Estaba claro que el guerrero deseaba conocerla mejor, comenzar algo con ella. Pero no, no podía ser. Antes de empezar algo juntos debía confesarle que ella no podría darle esos hijos que él ansiaba, y eso se le hacía muy duro.

Por ello, e intentando cortar aquella historia para no tener que hablar de ese tema que tanto la angustiaba, al ver el cariño que el guerrero le profesaba a su madre y la paciencia que tenía con ella, de pronto supo cómo espantarlo.

Estaba claro que, si era desagradable con Arabella, seguro que a Iver no le gustaría, y su actitud hacia ella cambiaría. Así pues, sorprendiéndolos a todos, soltó de repente:

—Entonces quien es una víbora es porque se ha criado con víboras...

Oír eso hizo que Iver parpadeara y Eppie se quedara sin palabras. ¿En serio Beth estaba llamando «víbora» a Arabella en su cara?

Desconcertada, la mujer no supo qué contestar, y Beth, con tranquilidad y obviando el gesto de aquellos, prosiguió:

—Arabella, ¿por qué crees siempre que posees la verdad absoluta?

Ella, totalmente desubicada por la desfachatez de la joven, tragó saliva, y entonces Beth volvió a decir ante la cara de perplejidad de Iver:

—Sin conocer a ese hombre ya hablas mal de él.

—Yo no he hablado mal de él —replicó la mujer.

Beth hizo un gesto de mofa al oírla y, sin apartar su mirada burlona, afirmó consciente de cómo Iver la observaba:

—Has dicho que no es santo de tu devoción, que su familia eran todos unos ladrones... Y, con tus desafortunadas palabras, bajo mi punto de vista lo has llamado también «ladrón» a él. ¿Acaso eso no es hablar mal de alguien?

—Uy, qué bonito día hace hoy, ¿no creéis? —cuchicheó entonces Eppie.

Iver no decía nada, Arabella resoplaba. Aquella muchacha se metía donde no la llamaban. Y entonces, mirando a su hijo, murmuró:

—¿Por qué es tan impertinente esta chica?

Iver se disponía a responder cuando Beth se le adelantó:

—Porque si algo no me parece justo no me puedo callar. Y, por norma general, suelo decir lo que pienso aunque eso siente mal.

—¡Oh, por Dios...!

—Bueno, creo que ya vale —terció Iver.

Pero Beth, consciente de que debía seguir, susurró:

—La verdad es que aguantar a tu madre tiene su trabajito... Es más, todavía estoy esperando una palabra de gratitud por su parte por haber evitado que el día del tumulto en Elgin un asqueroso la lastimara.

—¡Beth! —protestó Iver.

—¡Hijo, por Dios, ¿vas a consentir que esta impertinente hable así de mí?! ¡Soy tu madre! —gruñó Arabella.

Beth e Iver se miraron. Él, sin decir nada, le pidió que se callara. ¡Era su madre! Pero la joven, comprendiendo que estaba logrando su propósito, se mofó:

—Soy como tú, Arabella, ¡creo poseer siempre la verdad absoluta!

—Vale. Dejémoslo aquí —zanjó Iver.

—Y, por cierto —insistió Beth ignorándolo mientras se dirigía de nuevo a la descolocada mujer—, tú eres también bastante impertinente... Te lo digo por si nadie te lo ha dicho antes, para que lo tengas en cuenta.

Eppie, boquiabierta, le hacía gestos para que parara de una vez. Si continuaba por ese camino todo iría a peor. Entonces Iver, pensando lo mismo que su cuñada, se disponía a intervenir de nuevo, pero su madre, dando un paso adelante para acercarse a la joven, gruñó:

—¿Me acabas de llamar «impertinente»?

—Con todas las letras.

—¡Oh, por Dios! —exclamó aquella.

Beth suspiró. Sabía que estaba siendo una maleducada, pero sin dar un paso atrás afirmó:

—¿Acaso tú me lo puedes llamar a mí y yo a ti no?

Arabella miró a su hijo boquiabierta y, cuando iba a protestar, Beth recordó algo que Carolina le había dicho. Entonces dio un paso adelante, abrazó a Arabella y, al ver que aquella se tensaba de pies a cabeza, se mofó:

—Ay, no te enfades, mujer.

Ella, deshaciéndose rápidamente de la muchacha, siseó:

—Si vuelves a abrazarme...

—Viendo el resultado, ¡Odín me libre! —afirmó Beth haciéndose la sorprendida.

Iver las observaba a las dos. Pero ¿qué narices estaban haciendo? Y entonces oyó a su madre decir:

—A esto precisamente era a lo que me refería cuando dije que no quería viajar con ellas. Esta..., esta...

—Madre..., Beth... —advirtió Iver.

Arabella asintió al entender el gesto de su hijo, y cuando iba a hablar Beth señaló:

—A ver si te crees que a mí me gusta viajar con Arabella *Morro Torcido*...

Según oyó eso el guerrero maldijo, mientras su madre gritaba asombrada:

—¡¿Arabella *Morro Torcido*?!

—Sí, bonito apodo, ¿eh?

—¡Beth, para ya! —protestó Iver.

Eppie se tapó los ojos con las manos. A partir de ese momento la situación iría de mal en peor.

—¿Me acabas de llamar esa chabacanería y te quedas tan tranquila? —insistió Arabella, que no daba crédito.

Beth afirmó con la cabeza y, desatada, añadió:

—Tú me llamaste «vikinga asalvajada», «malhablada» e «insolente». ¿Acaso esperas algo mejor para ti?

La mujer parpadeaba. La desvergüenza de aquella la estaba sacando de sus casillas y, cuando iba a responder, Iver se interpuso finalmente entre ellas.

—¡Se acabó! —gruñó, y dirigiéndose a su madre indicó—: Por favor, ¿podrías regresar a tu carreta con Eppie?

—Pero, hijo...

—¡Madre, por favor! —repitió él.

La mujer no se movió, solo miraba a Beth, que ni siquiera parpadeaba.

—No me gustas —sentenció.

—Tranquila. Tú tampoco me gustas a mí —replicó la joven.

Las miradas entre ellas eran duras, desafiantes, hasta que Eppie agarró a su suegra del brazo.

—Vamos, regresemos a la carreta. Será lo mejor —resolvió.

Finalmente la mujer se dio la vuelta con gesto agrio y, cuando se alejó, Beth susurró:

—Draugr...

Iver, al oírla y entender que aquello no era escocés, preguntó:

—¿Qué has dicho?

Beth acababa de llamar «fantasma» a la mujer en noruego, pero, evitando decírselo, lo miró; al ver el malestar que sentía preguntó, sabiendo que había cumplido su propósito:

—¿Tu madre siempre es así de impertinente y maleducada?

Iver resopló.

—Te recuerdo que estás hablando de mi madre.

Ella asintió y, cuando se disponía a contestar, él sentenció:

—Madre ha sido una maleducada, pero tú tampoco te has quedado atrás. Y aunque solo fuera por deferencia hacia mí, porque es mi madre, deberías guardarle un respeto.

—El mismo que ella me guarda a mí...

Oír eso a Iver lo enfermó aún más.

—Pero ¿es que tú no te callas nunca? —siseó.

Consciente de lo mucho que lo estaba haciendo enfadar, Beth replicó:

—La verdad es que no.

Iver maldijo. Esa mujer lo desconcertaba por completo.

—Súbete a la maldita carreta —gruñó furioso—. En cuanto vuelva tu hermana proseguiremos el viaje.

—¿Ya no quieres que cabalguemos juntos? —apostilló Beth con retintín.

El guerrero, al ver su gesto de mofa, negó con la cabeza. Aquella muchacha se había pasado de la raya.

—Sinceramente —replicó—, es lo último que me apetece.

Y, sin más, montó furioso en su caballo y se alejó al galope.

En ese momento regresaron Gladys y Sven, que, al ver el gesto de su sobrina, preguntó:

—*Nubarroncito*, ¿qué ha ocurrido?

Beth montó en la carreta, ayudó a su hermana a subir y, consciente de que lo que había hecho había sido para alejar a Iver de ella, respondió:

—Una pequeña discusioncita de nada entre la madre de Iver y yo.

Sven frunció el entrecejo al oírla. Sabía cómo podía ser Beth, no solo con la espada o el hacha, sino también con la palabra.

—Vamos, tío —lo apremió ella cuando él iba a protestar—. La comitiva está parada por nosotros.

Capítulo 35

Cuando pararon a hacer noche cerca de un río, Iver rápidamente ordenó dividir el campamento en dos, por lo que había que hacer dos buenas fogatas para calentarse.

Por un lado estarían su madre y su cuñada, y en el otro, las hermanas Craig. No quería más problemas tras lo ocurrido. Dividió a sus hombres y, una vez que lo tuvo todo organizado, se marchó con Alan y algunos otros a cazar. Le apetecía cenar un buen guiso de conejo y, sobre todo, ¡dejar de oír los reproches de su madre!

Beth, tras hablar con su tío y hacerle saber que todo estaba bien, se excusó para ir al río a asearse, cuando lo que realmente deseaba era estar sola. Tenía la cabeza como un bombo de haber soportado a su hermana durante todo el día.

Antes, sin embargo, pasó por donde estaban los caballos. Allí buscó con la mirada a la yegua parda y, acercándose a ella por primera vez, estuvo admirándola unos instantes y le acarició el morro.

—Hola, preciosa —susurró.

La yegua se movió inquieta, y Beth, pasando una mano con delicadeza por su hocico, murmuró:

—Todo está bien, muy bien.

Tras unos instantes con el animal en los que Beth le habló con dulzura y cariño, se alejó hacia el río, donde se aseó. El agua fresca la hizo reaccionar y, una vez que se secó con la toalla que llevaba y se vistió, aún con el cabello mojado se tumbó sobre el mullido manto de hierba y, cerrando los ojos, se relajó.

Seguía tumbada cuando oyó que más allá alguien decía:

—Te lo digo como lo siento, Cailean.

—Mujer...

—Esa descarada no me gusta nada. Y se lo he dicho: ¡no me gusta!

Oír la voz de Arabella de nuevo la crispó. Esa mujer, con aquel tono tan cortante, la sacaba de sus casillas. Miró con disimulo en su dirección y sin levantarse, maldijo. ¿Cómo podía tener tan mala suerte?

Por ello, reptando por el suelo para no ser vista, llegó hasta un árbol con un tronco bastante grueso y se escondió tras él.

—Mira qué preciosas flores he cogido para ti, Arabella —oyó que decía Cailean a continuación.

Pero la mujer, con gesto agrio, dio un manotazo al ramo que él le tendía.

—¡Déjate de ridículas florecitas!

Cailean suspiró. Hiciera lo que hiciese, a su mujer nunca le gustaba nada. Y cuando iba a protestar Arabella continuó:

—¡Esa maldita vikinga me ha llamado «víbora» en toda mi cara!

—¡Oh, qué osada! —se mofó él.

—Cailean, ¡no me enfades más! —protestó ella.

—Por Dios, mujer, ¡pareces un perro de presa gruñendo sin parar!

—¡Caileannnnnn!

El hombre, a quien los enfados de su esposa ya no le preocupaban, insistió:

—Querida, según me has contado, lo de víbora te lo ha dicho en un contexto de...

—Pero ¿acaso me crees tan tonta como para no saber en qué contexto lo ha dicho?

Él resopló y dio media vuelta; entrar en aquel bucle sin fin con su mujer era agotador. Cuando iba a contestar se percató de que tras un árbol a su derecha había alguien agazapado. Con disimulo, se acercó para mirar y, en cuanto vio que era una de las gemelas y que le pedía silencio con gesto horrorizado, el hombre miró divertido a su esposa.

—Ni tú eres tonta ni considero que ella lo sea —indicó—. Pero algo me hace suponer que para que esa muchacha mencionara la palabra *víbora* algo tuviste que decirle tú.

Arabella se llevó entonces las manos al pecho.

—Cailean McGregor, ¿cómo puedes creer algo así? —murmuró.

—Porque te conozco, mi querida Arabella Steward.

La aludida refunfuñó hecha una hidra:

—¡Y encima me ha abrazado!

—Mujer, la muchacha es cariñosa.

—Olía muy mal.

—Arabella...

—¿Acaso decir que huele mal es un insulto tan grave como *víbora*?

Cailean, que sabía que la joven los escuchaba a escasos pasos, repuso:

—A ver, querida, no es por...

—¡Ya estamos! —lo cortó ella. Cailean la miró y Arabella añadió—: ¿Acaso vas a comenzar con ella igual que hiciste con Carolina?

—¿Qué hice con Carolina?

Ella negó con la cabeza y, tomando aire, indicó:

—Desde el primer momento que llegó a nuestro hogar la trataste como a una más, cuando bien sabías tú que los Campbell y yo nunca nos hemos llevado bien.

Cailean asintió.

—Ni los Campbell, ni los Gordon, ni los Robert, ni los Andrews, ni los vikingos... ¿Quién más? —musitó.

—¿Cómo que quién más? —exclamó aquella.

Cailean, que paciencia tenía para dar y tomar, repuso mirando a su mujer:

—A ver, querida, hablemos claro. Cualquier mujer que se acerca a nuestros hijos, de entrada siempre es cuestionada por ti. Y mírate ahora: adoras a Carolina, aun siendo una Campbell, y adoras a Eppie, aun siendo una Gordon. Y en cuanto a esa muchacha...

—Sucios y apestosos vikingos en la familia, eso sí que no. ¡Ni hablar! ¡No lo voy a consentir! ¡Vikingos, no! Y menos esa malhablada y sin clase que a saber Dios de quién es hija.

—¡Mujer, por el amor de Dios! —gruñó él azorado.

—Pero..., pero si incluso me ha llamado Arabella *Morro Torcido*...

Al hombre le hizo gracia oír eso, y musitó:

—La verdad, querida, es que ese apodo te va como anillo al dedo...

—¡Cailean! —gruñó ella.

Beth, a quien las tripas se le estaban revolviendo al oírla, cerró los ojos. Odiaba que muchos escoceses pensaran de ellos lo mismo que aquella pensaba; aun así, tenía que seguir callada, no podía delatarse. Entonces oyó al hombre decir:

—Tú no tienes que consentir nada, querida. Es tu hijo el que ha de decidir con quién quiere compartir su vida, ¡no tú! Y mira lo que te digo, Arabella: no sé si Iver y esa muchachita querrán tener algo en el futuro, pero si es así, por tu bien mejor aléjate de ellos y no la líes como la liaste con Carolina y con Eppie, porque esta vez te juro que pagarás las consecuencias tú también, ¿me has entendido?

Arabella refunfuñó. Sus ojos se llenaron de falsas lágrimas, por lo que Cailean rápidamente fue a abrazarla, pero esta siseó:

—Como me abraces, la vamos a tener...

Él dio un paso atrás y gruñó. La frialdad de su mujer en ocasiones era desesperante. Entonces ella, recogiéndose las faldas con las manos, dijo alejándose a grandes zancadas:

—Mejor me retiro. Estoy cansada y necesito descansar. ¡Buenas noches! Y repito: ¡vikingos, no!

Una vez que su esposa se alejó, Cailean, horrorizado porque sabía que una de las gemelas lo había oído todo, se volvió hacia donde estaba aquella.

—Ya puedes levantarte y salir —dijo—. Arabella *Morro Torcido* se ha ido.

Beth se levantó entonces del suelo y preguntó saliendo de detrás del árbol:

—Pero ¿qué problema tiene su esposa con los vikingos?

Cailean se encogió de hombros.

—El mismo que tenía con los Campbell o los Gordon —contestó

con tranquilidad. Beth, que entendía a qué se refería, no dijo nada, y él añadió—: Oyó hablar mal de ellos y con eso se quedó. Por suerte, Carolina y Eppie le están haciendo cambiar de opinión y...

—Pues yo no pienso hacerlo. Soy vikinga y escocesa, y no tengo que justificarme ante ella por la sangre que corre por mis venas.

Cailean sabía que la joven tenía razón.

—No seré yo el que diga lo contrario —dijo suspirando.

Ambos sonrieron por aquello, y luego, aunque ya intuía la respuesta, él preguntó:

—¿Beth o Gladys?

—Beth —dijo ella.

Cailean asintió y la joven añadió:

—Señor, le pido disculpas por haber sido tan maleducada con su mujer. Sé que no debería haberle hablado mal ni haberla increpado, pero es que ella...

—Beth —la cortó Cailean—, sé cómo es mi mujer y conozco muy bien su afilada lengua.

—Arabella *Lengua Afilada* también es un buen apodo —cuchicheó la joven.

Él soltó entonces una risotada.

—Arabella *Morro Torcido* es más original.

Beth se llevó entonces las manos a la cabeza y, dejando de sonreír, susurró:

—Lo siento, lo siento, lo siento. De verdad que lamento haberle dicho eso, pero...

—Querida Beth —dijo él tapándole la boca con la mano—, solo te voy a decir dos cosas. La primera: el apodo es excelente. La segunda: no permitas que nadie te borre nunca la sonrisa.

Oír eso hizo que la joven volviera a sonreír y, mirándolo, musitara:

—Tengo que darle urgentemente un abrazo.

Sorprendido por aquello, él no se movió; la joven se le aproximó y explicó estrechándolo entre sus brazos:

—Mi padre muchas veces me dijo eso mismo. Que nunca permitiera que nadie borrara mi sonrisa. Y oírselo decir a usted me emociona, y mucho.

—Excelente consejo el de tu padre.

Durante unos segundos ambos se abrazaron con respeto y cariño, y cuando se separaron Cailean preguntó:

—¿Qué haces aquí sola?

Apoyándose en el tronco de un árbol, la joven respondió:

—Buscar paz y sosiego. Lo necesitaba. Estar todo el día en ese carro infernal con mi hermana me ha puesto de los nervios. Si por mí fuera, montaría a caballo, pero está visto que no puede ser.

Atónito al oírlo, el hombre recordó algo y dijo:

—Antes tú o tu hermana habéis pasado junto a mi caballo y, al rozaros con su morro, habéis dado un salto... ¿Eras tú o ella?

Sonriendo, la joven negó. Su gemela llevaba fatal el tema de los animales; no tenía ninguna empatía con ellos.

—Esa era Gladys, señor —indicó—. Yo adoro a los animales.

—Llámame Cailean, por favor, Beth.

Gustosa por aquella deferencia, la joven musitó:

—Encantada de hacerlo, Cailean.

El hombre asintió y luego, tras mirarla con detenimiento, preguntó:

—¿Cómo os diferencia vuestro tío?

Ensanchando la sonrisa, ella murmuró:

—Él nos crio, por lo que conoce incluso el modo en que respiramos. —Ambos sonrieron de nuevo y la joven añadió—: Tío Sven siempre dice que nuestro tono de voz es diferente. El de Gladys es más suave y el mío es más grave. Ella es más coqueta y pausada, y yo soy menos presumida y más activa. Se puede decir que aunque físicamente no nos diferencia nada, en cuanto al carácter, nos diferencia todo.

El hombre asintió, aunque aquello no le había aclarado nada.

—Creo que seguiré sin saber quién es quién —dijo sonriendo.

Beth rio. Desde el primer instante en que lo vio, aquel hombre le había caído bien. Su cara de bonachón hablaba por él.

—Si quieres, Cailean, podemos hacer una cosa para que sepas que soy yo —declaró en confianza.

—Tú dirás.

—Cuando nos veamos te guiñaré el ojo derecho. Si no lo guiño es que no soy yo. ¿Qué te parece?

Divertido por su ocurrencia, el guerrero afirmó:

—Me parece muy bien.

Luego, bromeando sobre aquello, ambos se dispusieron a regresar al campamento. La locuacidad de la muchacha al guerrero le recordaba la de su nuera Carolina. No conocía a Beth, pero sin duda parecía una joven resuelta, aunque no llevara una espada en la cintura.

—El otro día dijiste que los vikingos sois claros y directos, ¿verdad?

—Sí —contestó ella, que, cogiendo una flor del camino, añadió—: En casa siempre hemos dicho que, pese a que la verdad duela, evita siempre muchos problemas. Aunque a veces ciertas mentirijillas piadosas son aceptables.

Cailean asintió parándose.

—Sé que es meterme donde no debo —continuó—, pero ¿mi Iver te gusta como hombre? Y, por favor, no me digas lo mismo que Carolina, eso de «ni confirmo ni desmiento».

—¡Caileannn! —se mofó la joven.

Los dos rieron y luego ella, viendo que él esperaba una respuesta, contestó:

—Sabes perfectamente que Iver es un guerrero que llama la atención de las mujeres. —Y, pensando en él, añadió—: Es alto, fuerte, guapo, y posee una preciosa sonrisa, que, por cierto, es idéntica a la tuya.

—Gracias por el halago, muchacha —se pavoneó el hombre encantado.

Sonriendo por lo fácil que era hablar con él, Beth añadió:

—Y ante tu pregunta, y siendo directa, te diré que la respuesta es «sí». Claro que me gusta tu hijo. ¿A qué mujer no le gustaría un guerrero como él?

Cailean asintió. A él que Beth fuera vikinga no le suponía ningún problema; entonces la miró y recordó lo que había visto el día del tumulto.

—Pues si te gusta y deseáis conoceros, quiero que sepas que contáis con mi apoyo —aseguró.

Boquiabierta por las palabras del hombre, Beth susurró:

—¿A qué viene eso?

Cailean, que conocía a sus hijos y en especial a Iver, afirmó:

—Viene a que veo cómo él te mira y te sonríe. Lo conozco y sé que...

—¡Serás alcahueta!

El guerrero soltó una risotada. Le encantaba que aquella fuera rápida y natural como su nuera Carolina. Y entonces Beth añadió divertida:

—¿Iver sabe que me estás diciendo esto?

—No.

—Por Odín, ¡Cailean! —protestó Beth.

Ambos se miraron y luego aquel prosiguió:

—Escucha..., en cuanto a mi mujer...

—Uf..., a ella mejor dejémosla aparte.

Esa contestación los hizo reír a los dos, hasta que la joven, mirando a aquel, que había sido claro con ella, dijo al llegar al campamento:

—Cailean, agradezco tus palabras y el cariño que me estás mostrando, pero yo no busco marido. Por eso dudo que Iver y yo queramos conocernos más.

—Pues yo no lo dudo —musitó él con seguridad.

—Por cierto..., ¿huelo mal?

Cailean, al ver que la joven se olía la ropa, aseguró con una sonrisa:

—Hueles de maravilla, muchacha. De maravilla.

Instantes después, una vez que llegaron al campamento, se despidieron y la joven, con su eterna sonrisa, se dirigió hacia el lugar donde estaba su hermana.

Capítulo 36

Era noche cerrada y la comitiva descansaba en el campamento.

Tras lo ocurrido entre su madre y Beth, Iver había procurado que ambas no volviesen a coincidir. Estaba claro que cuanto más lejos estuvieran la una de la otra, mejor sería para todos.

Beth, que estaba fuera de la tienda tomándose un tazón de caldo tras haber pasado una tarde muy agradable con Cailean, al ver a su hermana regresar de dar un paseo por el río y hablar con un guerrero McGregor, sonrió. Desde donde estaba observó como pestañeaba, reía, se tocaba el cabello..., y cuando finalmente la vio morderse el labio inferior, supo que tenía que interrumpir aquello y se levantó.

—¡Gladys..., ven...! —la llamó.

De inmediato, al ver que era su hermana quien la llamaba, esta se encaminó hacia ella y, cuando llegó a su lado, preguntó:

—¿Qué quieres?

Beth señaló el otro tazón de caldo.

—Lo ha traído el tío —explicó—. Tómatelo y súbete el escote.

Gladys, molesta por la interrupción, al ver que el guerrero se había marchado miró a su hermana y, sentándose junto a ella, indicó mientras se subía el escote del vestido:

—Se llama Shawn Broken.

—¡Qué bien!

—¿No te parece un guerrero interesante?

Beth asintió. Sin duda lo era. Y sin duda a su hermana cualquier hombre le gustaba.

Gladys hablaba y hablaba mientras, a lo lejos, Beth observaba a Iver junto a su familia, que estaban sentados alrededor de otra hoguera riendo y charlando. Desde que habían tenido el encontronazo Iver no había vuelto a acercarse a ella, y eso le dolía. Le escocía. No obstante, sabía que era mejor así. ¿Por qué encariñarse con él cuando estaba claro que no debía hacerlo?

Gladys, que sabía lo que había ocurrido con Arabella porque Beth se lo había contado, al ver a su hermana más callada de lo normal bajó la voz y preguntó:

—¿Te vas a ver esta noche con él?

Ella negó con la cabeza.

—Antes me corto las extremidades.

—Desde luego, hermana —siseó Gladys al oírla—, a veces parece que acabes de salir de Noruega.

Oír eso hizo sonreír a Beth, y luego su gemela añadió:

—Seguro que si hablas con él lo podréis solucionar.

—¡No!

—¡Pero, Beth...!

—¡Que no!

Tras unos segundos en silencio, y para que su hermana viera que estaba de su parte, Gladys comentó:

—Su madre se ha pasado.

—Mucho.

—Bonito apodo el de Arabella *Morro Torcido*...

—Lo sé —afirmó Beth.

—Has hecho bien diciéndoselo. Ella nos odia por nuestra sangre vikinga.

Beth suspiró y, cansada de oír hablar de aquello, indicó:

—Como dicen los McGregor, ¡fin del asunto!

Gladys guardó silencio y, deseosa de que los días pasaran para reencontrarse con Goran y escapar con él sin ser vista, dijo al cabo:

—Vamos, es tarde. Entremos en la tienda a dormir.

Beth siguió a su hermana, sin ser consciente de que Iver la observaba desde la lejanía.

Pero las horas pasaban y pasaban, y mientras Gladys dormía plácidamente Beth no podía conciliar el sueño. Pensaba en Iver. En todo lo ocurrido. En cómo se había encarado a la madre de aquel para enfadarlo y en la charla mantenida con Cailean. Angustiada, decidió salir de la tienda para que le diera el aire y se sentó ante la fogata.

Una vez fuera, los guerreros que montaban guardia la miraron, y uno de ellos preguntó acercándose:

—¿Se encuentra bien, milady?

Con gusto Beth sonrió, y mirando a aquel hombre que la observaba, asintió:

—Sí. Tranquilo.

El guerrero, al oír eso, se alejó para posicionarse de nuevo en su sitio. Y entonces Beth, que necesitaba hablar con alguien, se levantó, se le aproximó y le preguntó:

—¿Cómo te llamas?

—Archie Bowell.

Ella le tendió la mano con una sonrisa y, cuando él se la estrechó, la joven añadió:

—Encantada de conocerte, Archie Bowell. Yo soy Beth Craig.

El guerrero, que sabía quién era ella y por qué estaba él allí, asintió, y Beth preguntó interesada:

—Están los guerreros de Peter, los de Cailean y los de Iver y Alan. ¿A qué grupo perteneces?

—Al de Peter McGregor, milady.

—Entonces haremos el viaje de ida y también el de vuelta juntos, ¿verdad? —señaló ella complacida.

—Sí, milady.

A continuación guardaron silencio unos instantes, hasta que Beth, mirando al hombre, que parecía algo más joven que su tío Sven, inquirió:

—¿Se hace larga la guardia?

Él sonrió y cabeceó.

—En ocasiones, sí, aunque haga una preciosa noche estrellada como esta.

Beth miró al cielo. Archie tenía razón. Y, sintiendo por la sonrisa de aquel que era una buena persona, preguntó:

—¿Te incomoda si me quedo aquí un rato?

—En absoluto —dijo Archie, aunque agregó—: Pero debería descansar, milady.

La joven asintió. Lo sabía.

—No puedo, Archie —cuchicheó suspirando—. Y me volveré loca si paso horas dentro de la tienda dando vueltas.

El guerrero sonrió y finalmente dijo:

—De acuerdo, milady, seguro que su compañía me hace la guardia más amena.

—¿Puedes llamarme Beth, por favor?

El hombre asintió.

—De acuerdo. Pero al alba volverá a ser milady —indicó.

Complacida, Beth se acomodó, y, entendiendo que era bien recibida por Archie, comenzó a hablar con él, quien, para su sorpresa, la trató con absoluta normalidad. Durante un buen rato charlaron del cielo, de las estrellas, de los viajes que aquel había hecho, sin percatarse de que Iver, que se dirigía hacia su tienda a descansar, los había visto.

¿Qué hacían Beth y el guerrero de su hermano hablando en mitad de la noche?

Sin querer quedarse parado allí en medio, prosiguió su camino, se metió en su tienda y, una vez que se sentó junto a la puerta, dejó una abertura para poder ver sin ser visto.

Beth y Archie seguían hablando, y el guerrero, aventurándose, tanteó:

—¿Puedo hacerte una pregunta algo complicada?

—Claro.

Él la miró entonces y preguntó:

—¿Qué tal te sientes en Escocia? ¿Te tratamos bien?

Beth suspiró al oírlo. Entendía por qué se lo preguntaba, y, con seguridad, respondió:

—Escocia es mi tierra, al igual que lo es Noruega, aunque muchos se empeñen en hacerme creer que no es así. Y en cuanto a si me tratan bien o no los escoceses, pues ¡hay de todo, Archie!

Ambos sonrieron y luego la joven continuó.

—Hay quien me ve simplemente como una mujer. Y hay quien

me ve como una sucia y despreciable vikinga que está en sus tierras para robarle y rajarle el cuello.

Según dijo eso, él señaló:

—Nunca entenderé que existan personas que juzguen a otras por el simple hecho de no haber nacido en Escocia.

—Por desgracia, hay mucha gente así —afirmó la joven pensando en Arabella—. Y aunque no los exculpo, también puedo entender que a veces lo hacen por haber tenido malas experiencias. —Ambos asintieron y la joven, bajando la voz, dijo—: En Noruega pasa igual. Los escoceses no son bien recibidos, como los vikingos no lo somos aquí. Y el problema de quienes llevamos ambas sangres es que, dependiendo de dónde estemos, tenemos que ocultar ciertas cosas si queremos vivir en paz.

—Gente buena y mala la hay en todos los lados —señaló él.

—¡Y tanto! Pero ya sabes que hay prejuicios y...

—Lo sé... Lo sé... —afirmó el guerrero.

Prosiguieron con la conversación y, al rato, Beth preguntó:

—¿Eres originario de Elgin?

El guerrero negó con la cabeza.

—Me crie en las calles de Perth, sin familia, hasta que me marché de allí.

—Vaya..., lo siento.

Archie asintió con una triste sonrisa.

—Durante varios años viajé por Escocia e Irlanda. Me busqué la vida sin tener un hogar, hasta que hace seis años conocí a Peter McGregor y él me aceptó entre sus hombres. Gracias a él me establecí en Elgin, donde posteriormente conocí a mi mujer, Bea, con quien tengo cuatro preciosos hijos y otro que viene de camino.

—¡Pues sí que habéis corrido! —exclamó Beth.

El guerrero sonrió y, con naturalidad, sin ser consciente de que Iver los observaba, dijo:

—Bea ya tenía una hija cuando la conocí. Mi preciosa Stella. Y, la verdad, esa pequeña diablilla es tan hija mía como lo son Luca, Piero y Virgilio.

La joven, al oír eso, comentó:

—Los nombres de tus hijos son muy italianos.

El guerrero asintió.

—Mi mujer es italiana. Beatrice Fiori se llama. Y por ella y por las cosas que ha tenido que pasar al ser italiana es por lo que me enferma que la gente juzgue sin conocer.

Ambos intercambiaron una mirada de complicidad y luego Archie prosiguió:

—Bea y mis hijos son mi vida y el mejor de mis logros. Mi Stella es tan mía como el resto, y quien ose decir lo contrario o hacerles daño a cualquiera de ellos lo pagará con su vida.

Beth asintió emocionada y, levantándose de donde estaba sentada, murmuró:

—Tengo que darte un abrazo.

Sorprendido por aquello, el guerrero parpadeó.

—Acabas de hablar como lo habría hecho mi padre y hoy por hoy lo hace mí tío —añadió ella.

Archie miró hacia ambos lados. Si alguien veía aquello podía pensar lo que no era. Y Beth, entendiendo aquel gesto, indicó:

—Archie, que piensen lo que quieran. Tú y yo sabemos que es un abrazo de afecto. Nada más.

Oír eso enterneció el corazón del guerrero y, mientras se dejaba abrazar por aquella, musitó:

—Me alegra saber que tu padre y tu tío hablan de ese modo. Eso me demuestra que tú eres lo primero en sus vidas.

Iver, al que se le había quitado el sueño, se tensó al ver eso. ¿Y ese abrazo? Estaba claro que tendría que hablar muy seriamente con el guerrero de su hermano Peter.

Entonces Archie, sin saber que Iver los observaba, vio la fina cadena que Beth llevaba al cuello y musitó:

—He de comprar unas cadenitas como esa para Bea y para Stella. Seguro que les encantarían.

Con gusto Beth tocó la cadenita que había pertenecido a su padre. En Escocia era difícil encontrar plata noruega, pero, sin comentar eso, siguieron charlando hasta que comenzó a amanecer.

La vida volvía poco a poco al campamento cuando de pronto oyeron:

—Beth, por el amor de Dios, ¿qué haces despierta tan pronto?

Al mirar hacia atrás se encontraron con Sven, y la joven rápidamente respondió:

—Tío, no me mates, pero no podía dormir y me he pasado toda la noche charlando con Archie.

Sven sonrió. Cuando Beth se ponía nerviosa siempre le pasaba eso.

—¿Y por qué no me has despertado? —murmuró.

—Porque dormías plácidamente y encontré a Archie.

Los dos hombres se miraron con una sonrisa. Se habían conocido en el camino y se habían caído muy bien. Y entonces Sven, mirando a su sobrina, indicó:

—Tendrás que descansar en la carreta.

Beth suspiró. Imaginarse otro día entero allí metida la ponía enferma.

—Su tío tiene razón, milady —convino Archie.

La joven, al oír que de nuevo la llamaba de ese modo, sonrió y, con un gesto que agradó a los dos guerreros, mientras veía que su hermana Gladys salía de su tienda desperezándose, afirmó:

—¡Lo haré! Y ahora, ¡vayamos a desayunar!

Capítulo 37

Tras dormir del tirón durante varias horas después de partir, Beth se despertó sola en la carreta, se asustó y se dirigió al guerrero que la conducía:

—¿Dónde está mi hermana Gladys?

El hombre respondió:

—En la otra carreta, milady.

Sorprendida, Beth miró el otro vehículo y sonrió. El gesto de Arabella ante lo que Gladys estaba contando era indescriptible.

Olvidándose de ellas, se peinó, se arregló la ropa y, cuando apartó la tela trasera de la carreta para echar un vistazo, buscó a Iver hasta que dio con él.

Como de costumbre, estaba guapísimo. Aquel guerrero de porte gallardo, con su precioso pelo oscuro, le gustaba cada vez más, y Beth maldijo. ¿Por qué habían tenido que hacer ese viaje con él?

—Te has echado un buen sueño —indicó Sven al tiempo que se acercaba montado en su caballo con Cailean.

Al verlos juntos la joven sonrió y, tras guiñar con disimulo el ojo derecho para Cailean, este sonrió a su vez y declaró:

—Lo he hablado con tu tío y, como a él le parece bien, tengo un caballo para ti.

Oír eso hizo que la joven parpadeara, y su tío precisó:

—Pero cabalgarás tranquila y sosegada a mi lado. ¡Ese es el trato!

Sin dudarlo, Beth asintió. Prometería lo que él quisiera.

Entonces Cailean, tras dar un silbido, sin parar la marcha de la comitiva hizo que uno de sus guerreros se acercara a ellos tirando de una yegua. Beth, al verla, se quedó sin palabras. Aquella era la yegua parda de la que se había enamorado.

—¿Crees que podrás hacerte con ella? —le preguntó Cailean.

Emocionada, inquieta y sobreexcitada, la joven miraba aquella preciosa yegua que tanto se parecía a la que ella había tenido en el pasado y, suspirando, declaró:

—Creo que sí.

Sven sonrió al verla. Delante de un animal Beth poseía la misma vivacidad en la mirada que su difunto padre.

—Cuando Cailean me la ha enseñado le he dicho que tuviste una yegua parecida —indicó sonriendo.

—*Bradmira* —musitó Beth.

—Eso es, *Bradmira* —afirmó Sven—. No recordaba el nombre.

La joven asintió nerviosa y a continuación Cailean comentó con retintín:

—Iver fue quien la ha elegido.

Saber eso hizo que Beth se quedara sin aliento. ¿Iver recordaba aquello que le había contado el día que se conocieron? Y, mirando a aquel, que ahora la observaba desde la lejanía, sin poder evitarlo le sonrió, y él le devolvió la sonrisa.

Cailean y Sven intercambiaron una mirada cómplice, conscientes de lo que estaban viendo. Entre aquellos dos había algo que aún no se había definido.

—Ahora pararemos a comer —señaló Sven—, así que luego puedes...

Pero no pudo decir más, pues su sobrina, con una agilidad que lo dejó sorprendido, tras descolgarse de la carreta montó la yegua y, cogiendo las riendas, dijo mirándolo:

—¿Por qué esperar, si puedo montarla ya?

Sven suspiró.

—Muchacha, has de tener cuidado —terció entonces Cailean—. Podrías haberte roto el cuello.

Beth negó con la cabeza, lo que acababa de hacer no era

nada extraordinario para ella. Pero, entendiendo la mirada de advertencia de su tío, decidió comportarse como se esperaba de ella.

—Prometo ser más juiciosa —repuso—. ¡Gracias, Cailean, por conseguirme una montura, y tío Sven, por permitir que salga de ese carro antes de que me vuelva loca!

Los hombres sonrieron y la joven, necesitando hacer algo más, indicó mientras se alejaba:

—Tengo que agradecerle a Iver la deferencia que ha tenido al buscarme este caballo.

Sven y Cailean volvieron a mirarse.

—Ve, hija —indicó el primero.

Feliz por sentir el aire en el rostro, la joven saludó al pasar junto a uno de los guerreros:

—¡Archie, hola!

El aludido sonrió al verla. Sabía lo que era para ella no estar en la carreta. Y con galantería respondió:

—Me alegra verla tan sonriente y feliz, milady.

Esta asintió divertida y, prosiguiendo su galope, alcanzó a Iver. Se colocó a su lado e iba a hablar cuando este protestó:

—¿Acaso pretendías romperte el cuello?

Beth suspiró. Sin duda la había visto tirarse hacia el caballo. Pero, evitando mencionarlo, simplemente dijo:

—Gracias por la montura.

El guerrero, al que el corazón ya se le había acelerado al sentirla tan cerca, respondió con gesto serio:

—De nada.

Luego cabalgaron unos instantes en silencio, hasta que ella, consciente de lo mal que lo había hecho con su madre, añadió:

—Es todo un detalle que recordaras que tuve una yegua parda.

Iver asintió. De ella lo recordaba todo. E, incapaz de dejar de sonreír, musitó:

—Sabía que te gustaría.

Olvidándose de lo ocurrido comenzaron a hablar ante la atenta mirada de quienes los rodeaban hasta que oyeron la voz de Arabella. Al volverse vieron que Ethan había cogido a Eppie y la había sacado de la carreta para sentarla con él en el caballo, cosa que a Arabella no le había gustado.

Estaban observándolos cuando el matrimonio pasó junto a ellos en su caballo.

—Eppie necesita despejarse —cuchicheó Ethan.

Iver asintió, entendía a su hermano. Y, mientras los veía alejarse, iba a decir algo cuando Beth, viendo a su hermana hablar con Arabella, murmuró para sí:

—Dios las cría y ellas se juntan.

Iver, que no la entendió, preguntó mirándola:

—¿Qué has dicho?

Pero la joven repuso simplemente, sin repetirlo:

—Que tu madre agota a cualquiera...

Iver suspiró, conocía muy bien a Arabella, y recordando lo ocurrido preguntó:

—¿A qué vino hablarle así a madre?

Beth resopló. Explicarle por qué se le hacía complicado, y al ver que la mujer los miraba con reproche desde la carreta respondió:

—Pues vino a que yo digo lo que pienso.

Iver, a quien el gesto ya le había cambiado, asintió.

—¿Piensas que es una víbora? —preguntó luego.

La joven no respondió. E Iver, sin apartar su dura mirada de ella, señaló:

—Eres clara, ¿no? Di la verdad.

Beth tomó aire. Sabía que en el momento en que fuera sincera, el bonito rato con aquel se acabaría.

—Creo que es una clasista, una entrometida que se mete donde no debe y habla de más creyéndose con el poder de la razón en todo momento —declaró.

Iver la miró. Sabía que llevaba su parte de razón. Su madre era así. Pero ¡era su madre! Y, tomando aire, iba a hablar cuando Beth añadió:

—Y yo a esas personas las quiero lejos de mi vida. Son malas, dañinas y...

—Estás hablando de mi madre —la cortó él.

La joven asintió y, mientras sentía que el corazón se le desbocaba, aclaró:

—Efectivamente, es tu madre, no la mía. Y como no es nada mío, ni deseo que lo sea —matizó—, cuanto más lejos esté de mí, mejor.

Iver la miró. ¿En serio acababa de decir aquello?

—Tu madre es una bicha que se merece ser tratada como ella trata a los demás —añadió la muchacha.

—¡Beth! —protestó aquel.

Pero ella, consciente del malestar que le estaba causando, e incapaz de parar ya, prosiguió:

—Me has dicho que sea clara y lo estoy siendo.

—Te estás pasando.

—Arabella *Morro Torcido* es tan desagradable que cualquier día puedo perder la paciencia con ella, y me temo que...

Oír eso escandalizó a Iver. Pero ¿qué decía aquella insensata? ¿Cómo podía estar hablando así de su madre? La miró con dureza.

—Si le haces algo a mi madre... —siseó.

—No quiero hacerle nada a tu madre —lo cortó la joven—. Solo te digo que ella y yo, cuanto más lejos estemos la una de la otra, ¡mejor!

Enfadado por lo que sus palabras daban a entender, Iver asintió con gesto hosco.

—Si eso es lo que deseas, así será —sentenció.

Tras decir eso Beth y él cabalgaron en silencio durante un rato.

—Vuelve con tu tío y con los hombres de mi hermano —pidió Iver al cabo—. Has de cabalgar con ellos, no conmigo.

Beth, consciente del malestar que había creado de nuevo para alejarlo de ella, dio media vuelta a su caballo sin decir nada y cabalgó hacia donde estaba su tío.

Alan, al ver que Iver se quedaba solo, adelantó su caballo para estar junto a su amigo y preguntó al verlo tan serio:

—¿Qué ocurre?

Iver, todavía atónito por lo que Beth había dicho, respondió:

—Que lo que no puede ser no puede ser...

Alan, al oírlo, iba a hablar cuando aquel sentenció:

—Ahora no quiero hablar.

—Pero, Iver...

—Procura que esa mujer se mantenga alejada de mí y de mi madre. Te lo pido como un favor personal.

Alan se limitó a asentir. No sabía bien lo que pasaba, pero sabía que tarde o temprano su amigo se lo aclararía.

Beth, que cabalgaba junto a su tío, se sentía fatal. Sabía que lo que había dicho había sido desagradable, y Sven, que la conocía perfectamente, preguntó:

—¿Tienes algo que contarme, mi vida?

—No.

Sven asintió, pero, pasados unos segundos, y necesitando saber, insistió:

—¿Qué ha ocurrido para que tengas esa cara?

—¡Nada!

Ser tan hermética y parca en palabras no era algo propio de Beth, sino más bien de Gladys, y el hombre, sin medias tintas, preguntó:

—¿Qué hay entre Iver McGregor y tú?

—Absolutamente nada —respondió ella de inmediato.

Su rotundidad hizo que Sven supiera que había más de lo que ella quería admitir.

—Lo poco que conozco de él y de su padre me gusta —indicó—. Iver me parece un guerrero que...

—Ay, tío, esta yegua es una belleza, ¿no te parece? —lo cortó la joven.

Sin dudarlo, él asintió y guardó silencio. Ya habría tiempo para hablar.

Capítulo 38

Ese mediodía, después de parar para comer, Arabella exigió que se detuvieran en Huntly, donde sabía que se celebraba un mercadillo.

Eso desesperó a Beth. Ya bastante tenían con desviarse de su camino para entregar unos caballos como para ahora, encima, tener que parar en aquel pueblo.

Pero sus protestas cayeron en saco roto, pues su tío le recordó que ellos no podían decidir nada, y finalmente Beth calló. Era lo mejor.

Tras quedarse la mayor parte de los guerreros en el bosque montando las tiendas para pasar la noche, una pequeña comitiva prosiguió hasta el pueblo, donde al llegar, de inmediato acudieron a echar un vistazo a los puestos de venta.

Iver, junto a sus padres y Alan, sonreía ante lo que su madre señalaba, cuando de pronto una mujer se acercó a Arabella. Le estaba mostrando unas pulseras, pero su idioma no era el escocés, sino el francés, por lo que la mujer le soltó despectivamente:

—Aprende mi idioma para hablar conmigo.

Y, sin más, se la quitó de encima y prosiguió su camino mientras Cailean e Iver se lo decían todo con la mirada, y este último le pedía disculpas a la mujer por señas. Al ver eso Beth resopló. Arabella era la persona más intransigente con la que se había encontrado.

—Mejor vayamos nosotros por aquí —dijo tras mirar a su tío.

Sven, que se había percatado de lo ocurrido al igual que su sobrina, asintió sin dudarlo y, tras mirar a Alan, este también asintió y pidió a unos guerreros que los acompañaran.

Durante un buen rato cada grupo por separado visitó el mercadillo, hasta que Beth, harta de oír a su hermana hablar de Arabella, le soltó:

—Por favor, ¿podrías dejar de mencionarme a esa mujer?

Gladys, que había pasado una buena mañana en la carreta con Arabella, respondió:

—Es que es insufrible.

Beth asintió. Su hermana tenía razón.

—Pues si piensas eso, deja de pasar tiempo con ella en su carreta —gruñó.

Gladys resopló y, con cierta soberbia, añadió:

—Me gusta incomodarla. Aunque soy consciente de que si me desprecia es solo por tu culpa.

—Lo que me faltaba por oír —masculló Beth.

Gladys, sonriéndole a un hombre que se cruzó con ellas, continuó:

—Es engreída, altanera y...

—Gladys, por favor —la cortó Beth—. O paras de recordármela, o al final dejaremos de mirar puestos juntas, ¿entendido?

La aludida asintió, y, viendo entonces un precioso colgante, dijo:

—Por Odín, ¿has visto qué maravilla?

Beth lo miró. Aquel colgante que su hermana señalaba era precioso. Y Gladys, dirigiéndose al tendero, le exigió:

—¡Eh, tú, enséñame ese colgante!

El hombre la miró con desagrado, y Beth le murmuró a su hermana:

—¿Qué tal si se lo pides por favor?

Gladys, que no estaba habituada a usar esa expresión, al ver cómo la miraba el hombre, rectificó y dijo con retintín:

—Por favor, tendero..., ¿podrías enseñarme ese colgante?

Él asintió entonces y, cogiendo el colgante que ella le señalaba, se lo mostró.

Gladys lo cogió, se lo probó y luego preguntó mirando a su hermana:

—¿Realza mi belleza?

Beth negó con la cabeza. En su opinión, las cosas materiales no hacían a nadie más o menos bella, pero, siguiéndole el juego a su hermana, indicó:

—Tu belleza eclipsa el sol... Y súbete el escote antes de que el tío te lo diga.

Gladys, encantada por aquel halago, sin hacer caso a su hermana rápidamente soltó:

—¡Me lo compro!

Y cuando iba a pagarlo vio unos pendientes a juego que también quiso comprar.

Con paciencia, Beth esperaba a su hermana cuando en el puesto de al lado vio unas cadenitas de plata parecidas a la que ella llevaba al cuello y pensó en Archie, que se había quedado en el campamento. Recordaba que le había dicho que le gustarían a su mujer y a su hija, por lo que se acercó al tendero.

—¿Puedo cogerlas para mirarlas?

El tendero asintió encantado, y, sorprendiéndola, declaró:

—Son de plata noruega, como la que llevas tú.

Beth lo miró boquiabierta. ¿Cómo sabía aquel que lo que llevaba era plata noruega? Entonces el hombre, bajando la voz, aclaró:

—El cierre que llevan solo se hace en Noruega.

La joven se fijó en que el cierre de su cadena y el de aquellas era el mismo, y sin pensarlo las compró. Seguro que a Archie le encantarían.

Minutos después prosiguieron con su visita al mercadillo sin cruzarse con Arabella, pues Eppie, deseosa de descansar de su suegra, se había quedado junto a Ethan en el campamento.

—Oh, Dios, ¡qué bien huelen estas fragancias! —cuchicheó Gladys oliendo unos palitos que le entregaba un vendedor.

Sven, que veía que algunos hombres se fijaban en ella al pasar, musitó:

—Mi vida, ¿no crees que el escote de tu vestido es demasiado pronunciado?

—Tío, por Dios, ¡no seas tonto! —exclamó ella al oírlo.

—¡Gladys! —la regañó Beth.

Sven cerró entonces un ojo y, mirando a aquella que lo había llamado «tonto», siseó:

—Vuelve a faltarme al respeto y juro por Odín que te llevo a la carreta y no sales de ella hasta que lleguemos a Edimburgo.

Gladys, al oír eso resopló, y subiéndose el escote del vestido preguntó con enfado:

—¿Así mejor?

Sven y Beth se miraron.

—Sin duda alguna —afirmó su tío.

Durante un buen rato él, Beth y Gladys permanecieron en aquel puesto de fragancias. Pero su sobrina no se decidía por ninguna y, al final, cansados, una vez que dejó la orden a un par de guerreros para que no se separaran de ella, Sven siguió caminando con Beth. Era eso o volverse locos.

Estaban mirando un puesto de zapatos cuando un hombre se les acercó y lo oyeron murmurar:

—¡Por el martillo Mjölnir!

Beth y Sven, que sabían que se refería al martillo de Thor, se dieron la vuelta con curiosidad y él de pronto susurró:

—Amigo...

No se dijeron más. Los dos hombres solo se miraban, hasta que el recién llegado dijo:

—Acompañadme.

Sin dudarlo, Sven agarró la mano de Beth, que no entendía nada, y caminó detrás de aquel. Sin hablar, se encaminaron hacia una taberna, donde al entrar fueron directamente a la cocina. Una vez allí, fuera de la vista de todo el mundo, los dos hombres se miraron y se abrazaron.

Beth los observaba en silencio cuando el desconocido dijo con emoción en la voz:

—Louis *Daga Sangrienta*, ¡qué alegría verte!

—Lo mismo digo, Olav Gormsson.

Al oír ese nombre Beth supo de quién se trataba. Aquel hombre, junto con su esposa y sus tíos, fueron quienes habían sacado a las gemelas de Noruega, aunque al llegar a Escocia se separaron por el bien de todos.

—Ahora simplemente soy Sven Paterson —dijo su tío.

—Yo, Arthur Graham —afirmó riendo el hombre, que a continuación preguntó—: ¿Y Candance?

Sven sonrió.

—Ottilia nos espera en Elgin, donde también regentamos una taberna.

—Veo que nuestros caminos han ido paralelos —contestó Olav.

—Eso parece —declaró sonriendo a su vez Sven, que, emocionado, afirmó—: Cuando le diga a Ottilia que te hemos visto querrá venir ella misma a saludarte. ¿Y Palmira? —preguntó a continuación.

Olav negó con la cabeza.

—Murió al poco tiempo de llegar a Escocia. Pilló un constipado y no logró superarlo.

—Lo siento —susurró Sven.

Olav asintió con la cabeza e indicó:

—Me volví a casar. Se llama Clarisa, es escocesa, y tenemos siete hijos.

—¡Enhorabuena!

—¿Qué descendencia tenéis vosotros?

Oír eso hizo que Sven volviera a sonreír y, mirando a la joven que los escuchaba a su lado, respondió:

—Gracias a Óttar y a Blanca, tenemos dos preciosas hijas.

Olav, entendiendo lo que su amigo decía, preguntó entonces dirigiéndose a la joven:

—¿Agda o Revna?

—Revna —dijo ella.

El hombre, al oírlo, hincó de inmediato una rodilla en el suelo y susurró:

—Como bien predijo tu padre, tu belleza es espectacular. —Y, besándole la mano, afirmó—: Un placer volver a verte, mi *Duquesa Guerrera*.

La joven sonrió conmovida, pues no habían vuelto a besarle la mano para mostrarle respeto desde que era una niña. Levantó al hombre del suelo y dijo:

—Ahora soy Beth Craig, no esa duquesa de la que hablas.

—Para mí siempre serás quien eres —repuso el hombre.

Durante un rato los tres siguieron charlando en la cocina de la taberna acerca de cómo habían conseguido sobrevivir, hasta que llegó la mujer de Olav y rápidamente cambiaron de tema. Beth comenzó a hablar con Clarisa, mientras su tío y el hombre continuaban a lo suyo.

Un buen rato después, cuando salieron de la taberna, los ojos de Sven reflejaban la emoción que sentía. Era la primera vez en casi dieciséis años que se encontraba con alguien de su pasado. Y Beth, mirándolo, al verle una expresión extraña le preguntó:

—¿Qué te ocurre?

El hombre miró a su niña pesaroso. Contarle que se había enterado de que Blanca, su madre, no había muerto cuando creían, sino que había vivido durante varios años más siendo maltratada por Leiv y que había tenido un hijo con él era algo que no sabía cómo se tomarían Beth y Gladys. Y, consciente de que debía esperar un mejor momento para contárselo, simplemente respondió:

—La emoción me ha dejado bloqueado.

Beth sonrió comprendiéndolo.

—¿Podemos fiarnos de él? —preguntó a continuación.

—Sin lugar a dudas —contestó su tío con un hilo de voz.

En silencio, regresaron al mercadillo en busca de Gladys. Beth lo observaba todo encantada mientras Sven daba vueltas y más vueltas en su cabeza a algo que comenzaba a martirizarlo, hasta que de pronto Beth se paró y comentó señalando un precioso anillo de plata labrada:

—Creo que a tu Lindura le encantaría.

Sven lo miró. Aquel anillo con la «C» de Candance, el verdadero nombre de Ottilia, era una preciosidad.

—Sin duda le gustará —asintió.

Con una sonrisa en los labios, y después de que Beth se lo probara para ver la talla, el guerrero lo compró. Echaba mucho de menos a Ottilia. Muchísimo. Y, una vez que el tendero le entregó el anillo y él se lo guardó en el bolsillo del pantalón, miró a Beth y cuchicheó:

—No veo el momento de regresar para dárselo.

Ambos sonrieron por aquello, y a continuación la joven se fijó en un pequeño perrillo que había debajo de un puesto. Era un cachorrito, y por el modo en que temblaba parecía asustado.

—Hola, cosita pequeña —susurró la joven agachándose.

El animalillo temblaba. El susto que tenía era enorme.

Entonces Beth oyó que alguien gritaba:

—Maldito bicho del demonio..., ¡largo de aquí!

Al alzar la vista la muchacha vio que la dueña del puesto cogía un palo. Sin dudarlo, Beth agarró al pequeño perro y, levantándose con él en brazos, preguntó:

—Pero ¿qué se supone que vas a hacer?

La tendera, al ver aquello, rápidamente respondió:

—Echarlo de aquí.

En ese instante Gladys se reunió con ellos y mirando a su hermana preguntó:

—¿Qué haces con ese horrible chucho?

Beth parpadeó al oírla.

—Por Odín —murmuró Sven en ese instante—, es idéntico al que mi Lindura se encontró cuando llegamos a Escocia.

Beth asintió, ella también se había percatado.

—Es idéntico a *Grim* —dijo.

Ambos sonrieron y luego Sven señaló:

—Beth, el perro te ha manchado la camisa.

—Oh, ¡qué asco! —gruñó Gladys.

La joven vio que tenía sangre en la camisa y en las manos y, al mirar con detenimiento al animal y ver que tenía una herida en el costado, exclamó furiosa dirigiéndose a la mujer:

—¡Tú le has hecho esto!

La tendera, a quien el perro no le importaba nada, se apresuró a replicar entonces mientras le mostraba una pieza de tela:

—Ya estaba así cuando lo he echado antes, ¡me ha manchado la tela!

—¡Imperdonable! —apostilló Gladys, que se ganó un asentimiento de la mujer.

Acto seguido Beth, que vio que el animalillo no podía tener más de unos dos meses, insistió:

—¡Solo es un cachorro!

—Cachorro o no, ¡me ha manchado el género! —insistió la mujer.

—Por Odín, hermana —terció Gladys—, ¡que es solo un chucho!

Beth, conmovida al sentir el temblequeo del animal en sus brazos e incapaz de dejarlo, agarró la pieza de tela que se había manchado de sangre y, tras sacar unas monedas de su bolsillo, se las entregó a la tendera.

—Con esto queda pagado el género que te ha manchado.

—Me parece bien, milady.

Gladys, al ver aquello, exclamó entonces mirando a su hermana:

—No pensarás meterlo con nosotras en la carreta, ¿verdad? —Y, al ver su gesto, miró a Sven, que estaba a su lado, y protestó—: ¡Tíoooooooooo!

El hombre, que, como Beth, sentía adoración por los animales, ignoró las protestas de Gladys, y consciente de que el animalito necesitaba ser atendido indicó:

—Vamos. Hemos de curarlo.

Una vez que se alejaron del puesto de telas, Gladys se detuvo plantándose frente a su tío y su hermana.

—Me niego a estar cerca de eso —protestó—. A saber qué enfermedades podría tener.

—Gladys, por favorrrrr, es solo un cachorrito —gruñó su gemela.

Pero la aludida prosiguió:

—¿Pretendes que hagamos el viaje con él?

Beth, que lo cierto era que no lo había pensado, miró al animal. Sus ojos y los de ella conectaron y, consciente de que no iba a abandonarlo, declaró:

—Por supuesto que sí.

—Tíoooooooooo —se quejó su hermana.

Sven, que sabía la aversión que aquella les tenía a los animales, terció:

—A ver, mi vida, creo que...

—¡No pienso dejarlo entrar en la tienda por las noches, que os quede claro! —chilló Gladys.

Pero Beth, a la que no le importaba lo que aquella decía, replicó:

—Yo que tú me callaría, no vaya a ser que sea yo la que no te deje entrar a ti.

—Tíoooooo...

—¡Beth! —la regañó Sven.

Tras un rato discutiendo, durante el cual Gladys dejó claro su punto de vista con respecto al cachorro, Beth necesitaba encontrar un sitio donde curar al animalillo. Así pues, una vez que logró convencer a su tío, este prosiguió a regañadientes con las compras con Gladys y ella regresó sola a la taberna de Olav. Allí tendría todo lo necesario.

Como la joven bien había imaginado, Olav y su mujer la atendieron nada más verla. Rápidamente le proporcionaron todo lo que Beth les pidió, y el guerrero, al ver el cariño con el que trataba al cachorro, musitó:

—Eres como tu padre con los animales. Dulce y cariñosa.

Beth sonrió. Siempre que le hablaban de sus padres sonreía de ese modo.

—Fue muy triste todo lo que pasó —comentó Olav a continuación.

El gesto de la joven cambió. Y cuando el hombre se disponía a seguir hablando, su esposa entró de pronto en la cocina.

—Arthur —dijo—, la taberna comienza a llenarse...

Él asintió y entonces Beth, tapando al animal, que resultó ser una perrita, indicó:

—He de irme. Muchísimas gracias por vuestra ayuda.

El matrimonio sonrió y, mientras Clarisa removía el puchero que había en el fuego, Olav la acompañó hasta el comedor; en ese momento Beth dijo con cariño:

—Muchísimas gracias, amigo.

Él asintió conmovido.

—No pasa un día en que no lamente no haber podido hacer algo más.

Beth, que estaba tan emocionada como él, sonrió y lo abrazó con afecto.

Entonces ambos oyeron que alguien tosía a su espalda y, al volverse, se encontraron con Cailean, Arabella, Gladys, Iver, Alan, Sven y varios de los guerreros, que los miraban sorprendidos.

—Hermana, ¿por qué estás abrazando a ese hombre? —soltó su gemela.

Beth, azorada por el modo en que Iver la observaba, buscó una respuesta rápida y fácil y, enseñando a la cachorrita, que tenía en brazos, tras guiñarle el ojo derecho a Cailean, que sonrió, dijo:

—Porque me ha ayudado a curarla y su acción desinteresada se merece el cariño de un abrazo.

—Totalmente de acuerdo —afirmó Sven para apoyarla.

Iver, que, como el resto, a excepción de Sven y Cailean, no sabía distinguir a las gemelas, se afanaba por saber quién era aquella, pero, como siempre, le era imposible.

—¿Quién es Gladys y quién es Beth? —inquirió entonces Alan.

—Beth es la del cachorrito, ¿verdad? —indicó Cailean.

La joven asintió mientras Alan preguntaba divertido:

—Cailean, ¿cómo las diferencias?

—¡Es fácil! —exclamó él.

Oírlo decir eso sorprendió al grupo. ¿En serio él las distinguía?

—Me sorprendes, esposo —replicó Arabella con desgana.

—Para que veas que aún te puedo sorprender —se mofó aquel.

Iver los observaba receloso en silencio. ¿Cómo podía ser que su padre fuera capaz de distinguir a las muchachas y él no? No obstante, sabiendo que Beth era la del perrillo, la observó con disimulo. Se moría por mirarla, por estar con ella... Pero no. No pensaba ir detrás de alguien que, además de rechazarlo, era desagradable con su madre. Arabella, aun con sus defectos, era importante en su vida. Y quien lo quisiera a él tendría que quererla también a ella. No había más que hablar.

Instantes después Olav, en su papel de tabernero, les preguntó qué deseaban beber, y tras tomar la comanda y marcharse, regresó pasados unos minutos con varias jarras de cerveza que puso frente a ellos.

Beth, que estaba sedienta, cogió una y, sin pensar, dijo levantándola:

—*Sköl!*

Los demás la miraron. Sabían que aquella era la palabra nórdica que se utilizaba para brindar. Y, cuando iban a levantar sus jarras, rápidamente Arabella izó la suya y replicó:

—Estamos en Escocia, por tanto, se brinda diciendo *sláinte*.

Alan e Iver intercambiaron una mirada y suspiraron. Aquella mujer no daba tregua. Y Cailean, viendo cómo Sven y sus sobrinas miraban a su esposa, le reprochó:

—Arabella, tengamos la fiesta en paz.

Beth y ella se miraron a los ojos. Estaba claro que su antipatía iba a más.

Estaban bebiendo con tensión en el ambiente cuando Cailean comenzó a hablar de viajes y enseguida Iver y Alan se unieron a la conversación. Beth los escuchaba con curiosidad mientras bebía de su cerveza, y por lo que decían comprendió que Iver no solo tenía aversión a las alturas y al mar abierto, sino también a los barcos.

Saber eso la hizo sonreír con amargura. Estaba claro que el sueño premonitorio de su tía de que un hombre surcaba los mares por ella nunca se cumpliría con Iver. Estaba pensando en ello cuando Alan murmuró acariciando la cabeza de la cachorrita:

—Es una preciosidad.

Beth asintió. El animalillo se había quedado dormido entre sus brazos.

—Sí —afirmó—. La verdad es que es muy bonita.

Todos miraron al cachorro, que dormitaba plácidamente.

—¿Sigues pensando que viaje con nosotras? —terció Gladys.

—Sí.

—¿Por qué?

—Pues porque está sola, herida, es un bebé y yo no la voy a abandonar —respondió Beth al ver que todos la miraban.

Al oír eso su gemela cuchicheó:

—Ahora, encima, me va a tocar compartir carreta y tienda con un chucho...

Beth levantó una ceja, pero entonces Arabella, sorprendiéndola, intervino:

—A veces los animales son mejor compañía que las personas.

Oír eso viniendo de Arabella agradó a Beth, que, mirándola, afirmó:

—Sin que sirva de precedente, por una vez estoy totalmente de acuerdo contigo.

—Mira qué ilusión —replicó aquella con su habitual acritud.

Según dijo eso todos se movieron incómodos en su sitio, y Alan, percatándose del embarazoso momento, comentó:

—Íbamos a comer algo. ¿Os apetece quedaros?

Beth, que estaba incómoda al ver que Iver la ignoraba ceñudo, negó de inmediato con la cabeza.

—Prefiero regresar al campamento con *Valkiria*.

—¿Quién es *Valkiria*? —preguntó Cailean.

Beth le mostró a la cachorrita y, acto seguido, Arabella cuchicheó:

—Ridículo nombrecito vikingo...

—¡Madre! —protestó Iver.

Beth asintió al oírla y, mirándola, indicó:

—Pues fíjate que había pensado llamarla *Arabella*...

—¡Madre de Dios! —se mofó Cailean.

Todos se miraban boquiabiertos. La rivalidad entre aquellas era algo escandaloso. Y la mujer, tras dirigirse a su hijo y a su marido en busca de apoyo, gruñó:

—¡Como le ponga mi nombre a la perra, la vamos a tener!

Beth sonrió. Aquella bruja gruñona no podía con ella. Y, encogiéndose de hombros, afirmó:

—Tranquila. *Valkiria* me gusta más.

Según dijo eso, su tío Sven sonrió. Su niña sabía defenderse bien de impertinentes como aquella.

—En casa tiene otro perro al que llama *Abuelillo* —apostilló Gladys con sorna.

—Otro nombrecito ridículo —declaró Arabella.

Beth parpadeó. Aquella mujer le ponía en bandeja sus réplicas, pero, consciente de que incomodaba a los demás, miró a su hermana y dijo:

—Gladys, ¿por qué no cierras esa cueva sucia que tienes por boca, levantas tu gordo culo del asiento y nos vamos?

—Por el amor de Dios..., ¡qué ordinariez de muchacha! —se quejó Arabella.

Beth, que la oyó igual que el resto, la miró y soltó:

—Prefiero ser una ordinaria a una falsa y amargada educada como tú.

—¡Oh, por san Fergus...!

Sven cogió entonces a sus sobrinas del brazo y tiró de ellas para que se levantaran.

—¡Nos vemos en el campamento! —se apresuró a decir.

Y, sin más, se marcharon, mientras Arabella seguía protestándole a su hijo y Cailean sonreía con todo su disimulo.

Capítulo 39

A la mañana siguiente Beth estaba de un humor excelente, aunque el día era feo y lluvioso.

La cachorrita estaba bien y, a pesar de estar calándose bajo la lluvia, poder cabalgar con ella sobre la yegua parda era una sensación maravillosa.

Ajena a lo que rondaba por la cabeza de su tío, Beth estaba feliz, a pesar de que Iver no se le hubiera acercado siquiera. El guerrero parecía ignorarla por completo, aunque ella no sabía que se las ingeniaba para poder controlarla.

Horas después, cuando la comitiva decidió parar para hacer noche, Cailean, que vio que la tormenta iba a peor, comentó:

—Qué nochecita se nos presenta...

Entonces Alan divisó unas luces más allá.

—Estamos cerca de Culsalmond —informó.

Ethan, que estaba sufriendo por ver a Eppie y a su madre caladas hasta los huesos como los demás, propuso:

—Peter y Carolina me dijeron que en Culsalmond hay una buena posada. Creo que deberíamos pasar la noche allí.

Cailean asintió mirando a las mujeres.

—Ellas agradecerán hacer noche bajo techo.

Todos miraron entonces a Arabella, Eppie y Gladys, que estaban encogidas en la misma carreta.

—Sin lugar a dudas —afirmó Ethan.

Iver, por su parte, volvió entonces la cabeza con disimulo. Beth montaba la yegua bajo la lluvia mientras charlaba tranquilamente con su tío. A diferencia de las otras, parecía disfrutar de la tormenta. Y acto seguido Ethan, que estaba preocupado por su mujer, decidió:

—Me adelantaré con Eppie.

Todos asintieron. Y una vez que él recogió a su esposa de la carreta, cabalgó hacia el pueblo con ella.

—Padre —dijo entonces Iver—, da la orden a tus hombres para que acampen ahí. Yo se la daré a los míos y a los de Peter, y luego iremos también a esa posada.

Dicho esto, Iver se acercó con su caballo hasta Alan, Sven y Beth.

—Hemos decidido hacer noche en la posada de Culsalmond —indicó.

Alan, que, como todos, estaba empapado, asintió.

—Me parece bien.

Beth no dijo nada y su tío, mirándola, señaló:

—Montaré la tienda.

—No hace falta —lo cortó Iver—. Nosotros descansaremos en la posada mientras los hombres se quedan aquí.

Sven negó con la cabeza y, tras intercambiar una mirada con su sobrina, repuso:

—Nosotros y Gladys nos quedaremos también aquí.

Iver y Alan se miraron. Estaba diluviando.

Y Beth, entendiendo la mirada de ellos, aclaró:

—Preferimos reservar el dinero que tenemos para pagar el médico de mi hermana.

Al oír eso, Iver rápidamente negó con la cabeza.

—Yo me encargaré de lo que cueste la posada.

—¡Ni hablar! —apostilló Beth—. No necesitamos caridad.

—No es caridad, es empatía —replicó él molesto.

—¡Que no! —insistió Beth.

Los tres hombres la miraban. Aquella muchacha era muy cabezota.

—Solo es un poco de agua —aseguró empapada.

—¿Un poco? —se mofó Alan.

Beth, a quien la lluvia casi no la dejaba hablar, evitando mirar a

Iver, que la contemplaba con gesto ceñudo, sonrió y le preguntó a Alan:

—¿No te gusta la lluvia?

En ese instante un rayo cruzó el cielo y un trueno retumbó al cabo de pocos segundos.

—Ni la lluvia ni las tormentas —respondió él—. Prefiero las noches estrelladas como Iver.

Beth, que se había encogido al oír el trueno como todos los demás, se disponía a hablar cuando Iver, pensando en cómo convencerlos, dijo dirigiéndose a Sven:

—No creo que estar calada hasta los huesos sea bueno para Gladys. ¿No podría empeorar su tos?

El hombre asintió, eso ya lo había pensado él.

—Por favor, venid a la posada —insistió Iver—. Como he dicho, no tenéis que preocuparos por el dinero. Pensad en Gladys y en su salud.

Beth iba a negarse de nuevo, pero Sven, pensando en sus niñas, claudicó.

—Tienes razón. Hemos de ir.

—Tío —gruñó ella.

El guerrero la miró.

—Él tiene razón.

Iver y Alan dieron entonces media vuelta y, mientras se alejaban, Alan murmuró riendo:

—A *sor Pesadilla* no le ha hecho mucha gracia la propuesta...

Iver se encogió de hombros. No pensaba permitir que la joven durmiera bajo aquella tormenta.

—Por suerte, es su tío quien la tiene que aguantar —repuso sonriendo.

Capítulo 40

Un buen rato después, cuando Beth entró en la posada con su hermana y su tío, y la perrilla metida en una bolsa para que no la vieran, Alan se dirigió a ellos y dijo mientras les entregaba unas llaves:

—Vosotras estáis alojadas en la habitación seis.

—¿Las dos juntas? —preguntó Gladys.

Alan, pese a que estaba casi seguro de cuál iba a ser la respuesta, aun así preguntó:

—¿Gladys o Beth?

—Gladys —dijo la joven.

Él asintió. Sin duda el carácter las diferenciaba. Y, mirando a su tío, indicó:

—Tú, Sven, en la ocho. ¿Os parece bien?

—No —gruñó Gladys—. Habría preferido una habitación para mí sola.

—¡Gladys! —protestaron Sven y su hermana.

Alan, que se lo tomaba todo con calma, explicó mientras los rodeaban otras gentes:

—La posada está muy llena a causa de la tormenta. Es lo mejor que hemos podido conseguir.

Beth lo miró y contestó:

—Te lo agradecemos mucho, Alan.

El guerrero asintió, y entonces Cailean, que hablaba con unos hombres y su hijo, llamó:

—Sven, acércate un momento.

Sin dudarlo, este se alejó en el mismo momento en que la puerta de la posada se abría y entraban varios hombres, entre ellos uno ataviado con una capa oscura que, sin quitarse la capucha, chocó con Gladys, la miró cabizbajo y luego comenzó a subir por una escalera que había a la derecha hasta que desapareció.

La joven sonrió con disimulo, puesto que vio que el hombre era Goran, y, tomando aire, dijo:

—Muero por un baño caliente. ¿La habitación tiene bañera con agua templada?

Beth protestó al oírla. Demasiado era que los invitaran a dormir bajo techo como para, encima, ir exigiendo.

—¡Gladys, compórtate!

La posadera, al oírla, rápidamente indicó mientras le hacía ojitos a Alan:

—La única habitación libre con bañera que nos queda es individual, y ustedes necesitan una de dos camas...

—¿Y no podría ocupar yo esa individual? ¡Creo que me la merezco!

—¡Gladys! —la regañó su hermana.

Alan, viendo el agobio de Beth, se compadeció de ella. Su hermana era muy cargante. Todavía no entendía cómo aquellas dos podían ser tan diferentes siendo físicamente tan iguales.

—Nos quedamos también la habitación individual para ella —resolvió mirando a la posadera.

—Alan —gruñó Beth.

Pero el guerrero se encogió de hombros y tan solo dijo:

—Así tendréis más espacio, Beth. No te preocupes.

Encantada, la dueña de la posada asintió. El mal tiempo había hecho que tuviera el establecimiento lleno. Cogió una llave y dijo mientras caminaba entre los hombres que continuaban entre ellos:

—Habitación dieciséis. Te acompañaré.

—No hace falta. Dime dónde está y yo misma la encontraré.

La posadera asintió.

—Tienes que subir por la escalera de la izquierda hasta el segundo piso. Es la cuarta puerta a la derecha.

Gladys comenzó a subir entonces con prisa al tiempo que exigía:

—Súbanme el agua caliente ¡ya!

Una vez que la joven desapareció y la posadera se dirigió a la cocina para pedir el agua, Beth se apartó el pelo mojado del rostro e iba a hablar cuando Alan se mofó:

—Qué prisas le han entrado.

Beth resopló y simplemente susurró mirando al guerrero:

—Te juro que a veces la mataría...

Capítulo 41

A Gladys se le salía el corazón del pecho al llegar frente a la puerta de su habitación. ¿Qué estaba haciendo Goran allí? Y cuando abría con la llave oyó a su espalda:

—Mi duquesa...

Al volverse vio a Goran en el pasillo. Su sonrisa se ensanchó cuando él se quitó la capucha, y sin dudarlo se lanzó a su cuello y lo besó con descaro.

Una vez que se metieron en la habitación, se desató la pasión entre ellos como siempre que se veían.

—¿Qué estás haciendo aquí? —le preguntó Gladys sorprendida.

Goran no contestó, y ella, al notar que él la agarraba con fuerza de las muñecas, le advirtió:

—Cuidado. La última vez las marcas me duraron días.

Él sonrió, recordaba aquella última vez. Y susurró mientras le daba un azote en la nalga:

—Me gusta que estés marcada por tu hombre.

La joven sonrió complacida. Goran la excitaba mucho.

—No te poseo desde el día del tumulto —añadió él—, y te deseo con urgencia.

Un beso. Dos. Tres. Y luego Gladys preguntó:

—¿Dónde está Sigurd?

—Regresó al valle de Bergsdalen. Nos está esperando allí deseoso de que lleguemos.

La joven sonrió y Goran continuó:

—Está todo organizado. En cuanto nos quitemos a tu tío de

encima, tú y yo nos llevaremos a tu hermana, la meteremos en el barco de David Morrison que nos espera en el puerto de Aberdeen y, una vez que lleguemos al valle de Bergsdalen, el pueblo la haya visto y los hombres de Sigurd hayan disfrutado de ella, la mataremos.

Gladys sonrió satisfecha. La venganza que había planeado contra su hermana por ser la primogénita y heredera del ducado y por haber sido la preferida de sus tíos era hacerla volver en contra de su voluntad a Noruega, donde sería humillada, violada y asesinada. Pensar en ello le producía tanta satisfacción que, riendo, comentó:

—No veo el momento de que eso ocurra.

De nuevo, ella y Goran se besaron. Besos sucios, calientes, pecaminosos... Hasta que Gladys se detuvo para volver a preguntar:

—¿Encontraste a los hombres que fallaron el día del tumulto?

—Eran hombres de Morrison —repuso Goran mientras le levantaba las faldas—. Por no capturar a tu hermana y matar a Sven *Daga Sangrienta* lo pagaron con su vida.

Gladys asintió gustosa y, cuando notó que él acariciaba su sexo, jadeó y él siseó deseoso de ella:

—Estoy aquí arriesgando mi vida, mi duquesa. Así que no me digas cómo he de poseerte, porque eso, hasta que Sigurd vuelva a compartir lecho con nosotros, lo decido yo.

A la joven le encantó que la llamara «mi duquesa» y, feliz, disfrutó del sexo con aquel.

Capítulo 42

Alan y Beth, que continuaban hablando en la recepción, se disponían a subir a sus habitaciones cuando, de pronto, la puerta de la posada se abrió y, al ver quién entraba, el guerrero saludó:

—Duncan McRae..., pero ¿qué haces tú por aquí?

El aludido, que estaba calado hasta los huesos al igual que el resto de los presentes, sonrió y, mientras sujetaba la puerta para que entrara alguien más, contestó:

—Resguardarme en esta terrible noche.

Una vez que su acompañante entró y se quedó tras él, el imponente guerrero tendió la mano y saludó:

—Alan McGregor..., ¡qué grato verte!

Los dos hombres se estrecharon la mano.

—Iver, sus padres y su hermano Ethan se alojan también aquí —comentó Alan.

Duncan asintió y, gustoso, repuso:

—Será un placer saludarlos.

—¡¿Duncan?!

Iver, que acababa de verlo, saludó.

—No te esperaba por aquí.

Tras estrecharle la mano a Iver con el mismo afecto con que segundos antes lo había hecho con Alan, Duncan respondió:

—Vengo de Tulloch Wood, de recoger a mi hija, y la tormenta nos ha pillado en el camino.

Duncan, por mediación de su cuñado Zac, estaba ayudando a Iver y a Alan con el tema de las ovejas.

—Papi... —dijo de pronto la persona que había entrado tras él en la posada—, sería tremendamente emocionante dormir a la intemperie.

Duncan puso los ojos en blanco al oír eso y, dándose la vuelta, indicó:

—Johanna, te he dicho que no. Y no me llames «papi» delante de la gente.

—Pero...

—Johanna, ¡no! —la cortó.

La joven resopló, y su padre, echándose a un lado, comentó:

—A mi hija Johanna le encantan las tormentas, al igual que a Megan, mi mujer.

En ese instante la joven se quitó la capucha que le cubría la cabeza y a Alan se le aceleró el corazón. Pero ¿cómo no había conocido antes a esa muchacha?

La chica era una preciosa morena de ojos verdes que sonriendo indicó:

—Por favor..., ¿a quién no le gustan las tormentas?

Divertida al oír eso, Beth señaló entonces a Alan y contestó:

—A él.

Johanna clavó sus impresionantes ojos verdes en aquel apuesto guerrero alto y empapado de pelo claro y, al ver cómo él la miraba, murmuró divertida:

—Aguafiestas.

—¡Johanna! —gruñó Duncan.

—¿Me has llamado «aguafiestas»? —preguntó Alan boquiabierto.

La chica, que ignoró a su padre, asintió.

—Podría haberte llamado algo peor —se mofó.

—¡Johanna!

—¿Qué, papá?

Duncan la miró sin dar crédito. ¿Por qué sus hijas eran tan indisciplinadas? Y entonces ella, agarrándose de su brazo, musitó:

—Papi..., quiero decir..., papá, sabes que lo digo en broma.

Él suspiró. Sus dos hijas, Johanna y Amanda, poseían el mismo carácter indomable que su mujer, que lo traía por la calle de la amargura.

—Iver y Alan McGregor, os presento a mi díscola hija mayor, Johanna McRae —dijo mirando a los dos guerreros que tenía delante.

Aquella hizo un gesto con gracia, y al ver que Alan la miraba muy serio musitó:

—Repito: ¡era bromita! No te conozco como para saber si eres un aguafiestas, pero, desde luego, como me sigas mirando así me lo voy a creer.

—Johanna... —le advirtió de nuevo su padre.

Iver sonrió. ¿Qué le pasaba a Alan? Y, al verlo tan parado, iba a decirle algo cuando Duncan, refiriéndose a Beth, preguntó:

—¿Y esta preciosa joven de quién es la enamorada?

Según dijo eso los dos guerreros se apresuraron a negar con la cabeza, y la propia Beth, viendo aquello, aclaró:

—Uy, no..., no..., no... Yo estoy libre.

Esa respuesta hizo que Johanna soltara una risotada.

—¡Como yo! —agregó—. Libre como el viento.

Duncan miró a su hija, y entonces Beth aclaró divertida:

—Señor, yo soy Beth Craig. Viajo con mi hermana, mi tío y los McGregor.

Él asintió gustoso con la cabeza y Johanna, fijándose en el tatuaje que sobresalía por debajo de la manga de Beth, cuchicheó:

—Pero ¡qué maravilla...!

La joven sonrió y Johanna, mirando a su padre, se disponía a decir algo cuando este, adelantándose, indicó:

—Ni hablar, Johanna.

Entonces la posadera regresó a la recepción y, al ver a los recién llegados, se dirigió a ellos.

—Lo siento, señor, pero no nos queda ninguna habitación libre.

—¡Oh, qué pena! —se mofó Johanna.

Duncan maldijo al oír a su hija, e Iver se apresuró a intervenir:

—Alan y yo podemos compartir habitación y así quedará una libre para vosotros.

—Ni hablar. Papi..., perdón, papá ronca como un oso —gruñó la muchacha.

Duncan resopló y Beth, divertida, dijo entonces mirando a la joven:

—En mi habitación hay dos camas. Te lo digo por si quieres compart...

—¡Quiero! —afirmó enseguida aquella sin dejarla terminar.

Duncan asintió gustoso, y Johanna, agarrándose del brazo de Beth como si la conociera de toda la vida, preguntó:

—¿Cuál es nuestra habitación?

—La número seis —dijo Beth.

La chica asintió con gracia y, tan empapada como ella por haber viajado a caballo, añadió:

—Papá, por favor, pide que suban nuestro equipaje.

—El mío está todo aquí —informó Beth.

Johanna, que miró la bolsa que aquella le mostraba, donde iba oculta la perrita, afirmó:

—Algo me dice que estará todo empapado...

—Totalmente —convino Beth.

—Tranquila, que yo llevo de todo. —Johanna sonrió—. Venga, ¿qué tal si nos cambiamos de ropa antes de cenar?

—Me parece bien —dijo ella.

Una vez que las dos jóvenes se marcharon e Iver le entregó la llave de su habitación a Duncan, preguntó cuando se quedó a solas con Alan:

—¿Y a ti qué te pasa, que no has dicho ni mu?

Su amigo lo miró.

—¿Tú conocías a la hija de Duncan? —preguntó a continuación.

—No —dijo Iver, y al ver el gesto de aquel cuchicheó—: Guapa, ¿eh?

Alan asintió y, tan empapado como su amigo, apostilló:

—Y libre como el viento...

Capítulo 43

Beth y Johanna hicieron rápidamente buenas migas y, como era de esperar, en cuanto la muchacha vio a *Valkiria* se enamoró de la perrita.

Las jóvenes acababan de conocerse, pero, por su manera de hablar y de tratarse, cualquiera que las viera pensaría que eran amigas de toda la vida.

Mientras se quitaban las ropas empapadas en la habitación y se secaban, la lluvia, los rayos y los truenos continuaban. Y en un determinado momento Johanna, mirando por la ventana, preguntó:

—¿No te parece precioso el modo en que los rayos atraviesan el cielo?

Beth asintió entusiasmada, y Johanna, moviéndose, cogió en brazos a la perrita y fue hasta su baúl.

—Escoge lo que quieras —indicó abriéndolo.

Beth, que desde que había huido de Noruega no había vuelto a tener ropas como aquellas, las miró impresionada. Si su hermana viera aquello se volvería loca. Por ello, tras coger una simple camisa blanca y una falda azul celeste, iba a hablar cuando Johanna sugirió:

—Si quieres, ponte uno de esos vestidos.

Beth miró los vestidos que le indicaba. No había vuelto a tener ninguno parecido desde que era pequeña. Y, consciente de que ya era demasiado que le prestara aquello, una vez que terminó de ponérselo, dijo:

—¿Te importa si cojo algo seco para mi hermana?

—Claro que no —contestó la joven—. ¿Dónde está tu hermana?

—En otra habitación.

Johanna asintió gustosa y, besando la cabecita de *Valkiria*, indicó:

—Avísala y que ella escoja lo que quiera.

Feliz por lo que aquello supondría para Gladys, Beth corrió a avisarla, pero cuando dobló la esquina en el pasillo tropezó con alguien. Era Iver, que, al verla, primero se aseguró de que fuera ella y luego, incapaz de no sonreír, dijo:

—¿Adónde vas con tanta prisa?

Beth no contestó y él la observó gustoso de pies a cabeza. Estaba preciosa con aquella camisa blanca y la falda celeste.

—¿Ahora me hablas? —le soltó entonces la muchacha.

Iver, que era consciente del modo en que la había ignorado en los últimos días, iba a contestar cuando ella levantó el mentón y siseó:

—Mira, guapo..., ahora la que decide que no te va a hablar a ti soy yo.

Y, sin más, prosiguió su camino, mientras el guerrero, molesto, proseguía también el suyo y entraba en su cuarto.

Acalorada por el encuentro, Beth llegó frente a la habitación de su hermana y se apresuró a llamar. Gladys tardaba y, cuando ya comenzaba a inquietarse, su hermana abrió. Estaba mojada y enrollada en una sábana.

—¿Qué quieres? ¡Me estaba bañando!

Al verla de aquella guisa Beth se apresuró a decir:

—He conocido a una chica que tiene un baúl lleno de ropa seca. Se llama Johanna y voy a compartir habitación con ella. Venía a decirte que estará encantada de dejarte algo para esta noche.

Oír eso hizo que Gladys parpadeara y de inmediato respondiera:

—Voy enseguida.

Cuando se disponía a cerrar, Beth colocó el pie frente a la puerta.

—¿Estás sola? —inquirió.

Gladys asintió nerviosa.

—¿Tú qué crees?

Beth no podía explicarse la desconfianza que sentía hacia su hermana.

—¿Puedo pasar? —preguntó.

—¡No! —dijo de inmediato Gladys.

Al ver que se había puesto muy nerviosa, Beth le dio un empujón a la puerta y entró en la estancia, que, efectivamente, estaba vacía. Gladys vio entonces la ventana entreabierta e imaginó dónde estaba Goran.

—¿Contenta? —protestó.

Beth asintió y, mirando a su gemela, mientras salía de nuevo al pasillo, indicó:

—Ándate con ojo y no avergüences al tío.

* * *

Un rato después Gladys apareció en la habitación de su hermana. Una vez que le hubo presentado a Johanna, al ver el baúl abierto la joven ya no les quitó ojo a los ropajes que llevaba aquella desconocida. Cogió dos vestidos, dos faldas y varias camisas y murmuró:

—Pero qué maravilla de tejidos...

Beth, al ver aquello, musitó:

—Gladys, se trata de que escojas algo para esta noche, no de que te apropies de medio baúl.

Pero ella no escuchaba, solo veía las preciosas prendas; Johanna, entendiendo que la situación de aquellas muchachas no era la misma que la suya, terció:

—Gladys, quédatelo. Yo tengo más en Eilean Donan.

Eso precisamente era lo que necesitaba oír, y, emocionada, iba a hablar cuando Beth, con seguridad, le quitó los vestidos de la mano.

—Con esa falda y esa camisa, ¡vas arreando! —dijo.

—¡Beth! —protestó su hermana.

Ambas se miraron hasta que Gladys, molesta, siseó:

—No quiero ir vestida igual que tú.

Al oír eso Beth se fijó en las prendas que tenía en las manos: una camisa blanca y una falda celeste muy parecidas a las que ella había cogido; pero, sin querer darle más importancia, replicó:

—Déjate de tonterías.

Molesta y enfadada, Gladys siseó deseosa de ser mala con aquella:

—Muy bien, hermana..., me quedaré con esto.

Y, dicho eso, se marchó de la habitación sin añadir más.

—¿Es o no es para matarla? —gruñó Beth—. ¡Ni las gracias te ha dado!

Johanna sonrió. Sin conocerlas, solo viendo el detalle de la ropa, ya había comprendido que las dos chicas no se parecían en nada. Y, dispuesta a conseguir que el humor de Beth cambiara, dijo mientras dejaba a *Valkiria* en una cajita que habían colocado para ella en un rincón:

—Yo también tengo una hermana. Se llama Amanda.

Beth suspiró y luego preguntó sentándose en la cama:

—¿Y cómo es el trato entre vosotras dos?

Johanna sonrió. Lo cierto era que ella y su hermana se llevaban de maravilla.

—El mejor del mundo —declaró—. Amanda y yo nos llevamos muy bien y nos encanta estar juntas. ¿Cómo es el tuyo con Gladys?

Sin dudarlo, mientras se calzaba las botas, Beth respondió:

—El peor del mundo.

Ambas rieron y luego la joven aclaró:

—Es mi hermana y la quiero por encima de todas las cosas, pero desde hace tiempo su comportamiento me hace dudar si ella me quiere del mismo modo a mí.

—¡Seguro que sí! —afirmó Johanna.

De pronto unos golpes en la puerta hicieron que ambas guardaran silencio.

—Johanna, ¿estás preparada?

Al oír la ronca voz de Duncan, la joven susurró:

—Es mi padre.

Beth asintió y, al ver que la chica no contestaba, se disponía a decir algo cuando aquella cuchicheó con gracia:

—Tres..., dos..., uno...

Lo siguiente fue que Duncan abrió la puerta de un empujón y, al ver a su hija sentada en la cama junto a Beth, gruñó:

—¿Se puede saber por qué no contestabas?

Johanna suspiró, y acto seguido él volvió a protestar:

—¿Qué hace esa ventana abierta?

La muchacha sonrió al oírlo.

—Johanna McRae Phillips, te prohíbo terminantemente que salgas a la calle por la ventana para disfrutar de la tormenta... —añadió su padre.

Ambos se miraron a los ojos unos instantes y luego ella contestó:

—Papá, tranquilo.

Duncan, a quien le resultaba muy difícil tener tranquilidad con las tres mujeres con las que compartía su vida, cabeceó.

—¿Se puede saber por qué sigues echando las puertas abajo? —preguntó su hija a continuación.

Él levantó una ceja. Vivir con Megan y sus dos hijas le había demostrado que si no contestaban a la primera era porque estaban metidas en algo, y cuando se disponía a replicar, la joven insistió:

—¿Dejarás de hacer eso algún día?

—Cuando me muera —aseguró él sin inmutarse.

Oír eso hizo que Johanna resoplara y, levantándose, soltó enfadada:

—Padre, por favor..., ¿quieres no decir eso, que sabes que me incomoda?

Que lo llamara «padre» hizo sonreír al guerrero.

—Ni papi ni papá... No me cabe duda de que esto te enfada —cuchicheó mofándose.

La joven se le acercó, se llevó las manos a la cintura y, cuando iba a protestar, Duncan afirmó dulcificando el tono:

—Cariño, cada vez te pareces más a tu madre.

Oír eso hizo que la joven finalmente sonriera, y acto seguido el guerrero preguntó:

—¿Cuánto tardaréis en bajar?

—Ahora bajaremos, papá...

Duncan asintió y, mirando la ventana abierta, repitió:

—Quiero esa ventana cerrada.

Johanna cabeceó y cuando él salió cerrando la puerta a su espalda, Beth, que no se había movido de la cama, preguntó:

—Pero ¿qué es lo que acaba de pasar aquí?

La muchacha sonrió y, sentándose de nuevo junto a ella, susurró:

—Que, en días de tormenta, no se fía ni un pelo de mí.

—¡¿Cómo?!

Johanna asintió.

—Cuando hay tormenta, a mi madre, a mi hermana y a mí nos encanta nadar en el lago que hay delante de nuestra fortaleza, y eso lo pone de los nervios.

Divertida, Beth soltó una carcajada. Sin duda la familia de aquella joven era muy graciosa.

Capítulo 44

Gladys se miraba sonriendo al espejo de su habitación. Se sentía fuerte, poderosa y muy mujer.

Disfrutar del placer del cuerpo con Goran era una de las mejores cosas que había hecho en la vida. Y, mientras ocultaba bajo la manga de su camisa el nuevo moretón que aquel le había hecho al poseerla, suspiró.

Con coquetería, siguió contemplándose en el espejo. Aquellas ropas que la tal Johanna le había regalado no eran suficientes para ella, pero de momento debía conformarse. Sonriendo, ladeó el cuello para que Goran se lo besara y él murmuró:

—Pronto tendrás todo lo que desees.

—Así es...

Estaba disfrutando del momento cuando sonaron unos golpes en la puerta de su habitación.

—Mi vida, ¿estás preparada? —se oyó que decía la voz de su tío Sven.

De inmediato Goran se escondió tras la puerta y Gladys, dulcificando el tono, respondió:

—Tío, estoy vistiéndome.

—De acuerdo. Te esperaré.

—No, no —se apresuró a decir ella—. Baja tú, y en cuanto termine iré yo.

Sven sonrió. Gladys era muy presumida.

—Abajo te espero, mi vida —señaló.

Instantes después, cuando dejaron de oír sus pisadas en el pasillo, Goran inquirió:

—¿«Mi vida»?

Gladys asintió.

—Tonterías de mi tío...

Él sonrió y se le acercó.

—Nadie que no sea yo puede llamarte «mi vida», ¿entendido? —soltó a continuación.

La joven cabeceó hechizada por él y, tras un nuevo beso cargado de pasión, pidió:

—Vete antes de que nos pillen.

El guerrero asintió y, mirando a aquella, a la que tenía donde deseaba, dijo:

—Una vez que lleguemos a Aberdeen acabaremos con esto, Agda.

—No veo el momento.

Abrieron la puerta y Gladys volvió a besarlo, deseosa de sentir de nuevo su calor. Tras varios besos ardientes y posesivos, finalmente Goran, oculto tras su capa, se lanzó hacia la escalera situada en el lado derecho de la posada, sin ser consciente de que Iver, que había subido por la de la izquierda, se había detenido en el pasillo al ver a la joven besándose más allá con un tipo.

Gladys cerró la puerta de su cuarto para bajar también, pero al volverse y ver a Iver se le aceleró el corazón. Durante unos segundos se miraron, hasta que la joven se percató de que aquel, como siempre, no sabía si era Beth o ella. Eso le vino bien y, pasando por su lado, esbozó una sonrisa como la que solía poner su hermana y preguntó:

—¿Ocurre algo?

Iver, totalmente descolocado, no supo qué decir, y ella, acercándosele, murmuró:

—¿Acaso te crees tan especial como para pensar que solo deseo tus besos, después de cómo me has ignorado, Iver *el Creído*?

Eso le hizo saber al guerrero que aquella era Beth.

—Besas bien —añadió ella—, pero hay quien me complace mucho más.

A Iver no le estaba haciendo ninguna gracia oír eso. Aquella descarada lo estaba sacando de sus casillas.

—Te agradecería que no le dijeras nada a mi tío de lo que has visto. No quiero disgustarlo —apostilló la joven pasando por su lado.

Y, dicho eso, se metió de nuevo en su cuarto mientras Iver conseguía finalmente respirar.

Capítulo 45

Arabella, complacida por haber coincidido en la posada con Duncan McRae, disfrutó de una excelente cena mientras Beth, callada, escuchaba y sonreía ante lo que contaban.

—¿Quién es Beth y quién es Gladys? —preguntó Duncan en un momento dado mirando a las gemelas.

Gladys, que, tras el encontronazo con Iver, había entrado de nuevo en la habitación para cambiarse la camisa y ponerse una azulona, pestañeó de una manera que a Beth la avergonzó y respondió:

—Yo soy Gladys, señor.

Duncan, que era muy observador, asintió. Aunque físicamente era idéntica a su hermana, esa chica no le gustaba, por lo que mirando a la otra dijo:

—Entonces Beth eres tú.

—¡Sorpresa! —exclamó la aludida haciéndolos sonreír a todos, excepto a Arabella e Iver, que la miraban con gesto de desagrado.

Durante un rato Duncan le hizo preguntas a Beth, que ella respondió con gracia, hasta que Johanna preguntó dirigiéndose a la chica:

—¿A qué se debe ese extraño y bonito acento tuyo?

Oír eso hizo que todos levantaran la cabeza.

—A la sangre vikinga y escocesa que corre por mis venas —declaró Beth con naturalidad, y, levantando su copa, acto seguido exclamó—: *Sköl!*

—Muchacha, baja la voz —la increpó Arabella.

—Estamos solos en este comedor —respondió ella.

Pero Arabella reprochó:

—Me da igual. Cuanta menos gente sepa lo que eres, ¡mejor para todos!

—Aisss, qué monaaaaa —soltó Beth con acritud.

—No me llames «mona»..., ¡vikinga!

Nada más decir eso todos contemplaron con seriedad a la mujer. Ethan, entendiendo el agobio de la muchacha, tras mirar a su hermano Iver, que guardaba silencio, regañó a Arabella:

—Madre, ¡basta!

—Eso digo yo, ¡basta ya! —gruñó Gladys.

Beth resopló. Mira que intentaba no cruzar palabra con aquella para no liarla. Entonces, Johanna, sorprendiéndolos a todos, terció:

—Yo tengo sangre inglesa y escocesa. —Y, mirando a Arabella, añadió—: Y, sinceramente, estoy muy orgullosa de ello, aunque algunos se empeñen en complicarme la vida.

Beth sonrió al oír eso; estaba claro que aquella muchacha era especial. Y, cuando el grupo siguió hablando sobre la ayuda que Duncan les estaba ofreciendo a Iver y a Alan en su negocio, susurró:

—Gracias.

—Las que tú tienes y a esa bruja sibilina le faltan —dijo Johanna.

De nuevo ambas sonrieron; pero tener a Iver sentado frente a ella con aquel gesto la ponía muy nerviosa. Cada vez que la miraba, el guerrero clavaba los ojos en ella haciéndola temblar. Y Johanna, que se había dado cuenta de ello, cuchicheó:

—¿Te altera tenerlo frente a ti?

La joven lo miró de nuevo y, sin dudarlo, afirmó:

—Un poco.

Johanna, que, como Duncan, era bastante observadora, añadió pasados unos segundos:

—¿En serio tu hermana le está haciendo ojitos a mi padre?

Beth la miró. Lo de su hermana no tenía nombre. Y, viendo la incomodidad de su tío Sven, que se había percatado de ello, musitó:

—A tu padre y a cualquiera...

Johanna asintió y, tras dirigir una mirada de advertencia a Gladys, murmuró:

—Si mi madre estuviera aquí te aseguro que la dejaba sin pestañas.

Eso hizo que Beth soltara una carcajada.

—¡Qué mona, tu madre!

—No lo sabes tú bien —afirmó Johanna divertida.

Ambas jóvenes reían cuando Arabella, interesada en lo que aquellas cuchicheaban, pidió:

—Contadnos. A todos nos gustaría saber qué es lo que os hace tanta gracia.

Beth y Johanna, al sentir los ojos de todos sobre ellas, se miraron y luego la segunda dijo:

—Le hablaba a Beth de los pretendientes que tuve en Tulloch Wood mientras visitaba a mi amiga Petunia, y de lo mustios y flojos que eran.

Oír eso hizo que Duncan tosiera, y su hija, al oírlo, indicó:

—Papá, yo no lancé el reto. Fue Richard Marx.

—¿Qué reto? —quiso saber Cailean.

La joven, que vio la media sonrisa de su padre, indicó:

—Subir a la copa del árbol más alto que hubiera en sus tierras.

—Oh, por Dios —murmuró Arabella—. Eso no es propio de una jovencita como tú.

Johanna sonrió al oír su comentario y, sabiendo por el gesto de su padre que aquel quería que lo contara, aclaró:

—Pues, para no ser propio de una jovencita como yo, gané el reto sin un rasguño, mientras que Richard Marx, James Pringle y Ronald Calloway se cayeron. El primero se rompió un brazo, el segundo una pierna, y el tercero se abrió la cabeza. Pero, tranquilos. —Sonrió—. Todos están bien, aunque les dejé la autoestima por los suelos.

—¡Bendito sea Dios! —murmuró Arabella horrorizada.

Oír eso hizo que Iver y Alan sonrieran, y luego este último preguntó con curiosidad:

—¿Te gustan los retos, señorita *Libre Como el Viento*?

—No, muchacho. Por ahí no vayas... —susurró Duncan al oírlo.

Johanna asintió al tiempo que ignoraba a su padre y, mirando a Alan de aquella manera que sabía que ponía nerviosos a los hombres, declaró:

—Me gustan los retos, pero más me gusta ganar.

Según dijo eso, a Alan se le cayó la cuchara de la mano. Aquella mirada descarada, junto a su sonrisa osada, lo habían dejado totalmente descolocado.

—Por tanto, ya sabes, Alan McGregor... —añadió la joven divertida—. Si algún día quieres perder, solo tienes que retarme.

Oír eso hizo que todos rieran divertidos, y luego ella, mirando a Beth, preguntó mofándose:

—¿A que soy mona?

—Monísima —aseguró la otra riendo.

—Woooooo, amigo... —se burló Ethan divertido al ver la expresión de desconcierto de Alan.

El aludido levantó las cejas, e Iver, que estaba a su lado, murmuró:

—¿No vas a decir nada?

Atónito como en su vida, el guerrero miró a su amigo. Decir lo que pensaba de la chulería que le había soltado aquella mujer podría ser considerado una grosería por el padre de ella, por lo que, tras mirar a la joven y verla sonreír, musitó:

—Mejor no.

Duncan, que estaba atento a la conversación, afirmó entonces al oírlo:

—Sabia decisión.

Después de la cena todos se pusieron en pie para retirarse a sus respectivas habitaciones. Duncan hablaba con su hija cuando Iver se aproximó a Beth.

—Te he visto muy contenta y sonriente durante la cena... —señaló.

La joven, al oírlo, lo miró e, intentando no ser mordaz, a pesar de que no comprendía por qué le decía eso, replicó:

—¿Acaso es malo estar contenta y sonriente?

Iver apretó la mandíbula, aquella mujer lo estaba sacando de sus casillas. Y, sin decir más, se alejó. Beth, que no entendía nada, parpadeó, pero entonces Alan se le acercó.

—*Sor Pesadilla*, ¿qué le has hecho ahora?

Ella lo miró boquiabierta y él, al ver que Gladys y Sven se acercaban a ellos, añadió:

—Mejor no me lo digas. No quiero saberlo.

—Qué monoooooo —se mofó Beth.

Alan la miró sonriendo y luego se alejó.

Una vez a solas, Sven se le aproximó para besarla en la mejilla con cariño y, tras desearle una buena noche, acompañó a Gladys hasta su habitación mientras Beth y Johanna eran acompañadas por Duncan hasta la suya.

—Descansa, papi. Tienes cara de agotamiento.

El guerrero asintió y luego dijo mirándola:

—Sabes que el que yo descanse o no depende de ti.

Oír eso hizo sonreír a Johanna y, tras darle un abrazo con amor, susurró:

—Te prometo por mamá y por Amanda que, aunque esté lloviendo, tronando y diluviando, no saldré de la habitación.

Duncan comprendió que su hija lo decía en serio y, tomando aire, añadió:

—Descansa, cariño. Y tú también, Beth.

—Lo haré, señor —indicó la aludida.

Al cerrar la puerta las chicas fueron a ver a *Valkiria*, que dormía plácidamente; se acercaron después a la ventana y Johanna comentó:

—Cuando prometo por mi madre, mi padre o mi hermana, mi promesa es inamovible.

—Como debe ser. —Beth sonrió.

Estaban mirando por la ventana cuando vieron que Iver y Alan salían a la calle para hablar con los guerreros que estaban allí apostados. Durante un rato los observaron moviéndose de un lado a otro, hasta que Johanna comentó:

—No sabía que Iver y Alan vivían en Fort William y que mi padre los estaba ayudando a levantar su propio negocio de ovejas y caballos.

Beth se encogió de hombros y, mientras veía a Iver hablar con Alan con gesto de enfado, respondió:

—Yo tampoco lo sabía.

Johanna, divertida, vio entonces a Alan reír por algo que su amigo le decía.

—¿Por qué Alan te llama *sor Pesadilla*? —preguntó.

Beth sonrió. Y, tras contarle el episodio que había vivido con Iver y él en el convento, la joven repuso con entusiasmo:

—Me habría encantado estar allí.

—Fue divertido —señaló Beth.

Johanna, a quien aquel guerrero había llamado su atención, preguntó entonces:

—¿Alan está comprometido o casado?

De inmediato Beth la miró y cuchicheó mofándose:

—¿Y ese interés repentino, señorita *Libre Como el Viento*?

Johanna, con gesto pícaro, al recordar que Alan la había llamado así, repuso:

—Simple curiosidad.

—Que yo sepa, está soltero —dijo Beth—. Aunque no lo conozco mucho, y poco más puedo decirte.

Ella asintió y, al ver cómo aquella miraba a un ceñudo Iver, preguntó:

—¿Por qué me parece que entre Iver McGregor y tú hay algo?

—Lo hubo —reconoció Beth—. Pero ya no lo hay.

Al oír su respuesta Johanna rápidamente cogió las manos de la muchacha, la llevó corriendo a la cama y murmuró:

—Cuéntamelo todo.

Como si aquella fuera una amiga de toda la vida, así le habló Beth, escondiendo determinadas cosas de su pasado. Y cuando finalmente la joven acabó, y ambas, agotadas, se acostaron para dormir, Johanna afirmó:

—Beth, lo de Iver y tú no lo hubo... Todavía lo hay. Y si yo fuera tú le contaría eso que haces para alejarlo de ti. Los hijos no lo son todo en una pareja.

La joven no respondió.

—Pero ¿tú has visto cómo te mira Iver? —insistió aquella.

Beth cabeceó al tiempo que decía:
—Enfadado, molesto y con ganas de estrangularme...
Johanna soltó una carcajada y, retirándose el pelo del rostro, indicó:
—Si algo he aprendido con mis padres es que las miradas lo dicen todo. E Iver te mira de una manera muy muy especial.
Beth sonrió al oír eso.
—Mi padre asegura que las más preciosas palabras de amor suelen decirse en silencio y con la mirada —añadió luego Johanna.
—Qué romántico, tu padre.
Johanna asintió. El amor que sus padres se profesaban era su referente.
—Tener el padre que tengo y vivir todos los días la relación que mamá y él mantienen me hace saber que solo entregaré mi amor al hombre que sea capaz de decirme con su mirada y su silencio lo mucho que me quiere —afirmó bostezando—. ¡Y ahora..., a dormir!
Dicho esto, la joven cerró los ojos y Beth resopló. ¿En serio Iver le decía aquello con la mirada?

* * *

Al alba ya ni llovía ni tronaba, por lo que, tras levantarse, vestirse y desayunar, todos salieron a la calle y se despidieron unos de otros.
—Te espero en Eilean Donan —le dijo Johanna a su amiga.
Beth sonrió y, viendo que Iver ni siquiera la miraba, se encogió de hombros y susurró:
—Es complicado, Johanna, pero lo intentaré.
—Me encantará que vengas —aseguró Johanna abrazándola—. Ya verás lo bien que lo vamos a pasar. Y, por favor, abre los ojos con Iver y cuéntale la verdad.
Gustosa, Beth asintió y entonces Alan, acercándose a ellas e intuyendo que quien cuchicheaba con la hija de Duncan era Beth y no Gladys, señaló:
—Beth, en breve partiremos.

Al oírlo las dos jóvenes lo miraron, y luego Johanna, clavando sus ojos verdes en él, comentó:

—Ahora que sé que tienes negocios con mi padre, espero volverte a ver, Alan McGregor.

Él sonrió. Aquella muchacha de preciosos ojos verdes y personalidad arrolladora lo había sorprendido gratamente.

—¿Acaso deseas que te rete? —le preguntó mofándose.

La joven asintió divertida. En su afán de protegerlas sus padres les habían enseñado, entre otras muchas cosas, el arte de turbar con la palabra, por lo que, bajando la voz, añadió:

—Será todo un placer, mi amor.

Según oyó eso Alan parpadeó. ¿Había oído bien? ¿Le había dicho «mi amor»? Y entonces Johanna, al ver que había cumplido con su objetivo, se carcajeó.

—Es bromaaaaa.

Beth sonrió y Alan, mirándola, se burló:

—¡Qué monaaaaaaa!

—¿A que sí? Demasiado para ti, ¿verdad? —repuso Johanna siguiéndole la corriente para ser ella quien dijera la última palabra.

Alan y ella se miraron. Ambos eran fuertes, decididos. A él las mujeres no le vacilaban con el descaro con que lo hacía aquella. Y cuando iba a decirle algo, Duncan se les aproximó montado en su caballo.

—Johanna, debemos partir —indicó.

Ella asintió y, subiendo con agilidad a su precioso caballo negro, echó una última mirada a Beth y a Alan y, guiñándoles un ojo, dio media vuelta con una sonrisa y se marchó.

Alan y Beth permanecieron en silencio viendo cómo la muchacha se alejaba en compañía de su padre y sus guerreros.

—Es una chica muy guapa, entre otras cosas —comentó ella al ver cómo la miraba—, ¿no te parece?

Alan, a quien la muchacha lo había impresionado, se encogió de hombros y respondió para quitarle importancia:

—Si te soy sincero, ni me he fijado.

Beth sonrió y el guerrero murmuró mirándola:

—No sé cómo puedes reírte.

A la joven le hizo gracia oír eso.

—¿Acaso Iver y tú tenéis algo en contra de sonreír?

Alan, sin entender nada, repuso:

—¿Puedo preguntarte algo?

Beth asintió y él, tras ver que Iver montaba en su caballo, dijo:

—¿Anoche Iver y tú os visteis en el pasillo de la posada?

Ella afirmó con la cabeza.

—¿Cómo puedes hacer lo que haces, decir lo que dices y estar tan tranquila? —susurró Alan de inmediato.

—¿Y qué se supone que hago y digo? —inquirió ella desconcertada.

Alan negó con la cabeza, nunca entendería a las mujeres.

—Al final, como dice el dicho, más vale estar solo que mal acompañado —musitó.

Beth no respondió y él añadió con seriedad:

—Vamos, *sor Pesadilla*, monta en la yegua, que vamos a partir.

Capítulo 46

Retomaron el camino y, por suerte para todos, no llovió.

Beth, subida en la yegua, disfrutaba del día junto a su tío Sven cuando divisó a Archie y fue cabalgando hacia él.

—Archie, hola, tengo algo para ti.

El guerrero la miró, y entonces ella, sacando un pequeño paquete, se lo entregó y dijo:

—Para tu hija y tu mujer.

El guerrero lo abrió, y al ver lo que contenía, sabiendo que aquella muchacha era tan humilde como él, murmuró:

—Pero, milady, ¡no tenía usted por qué...!

—Lo hice con gusto, no te preocupes. Y que sepas que es plata nórdica. La mejor.

Archie sonrió y, guardándose las cadenitas de plata que Beth le había comprado, indicó:

—En cuanto regresemos a Elgin, está usted invitada a casa a comer.

—Será un placer. —La joven sonrió y luego prosiguió su camino.

Después de un día en el que apenas pararon para comer, antes de que comenzara a anochecer se detuvieron en un claro del bosque.

Los guerreros rápidamente empezaron a montar las tiendas para pasar la noche, e Iver, desde donde estaba, observaba a las gemelas. ¿Quién era Beth y quién Gladys? Las veía caminar entre los guerreros, hablando con todos y sonriendo, y de pronto los celos lo asaltaron. ¿Cómo podía sentir celos de las acciones de una mujer que no quería nada con él? Más aún, de una mujer que ni siquiera sabía cuál de aquellas dos era...

Ofuscado, pero intentando disimularlo, observaba a las muchachas cuando Ethan se le acercó.

—¿Cómo está mi enamoradizo hermano? —soltó.

Iver lo miró de mal humor. Ethan, por su parte, al ver su gesto, levantó las manos y afirmó:

—No he dicho nada. Me voy.

Una vez que este se marchó, Iver se metió en su tienda. Necesitaba estar solo.

Un buen rato después, tras ser avisado por uno de sus hombres de que la cena ya estaba preparada, salió de la tienda y se encaminó hacia el lugar donde estaba su familia. Durante unos segundos dudó acerca de dónde sentarse, hasta que finalmente se posicionó de tal manera que podía controlar los movimientos de las chicas, que comían con su tío y los guerreros de su hermano Peter.

Enfadado aún con Beth por haberla visto besarse con aquel extraño en la posada, apenas si podía comer mientras intentaba distinguirlas. Necesitaba saber quién era Beth y quién Gladys. Estuvo pensando en ello durante toda la cena y, cuando esta acabó, su madre dijo:

—Voy a darme mi habitual paseíto para bajar la comida y tener una buena digestión.

—Madre, ¿quieres compañía? —preguntó Ethan.

—Iré yo —se ofreció Alan, que rápidamente añadió—: No hay nada que me guste más que acompañar a una preciosa mujer a pasear.

—¡Qué maldito sinvergüenza estás tú hecho! —cuchicheó Arabella mofándose.

Todos sonrieron y luego la mujer, mirando a su hijo Ethan con cariño, pidió:

—Acompaña a Eppie a la carreta para que descanse.

Instantes después, cuando todos se hubieron marchado, Cailean, que había visto que su hijo Iver estaba muy pensativo, terció:

—Ese gesto tan serio no es propio de ti.

Al oírlo el guerrero sonrió, y luego su padre dijo:

—Este sí que es mi chico.

Iver, que había perdido de vista a una de las gemelas, mientras veía a la otra hablar con algunos guerreros, bebía de su caldo cuando Cailean añadió:

—No quisiera meterme donde no me llaman, pero, mira, hijo, aunque doy la vida por tu madre, reconozco que me encanta que se encuentre de vez en cuando con la horma de sus zapatos.

—Papá...

—Primero sus hermanos, los Steward —continuó el hombre—, y luego tus hermanos, tú y yo permitimos que Arabella se convirtiera en una persona exigente, mandona y poco razonable. Nos acostumbramos a no llevarle la contraria para tenerla feliz, pero ese fue nuestro gran error, pues a ella ahora le cuesta aceptar que, además de lo que ella piensa, ha de respetar lo que piensen los demás.

Iver asintió, su padre tenía razón, pero, consciente de por qué le decía eso, indicó:

—Papá, Beth le faltó al respeto.

—¿Y tu madre a ella no?

Ambos se miraron y luego Cailean afirmó:

—Conocemos a tu madre, muchacho.

El joven no contestó y entonces, recordando lo que aquella le había dicho, insistió:

—Beth debe tenerle un respeto a madre.

—Tanto como tu madre a ella —apostilló Cailean—. Y nunca olvides que el respeto que se recibe es el mismo que se da.

Ambos guardaron silencio de nuevo y luego el hombre, al ver la expresión de su hijo, preguntó:

—¿Beth hace que el corazón te aletee?

Según oyó eso Iver iba a protestar, pero Cailean se apresuró a decir:

—Si mientes, al único que estarás mintiendo será a ti.

—¿Por qué dices eso?

El hombre cabeceó y, sin dudarlo, respondió:

—Porque soy tu padre y te conozco. Y mira, Iver, he pasado ya dos veces por los enamoramientos de tus hermanos, y aunque lo intentéis disimular se os nota. ¿O acaso tú no te percatabas de cómo estaban Peter o Ethan con Carolina y Eppie?

Él sonrió, recordar a sus hermanos en su fase de enamoramiento le hacía gracia.

—Pues, hijo, cuando la miras pones la misma cara de bobo que ellos y que seguramente ponía yo cuando conocí a la gruñona de tu madre —cuchicheó su padre.

Ambos sonrieron y Cailean, que tenía claras las cosas, agregó:

—Escucha, Iver, al igual que yo, tu madre se ha percatado de que esa muchacha llama tu atención. Por lo que, conociéndola, si la lio por la Campbell y por la Gordon, por la vikinga la liará también, y hará todo lo que esté en su mano para que la paz no reine entre vosotros.

Desesperado por el enjambre de sentimientos contradictorios que tenía, Iver replicó:

—Quizá quien la esté liando sea Beth, padre.

—¿Por qué dices eso?

El joven resopló.

—Porque, entre otras cosas, me ha dejado muy claro que madre no le gusta y que la quiere lejos de su vida.

Cailean cabeceó. El amor que Iver sentía por su madre le hacía elegirla a ella.

—¿Y no te has planteado que esa muchacha te dice eso para ver si ella es tan importante para ti como tu madre? —sugirió.

—Papá...

—Muchacho, cuando amamos, todos deseamos sentirnos únicos y especiales para la persona que queremos —dijo mirando de reojo a Arabella, que se alejaba—. Una cosa es el amor de una madre, algo del que nadie te puede hacer dudar. Y otra, el amor a tu pareja. ¿Acaso eres incapaz de diferenciarlos para hacérselo saber a ellas?

Iver no contestó, y el hombre, deseoso de que su hijo pequeño fuera feliz, insistió:

—Te diré lo que les dije en su momento a Peter y a Ethan: «Si Carolina y Eppie son lo que vosotros deseáis en vuestras vidas, que no os pare nada ni nadie, puesto que vuestras vidas son vuestras y de nadie más. Vuestra madre seguirá siendo vuestra madre. Y nunca olvidéis que, si ambas os quieren como os tienen que querer, por vuestra felicidad os respetarán y no os harán decidir ni por una ni por otra».

—Estoy de acuerdo con padre —dijo Ethan, que llegaba en esos instantes.

Los tres se miraron y el recién llegado afirmó:

—Habláis de *Pesadilla*, ¿no?

Iver sonrió al oír eso.

—Beth, *Pesadilla*. Carolina, *Molestia*... —gruñó Cailean—. ¡¿Es que vosotros no podéis llamar a las muchachas por sus nombres?!

Los dos hermanos sonrieron y entonces Iver, al ver a una de las gemelas dar un traspié, se levantó como un resorte. No obstante, por suerte la joven no se cayó al suelo porque uno de sus hombres la sujetó a tiempo.

—Los hombres de Peter las cuidan bien —comentó Ethan.

Oír eso enfermó a Iver. Para que su madre y Beth ni se cruzaran, había ordenado que los hombres de Peter, junto con las chicas y su tío, acamparan a la izquierda con su propia hoguera, y el resto a la derecha.

—Mira lo contento que está Owen —se mofó Cailean viéndolo hablar con la muchacha.

Iver los observaba con gesto ceñudo; entonces, sorprendiendo a Ethan y a su padre, empezó a decir:

—No os voy a negar que Beth me gusta, pero...

—Aiss, qué monoooooooo —se mofó Ethan, ganándose una cortante mirada de su hermano.

Cailean sonrió.

—Si te gusta y sientes que es la mujer de tu vida, no hay peros que valgan.

Iver resopló.

—Exacto, ¡no hay peros! —convino Ethan—. En el amor, hermano, o vas o no vas. Quedarse a medio camino no tiene sentido. Y te lo digo porque yo cometí ese error, y sabes que Peter también. Solo espero que aprendieras de nuestros errores y no los cometas tú. Y en cuanto a madre, ni te preocupes. Con el tiempo la aceptará como aceptó a Eppie y a Carol.

Los tres McGregor sonrieron cuando Alan llegó hasta ellos y, al ver cómo lo miraban, aclaró:

—Arabella me ha pedido intimidad.

Consciente de lo que eso significaba, los demás asintieron; entonces la gemela que faltaba bajó de una carreta y Cailean comentó:

—¡Es increíble lo idénticas que son!

—Dos gotas de agua —afirmó Ethan.

—Si tuviera que elegir, elegiría a *Pesadilla*... —señaló Alan.

—¡Otro con el dichoso nombrecito! —soltó divertido Cailean.

Él sonrió y, al ver que Ethan e Iver lo miraban, aclaró:

—Intenté conocer a Gladys y me pareció seca, soberbia y antipática. En cambio, cuando hablo con Beth la noto muy diferente.

—¿Y cuándo hablas tú con Beth? —preguntó Iver interesado.

—Cuando procede —replicó aquel.

Ethan se mofó entonces divertido refiriéndose a su hermano:

—¡Celoso y todo que se nos pone...!

Iver lo miró y Alan, siguiendo con la guasa, indicó:

—Aissss, qué monooooo...

Iver gruñó. Que utilizaran la coña de Beth cuando querían burlarse de alguien lo enfermaba.

—¡¿Quieres dejar de decir eso?! —gruñó.

Ethan, Cailean y Alan se rieron, e Iver, tras esbozar una sonrisa, decidió:

—Voy a ver a *Chambers* y después a buscar a madre.

—Iré contigo. —Alan sonrió.

Una vez que ellos se alejaron, Ethan miró a su padre, que últimamente parecía algo ensimismado, y preguntó:

—¿Qué piensas?

Cailean, que pensaba en Arabella y en por qué era siempre tan fría con él, sin querer decirlo en voz alta respondió en cambio:

—Que tu hermano se ha enamorado con mucha fuerza.

Ethan asintió. Así lo sentía él también.

—¿Y qué te parece Beth? —quiso saber.

Cailean, que había hablado con la muchacha y le había parecido una mujer no solo encantadora, sino también muy válida para su hijo, afirmó:

—Me gusta porque tiene fuerza y carácter para enfrentarse a tu madre, y eso es esencial para entrar en esta familia.

—Y tanto. —Ethan sonrió.

—Aunque dudo que tenga las habilidades guerreras de Carolina y las dotes culinarias de Eppie.

Su hijo asintió; su mujer era un amor. Pensando en su cuñada, afirmó divertido:

—Mejor, padre. Con una Campbell alocada en la familia ¡es suficiente!

Ambos soltaron una carcajada y, tras servirse otra taza de caldo, continuaron hablando de sus cosas.

Capítulo 47

Tras tener su momento de intimidad algo más alejada del campamento de lo normal, Arabella caminaba por el frondoso bosque cuando oyó unos ruidos. Se detuvo y miró a su alrededor, pero al no ver a nadie prosiguió su camino. Estaba ensimismada en sus pensamientos cuando de pronto los ruidos se oyeron más cerca.

Eso la puso en alerta. Y, tras maldecir por no llevar ni una mísera daga en la cintura, aceleró sus pasos, pero de pronto oyó:

—¡Arabella, quieta, no te muevas...!

Al oír eso la mujer metió sin querer el pie en un charco. De inmediato maldijo y, al volver la cabeza y ver a una de las gemelas, gruñó con gesto malhumorado:

—Oh, por Dios..., me da igual quién seas de las dos, ¡déjame en paz!

Se volvió de nuevo y, cuando se disponía a seguir andando, volvió a oír:

—¡Arabella!

—Por tu culpa me he manchado el zapato —mascullló ella.

—¡Arabella!

Pero la mujer, sin volverse, levantó las manos en el aire.

—¡Arabella *Morro Torcido*, detente! —oyó una vez más.

Ella maldijo de nuevo. ¡Esa era Beth! Pero ¿acaso aquella insolente no la iba a dejar en paz? Y, cuando se volvió para protestar, se quedó sin palabras al encontrarse a aquella apuntándola con un arco.

—¿Qué pretendes hacer, insolente?

Beth, que, tras la cena, había ido también al bosque en busca de intimidad, había encontrado unas crías de jabalíes. Ver aquellos pequeños cerdos le hizo suponer que la madre o el padre no andarían lejos, por lo que decidió regresar al campamento; al hacerlo, distinguió a Arabella a lo lejos e instintivamente supo que estaba en peligro.

La mujer, roja de ira al ver que la apuntaba con el arco, siseó:

—Solo te diré una cosa. Si se te ocurre hacerme el...

—¡Cállate, jodida escocesa!

—¿Que me calle?

—Sí.

—¿Acaso pretendes matarme, sucia vikinga?

Beth resopló. No quería asustarla diciéndole que una jabalí estaba a punto de atacarla, por lo que simplemente exigió:

—Cállate y no te muevas.

—¡Ni hablar! —gritó la mujer haciendo aspavientos.

—Por Odín, Arabella, ¡hazme caso!

Pero aquella, incapaz de pensar con claridad, exclamó:

—¿Acaso pretendes que yo, una Steward, me deje matar por una maldita y mugrienta vikinga sin presentar batalla?

Beth, que observaba inmóvil a la madre jabalí acercarse entre los matorrales a Arabella, replicó:

—Ni te voy a matar ni necesito que presentes batalla por mucho que me llames «sucia vikinga»... ¿Y sabes por qué? Porque me han llamado cosas peores y, la verdad, tú no me impresionas. Sin embargo, necesito que te estés quieta, porque una enorme y enfadada jabalí, que tiene a sus cachorros cerca, se aproxima a ti por la derecha.

Al oír eso Arabella miró hacia donde la joven indicaba y, al comprobar que lo que decía era cierto, susurró:

—¡Ay, Dios mío...!

—Como ves, has vuelto a equivocarte conmigo —señaló Beth.

Arabella estaba paralizada. Sabía que los ataques de las madres jabalíes podían ser muy peligrosos, y, mirando a Beth, dijo:

—¡Dispara!

Al oírla, la joven susurró intentando mantener la calma:

—Lo haré cuando sea el momento.

—¡Mátala! —insistió Arabella.

—Solo quiero asustarla —repuso Beth negando con la cabeza—. No voy a matarla.

—¡Mátala o me matará ella a mí! —imploró la mujer.

De nuevo, Beth negó.

—Sus crías andan cerca. La necesitan. Si puedo evitarlo, no la voy a matar.

Alan e Iver, que iban en busca de Arabella, se quedaron petrificados al ver desde lejos la escena.

—¿Qué hace apuntando a mi madre con un arco? —murmuró Iver.

—Dios bendito...

Y, sin más, los dos guerreros comenzaron a correr hacia ellas mientras Beth, sin apartar la mirada de la jabalí, decía:

—Arabella, da despacio un pequeño pasito a tu derecha.

Sin dudarlo, la mujer obedeció.

—Voy a contar hasta tres —indicó Beth justo después—. Una vez que diga «tres», súbete al árbol que hay a tu derecha todo lo rápido que puedas. ¡No pienses y actúa!

Arabella asintió. Ver a aquella jabalí, con su enorme cabezota, cada vez más cerca le tenía todo el vello del cuerpo erizado.

—Uno... —empezó a contar Beth—, dos..., ¡tres!

Pero, al oírla, en vez de actuar, Arabella pensó, por lo que se pisó la falda y terminó cayendo al suelo. Al ver eso, Beth lanzó una flecha junto a la jabalí que hizo que el animal reculara. Tras la primera flecha, interponiéndose entre la mujer y la jabalí, lanzó otra que rozó la cabeza del animal, y ya no hizo falta más, pues huyó despavorido por donde había llegado.

—¡Te he dicho que no pensaras! —gruñó Beth sin quitar la vista del animal que huía.

Arabella, que tenía la cara llena de barro, una vez que se lo quitó de la boca, se disponía a responder cuando se oyó que alguien gritaba:

—¡Madre!

Era Iver, que corría junto a Alan en su dirección. Al llegar y ver a Arabella en el suelo, su hijo se agachó para ayudarla a levantarse, pero ella dijo:

—Tranquilo, estoy bien.

Iver asintió e, incorporándose, se volvió de inmediato hacia Beth y la increpó acercándose a ella:

—¡Maldita sea! ¿Cómo se te ocurre dispararle a mi madre?

La joven parpadeó boquiabierta.

—Si vuelves a acercarte a ella, te juro que lo vas a lamentar —siseó Iver.

—Iver, escúchame... —terció Arabella levantándose.

Pero él, que estaba fuera de sí, gritó mirando a la joven:

—¡No sé si eres Gladys o Beth ni me interesa! Pero si vuelves a apuntar a mi madre como lo has hecho, el que te matará seré yo. ¿Entendido?

—Iver... —musitó Alan.

Desconcertada, finalmente Beth consiguió decir:

—Pero ¡¿qué demonios estás diciendo?!

—Digo lo que veo. Al fin tu sucia sangre te ha delatado y me ha hecho ver que no puedo fiarme de ti —contestó aquel.

—Iver... —protestó Alan.

Pero él, molesto por los días malos que había pasado, iba a hablar cuando Beth, tras sacar la daga que llevaba en la cintura, se la puso en el cuello con rapidez y gruñó:

—Mira, maldito imbécil..., primero de todo, para que sepas con quién estás hablando, te diré que yo soy Beth. Y lo segundo: en este momento estoy tan furiosa después de haberte oído decir eso de mi sucia sangre y de que no te puedes fiar de mí que ni te imaginas los esfuerzos que estoy haciendo para no degollarte.

—¡Oh, por Dios, muchacha! —gritó Arabella.

—Beth, baja la daga —exigió Alan preocupado.

Iver, enfadado, solo la miraba, hasta que la joven, tras tomar aire por la nariz, dio un paso atrás, se guardó el arma, se colgó el carcaj a la espalda y, mirándolo con desprecio, le advirtió:

—No vuelvas a dirigirme la palabra en el tiempo que tengamos que seguir juntos hasta llegar a Edimburgo, no sea que mi maldita y sucia sangre vikinga se sienta tentada de matarte...

—¡Muchacha! —se quejó Arabella.

Según oyó eso, Beth miró a la mujer y siseó con gesto agrio:

—Y tú, doña *Arrogancia*, recuerda: frente al peligro no pienses y actúa. Y ahora cuenta lo que quieras. ¡Invéntate la falacia que más te apetezca! Total, te van a creer a ti porque tú eres la verdadera escocesa...

Y, sin más, y con la expresión tan ceñuda como la de aquel, la joven comenzó a caminar a grandes zancadas de vuelta al campamento.

—¿Estás bien, Arabella? —preguntó entonces Alan preocupado.

La mujer asintió, pero, mirando a su hijo, dijo:

—Sabes que esa joven no es santo de mi devoción, pero esta vez te estás equivocando.

Iver, que observaba como se alejaba aquella, se volvió entonces hacia su madre.

—No sé qué ha pasado hoy aquí entre vosotras —gruñó—, pero...

—Lo que ha pasado —lo cortó Arabella— es que esa muchacha le disparaba a una enorme jabalí que estaba detrás de mí..., ¡no a mí!

Al oír eso Iver cerró los ojos. Si lo que su madre decía era cierto, acababa de cometer un terrible error. Y entonces Alan, mirando a su alrededor, preguntó:

—¿Y dónde está el animal?

—Ha salido huyendo —aclaró Arabella—. Esa muchacha lo ha espantado. Me dijo que no lo quería matar porque estaban por aquí sus crías y la iban a necesitar.

Alan miró a Iver. Sin duda, las conclusiones que ambos habían sacado eran de lo más erróneas. Y, mirando a su amigo, susurró:

—Creo que...

No pudo continuar. Iver, horrorizado, enfadado y molesto con su mala acción, echó a andar por el bosque mientras Arabella se agarraba del brazo de Alan y murmuraba:

—Regresemos al campamento.

Capítulo 48

A la mañana siguiente, tras lo ocurrido el día anterior Beth se negó a montar en la yegua parda y a hablar con nadie. Estaba terriblemente enfadada, mientras su tío, desconcertado, no sabía qué había ocurrido; pero lo que estaba claro era que a Beth le había afectado mucho.

Pararon de nuevo para montar las tiendas y hacer noche. Arabella, durante el día, había estado pendiente de las gemelas; cada vez que coincidía con una y le preguntaba, resultaba que siempre era Gladys, cuando ella quería ver a Beth.

Sin embargo, esta no se dejaba ver. Estaba tan furiosa con todo y con todos que, junto a la cachorrita, había viajado todo el día tumbada en el colchón de la carreta, y una vez montada la tienda, entró en ella y volvió a acostarse.

Iver, que necesitaba disculparse con la joven, intentó encontrarse con ella. Lo que había dicho y el modo en que lo había hecho era horrible. Y, cuando vio a una de las gemelas ir en dirección al bosque con una toalla al hombro, se encaminó hacia ella con un pequeño ramo de flores violetas.

—¿Beth? —le preguntó.

Gladys se volvió al oírlo. Aquel McGregor era un hombre muy guapo, y sonriendo como lo habría hecho su hermana señaló:

—¿Por qué quieres saberlo?

Iver, que estaba desesperado por hablar con ella, se le acercó, e iba a hablar cuando esta, pegando su cuerpo al suyo, le rozó los labios con la boca y susurró:

—Voy a bañarme al río... ¿Te apetece acompañarme y me frotas la espalda?

Iver, sorprendido, no se movió. Aquella desde luego no era Beth. Y de pronto la joven soltó:

—Soy Gladys.

Saber eso hizo que Iver rápidamente se alejara de ella. Pero ¿qué narices hacía aquella mujer? Divertida por su reacción, la joven sonrió.

—¿Dónde está Beth? —quiso saber él.

Ella levantó las cejas y respondió:

—En la tienda, durmiendo.

—¿Durmiendo a esta hora?

Sin dudarlo, la joven asintió mirando las flores.

—Te digo lo mismo que le he dicho a tu madre: ¡dejadla en paz!

Sorprendido, él se disponía a hablar de nuevo cuando Gladys, dando media vuelta, se alejó.

Iver no la siguió. Sin moverse de donde estaba, esperó y esperó, hasta que supo que tenía que retirarse. Allí no pintaba nada.

Sven, a quien los problemas se le acumulaban tras discutir con Gladys porque esta se había empeñado en bañarse en el río a esas horas, se topó luego con Cailean, que le contó lo ocurrido entre su mujer y Beth en el bosque. Preocupado por ella, una vez que dejó por imposible sacar a Gladys del río, se encaminó hacia la tienda; entonces, al ver a Iver dirigirse hacia él dijo:

—Ahora no, muchacho.

Pero Iver insistió:

—Tengo que hablar con ella.

—He dicho que ahora no.

Iver, nervioso, lo agarró del brazo.

—Entiendo tus palabras, pero, por favor, entiéndeme tú a mí.

Ver la desesperación en la mirada del joven le hizo saber a Sven que se trataba de un asunto importante, por lo que, tomando aire, dijo aun a riesgo de que aquel se enfadara más aún:

—He hablado con tu padre. Me ha contado lo que ha ocurrido entre Beth y tu madre, y solo te voy a decir una cosa: si cada vez que mi niña hace algo que no te agrada le vas a echar en cara su sangre y a desconfiar de su lealtad, aléjate de ella, ¿entendido?

Iver maldijo. El enfado del hombre era comprensible.

—Me enorgullezco de mi Beth —continuó Sven—, porque gracias a su sangre escocesa y vikinga es como es. Y...

—Soy consciente de mi error —lo cortó Iver. Y, apesadumbrado, insistió con las flores en la mano—: No sé qué me pasó, pero vi a Beth apuntando a madre con un arco y...

—Y rápidamente pensaste que la *vikinga* iba a matar a la escocesa, ¿verdad?

Horrorizado, Iver no supo qué responder, y Sven, que conocía a Beth, añadió:

—Mira, muchacho, en este instante eres la última persona a la que mi sobrina quiere ver. Así pues, aléjate, porque ni ella va a salir de la tienda ni tú vas a entrar en ella. Si algo le duele a mi niña es que hablen despectivamente de su sangre, y tú lo has hecho, por lo que dale tiempo para que lo procese y te vuelva a hablar, ¿estamos?

Iver asintió; sabía que se había dejado llevar por la rabia. Tomó aire y dijo tendiéndole el ramo de flores:

—Por favor, entrégaselas y dile de mi parte que lo siento.

Sven miró las flores y lo pensó un momento. Pero, tras cogerlas e intuir que el joven lo decía de corazón, indicó:

—Lo haré. Pero ahora vete, por favor.

Iver se marchó destrozado mientras Sven lo observaba alejarse. Aquel muchacho le gustaba.

Con el ramo de flores en la mano, resopló. Tras pensarlo mucho había decidido no contarles nada a las niñas de lo que Olav le había dicho hasta que regresaran a Elgin, junto a Ottilia. Ella sabría mejor que él cómo decírselo.

Cuando entró en la tienda vio que Beth estaba tumbada, tapada hasta la cabeza. Sven se sentó en el suelo, dejó el ramo a su espalda y comentó:

—Tu hermana se está bañando en el río. Le he dicho mil veces que no lo hiciera, pero ya la conoces. Cuando se le mete algo en la cabeza da igual lo que se le diga, porque ella tiene que salirse con la suya.

Beth, que lo escuchaba bajo la manta, asintió. Había oído hablar a su hermana con un guerrero acerca de darse un baño y, consciente de que ahora sin duda estaría disfrutando del placer de los cuerpos, murmuró:

—No te preocupes, estará bien.

Su tío asintió, no lo dudaba. Acto seguido, preocupado por Beth, preguntó:

—¿Qué le ocurre a mi niña?

Ella se movió. Se destapó la cabeza y, sentándose, ideaba una mentira cuando el guerrero le advirtió:

—Quiero la verdad, Revna.

Que la llamara por su verdadero nombre era algo muy especial para ellos, y la joven susurró:

—¿Por qué todo el mundo que sabe de mi procedencia ve en mí una parte mala?

Sven no sabía qué responder a eso.

—¿De verdad soy tan horrible que creen que puedo matar a esa mujer? —añadió ella.

El hombre abrazó entonces a su sobrina conmovido por sus palabras.

—Porque no te conocen, mi vida —repuso—. Si te conocieran sabrían que...

—Solo mataría si la vida de las personas a quienes quiero o la mía propia estuviera en peligro. Porque, como dice el lema de mi padre, quien haga daño a mi sangre lo pagará, pero quien lo haga con saña e innecesariamente lo pagará mil veces más.

Oír eso a Sven le llegó al corazón. Si ella supiera... Y, cerrando los ojos, señaló:

—Lo sé, tesoro. Lo sé.

A continuación permanecieron un rato en silencio, hasta que la muchacha susurró:

—Creo que me he enamorado, tío.

Sven no se sorprendió al oírlo. Llevaba días viendo cómo la joven miraba a Iver, y él a ella, por lo que simplemente asintió.

—La tía y tú —agregó ella— siempre decís que uno sabe que está enamorado cuando, en todo momento, en tus pensamientos está la otra persona y todo te recuerda a ella. Pues bien, así estoy yo y..., y... no sé cómo hacerlo para quitármelo de la cabeza.

Sven resopló. Sin duda en esos instantes Ottilia habría sabido qué decirle.

—¿Por qué has de quitártelo de la cabeza? —repuso con calma. Beth no contestó y él añadió—: Con mis propios ojos soy testigo de cómo os buscáis y cómo os sonreís.

—Ya, tío, pero es complicado.

—¿Por su madre?

Al oír eso la joven asintió con tristeza.

—Esa mujer es insufrible. Fastidiosa. Impertinente. Irritante. Y no sigo porque no acabaría.

—Molesta es —afirmó Sven—. Solo hay que ver cómo le habla a su marido.

Ambos cabecearon. Al pobre Cailean lo llevaba por la calle de la amargura.

—Y que conste que sé que yo tampoco se lo he puesto fácil a Arabella —añadió entonces Beth—. Es más, fui desagradable a propósito con ella porque me asusté.

—¿Tú, asustada?

La joven asintió y, con un hilo de voz, para que nadie más la oyera, explicó:

—Mis sentimientos por Iver se volvieron tan fuertes que pensé que, si era desagradable con su madre, eso le molestaría y me ignoraría. Y así fue.

—Normal, mi vida... ¿Qué esperabas? Si él fuera desagradable conmigo o con mi Lindura, ¿acaso no te enfadaría eso?

—La llamé «víbora».

—¡Por Odín, Beth! —la regañó el hombre.

Sin dudarlo ella asintió y, sin saber que él estaba al corriente de lo sucedido, indicó:

—Ayer, cuando estaba en el bosque, me encontré unas crías de jabalí. Pensé que la madre estaría cerca, y entonces la vi a punto de atacar a Arabella...

—Dios santo —murmuró Sven.

—Y yo, tío, aunque esa mujer me odie porque no le guste mi

sangre vikinga ni cómo soy —continuó ella—, al ver que iba a ser atacada saqué una flecha de mi carcaj, la avisé, la ayudé, y cuando disparé para ahuyentar al animal apareció Iver y me acusó de querer matar a su madre.

Sven negó con la cabeza y ella, con una lágrima deslizándose por su mejilla, insistió:

—Iver me echó en cara mi sangre y me advirtió que, si volvía a acercarme a su madre, él me mataría a mí.

—Dudo que lo haga.

Se quedaron unos instantes en silencio hasta que Sven, conmovido al ver que a su sobrina se le saltaban las lágrimas, dijo limpiándoselas:

—Necesito que sepas que ese muchacho..., Iver, estaba fuera de la tienda esperando para hablar contigo, y sé que su madre también lo ha intentado antes.

Oír eso hizo que la joven negara con la cabeza.

—No quiero hablar con ninguno de los dos.

—Iver me ha dicho que te diga que lo siente —añadió Sven.

Beth asintió y luego él indicó:

—Entiendo tu enfado, y que conste que no lo disculpo, pero cuando te vio apuntando a su madre... —No terminó la frase y, al poco, insistió convencido—: Creo que deberías hablar con él.

—Yo creo que no.

—¿Por qué? Pero ¿no me acabas de decir que te estás enamorando de él?

Beth, que tenía la cabeza hecha un lío, replicó:

—Es mejor dejar las cosas como están.

—¿Por qué? —insistió Sven.

Beth se enjugó entonces las lágrimas, miró directamente a los ojos de su tío y soltó:

—Porque Iver desea tener muchos hijos, y yo no puedo dárselos.

Él, sobrecogido por las palabras de su sobrina, tomó aire. Sabía lo doloroso que era para ella hablar de ese tema. Pero, consciente de que aquel guerrero había causado en su sobrina algo que ninguno antes había conseguido, repuso:

—En el matrimonio, los hijos no lo son todo.

—¡Él quiere tener seis! —insistió Beth.

Sven resopló e, intentando hacerla razonar por otro lado, preguntó:

—¿Por qué saltaste por la ventana para encontrarte con él en el puente negro?

Boquiabierta, Beth no supo qué decirle, y él, bajando la voz, observó:

—Que yo sepa, nunca has hecho eso por nadie más, sino solo por él.

La joven, confundida porque su tío supiera eso, preguntó a continuación:

—¿Quién te lo ha dicho? ¿Gladys?

Sven negó con la cabeza y, sonriendo, cuchicheó:

—*Abuelillo* es un buen aliado mío. Fue oírlo rascar la ventana y saber que mi niña había salido por ella.

Ambos rieron y luego el hombre añadió:

—Te seguí hasta el puente negro...

—Tío...

—... y cuando lo vi aparecer, me marché y os dejé porque sabía que con él estabas protegida. A tu tía no le dije nada por no disgustarla.

Al oírlo decir eso, sin saber por qué, la joven sonrió.

—Has de saber que nadie me parecerá nunca lo suficientemente bueno para ti —continuó Sven—. Tras lo de Ronan he sido testigo de cómo otros hombres se interesaban por ti y tú no les dabas la más mínima oportunidad. Pero con Iver McGregor nunca ha sido así. Veo cómo lo miras, cómo él te mira a ti, y cuando esa noche comprobé que te acompañaba a casa, me gustó. ¿Y sabes por qué? —Beth no dijo nada y él añadió—: Porque eso me demuestra que es un hombre juicioso que vela por tu seguridad.

Beth, que a cada segundo que pasaba estaba más sorprendida, no sabía qué decir.

—A ver, tío —susurró—. No sé qué te imaginas, pero...

—Imagino lo que veo. Iver McGregor te gusta. Y lo sé porque, si no fuera así, nunca habrías salido a dar un paseo con él, por muy pesada que se hubiera puesto tu tía Ottilia. Tampoco habrías quedado con él a solas en el puente negro ni lo mirarías como lo miras. Y ahora, mi pequeño *Nubarroncito*, dime que me equivoco y yo te daré la razón para que tú sonrías, pero permíteme que siga pensando lo que creo.

Ambos sonrieron y luego la joven musitó:

—¿Cómo puedo tener tan mala suerte en el amor?

—¿Quién te ha dicho que tienes mala suerte?

—Tíooooo.

—Que una manzana esté podrida no significa que todas tengan que estarlo.

Beth suspiró. Sabía que tenía razón, pero insistió:

—Iver me odia..., ¡su madre me odia!

Sven negó con la cabeza.

—Iver no te odia, mi vida. Lo que existe entre su madre y tú es un tema que hay que solucionar, pero ese muchacho no te odia. Solo está entremedias de la mujer que le dio la vida y la mujer que se la quita.

La joven resopló.

—Mi Lindura y sus sueños premonitorios... —comentó su tío entonces.

Beth bufó de nuevo y él, sacando el ramo de flores que tenía a la espalda, agregó mostrándoselo:

—En su sueño tu tía vio que ese hombre te llenaba de flores. Y, mira, Iver me ha dado este precioso ramo para ti, y, que yo recuerde, te ha regalado más flores en otras ocasiones, ¿verdad?

Beth sonrió sin poder evitarlo mientras contemplaba el ramo en el que predominaba el color violeta.

—¿Y esa sonrisita de enamorada? —inquirió Sven al verla.

—Tíooooo.

Ambos rieron y luego él preguntó:

—¿Crees que Iver es el hombre que tu tía vio en su sueño?

Beth lo miró. Algo en su interior le decía que si no era Iver no sería nadie, y murmuró:

—No lo sé, pero reconozco que me encantaría que lo fuera, aunque dudo que surque los mares... Tiene fobia a las alturas, a los barcos y al mar abierto.

Sven asintió. Él tenía otras fobias. Y, viendo el gesto de aquella, cuchicheó:

—Como habría dicho tu padre, ¡no pienses y actúa!

—Tío...

—¿Cuál es el problema? —inquirió él con una sonrisa.

—Te lo he dicho —murmuró Beth mientras se retiraba el pelo de la cara—. Quiere hijos, y eso yo no puedo dárselo.

Al oír eso Sven iba a hablar cuando ella añadió dejando el ramo a un lado:

—Y..., no. Me niego a contarle lo que me ocurre. Eso es algo mío y no tengo por qué explicárselo ni a él ni a nadie.

El guerrero miró a su pequeña, a aquella joven a la que adoraba, y poniendo una mano en su hombro musitó:

—Deberías confesarle quién eres.

Sin dar crédito, Beth se disponía a replicar cuando Sven afirmó:

—Hazme caso. Cuéntale quién eres. Creo que Iver merece saberlo.

Ella resopló. Jamás había hablado de ese tema con nadie.

—Mi vida, el amor es algo más que tener hijos —declaró su tío—. Y, antes de que me digas nada, creo que Iver se merece saber la verdad y comprender por qué te alejas de él.

Beth se pasó una mano por la cara y Sven, entendiendo su agobio, indicó:

—Mi Lindura y yo también queríamos hijos. Deseábamos formar una familia numerosa en la que nuestro primer hijo se llamaría Jorgen y nuestra primera hija se llamaría Dhalia. Pero, como bien sabes, la vida no nos los dio. Aunque a cambio nos regaló dos preciosas niñas a las que querer, criar y cuidar como nuestras hijas.

Beth sonrió emocionada.

—Imagina por un segundo que tus padres siguieran con nosotros —continuó él—. Si eso hubiera ocurrido, te aseguro que mi Lindura y yo aún estaríamos juntos sin cambiar un segundo de nuestras vivencias. Mi Lindura es mi amor, mi centro, mi hogar. Ella es el amor más bonito y maravilloso que la vida me regaló, como sé que yo soy el suyo. Se dice que los hijos son una bendición y, cariño mío, no lo dudo, pero para mí mi verdadera bendición fue encontrar a esa persona especial que me hace la vida más bonita y me llena de felicidad con su sonrisa, sus besos y hasta con sus discusiones. Nacemos solos y morimos solos. Y lo bonito en esta vida es que en tu camino encuentres a esa persona especial con la que ser feliz.

Para Beth escuchar a su tío Sven era un regalo. Si había alguien sensato en el mundo, ese era él.

—Ojalá yo encontrara a esa persona especial como mamá encontró a papá y tú a la tía Ottilia —murmuró.

—¿Y quién te dice que Iver McGregor no lo es?

Beth soltó una carcajada. Esa pregunta no era propia de su tío, sino más bien todo lo contrario, y soltó divertida:

—¿Dónde está Sven *Daga Sangrienta*?

Ambos rieron y, a continuación, el guerrero respondió:

—Está aquí, como también está tu tío Sven, que desea que seas feliz y encuentres el amor.

—Aissss..., qué monoooooo —se mofó la joven.

Sven sonrió. No sonreír con Beth era imposible.

—Y ahora —agregó—, tras esta interesante charla, espero que recapacites. Y si ese muchacho te gusta y estás enamorada de él, tienes mi bendición para terminar de volverlo loco...

—Tíooooo...

—Como también te digo que, si te vuelve a hacer daño, ¡lo mato!

—¡Ya estamos! —exclamó ella riendo.

Al verla sonreír Sven supo que la charla había servido de algo.

—Quien haga daño a mi sangre lo pagará —añadió—, pero quien lo haga con saña e innecesariamente lo pagará mil veces más. —Y cuando Beth asintió dijo—: Si yo fuera tú, hablaría con él hoy mismo. ¿Y sabes por qué? —Ella negó con la cabeza—. Porque nunca hay que dejar para mañana los besos, las bonitas palabras, el cariño o los abrazos que puedas dar hoy.

Beth sonrió al oír eso.

—Eres juiciosa y me fío de ti. Por lo que, si sales de la tienda a dar un paseíto nocturno, no te seguiré...

—Tíooooo...

Sven sonrió; su niña, como siempre, le tenía el corazón robado. Se levantó y se despidió de ella.

—Buenas noches, mi vida. Ahora me retiro, pues el cuerpo me pide descanso.

Una vez que él se metió en la tienda que había junto a la suya y la de su hermana, Beth miró a *Valkiria*. La cachorrita dormía plácidamente junto a las flores violetas que Iver le había hecho llegar.

Se tumbó junto a la perrita, cogió el ramo y lo olió. Su aroma era el de Escocia. Ese aroma que su madre siempre había adorado y jamás olvidó.

Estaba pensando en ella cuando oyó entrar a Gladys y, mirándola, murmuró:

—No sé con qué guerrero has estado ni me interesa. Pero haz el favor de respetar al tío y no ponerlo en evidencia.

Gladys suspiró al oírla. Sin dejar de mirarla se sentó y, sacándose la daga que ocultaba en la bota, vio las flores que un rato antes llevaba Iver en la mano y sonrió.

Beth, que con aquella tenía toda la paciencia del mundo, la observó. Cada vez la entendía menos. Cuanto mejor la trataban, peor se comportaba ella con los demás.

—¿Acaso he de temerte? —preguntó mirando la daga.

Gladys dejó el arma a un lado y, tras coger aire, musitó:

—Estoy cansada. Hasta mañana.

Beth asintió. El cariño que sentía por su hermana lo estaba destruyendo ella sola poco a poco. Y, cuando aquella se acostó, como necesitaba respirar aire fresco, le dio un beso a la cachorra, que dormitaba, y salió de la tienda.

Al salir oyó los ronquidos de su tío Sven y, sonriendo, miró al cielo y susurró:

—No pudisteis dejarnos unos padres mejores...

Durante un rato la joven permaneció sola frente a la hoguera sumida en sus pensamientos, con las flores que Iver le había llevado en la mano, hasta que, levantándose, y comprobando que no había nadie que pudiera verla, se encaminó hacia el lugar donde sabía que Iver descansaba.

Capítulo 49

Con sigilo, Beth caminó por el campamento sin ser vista ni oída. Cuando llegó frente a la tienda de Iver, al ver a uno de sus hombres cerca agarró una piedra del suelo y la lanzó a lo lejos. Tal como esperaba, el guerrero fue a ver qué era el ruido que había oído más allá, y en ese momento la joven aprovechó para entrar con sumo cuidado en la tienda.

Una vez en el interior Beth se quedó muy quieta. El bulto que había tumbado en el suelo era Iver. Pero cuando iba a acercarse a él, antes de que pudiera moverse casi, él la agarró, la tumbó boca arriba y, con gesto fiero, le puso una daga en el cuello y siseó:

—¡¿Quién eres y qué quieres?!

Beth, a quien apenas si le había dado tiempo a respirar, parpadeó, y entonces él, al ver que era una de las gemelas, se apresuró a soltar la daga.

—Dios..., ¿te he hecho daño? —murmuró.

Rápidamente la joven negó con la cabeza y, sonriendo, susurró:

—No, tranquilo.

—¿Beth o Gladys? —preguntó él sorprendido.

—Beth —aclaró ella.

Receloso, pues ya no se fiaba, Iver pidió:

—Dime algo que me indique que eres realmente Beth.

La joven parpadeó sin dar crédito. ¿Por qué le pedía eso? Pero, resoplando, respondió:

—Inverness y monjas... ¿Contento?

El guerrero asintió. No obstante, sin comprender cómo la joven había podido meterse en su tienda sin haber sido interceptada por sus hombres, se sentó en el suelo y preguntó:

—¿Cómo has llegado hasta aquí?

—Sin pensar y actuando con cuidado y sigilo —respondió ella, y, viendo cómo la miraba, añadió—: Te sorprendería la cantidad de cosas que sé hacer...

Iver sonrió.

—Mi padre tenía un lema —continuó Beth—, y es que quien haga daño a mi sangre lo pagará, pero quien lo haga con saña e innecesariamente lo pagará mil veces más.

Iver asintió y a continuación indicó:

—El lema de mi clan es: la lealtad se premia, pero la deslealtad se castiga.

Ambos se miraron. Decirse aquello era necesario.

—He tratado de hablar contigo —añadió Iver—, pero...

—Lo sé —lo cortó Beth.

Y, sin saber si contarle lo que había intentado su hermana Gladys, Iver murmuró:

—Lo siento.

—Yo también —admitió ella.

La joven se sentó entonces frente a él, se retiró el pelo del rostro y, enseñándole las flores, que no había soltado de la mano, añadió:

—Gracias. Son muy bonitas.

Iver asintió al verlas.

—Tío Sven me las ha dado de tu parte —continuó ella— y me ha dicho que también me enviabas una disculpa. Mira, Iver, estás perdonadísimo y...

—Beth, por favor, necesito que me escuches —la cortó él—. El otro día hablé sin pensar y me avergüenzo de lo que te dije. No sé qué me pasó, pero lo que dije estuvo mal, fatal... Porque a mí me da igual si tienes sangre vikinga, griega o escocesa. A mí me importas tú porque te tengo en mente noche y día. Pero cuando vi que apuntabas a mi madre, yo, que estaba aún enfadado por haberte visto besar a aquel hombre, me...

En ese instante ella le tapó la boca con la mano y susurró:

—¿A qué hombre besé?

Beth retiró la mano e Iver cogió aire. Hablar de aquello no le resultaba agradable.

—Al hombre de la posada —dijo.

Beth frunció el entrecejo.

—Yo no besé a ningún hombre en la posada...

Iver, sorprendido, iba a hablar cuando ella, cerrando los ojos, susurró:

—Voy a matar a Gladys...

Boquiabierto, él no sabía qué responder, y ella, entendiendo ahora la pregunta que le había hecho cuando la había visto, inquirió:

—¿Mi hermana se hizo pasar por mí?

—Reconozco que no pregunté si eras tú... —admitió Iver—, pero lo di por sentado al ver sus ropas...

—¿Y mi maldita hermana no te sacó del error?

Él negó con la cabeza y, sin querer ocultarle nada, afirmó:

—Esta noche, cuando me he acercado a tu tienda para verte, ha vuelto a hacerlo.

Beth parpadeó atónita. Lo de su hermana no tenía remedio. Pero, consciente de que con Iver tenía que aclarar otro tipo de cosas, dijo mirándolo:

—Al último hombre que he besado fue a ti.

—Me alegro de saberlo —afirmó él sonriendo.

—Y quiero que sepas —prosiguió— que nunca le haría daño a tu madre, por mucha sangre vikinga que tenga, y que si soy desagradable con ella es, además de porque se lo merece, porque me asusté...

—¿Que te asustaste?

—Sí.

Iver no entendía nada, y entonces Beth aclaró:

—Me gustas y yo te gusto a ti. Cuando estamos juntos es el mejor momento de mi día, pero tengo que ser sincera y decirte algo sumamente importante para ti que..., bueno... —Y, aclarándose la voz, soltó de carrerilla—: No puedo tener hijos.

Sorprendido por aquello, Iver no podía hablar, y Beth, atacada de los nervios, añadió:

—Y ya que estoy siendo sincera contigo, has de saber que tú me conoces como Beth Craig, cuando mi verdadero nombre es Revna Gundersen... Soy hija de Óttar Gundersen, duque de Bjälbo, más conocido como Óttar *Costilla de Hierro*, y de Blanca Craig. Mi hermana Gladys se llama en realidad Agda, mi tío Sven es Louis y mi tía Ottilia es Candance. Y si tuvimos que salir de Noruega fue porque mi tío Leiv, al ser yo la que heredaría el ducado o mi hermana si yo moría, nos quería muertas a las dos. Por eso mis padres nos hicieron desaparecer y Leiv los mató.

—¿Qué?

Dispuesta a decir toda la verdad, la joven le contó a Iver todo lo que siempre había callado, incluido lo que pasó con Ronan.

Él la escuchó en completo silencio. Lo que la muchacha le explicaba era increíble. Jamás habría imaginado el calvario de miedo e inseguridad por el que había tenido que pasar y, cuando ella guardó silencio finalmente, Iver preguntó preocupado:

—¿Y nunca supisteis a ciencia cierta si Ronan había hablado con alguien de vosotras?

Beth negó con la cabeza.

—No. Pero ha pasado casi un año de eso y...

—Dios santo, Beth, ¡estáis en peligro!

Ver la mirada angustiada del guerrero hizo que la joven sonriera.

—Tranquilo. Todo está bien —repuso.

Durante unos segundos se miraron a los ojos, hasta que él cuchicheó:

—*La Duquesa Guerrera...*

Beth asintió y se encogió de hombros.

—Eso es algo que ya está olvidado y que nunca voy a reclamar. Mi vida es la que es y...

—No necesitas reclamar nada —la cortó Iver pensando en su seguridad. Ahora entendía la obsesión de Sven por protegerlas día y noche.

—Si te he contado esto —continuó Beth— es porque creo que necesitas saber la verdad. Pero también te pediría que no dijeras nada. Eso forma parte de un pasado que no quiero olvidar pero sí dejar atrás. Ahora simplemente soy Beth Craig, y como tal quiero que me conozcas.

Él asintió con la cabeza. Si antes aquella muchacha le gustaba, ahora lo atraía mucho más.

—Te aseguro que por mí nadie lo sabrá —afirmó.

Beth lo creyó. Y, mirándolo a los ojos, se disponía a besarlo cuando la tela de la tienda se abrió y oyó que Alan musitaba:

—Lo siento..., lo siento..., lo siento..., pero lo he oído todo.

La joven parpadeó sorprendida, y Alan, agachándose, murmuró:

—Me he despertado cuando he oído tu voz y, ¡por san Fergus!, sin quererlo he oído todo lo que has contado. ¿Eres una duquesa?

Iver, al ver el gesto de apuro de su amigo y el de sorpresa de Beth, se apresuró a intervenir:

—Alan es un hermano para mí. Por él pongo la mano en el fuego de que no dirá nada.

—¡Lo juro por lo que quieras, Beth! —declaró aquel.

Todavía boquiabierta porque Alan los hubiera oído, ella no supo qué decir.

—Antes me matan —insistió este.

Sin saber por qué, la joven lo creyó. De pronto, un tema del que no había hablado nunca lo conocían ahora dos personas.

—De acuerdo, Alan. Confío en ti —susurró.

El guerrero suspiró aliviado. Sin querer se había enterado de algo que no debía. E Iver, soltándole un manotazo, dijo entonces:

—Vamos, macho, ¡respira!

Alan lo hizo y luego, mirando a Beth, musitó:

—Y yo llamándote *sor Pesadilla*...

Ese comentario hizo que la muchacha sonriera y, tras abrazar al guerrero, indicó:

—Y espero que me lo sigas llamando, ¿entendido?

Alan sonrió a su vez y, tras chocar una mano con Iver, dijo despidiéndose:

—Y ahora bajad la voz, que quiero dormir.

Una vez que su amigo hubo salido de la tienda, Iver miró a Beth.

—Confía en él como lo haces en mí —pidió.

La joven asintió y, tras unos segundos en silencio, bajó la voz y dijo:

—Tú quieres hijos... A mí me encantan los niños, pero por desgracia nunca te los podré dar. Por eso urdí un plan para alejarme de ti comportándome mal con tu madre, porque sabía que ella me lo iba a poner fácil.

—Pero...

—Iver, lo hice para que dejaras de mirarme como me miras y de decirme las cosas tan bonitas que me decías.

—Beth...

—Iver, si quieres hijos y formar tu propia familia en la vida, debes buscar a otra mujer..., porque yo no podré darte todo eso.

Conmovido por su relato, y entendiendo ahora muchas cosas de ella, Iver la cogió de la mano.

—Yo te quiero a ti, Beth Craig —aseguró.

—Pero...

—No hay peros. A quien quiero es a ti. A quien deseo en mi vida es a ti.

—Pero, Iver...

—Beth, ¡cállate y mírame!

Con los ojos llenos de lágrimas la joven así lo hizo. Iver la observaba con dulzura y en silencio, sin hablar le decía cuánto la amaba, y, recordando algo que Johanna le había dicho, ella murmuró:

—El padre de Johanna va a tener razón...

Sorprendido por eso, Iver preguntó:

—¿Duncan?

Ella asintió y, mirándolo a los ojos, musitó:

—Ella me contó que su padre siempre decía que, en ocasiones, las más bonitas palabras de amor se decían en silencio y con la mirada, y tú acabas de hacerlo.

Iver asintió y, tras sonreír, se mofó:

—Aissss, qué monoooooo.

Ambos soltaron una carcajada, e Iver señaló mientras la miraba enamorado:

—Solo quedan por decirnos nuestras palabras.

Beth asintió al oírlo. Estaba claro que ambos se querían, se deseaban y se necesitaban, por lo que, consciente de que iba a dejarse llevar por el corazón, miró con ternura al guerrero, que la observaba de igual manera, y susurró:

—Mírame y bésame...

Y, sin dudarlo, él la besó. Desde que habían comenzado aquel viaje juntos la atracción irresistible que sentían no les permitía alejarse el uno del otro. Y, cuando el beso acabó, Iver murmuró abrazándola:

—Te echaba de menos, *Pesadilla.*

—Y yo a ti, Iver *el Creído.*

Con una delicadeza que incluso a él mismo le erizó el vello del cuerpo, el guerrero acarició el rostro de la joven.

—No sé qué nos puede deparar el futuro —murmuró—, pero si algo tengo claro es que necesito tenerte a mi lado todos y cada uno de mis días.

—Qué bien suena eso...

Volvieron a besarse, e Iver, intentando ordenar sus ideas, una vez que el beso acabó, añadió sin soltarla:

—Con respecto a mi madre, sé perfectamente quién es Arabella *Morro Torcido*... —Ambos sonrieron por aquello y luego él añadió—: Sé que será complicado, porque con ella todo siempre lo es, hasta que entienda que tú eres mi amor y que, ante eso, nada puede hacer.

A Beth la emocionó su declaración. Durante el tiempo que había estado con Ronan, él nunca le había dedicado palabras dulces y tiernas.

—Y en cuanto al tema de los hijos —prosiguió Iver—, solo has de saber una cosa. Es a ti a quien quiero a mi lado. El resto ya se verá.

Conmovida, la joven tomó aire. Privarlo de aquello que él tanto deseaba podía ser un gran problema, pero asintió, deseosa de vivir el momento y ese amor. Entonces Iver pidió, seguro de lo que decía:

—Cásate conmigo.

—¡Por san Fergus! —oyeron que exclamaba de pronto Alan.

Iver rio al oír la voz de su amigo mientras Beth parpadeaba sin dar crédito.

—Cásate conmigo —repitió Iver entonces.

—Pero si apenas nos conocemos —repuso la joven, desconcertada por su petición.

El guerrero sonrió.

—Carolina y Peter se casaron conociéndose menos aún, y mira qué felices son.

Ella no supo qué responder.

—Si tú quieres, ahora mismo nos vamos a buscar a un cura —insistió Iver.

—¡Estás loco!

—Me ofrezco como padrino —apostilló Alan desde su tienda.

Iver asintió, y dijo:

—Que te quede claro que lo que estoy es loco de amor por ti.

Beth estaba bloqueada. Ya se había casado una vez, sin conocer realmente al hombre con el que lo hizo, por un impulso. Y, cuando iba a hablar, él, sabiendo lo que pensaba, murmuró:

—Mi amor, yo no soy ese hombre que te hizo daño. Soy Iver McGregor y sé que puedo hacerte muy feliz.

Beth casi no podía respirar. No podía pensar. Aquello que le proponía era una verdadera locura.

—Siempre dije que cuando encontrara a mi mujer, a mi amor, no la dejaría escapar —continuó Iver, mirándola a los ojos—. Y tú, mi preciosa Beth Craig, eres ambas cosas, y no pienso dejarte escapar.

Ella sonrió. Aquel hombre, con sus acciones y sus palabras, la tenía loca.

—¿Y quién te dice a ti que tú eres mi hombre y mi amor...? —le soltó de pronto para hacerlo rabiar.

Oír eso hizo que él se pusiera tenso, y la joven se mofó riendo:

—Iver McGregor, ¿sabías que estás muy loco?

Iver asintió. Lo que le estaba ocurriendo con aquella mujer lo estaba sorprendiendo incluso a sí mismo. Y sin poder parar de reír como un tonto cuchicheó:

—Tú me vuelves loco.

Ambos volvieron a reír y luego ella, sin dudarlo, lo besó. Un beso llevó a otro, y cuando la pasión estaba a punto de hacerles perder la cordura, Iver se detuvo.

—No creo que sea el momento... —indicó.

—No. No lo es —se oyó que decía de nuevo la voz de Alan desde su tienda.

Iver y Beth sonrieron, y esta entre susurros agregó:

—Si hemos de casarnos, esta vez quiero hacerlo rodeada de mi familia y de la tuya. Quiero que todo sea diferente de como fue.

Él asintió.

—Así será, entonces —convino.

Estaban mirándose a los ojos cuando ella musitó:

—Mantengamos esto en secreto.

Boquiabierto, él frunció el entrecejo.

—¿Por qué?

—Porque me gustaría que de momento fuera solo algo entre tú, yo... —y, con retintín, añadió—: y Alan, para que nadie nos lo pueda estropear. ¿Qué te parece?

Iver lo pensó. Para él sería más grato verla y poderla abrazar sin importarle quién los viera, pero, entendiendo que la muchacha tenía sus recelos, afirmó:

—De acuerdo.

Un beso. Dos. Veintidós. Y cuando de nuevo la temperatura volvió a subir entre ellos, esta vez fue la joven quien paró.

—He de regresar a mi tienda —decidió.

Iver afirmó con la cabeza. O ella salía de allí o iba a perder la razón, por lo que dijo mirándola:

—Saldré yo primero para entretener al hombre que esté de guardia y luego sales tú, ¿entendido?

—Entendido —dijo Beth.

Iver se puso las botas, y cuando ya se disponía a salir, se dio la vuelta y besó de nuevo a Beth. Haber aclarado las cosas entre ellos y haber disfrutado de la intimidad juntos le hacía desearla más y más.

—Beth Craig..., estoy loco por ti. No lo olvides —susurró mirándola.

Enamorada y atontada perdida por las cosas tan bonitas que aquel hombre le decía, ella le devolvió los besos.

—No lo olvidaré —aseguró.

Ambos sonrieron y, acto seguido, Beth musitó:

—Al ver mi felicidad, seguro que mi madre estará dejando multitud de besos tras las estrellas para ti.

Iver sonrió de nuevo. Si él le decía cosas bonitas a ella, ella a él también. Y, tras un rápido y último beso, salió de la tienda, y al ver a uno de sus hombres cerca, se aproximó a él y preguntó:

—¿Todo bien por aquí?

El guerrero se apresuró a darle el parte: la noche estaba siendo tranquila. Entonces Iver vio salir a Beth con el rabillo del ojo y se percató de lo bien que la joven sabía moverse sin hacer ruido en la oscuridad. Sin duda, aquella *Duquesa Guerrera* lo iba a sorprender.

Capítulo 50

Ahora que habían hablado y aclarado las cosas entre ellos, el trayecto a Aberdeen se convirtió en algo completamente distinto.

No se acercaban el uno al otro para fingir que entre ellos las cosas seguían igual, pero cada vez que se miraban cientos de mariposas parecían revolotear en sus estómagos.

Beth montaba la yegua parda mientras pensaba en lo ocurrido la noche anterior cuando de pronto oyó a su lado:

—Mi prima Anna es una mujer encantadora...

Al ver que se trataba de Arabella, la joven evitó hincar los talones en los flancos de la yegua para salir disparada de allí y, simplemente, le soltó mirándola:

—Será toda una novedad, tratándose de una Steward.

Arabella asintió. Hablar con aquella, que no se lo ponía fácil, la hacía desesperar.

—Espero que tu comportamiento sea ejemplar... —le advirtió—. No olvides que entrarás en la fortaleza como invitada mía, de mi marido y mis hijos.

Beth resopló al oírla. Si ya empezaba así, mal iban, por lo que respondió:

—Quizá te sorprenda...

—Lo dudo —murmuró la mujer—. Y, por supuesto, te ruego que evites decir que tienes sangre vikinga... No creo que a mi prima y a su marido les agradara saberlo.

Beth suspiró.

—¿Sabes, Arabella? —repuso—. A pesar de tener sucia sangre

vikinga y haber sido criada por unos taberneros, te aseguro que educación tengo y mucha... ¿Algo más?

La mujer, que necesitaba agradecerle a la joven lo que había hecho por ella pero no sabía cómo, por último soltó de carrerilla:

—Agradezco lo que hiciste por mí el otro día frente al jabalí...

Oír eso sorprendió a Beth, que, sin dudarlo, preguntó:

—¿Te has dado un mal golpe? —Rápidamente Arabella tomó aire, y la joven añadió divertida—: Solo hice lo que a mi juicio había que hacer. Ayudarte.

Arabella asintió. Ser amable no era algo que fuera fácil para ella. Y entonces Beth, incapaz de callar, preguntó:

—¿Tú habrías hecho lo mismo por mí?

La mujer, al oírla y ver su gesto de guasa, la miró de arriba abajo. Aquella muchacha era una descarada.

—¿Acaso me crees tan mala persona como para no haberte ayudado? —siseó.

Beth negó con la cabeza y, sonriendo, respondió:

—Sabiendo lo que piensas de los vikingos, permíteme que lo crea.

Al oír eso Arabella sonrió con amargura. Había tratado de acercarse a aquella, pero sin lugar a dudas su intento había sido fallido. Y, haciendo un gesto de impotencia, se alejó al trote sin añadir nada más.

Beth la observó. Aquella mujer nunca aceptaría lo que su hijo deseaba hacer.

Instantes después su tío se le acercó montado en su caballo.

—¿Cómo está mi chica?

Oír eso le hizo gracia a Beth, que contestó:

—Feliz porque por fin hemos llegado al primer destino, pero triste porque cuando paremos tendré que despedirme de esta preciosidad.

Sven miró la yegua parda, era una pena que ya estuviera vendida. Y, suspirando, dijo:

—Te prometo que cuando regresemos a Elgin hablaré con Peter McGregor para ver cómo puedo comprarle un caballo para ti.

—Tíoooo, no vamos a gastar dinero en algo que no necesitamos.

—¿No quieres tener un buen caballo?

Beth sonrió. Para ella sería un sueño tener un caballo como los que tenían aquellos guerreros.

—Lo que quiero es que tú, la tía y Gladys estéis bien. Eso es lo único que deseo —repuso.

Conmovido, Sven sonrió. En ese momento la carreta en la que viajaba Gladys se les aproximó y esta llamó:

—¡Beth! ¡Tío!

Ellos se volvieron al oírla y, tras acercarse, la joven preguntó:

—¿Qué creéis que es mejor para entrar en la fortaleza: el vestido verde o el de color crudo?

Tío y sobrina se miraron y Beth, sonriendo, declaró:

—Creo que es mejor que entres como vas, y una vez que te hayas aseado, te pongas uno de esos dos vestidos. Si te lo pones ya, ¿qué te vas a poner luego?

Gladys asintió, su hermana tenía razón.

—No para de llorar... —dijo señalando a la cachorra—. ¿Qué tal si la sacas de aquí un ratito?

Beth asintió; la frialdad que su hermana demostraba por los animales era horrorosa. Se inclinó hacia la carreta, cogió entre los brazos a *Valkiria* y, metiéndosela entre sus ropas, saludó:

—Hola, preciosa.

La perra dejó de lamentarse al oír su voz, y Sven, divertido, comentó:

—Tu tía se volverá loca cuando la vea.

—Lo sé —afirmó Beth.

Minutos después, mientras Sven y Beth seguían cabalgando y hablando de sus cosas, Cailean los llamó. Montados en sus caballos se dirigieron hacia el lugar donde estaban los McGregor al completo y también Alan. Ethan, con su mujer sentada delante de él en su montura, sonreía, cuando Cailean indicó:

—Estamos llegando y quiero que entréis a nuestro lado.

Tío y sobrina asintieron, y Arabella terció:

—Evitad mencionar que tenéis sangre vikinga... No creo que a mi prima y a su nuevo marido les agrade mucho saberlo.

Según dijo eso todos la miraron. Beth tomó aire para replicar, pero Sven, deteniéndola, musitó con tranquilidad:

—No se preocupe, señora. Ni mis niñas ni yo diremos nada al respecto.

Los McGregor se miraron entre sí. Arabella era insoportable.

Entonces Iver, necesitando decir algo que hiciera sonreír a Beth, comentó:

—¿Visteis anoche las preciosas estrellas que iluminaban el cielo?

Al decirlo, la joven disimuló una sonrisa mientras lo miraba con el rabillo del ojo. Esas palabras significaban que la tenía en su mente.

—La verdad es que no, hijo —contestó Cailean.

—Yo sí. Y reconozco que eran fascinantes... —se mofó Alan.

—¿Estrellas fascinantes? —se burló Ethan.

Iver soltó una carcajada y, al ver cómo su hermano lo miraba, añadió:

—Ethan, solo hay que mirar al cielo para ver lo fascinantes que son.

Cailean, complacido por las sonrisas que lucían Iver y Beth, miró a su mujer y sugirió:

—Arabella..., quizá esta noche tú y yo podamos observarlas...

—No digas tonterías, Cailean —replicó ella sin mirarlo—. Tengo cosas mejores que hacer.

Tras las palabras de la mujer todos guardaron silencio, hasta que Eppie, viendo el gesto de su suegro, intervino:

—Yo miraré contigo las estrellas.

Cailean, conmovido por aquello, le sonrió a Eppie, que cabalgaba con su hijo, y aún con el corazón dolorido por el modo en que su mujer lo trataba contestó:

—Será todo un placer.

Capítulo 51

Mientras accedían al patio de armas de la fortaleza del clan Mull junto a los McGregor, Beth miró a su alrededor. Desde que había salido de Noruega nunca más había vuelto a entrar en una fortaleza, por lo que ver sus muros anchos y sus almenas la hizo sonreír.

Una vez que la comitiva se detuvo, las enormes puertas de madera se abrieron y ante ellos aparecieron un hombre alto de barba canosa junto a tres muchachas y su mujer, Anna Steward, que rápidamente los saludó:

—Prima Arabella..., Cailean..., ¡qué alegría teneros aquí!

El hombre asintió cortés, mientras Arabella, fabricando una de sus frías sonrisas, respondía:

—Anna, verte me alegra el alma..., y más sabiendo que voy a conocer a tu marido y a su preciosa familia.

Beth parpadeó al oírla; desde luego, aquella era una buena comedianta. A continuación miró a su tío, sonrió y gesticuló:

«¡Menuda falsa!».

Una vez que todos se apearon de sus caballos, fueron acercándose a los anfitriones para saludarlos.

—Pero qué bella estás —comentó Anna dirigiéndose a su prima.

Arabella, que estaba encantada de recibir cumplidos, indicó tras hacer un amago de abrazo:

—Prima Anna, te presento a Eppie, la esposa de mi Ethan..., y, por cierto, ¡están esperando su primer hijo!

Anna aplaudió al oír eso.

—Oh, ¡felicidades! Qué momento tan feliz estarás viviendo.

Eppie asintió y, tocándose su pequeña barriguita, cuchicheó:

—Estamos muy felices.

Tras intercambiar una mirada con aquella, Anna sonrió y luego, asiendo a su marido del brazo, añadió:

—Arabella, Cailean, os presento a mi esposo, Frederick Mull.

De inmediato Cailean y aquel se dieron la mano, y Arabella, tendiéndole también la suya para evitar que la abrazara, declaró:

—Es un placer conocerte.

—Lo mismo digo —afirmó Frederick encantado.

Anna, satisfecha de tener allí a parte de su familia, anunció a continuación:

—Hemos preparado una fiesta en vuestro honor para esta noche. Vendrán algunos amigos de los alrededores para conoceros y lo pasaremos muy bien.

—Oh, qué maravilla —declaró Arabella.

Aquellas seguían hablando cuando Ethan, divertido, cuchicheó dirigiéndose a su hermano y a Alan:

—No es por malmeter..., pero ¿habéis visto quién está ahí y cómo os mira?

Iver asintió. Entre las jóvenes que allí había estaba Olivia Fraser, una moza con la que había iniciado algo en el pasado que se terminó porque las circunstancias no fueron favorables y su madre así lo quiso. Estaba pensando en ello cuando Alan señaló:

—El problema es que tu madre también se está dando cuenta...

Según dijo eso, los tres guerreros miraron a Arabella, e Iver, que la conocía, murmuró con un resoplido:

—No, por Dios...

Ethan, divertido al ver el agobio de su hermano ante la idea de lo que su madre probablemente haría, no dijo nada.

—Ellas son Bradana y Catriona, mis hijas, y a su lado su amiga Olivia Fraser —indicó entonces Frederick.

Arabella miró a esta última y, con una fingida sonrisa, comentó:

—A Olivia ya la conocemos..., ¿verdad?

Ella asintió sin cambiar el gesto y luego Arabella, interesada en aquellas muchachas, añadió:

—Tus hijas son unas preciosas jovencitas, Frederick... ¿Todas casaderas o alguna está comprometida?

Iver parpadeó al oír eso. Conociendo a su madre ya sabía qué era lo que tocaba.

—Casaderas, incluida Olivia —contestó el hombre.

Arabella asintió gustosa, y, mirándolas, indicó para hacer rabiar a Beth:

—Señoritas, les presento a mi hijo, Iver, y a su buen amigo Alan, ambos solteros y sin compromiso, además de unos guerreros valientes y muy reputados.

—Oh, ¡qué maravilla! —asintió Anna.

Las jóvenes sonreían con coquetería, pues aquellos dos guerreros eran muy atractivos, mientras Beth disimulaba su malestar mirando hacia otro lado. Que a Iver le hicieran ojitos no le hacía ni pizca de gracia.

—Ellos son unos amigos —añadió Cailean viendo las intenciones de su mujer—, Sven Paterson y sus sobrinas, Beth y Gladys Craig. Viajan con nosotros hasta Edimburgo.

—Dos gotas de agua —declaró Frederick mirando a las chicas.

—Eso dicen siempre, señor —afirmó Beth haciendo sonreír a Iver.

Después de un rato en el que todos estuvieron charlando entre ellos, Iver y ella se miraron con disimulo, encontrando la tranquilidad que necesitaban en los ojos del otro, y, sin poder evitarlo, sonrieron. Todo estaba bien.

Seguían hablando en la entrada de la fortaleza cuando se oyeron los cascos de unos caballos que se acercaban al galope. Al mirar, Iver vio que se trataba de sus amigos Gael y Patrick, hijos de Frederick y hermanos de las muchachas.

Con una sonrisa los hermanos Mull se lanzaron de sus caballos al verlos y corrieron a abrazarlos.

—Iver, ¡qué alegría verte! —exclamó Gael.

La amistad de aquellos jóvenes guerreros venía de mucho tiempo atrás, y Patrick, tras saludar a Alan, comentó:

—Padre, Iver y Alan fueron quienes nos ayudaron en Stirling.

Frederick Mull asintió. Sabía que unos meses antes sus hijos habían tenido un problema en Stirling al ser drogados en una taberna por unos delincuentes que querían robarles. Por suerte, Alan e Iver pasaban por allí y, al ver la situación en la que se encontraban sus amigos, pudieron evitar que aquello fuera a más. Complacido, el *laird* Mull se acercó entonces a ellos, posó las manos en los hombros de los jóvenes guerreros y declaró:

—Os estaré eternamente agradecido por lo que hicisteis por mis hijos.

Alan e Iver sonrieron y enseguida este último señaló:

—Señor, solo hicimos lo que ellos habrían hecho por nosotros.

—Oh, padre, ¡qué preciosa yegua! —exclamó de pronto Catriona.

Todos miraron a la yegua que Beth sujetaba por las riendas.

—Qué animal tan majestuoso —comentó Anna.

Beth asintió. Con cariño miró a la yegua que había hecho el camino junto a ella, un animal que ni en el mejor de sus sueños podía permitirse. Y, tras acariciarle con mimo el hocico, afirmó consciente de que debía despedirse de ella:

—Es maravillosa, a la par que rápida e inteligente.

Frederick asintió encantado y, acercándose hasta la yegua, la tocó y preguntó:

—¿Es uno de los caballos que me traéis?

Iver, que como todos lo había oído, antes de que su padre, Alan o Ethan respondieran, se apresuró a decir:

—No. Esa yegua es de Beth.

Al oír eso varias miradas sorprendidas lo miraron, entre ellas la de Beth.

—Tus caballos, Frederick, son aquellos de allí —dijo Iver con tranquilidad—. Sí, ya sé que eran seis, pero justo antes de salir uno de ellos tuvo un problema y preferimos no traerlo. Te lo reemplazaremos por otro en un futuro.

Frederick asintió al oír eso.

—Me parece bien.

Arabella parpadeó al oír lo que había dicho su hijo. ¿Cómo que aquella yegua era de la vikinga? Y, mirando a Ethan, iba a quejarse cuando este susurró:

—Madre, yo que tú me callaría.

—Pero...

—Arabella —la cortó Cailean—. Respeta a Iver.

Complacidos al ver aquellos magníficos animales, Frederick, Anna y sus hijos se dirigieron junto a los McGregor hacia ellos, mientras Beth, que apretaba las riendas de la yegua entre las manos, no podía ni respirar.

—Ese chico cada día me gusta más —murmuró su tío Sven, que estaba a su lado.

Gladys la miró entonces y preguntó en susurros:

—¿Acaso te quiere comprar con el caballo?

Beth, a quien el corazón le iba a mil, la miró. Y, consciente de que no podía ni debía decir lo que pensaba, repuso:

—Pues lo lleva claro.

Boquiabierta por aquello la muchacha miró a Iver, que les mostraba los caballos a sus nuevos dueños, y cuando sus ojos volvieron a encontrarse el corazón se le aceleró. De nuevo el guerrero volvía a hacerle saber lo importante que era para él, y sin dudarlo le sonrió y, moviendo los labios con disimulo, le dio las gracias.

Una vez que los Mull hubieron visto los caballos y regresaron de nuevo a la entrada, Bradana dijo:

—Gael, Patrick, ¿cómo es que no habéis invitado antes a vuestros amigos?

Los aludidos sonrieron al oír a su hermana y, mirando a aquellos, Gael dijo:

—Porque sus intereses y los vuestros no tienen nada que ver. Vosotras buscáis un marido y, que yo sepa, ellos no buscan esposa.

—Jovencito —soltó Arabella de pronto—, ¡estás muy equivocado! Mi Iver y, por supuesto, también Alan buscan esposas escocesas como Dios manda, no mujercitas maleducadas y sin clase que no saben ni bordar.

—¡Madre! —gruñó Iver.

Arabella, que ignoró la advertencia de su hijo, insistió mirando a las muchachas:

—Estos dos guerreros siguen solteros porque aún no ha aparecido en sus vidas la mujercita que los haga desear dar el siguiente paso. —Y, paseando la mirada por Beth, añadió con retintín—: Por tanto, queridas, ¡sed libres de conocerlos!

Cailean, al oír eso, quiso pellizcar a su mujer. Como siempre, ella actuando por su cuenta. Alan, viendo el enfado de su amigo, para destensar el momento miró a las jóvenes, que les hacían ojitos, e indicó:

—Señoritas, voy a tener que denunciarlas por hurto.

Según dijo eso todos lo miraron y él, con esa galantería que volvía locas a las mujeres, miró a Iver, que comenzó a sonreír, y agregó:

—A cada segundo que pasa me están robando el corazón...

La frase del joven fue recibida entre bromas por parte de todos, y Anna Steward exclamó:

—¡Oh, qué galante!

Iver y él se miraron de nuevo y el primero, riendo, murmuró:

—¡Qué monooooo!

Gael y Patrick que como el resto de los guerreros que había en el patio observaban a Gladys y a Beth, se miraron divertidos.

—Y estas preciosas mujeres que os acompañan ¿quiénes son? —preguntó Gael.

Gladys, encantada porque por fin uno de aquellos guerreros se hubiera fijado en ella, parpadeó, y Cailean, que sabía cuál de las dos era Beth porque con anterioridad le había guiñado el ojo, respondió señalando:

—Son Beth y Gladys Craig. Y él es su tío, Sven Paterson. Son amigos de la familia y viajan con nosotros.

Los recién llegados asintieron y Patrick, mirando a las jóvenes, afirmó:

—Preciosas mujeres.

—Gracias —dijo Gladys.

Con galantería el guerrero se acercó a ellas y, tomando la mano de una, preguntó:

—¿A quién tengo el placer de saludar?

—Soy Beth —respondió la joven.

Gustoso, y desplegando sus armas de seducción, él le besó la mano.

—Espero que tu estancia en mi hogar sea placentera —declaró.

Beth asintió y respondió al tiempo que observaba el gesto serio de Iver:

—Sin duda lo será.

Una vez que Gael y Patrick saludaron a las gemelas, Frederick, el marido de Anna, se acercó de nuevo a Arabella.

—Anna siempre me habló de tu belleza... —comentó.

—Mi mujer es un bellezón —afirmó Cailean.

Arabella ni lo miró, y entonces Frederick, tendiéndole la mano, agregó:

—También me dijo que montas a caballo con la osadía de una guerrera.

Complacida, la mujer esbozó una horrible sonrisa y, asiendo la mano de aquel, respondió mientras se encaminaban hacia el interior de la fortaleza:

—¡Oh, qué galante! Gracias por los halagos, Frederick.

Cailean dejó de sonreír al oír eso. Él también le había dicho un halago. Tras suspirar, le ofreció la mano a Anna para seguir a aquellos dos.

Uno tras otro fueron entrando; Beth, al ver que Alan le tendía la mano, se la agarró y preguntó mofándose:

—¿En serio esas aburridas te roban el corazón?

Divertido, el guerrero cuchicheó:

—*Sor Pesadilla*..., era la única manera de parar a Arabella *Morro Torcido*.

Beth asintió sonriendo y luego entró en la fortaleza como todos los demás.

Capítulo 52

Más nerviosa y excitada de lo habitual, Gladys se aseaba en una preciosa habitación. Encantada, se miraba en uno de los relucientes espejos sin poder parar de sonreír cuando, viendo que su hermana la observaba, preguntó:

—¿Qué ocurre?

Beth, que aún tenía en la cabeza lo que Iver le había contado y que seguía haciéndose pasar por ella, aun deseosa de cantarle las cuarenta, calló. Aquella sonrisa de felicidad en su hermana no era lo normal, por lo que, cambiando el gesto, respondió:

—Nada.

Gladys fue entonces hasta la ventana y, mirando a través de ella, afirmó:

—Qué maravilla ver el mar desde aquí.

Beth se fijó y asintió.

—Sí, se ve precioso. Sin duda es un lujo poder admirarlo.

Gladys sonrió. Lo que era un lujo era ver un barco que, al fondo, surcaba los mares, sabiendo que ella y su hermana partirían en él en breve.

La joven se apartó de la ventana y volvió a mirarse al espejo. Saber que en un par de días como mucho su vida cambiaría la tenía feliz; pero entonces oyó a su hermana decir:

—¿Por qué estás tan contenta?

Rápidamente Gladys cambió el gesto y, al ver como aquella la miraba, respondió:

—Vamos a asistir a un baile... ¿Cómo no estarlo?

Beth afirmó con la cabeza. Algo ocurría con su hermana, pero aún no terminaba de adivinar qué era, y Gladys, deseosa de cambiar de tema, preguntó:

—¿Por qué ha dicho Iver que la yegua era tuya?

Beth, que aún no se lo creía, y que necesitaba darle las gracias como debía a Iver, sin querer dar más explicaciones la miró directamente a los ojos y contestó:

—No lo sé.

Pero su hermana insistió:

—¿Acaso hay una tregua entre vosotros y yo no me he enterado?

Beth negó con la cabeza; si le había pedido discreción a Iver, no iba a ser ella indiscreta. Dispuesta a despistar a su hermana con aquella mentirijilla piadosa, repuso:

—Si ese McGregor se cree que por regalarme una yegua algo va a cambiar, ¡es que no me conoce!

Gladys sonrió al oírla. Necesitaba que su hermana y aquel no se llevaran bien, para que llegado el momento tardaran en echarla de menos.

—Estar aquí me recuerda a lo que fue nuestro hogar —musitó gustosa.

Beth asintió. Aquel sitio y el lugar en el que ellas vivían de pequeñas se asemejaban bastante. Sus vidas habían pasado de ser cómodas y placenteras a ser unas vidas con numerosas carencias y problemas. Sonriendo a su hermana afirmó, tras dejar a *Valkiria* dormida en el interior de su caja:

—Disfrútalo porque esto es momentáneo.

Gladys no contestó. Si ella supiera... Y, mirando el vestido verde que había sobre la cama, cuchicheó:

—Según me ha dicho Bradana, la cena y la fiesta que su padre ha organizado son de gala.

—¿Y...?

—Que esos vestidos viejos y ajados nos avergonzarán...

Beth miró la ropa que su hermana señalaba. Sabía que tenía razón. Aquellos viejos vestidos gastados por el tiempo no eran los más idóneos para cenar en aquella fortaleza.

—Gladys, es lo que tenemos —indicó encogiéndose de hombros.

—¡Odio lo que tenemos!

En ese instante se oyeron unos golpes en la puerta. Gladys se apresuró a abrir. La que llamaba resultó ser Bradana, que las miró con una bonita sonrisa.

—Creo que necesitáis algo así, ¿verdad? —dijo.

Boquiabiertas, las hermanas miraron los preciosos vestidos que aquella llevaba en las manos, y Gladys exclamó:

—Sí..., sí..., sí...

Bradana asintió. Solo le había hecho falta ver las humildes ropas de las jóvenes para adivinar que para la cena no podrían llevar algo como lo que ellas llevarían.

—Por suerte, sois de una estatura y un peso parecidos a los míos, por lo que seguramente los vestidos os quedarán bien —señaló.

Beth sonrió agradecida y, mirando a la joven, murmuró:

—Muchísimas gracias. Es un precioso detalle por tu parte.

Bradana se encogió de hombros.

—Lydia, la criada, os avisará para bajar al salón en cuanto los invitados comiencen a llegar.

Una vez que dijo eso la muchacha se marchó y Gladys, cerrando la puerta, murmuró con unos ojos como platos:

—¿Cuál prefieres?, ¿el rosa o el azul?

Beth se encogió de hombros. Particularmente le daba igual. Pero, consciente de que su hermana siempre querría el que ella escogiera, respondió:

—Elige tú. El otro me lo pondré yo.

Gladys saltaba emocionada por la estancia y Beth, al verla tan contenta, se alegró. Le gustaba que estuviera feliz.

Mientras su gemela canturreaba sin saber qué vestido ponerse, Beth se miró en el espejo y, de pronto, al ver su aspecto, supo que esa noche quería estar guapa para Iver. Sería la primera vez desde que se habían conocido que la viera vestida de ese modo.

Valorando qué peinado hacerse, Beth sonrió. Y, mirándose en el espejo, decidió:

—Me recogeré el pelo con una cinta.

—¡Yo también! —exclamó Gladys muy sonriente.

Beth asintió nada más oírla. ¡Lo sabía!

Capítulo 53

Una hora después, tras ser avisadas por una de las criadas, las hermanas Craig bajaron al salón aseadas, peinadas y ataviadas con aquellos preciosos vestidos.

Antes de entrar, Sven, que las esperaba al pie de la escalera, se quedó sin habla al verlas. Vestidas con aquellas ropas sus niñas volvían a ser las hijas de quienes eran. Y, una vez que terminaron de bajar, el hombre murmuró emocionado:

—Beth, el rosa es tu color. Gladys, el azul es el tuyo. Estáis bellísimas, mis amores. Si os viera mi Lindura se volvería loca de la emoción.

Beth sonrió mientras su hermana, que veía que en el salón había más gente de la que esperaba, cuchicheó fijándose en un hombre moreno y muy alto que hablaba con el anfitrión:

—¿Ese apuesto guerrero quién es?

Sven se volvió para mirar.

—Creo que es uno de los hombres de confianza del *laird* Mull.

Gladys asintió.

—Espero que me lo presenten —dijo a continuación con un hilo de voz.

Sven sonrió al oírla y, orgulloso, ofreció un brazo a cada una de sus niñas y, con paso seguro, los tres se encaminaron al salón.

Iver, que estaba rodeado de su familia y de Alan, se quedó sin habla al ver entrar al hombre y a sus sobrinas. No sabía cuál de las dos era Beth, pero, fuera la que fuese, estaba bellísima.

—Hoy habrá bofetones por aquí... —murmuró Ethan al comprobar lo que miraba su hermano.

Arabella, que no entendía nada, al darse la vuelta y ver a las muchachas resplandecer de aquella forma se sorprendió. Y cuando estas se acercaban hasta el grupo, Cailean, que vio que Beth le guiñaba el ojo derecho, musitó:

—La belleza de esas muchachas es admirable...

—A cualquier cosa llamas tú «belleza» —soltó Arabella.

—¡Madre! —protestó Iver.

Una vez que las jóvenes llegaron junto a ellos, Cailean, ignorando el feo comentario de su mujer, tomó la mano de Beth y declaró al ver que Sven era requerido por un hombre:

—Muchachas, como les he dicho a ellos, estáis preciosas...

—¡Gracias, Cailean! —La joven sonrió mientras Gladys se estiraba pavoneándose, consciente de que todas las miradas estaban puestas en ellas.

—¡Qué vestidos tan bonitos! —comentó Eppie.

Arabella, que estaba tan sorprendida como el resto, musitó:

—No sabía yo que los taberneros pudieran permitirse telas como estas.

—Arabella, por Dios —murmuró Eppie mirando a su marido.

—¡Esposa! —protestó Cailean.

—¡Madre! —gruñó Iver.

El comentario de la mujer, que había estado tan fuera de lugar, hizo que todos la miraran. De inmediato Gladys iba a contestar, pero Beth la sujetó para que no dijera nada y fue ella la que respondió:

—¿Sabes, Arabella? Tienes razón. Mis tíos, los taberneros, nunca han podido permitirse telas como estas, porque su prioridad ha sido darnos un techo y de comer todos los días. Pero ¿sabes lo que nunca les ha faltado? Dignidad, empatía, cariño y amor. Algo de lo que, sin lugar a dudas, tú careces.

—Eso por levantar la liebre... —tosió Cailean.

—Y en cuanto a estos vestidos —prosiguió Beth tras intercambiar una mirada con Iver, que le pedía que callara—, no son nuestros.

—¡Hermana! —exclamó Gladys.

Al oírla Beth la miró y, con tranquilidad, añadió:

—Gladys, no pasa nada por decir que gracias a la generosidad y la empatía de Bradana esta noche lucimos así.

El grupo se quedó en silencio, y Gladys, azorada, se dirigió hacia la mesa de las bebidas para tomar algo. Arabella siempre levantaba ampollas con sus comentarios.

—Gracias a ella y a vosotras —señaló entonces Iver—. Porque, por muy bonitos que sean los vestidos, ellos no lo hacen todo.

Beth sonrió gustosa. Le agradaba que hubiera dicho eso delante de su madre. Y, mirándolo con orgullo, indicó:

—Eres muy galante, Iver McGregor.

Cailean asintió.

—La galantería la aprendió en casa —soltó entonces Arabella.

Ethan sonrió al oír a su madre y, poniéndose de parte de su hermano, repuso:

—Disculpa, madre, pero eso es algo que le enseñamos papá, Peter y yo.

La mujer miró con recelo a su hijo Ethan, y Eppie, que estaba a su lado y que desde hacía tiempo le había perdido el miedo a su suegra, cuchicheó:

—Mejor no digas más o vas a quedar peor.

Arabella se dio cuenta de que los suyos no estaban de su lado y refunfuñó; de pronto vio que entraba una joven en el salón y, cambiando por completo la expresión, exclamó mientras se apartaba de los demás:

—Pero si acaba de llegar lady Yvaine DeClaire..., ¡qué maravilla!

Al oír eso todos se volvieron.

—¡No, por Dios...! —susurró Iver.

Ethan sonrió, Alan también y Beth, mirando a la preciosa mujer que Arabella saludaba, preguntó:

—¿Quién es?

Cailean suspiró mientras Eppie le aclaraba:

—La nieta de una buena amiga de Arabella.

Beth afirmó con la cabeza mientras Cailean indicaba dirigiéndose a Iver:

—Ni caso, hijo. Tú, a lo tuyo.

Él asintió sin dudarlo mientras se percataba de cómo los hombres de la sala observaban con interés a Beth y a su hermana. Estaba claro que su belleza los había deslumbrado, pero ver cómo cuchicheaban entre ellos comenzaba a agobiarlo.

—Beth —terció Cailean ofreciéndole una copa a la joven—. Refréscate la garganta.

Durante un rato el hombre presentó a la muchacha a todo aquel que se les acercaba, mientras Iver, su hermano y Alan charlaban con tranquilidad. En un momento dado, Cailean, requerido por su mujer, dejó a Beth junto a su hermana y varios hombres las rodearon de inmediato mientras Iver maldecía.

—Disimula... —le aconsejó Alan en un susurro.

Pero disimular era complicado para Iver, que, dándose la vuelta, siseó:

—Estoy por ir y sacarles los ojos por mirarla así.

—¡Iver! ¿Acaso ahora eres un vikingo? —se mofó su amigo boquiabierto.

Pero tranquilizarse no era fácil para Iver. Aquellos hombres se pavoneaban delante de Beth de una manera que lo estaba sacando de sus casillas. En ese momento Frederick, el anfitrión, dio unos golpecitos en una copa para captar la atención de la gente y anunció:

—Todos al salón verde, ¡la cena va a dar comienzo!

De pronto un hombre se acercó a las gemelas.

—Señoritas, ¿puedo acompañarlas hasta su mesa? —les ofreció.

Ellas asintieron complacidas y luego él, tras hacer un movimiento con la cabeza, declaró:

—Soy Goran Glenn, guerrero del clan Mull.

—Encantada, Goran. Soy Beth Craig —saludó aquella.

Gladys sonrió gustosa. Ahí estaba Goran, aseado e imponente; tendiéndole la mano como si no lo conociera de nada dijo:

—Un placer conocerte, Goran. Soy Gladys Craig.

Capítulo 54

El hombre besó la mano de las jóvenes con galantería, y luego Iver, Ethan y Eppie se acercaron a ellos y se presentaron ante Goran. Durante un rato estuvieron charlando, hasta que Iver, al ver que Alan le hacía un gesto, indicó dirigiéndose a Beth, que sabía que era la que llevaba el vestido rosa:

—Alan ha reservado sitio para vosotras y vuestro tío en nuestra mesa.

—Ahora nos vemos allí —dijo Ethan mientras comenzaba a alejarse ya en compañía de Eppie.

Beth asintió, pero Gladys dijo mirando a Goran Glenn:

—¿No podría yo cenar en vuestra mesa?

Él, al verse observado por todos, guardó las formas y, con galantería, respondió:

—Para mí sería un placer.

Gladys pestañeó coqueta, y su hermana decidió intervenir:

—Gladys, creo que al tío le gustará más que cenes con nosotros.

—Pero, Beth...

—Por favor, Gladys —insistió ella.

La aludida suspiró sin abandonar la sonrisa. Su hermana, como siempre, poniéndole trabas. Pero, en vez de enfadarse, y entendiendo la mirada de Goran, declaró con un suspiro:

—De acuerdo. Hagamos feliz al tío.

Aunque sorprendida por lo fácil que había sido convencer a su hermana, Beth asintió. Entonces una pareja se acercó a ellos y Gladys, al ver que Goran se los iba a presentar, señaló:

—Adelantaos vosotros. Yo iré enseguida.

Una vez que Iver y Beth comenzaron a alejarse, esta última cuchicheó:

—Algo trama mi hermana.

Iver sonrió al oírla.

—¿Por qué crees eso?

Con disimulo la joven miró hacia atrás, y, al ver a Gladys sonriendo y pestañeando como una idiota a Goran y a los que se le habían acercado, contestó:

—Está muy feliz y muy tonta.

Iver la miró divertido y, a continuación, observando la fina línea de su cuello, comentó:

—Eres la más bella del lugar.

—Iverrrrr...

—Solo digo lo que pienso. —Él sonrió.

La joven rio y luego declaró en voz baja:

—Gracias por la yegua. Es el regalo más bonito y sorprendente que me han hecho en la vida.

El guerrero, que tenía planeado regalársela desde hacía días, sonrió.

—Sabía que te gustaría.

Y mientras seguían caminando el uno al lado del otro, sin apenas rozarse, Beth preguntó:

—¿A tu hermano le molestará lo que has hecho?

Iver negó con la cabeza. Conociendo a Peter, seguro que alabaría su gesto.

—A mi hermano le encantará. Lo he hecho por amor, te lo puedo asegurar.

Gustosa y emocionada, Beth musitó:

—Por Odí..., san Fergus, ¡te comería a besos!

—¡Pues hazlo! —la animó el guerrero.

Ambos se miraron. El deseo estaba ahí, pero Beth, consciente de que debía reprimirse, preguntó a continuación:

—¿Por qué te ha molestado tanto la aparición de lady Yvaine DeClaire?

—Estás eludiendo la propuesta... —Iver rio.

Beth parpadeó y, sonriendo, repuso:

—Y tú eludiendo la respuesta...

Iver, que desde que había visto a la tal Yvaine no dejaba de evitarla, contestó finalmente:

—Me ha molestado porque es una pesada que a mi madre le gusta, pero a mí no.

Beth cabeceó y entonces él, aminorando el paso para estar más tiempo juntos, señaló:

—Me estoy arrepintiendo de mi palabra... —Y, al ver cómo la joven lo miraba, aclaró—: No me gusta el descaro con el que te observan los hombres.

Beth sonrió y, mirándolo con gracia, soltó:

—Tranquilo, McGregor, sé defenderme solita.

Capítulo 55

Una vez que llegaron junto a su mesa, Cailean se dirigió a hablar con ellos al tiempo que aparecía también Gladys, que daba la impresión de estar muy contenta.

—Beth —indicó Alan—, tú siéntate a mi derecha, Iver se pondrá a tu otro lado. Gladys, tú a mi izquierda, y tu tío a continuación.

Obedientemente ambas jóvenes hicieron lo que les pedían y, al poco, la cena dio comienzo. Por suerte para Beth, Arabella y su marido estaban sentados a la mesa de honor, junto a Anna y Frederick Mull, por lo que comer de forma distendida con Alan, Ethan, Eppie, Iver, su tío y su hermana era lo mejor que podría haberle pasado.

Desde su sitio Arabella observaba a las gemelas. Sus modales en la mesa eran exquisitos. Comían correctamente, usaban los cubiertos como se esperaba y, la verdad, eso la sorprendió. Sin embargo, no se percató de que, por debajo del mantel, Iver y Beth se cogían de la mano siempre que podían.

Después de la magnífica cena todos se trasladaron al salón rojo, e Iver, con galantería, cogiendo una flor violeta de uno de los jarrones, se la tendió con disimulo a la joven y susurró:

—Para ti.

Encantada por ese detalle ella la cogió y, sin poder besarlo o se delatarían, se la colocó sonriendo en el pelo.

Cuando el baile comenzó, mientras Gladys lo abría bailando con Patrick, Beth lo abrió con gusto bailando con Alan. Después bailó con Cailean y a continuación fue Iver quien ocupó su lugar y ella lo aceptó encantada.

Estaban bailando una pieza tranquila cuando él murmuró mirándola:

—Tu belleza me tiene embobado...

—¡Iver!

Ambos sonrieron y él, gustoso, añadió:

—No sabía que bailaras tan bien.

—Lo cierto es que casi no me conoces.

Iver asintió. Ella tenía razón. A excepción de lo que le había contado, poco sabía de ella, por lo que, mirándola, declaró:

—Me muero por conocerte.

La joven parpadeó gustosa y, conmovida por su interés, afirmó:

—Tú también bailas muy bien. —Y, tras intercambiar la mirada con lady Yvaine, agregó—: Por cierto, debes saber que esta noche estás muy guapo, y no solo lo pienso yo.

—Aissss, qué monaaaa... —se mofó Iver al entenderla.

De nuevo ambos rieron y el guerrero, al ver cómo los observaban muchos de los hombres allí presentes, comentó:

—No sé cómo voy a terminar la noche.

—¿Por qué dices eso?

Molesto, pero intentando disimular su malestar, Iver respondió:

—¿Acaso no ves cómo te miran los hombres?

Sin dudarlo Beth asintió, pues se había percatado de ello. Y, mirando a las hermanas Mull, que estaban junto a su amiga Olivia, repuso:

—¿Y tú eres consciente de cómo te miran a ti las mujeres?

Oír eso hizo sonreír a Iver. Claro que era consciente, pero, ignorándolas, indicó:

—A mí solo me interesas tú.

—Por la cuenta que te trae... —se mofó Beth.

Divertidos, ambos sonrieron y luego Iver de pronto soltó:

—Tú y yo, siempre.

Oír eso hizo que la joven se parara de golpe.

—¿Qué ocurre? —preguntó él.

Aturdida y a cada instante más enamorada de aquel hombre, Beth comenzó a moverse de nuevo mientras respondía:

—Mis padres siempre se decían esas mismas palabras...

Iver, feliz de haber dicho aquello, que le había salido del corazón, afirmó acto seguido:

—Bonitas palabras.

—Lo sé.

Sin hablarse, solo mirándose, continuaron bailando, hasta que él agregó:

—En estos momentos me encantaría poder decirte nuestras palabras.

Beth sonrió. De la manera más tonta, lo de «mírame y bésame» se había convertido en algo especial para ellos.

—Lo siento, McGregor —murmuró negando con la cabeza—, pero creo que eso aquí, en este momento, no puede ser.

—Si fueras mi mujer podríamos besarnos cuando deseáramos.

Beth asintió, y cuando se disponía a responder, la pieza de música acabó, Gael se les aproximó y soltó mirando a su amigo:

—¿Acaso pretendes acaparar a esta preciosa mujer durante toda la noche?

Iver levantó las cejas al oírlo.

—Sé que eres Beth porque llevas el vestido rosa —añadió Gael.

—Así es —afirmó ella.

Y el guerrero, sin pensarlo, le tendió el brazo acto seguido.

—Beth Craig, ¿te apetece bailar conmigo la siguiente pieza? —pidió.

Según oyó eso la joven notó que Iver se tensaba, pero como necesitaba que nadie supiera lo que había entre ellos, Beth afirmó:

—Me encantará bailar contigo.

Sin mirar atrás, se alejó en compañía de aquel, mientras Iver apretaba los dientes y, ofuscado, se acercaba a la mesa para coger una copa. Estaba molesto por lo sucedido. Ethan, que conocía los gestos de su hermano, se le aproximó.

—Olivia e Yvaine no te quitan ojo... —comentó.

Iver ni siquiera se movió, él también se había percatado de aquello.

—Ellas no me interesan —indicó.

Su hermano asintió. Y, siguiendo la dirección de su mirada, preguntó:

—¿Cómo es que ahora Beth está bailando con Gael?

—Es su decisión —repuso él tratando de fingir indiferencia.

Ethan resopló. Y, viendo reír a Beth y a Gael desplegar todas sus artes, matizó haciéndole saber a su hermano lo que intuía:

—Pues ándate con ojo, porque Gael será muy amigo tuyo, pero...

—No me calientes más —lo cortó él molesto.

La noche continuó. Beth y Gladys eran la novedad, las estrellas del salón. Todos querían bailar con ellas. Y cuando Iver volvió a coincidir con Beth le preguntó con gesto algo hosco:

—¿Lo pasas bien?

Beth, a quien le encantaba bailar, asintió.

—¿A qué se debe tanta seriedad? —inquirió al percatarse de su expresión.

—Se debe a que me muero por estar contigo y tengo que estar viendo cómo otros disfrutan de tu compañía en mi lugar.

A la joven el corazón le aleteó al oír eso. Se sentía como él y, viendo que nadie los observaba, cogió a Iver de la mano, lo sacó al jardín y, acorralándolo contra una pared, lo miró a los ojos y musitó:

—¿Me lo dices tú o te lo digo yo?

La expresión del guerrero cambió entonces radicalmente y, sin dudarlo, pidió:

—Mírame y bésame.

De inmediato Beth lo hizo con locura y devoción. Tenerlo cerca y no poder estar con él la estaba matando, pero ella lo había decidido así. Y cuando sus labios se separaron él susurró:

—Quiero estar contigo. Vayámonos de aquí.

—Iver...

Ambos se miraron en silencio y, conscientes de que nadie los veía, volvieron a besarse, hasta que ella paró y dijo:

—Quiero ver que lo pasas bien.

—Quédate a mi lado y así será.

—Iver..., no seas pegajoso.

—Sin que sirva de precedente —cuchicheó él—, me acabas de recordar a mi madre...

Ambos rieron y luego ella, tras darle un cándido beso, añadió:

—Me consta que las mujeres se mueren por bailar contigo. Es más, Yvaine y esa tal Olivia Fraser no te quitan ojo.

—¿Quieres verme bailando con ellas?

—Por supuesto que sí —aseguró Beth sin pensarlo.

Iver, algo molesto, se disponía a soltarla cuando ella, abrazándolo con más fuerza, declaró:

—Tú y yo, siempre. No lo olvides.

Él asintió; sin duda le era imposible olvidarlo.

—Y ahora —añadió la joven—, quiero que entres en ese salón y bailes con esas mujeres que se mueren por bailar contigo para hacer un poquito feliz a Arabella *Morro Torcido*, ¿de acuerdo?

Iver asintió. Hasta el momento, para evitar problemas con ella, había sido comedido, pero, viendo lo que le pedía, simplemente se encogió de hombros y contestó:

—Te prometo que así será.

Una vez que entraron con disimulo en la sala, el gesto de Iver no tenía nada que ver con el de un rato antes. Alan, al ver que se aproximaba a él, lo miró y, viendo a Beth alejarse hacia un hombre que la llamaba, preguntó:

—¿Se puede saber qué estáis haciendo *sor Pesadilla* y tú?

Iver, tras coger una copa de la mesa, miró hacia el lugar donde Beth estaba.

—Sigue sin querer que se sepa lo que hay entre nosotros —contestó—, y ahora me ha pedido que baile con mujeres y lo pase bien.

—Definitivamente, quiero en mi vida a una mujer como ella —musitó su amigo sorprendido.

Iver sonrió al oírlo y, deseoso de complacer a Beth, al ver que lady Yvaine DeClaire estaba junto a una amiga y ambas los miraban, propuso:

—¿Qué te parece bailar con la morena?

Alan miró y, de inmediato, afirmó gustoso:

—Me parece una idea excelente.

Con galantería Iver y Alan se acercaron a las mujeres y, desplegando sus artes, comenzaron a hablar con ellas.

Capítulo 56

Desde donde estaba, Beth observaba a Iver y sonreía. Quería que disfrutara de la fiesta. Pero, un par de horas más tarde, después de ver lo bien que lo pasaba y cómo lo perseguían las mujeres, en especial la tal Yvaine y la tal Olivia, un extraño sentimiento de posesión se apoderó de ella. Estaba tomando una copa junto a la mesa cuando Eppie se le acercó.

—¿Estás bien?

Beth asintió sin dudarlo, y Eppie, siguiendo la dirección de su mirada, comentó:

—Iver siempre ha sido un excelente bailarín.

—Y un excelente conquistador —matizó ella.

Eppie dio un trago a su vaso de zumo. Meterse en lo que intuía que se cocía entre aquellos dos no era lo que más le apetecía.

—¿Cuántas novias de Iver has conocido? —le preguntó Beth entonces.

Eppie pensó y respondió rápidamente:

—Una.

—¿Solo una?

La joven afirmó con la cabeza y, mirando a Olivia, que le hacía ojitos a Iver, aseguró:

—Sí. Solo una.

Las dos mujeres se miraron y luego Beth preguntó:

—¿Y qué me puedes contar de esa Yvaine DeClaire?

Consciente de lo que le pedía, Eppie dijo:

—Poca cosa. Arabella intentó que entre Iver y ella hubiera algo, pero él se negó. ¡Fin del asunto!

Beth asintió con la cabeza. Por la forma en que se alejaba de ella, estaba claro que Iver no quería nada.

—¿Cómo se llamaba la otra mujer con la que Iver tuvo algo? —insistió curiosa.

Eppie, que bebía zumo por su embarazo, sonrió y, señalando, indicó:

—Olivia Fraser.

Según oyó eso, Beth parpadeó y, con un hilo de voz, preguntó:

—¡¿Ella?!

—Ella —confirmó Eppie.

Beth maldijo. Ahora comprendía sus miradas y sonrisitas. Ahora entendía por qué cada vez que Olivia bailaba con Iver esta la miraba con gesto de satisfacción. Y Eppie, viendo que aquella le acariciaba los hombros a Iver, comentó:

—Si yo veo que a Ethan una de esas lo toca así, ¡le paso por encima con un carro!

Beth, sorprendida por oírla decir eso, la miró.

—Te lo digo como lo siento —añadió Eppie—. Los McGregor son guerreros muy deseados por las mujeres... ¿O acaso no ves cómo los miran?

Ella asintió. Desde que Iver había comenzado a hablar, a bromear y a bailar con aquellas, todas se habían revolucionado. Estaba claro que esas mujeres deseaban un guerrero como él como marido. Y, mirando hacia donde aquel comenzaba a bailar una nueva pieza con Olivia, siseó:

—Si esa descarada vuelve a rozarle el trasero con la mano, se la corto.

Ambas continuaron observándolos unos momentos mientras bailaban, y Beth volvió a gruñir:

—¡Se la corto! ¡La mato!

Eppie, asustada, la sujetó.

—Ni se te ocurra tocarla o será a ti a quien maten —le advirtió.

Beth tomó aire. Eppie llevaba razón. Y, consciente de que solo había una manera de parar aquello y de que las mujeres dejaran de acosar a Iver, tomó aire y dijo:

—Tranquila, Eppie, que eso no ocurrirá.

Enfadada y alterada, tras buscar con la mirada a su tío, Beth se acercó a él.

—¿Qué le ocurre a mi *Nubarroncito*?

—Estoy en una encrucijada...

El hombre la miró con tranquilidad y respondió:

—Nadie como tu corazón para decirte cómo salir de ella.

Sin sorprenderse porque su tío le dijera algo así, la joven sonrió y luego él preguntó:

—¿Sabes dónde está Gladys?

Beth negó con la cabeza. En ese instante no le importaba dónde estuviera su hermana.

—Los celos me están matando... —cuchicheó en cambio.

Sven, que había visto que ella antes bailaba con todos mientras Iver la miraba y ahora era al contrario, respondió:

—Me consta que antes lo mataban a él.

Tío y sobrina se miraron. Sin necesidad de hablar siempre se habían entendido; entonces ella, incapaz de callar, dijo:

—Le conté quién soy en realidad y me pidió matrimonio.

Sven, al oír eso, tragó el nudo de emociones que se le había formado en la garganta y, tras permanecer unos segundos en silencio, musitó muy seguro de lo que iba a decir:

—Tú decides, cariño. Es tu vida. Tu tía y yo aceptaremos lo que tú desees.

—¿Y si me vuelvo a equivocar?...

Sven, al oír eso, tomó aire y repuso:

—La vida está para vivir, equivocarse y aprender. Por lo que, si así fuera, aquí estaremos tu tía y yo para volver a levantarte.

Beth asintió y, mirando a Arabella, que charlaba con lady Yvaine y otras mujeres, murmuró:

—Tendré al enemigo en casa...

Sven asintió.

—Prefiero un enemigo declarado a un amigo disfrazado —contestó.

—También tienes razón —se mofó la joven.

Durante unos segundos tío y sobrina permanecieron callados,

hasta que el hombre, al ver que ella no apartaba la mirada de Iver, preguntó:

—¿Crees que el sueño de tu tía guardaba relación con él?

Al oír eso, Beth lo miró.

—Tío —musitó—, yo lo único que sé es que cuando estoy con él el tiempo se detiene. Cuando me sonríe siento que mi corazón se desboca de felicidad. Cuando lo veo a caballo sé que es el hombre más impresionante que he visto en mi vida. Cuando lo veo con otras mujeres las tripas se me retuercen. Y cuando me besa...

—Oh..., oh..., oh..., mi vida, ¡eso mejor déjalo para ti!

Ambos rieron y luego Beth, abrazándolo, susurró:

—A Arabella *Morro Torcido* le dará un ataque...

Sonriendo, Sven besó con cariño la mejilla de la muchacha. Si Beth había tomado aquella decisión, ya era inamovible.

—Mi adorada Revna... —cuchicheó—. Demuéstrale a esa gruñona escocesa quién es *la Duquesa Guerrera*.

Una vez que tío y sobrina se separaron, Beth se encaminó con decisión hacia el lugar donde Iver estaba bailando con Olivia mientras se repetía: «¡No pienses y actúa!». Y en cuanto llegó allí se plantó a su lado y soltó atrayendo la mirada del guerrero:

—No puedo más.

Él dejó de bailar de repente al oírla.

—¿Qué te ocurre? —preguntó.

Beth, que era consciente del modo en que Olivia los miraba, la ignoró y siseó:

—Que me estoy muriendo de celos...

Al oír eso, dicho con tanta claridad, Iver sonrió. La sinceridad de la joven era algo que siempre le había encantado. Además, había conseguido lo que se había propuesto.

—¿Qué insensatez es esa? —inquirió entonces Olivia con gesto ceñudo.

Beth maldijo y, sin apartar la mirada de Iver, murmuró:

—¿Por qué no me habías dicho que ella había formado parte de tu pasado?

Iver se encogió de hombros.

—¿Y cuándo iba a decírtelo, si no hemos tenido un segundo para hablar?

Olivia los miraba con gesto ofuscado. Aquellos dos la estaban ignorando en su propia cara. Entonces, la gente que bailaba a su alrededor se detuvo al ver la situación. Pero Beth, a la que eso no le importaba nada, agregó:

—Me equivoqué.

—¿En qué te equivocaste? —preguntó Iver.

Beth, que sentía unos nervios incontrolables, necesitando hablar, soltó:

—Quiero que todo el mundo sepa lo que hay entre tú y yo, porque no soporto ver ni un segundo más cómo frescas como esta te hacen ojitos y se toman más licencias de las necesarias.

—¡Oh, qué descaro! —musitó Olivia.

Quienes los rodeaban comenzaron a cuchichear mientras Iver sonreía gustoso. Le encantaba que Beth fuera clara y no se anduviera por las ramas.

—Voy a hacerlo —soltó entonces ella.

Pero Iver no la entendió.

—¿Qué vas a hacer?

Entonces Beth, segura de sí misma, intercambió una mirada con su tío Sven y luego dijo:

—No tengo anillo, pero... ¿quieres casarte conmigo, Iver McGregor?

Según dijo eso, todas las mujeres se llevaron las manos a la boca escandalizadas, mientras los hombres se miraban asombrados entre sí. ¿Qué hacía una mujer preguntando eso?

Iver sonrió boquiabierto por lo que acababa de oír. Una vez más aquella le demostraba que era una mujer diferente. Y, sin dudarlo, la cogió de la mano y afirmó:

—Sí, mi vida. Claro que quiero casarme contigo.

Algunos de los que los rodeaban, entre ellos Ethan, Eppie, Cailean, Alan y Sven, comenzaron a aplaudir al oír su respuesta ante el gesto atónito del resto, mientras Iver y Beth se miraban con amor y el guerrero, hechizado por lo que aquella acababa de hacer, murmuraba:

—Solo me queda por decirte: mírame y bésame.

Y, sin decoro, Beth e Iver se besaron. Lo que pensaran los demás no les importaba, siempre y cuando ellos estuvieran seguros de lo que hacían.

Ethan y Alan se miraron divertidos y se mofaron:

—Ohhhh, qué monosssss...

Eppie, conmovida, no paraba de sonreír. Ojalá ella hubiera tenido la determinación de Beth para atajar su problema.

Por su parte, Cailean, feliz con lo que acababa de suceder, anunció:

—Voy a buscar a vuestra madre antes de que le dé un ataque.

Arabella, que hablaba con unas mujeres al fondo de la sala, al ver que algo pasaba en la pista de baile se levantó para mirar y se quedó sin palabras cuando decubrió a su hijo Iver y a Beth besándose sin ningún decoro delante de todo el mundo.

Pero ¿qué hacían?

Horrorizada, se disponía a dirigirse hacia ellos para poner orden cuando Cailean se le aproximó e indicó con voz serena:

—Es su vida y su decisión.

—¡No! ¡No puede ser!

—Querida, vamos, ¡ven aquí!

Con cariño el hombre intentó abrazarla para tranquilizarla, pero ella, clavando sus fríos ojos azules en él, siseó:

—No se te ocurra hacerlo.

El hombre suspiró. Cada vez odiaba más aquella rareza de su esposa. Y cuando iba a hablar, ella añadió:

—¡Es una vergüenza!

Cailean, horrorizado, vio cómo una mujer cuchicheaba con otras. Estaba claro que el cotilleo estaba servido. Y, mirando a Arabella, replicó:

—Lo que es una vergüenza es oírte a ti y ver que muchas de estas gentes aún siguen criminalizando a determinadas personas por ser de aquí o ser de allí.

—¡Tú qué sabrás! —soltó ella.

Cailean resopló y, acto seguido, añadió, harto de que su esposa fuera de aquella manera:

—Lo que sé es que Iver es un excelente hijo, un valeroso guerrero y un hombre adulto que se ha enamorado de una muchacha encantadora a la que quiere hacer feliz. —Y, separándose de ella, le advirtió mientras comenzaba a alejarse—: Respétalo o lo perderás.

Capítulo 57

A la mañana siguiente lo sucedido en la fiesta entre Iver y Beth estaba en boca de todo el mundo.

Que un hombre pidiera matrimonio a una mujer era lo correcto. ¿Cómo podía haber sido tan osada aquella joven para ser ella quien se lo hubiera pedido a Iver? Como era de esperar, los McGregor evitaron comentar que Beth tenía sangre vikinga. Eso sobraba.

Lady Yvaine DeClaire partió de la fortaleza junto a otros invitados. Resultaba evidente que Iver McGregor no quería nada con ella y, por supuesto, ella tampoco quería ya nada con él. Por su parte, Olivia Fraser también se marchó, pues no le apetecía estar cerca de Beth.

Antes de que la joven se levantara, Iver, su padre y su hermano Ethan intentaron hablar con su madre, que estaba hecha una furia. Como era de esperar, Arabella lloraba, se quejaba, maldecía y chillaba al pensar que una vikinga iba a pasar a formar parte de su familia.

Con paciencia, los tres hombres la escuchaban, pues ella tenía mucho que decir, hasta que Iver exclamó cansado:

—¡Fin del asunto!

Pero Arabella era Arabella..., y tras proseguir, Iver se plantó furioso delante de ella y siseó:

—Madre, te quiero y te respeto, y solo espero lo mismo de ti...

Malhumorada, la mujer dio un golpe con la mano sobre la mesa y gritó:

—Iver, ¡una jodida vikinga...! Por el amor de Dios... —Y, según lo dijo, ella misma matizó—: Por su culpa ya digo hasta la palabra *jodida*...

El desprecio con que su madre pronunciaba la palabra *vikinga* ponía enfermo a Iver. Beth era una persona. Una personita maravillosa, ya fuera vikinga o escocesa.

—¿Acaso tú eres mejor que ella simplemente por ser escocesa? —siseó.

Su madre lo miró, responder a eso le habría resultado muy fácil. Y entonces Cailean, al ver que su hijo se calentaba más y más a cada instante, decidió intervenir.

—Arabella, te lo he dicho ya dos veces y te lo digo una tercera. Tus hijos son mayores para elegir compartir sus vidas con quien deseen y...

No pudo decir más, pues Arabella abrió la puerta y salió de la sala de los Mull hecha una hidra. No quería seguir hablando de aquello.

Una vez que los tres hombres McGregor se quedaron a solas, Cailean suspiró mirando a sus hijos; Ethan, viendo el gesto de su hermano, terció:

—Estoy contigo. Y créeme cuando te digo que Beth siempre será bien recibida en mi casa y en mi familia.

Iver sonrió. Sabía que su hermano lo decía de corazón.

—Vayamos a desayunar —dijo entonces Cailean cuando oyó que le sonaban las tripas—. Creo que lo necesitamos.

Al entrar en el salón donde estaban los Mull, junto a Beth, Sven, Eppie y Gladys, la expresión de Iver cambió por completo. Se acercó a Beth, le dio un cándido beso en la frente y preguntó:

—¿Te encuentras bien?

Ella asintió y esbozó una sonrisa.

—Mejor que bien —le aseguró.

Ambos se sonrieron con complicidad y luego la joven preguntó:

—¿Cómo han ido las cosas con tu madre?

Iver se lo dijo todo con la mirada y a continuación ella cuchicheó con acidez:

—¡Qué mona!

Gladys, que desayunaba con los demás en el salón de la fortaleza, rumiaba su malestar en silencio. Su hermana le había mentido, la había engañado. Aquel giro en los acontecimientos, que no esperaba en absoluto, podía jorobarlo todo. Necesitaba a Beth sola para llevar a cabo el plan que habían urdido para esa noche.

En ese instante la puerta del salón se abrió y entró Goran Glenn, que fue hacia su *laird*.

Frederick cogió un papel que él le entregó y, dirigiéndose a Sven, que hablaba con Cailean, señaló:

—Es una misiva de Peter McGregor para Sven Paterson.

Al oírlo Beth dejó el bol de leche que tenía en las manos y observó la situación. Sven se levantó, abrió la misiva y, cuando ella vio cómo a su tío le cambiaba la expresión, inquirió:

—¿Qué ocurre?

Tembloroso, Sven volvió a leer la misiva y susurró a su sobrina:

—Un incendio ha devorado la taberna...

—¡¿Qué?! —exclamó Beth.

—¡Oh, Dios mío! —gritó Gladys horrorizada comenzando a llorar.

Como un rayo Beth se levantó seguida de Iver, y su tío, viendo a Gladys llorar como una loca, dijo:

—Tranquila, mi vida.

Pero esta lloraba y lloraba, mientras era atendida por Anna y las hijas de Frederick. Y Beth, a la que le temblaba todo, consiguió preguntar con la boca seca:

—¿Y la tía?

—Consiguió salir —aclaró Sven, que estaba pálido como la cera—, aunque sufrió algunas quemaduras en las piernas y en los brazos.

Gladys cayó entonces a plomo en el suelo.

—Traed agua, ¡rápido! —señaló Goran.

—Y las sales —añadió Anna.

Angustiada, Beth atendió a su hermana. Verla inconsciente la estaba matando. Y, cuando esta, minutos después, volvió en sí, le dio un beso en la frente y susurró:

—Tranquila, Gladys, por favor.

La joven rompió a llorar de nuevo y Beth, acercándose a su descolocado tío, que estaba junto a Ethan e Iver, iba a hablar cuando Sven dijo:

—*Abuelillo* murió...

Oír eso hizo que la joven se encogiera. *Abuelillo*, su encantador y cariñoso perro, había muerto en el incendio. Y, sin poder remediarlo, se refugió en los brazos de Iver, hasta que volviendo a mirar a su tío se secó las lágrimas y preguntó:

—¿La tía ha sufrido quemaduras graves?

Cailean, que vio que el hombre no podía casi hablar de la temblequera que tenía encima, cogió la misiva de su mano y aclaró después de leerla:

—Tranquila, Beth, Ottilia está bien, sus quemaduras no son graves. Está en casa de Peter y Carolina. Aquí dice que no os preocupéis por nada, pues tu tía está bien, aunque debíais estar al corriente de lo sucedido.

Beth asintió asustada. Y su tío, reponiéndose, decidió:

—He de regresar. Ottilia me necesita.

Gladys miró a Goran al oír eso. Su tío había dicho lo que ella imaginaba que diría, al igual que hizo Beth cuando indicó:

—Regresaremos los tres.

De nuevo Gladys cerró los ojos y volvió a fingir un desmayo. ¡Era lo que tocaba!

Anna y sus hijastras se asustaron de nuevo, y Sven, sobrecogido al ver que Goran volvía a ponerle unas sales bajo la nariz a su sobrina, repuso:

—No, mi vida. Gladys no puede viajar así.

—Pero, tío...

—Beth —la cortó él—. ¡Mírala!

La joven lo hizo. Su hermana estaba inconsciente por lo que acababa de oír.

—Cariño —añadió Sven—, en la misiva pone que mi Lindura está bien. Sabes igual que yo que he de partir ya porque la angustia me está matando, y Gladys no está para hacer el viaje.

—Pero, tío...

—Beth —la cortó él, y luego dijo mirando a Iver—: Por suerte, tu prometido y sus hombres os pueden acompañar a Edimburgo una vez que Gladys recupere el aliento. Sé que no os dejarán en ningún momento.

—Te lo prometo por mi vida, Sven —aseguró Iver.

—¡Ya vuelve en sí! —avisó Anna al ver que Gladys abría los ojos.

De inmediato Beth y su tío acudieron junto a ella.

—¿Cómo estás, mi vida? —preguntó el hombre.

Tras hacer un puchero Gladys le hizo saber que estaba mejor.

—Beth y tú proseguiréis camino hacia Edimburgo para que el médico te visite mientras yo regreso junto a Ottilia —la informó él.

Y, como una excelente actriz, Gladys negó con la cabeza.

—No..., ¡yo quiero regresar con la tía! —imploró.

Ella siguió llorando y entonces Sven, buscando la ayuda de Beth, la miró y esta intervino:

—Escucha, Gladys, mírame...

Su gemela, hecha un mar de lágrimas, la miró, y Beth añadió con el corazón encogido:

—En la misiva Carolina y Peter nos dicen que la tía está bien. Con que vaya el tío de momento es suficiente. Tú y yo regresaremos una vez que te visite el médico en Edimburgo.

Gladys, con los ojos hinchados y haciendo que le temblara todo, no dijo nada, y Sven indicó:

—Yo cuidaré de Ottilia hasta que vosotras regreséis mientras Beth cuida de ti. ¿De acuerdo, mi vida?

Beth no dijo nada. El desconcierto por lo que había ocurrido la estaba destrozando. Y entonces Gladys, asiendo la mano de su hermana, musitó sabiendo que sus palabras le llegarían al corazón:

—De acuerdo, tío. Que Beth cuide de mí como les prometió a mamá y a papá.

* * *

Poco rato después Beth se despedía de su tío en el patio de armas de los Mull mientras Gladys estaba en la cama descansando.

—Odio no poder regresar contigo y con la tía, ¡lo odio! —exclamó abrazándolo.

Sven, que estaba ansioso por ver a su mujer, pero intentando tranquilizar a su sobrina, repuso:

—Mi vida, sosiégate. Por suerte ella está bien. Y necesito que estés junto a tu hermana, ¡por favor!

Consciente de que debía ser así, ella asintió y, mirando a aquel hombre al que adoraba, preguntó bajando la voz:

—¿Crees que puede haber sido por...?

No terminó la frase. Sven la entendió.

—No lo sé, mi vida —musitó—. Espero que no. Por eso también es bueno que os quedéis aquí. Iver os protegerá.

—¿Y vosotros? ¿Quién os protegerá a vosotros?

Según dijo eso ambos se miraron, e Iver, que había oído eso último, terció:

—A ellos los protegerán mis guerreros y los guerreros de Peter.

Sven y Beth intercambiaron una mirada y luego la joven, cogiendo la mano de Iver, murmuró:

—Gracias.

Iver sonrió conmovido por lo ocurrido; ella le entregó a su tío una bolsa y pidió:

—Llévate a *Valkiria*. A la tía le encantará.

Sven asintió emocionado. Sabía que aquella perrita enamoraría a Ottilia. Y, tras cogerla, Beth preguntó intentando no llorar:

—¿Llevas el anillo de tu Lindura?

Sven sonrió. Y, sacándose de un bolsillo el regalo que habían comprado para aquella en el mercadillo, se lo enseñó y Beth susurró:

—Dile que la quiero mucho, mucho, mucho.

El hombre asintió conmovido y, tras abrazarla de nuevo, repuso:

—Se lo diré de tu parte, mi vida. Como le diré lo contenta que estás, que su sueño se cumplió y que pronto iremos de boda. Eso la hará muy feliz.

Ambos sonrieron y a continuación Iver, que lo había organizado todo con rapidez, le proporcionó un caballo veloz a Sven para que pudiera regresar más deprisa.

—Parte de mis hombres y de los de Peter volverán contigo a Elgin —indicó—. Yo me encargaré de la seguridad de Beth y de Gladys.

Sven asintió agradecido y, tras darle la mano a aquel y apretársela, declaró:

—Iver, en tus manos dejo parte de mi vida. No me falles.

—No te fallaré —aseguró él.

Instantes después Sven salió del patio de armas del clan Mull rodeado de varios hombres, mientras a Beth se le rompía el corazón de pena y de dolor.

Capítulo 58

Por la tarde Arabella, que no había bajado a comer, miró por la ventana de su habitación y vio a su hijo Iver paseando de la mano por el patio de armas con una de las gemelas, que intuyó que era Beth.

Los observó con gesto agrio al ver a Iver sonreír. Su hijo pequeño, el que más había estado a su lado, el que más la había mimado y consentido, centraba ahora sus sonrisas en otra mujer que no era ella, y eso no lo llevaba muy bien.

Sin quitarles la vista de encima vio que charlaban. Quería que su hijo fuera feliz. Que encontrara una buena mujer. Pero ¿tenía que ser precisamente con una que tuviera sangre vikinga?

Pensaba en ello horrorizada cuando Cailean, que había entrado en la habitación, declaró al verla mirando por la ventana:

—Sven ha partido hace rato para Elgin. Espero que cuando llegue todo esté bien.

Arabella asintió, pues se había enterado de lo sucedido.

—¿No se ha llevado a las vikingas con él? —soltó.

Su esposo resopló y negó con la cabeza.

—La felicidad de tu hijo debería ser tu principal preocupación.

—Y es esa justamente.

Al oírla decir eso Cailean sonrió.

—No mientas, Arabella. Tu principal preocupación es el qué dirán.

—Porque tú lo digas.

Cailean asintió.

—Ethan con una Gordon, Peter con una Campbell... —se mofó—. ¿De verdad pensabas que Iver se conformaría con una mujercita insulsa de esas a las que les gusta bordar y que a ti te encantan?

—Bordar otorga distinción.

—Venga ya, Arabella..., ¡ni que a mí me importara que tú bordes o no!

La mujer lo miró. Y Cailean, cansado de pelear siempre con su esposa, agregó:

—Me enamoré de una mujer con carácter, no de una persona fría e insoportable. Y, aunque sigo viendo en ti a esa mujer que me quitó el sentido cuando la conocí, reconozco que tus acciones y tu frialdad cada día me desenamoran más.

—Cailean, deja de decir tonterías.

—No son tonterías —replicó él—. Es mi realidad, aunque no quieras oírla.

—¡Tonterías!

El hombre suspiró. Hablar con aquella era complicado.

—Como siempre, cualquier cosa que yo diga es una tontería —repuso.

Ella lo miró molesta y él, sentándose entonces en una butaca, continuó:

—Bien sabes que mujeres no me faltarían si así lo deseara. Soy el *laird* Cailean McGregor y solo tengo que abrir la puerta de mi habitación para que un centenar de mujeres quieran meterse en mi lecho. Sin embargo, si nunca la he abierto ha sido por ti, por el respeto y el amor que te profeso. Aunque, ¿sabes?, últimamente comienzo a planteármelo...

—¡Cailean!

Él cabeceó y, mirando a la que era su esposa, indicó:

—Veo a mis hombres, a mis amigos o a mis hijos y siento envidia al comprobar que comparten la vida con alguien que los quiere, con alguien a quien pueden abrazar sin miedo a ser despreciados, con alguien que los necesita. Y luego te miro a ti y siento que no me quieres, que odias abrazarme y no me necesitas.

Arabella lo miró. Oír eso no le gustaba, pero en el fondo sabía que su actitud era la que aquel decía. Como hombre, lo amaba. Como marido, lo adoraba. Pero desde niña sus padres le habían enseñado a ser una personita fría: las demostraciones de afecto solo revelaban debilidad.

—¿Qué haces casada conmigo, Arabella?

La aludida resopló, y Cailean insistió:

—¿Acaso nuestra vida te aburre o yo te provoco repulsión?

—¡Cailean! Pero ¿qué dices? —gruñó ella molesta.

El guerrero se encogió de hombros. Aquello le llevaba rondando desde hacía tiempo por la cabeza.

—Como siempre, no dices más que tonterías —soltó Arabella.

—Cómo no —musitó él.

Durante unos minutos ambos se miraron en silencio, hasta que el hombre declaró:

—Tal vez lo nuestro fuera conocernos pero no estar juntos.

Ella se estremeció al oírlo, pero replicó:

—Tal vez.

Sentir su frialdad le rompió el corazón a Cailean. ¿En serio no iba a decirle que estaba equivocado? Y, de inmediato, inquirió mirándola:

—¿Por qué no ríes? ¿Por qué no me abrazas? ¿Por qué no me quieres como yo te quiero a ti? ¿Por qué no hablas conmigo y me dices lo que te pasa?

—¡Basta ya, Cailean!

Pero él, que llevaba mucho a sus espaldas, prosiguió:

—¿Por qué no aceptas que las personas sean Campbell, vikingas o irlandesas? ¿Por qué no eres capaz de ver la preciosa familia que hay a tu alrededor? ¿Por qué no me necesitas como yo te necesito a ti? ¿Por qué?

—Me niego a responder a tus boberías...

Cada palabra que Arabella decía a Cailean le dolía más que la anterior, por lo que, levantándose con gesto cansado, la miró y declaró tomando una drástica decisión:

—Visto que para ti son tonterías todo lo que digo y que no te importo nada, te pido que cuando regresemos a Dirleton recojas tus cosas y te vayas con tu hermano, con tu prima o con quien te dé la gana... Te quiero fuera de mi vida. ¡Fin del asunto!

Arabella parpadeó sin dar crédito. ¿En serio le estaba diciendo eso? Y, tras clavar sus ojos azules en aquel, incapaz de dejar aflorar sus sentimientos, levantó el mentón y afirmó:

—Si así lo quieres, así será.

Durante una fracción de segundo Arabella y Cailean se miraron fijamente. Ambos pudieron ver dudas, preguntas y desamor en los ojos del otro, hasta que el guerrero, negando con la cabeza, dio media vuelta y se marchó, dejando a la mujer desconcertada como en su vida.

¿Dónde viviría en adelante?

Capítulo 59

Tras una cena en la que Gladys no paró de llorar por sus tíos y en la que todos, excepto Arabella, que seguía enfadada, intentaron que la joven se tranquilizara, cuando por fin esta se retiró a su cuarto Iver y Beth salieron a pasear de nuevo de la mano.

Sin hablar, caminaban por el bosque que había tras la fortaleza y que desembocaba en una preciosa playa. Al llegar allí Beth se quitó las botas.

—Me gusta andar descalza por la arena —señaló.

Sin dudarlo Iver se descalzó también y, tras soltar los zapatos, se sentaron en la playa. Mirando hacia el horizonte, donde se veía atracado algún que otro barco, Beth murmuró:

—De pequeña, siempre que iba a la playa con mis tíos imaginaba que un día un barco se acercaría a la orilla y de él bajarían papá y mamá.

Oír eso conmovió a Iver.

—Espero que la tía esté bien —añadió Beth.

—Lo está —aseguró él—. Si mi hermano recalcó en su misiva que ella estaba bien es porque así es. No te preocupes por eso.

Ella lo miró entonces muy seria.

—He de saber cómo se originó el fuego, porque si fue como creo, ¡por Odín que...!

—Beth...

Oír su nombre hizo que la joven lo mirara de nuevo y, segura de lo que haría si tocaban a su familia, afirmó:

—No me gustan ni las guerras ni los conflictos porque en eso he salido a mi padre. Pero te aseguro que, igual que a él, si me buscan me encuentran, y, como dice el lema de mi familia, quien haga daño a mi sangre lo pagará, pero quien lo haga con saña e innecesariamente lo pagará mil veces más.

Incómodo por la conversación, pues lo último que quería era que Beth se enfrentara a nadie, Iver se disponía a intervenir cuando ella continuó:

—A diferencia de mi hermana, yo no quiero reclamar lo que por cuna me pertenece, porque no quiero ser la duquesa de Bjälbo.

Iver asintió, y Beth, intentando sonreír, indicó:

—Menuda sorpresa será para Arabella *Morro Torcido* enterarse de que la sucia vikinga a la que tanto desprecia es en realidad una duquesa. Eso sí..., ¡vikinga!

Iver asintió. Aquello todavía lo tenía sorprendido a él. Y murmuró:

—*La Duquesa Guerrera.*

Ambos sonrieron y luego él añadió con cariño:

—Para mí eres Beth, mi preciosa *Pesadilla...*

—¡*Sor Pesadilla*, perdón! —se mofó ella.

Los dos rieron divertidos.

—A la que prometo amar apasionadamente de todas las maneras que existen, ahora y siempre —añadió Iver.

—Me encanta tu romanticismo —musitó la joven.

Él asintió y, sin poder quitarle los ojos de encima, agregó:

—Yo no necesito que poseas ningún título ni ninguna propiedad, ni que reclames nada que tú no desees. —Y, acercándola a él, afirmó—: Nadie te va a encontrar porque yo no lo voy a permitir, y te juro que si ese tío tuyo o quien sea es tan imprudente de acercarse a ti o a los tuyos con malos fines, lo pagará con su vida.

Beth asintió satisfecha; tener a Iver a su lado le proporcionaba seguridad. Tras darle un cariñoso beso que a él le supo a vida, dijo señalando al horizonte, donde se veía un barco:

—¿Ves la línea que une el cielo con el mar?

Estaba anocheciendo. La línea entre el mar y el cielo apenas se distinguía ya, pero Iver asintió.

—Sí.

Beth sonrió.

—Pues justo al otro lado de esa línea está Noruega.

Estaban sonriendo por aquello cuando Iver señaló con la vista puesta en el cielo estrellado:

—¡Mira!

Rápidamente Beth miró hacia arriba y, al no ver nada, repuso:

—¿Qué he de mirar?

—¿Ves aquellas estrellas de la derecha? —indicó él mimoso.

A la derecha había muchas estrellas, tantas que era imposible saber a cuáles se refería. Pero, sorprendiéndola, a continuación Iver añadió:

—Acabo de encontrar varios besos de tu madre entre ellas para mí.

A Beth sus palabras se le antojaron bonitas y encantadoras, por lo que, tumbándose sobre el guerrero, murmuró con gesto pícaro:

—Pues ahora yo te voy a dar unos cuantos más.

—Mmmm..., me gusta —afirmó él sonriendo.

Con ternura, ambos se besaron. El deseo que sentían el uno por el otro les impedía detener lo que ambos sabían que iba a pasar. Y una vez que sus ropas volaron por los aires, ocultos por la oscuridad de la noche y bajo un precioso manto de estrellas, Iver y Beth se hicieron lentamente el amor con dulzura y pasión.

Cuando el disfrute de los cuerpos hubo terminado la joven cuchicheó divertida después de besarlo:

—Lo hemos hecho sobre la hierba. Lo hemos hecho sobre la arena de la playa... ¿Crees que algún día lo haremos sobre un lecho con sábanas limpias y frescas?

Ambos rieron por aquello y luego Iver aseguró:

—Esta noche así será.

Al oírlo Beth lo miró y cuchicheó mofándose:

—Como se entere Sven *Daga Sangrienta*, te va a matar...

Divertido, él la besó.

—Si es por haber estado contigo, merecerá la pena.

—¡Iver! —oyeron que alguien llamaba entonces más allá.

La voz de Ethan los sacó de su particular momento. Y el aludido, sentándose al ver a su hermano a unos metros de ellos, exclamó molesto:

—Maldita sea, ¡¿qué quieres, Ethan?!

Ethan, que sin necesidad de llegar hasta ellos se podía imaginar lo que hacían, dijo acalorado:

—Siento interrumpir, pero ¡te necesito!

Oír eso hizo que Iver resoplara.

—Lo sé... —añadió él—. Soy un incordio, pero hazme caso. Te necesito.

Iver miró a Beth, que se vestía a toda prisa, y tras coger sus pantalones pidió dirigiéndose a su hermano:

—Danos unos segundos.

Ethan esperó sin acercarse mientras ellos se vestían rápidamente. ¿Qué era lo que había ocurrido?

En cuanto terminaron caminaron raudos cogiéndose de la mano hacia aquel, que los esperaba, y al verlos se mofó:

—¡Qué monossssss...!

Beth sonrió divertida, pero Iver inquirió mirando a su hermano:

—¿Qué pasa para que tengas que venir a buscarme a la playa?

—Disculpa, pero ¡yo ya estaba en la playa! —replicó entonces Ethan.

Iver parpadeó sin entender.

—¿Cómo que tú ya estabas en la playa?

Ethan señaló entonces hacia la izquierda.

—Eppie y yo estábamos tras aquella roca...

Iver y Beth miraron sorprendidos y, al distinguir en la oscuridad a Eppie junto a alguien más, el primero preguntó:

—¿Y qué hacías tras esa roca con Eppie?

Ethan miró divertido a su hermano.

—Lo mismo que hacías tú con Beth... —indicó—. ¡Mirar las estrellas!

Incapaz de no reír por aquello, la muchacha soltó una carcajada, e Iver, que no entendía nada, se disponía a preguntar cuando Ethan aclaró:

—Iba en busca de ayuda cuando os he visto.

—¿Le pasa algo a Eppie? —preguntó Beth alarmada.
—No, a Eppie no —dijo Ethan.
Iver, que cada vez entendía menos, al ver de pronto quién acompañaba a su cuñada, preguntó:
—¿Ese no es papá?
Su hermano asintió.
—Así es.
Beth e Iver se miraron.
—No queráis saber el susto que nos ha dado cuando de pronto ha aparecido frente a nosotros rodando... —cuchicheó Ethan.
Boquiabiertos, Iver y Beth se acercaron a aquellos y él, al ver a su padre sentado cabizbajo, preguntó:
—Pero, papá, ¿qué te ha pasado?
Cailean levantó la mirada al oír la voz de su hijo menor y luego respondió con voz gangosa:
—Que no me quiere ni me necesita... Eso es lo que pasa.
Sin entender nada Iver miró a Eppie, que le aclaró:
—Arabella y él han discutido.
—¿Y eso es una novedad? —inquirió Iver.
Ethan negó con la cabeza, pero dijo encogiéndose de hombros:
—La novedad es que padre está borracho.
Oír eso sí sorprendió a Iver. En la vida había visto borracho a su padre. Siempre había sido un hombre que había controlado la bebida. Cuando se disponía a hablar Beth se agachó para estar a su altura y murmuró con mimo:
—Pero, Cailean, ¿qué es lo que te pasa?
El hombre la miró y, sin poder distinguir con claridad si ella le hacía un guiño o no, cuchicheó:
—¿Me has guiñado el ojo para que pueda saber que eres Beth?
Al oír eso Iver, Ethan y Eppie soltaron una carcajada y el primero masculló dirigiéndose a su padre:
—¡Serás tramposo!
Cailean asintió y, mirando a Beth, que estaba frente a él, declaró:
—Arabella *Morro Torcido* es lo mejor que me ha dado la vida,

pero también lo peor, y ahora voy a tener que aprender a vivir sin ella.

—Pero ¿qué dices, papá? —soltó Ethan.

El hombre asintió con el corazón roto.

—Le he dicho que cuando lleguemos a Dirleton tendrá que marcharse.

—¡¿Qué?! —exclamaron sus hijos.

—No me quiere ni me necesita, ¿para qué la quiero entonces a mi lado?

Los dos guerreros se miraron y el hombre, cogiendo las manos de Eppie y de Beth, indicó:

—Quiero que améis a mis hijos, que los beséis, que los abracéis, y aunque a veces discutáis, porque eso es parte del matrimonio, prometedme que nunca los haréis sentir como si no valieran nada y no fueran nada.

Conmovidos, los dos McGregor miraron a su padre. Amaban a su madre, la querían con locura, pero sabían que su padre tenía su parte de verdad. Con el corazón roto Cailean no pudo continuar hablando, por lo que Eppie y Beth lo abrazaron conmovidas.

Al verlo en aquel estado sus hijos estaban desconcertados. Desde hacía tiempo se habían acostumbrado a la manera de ser de su madre, a la frialdad que siempre mostraba con su padre. Y, mientras ambos se agachaban para levantarlo, Ethan dijo:

—Vamos, papá. Tienes que acostarte.

—Dejadme aquí —ordenó él.

Pero ni Iver ni Ethan lo dejaron. Con paciencia y buenas palabras consiguieron llevarlo hasta la fortaleza y, cuando llegaron a ella, Iver, entendiendo que no quería dormir en el mismo dormitorio que su madre, indicó:

—Llevémoslo a la habitación que ocupo yo.

Sin prisa pero sin pausa los cuatro lo condujeron hasta el cuarto de Iver, y una vez que consiguieron tumbarlo en la cama y él comenzó a roncar como un bendito, Ethan dijo:

—Nosotros nos vamos.

—Pasad buena noche.

—Mejor que la vuestra, ¡seguro! —dijo Ethan haciendo reír a Iver y a Beth.

En cuanto aquellos desaparecieron, la mirada de ambos se clavó en Cailean.

—No sé qué hacer con mi madre —murmuró Iver.

—¿A qué te refieres?

Iver se aproximó a la ventana.

—Por más que intentamos hacerla feliz, nunca está contenta con nada.

Beth suspiró. Ella veía a una mujer reprimida en Arabella, a una mujer asfixiada.

—¿Puedo decirte lo que pienso? —preguntó a continuación.

—¿Acaso no sueles hacerlo? —se mofó Iver.

Beth asintió y, tras acariciarle el rostro con cariño, declaró:

—Aunque conozco poco a tu madre, me parece una mujer desesperante. Es intolerante, intransigente, inflexible, opresiva, severa, rígida. Le cuesta sonreír. Le cuesta empatizar. Le cuesta abrazar...

—Lo sé —afirmó Iver—. Pero, aunque no lo creas, desde que Carolina y Eppie están en nuestras vidas ha cambiado para mejor. Antes era todavía peor.

Beth asintió. A grandes rasgos Carol le había contado algo al respecto.

—A Carolina y a Eppie se lo hizo pasar muy mal —añadió él—. Mis hermanos estuvieron a punto de perder a los amores de sus vidas por culpa de ella, y yo no estoy dispuesto a que haga lo mismo con nosotros. Pero ver a mi padre así me desespera. Él está pagando la frustración que mi madre siente hacia mí y...

No prosiguió. No podía. Iver miró entonces a Cailean, que estaba tumbado en la cama.

—Mi padre adora a mi madre y sé que ella lo adora a él —murmuró—. Pero mientras él se desvive con cientos de demostraciones de amor hacia ella, no sé por qué ella no es capaz de hacérselo ver a él.

Beth, que comprendía que no era momento de cargar a Iver añadiendo más cosas negativas de Arabella, simplemente dijo:

—Creo que deberías dormir y descansar. Mañana tu padre te necesitará y tendrás que estar despejado.

Él asintió, sabía que tenía razón.

—Vamos, te acompañaré hasta tu habitación —dijo tras besarla.

Oír eso hizo sonreír a la joven, que, empujándolo contra la pared, lo besó con dulzura y deseo y luego susurró:

—No hace falta. Puedo ir sola.

Iver negó con la cabeza.

—Quédate con tu padre —añadió ella.

—Le dije a tu tío que...

De nuevo Beth lo besó, y cuando finalizó el beso, la joven cuchicheó:

—¿Esto también se lo vas a decir a mi tío?

Ambos sonrieron y luego ella insistió:

—Nos encontramos dentro de la fortaleza, que está rodeada por cientos de guerreros. ¿Acaso crees que me va a pasar algo aquí dentro?

Hechizado por el sinfín de emociones que aquella le hacía sentir, tras darle un nuevo beso que le hizo comprender que o Beth se iba o la iba a tomar en la misma habitación donde estaba su padre presente, Iver abrió la puerta y dijo cuando ella salió:

—Pasa una buena noche, mi amor.

—Tú también, Iver *el Creído*.

Y, dicho esto, Beth comenzó a caminar por el pasillo. Al llegar al final, antes de torcer a la derecha, se volvió, miró de nuevo a Iver y le lanzó un beso. Una vez que desapareció, él cerró la puerta de su cuarto sonriendo. Adoraba a esa mujer.

Beth, que caminaba rumbo a su habitación, se detuvo al pasar por delante de la alcoba de Arabella. Hablar con ella sería inútil, pero le dolía pensar en Cailean, y aunque solo fuera por él lo tenía que intentar.

Tras pensarlo unos instantes dio dos golpes con los nudillos a la puerta y, sin levantar la voz, dijo:

—Arabella, soy Beth... ¿Estás despierta?

La mujer, que estaba dentro, se alarmó. ¡¿Beth?! ¿Qué quería aquella? Y, levantándose de la cama en camisón, fue de puntillas hasta la puerta, pero no respondió.

En el pasillo Beth pegó la oreja a la madera, pero al ver que aquella no respondía y no oía nada al otro lado, se imaginó que estaría dormida.

—Mañana lo intentaré —murmuró.

Echó a andar de nuevo por el pasillo, pero de pronto apareció su hermana Gladys, que, cogiéndola de la mano, dijo con premura:

—Vamos, ¡ven!

—¿Qué pasa? —preguntó Beth.

Gladys, que sabía que iban con retraso porque aquella había tardado en separarse de Iver, la apremió:

—He encontrado una cosa increíble en la cocina, ¡ven conmigo!

Beth la siguió sin dudarlo, mientras Arabella, abriendo la puerta, pensaba en qué habría encontrado aquella en la cocina y fue tras ellas.

En cuanto entraron en la solitaria y oscura cocina, Beth miró a su hermana.

—¿Qué era lo que querías que viera? —preguntó.

Gladys sonrió y, de pronto, su gemela oyó que alguien decía:

—Hola, Revna Gundersen...

Beth rápidamente se dio la vuelta y entonces Gladys la golpeó en la cabeza con un palo, lo que la hizo caer al suelo inconsciente.

Gladys sonrió satisfecha y, mirando a Goran, declaró mofándose:

—Tal y como planeamos.

—¡Vamos tarde! —gruñó él—. O salimos de aquí ya o nos descubrirán. ¡Metedla en el saco!

Sin tiempo que perder, el guerrero dio la orden a tres hombres que esperaban escondidos tras la mesa y luego dijo dirigiéndose a Gladys:

—No creo que me dé tiempo a pasar por mis aposentos para recoger mis cosas.

La joven, complacida por el modo en que se estaba desarrollando todo, repuso:

—No necesitas nada. En Noruega Sigurd y yo te lo daremos todo.

Al oírla, Goran asintió y, encogiéndose de hombros, afirmó:

—También tienes razón.

Los hombres agarraron entonces a Beth y comenzaron a meterla en el saco, pero Arabella salió de pronto de la oscuridad e inquirió:

—¿Qué está pasando aquí?

Verse descubiertos les erizó el vello a todos, y Arabella, al ver el cuerpo de aquella dentro de un saco en el suelo, y sabiendo que era Beth por lo que había oído, preguntó sin dar crédito:

—Gladys, ¿qué se supone que estás haciendo?

La aludida no contestó, simplemente le dio otro golpe a aquella en la cabeza y la mujer cayó también al suelo junto a Beth.

Goran miró a la joven, que señaló:

—Nos ha visto. Debemos llevárnosla. Vamos, ¡no perdamos más tiempo!

Deseoso de salir de allí, él asintió y, tras coger otro saco, metieron en él a Arabella. Luego las sacaron a ambas por la puerta trasera de la cocina y las cargaron en un carro que partió de la fortaleza y fue directo al puerto. Allí, después de meter a las mujeres en un bote, las condujeron hasta un barco que esperaba fondeado mar adentro y luego este partió lejos de allí.

Capítulo 60

Cailean se despertó temprano. Estaba desesperado, dolido y angustiado. Iver avisó a Ethan y habló con Frederick y Anna, que entendieron la situación, y a continuación montó junto a su padre, su hermano y Alan en sus caballos y los cuatro salieron de la fortaleza.

Horas después comieron en una posada cerca de Aberdeen. Cailean no quería ver a Arabella, no podía enfrentarse a su esposa después de lo que le había pedido, y los jóvenes, sin saber bien cómo debían proceder, intentaron tranquilizarlo.

Tras la comida, durante la cual Cailean habló y se sinceró con ellos, cuando ya comenzaba a anochecer y el hombre parecía estar más tranquilo, regresaron todos a la fortaleza.

Una vez allí, después de asearse para la cena, Cailean entró en el salón junto a su hijo Ethan y, al no ver a su mujer, se aproximó a Eppie y le preguntó:

—¿Y Arabella?

La joven, conmovida por la tristeza que reflejaban los ojos de su suegro, respondió después de darle un cariñoso beso a su marido:

—No lo sé.

Anna, viendo lo mismo que Eppie veía en aquel, comentó:

—Tampoco ha bajado a comer.

Cailean suspiró y luego miró a su hijo Ethan.

—Tu madre, en su línea...

Ofuscado, se sentó a la mesa, donde estaba Frederick Mull.

—Lamento el mal rato que os estamos haciendo pasar con nuestros problemas matrimoniales... —declaró mirándolo.

Pero Frederick, a quien aquellos familiares de su mujer no paraban de sorprenderlo, repuso:

—El matrimonio no es fácil, del mismo modo que no lo son algunas mujeres.

Cailean asintió, tenía toda la razón del mundo.

Iver entró entonces junto a Alan en la sala y Cailean se dirigió a él:

—Tu madre no ha bajado a comer y, por lo que veo, tampoco lo hará para cenar.

Alan, que, como aquellos, conocía a Arabella, apoyó una mano en su hombro y le aconsejó:

—Dale tiempo, Cailean. Ya sabes cómo es.

El hombre asintió, e Iver, viendo entonces que faltaba alguien más en la mesa, preguntó:

—¿Dónde están Beth y Gladys?

Eppie no dijo nada, y Anna preguntó a su vez:

—¿No estaban con vosotros?

Según oyó eso, a Iver se le erizó el vello de todo el cuerpo al tiempo que Alan respondía:

—No.

Frederick, su mujer y sus hijos se miraron sorprendidos, y Eppie se apresuró a puntualizar:

—Pues tampoco han bajado a comer...

Según dijo eso, Iver y Alan salieron raudos del salón. Subieron los escalones de dos en dos y, una vez que llegaron frente a la habitación de aquellas y abrieron la puerta, al comprobar que allí no había nadie pero sí estaban sus cosas, ambos se miraron e Iver comenzó a murmurar:

—No..., no..., no...

Alan, consciente de lo que pensaba su amigo, se apresuró a decir:

—No te pongas en lo peor. Quizá hayan salido a dar un paseo o hayan ido a ver a los hombres al campamento y se les haya hecho tarde.

Sin pensar, Iver corrió por los pasillos hasta llegar a las caballerizas. Allí estaban *Ron* y también la yegua de Beth.

—Pues parece que me he equivocado —murmuró Alan al verlos.

Sin tiempo que perder Iver y él saltaron sobre sus caballos y se dirigieron a la playa. Allí tampoco estaban. De allí fueron al campamento donde estaban sus hombres, pero el resultado fue el mismo. Angustiados, pensaron dónde más buscar, pero lo cierto era que no tenían ni idea, por lo que regresaron a la fortaleza.

En cuanto bajaron de sus caballos Iver pensaba y pensaba desesperado. No sabía dónde más buscar. Le había prometido a Sven que las protegería con su vida, ¿y ahora no sabía dónde estaban? ¡Las había perdido!

Atormentado, daba vueltas por la cuadra cuando aparecieron Ethan y su padre y, con gesto preocupado, preguntaron:

—Pero ¿qué ocurre?

A Iver le fallaba la voz de la angustia que sentía, por lo que Alan respondió:

—Beth y Gladys no están en su habitación, ni en la playa, ni en el campamento, y los caballos están aquí.

Cailean asintió; Ethan, viendo a su hermano angustiado, puso una mano en su hombro y le aseguró:

—Tranquilo. Las encontraremos.

Iver, a quien el corazón se le iba a salir del pecho, iba a hablar cuando, al ver aparecer a Frederick Mull y a sus hijos, los miró y exclamó con gesto fiero:

—Beth y Gladys no están en la fortaleza. ¿Dónde demonios podrían estar?

Los Mull se miraron entre sí y luego Patrick sugirió:

—Podemos preguntar a Russell y a Goran.

—Goran partió anoche hacia Perth, hijo —indicó Frederick.

—Bueno, pues a Russell, quizá él o algún otro las haya visto salir.

Frederick y sus hijos se marcharon y, cuando los McGregor se quedaron solos, Iver indicó:

—Avisad a madre y a Eppie. Os quiero a todos en mi habitación dentro de diez minutos.

Sorprendidos, Ethan y su padre se miraron y luego Iver aclaró:

—He de contaros algo de vital importancia que solo puede saber nuestra familia.

—Hijo, ¡me estás asustando! —murmuró Cailean.

Pero Iver ya no escuchaba, pues algo en su interior le decía que la desaparición de Beth y de su hermana no era casual. Y cuando regresó Frederick le dijo:

—No desconfío de la gente que trabaja en tu fortaleza, pero...

—Iver —lo cortó aquel—, es la primera vez que alguien desaparece de mi fortaleza de esta manera y estoy tan preocupado como tú. Ya he avisado a mis trabajadores. Podrás hablar con todos ellos en cuanto regresen los que se habían marchado.

Iver asintió.

—Gracias, Frederick.

Todos volvieron a entrar entonces en la fortaleza y Alan e Iver subieron a la habitación de este último. Segundos después llegaron Ethan y Cailean, y aquel indicó dirigiéndose a su hermano:

—Eppie ha ido a avisar a madre.

—Sí, porque si voy yo, seguro que no viene... —gruñó Cailean.

Iver asintió, y su padre, al ver su expresión de angustia, se acercó a él y murmuró:

—Tranquilo, hijo.

—Padre, si estoy en lo cierto, lo que está ocurriendo es muy grave. Y lo peor es que no sé dónde buscar.

En ese instante Eppie abrió la puerta y anunció muy alterada:

—Arabella tampoco está en su habitación.

—¡¿Cómo?! —bramó Cailean.

Todos corrieron hacia el dormitorio de aquella. La cama estaba deshecha, sus botas en el suelo y sus ropas colocadas pulcramente sobre una silla. Se miraron atónitos unos a otros, sin saber qué decir ni qué pensar.

¿Dónde estaban Arabella, Beth y Gladys?

Capítulo 61

Olía a mar y un bamboleo mecía su cuerpo. Beth fue despertando poco a poco mientras un horrible dolor le atravesaba la cabeza.

¿Qué le ocurría?

Intentó tocársela, pero entonces se percató de que sus manos estaban atadas y de pronto recordó que lo último que había oído había sido que alguien la llamaba Revna Gundersen.

Abriendo los ojos como pudo se vio en el interior de un sucio, pequeño y viejo camarote. La sensación de frío y humedad la hacía temblar y de pronto, a su lado, vio a Arabella, que siseó mirándola:

—No sé por qué estoy aquí medio desnuda, descalza, sucia y maniatada, pero quiero que me lo expliques. ¡Quiero saber qué hago en este sucio y apestoso barco!

Beth, a quien la cabeza la estaba matando, cerró los ojos.

—¡Beth! —gritó la mujer.

Como un resorte, la joven los volvió a abrir y susurró:

—No lo sé...

—¿No lo sabes? ¿Cómo que no lo sabes? —exclamó Arabella.

Beth intentaba centrarse. El golpe que había recibido en la cabeza había sido fuerte y, mirando a la mujer, se preguntó qué hacía ella también allí.

Recordaba haber estado con Iver en la playa. Recordaba lo ocurrido con Cailean y haberlo acompañado a la habitación de Iver junto a Ethan y Eppie. Estaba pensando en eso mientras Arabella se quejaba sin parar cuando la puerta del camarote se abrió y frente a ellas apareció Gladys, ataviada con un bonito vestido, seguida de Goran Glenn y de un desconocido.

Beth los miró y Arabella ordenó furiosa:

—¡Soltadme ahora mismo, malditos vikingos!

—Escocés, si no le importa... —se mofó David Morrison.

Boquiabierta y ofendida, la mujer miró a Gladys.

—Pero ¡¿quién te has creído que eres para tenerme así?! —siseó.

La joven se le acercó de inmediato y, tras soltarle un bofetón que le giró la cara, escupió:

—Llevo soportándote días y días y días, pero, créeme, maldita escocesa, que ya no te voy a soportar ni un segundo más...

Acto seguido gritó ignorando a Goran y a David:

—¡Necesito a dos hombres para que tiren a esta perra por la borda!

Oír eso hizo que Beth se despertara por completo y gritó mirando a su hermana:

—¡Gladys, pero ¿qué dices?!

La aludida la miró con desprecio.

—Me llamo Agda —declaró—. No vuelvas a llamarme nunca más por ese ridículo nombre.

—¡¿Gladys?! —susurró Beth.

—¡Agda! —insistió aquella.

Boquiabierta, su gemela vio cómo dos sucios hombres llegaban entonces hasta ellos y oyó a Gladys decir:

—Coged a la escocesa y tiradla al mar.

Oír eso hizo que Beth, sin dudarlo, se abalanzara sobre Arabella. No, no podían hacer aquello. Y, mientras trataba de impedir que los hombres la cogieran, gritó:

—¡Gladys, no!

La aludida chasqueó la lengua al oírla y, con una soberbia que Beth no le conocía, soltó:

—Soy Agda. Y, como tú siempre dices, una vez es un aviso, dos, una advertencia, y ¡no habrá tres! Vuelve a llamarme por ese nombre y te rebano el cuello.

Beth parpadeó asombrada.

—Hermana, pero ¿qué te pasa? —susurró.

Gladys, al ver su expresión de desconcierto, cuchicheó divertida:

—Eres débil y empática como lo fue papá con los que no se portaban bien con él. Esa funesta mujer —dijo señalando a Arabella— no ha parado de insultarte, humillarte y vejarte por ser quien eres, y aun así tú estás defendiéndola... ¡Mira que llegas a ser patética!

Goran Glenn, que hasta el momento había permanecido callado, al ver el gesto de horror de Arabella dijo paseando la mirada por sus desnudas piernas:

—He pensado que tirarla por la borda no es una buena idea. Creo que a Sigurd le agradará saber que es la mujer de un *laird* escocés cuando disfrute de ella.

—¿Y si comenzamos con ella mis hombres y yo? —sugirió David con una sonrisa ladina.

Arabella jadeó histérica mientras Beth se tensaba.

—Mejor esperemos —decidió Goran—. Conociendo a Sigurd, él querrá ser el primero.

Los tres soltaron una carcajada ante el gesto de horror de Beth y de Arabella, y Gladys intervino de nuevo:

—Hermana, a Goran ya lo conoces... Él es el capitán David Morrison.

Al oír eso Beth parpadeó boquiabierta. Aquel tipo era el hombre que Iver y Alan habían dicho que traficaba vendiendo personas. Y, consciente de que estaban en un buen lío, inquirió:

—¿Adónde narices nos lleváis?

Gladys y Goran soltaron una risotada. Beth comprendió de pronto lo que estaba sucediendo allí y murmuró:

—Les prometimos a papá y a mamá que...

—Yo no prometí nada... ¡Fuiste tú!

Desesperada, Beth insistió:

—Gladys...

Un bofetón le cruzó la cara.

—Agda, ¡soy Agda!, maldita tonta.

Sin entender nada, Arabella era testigo de lo que allí ocurría.

—Agda, eres mi hermana —contestó Beth reponiéndose—. Llevo toda la vida cuidándote, protegiéndote y...

—Blablablá... Me recuerdas a los tíos, que, por cierto..., ¡ya estarán muertos!

Horrorizada, Beth susurró mientras oía gritar a unas mujeres en el exterior:

—Dime que eso no es cierto...

Gladys sonrió y su hermana chilló entonces fuera de sí:

—¡Dímelo!

Gladys empujó a su gemela para que cayera al suelo, al lado de Arabella, y replicó:

—Tío Sven debería haber muerto el día del tumulto en el mercado y tía Ottilia en el incendio de la taberna. La suerte no estuvo de nuestra parte entonces, pero parece que todo comienza a cambiar, y te diré que, casi con seguridad, ahora ambos estarán ya criando malvas.

Boquiabierta, Beth negó con la cabeza. No, no podía ser. Su hermana no podía estar diciendo la verdad. Sus tíos no podían estar muertos. Y, de pronto, entendiendo las palabras de aquella, susurró:

—Tú fuist...

—Sí, fui yo —la cortó Gladys—. Yo ordené matarlos, del mismo modo que ordenaré que te maten a ti. Quiero que todos vosotros desaparezcáis de mi vida.

—Bendito sea Dios —murmuró Arabella sin dar crédito mientras oía lloros de mujeres y niños en el exterior.

Beth, destrozada por lo que estaba oyendo, casi no podía ni respirar. No..., aquello no podía estar pasando. Su hermana no podía ser el monstruo que estaba en ese instante delante de ella.

—Vamos a Noruega —agregó Gladys entonces—. Allí nos espera nuestro primo Sigurd.

—¡Nooooo! —gritó Arabella ante el gesto indescriptible de Beth.

Gladys sonrió al oírla.

—Sí, querida, sí. Las hijas de Óttar *Costilla de Hierro* regresan al lugar de donde tuvieron que huir, donde seremos recibidas como merecemos.

Arabella, confundida, no sabía qué pensar, y entonces Goran, inclinándose frente a una destrozada Beth, declaró:

—Querida Revna Gundersen, duquesa de Bjälbo...

—¡¿Duquesa?! —inquirió Arabella, que cada vez estaba más confusa.

Gladys, al oírla, le dio una patada a la mujer.

—Sorprendida, ¡¿eh?! —exclamó.

Arabella volvió la cabeza hacia Beth, que tenía la mirada perdida.

—Dentro de unos días llegaremos a la costa de Noruega —prosiguió Goran—, donde nos espera tu primo Sigurd, y desde allí viajaremos al valle de Bergsdalen, donde terminará tu vida.

—Pero antes de eso, yo te probaré —afirmó David mirando a la joven con indecencia.

Beth los miró con desprecio. Lo que hicieran con ella no le importaba. Lo que le importaba era lo que habían hecho con sus tíos. Sentía que el corazón se le ralentizaba cuando Gladys añadió:

—Hermana, has de saber que Sigurd y yo nos vamos a casar.

—¡¿Qué?! —murmuró Beth.

—La idea es clara, hermanita —asintió Gladys—. Sigurd le hará creer a su padre que nos ha capturado. El pueblo, que aún nos quiere por ser hijas de Óttar, se rebelará contra tío Leiv, y en ese momento Sigurd lo matará a él y también a su hermano Adalsteinn. Una vez que ellos estén muertos el pueblo festejará nuestro regreso, y cuando tú fallezcas accidentalmente, yo reclamaré el ducado que me corresponde por derecho de cuna al morir tú. Luego me casaré con Sigurd y seré la duquesa de Bjälbo... ¿No te parece una idea fantástica?

La cabeza de Beth iba muy deprisa. Lo que su hermana le contaba era una auténtica locura. ¿Y quién diablos era Adalsteinn?... Las palabras que en su día les dijeron sus padres —«no regreséis nunca»— le taladraban la mente, la muerte de sus tíos la volvía loca... Y entonces Gladys, con frialdad, dijo mirando a Goran y a David:

—Esta situación me está dando sed. Vayamos a refrescarnos la garganta.

Una vez que salieron del cuartucho y las dos se quedaron solas de nuevo, sin poder contenerse, Beth rompió a llorar con desconsuelo. ¡¿Cómo podía su hermana haber matado a sus tíos?!

Arabella la escuchaba sin acercarse. Una vez más su frialdad no le permitía sacar su lado humano, y simplemente la miró mientras, además de los lloros de Beth, fuera se seguían oyendo gritos de mujeres y niños. ¿Dónde debían de tenerlos encerrados?

Durante un buen rato cada una estuvo sumida en sus cosas, hasta que Arabella, mirando a la joven, que siempre le había demostrado una extraordinaria fortaleza que la sacaba de sus casillas, empezó a decir:

—Escucha, Beth...

Pero ella negó con la cabeza. No quería oír nada, ya había oído demasiado.

—Ahora no, Arabella. Ahora no puedo escucharte —siseó.

La mujer, que temblaba de frío y de miedo, exclamó entonces de repente:

—¡Estoy aquí por tu culpa!

Oír eso hizo que la joven la mirara y, con cierto desespero, inquirió:

—¿Por mi culpa?

—¡Sí! Por tu culpa. Vi que tu hermana te llevaba a la cocina, os seguí y...

—¡¿Y eso es por mi culpa?! —bramó Beth—. Eso es por ser una puñetera cotilla metijona que probablemente creyó que íbamos a robar por el simple hecho de ser vikingas.

Ver que aquella dejaba de llorar era lo que Arabella pretendía, y acto seguido gruñó:

—No sé qué ha visto mi hijo en ti...

—Oh, Arabella, ¡déjame en paz!

La mujer la miró, al menos ya no lloraba, y, tiritando, siseó:

—Malditos vikingos... Ya sabía yo que no podíais traer nada bueno. Se lo dije a Iver, a mi marido, ¡a todos! Pero nadie quiso escucharme y ahora... ¡voy a morir!

Al oírla Beth trató de centrarse a pesar de lo mal que se sentía y afirmó:

—Si eso te deja más tranquila, yo voy a morir también. Y, por cierto, no sé si te has dado cuenta, pero los hombres a los que se oye hablar ahí fuera son escoceses, ¡no jodidos vikingos! Por tanto, si mueres, no será a manos de vikingos, sino de jodidos escoceses, ¡que te quede claro!

El llanto desconsolado de un niño hizo que ambas dieran un respingo.

—¿Por qué hay mujeres y niños llorando? —inquirió Arabella entonces.

—Porque estamos en un barco que transporta esclavos para venderlos —declaró Beth sin querer ocultarle la verdad.

—¡¿Qué?!

La joven asintió mientras veía auténtico pavor en los ojos de la mujer.

—Siento ser tan directa, pero no quiero engañarte. David Morrison, el hombre que iba con mi hermana y con Goran, se dedica a eso. Me lo contaron Iver y Alan.

Arabella, aterrada, se desesperó y comenzó a gritar. Los chillidos, las quejas y los lamentos de aquella contra los malditos escoceses que las tenían retenidas eran insufribles. Y cuando, horas después, finalmente la mujer calló agotada, Beth preguntó mirándola:

—¿Tienes algo más que añadir a tu insufrible retahíla?

Arabella, que apenas tenía ya voz, se limitó a murmurar:

—Quiero regresar... No puedo morir fuera de Escocia.

Beth suspiró al oírla, y, mientras intentaba pensar, aseguró:

—Aunque sea lo último que haga, lograré que regreses a Escocia.

De pronto, tras soltar un largo quejido, Arabella rompió a llorar y Beth, al verla, rápidamente se levantó para ir hacia ella.

—No..., no..., no, eso sí que no —susurró.

—¡No me abraces! —chilló aquella.

Beth se echó hacia atrás de repente.

—Pero ¿se puede saber qué te pasa a ti con los abrazos?

Arabella no respondió.

—Que te quede claro que abrazarte es lo último que me apetece —añadió Beth—, pero verte llorar me apetece menos aún, por tanto, si no quieres que te abrace, deja de llorar.

—No estoy llorando... —exclamó Arabella.

Beth, que la miraba y veía cómo soltaba unos enormes lagrimones, replicó:

—Pues yo te veo llorar.

—¡Que no estoy llorando! —volvió a exclamar ella con desconsuelo.

Beth suspiró y, sentándose de nuevo, dijo mirándola:

—Vale. Si quieres que te dé la razón como a los tontos, te la daré. ¡No estás llorando!

Al oír eso la mujer dejó de llorar y, palpando con las puntas de los dedos las lágrimas que habían salido de sus ojos, replicó:

—A mí no me des la razón como a los tontos. ¿Acaso me crees tan estúpida?

Al oírla Beth tomó aire y musitó:

—Por Odín, qué desesperante eres.

—¡Te odio!

—Pues ponte a la cola... —repuso Beth con una fría sonrisa—. Mi hermana te ha tomado la delantera.

Según dijo eso Arabella comenzó a llorar de nuevo. E, igual que había pasado horas gritando, ahora estuvo horas llorando, hasta que de pronto dijo entre lamentos:

—Morir no me importa. Lo que realmente me importa es morir y que Cailean y mis hijos piensen que nunca los he querido...

—Si lo piensan será porque tú les has hecho creer eso...

Arabella se tumbó entonces en el suelo, abatida, y cuando se durmió Beth suspiró aliviada. Al menos ya no tendría que oírla, aunque, fuera, el llanto de algunos niños no cesaba en ningún momento.

* * *

El segundo día de travesía fue igual que el primero, con la única diferencia de que les desataron las manos. Arabella temblaba, gritaba y blasfemaba para terminar llorando sin consuelo, mientras Beth, que no podía dormir, solo pensaba y pensaba en cómo sacar a la mujer de aquel embrollo sin matarla antes.

Capítulo 62

Sin descansar, dormir ni apenas comer, Iver, Cailean, Ethan y Alan buscaban a las mujeres por los alrededores de Aberdeen, pero nadie las había visto, y eso desesperaba a cualquiera.

Llevaban tres días sin saber de ellas, y la angustia que sentían era tal que Cailean se desmoronó a causa de la tensión.

¿Cómo había podido desaparecer su mujer? Y, sobre todo, ¿cómo había podido decirle lo que le había dicho?

Por las noches Iver, desesperado, miraba las estrellas, aquellas que tanto amaba Beth. Y, aun sabiendo que detrás de ellas estaban los besos de su madre, los que él realmente deseaba recibir eran los de Beth.

Pensó que debía avisar a Sven de lo sucedido y decidió enviarle una misiva. Debía asumir su culpa y su error, por lo que, tras despedirse de los Mull, partió rumbo a Elgin. Él era un guerrero, un hombre de palabra, y tenía que aguantar los reproches de Sven y todo lo que este quisiera decirle.

Capítulo 63

Al cuarto día Beth era golpeada por su hermana en otro camarote. Consciente de que esta y Arabella necesitaban ropa de abrigo, Gladys le había hecho suplicarla, y Beth, juiciosa, pues la necesitaban, había acabado haciéndolo. Sin embargo, cada vez que decía algo que a Gladys no le convenía, esta le soltaba un bofetón, hasta que la joven, mirándola con sangre en la boca, declaró:

—Papá y mamá deben de estar sufriendo muchísimo en el Valhalla por todo lo que estás haciendo...

Gladys se encogió de hombros.

—Mientras yo consiga mi objetivo —cuchicheó—, eso no me quita el sueño.

Oír eso hizo que Beth la mirara y, con una rabia que nunca antes había sentido hacia su gemela, murmuró:

—Ya no sé quién eres, hermana. Yo creía que...

Un nuevo bofetón le cruzó la cara, y luego Gladys siseó:

—Soy quien mató a tu absurdo *Abuelillo*, a los tíos..., y quien te va a matar a ti.

Oír eso una vez más hizo que Beth temblara. De pronto, de un plumazo, todo el cariño, el amor y la paciencia que había tenido con aquella se esfumaron, para dar paso a un odio que sintió que le helaba el corazón.

—Existe un límite para luchar por alguien, y yo ya he rebasado ese límite contigo —replicó mirándola—. Mátame, hermana, porque si no lo haces yo te mataré a ti.

Gladys sonrió al oír eso, y Goran, viendo que Beth sangraba por la boca y la nariz, soltó tirándole unas prendas:

—Ahí tienes la ropa de abrigo a por la que has venido. Cógela y vete.

En silencio, Beth miró lo que Goran había tirado a sus pies. Eran andrajos sucios y pestilentes. Pero era eso o morir de frío, y, tras cogerlos, dio media vuelta y salió de la estancia.

Los hombres que estaban custodiando la puerta la llevaron sin decir una palabra hasta su camarote, donde Beth entró.

—Por san Ninian..., pero ¿qué te han hecho? —murmuró Arabella al verla.

Magullada, dolorida y terriblemente enfadada, Beth soltó la ropa en el suelo y no dijo nada. Arabella, al ver la sangre que cubría su rostro, insistió:

—¿Te encuentras bien?

Beth, furiosa y con sed de venganza, simplemente dijo señalando la ropa:

—Póntela.

Arabella, que seguía descalza y en camisón, tal como se la habían llevado de la fortaleza, a pesar de que estaba temblando susurró al ver el rostro de la joven:

—Debería atenderte...

—No es necesario. —Beth la rechazó.

—Pero...

—No necesito tu ayuda.

—Estás sangrando —insistió Arabella.

Beth, que sabía lo que aquella decía, la miró con rabia y siseó:

—¿Y desde cuándo te importa a ti si yo sangro o no?

Al oírla Arabella calló, y Beth gritó molesta:

—¡¿Sabes?! ¡Cuando ofendas, humilles o le hagas daño a alguien, clava un clavo en la pared! ¡Cuando te disculpes, sácalo, y entonces verás que siempre queda un hueco imposible de ocultar!

Aquella muchacha que le daba casi entera su ración de comida, que no dormía para estar alerta, que se preocupaba por conseguirle ropa para que dejara de temblar, le estaba haciendo darse cuenta de que quizá se había equivocado con ella. Pero, incapaz de reconocerlo y demostrar que ella también tenía corazón, no dijo nada.

—Cúbrete, así ya no tendrás frío, y déjame en paz —sentenció Beth.

Arabella resopló. Ella no era fácil, pero desde luego Beth tampoco. Y, mirando los ropajes sucios, dijo mientras oía a un niño que lloraba:

—Están mugrientos...

Oír eso a Beth le revolvió las tripas, y acercándose con rabia gritó:

—Mira, jodida escocesa..., ¡esto es lo que hay! Lo siento, pero estamos en una situación en la que no puedes elegir qué ropa ponerte... —Y, clavando la mirada en ella, siseó—: Me he dejado insultar y golpear por mi hermana para conseguirte esa maldita ropa porque sé que tienes frío y la necesitas. Por tanto, ¡póntela y cierra esa bocaza desagradable que tienes, o juro por Odín que seré yo la que te tire por la borda!

Arabella vio tal rabia y tal enfurecimiento en la joven que finalmente decidió callar y vestirse; Beth, percatándose de que a la mujer se le estaban poniendo los pies azules a causa del frío, comenzó a desabrocharse sus botas.

—¿Qué estás haciendo? —preguntó Arabella al verla.

—Necesitas calentar esos pies.

La mujer se conmovió al oírla; ya había hecho mucho por ella. Pero necesitaba que la rechazara, a pesar de que los pies le dolían a causa del frío, por lo que replicó:

—¡Ni loca me pongo yo esas viejas y feas botas vikingas! ¡Qué horror!

Oír eso era lo que le faltaba a Beth. Cerrando los ojos, siseó furiosa:

—Pues muérete de frío, desagradecida.

Una vez que la joven volvió a abrocharse las botas, el cuerpo de Arabella comenzó a entrar en calor y, haciéndose un ovillo, se durmió.

Beth la miró. Ya era insufrible estar presa como para encima estarlo junto a aquella horrible mujer. Y, dolorida por los golpes recibidos, cuando Arabella se durmió y ella vigilaba para que no ocurriera nada que pudieran lamentar, con cuidado y un poco de agua se limpió la sangre del rostro, consciente de una expresión muy vikinga que decía: «La sangre con sangre se paga». Y, desde luego, su hermana lo iba a pagar...

Capítulo 64

El quinto día metieron en su camarote a varios niños y a otras mujeres. De inmediato Beth se desvivió por atenderlos, mientras que Arabella se limitaba a observarlos con gesto de desagrado. Eran pobres, estaban sucios, y descubrir que la mayoría eran vikingos o franceses no le hizo ni pizca de gracia.

Apesadumbrada, Beth les cerró los ojos a una mujer francesa y a una nórdica que acababan de morir. Ambas dejaban dos bebés solos y huérfanos en el mundo, un niño de tres meses y una niña de dos. Como pudo, la joven los atendió, pero la situación la estaba sobrepasando. Eran demasiado pequeños y ella no sabía muy bien qué hacer para cuidarlos y alimentarlos; aunque pidió ayuda a las demás mujeres con bebés, estas poco podían hacer.

Hablando con ellas se enteró de que, en otra parte del barco, el capitán Morrison tenía encerrados a hombres africanos que transportaba para vender, y Beth maldijo horrorizada.

Arabella observaba que la joven se desvivía para dormir a uno de los bebés, pero no hacía nada para ayudarla. No quería implicarse con aquella gente. Ella era de una clase superior.

Seguía mirándolos en silencio cuando una mujer le dijo algo en noruego a su pequeña hija, que debía de tener unos cinco años. La niña, tras oír a su madre, que no parecía estar bien, se acercó a Arabella y dijo en un perfecto escocés:

—Mi mamá dice que sus botas podrían irte bien.

Al oír eso Arabella no lo entendió. Y entonces Beth, acercándose con la bebé en brazos, intervino dirigiéndose a la pequeña:

—Kristen, dile a tu mamá que todavía le van bien a ella.

Sonriendo, la chiquilla se alejó, y Arabella inquirió entonces mirando a Beth:

—¿De qué hablaba esa cría?

Beth observó entristecida a Jonella, la madre de Kristen. Podía ver en sus ojos que la mujer tenía los días contados. Y, mirando a Arabella, dijo con retintín:

—¿Sabes que Jonella es vikinga pero fue a vivir a Escocia por amor, y que a su marido, escocés, lo mataron al intentar que estos desgraciados no se las llevaran?

Arabella asintió con gesto adusto.

—Eso es terrible —murmuró.

—¿El qué es terrible? ¿Que sea vikinga? ¿Que su marido fuera escocés? ¿Qué es terrible para ti, doña *Impertinente*?

Arabella, entendiendo la rabia de la joven, se disponía a contestar cuando ella añadió sin darle opción:

—Jonella sabe que va a morir, y, sin importarle que seas escocesa ni que la mires con cara de asco, te está ofreciendo sus botas porque sabe que ella no las va a necesitar una vez que llegue al Valhalla.

Horrorizada, Arabella miró a la mujer, que estaba con los ojos cerrados.

—Qué horror que una sucia y maloliente vikinga se preocupe por ti, ¿verdad? —indicó Beth.

Sin saber qué decir, Arabella no contestó. No podía.

* * *

El noveno día Arabella despertó al oír unos lloros.

Abrió los ojos y distinguió que dos hombres sacaban a la madre de la pequeña Kristen del camarote, mientras la niña chillaba y lloraba sujeta por Beth. Cuando aquellos se fueron, esta le habló a la chiquilla.

—Tranquila, Kristen. Tranquila... Mamá ahora está bien. Está en el Valhalla.

Con los ojos rojos como dos tomates, la pequeña asintió.

—Pero yo quiero irme con ella —dijo mirando a la joven.

Beth suspiró conmovida. Separar tan pronto a un hijo de una madre no era bonito ni agradable, y menos aún en esas circunstancias, por lo que, tumbándola en el suelo, la tapó con un trozo de saco sucio y musitó:

—Duerme, Kristen. Eso es lo que tu mamá querría que hicieras.

En cuanto la pequeña cerró los ojos Beth comprobó a continuación que los dos bebés que cuidaba estuvieran dormidos y, sentándose, murmuró:

—Qué futuro tan horrible les espera a estas gentes...

—A ellas y a nosotras —afirmó Arabella.

Beth asintió, era evidente que tenía razón, y sin poder evitarlo dijo con un hilo de voz:

—A mi madre y a mi tía Ottilia las raptaron unos desalmados como estos.

Al oír eso la mujer se volvió sorprendida en su dirección. Beth, que se dio cuenta del significado de lo que estaba contando, miró entonces a la niña.

—Kristen solo tiene cinco años —añadió—. Será vendida al igual que esos pequeños y... ¡no quiero ni pensar lo que les ocurrirá!

Eso le tocó el corazón a la inquebrantable Arabella. Le dolió mirar a aquella pequeña e inocente niñita, a la que unos maleantes escoceses iban a quebrar.

—Es terrible —murmuró.

—Mucho —convino Beth.

Acto seguido guardaron silencio, hasta que Arabella susurró sorprendiéndola:

—Quiero ayudar, pero no sé por dónde empezar...

Asombrada por sus palabras, la joven la miró.

—Si no sabes por dónde empezar —musitó a continuación—, empieza por quitar esa cara de asco y sonreír.

Arabella la miró a su vez. Era la primera vez que hablaban sin insultarse, sin discutir, sin levantar la voz. En sus ojos vio la tristeza, la rabia y el agotamiento. Sabía que Beth no dormía para ayudar y protegerlos a todos.

—¿Revna Gundersen? —preguntó de pronto.

La joven asintió.

—Sí. Pero para ti soy Beth Craig.

—¿Duquesa de Bjälbo?

Al oír eso, Beth, que tenía la parte derecha del rostro morada a causa de los golpes que le había propinado su hermana, replicó:

—¿Acaso ahora te caigo mejor por ser duquesa?

Arabella no contestó y ella, tomando aire, indicó:

—Te recuerdo que sigo siendo vikinga, y ese ducado maldito no lo quiero. Duérmete.

Arabella no dijo más y, al ver que segundos después a Beth se le cerraban los ojos, calló. Aquella muchacha debía descansar, y esta vez fue ella la que permaneció despierta para vigilar.

Durante horas, cada vez que alguien se despertaba, Arabella le ordenaba hablar bajito, haciéndose entender entre las mujeres francesas y nórdicas. Beth tenía que descansar y allí, entre todas, debían cuidar de los dos bebés que cuidaba ella.

De pronto Kristen se despertó. Desde donde estaba, Arabella vio que la niña se sentaba y retiraba con su manita el pelo rubio que caía sobre su carita, y cuando la vio hacer un puchero no pudo más y, levantándose, se acercó a ella.

—No llores —le dijo.

La niña la miró y preguntó:

—¿Y mi mamá?

Arabella, sin tocar a la pequeña, pero recordando lo que había oído que Beth le contaba, respondió:

—Está en el Valhalla.

A pesar de su corta edad Kristen asintió y, mirando hacia el lugar donde antes estaba su madre, se levantó, cogió algo que había debajo de un trapo y luego se acercó de nuevo a la mujer.

—Mi mamá me dijo que te las entregara para que tus pies se calentaran.

Boquiabierta, Arabella miró las viejas botas. Que aquella mujer hubiera hecho eso por ella le tocó el corazón de una manera que nunca habría imaginado; mirando sus gélidos y azulados pies, susurró emocionada:

—Muchas gracias, Kristen.

La niña sonrió y, como necesitaba amor, se lanzó a los brazos de Arabella, que se quedó paralizada. Sentir cómo la niña apretaba su cuerpecito contra el de ella la hizo temblar sin saber qué hacer, hasta que Beth, acercándose por detrás, le dijo al oído:

—Kristen necesita que la abraces. No lo pienses, ¡hazlo!

Y, sin pensarlo, Arabella la abrazó. Por primera vez en mucho tiempo estaba dando un abrazo apretado, gustoso y deseado; cuando le dio también un beso a la pequeña en la cabeza, Beth murmuró sorprendida:

—Woooo, si al final te va a gustar y todo...

Arabella no dijo nada, y entonces Kristen pidió:

—Ponte las botas.

Sin tiempo que perder, la mujer lo hizo y, cuando el calor comenzó a caldear sus gélidos pies, miró a Kristen y a Beth, que la observaban, y declaró:

—Son muy calentitas. —La niña sonrió y Arabella añadió—: Son las mejores botas que he tenido nunca.

De nuevo la pequeña la abrazó, y Beth, viendo que Arabella correspondía al abrazo, cuchicheó:

—Vaya..., si al final va a resultar que tienes un poco de corazón...

Capítulo 65

Al duodécimo día Beth dormitaba abrazada a los bebés que seguía cuidando. La relación entre la joven y Arabella se había suavizado, y ahora esta última era capaz de acercarse a las demás y ayudarla a ella con los bebés.

—Beth... Beth... —oyó de pronto.

Abrió los ojos asustada y vio el rostro de Arabella con claridad por la luz que entraba en el camarote.

—Hemos atracado en un puerto —dijo la mujer, con Kristen en brazos.

Beth se incorporó rápidamente y, tras pedir a las demás que se tranquilizaran, pues todas lloraban nerviosas, miró hacia el exterior por un pequeño agujero que había en una de las paredes. No sabía dónde estaban ni en qué puerto habían atracado, hasta que al distinguir un letrero más allá indicó:

—Hemos llegado a Noruega. Al puerto de Bergen.

Arabella se echó a temblar al oír eso y, tapándose la boca con las manos, murmuró:

—Ay, Dios mío, ¡voy a morir rodeada de salvajes...!

—Cuidado con lo que dices —le advirtió Beth—, aquí eres minoría y no nos gusta que nos insulten.

Arabella parpadeó y la joven se apresuró a añadir:

—Así que cierra esa bocaza llena de dientes que tienes, ¿entendido?

Las dos estaban mirándose cuando Beth oyó en el exterior la voz de su hermana, que saludaba:

—Sigurd *Diente Podrido*..., ¡qué alegría verte de nuevo!

Sorprendida, no supo qué pensar. ¿Su hermana había visto ya antes a su primo? ¿Cuándo? ¿Dónde?

—Los vientos y la mar nos han favorecido —indicó el capitán Morrison—. Por eso hemos tardado menos de quince días en llegar desde la costa escocesa.

Beth oyó entonces por primera vez la voz de su primo Sigurd, que preguntaba:

—¿Revna sigue viva?

—Sí —afirmó Goran.

—Además de Revna nos acompaña la madre del escocés con el que la tonta de mi hermana se ha comprometido. Nos pilló y la trajimos con nosotros. Así nuestros hombres tendrán disfrute por partida doble con ella y con Revna antes de que las ejecutemos —señaló Gladys.

Oír eso enfureció a Beth. ¿Cómo podía ser así su hermana? ¿Cómo había llegado a esa situación?

Arabella, que observaba su expresión, preguntó al no entender la lengua en la que hablaban aquellos:

—¿Qué dicen?

Beth la miró. No era buena idea contarle lo que estaban diciendo. Cuando iba a responder, aquellos comenzaron a moverse por el barco. Sus pisadas se iban acercando al camarote, por lo que Beth, mirando a las mujeres asustadas, dijo en voz baja, gesticulando:

—Quedaos todas sentadas y sujetad a los niños. —Y, mirando a Arabella, que tenía a Kristen, añadió—: Tú ponte detrás de mí. Viene mi primo Sigurd.

—¡Oh, Dios mío!

Sin dudarlo la mujer lo hizo, y al poco la puerta se abrió y delante de ellas se plantaron Gladys, Goran, el capitán David Morrison y un cuarto que Arabella imaginó que sería el tal Sigurd.

Nada más entrar este último clavó la mirada en su prima y, sonriendo con maldad, saludó en noruego:

—Prima Revna..., ¡qué alegría volver a verte!

La joven no respondió. Aquel era el vivo retrato de su padre..., el vivo retrato de la maldad. ¿Cómo podía estar su hermana tan ciega?

—¿Ella es la madre del escocés con el que pensabas casarte? —preguntó él a continuación señalando a Arabella.

Beth siguió sin responder, y de pronto Sigurd, acercándose a ella, le soltó un bofetón que le giró la cara.

—Tú y esa zorra escocesa seréis el premio para mis hombres una vez que lleguemos al valle de Bergsdalen y mate a mi padre.

Al oírlo Beth le escupió a la cara y siseó en el mismo idioma:

—Más vale que tus hombres me maten, porque, como no lo hagan, el siguiente en morir serás tú...

Sigurd sonrió y, tras agarrar entonces a la joven por el pelo, tiró de él y repuso mientras las mujeres y los niños gritaban asustados:

—Prima, solo puede haber una duquesa, asúmelo.

Arabella, al ver aquello, aun sin entender el noruego, soltó a Kristen y, sin pensarlo, le propinó un empujón a aquel. Sigurd, al notarlo, soltó a Beth y, cuando se disponía a agarrar a la mujer, Beth se interpuso entre ambos y siseó para atraer de nuevo su atención:

—Impediré que tú seas duque y mi hermana duquesa. Que te quede claro.

Eso consiguió lo que la joven pretendía, que era desviar la atención de Arabella. Sigurd se volvió entonces hacia David Morrison.

—Esta noche, cuando el puerto esté vacío, que tus hombres saquen a las mujeres y los niños en varias carretas —ordenó—. A ellas dos metedlas solas en otra. Ya sabes que van a distintos lugares.

—¿No quieres algún africano? —preguntó David Morrison.

Sigurd negó con la cabeza.

—Esta vez, no. Véndelos en Estocolmo.

Aquel asintió y Sigurd, dirigiéndose luego a Gladys y a Goran, indicó:

—Vosotros venid conmigo. Os merecéis acompañarme.

Una vez que estos se fueron y cerraron la puerta, Beth se volvió hacia Arabella.

—¿Se puede saber a qué ha venido eso? —gruñó.

La mujer la miró sorprendida por su reacción.

—No he pensado y he actuado —respondió sin dudarlo—. ¿Acaso no siempre me pides eso, jodida vikinga?

Sin poder remediarlo Beth sonrió al oír su contestación y, viendo que Kristen no se separaba de aquella, murmuró:

—Jodida escocesa...

Cuando la joven se dio la vuelta, Arabella esbozó una extraña sonrisa, miró a la chiquilla y le dijo:

—Ven. Lávate la cara.

Capítulo 66

La llegada a Elgin de Iver, Cailean, Ethan y Alan fue lo que se esperaba.

Sven estaba deshecho y Ottilia no podía dejar de llorar. A su manera, todos sentían que habían fallado.

En casa de Peter y Carolina la tristeza y el desasosiego solo se olvidaban un poco cuando Mac *el Rabioso* se despertaba y les sonreía. Con su inocencia los niños conseguían siempre lo inimaginable y, desde luego, Mac no era una excepción.

Aquella tarde, mientras en el salón hablaban y recababan información, llegaron también Demelza y Aiden, que deseaban ayudar en lo que pudieran.

Una vez más, Sven les relató la historia de Beth y Gladys.

—Tendríais que habernos contado todo esto antes —musitó Peter—. Ello habría evitado que...

—La culpa es mía —lo cortó una Ottilia llorosa mirando a Sven—. Si yo hubiera apagado bien esa noche la lumbre de la cocina, tú no tendrías que haber regresado y habrías seguido protegiendo a las niñas.

Sven, al que la camisa no le llegaba al cuerpo desde que había recibido la noticia, viendo el dolor de su mujer la besó en la cabeza y murmuró:

—Tú no tienes la culpa de nada, Lindura.

—Aquí el único que tiene la culpa soy yo —susurró Iver desesperado—. Ellas estaban a mi cargo...

—Iver, hijo —terció Cailean, que en pocos días parecía haber envejecido años—. Tú tampoco tienes la culpa. La culpa la tiene quien se las llevó. Pero ¿quién fue y adónde?

Todos se miraron entre sí hasta que Sven, a pesar del dolor que sentía, viendo la carga que el muchacho se había echado sobre los hombros, señaló:

—Iver, entiendo tu decepción y la culpabilidad que sientes porque es la misma que siento yo. Pero si mi Beth estuviera aquí nos diría que no es momento de lamentarse, sino de actuar. Y aunque mi mente piensa lo peor, me...

En ese instante Ethan se asomó a la ventana al oír los cascos de unos caballos que se acercaban y anunció sorprendido:

—Son Frederick Mull y sus hijos.

Rápidamente todos se levantaron. Los recién llegados entraron entonces en la casa y, tras saludarlos, Frederick se apresuró a decir:

—Goran Glenn... Él se las llevó.

El revuelo que se organizó al oír eso hacía imposible que nadie se enterara de lo ocurrido, e Iver, tras levantar la voz y hacerlos callar a todos, inquirió:

—Frederick, ¿por qué dices eso?

El hombre, que estaba en un sinvivir desde que las chicas habían desaparecido, se dispuso a aclararlo.

—¿Recordáis que la noche anterior a la desaparición Goran salió de viaje? —Iver, Ethan y Cailean asintieron, y Frederick continuó—: Días después recibimos la noticia de que Goran no había llegado a su destino. Eso me sorprendió, pues hasta el momento había sido un fiel guerrero. Y cuando fuimos a sus aposentos en busca de información para tratar de encontrarlo, nos encontramos con lo que Gael tiene en las manos.

Todos miraron a Gael, que estaba junto a su hermano Patrick; este les tendió unos papeles.

—Son misivas recibidas de un tal Sigurd Gundersen —explicó.

—¡Por Odín! —murmuró Sven.

Ottilia, al oír eso, se llevó la mano al corazón mientras musitaba:

—Ay, mis niñas. Ay, mis niñas...

Rápidamente Iver cogió aquellos papeles y, al ver que estaban en noruego, se desesperó e iba a hablar cuando Patrick terció:

—Tranquilo, Iver. Padre las entiende.

Eso hizo que todos lo miraran.

—Mi abuela era nórdica, como lo son Beth, Gladys y Sven, ¿verdad? —declaró Frederick Mull sorprendiéndolos.

Todos lo miraban boquiabiertos.

—Sí, señor Mull. Así es —afirmó Sven.

Frederick, que desde el primer instante lo había imaginado por su acento pero no había dicho nada para no incomodarlos, le entregó entonces las cartas a Sven:

—Amigo, siento decirte que lo que vas a leer no te va a gustar —dijo.

Sin entender nada Sven cogió las misivas e Iver, que necesitaba saber, lo apremió:

—Por favor, Sven, tradúcelas en voz alta.

Sin dudarlo, aquel comenzó.

Por las cartas pudieron saber que Sigurd, Goran y David Morrison buscaban a las jóvenes. A través de Goran, Ronan le había hecho llegar a Sigurd un dibujo del tatuaje y la medallita de Óttar *Costilla de Hierro*. Leer la fría y dura implicación de Gladys en el asunto los destrozó, pero el corazón se les paró del todo al comprender que el incendio de la taberna había sido tan provocado como lo ocurrido en el mercadillo de Elgin, donde tanto Ottilia como Sven deberían haber muerto por orden de su sobrina.

Las misivas dejaban claras las fechas y las órdenes, así como que, una vez que llegaran al valle de Bergsdalen en Noruega, Gladys y Sigurd, tras matar al padre de este y a Beth, se casarían y reclamarían su ducado.

Ottilia lloraba. Aquello le había partido el corazón.

—¡Por Odín, Sven...! —exclamó—. Gladys, nuestra niña, es como su tío Leiv. La maldita envidia y la avaricia dirigen su vida y, como hizo él, ahora ella quiere matar a su hermana para conseguir el ducado.

Él asintió. Ni en el peor de sus sueños habría imaginado nunca que aquello pudiera ocurrir. Y Carolina, viendo la desesperación de la mujer, se la llevó a otra habitación ayudada por Eppie. Ottilia no podía más.

Todos se miraron en silencio hasta que Cailean musitó:

—De vuestra madre no se dice nada, pero estoy seguro de que está con Beth.

Los McGregor asintieron y luego Peter, tomando aire, siseó:

—Si le hacen daño a madre lo pagarán.

Iver, por su parte, estaba muy pálido, era incapaz de reaccionar. ¿Cómo no se había dado cuenta de nada? ¿Cómo no había pensado que Gladys tramaba algo así?

Su cabeza daba vueltas y más vueltas, pensando en cómo llegar hasta Beth, cuando de pronto alguien dijo desde la puerta:

—¡Ya estamos aquí!

Todos se volvieron al oír la voz de Alison; Harald, que entraba tras ella, preguntó con gesto apesadumbrado:

—¿Se sabe algo?

Sven, que intentaba aclararse las ideas, le tendió las misivas al tiempo que decía:

—Se las han llevado a Noruega. A Gladys le puede la envidia y va a matar a Beth para ser ella la duquesa de Bjälbo.

—¡Por Tritón! —murmuró Alison al oírlo.

Harald y Demelza, que eran vikingos igual que él, se miraron entre sí. Aquello no pintaba nada bien.

—Debemos partir hacia Noruega —decidió Iver desesperado.

Todos lo miraron. Aquello era una locura. Pero él, olvidándose de su fobia al mar y a los barcos, insistió:

—Debemos partir cuanto antes.

—Estoy con él —lo apoyó Cailean.

—Ir allí sería imprudente —terció Peter—. ¡Somos escoceses!

Iver asintió, lo sabía, pero Beth y su madre los necesitaban.

—Yo os acompañaré —declaró entonces Harald.

—Y yo —se ofreció Demelza.

Aiden iba a protestar al oír a su mujer, pero la joven lo interrumpió para decir:

—Soy vikinga, como Harald, Sven y Beth. Nosotros sabemos movernos por tierras nórdicas. Las conocemos, y ellos —añadió señalando a Iver y a su padre— nos necesitan. No pueden ir allí sin nosotros. Por tanto, Aiden McAllister, no hables por mí, porque voy a ayudar a encontrar a Beth y a Arabella lo quieras tú o no.

Aiden miró a su mujer. La conocía. Desde el primer momento había sabido que Demelza iría.

—Simplemente iba a decir que yo voy contigo, mi amor —afirmó.

Demelza sonrió gustosa y miró a Carolina.

—Te quedarás a cargo de mis hijos junto con Eppie —señaló—. Si nos pasa algo, tú serás su referente en la vida.

Carolina se disponía a protestar, pero entonces Alison indicó mirándola:

—Y, por supuesto, te quedas también con los míos junto a Matsuura. Yo me voy con Harald.

Harald, al oír eso, ni se inmutó, pues ya lo suponía. Y Carolina gruñó ofuscada:

—Me parece fatal que me dejéis fuera de...

—Cariño —la cortó Peter—, no hay nadie mejor que tú y Eppie para cuidar y proteger a los niños hasta que nosotros regresemos.

Cailean, al oír eso, negó con la cabeza.

—Peter, Ethan y tú os quedaréis junto a vuestras mujeres —aclaró.

Aquellos lo miraron boquiabiertos.

—¡Padre, quiero ir en busca de madre y quiero ayudar a Iver a encontrar a Beth! —se apresuró a protestar Ethan.

—Y yo —apostilló Peter.

Cailean asintió. Entendía a sus hijos, pero, no dispuesto a que todos murieran en caso de que las cosas salieran mal, sentenció:

—Os quedáis en Escocia. Alguien ha de cuidar de la familia. ¡Fin del asunto!

Los tres hermanos se miraron comprendiendo las palabras de su padre. Y luego Iver, mirando con amor a sus hermanos, declaró:

—Estaréis allí conmigo. Pero, como dice padre, ¡fin del asunto!

Todos se miraban en silencio cuando de pronto se oyó decir:

—*La Bruja del Mar* os llevará.

Al mirar hacia la puerta vieron que allí estaban el capitán Jack

Moore y su cuñado Marco. El gesto de Iver al verlos cambió y, acercándose a aquellos, susurró dándoles un abrazo:

—Por san Fergus, Jack, Marco..., nunca imaginé que me alegraría tanto de veros.

De nuevo en el salón se formó una gran algarabía cuando los recién llegados se percataron de que tanto Sven como los Mull los observaban. Jack hizo entonces una reverencia de lo más pintoresca y declaró con una sonrisa:

—Caballeros, soy el capitán Jack Moore y él es Marco, mi cuñado. Yo soy el padre y él es el tío de Alison Francesca Isobel Marguerite Orquídea.

—¡Esa soy yo! —indicó Alison al ver el gesto de sorpresa de aquellos.

—Y, como he dicho —continuó Jack mirando a Sven—, pongo mi galeón, *La Bruja del Mar*, a tu disposición para ir en busca de tus sobrinas. —Acto seguido, dirigiéndose a Cailean añadió—: Y, por supuesto, para ir a por tu complicadita esposa Arabella.

Cailean e Iver asintieron complacidos, y acto seguido Sven susurró sorprendido:

—¿Ha dicho «capitán Jack Moore»?

El aludido sonrió, y Harald, entendiendo lo que aquel pensaba, dijo sentándose a su lado:

—Sí, Sven. Como ves, todos tenemos nuestros secretitos.

Él asintió boquiabierto, y acto seguido Cailean lo saludó:

—Un placer volver a verte, Jack.

El aludido le estrechó la mano.

—Aunque tu mujer me odie y no le guste decir «¡Olé!», te ayudaré a encontrarla.

—Gracias, amigo.

Una vez que hubieron hecho las debidas presentaciones y Frederick Mull hubo saludado divertido a aquel legendario pirata, Alison se dirigió a Iver.

—Por suerte, cuando recibimos tu misiva yo sabía que ellos andaban por la costa de Edimburgo, por lo que les hice llegar una nota mía, y aquí están.

—Roy y Armand no han venido porque están con el otro galeón en la India —apostilló Jack.

Tras un extraño silencio cargado de nerviosismo, Jack Moore desplegó entonces un mapa sobre la mesa.

—Dime dónde crees que están tus pequeñas —pidió mirando a Sven.

El hombre, que estaba reponiéndose aún de la sorpresa inicial, miró el mapa con detenimiento y señaló con el dedo. Y Jack Moore declaró gustoso de inmediato:

—Señoras, señores..., ¡abríguense, que partimos hacia Noruega!

Capítulo 67

La noche cayó sobre el puerto y Arabella, mirando como Kristen dormía entre sus brazos, indicó dirigiéndose a Beth:

—No voy a permitir que se la lleven.

La joven, que estaba atenta a los sonidos del barco, se volvió hacia la mujer:

—Yo tampoco lo quisiera, pero ¿acaso a ti se te ha ocurrido algo que pueda impedirlo?

Arabella negó con la cabeza. Estaba desesperada y no dejaba de pensar en cómo solucionar aquello.

De pronto comenzaron a oírse voces y pisadas y las mujeres, asustadas, empezaron a chillar. Momentos después varios marineros enormes y malolientes entraron en el camarote y, entre gritos, se las fueron llevando una a una, a ellas y a sus hijos. Entonces, al ver que cogían a los pequeños que ella llevaba días cuidando, Beth exclamó horrorizada:

—¡Ten mucho cuidado con ellos, ¿me has oído, apestoso?, porque como oiga llorar a esos niños te juro que te reviento!

El gigante, sin ningún cuidado, salió con los niños en las manos, y otro exigió a Arabella:

—Dame la mercancía.

Kristen, asustada, temblaba agarrada al cuerpo de la mujer, cuando esta exclamó:

—No es mercancía..., ¡es una niña!

El guerrero soltó una risotada, y cuando otro entró en el camarote replicó:

—Por Dios, mujer, ¡es una vikinga! ¡Dámela!

Arabella la miró horrorizada. Efectivamente, aquella tenía sangre vikinga, pero aun así ¡era una niña! Y, entendiendo en cuestión de segundos lo que le había costado toda una vida comprender, siseó:

—Ni hablar. No te la llevas.

Sin embargo, antes de lo que pudieron imaginar los dos gigantes se abalanzaron sobre ellas y, tras inmovilizarlas, le arrancaron de los brazos a Kristen, que lloraba y pataleaba, y, llevándosela, cerraron la puerta. Arabella gritó con desespero.

—¡Malditos hijos de Satanás...! ¡Como le hagáis daño os buscaré, os arrancaré la cabeza y las pondré sobre mi mesa para ir despedazándolas poco a poco!

Al oírla, y a pesar del dramático momento, Beth se mofó:

—Por Dios, Arabella, ¡qué vulgaridad...!

Los gritos de la niña se fueron desvaneciendo, y Arabella, con una pena que nunca había sentido, miró entonces a la joven.

—Me siento fatal —susurró.

—Lo sé.

Aterrada, la mujer añadió luego con un hilo de voz:

—Soy una persona horrible.

—Te diría que no, pero ya sabes que no me gusta mentir —replicó Beth.

Los ojos de Arabella se llenaron de lágrimas. Desde hacía días su actitud había cambiado, y la joven indicó:

—A veces se necesita tristeza para conocer la felicidad, silencio para apreciar el ruido y ausencia para valorar la presencia. Pero ahora no es momento de lamentaciones, Arabella. —Clavó la mirada en ella y añadió tratando de no pensar en los bebés—: Si quieres que recuperemos a Kristen, y si deseas que tu vida cambie, hay que actuar.

Arabella se tragó el nudo de emoción y asintió.

—Pero ¿cómo vamos a actuar si estamos aquí encerradas?

Beth resopló. La mujer tenía razón. Les gustara o no, aquellas malas bestias no tardarían en regresar para sacarlas a ellas también del barco.

—Ahora necesito a la Arabella fría —pidió—, porque lo que viene no va a ser agradable, ¿entendido?

Ella afirmó con la cabeza y, al oír pisadas de nuevo fuera, Beth pidió para protegerla:

—Vamos, ponte detrás de mí.

Pero esta vez Arabella no se movió, sino que permaneció a su lado y, levantando el mentón, declaró:

—Ni hablar, muchacha. Soy una Steward.

Las pisadas sobre la cubierta eran rápidas, pero esta vez iban acompañadas de golpes y quejidos. ¿Qué estaba ocurriendo?

Beth y Arabella esperaban encerradas en el camarote cuando de pronto la puerta se abrió y entró un joven que hasta el momento no habían visto.

—Hola, Revna —saludó dirigiéndose a Beth con un hilo de voz.

La aludida lo miró alerta. Si aquel le tocaba un pelo a ella o a Arabella lo estrangularía con sus propias manos. Entonces él depositó en el suelo la espada que llevaba y al ver el gesto de aquella murmuró en noruego:

—Soy consciente de que no sabes quién soy... Mi nombre es Adalsteinn Gundersen, y soy tu hermano.

Sin entender nada, la joven rápidamente soltó en su mismo idioma:

—¡Mientes! Yo solo tengo una hermana.

Adalsteinn asintió y como necesitaba que lo creyera, pues el tiempo apremiaba, dijo:

—Puedo entender que pienses eso, pero mi madre, Blanca, me...

Horrorizada, Beth negó con la cabeza.

—Blanca es mi madre, no la tuya —siseó—. Pero ¿qué dices?

—Hay muchas cosas que no sabes, Revna, y...

—¡Mentiroso!

Arabella los observaba en silencio. No entendía el noruego, por lo que no se estaba enterando de nada. De pronto el joven se sacó algo del bolsillo del pantalón y dijo:

—Esto era de nuestra madre. Me contó que se lo regaló Óttar el día que le pidió que se casara con ella, frente al mar y bajo un precioso manto de estrellas.

Oír eso, que su madre siempre les había contado a Gladys y a ella, y ver el pendiente, que era igual que el que ella tenía, hizo jadear a la muchacha, pero aun así replicó:

—No sé quién te ha dicho eso, pero...

—Tienes que creerme, por favor. Lo perdiste la noche que tuviste que huir de Noruega con Candance, Louis y Agda.

La joven negó con la cabeza. Aquel no era su hermano, no podía ser... Su madre había muerto al mismo tiempo que su padre, y aquel muchacho debía de tener unos quince años.

—¿Me puedes explicar qué pasa? —pidió entonces Arabella, deseosa de saber.

Totalmente bloqueada, y sin saber qué decir, Beth le soltó un grito:

—¡Aprende el idioma!

Arabella parpadeó al oírla. Sin duda se merecía aquella respuesta, pero, tirando de ella, insistió:

—¿Qué pasa?

—Dice que es mi hermano.

Arabella lo miró y cabeceó, y mientras se oía a gente luchando en el exterior, afirmó:

—La verdad es que os parecéis, y con lo promiscuos que sois los vikingos...

—¡Arabella! —protestó Beth.

—¡¿Qué?! ¿Acaso no es verdad? Solo digo lo que pienso.

La joven la miró y volvió a gruñir:

—Pues ten cuidado con lo que piensas porque, según quién te oiga, te vas a meter en algún problema, ¡y te recuerdo que ya tenemos muchísimos!

Adalsteinn, que no entendía lo que aquellas decían, volvió a dirigirse entonces a su hermana.

—¿Me creerías si te cuento algo que solo mamá te decía a ti al oído y, en tu ausencia, luego me lo decía a mí?

Beth miró a Arabella y luego contestó:

—Dilo y yo veré.

—Ella siempre me contó que entre vosotras había una conexión muy especial —susurró Adalsteinn emocionado—, y que solía decirte al oído antes de dormir: «Eres mi momento favorito del día».

Oír eso, que solo ella y su madre sabían, hizo que Beth se llevara las manos a la boca. ¿Cómo podía ser? ¿Cómo podía su madre haber tenido un hijo? ¿Sus padres estaban vivos?

—¿Qué ha dicho ahora? —intervino de nuevo Arabella al ver su expresión.

Bloqueada, la joven miró a aquel chico de preciosos ojos azules, como los de ella y su madre, y mientras oía gritos de lucha en el exterior murmuró:

—Me acaba de decir una frase que mi madre solo me decía a mí.

—Y a él —matizó Arabella—; si no, ¿cómo la sabría?

Con el corazón a mil Beth preguntó entonces con un hilo de voz:

—¿Papá y mamá están vivos?

Adalsteinn, comprendiendo que aquella creía que eran hermanos de padre y de madre, respondió simplemente, dispuesto a aclararle la verdad en otro momento:

—No.

El dolor en los ojos de Beth se intensificó.

—Mamá siempre me habló de vosotras, nunca os olvidó —susurró él acto seguido—. Y si estoy aquí es para ayudarte. Sé lo que planea Sigurd *Diente Podrido* junto con Agda y...

Conmovida, y sin dejarlo terminar, Beth caminó hacia aquel muchacho y lo abrazó. Sentir su abrazo cálido y tierno le hizo saber que no era fingido, que era su hermano y estaba allí para ayudarla.

—Tenemos tantas cosas que contarnos... —señaló el joven cuando se separaron.

Todavía en shock, Beth asintió.

En ese momento un tipo enorme se asomó al camarote.

—Adalsteinn, ¡salgamos de aquí! —exigió.

—Ya vamos, Thor.

Sin tiempo que perder salieron todos de allí con sigilo y, al ver a un montón de hombres que luchaban, Beth se agachó, cogió del suelo una espada de un guerrero caído y, mirando a Arabella, indicó:

—Ponte detrás de mí.

Al ver eso, la mujer inquirió sorprendida:

—¿Qué vas a hacer tú con eso?

Beth sonrió y, haciendo un movimiento con la espada que dejó a Arabella sorprendida, replicó:

—Ya lo verás. Ahora ponte detrás de mí.

La mujer se disponía a obedecer cuando vio una espada en el suelo, y se agachó a cogerla sin dudarlo. Ella tampoco era guerrera, pero había luchado siendo joven. Y, cuando Beth la miró, esta indicó:

—No preguntes. Tú también lo verás.

Y lo vieron... Ambas lo vieron cuando varios guerreros Morrison se abalanzaron sobre ellas, Thor y Adalsteinn. Todos se defendieron sin descanso y con seguridad, y Beth no dejaba de observar a Arabella de reojo; si algo le ocurría, no se lo perdonaría nunca. Pero comprobó asombrada que la mujer era buena con la espada; cuando se deshicieron de aquellos Arabella miró a Beth, que la había sorprendido, y luego señaló mientras corrían por la cubierta:

—Eres buena con la espada.

—Tú tampoco lo haces mal —replicó Beth al tiempo que clavaba los pies en el suelo para enfrentarse a otros hombres que corrían hacia ellas.

Sobre la cubierta del barco, y rodeadas por guerreros escoceses, irlandeses y nórdicos, las dos mujeres dominaban el cuerpo a cuerpo con la espada; tras un último mandoble por parte de Arabella, al ver que Beth la miraba murmuró:

—¡Pan comido!

Ambas sonreían cuando oyeron que Adalsteinn decía:

—Vamos, el tiempo apremia y tenemos que salir de aquí.

Los cuatro descendieron por la escalinata del barco a toda prisa. En el puerto se estaba librando una lucha cruel y encarnizada. Ver aquello sorprendió a Beth, pero Adalsteinn, tras quitarse a un contrincante de encima, miró a la joven y declaró:

—Los hombres que seguían a tu padre se han reunido por ti. Ninguno desea que Sigurd y Gladys se salgan con la suya.

La muchacha asintió conmovida y Arabella, tirando de ella, dijo al tiempo que señalaba unas carretas que había más allá:

—Hemos de liberarlos.

Beth comprendió entonces que allí estaban las mujeres y los niños que habían viajado con ellos en el barco; pensando en los bebés que había cuidado y en Kristen, miró a Thor y a Adalsteinn y dijo:

—Debemos ayudarlos.

Aquellos dos se miraron y el tal Thor, que era un pelirrojo grande, replicó:

—¡No hay tiempo!

Beth se apresuró a asentir, lo entendía, pero dijo en noruego:

—Son mujeres y niños indefensos, y yo no voy a abandonarlos.

Thor y Adalsteinn volvieron a intercambiar una mirada, y luego el gigante pelirrojo dio un silbido. Tras ese silbido sonó otro y, tras ese, otro y otro y varios más.

—¿Qué hacen? —preguntó Arabella.

Beth recordaba haber visto hacer eso mismo a su padre.

—Comunicarse —respondió.

Segundos después el pelirrojo indicó:

—Hay cuatro escoceses vigilando las carretas.

—¿Qué ha dicho? —volvió a preguntar Arabella.

—Que hay cuatro escoceses vigilando las carretas —aclaró Beth.

Adalsteinn intercambió una mirada con Thor y puntualizó:

—Seamos rápidos.

Beth asintió y luego pidió a Arabella:

—Quédate aquí.

—Ni hablar. Yo voy contigo.

Sin tiempo que perder, las dos mujeres y los dos hombres se dirigieron con sigilo a las carretas.

—Necesitamos distraerlos para llegar hasta ellas y poder abrir las jaulas —indicó Adalsteinn.

Al oír eso Beth, consciente de que Adalsteinn, Thor y ella liberarían con más rapidez a aquellas gentes, sugirió a Arabella:

—Deja la espada en el suelo, sal ahí y distráelos.

La mujer parpadeó asombrada al oírla y, viendo a aquellos burdos hombres, preguntó:

—¿Y qué se supone que quieres que haga?

Beth se disponía a contestar cuando Thor, ajeno a lo que había dicho Arabella, indicó:

—Esos escoceses necesitan un buen revolcón... Que le muestre sus dos encantos.

Beth sonrió divertida.

—¿Qué ha dicho el grandullón? —preguntó Arabella.

—No quieras saberlo —se mofó la joven.

—Quiero saberlo —insistió ella.

Beth se encogió de hombros.

—Dice que esos escoceses tienen cara de necesitar un buen revolcón, y que les enseñes tus dos encantos —soltó.

Como había imaginado, Arabella abrió mucho los ojos.

—Por el amor de Dios, ¡¿acaso se puede ser más vulgar?! —gruñó.

Adalsteinn y Thor, que no sabían escocés, aun así la entendieron por sus gestos.

—¿Quieres ayudar o no? —preguntó Beth mirándola.

—Pero ¡yo no he sido nunca una mujer de vida alegre!

—Lo sé —afirmó Beth—. Eres tremendamente aburrida...

Molesta por su comentario, Arabella se disponía a protestar, pero Beth le quitó entonces la espada de la mano y la empujó.

—Sal ahí y haz que esos bestias babeen al verte para que nosotros podamos llegar hasta ellos y noquearlos. Vamos, ¡no pienses y actúa!

Horrorizada, pues ella nunca había hecho nada parecido, Arabella comenzó a caminar hacia los bestias, murmurando para sí a cada paso que daba:

—No pienses y actúa... Sé una leona. No pienses y ¡actúa!

Moviendo las caderas como en su vida, Arabella se acercó a aquellos, que la miraban embobados. Dejándose llevar, despertó a la mujer promiscua que llevaba en su interior y, sin hablar, se subió la vieja falda para mostrar las piernas y después meneó sus dos encantos.

Los hombres parpadearon satisfechos y, cogiéndolos desprevenidos, Thor, Beth y Adalsteinn aparecieron entonces por detrás y, antes de lo que podrían imaginar, aquellos cuatro estaban ya desmayados en el suelo.

Gustosa al verlo, Arabella echó a correr mientras Beth cuchicheaba divertida:

—Madre mía, Arabella, eres puro fuego... ¿Cailean te ha visto así de leona?

La mujer negó con la cabeza. En la vida había hecho nada parecido frente al que era su marido.

—Pues debería —agregó divertida Beth—. Seguro que le encantaría.

Acalorada, la mujer no dijo nada, y entonces Thor musitó algo en noruego acercándose a ella; cuando se alejó de nuevo, Arabella preguntó mirando a Beth:

—¿Qué ha dicho?

—No quieras saberlo —se mofó la joven.

La barrera del idioma comenzaba a molestar a Arabella, y se acordó de cuando ella se burlaba de otras personas porque no hablaban su misma lengua.

—Quiero saberlo —murmuró.

Mientras se apresuraba a abrir una de las jaulas de la carreta, Beth tradujo:

—Ha dicho que espera que esta noche una yegua como tú lo monte bajo las estrellas.

Boquiabierta, Arabella iba a protestar cuando la joven señaló:

—Ah..., ¡tú querías saberlo!

Sin tiempo que perder, Thor, Adalsteinn, Arabella y Beth ayudaron a las mujeres y a los niños a bajar de las carretas. Kristen, en cuanto quedó libre, corrió hacia Arabella, y en ese momento Beth señaló dirigiéndose a Adalsteinn:

—Habría que denunciar al capitán Morrison a la justicia. Ese barco lo utiliza con malos fines. Rapta a gente de determinados países para venderla en otros. De hecho, todavía hay unos hombres africanos encerrados dentro de él.

Adalsteinn asintió al oírla y, tras redactar rápidamente una misiva, dijo entregándosela a uno de sus hombres, que se acercó a recogerla:

—Hecho. Esa carta llegará a quien corresponde, y, una vez que revisen el barco y encuentren lo que dices, te aseguro que David

Morrison pasará una larga temporada entre rejas, si es que no lo matan antes.

—¡Estupendo! —afirmó Beth.

En cuanto las mujeres se vieron libres de las jaulas, decidieron continuar su camino en solitario con sus hijos. Y Beth se desesperó cuando estas salieron corriendo en desbandada y en la carreta quedaron los dos bebés de las dos mujeres fallecidas, pues nadie quería ocuparse de ellos. Miró indecisa a Arabella, que tenía a Kristen agarrada a su pierna.

—¿Qué hacemos con los pequeños? —musitó.

Arabella, que estaba tan desconcertada como ella, respondió mientras sentía como Kristen se apretaba contra su pierna:

—No lo sé. Pero aquí solos no pueden quedarse.

Durante una fracción de segundo ambas se miraron. Sin hablar se entendieron a la perfección, y luego Beth decidió cogiéndolos a ambos:

—¡Nos los llevamos!

Y, tras echar a correr hacia el lugar donde estaban Adalsteinn y Thor, que las llamaban, llegaron junto a un grupo de hombres de aspecto fiero. De inmediato montaron en los preciosos caballos nórdicos que las esperaban, luego Beth le pasó uno de los bebés a Adalsteinn y partieron al galope.

Capítulo 68

Aquella noche hacía un frío gélido en Noruega, pero no detuvieron la marcha. Debían alejarse todo lo que pudieran del puerto para dificultarles la búsqueda a los raptores. Arabella y Beth estaban agotadas cuando llegaron a un pequeño pueblo. Antes de entrar en él aquellos guerreros empezaron a comunicarse de nuevo con silbidos entre sí, hasta que finalmente Adalsteinn informó dirigiéndose a Beth:

—Nos esperan en la última casa.

Sin entender quién los esperaba, la joven lo siguió y, cuando se detuvieron y desmontaron, Beth miró a Arabella, que llevaba a Kristen, y preguntó:

—¿Te encuentras bien?

—Me encuentro entre mal, horrible y fatal —declaró la mujer con gesto cansado—; ¿te vale eso como respuesta?

Oír eso hizo sonreír a Beth, que, apretando a los bebés contra su cuerpo, afirmó:

—Sin duda, ¡estás perfectamente!

Una vez que los hombres se alejaron con los caballos, Adalsteinn volvió a dar un silbido, esperó contestación y, cuando la obtuvo, indicó abriendo la puerta de la casa:

—Vamos, seguidme.

Beth y Arabella entraron detrás de él y, una vez dentro, donde los esperaba una mujer, el calor de la chimenea hizo que Arabella dejara de inmediato a Kristen en el suelo y murmurara:

—Por san Ninian..., ¡qué placer!

Arabella y la chiquilla se acercaron enseguida al fuego, donde se calentaron las manos. Y Adalsteinn, tras hablar con la dueña de la casa, miró a su hermana.

—Aquí estaremos a salvo —explicó—. El pueblo está rodeado y, si alguien se acerca, nos avisarán. Le he pedido a la mujer que traiga algo de comida para vosotras y leche para los niños.

Boquiabierta al ver lo resuelto que era aquel, Beth dejó a los dos bebés dormidos sobre una mesa y, cuando iba a hablar, la dueña de la cabaña se acercó a Adalsteinn gruñendo.

Arabella la miró y, sin entender lo que aquella decía, preguntó dirigiéndose a Beth:

—Pero ¿qué le pasa a esta mujer?

La joven suspiró. Y, tras escuchar a la mujer, que hablaba en noruego, miró a Arabella.

—Que dice que salgas de la casa —dijo.

Arabella parpadeó y se volvió hacia la puerta abierta.

—Pero si está lloviendo y hace un frío terrible...

Beth, sin dejar de escuchar a la señora, insistió:

—Le da igual... Dice que te quiere fuera.

Temblando, sin separarse de la lumbre, Arabella preguntó indignada:

—Pero ¿yo qué le he hecho? ¿Por qué solo me quiere a mí fuera?

Entonces Beth soltó:

—Te quiere fuera porque eres escocesa.

Oír eso le cerró la boca a Arabella. Aquella mujer estaba haciendo lo mismo que ella solía hacer, rechazaba sin antes dar opción. Cuando iba a hablar de nuevo, la joven añadió:

—Tú deberías entenderla mejor que nadie, ¿no?

Arabella no contestó, y Beth, que vio que Adalsteinn hablaba con la dueña de la casa, inquirió:

—¿Cómo te sienta ser rechazada por ser escocesa?

Ella la miró y, levantando el mentón, musitó:

—Todo esto debe de divertirte mucho, ¿no es así?

Beth negó con la cabeza.

—No, Arabella —repuso—. No soy tan mala, aunque tú siempre lo hayas pensado. Solo espero que esta situación haga que cambies de actitud hacia los demás y te permita entender que a veces uno está donde está sin quererlo. En su momento yo no quería viajar a Escocia, del mismo modo que tú nunca quisiste viajar a Noruega. Pero el destino nos hizo estar donde estamos, y simplemente hay que aceptarlo.

Arabella asintió pensando en sus palabras. Desde que había salido de Escocia el destino no había dejado de enseñarle cosas.

—Revna Gundersen —oyeron que decía entonces alguien desde la puerta—, deja que tu tío Lars Ragnarsson te vea.

Según oyó eso la joven se volvió y, al ver a aquel gigante, al que siempre había adorado, se arrojó a sus brazos sin pensarlo y, hundiendo el rostro en la piel de oso que aquel llevaba, murmuró:

—Tío Lars...

El hombre, que había sido un fiel amigo de Óttar y Blanca, Sven y Ottilia, abrazó a la muchacha a la que en su momento ayudó a escapar y, notando que temblaba, musitó:

—Me alegra volver a verte, aunque lamento que tenga que ser en esta situación...

Beth se separó de él y, mirándolo con cariño, tocó aquella barba que recordaba, pero que ahora estaba totalmente blanca.

—Jamás pensé que volvería a verte —declaró.

—Ni yo a ti, pequeña. Ni yo a ti.

Ambos se miraban complacidos cuando Arabella tosió para hacerse notar.

—Me llegó el aviso de que viajabas con una mujer y unos niños —comentó Lars—. ¿Quiénes son?

Beth señaló entonces a la mujer y contestó mientras Adalsteinn cerraba la puerta después de que saliera la dueña de la casa:

—Arabella Steward. —Y, pensando en Iver, afirmó por primera vez—: La madre de mi prometido. Y ella es Kristen. Su madre murió en el barco en el que nos traían y, cuando la liberamos, no quiso separarse de Arabella. —Acto seguido miró a los dos pequeños, que seguían durmiendo sobre la mesa, y añadió—: Ellos... son dos bebés que perdieron a sus madres en el trayecto... No podía abandonarlos.

Lars los miraba cuando Arabella, que no entendía nada porque hablaban en noruego, intervino:

—¿Me vas a decir quién es este hombre?

Beth sonrió.

—Arabella, te presento a mi tío, Lars Ragnarsson, más conocido como Lars *el Blanco*.

—¿No dijiste que solo tenías un tío llamado Leiv, al que apodaban *Buenospelos*, padre de tu horrible y despreciable primo Sigurd *Diente Podrido*? —replicó ella.

Beth asintió. Esos días Arabella le estaba demostrando que tenía una excelente memoria.

—Lars era uno de los mejores amigos de mis padres, él fue quien nos sacó de Noruega —aclaró—. Y aunque la sangre no nos une, sí nos une la empatía y el amor, que a veces es la mejor unión que puede existir.

Algo intimidada por el modo en que aquel vikingo la miraba, Arabella se dirigió entonces a él.

—Soy Arabella Steward.

Lars la miró, y Beth, empujando a la mujer, dijo:

—Vamos, saluda.

Ella no se movió.

—Pero si no sé hablar vuestro idioma —gruñó.

—Por el amor de Dios, Arabella, todo el mundo sonríe en el mismo idioma...

La mujer parpadeó sin moverse, y Beth, mirando al vikingo, dijo en noruego:

—Vamos, tío, dale un abrazo. ¡Lo está deseando!

Sin dudarlo, Lars lo hizo. Arabella, al sentirlo, se quedó tiesa como un palo. Nunca había permitido que nadie la abrazara de aquella manera tan cercana. Y cuando el abrazo de oso de aquel acabó, viendo el gesto de la mujer Lars le preguntó a Beth:

—¿Qué le ocurre?

La joven miró a Arabella, que intentaba sonreír, pero sus intentos eran terribles, por lo que dijo:

—Está cansada. No se lo tengas en cuenta...

Lars se quitó entonces la capa de oso que llevaba y dejó un saco frente a ella.

—Aquí tienes ropa para ti, para Arabella y también para los niños.

—Gracias, tío Lars. —Y, mirando a la mujer, tradujo—: Aquí hay ropa seca y limpia. ¿Podrías ocuparte de los niños mientras yo hablo con mi tío?

Arabella asintió de inmediato.

—Señora —intervino Adalsteinn—, en la habitación de al lado hay agua limpia y toallas para asearse si así lo desean.

Al oírlo Arabella miró a Beth, que tradujo las palabras de su hermano; tras agradecérselo, la mujer cogió de la mano a Kristen y el saco de ropa y se dirigió a la habitación mientras Adalsteinn la seguía para llevar también allí a los bebés.

Una vez que Beth, Lars y Adalsteinn estuvieron a solas, se sentaron delante del fuego y comenzaron a hablar. Horrorizada, Beth se enteró de lo que les había sucedido a sus padres. Saber lo que su tío Leiv *Buenospelos* le había hecho vivir a su madre durante años la hizo llorar, del mismo modo que lloró también Adalsteinn. El joven odiaba a su padre por lo que le había hecho a su madre y se odiaba a sí mismo por no haber podido evitarlo.

Lars le contó a una desconsolada Beth que tanto él como otros *jarl* habían intentado sacar de allí a Blanca, pero ella se negó. No quería dejar al pueblo que tanto la amaba en manos de Leiv y trató de ayudarlos.

—Adalsteinn —señaló entonces Lars—, te lo he dicho muchas veces y te lo repetiré hasta que me muera: si alguien cuidó y amó a Blanca *Sonrisa de Ángel* ese fuiste tú. Solo tenías ocho años cuando el desgraciado de Leiv la mató. ¿Qué podías hacer tú?

Él no contestó y Beth, entendiendo la situación de este, que no debía de haber sido fácil, se sentó entonces junto a él y dijo:

—Que se sintiera amada y querida por ti fue lo mejor que pudo pasarle. Y yo te aseguro que te lo agradeceré toda mi vida..., hermano.

Él esbozó una sonrisa al oír eso y le cogió la mano.

—Odio las guerras, hermana —declaró—. No me gusta la sangre. Pero la sangre con sangre se paga, y por ello mataré al que dice ser mi padre por lo que le hizo a mi madre.

—No, hijo. Yo lo haré —afirmó Lars.

—Lo haré yo —aseguró entonces Beth.

Si antes sentía odio por Leiv *Buenospelos*, saber aquello lo había redoblado. Miró a Adalsteinn, para quien tampoco debía de haber sido fácil convivir con el padre que tenía, y murmuró:

—Mamá estará muy orgullosa de ti.

El muchacho, que a pesar de su corta edad era muy maduro, negó con la cabeza.

—De quien no debe de estarlo es de Agda —musitó.

Los tres asintieron en silencio y luego Lars susurró:

—Cuando supe lo que esa muchacha tramaba con Sigurd, no me lo podía creer. La envidia y la avaricia pudieron con tu tío Leiv, y eso mismo les está pasando a Agda y a Sigurd. —Beth asintió y él agregó—: Es imperdonable lo que tienen pensado hacer, Revna. Por eso, los que respetamos a tus padres, aun pensando de manera distinta sobre algunas cosas, nos hemos unido para luchar contra ellos.

En ese instante se oyeron unos silbidos en la calle y los tres se miraron.

—Ya están aquí —dijo Lars.

Sin entender bien a quiénes se refería, Beth se levantó cuando la puerta se abrió y comenzaron a entrar hombres y mujeres de aspecto fiero y decidido, cubiertos con pieles. Lars fue presentándoselos uno a uno y, de pronto, nombres como Baggi Thorsen, Ingolf Eriksen, Hrafn Bernten, Bridget Edvardsen, Markku Sirensen, Eyra Calland o Sigbjörn Nielsen fueron tomando forma en la mente de la muchacha, que recordaba haberlos conocido siendo una niña. ¡Eran los amigos de sus padres!

Ver cómo la miraban, cómo le sonreían, la abrazaban y le prestaban su ayuda y su apoyo le hizo sentir que aquellos eran su familia, y sin dudarlo se sentó a charlar con ellos. Tenían mucho que contarse.

* * *

Ya bien entrada la madrugada, cuando aquellos se marcharon y a Beth le quedó claro que todos habían entrado en guerra con su tío Leiv *Buenospelos* en beneficio de ella, murmuró dirigiéndose a Lars:

—No me puedo creer que esté aquí y esté en guerra.

Lars y Adalsteinn intercambiaron una mirada. No sabían qué decirle, y ella, consciente de que Agda la había llevado a un punto sin retorno, añadió:

—Le prometí a mamá que cuidaría y protegería a Agda y así lo hice. Le prometí a papá que la querría y la ayudaría y lo cumplí. Mi intención era respetar el deseo de mi padre: no regresar nunca a Noruega para no verme donde me veo ahora..., pero, en cambio, aquí estoy. Aquí me han traído. Y aunque no voy a reclamar el ducado de Bjälbo porque no lo quiero, me niego a permitir que Agda, Leiv o Sigurd lo posean y sigan torturando a las gentes del valle. Es por eso por lo que estoy en guerra junto a vosotros y..., si he de morir, moriré.

Lars y Adalsteinn se miraron de nuevo y luego el primero afirmó:

—Si tu madre se siente orgullosa de ti, no te quiero ni contar lo feliz que debe de estar tu padre en el Valhalla. Eres como él, hablas como él y tienes su luz.

Los tres sonreían por aquello cuando la puerta de la habitación se abrió y Arabella se asomó.

—Siento interrumpir —dijo dirigiéndose a Beth—, pero todo lo que he encontrado en ese saco son pantalones... No hay ni una sola falda o vestido. ¿Qué nos ha traído tu tío?

—¡Por el martillo de Thor! —exclamó entonces Lars.

Según dijo eso, y al ver cómo los tres la miraban, Arabella inquirió:

—¿Qué pasa?

Beth, sorprendida al ver a la mujer con el pelo mojado echado hacia atrás y recogido en unas trenzas, unos pantalones de cuero y un chaleco de pieles sobre una camisa oscura, afirmó:

—Por Odín, si pareces una vikinga...

Arabella resopló.

—¿Pretendes incomodarme?

Beth se levantó entonces y, señalándole un espejo que había en el salón, indicó:

—Mírate tú misma.

Al hacerlo, la mujer se quedó boquiabierta, parpadeó y, llevándose las manos a la boca, murmuró al cabo:

—Por san Fergus... Kristen se ha empeñado en trenzármelo hacia atrás —aclaró tocándose el pelo, y al ver como el cuero se ceñía a sus piernas protestó—: Por favor, ¡estoy indecente!

Beth sonrió. La Arabella que estaba frente a ella no tenía nada que ver con la señoritinga estirada de vestidos abullonados con la que solía discutir cada dos por tres.

—¡Estás que crujes, Arabella! —exclamó divertida mientras le soltaba un azote en el trasero.

La mujer la miró horrorizada por su osadía y, con gesto adusto, gruñó mientras Lars y Adalsteinn hablaban entre ellos:

—Esas muestras de vulgaridad hacia mi persona no me agradan absolutamente nada.

Beth sonrió y, al ver la forma en que su hermano y su tío la miraban, replicó:

—Pues si te tradujera lo que dicen ellos, ¡te escandalizarías!

Al ver cómo la miraban, especialmente el tal Lars, Arabella protestó:

—Ni se te ocurra decírmelo.

Acto seguido dio media vuelta y, con paso seguro, regresó a la habitación.

—Madre mía, ¡qué mujer..., qué trasero! —exclamó Lars cuando ella se hubo ido.

—¡Tío! —Beth rio.

Al poco, los dos hombres se pusieron en pie.

—Es tarde. Es mejor que descansemos todos y poder partir cuanto antes hacia el valle de Bergsdalen.

Beth asintió y, mirándolos, a continuación preguntó:

—¿Creéis que sería factible embarcar a Arabella en algún navío que se dirija a Escocia? —Ellos la miraron y la joven agregó—: No creo que deba estar metida en esta guerra.

Lars lo pensó un momento.

—Podría partir en algún barco de los míos mañana mismo si así lo deseas. Diré que la lleven al puerto de Bergen, y de allí rumbo a Escocia.

Beth sonrió satisfecha.

—Gracias, tío —declaró—. Es una excelente idea.

Capítulo 69

Una vez que Lars y Adalsteinn se marcharon, Beth se dirigió hacia la habitación donde estaba Arabella. Al entrar vio a Kristen tumbada en una de las camas y a los bebés plácidamente dormidos en otra, junto a Arabella, que los observaba sentada.

En silencio, mientras esperaba que la mujer protestara, Beth se desnudó y se lavó. Y en cuanto terminó, al ver que no había abierto la boca, se le acercó y se sentó junto a ella en el colchón.

—Mañana mismo tío Lars te embarcará en uno de sus navíos para que puedas volver a Escocia.

Al oír eso Arabella la miró y Beth cuchicheó:

—Una sonrisita, un «gracias»..., un algo estaría bien. —Pero al ver que la mujer no tenía intención de decir nada agregó—: Intento cumplir mi promesa. Te dije que, aunque fuera lo último que hiciera, te devolvería a tu tierra, y así será, aunque para ti siga siendo una vikinga asalvajada.

Arabella la miró y suspiró.

—¿Y tú?

—Yo me quedo —dijo Beth—. Estoy en guerra.

Al oír eso la mujer parpadeó.

—Pero ¿qué locura es esa? ¿Cómo vas a estar en guerra?

—No es una locura. Es una realidad. —Y, al ver cómo la miraba, añadió—: He de enfrentarme a mi hermana y a mi primo. No puedo regresar a Escocia sin haber solucionado este problema, porque si me voy nunca podré vivir en paz. Si mi hermana me engañó no es porque yo fuera tonta, sino porque confié en ella más de lo que merecía. Pero lo que ha hecho Gladys es imperdonable... Ha matado a mis tíos, a mí también me quiere muerta. Y creo que, llegados a este punto, he de dejarla marchar.

—¿Dejarla marchar?

Beth asintió y, mirando a Arabella, aclaró:

—Mi madre me dijo unas palabras que en su momento no entendí, pero que ahora cobran sentido. Me dijo que, en ocasiones, tras haber luchado mucho por alguien, hay que saber parar y mirar por uno mismo. Y yo he de hacerlo con Gladys, aunque eso me parta el alma.

—Lo que dices es muy duro —musitó Arabella.

—Lo sé —aseguró Beth—. Pero ha sido ella quien me ha obligado.

La mujer asintió. Entendía lo que aquella decía.

—¿Qué pasará con Kristen y los bebés? —preguntó a continuación.

Beth los miró y se encogió de hombros.

—Intentaré buscarles una familia —repuso.

—¿Qué le digo a Iver cuando llegue a Escocia?

Oír ese nombre, que desde que partieron de allí ninguna de las dos había pronunciado por respeto hacia él, hizo que Beth sonriera con cariño.

—Dile que sea feliz —susurró—, y que cuando mire las estrellas recuerde que lo quise.

—¿Acaso ya no lo quieres? —preguntó Arabella al oírla.

Beth asintió.

—Lo quiero, pero yo ya formo parte de su pasado. —Y, al ver cómo aquella la miraba, indicó—: Estoy en guerra y probablemente muera...

—¡Por san Ninian, Beth! ¡¿Qué tontería es esa?! —Cuando vio que la muchacha no contestaba sentenció—: ¡Volverás conmigo a Escocia! ¡Fin del asunto!

Beth sonrió. No iba a regresar a Escocia. Al menos de momento. Se dio cuenta de que a la mujer se le llenaban los ojos de lágrimas, y cuchicheó:

—No me digas que al final me has cogido cariño y todo... ¡Qué monaaaaaaa!

Lo cierto era que sí. Beth le había demostrado ser una joven llena de virtudes que a ella le faltaban, pero, sin querer revelarlo, simplemente negó con la cabeza.

—¿En qué piensas, Arabella? —le preguntó ella a continuación.

Angustiada y desesperada, la mujer la miró y, acto seguido, declaró con los ojos llenos de lágrimas:

—Pienso en mis hijos y en Cailean...

Beth le cubrió la boca con la mano.

—¿Y por qué eres tan fría con ellos, en especial con Cailean? —susurró—. ¿Acaso no eres consciente de cómo te quieren los cuatro hombres que tienes en tu vida?

Arabella se mordió el labio y no contestó. Sus cuatro hombres... Su marido y sus tres hijos siempre se habían desvivido por ella.

—Sé lo que ocurrió tras la fiesta de los Mull —confesó entonces Beth—. El pobre Cailean nos lo contó estando muy borracho.

Al oír eso Arabella la miró.

—¿Cailean borracho?

Beth asintió y, tras contarle lo sucedido con aquel, Arabella musitó:

—Ese hombre es tonto...

—No —repuso ella negando con la cabeza—. No es tonto. Lo que está es tonto de amor por ti, pero tú no lo quieres ver. —Y, viendo cómo ella la miraba, añadió—: Estás tan acostumbrada a ser una mujer fría, desapegada y desagradable que eres incapaz de ver que tienes tres hijos que te adoran, unas nueras que te quieren, un nieto y otro que viene en camino que te necesitan, y un marido que te ama con locura. Lo tienes todo y no aprecias nada... ¿Por qué?

Arabella siguió sin responder y Beth, sabiendo lo que Iver o la mismísima Carolina le habían contado, prosiguió:

—Sé que en los últimos tiempos tu actitud se ha suavizado. Y, la verdad, viendo cómo eres, no quiero ni imaginarme lo insoportable que serías antes. Pero, vamos a ver, Arabella, ¿no crees que tu vida sería más plena si dejaras de gruñir tanto, de quejarte por todo, de criticar a los demás, de preocuparte por el qué dirán, y te centraras simplemente en vivir y ser feliz?

Arabella tomó aire.

—Mostrar los sentimientos es un signo de debilidad —respondió—. Y eso mis padres nunca me lo consintieron. ¿Qué voy a hacer, si me crie así?

Oír eso, que no esperaba, hizo que Beth asintiera. Miró por la ventana en silencio y de pronto cogió un par de pieles y le lanzó una a Arabella.

—Sígueme —pidió.

Acto seguido salió de la habitación, se colocó la piel sobre los hombros y, cuando abrió la puerta de la calle y el aire gélido entró en la cabaña, la mujer protestó:

—Por Dios, Beth..., ¡hace mucho frío!

Ella la miró y, sonriendo, insistió:

—Vamos, merecerá la pena.

Arabella resopló y, tras ponerse la piel sobre los hombros, salió y vio a la muchacha sentada en el escalón de entrada de la casa.

—¿Me puedes decir qué estamos haciendo aquí? —preguntó.

Sonriendo, Beth levantó la cabeza hacia el cielo. Por primera vez en quince años volvía a ver las luces en el cielo noruego. Los colores comenzaron a bailar, a cambiar, a aparecer y desaparecer como olas en el mar, y Arabella murmuró asombrada:

—¡Qué maravilla!

—Es precioso —afirmó Beth.

Sin dudarlo, la mujer asintió con la cabeza.

—En Escocia también hay auroras boreales —señaló.

Beth lo sabía, las había visto, pero no había ninguna que pudiera compararse con aquellas.

—Sin embargo, nunca había visto una tan bella como esta —declaró Arabella a continuación.

Oír eso hizo que Beth sonriera.

—Acabas de halagar algo noruego..., ¡me gusta!

La mujer resopló y luego Beth añadió:

—Papá siempre decía que el cielo se iluminaba así cuando las valkirias sacaban sus armaduras a pasear.

Arabella no dijo nada. No podía. Y Beth agregó mirándola:

—Voy a cogerte las manos.

—¿Por qué?

Beth, sin dudarlo, se las cogió. Al hacerlo notó la tensión en las manos de aquella, pero sin soltárselas preguntó:

—¿Qué sientes al tener mis manos entre las tuyas?

Arabella no contestó.

—Vamos, responde, jodida escocesa —la acicateó—. Sé sincera, que no pasa nada.

—Incomodidad —soltó entonces la mujer.

Beth asintió.

—¿Y por qué?

—Porque no me gusta el contacto directo e innecesario con la gente.

La joven enarcó las cejas, sorprendida por su respuesta.

—Y cuando eras pequeña y te caías, ¿quién te daba la mano?

—Nadie.

—¿Quién te secaba las lágrimas?

—Nadie.

—¿Tampoco nadie curaba tus heridas?

De nuevo aquella volvió a negar con la cabeza y Beth preguntó:

—¿Y eso te hacía feliz?

—No.

La joven asintió y, al ver que la tensión en sus manos se iba relajando, prosiguió:

—¿Y no crees que a tus hijos y a Cailean los haría felices saber que te tienen para levantarlos si se caen, enjugarles las lágrimas cuando hace falta o curarles las heridas?

Arabella no respondió.

—Si fueras mi madre —continuó Beth—, querría que me abrazaras, que me besaras, que me regañaras si fuera el caso, pero también que me quisieras y me amaras.

—Por suerte para ti, no lo soy —puntualizó la mujer.

—O por desgracia para ti... —replicó ella.

Ambas se miraron a los ojos y finalmente, y sin esperarlo, Arabella sonrió. Ver su expresión relajada y sentida emocionó a Beth.

—Madre mía, Arabella, pero ¡si sabes sonreír! —musitó.

De nuevo la mujer lo hizo. Aquella muchacha, que en ocasiones la desesperaba, estaba consiguiendo cosas como que ella sonriera.

—¿Parece que sonrío con afecto? —preguntó.

Beth cabeceó y acto seguido afirmó:

—Sin duda alguna, y no te miento. Ha sido una de las sonrisas más bonitas que he visto en mi vida.

—Eres una jodida aduladora...

—¿Has dicho la palabra *jodida*? —inquirió la joven—. ¡Qué ordinaria!

De nuevo ambas rieron y luego Beth, mirando a aquella, que había sido criada en la frialdad, declaró:

—Aunque estoy convencida de que nunca me vas a reclamar porque no soy nadie especial, quiero que sepas que si alguna vez me necesitas, mi mano siempre estará tendida para ti.

Arabella asintió emocionada por sus palabras, y Beth, al notar que le apretaba la mano, preguntó:

—¿Sigues incómoda por mi contacto?

La mujer negó con la cabeza. Poder tocar a aquella muchacha, sentir sus latidos y apretar sus manos le estaba facilitando comunicarse con ella.

—No —respondió.

Lejos de soltarla, Beth le apretó la mano y a continuación murmuró:

—Esto es lo que desean Cailean y tus hijos. Que no te incomodes cuando su piel toca la tuya y que disfrutes de su contacto.

De nuevo Arabella sonrió y la joven agregó:

—Con respecto a Cailean..., él te quiere y mucho, Arabella. Por tanto, si lo amas, cuando regreses a Escocia búscalo y díselo, porque afortunadamente te has dado cuenta de lo que valen los momentos cuando estos se convierten en recuerdos.

—Lo amo, claro que lo amo... —La mujer se soltó—. Cailean es bueno, gentil, encantador... ¿Cómo no lo voy a amar? El problema siempre he sido yo y mi manera de ser. Pero tú, este viaje, Kristen..., todo me está haciendo ver lo equivocada que estaba acerca de tantas y tantas cosas.

Contenta al oír eso, la muchacha empezó a decir:

—Pues si Cailean te quería siendo una víbora...

—¡Beth! —exclamó ella.

—... imagina cómo te querrá si le demuestras cuánto lo quieres tú a él —prosiguió aquella riendo.

—¡Jodida vikinga...!

—¡Arabellaaaaaa...!

La mujer cabeceó. Las vivencias de aquel viaje le habían cambiado su perspectiva de la vida.

—¿Sabes que Carolina me dijo al iniciar el trayecto hacia Edimburgo que, en ocasiones, los viajes cambiaban la vida?

Pensar en su nuera hizo sonreír a Arabella.

—La Campbell es muy muy lista —afirmó—, puesto que ni confirma ni desmiente nunca...

Ambas rieron por aquello y luego Beth cuchicheó con picardía:

—Lo que daría yo por ver la cara de Cailean cuando camines hacia él con esa mirada de leona y...

—¡Por el amor de Dios, Beth Craig, basta ya!

Capítulo 70

Por la mañana, cuando Lars y Adalsteinn regresaron a la casa, encontraron a las mujeres desayunando con los niños y se unieron a ellos.

En el pequeño salón de la vieja cabaña disfrutaron de un rato de tranquilidad en un ambiente distendido, hasta que en un momento dado Arabella protestó mirando a Beth:

—¿Por qué tu tío me guiña tanto el ojo?

Beth sonrió al verlo y, comprendiendo que Arabella era una mujer que, a pesar de sus años, seguía siendo muy bella, respondió:

—Porque le gustas.

—¡Estoy casada! ¡Díselo!

—Ya lo sabe...

Después de dar de desayunar a los bebés, que, una vez con las tripitas llenas, se quedaron dormidos inmediatamente, Arabella se levantó para peinar a Kristen.

Lars se aproximó entonces a Beth, e iba a hablar cuando esta se le adelantó:

—Deja de mirarla. La estás incomodando y está casada.

—Yo también, ¿y qué pasa?

La joven sonrió divertida.

—A ver, tío, los escoceses no son tan promiscuos en el placer de los cuerpos como los vikingos. Para ella solo existe un hombre, y ese es su marido.

—Porque no me ha tenido a mí entre sus piernas...

—Tío Lars... —Beth se carcajeó.

Divertido al ver a la joven reír de aquella manera, sin quitarle ojo a Arabella, a continuación el guerrero preguntó:

—¿Entiende algo de noruego?

—Ni media palabra.

Al saber eso, Lars se aproximó a Arabella y comenzó a decir:

—Preciosa mujer escocesa, si no estuvieras casada esta noche disfrutaría contigo en mi espaciosa cama, porque tienes una mirada retadora que me excita, y siento que en tu interior, y especialmente entre tus piernas, escondes un fuego que me volvería loco apagar.

Sin poder evitarlo, Beth y Adalsteinn rieron por aquello, y Arabella, mirándolos, preguntó:

—¿Qué ha dicho? —Sin embargo, al ver cómo reían aquellos dos, lo imaginó y añadió—: Mejor no pregunto, ¿verdad?

—Verdad —afirmó Beth divertida.

* * *

A media mañana, a punto de montar en su caballo, Arabella susurraba con gesto triste:

—Por favor, Beth, regresa conmigo a Escocia...

La aludida negó con la cabeza y respondió mientras intentaba sonreír:

—No puedo. Tengo que resolver algunas cosas aquí, y lo sabes.

La mujer se agitó desesperada y, viendo a Adalsteinn pasear de la mano de Kristen, de la que se había despedido hacía rato, cuchicheó:

—¿Les encontrarás una buena familia a la niña y a los bebés?

Beth tomó aire y suspiró. Sabía que iba a ser complicado que alguien quisiera hacerse cargo de tres niños, pero aseguró sonriendo:

—Por supuesto que sí. La mejor.

Lars Ragnarsson se acercó entonces a ellas.

—Han de partir para Bergen —dijo dirigiéndose a Beth.

La muchacha asintió.

—Rognvald y Steinar te llevarán hasta el puerto de Bergen. Allí embarcarás en uno de los navíos de tío Lars y en unos días, si la mar está en calma, estarás en Escocia.

Arabella asintió y, sorprendiendo a Beth, se abalanzó sobre ella y la abrazó con fuerza.

—Tienes que regresar a Escocia —murmuró—. Si no lo haces mi hijo Iver se morirá de pena, y yo necesito verlo feliz y casado contigo.

Sentir su cariñoso abrazo y oír esas palabras que nunca habría imaginado que saldrían de su boca era todo lo que Beth necesitaba para sonreír, por lo que, tras besar con cariño a la mujer, cuchicheó mientras se mordía el labio inferior para no llorar:

—Recuerda lo que has dicho porque, como regrese, así será.

Ambas sonrieron y luego Arabella, con el corazón encogido, montó en el caballo y se alejó custodiada por Rognvald y Steinar.

Una vez que vio que aquella desaparecía, Beth se volvió hacia su tío.

—Daré de comer a los bebés y luego ya podremos partir hacia el valle de Bergsdalen.

Lars asintió y ella se encaminó en dirección a la casa con la tristeza instalada en el corazón por la despedida de Arabella. Una vez dentro dejó que las lágrimas rodasen por su rostro, pero de pronto la puerta se abrió y Arabella, entrando como un torbellino, exclamó:

—¡Me quedo!

Beth parpadeó boquiabierta.

—Pero ¿qué haces aquí?

Arabella sonrió al ver las lágrimas de aquella. Iba conociendo a Beth y, cuando había visto que se mordía el labio inferior, había sabido que estaba haciendo esfuerzos para no llorar.

—Si tú te quedas, yo también —soltó con seguridad—. No he pensado y he actuado. ¡Fin del asunto!

Capítulo 71

Pasaron varios días. El trayecto hacia el valle de Bergsdalen era duro, difícil.

Las noticias que les llegaban eran inquietantes. Sigurd y Gladys, en su afán de hacerse con el ducado, habían asesinado a Leiv *Buenospelos*, pero, a diferencia de lo que esperaban, el pueblo los rechazó al enterarse de que su plan era acabar también con Revna y Adalsteinn.

Durante esos días Arabella, a su manera, confraternizó con este último, con el tío Lars y con algunos de sus hombres. Verla intentando comunicarse por señas con aquellos a Beth le hacía mucha gracia. ¡Quién la había visto y quién la veía ahora!

La curiosa manera de ser de Arabella, y sobre todo que no pudiera entenderse con ellos, en cierto modo facilitó las cosas. Rudos vikingos la miraban completamente anonadados, y ella, llamándolos de todo, se ganaba su más completa admiración, algo que a la joven la tenía fascinada.

Ataviadas con cuero y pieles, y protegidas por un centenar de guerreros, las dos mujeres cruzaban bosques y lagos, conscientes de que debían dejar a los niños en buenas manos. En cada pueblo en el que se detenían Beth y Arabella se proponían hacerlo, pero cuando llegaba el momento de marchar su corazón se lo impedía y los niños seguían camino con ellas.

Recibir a Revna *la Duquesa Guerrera* era todo un acontecimiento, y en uno de aquellos pueblos incluso organizaron una fiesta en su honor. Olvidándose de la angustia y del dolor por unas horas, Beth y Arabella, junto con Lars y Adalsteinn y los guerreros, disfrutaron de la velada. Comían y bailaban, y Arabella comentó gustosa en un momento dado:

—Qué rico está el salmón.

Beth asintió, el salmón noruego era una maravilla, y luego la mujer añadió mirando a su alrededor:

—Si alguna vez me hubieran dicho que iba a estar tan tranquila cenando en compañía de unos asalvajados vikingos, jamás lo habría creído.

—¡Ni yo si me hubieran dicho que estaría cenando contigo sin sentir ganas de matarte! —Beth rio.

Entre carcajadas siguieron comiendo y luego la joven, mirando a la mujer, señaló:

—Espero que esta vivencia te haga darte cuenta de que la bondad o la maldad de las personas no tienen que ver ni con su riqueza ni con el lugar de donde procedan. Y, sobre todo, que antes de juzgar hay que intentar conocer, porque gente buena y mala la hay en todos los lados.

Arabella asintió. Desde que estaba en Noruega se había encontrado con personas que la miraban con desprecio por el mero hecho de ser escocesa, y eso le dolía. Pero también conocía a mucha gente a la que le daba igual su procedencia, pues solo le importaba ella como persona.

Lars, contento por la fiesta, se acercó hasta ellas y, levantando su copa, miró a Arabella y dijo:

—Mi preciosa Arabella *Morro Torcido*..., tu inquietante mirada hace que pierda el sentido...

Beth sonrió al oírlo y de inmediato Arabella preguntó:

—¿Qué ha dicho?

La joven, que estaba siendo testigo de cómo su tío trataba de cortejarla, respondió:

—Sus palabras literales han sido: «Mi preciosa Arabella *Morro Torcido*...».

La mujer se apresuró a protestar sin dar crédito:

—¿Cómo le has podido contar eso?

Beth sonrió divertida.

—Era llamarte así o Arabella *Pezones Duros*...

—¡¿Cómo?!

—Lo que has oído —musitó Beth muerta de la risa.

La expresión de Arabella era todo un poema.

—Hace días —aclaró la joven a continuación—, cuando saliste del lago con la camisa pegada al cuerpo, los guerreros que te vieron dijeron eso.

—Bendito sea Dios, qué vulgaridad... —murmuró Arabella.

Divertida, Beth siguió riendo.

—Sabiendo que odiarías ese nombrecito —añadió después—, pues luego te recordarían así, les dije que ya tenías apodo, y fue entonces cuando les confesé lo de Arabella *Morro Torcido*. Pero vamos, que si no te gusta y prefieres *Pezones Duros*, yo...

—Arabella *Morro Torcido* es perfecto —se apresuró a decir ella.

Ambas se miraron con una sonrisa.

—Te decía que tío Lars ha comentado que tu inquietante mirada hace que pierda el sentido.

Arabella se ruborizó al oírlo. Aquel gigante, con su amabilidad y su protección, le estaba haciendo el trayecto muy agradable. Le recordaba a Cailean, pues, igual que su marido, era un hombre bueno y empático. Y, consciente de sus sentimientos, declaró mirando a Beth:

—Dile que le agradezco el halago, pero que solo pienso en Cailean.

Sin dudarlo la muchacha se lo tradujo a su tío y este, suspirando, preguntó:

—¿Crees que no hay ninguna posibilidad de que haya algo entre ella y yo?

Beth negó con la cabeza de inmediato.

—Ni una sola. Arabella *Morro Torcido* es mujer de un solo hombre, y ese es Cailean McGregor.

Lars, que era un hombre justo, asintió y, tras levantar su copa en el aire, exclamó:

—¡Por Cailean McGregor..., *sköl*!

Con una sonrisa que a Arabella le llenó el alma al saber que aquel brindaba por su marido, la mujer levantó su copa junto a Beth y exclamó a su vez:

—*Sköl!*

Instantes después, cuando el guerrero se marchó, se les acercaron dos mujeres a las que habían dejado al cuidado de los bebés y de Kristen. Beth y Arabella sonrieron gustosas. Ver a los niños les alegraba el momento. Aquellas les dejaron unos tarros con leche para los pequeños y de inmediato Arabella y Beth comenzaron a alimentarlos.

Embelesada, la joven contemplaba a la pequeña que tenía en brazos.

—Tiene pinta de que va a ser rubia —comentó.

Arabella asintió y, mirando al niño que estaba en sus brazos, señaló:

—En cambio, este va a ser moreno.

Ambas rieron y luego la mujer, mientras observaba como Kristen bailaba con Adalsteinn, resolvió:

—Me la llevaré conmigo cuando regrese a Escocia.

Beth se volvió hacia ella sorprendida.

—Kristen no tiene a nadie en el mundo. No pienso dejarla sola —añadió Arabella.

—¿Quieres ser su madre?

Sin dudarlo, Arabella asintió. El cariño y el amor que aquella niña le proporcionaba le habían hecho darse cuenta de muchas cosas.

—Por supuesto que quiero ser su madre, siempre y cuando ella así lo quiera, claro está...

—Lo querrá —aseguró Beth viendo a Kristen sonreír.

Acto seguido guardaron silencio, hasta que Arabella preguntó:

—¿Qué crees que dirá Cailean?

—Creo que se sorprenderá mucho —dijo Beth.

—¿Y si no me quiere a su lado?

La joven volvió a mirarla asombrada.

—Por supuesto que te querrá.

—Me dijo que me fuera de su vida, supongo que eso es porque ya se cansó de mí... —musitó Arabella.

Beth suspiró, pero, consciente de lo que veía en Cailean, insistió:

—Tenéis que hablar, solucionar cosas. Pero Cailean te ama, tenlo por seguro, y por supuesto que te querrá a su lado, como querrá a Kristen. ¡Ya lo verás!

Arabella sonrió esperanzada y comentó mirando a la chiquilla:

—Es una niña preciosa...

—... que tiene sangre vikinga —terminó Beth.

La mujer, que había pensado de sobra en aquello, asintió. No podía ignorar lo que era obvio.

—Escucha, Arabella —prosiguió Beth—, si Kristen se va contigo, no debes ocultarle la verdad. Ha de saber quién es en todo momento y...

—Lo sé. Y, tranquila, sabrá que su padre las defendió a ella y a su madre y que esta la quiso con locura y me regaló sus botas cuando yo más las necesitaba.

Beth asintió. La antigua Arabella en la vida se habría planteado algo así.

—Serás una buena madre para ella —susurró—. Eso sí, como la pongas a bordar todos los días y le busques hombres insulsos y atontados, juro por Odín que me sublevaré contra ti...

Ambas rieron por aquello y a continuación Arabella, mirando al pequeño que se tomaba la leche en sus brazos, señaló:

—Me niego a seguir llamándolo «el niño»...

—¿Y cómo quieres llamarlo? —Beth rio.

La mujer, consciente del cariño con que la muchacha cuidaba y trataba a aquellos bebés, dijo entonces sin dudarlo:

—Creo que te corresponde a ti ponerles nombre.

—¿A mí?

—Sí, a ti.

—Pero yo no soy su madre.

Arabella asintió y, segura de lo que iba a decir, declaró:

—Precisamente tú lo eres todo para ellos en estos instantes, porque los salvaste de una muerte segura. Si alguien se merece ponerles nombre a estos niños esa eres tú, porque tú eres su madre.

Beth se emocionó al oír eso. Lo que Arabella decía era una locura. Por las circunstancias en las que se encontraba ella no podía hacerse cargo de unos niños. No podía ponerles nombre, pues hacerlo significaba comprometerse con ellos.

—Vamos —la apremió Arabella—, elige nombres para ellos.

—Pero...

—Beth —la cortó—, ¡no pienses y actúa!

Oír eso a la joven la hizo sonreír y, con la emoción en la garganta, declaró:

—Dhalia y Jorgen.

—Unos nombres preciosos —asintió Arabella satisfecha—. ¡Hola, Jorgen! —saludó entonces al pequeño que tenía en los brazos.

Emocionada, Beth indicó:

—Eran los nombres que tío Sven y tía Ottilia deseaban para los hijos que nunca tuvieron.

—Bonito detalle por tu parte recordarlos así —afirmó Arabella conmovida.

Durante unos segundos ambas permanecieron en silencio, hasta que Beth preguntó:

—¿Qué pensará Iver si Dhalia y Jorgen regresan conmigo a Escocia?

Arabella la miró sonriendo. Si había provocado aquella conversación era para que Beth expresara sus inquietudes en voz alta.

—Pensará que estás loca —indicó—, pero en cuanto los coja en sus brazos morirá de amor por ellos como morimos nosotras...

—No puedo tener hijos —confesó Beth de pronto.

Oír eso, que no esperaba en absoluto, hizo que Arabella mirara a la joven, y luego esta susurró encogiéndose de hombros:

—Tuve un hijo con el hombre con el que inconscientemente me casé en una unión de manos. —El gesto de Arabella era todo un poema, pero Beth prosiguió—: Ese hombre, antes de cumplir nuestro año de matrimonio, decidió no renovar los votos conmigo, pero sí comenzar una relación con mi hermana.

—¡¿Con Gladys?!

—Sí, con Gladys —afirmó ella.

Arabella resopló. Si a ella le hubiera ocurrido algo así habría matado a la joven por su falta de consideración, por lo que, negando con la cabeza, se lamentó:

—Beth, ¿cómo has sido tan permisiva y buena con tu hermana?

—Porque se lo prometí a mis padres.

Se miraron en silencio unos instantes y luego Beth continuó:

—Yo estaba embarazada cuando Ronan me cambió por Gladys. Me lo tomé mal, me volví loca de rabia, y mi hijo murió a las pocas horas de nacer.

Boquiabierta, Arabella no sabía qué decir.

—Los siguientes días estuve más muerta que viva, y la partera, cuando me recuperé, me dijo que a causa de lo ocurrido mi interior se había secado y ya no podría volver a tener hijos. —Arabella afirmó comprendiendo—. Iver lo sabe —añadió Beth—. Te lo digo para que no creas que le oculto nada de mi pasado.

Arabella asintió conmovida. En otro momento aquello la habría escandalizado, pero, pensando en la muchacha, en lo que había tenido que sufrir, y en su hijo Iver, declaró:

—Aunque son una bendición, los hijos no lo son todo.

—Iver desea tenerlos. Solo hay que ver cómo mira a los niños por la calle y cómo se desvive por Mac *el Rabioso* para comprender que desea tener sus propios hijos. Y por eso mismo yo traté de separarlo de mí... a través de ti —agregó Beth.

—¿A través de mí?

La muchacha asintió al tiempo que esbozaba una sonrisa.

—Te hablaba mal a propósito. Vale que tú me hablabas peor, pero yo fui una maleducada al llamarte «víbora», entre otras cosas. Sé lo importante que eres para Iver y...

—Por san Ninian, Beth, ¡nunca lo habría imaginado! Y reconozco que cuando me llamaste «víbora» e «impertinente» deseé cogerte de los pelos y arrastrarte por el suelo.

Ella rio divertida y, viendo el gesto de sorpresa de la mujer por lo que acababa de descubrir, cuchicheó:

—Aunque no me digas que lo de Arabella *Morro Torcido* no fue genial...

La mujer soltó una carcajada. Reír últimamente se había convertido en su pasatiempo favorito.

—Te habría matado cuando lo oí... —afirmó mirándola.

Las dos mujeres seguían charlando cuando comenzó a sonar una nueva pieza de música, y, tras levantarse con los pequeños en brazos, ambas se unieron a Lars, Kristen y Adalsteinn y comenzaron a bailar aquel baile pagano. Necesitaban divertirse.

Capítulo 72

La llegada de *La Bruja del Mar* al puerto de Bergen, en Noruega, ocasionó un gran revuelo.

Las hazañas del capitán Jack Moore eran conocidas en el mundo entero, pero, a diferencia de en Escocia, donde lo buscaban para darle caza, en Noruega lo admiraban, pues ¡allí el capitán era todo un héroe!

Iver salió de su camarote blanco como la cera. La mar no era lo suyo, eso lo sabía. Lo que no sabía era que se pasaría más tiempo con la cabeza por fuera de la borda que dentro de ella.

Aun así, una vez que llegaron a puerto su estómago se calmó. Necesitando buscar a Beth y a su madre cuanto antes, iba a decir algo cuando Jack declaró:

—Harald, Alison y Sven han bajado hace un rato en busca de información. Si ellas llegaron aquí en un barco lo sabremos.

Nervioso y alterado, Iver esperaba junto a su padre. Pero la espera era desesperante. Tantos días sin saber de Beth y de su madre lo tenían fuera de sí.

—Por san Fergus —exclamó Alan saliendo también a cubierta en ese instante—. La cabeza sigue dándome vueltas...

Jack Moore sonrió. Tanto Iver como él eran un desastre como marinos.

—Espero que en tierra valgáis más —comentó divertido—, porque lo que es en la mar...

Todos rieron por aquello, y Alan, acercándose entonces a un costado del navío, miró hacia los puestos de venta que había en el puerto y al ver allí a una hermosa joven afirmó:

—¡Bonitas vistas!

Demelza siguió la dirección de su mirada y replicó con guasa:

—Por tu integridad, deja de mirarla o su marido te sacará las tripas...

Según dijo eso Alan vio a un tipo enorme que lo observaba; levantó la vista al cielo y se mofó:

—Oh..., ¡qué maravilloso día hace!

Iver trataba de sonreír, pero no podía, necesitaba saber de Beth y de su madre; de pronto vio que Harald, Alison y Sven regresaban. Eso hizo que se acercara más a la borda, y Demelza, que estaba a su lado, aseguró al ver la expresión de Harald:

—Traen noticias.

—¿Buenas o malas? —preguntó Cailean, tan inquieto como su hijo.

—Buenas —afirmó ella.

Y, sí, las noticias que llevaban eran buenas pero también desconcertantes. Cuando Harald subió al barco, al ver la impaciencia de Iver y de su padre se apresuró a decir:

—¡Arabella y Beth están aquí!

Al oír eso Cailean exclamó emocionado:

—¡Gracias al cielo!

Iver, contento por saberlo, asintió, pero apremió:

—¿Dónde están?

Al oír eso Sven trató de contarles entonces las cosas como se las habían contado a él.

—Como suponíamos, llegaron en uno de los barcos del capitán David Morrison.

—¡Maldita morralla! —escupió Jack Moore al oír ese nombre.

—Está a punto de ser ejecutado, papá —afirmó Alison—. Por tráfico de personas.

—¡Por las barbas de Neptuno, cuánto me alegro! —exclamó Moore.

Iver asintió. Todo aquello le parecía bien, pero él quería saber.

—La noche de la llegada del barco, este fue asaltado —continuó Harald.

—¡¿Cómo?! —gritaron todos.

Sven asintió y prosiguió:

—Un grupo de hombres liderado por Adalsteinn vino para llevarse a Beth y separarla de su hermana. Sabían que estaba en peligro, y también se llevaron a Arabella.

Iver y su padre se miraron.

—Sigurd, furioso por lo ocurrido —prosiguió Harald—, mató a Goran y después regresó con Gladys al valle de Bergsdalen, donde también acabó con la vida de su padre, Leiv *Buenospelos*.

—Qué familiar es ese Sigurd... —se mofó Alan.

Harald asintió y añadió:

—Ahora su empeño es encontrar a Beth y a Adalsteinn para asesinarlos.

—¿Quién es Adalsteinn? —preguntó Iver.

—El hermano de Beth —contestó Sven de inmediato.

Aquel lo miró sin dar crédito. La joven nunca le había hablado de él, y a continuación Sven le relató aquello de lo que no había hablado hasta el momento. No había pensado que Adalsteinn, un chiquillo de quince años, fuera a preocuparse por su hermana. Y cuando finalizó dijo:

—Pensaba contárselo a las niñas a su regreso a Elgin.

Cailean, que, como todos, escuchaba, asintió.

—Creo que podrás ahorrártelo.

Durante unos instantes todos se miraron en silencio, hasta que Iver, notando la intranquilidad de Sven, intuyó que algo no iba bien.

—Di lo que tengas que decir, por favor —pidió.

El hombre miró entonces a Harald y a Demelza, que asintió, y soltó:

—Beth y Adalsteinn están en guerra contra Sigurd y Gladys. Y eso solo acabará cuando uno de los dos bandos sea derrotado.

—¡Dios santo! —susurró Iver angustiado.

—Mi pobre Arabella estará horrorizada —murmuró Cailean pensando en su mujer.

—Beth se ha vuelto loca —afirmó Alan.

La palabra *guerra* era terrible. Daba igual que fueras escocés o vikingo. ¡Guerra era guerra!, y de ella nunca podía salir nada bueno.

—No está loca —terció entonces Demelza, que comprendía a Beth—. Simplemente es que la sangre con sangre se paga.

Capítulo 73

Beth y los demás continuaban su avance hacia el valle de Bergsdalen. El ambiente era tenso, silencioso, y en el aire se respiraba el olor de la muerte y la destrucción. Continuos ataques de los que hasta el momento habían salido victoriosos interrumpían constantemente su camino, pero Beth proseguía, deseosa de verse las caras con Sigurd y su hermana.

Esa noche, después de dormir a los pequeños cantándoles aquella nana nórdica tan especial para ella, se disponía a salir de la tienda cuando oyó:

—¡A cubierto! ¡Nos atacan!

El caos que se organizó en el campamento fue tremendo. Y Arabella, mientras salía de la tienda, le tiró su espada a Beth para que se defendiera y dijo empuñando la suya:

—Ten cuidado.

Nada más decir eso, la mujer, que se había demostrado a sí misma que era una excelente guerrera, comenzó a luchar contra un tipo que se abalanzó sobre ella, mientras Beth se enzarzaba con otro un par de pasos más atrás. Los habían pillado desprevenidos.

Durante un buen rato las mujeres lucharon con todo aquel que se acercaba a la tienda donde estaban durmiendo los niños. Iban sucias, la sangre les cubría el cuerpo y el rostro; entonces Lars llegó hasta ellas e indicó mirándolas:

—Debéis partir inmediatamente.

—No —musitó Beth.

Arabella, que, como siempre, no se enteraba de nada, al oír a Beth preguntó:

—¿No, qué?

—Quiere que nos vayamos.

La mujer miró entonces a Lars y negó con la cabeza, y, tal como antes había dicho Beth, murmuró:

—No. No vamos a irnos y a dejarlos solos.

Lars sonrió. La valentía de aquellas no tenía precedente.

En ese instante Adalsteinn y varios hombres se acercaron a ellas con unos caballos.

—Montad a los niños —ordenó Lars dirigiéndose a ellos y, mirando a las mujeres, insistió—: Marchad, nosotros os seguiremos cuando podamos.

Beth, que veía el horror que los rodeaba, repuso:

—Pero, tío, ¿cómo nos vamos a ir? Nos necesitas. Nos...

—Mi preciosa niña..., lo que necesito es que te vayas y que te pongas a salvo junto a Arabella y los niños porque has de ganar esta guerra que solo tú puedes detener.

Beth protestó, pero no sirvió de nada.

—Tirad por el camino de la derecha hasta llegar a un puente —añadió Lars—. Cruzadlo y tomad el sendero de la izquierda hasta que alcancéis el frondoso valle.

Tío y sobrina se miraron y luego este indicó:

—Nos volveremos a encontrar, mi vida. Aquí o en Asgard. Tú por eso no sufras.

Pero Beth sufría, claro que sufría. Ya había perdido a sus padres, a Ottilia y a Sven, como para perder a aquel también, e indicó, consciente de que Asgard era el hogar de los dioses:

—Asgard tendrá que esperar aún algún tiempo, ¿entendido?

El hombre sonrió; entonces miró a Arabella, la agarró del brazo, cosa que la sorprendió, y tras acercarla a él le plantó un beso en los labios.

—Arabella *Morro Torcido* —declaró—, ha sido un verdadero placer.

Boquiabierta y alterada, sin poder evitarlo, la mujer le soltó un bofetón que Lars detuvo antes de recibirlo. A continuación Arabella y aquel fiero hombre se miraron. Entre ellos se había creado una extraña corriente de amor-odio.

—Beth —dijo ella entonces—, tradúcele palabra por palabra lo que te voy a decir.

La joven asintió y Arabella empezó:

—Maldito vikingo...

—¡Arabella!

—Tradúceselo —exigió ofendida, y comenzó de nuevo—: Maldito vikingo, ¡estoy casada y mis labios solo los besa mi marido! Si vuelves a propasarte conmigo, juro por san Fergus que lo vas a lamentar. Pero igual que te digo eso te digo que si no estuviera casada tú serías mi elegido.

—¡Por Odín...! —Beth rio.

—Tradúceselo, y que esto quede entre tú, él y yo.

—Aissss, qué monaaaaaa...

Una vez que Beth tradujo sus palabras, su tío comentó divertido:

—Estoy por darle otro beso... Esta mujer me pone muy burro...

La muchacha, al oír eso, musitó evitando soltar una carcajada:

—Tío, por favor...

—¿Qué ha dicho? —quiso saber Arabella.

Beth la miró entonces y, sin dudarlo, respondió:

—Dice que lo entiende y que lo honran tus palabras.

Arabella asintió gustosa.

—No hay nada como dejar claras las cosas.

Y, una vez que hubo dicho eso, el hombre le dirigió una última sonrisa, se dio la vuelta y, mirando a Adalsteinn, ordenó:

—Vamos, ¡partid!

Cuando todos hubieron montado, Lars dio una palmada al caballo de Beth y este salió al galope seguido por los demás.

Así estuvieron toda la noche, galopando sin parar hasta llegar al puente, cruzarlo y seguir por el sendero de la izquierda que había indicado Lars.

Al amanecer avistaron un frondoso valle, donde se detuvieron antes de entrar, y Adalsteinn silbó. Tras su silbido se oyeron varios más, y luego el muchacho indicó:

—Podemos adentrarnos. Es seguro.

Tan pronto como se internaron en el valle unos guerreros llegaron rápidamente hasta ellos, los saludaron y luego los acompañaron hasta su campamento. Arabella y Beth se ocuparon de bajar a los niños de los caballos y unas mujeres las ayudaron encantadas con ellos.

Beth, al ver a su hermano con gesto raro, decidió acercarse a él.

—Malas noticias —dijo Adalsteinn.

—¿Qué pasa?

—Sigurd y Agda han apresado a tío Lars.

—No... —murmuró la joven.

—Amenazan con cortarlo en trocitos que desperdigarán por toda Noruega.

Al oír eso Beth jadeó. No, Lars no podía morir. Otro más, no. No lo iba a permitir.

—¿Qué sucede? —quiso saber Arabella acercándose a ellos.

—Sigurd y Gladys han capturado a tío Lars —informó Beth.

—¡Bendito sea Dios! ¡Hay que liberarlo! —exclamó la mujer horrorizada.

—Si no actuamos rápido lo descuartizarán y repartirán sus trozos por toda Noruega —insistió Beth.

—Y que luego digan que los escoceses somos unos bestias... —se quejó Arabella.

Adalsteinn y Beth se miraron. No iban a permitir que ocurriera algo así, por lo que solo había una solución. Ambos asintieron y Beth, sin dejar de mirarlo, dijo en noruego para que Arabella no la entendiera:

—Ella y los niños se quedan aquí. Ha llegado el momento de acabar con todo esto. Y tú y yo nos enfrentaremos a ellos.

Capítulo 74

Beth miró con cariño a aquellos bebés a los que quería como si los hubiese parido, y tras darles un cariñoso beso a cada uno en la cabecita, se alejó de ellos. Acto seguido cogió una piedra azulada del suelo y la calentó en el fuego. Arabella, que se trenzaba el pelo, preguntó al ver aquello:

—¿Qué haces?

Beth, que se trazaba entonces una línea recta de la frente a la mejilla con la piedra pasando por encima del párpado, respondió antes de mirarse en un trozo de espejo:

—Pintura de guerra.

Arabella, que desconocía muchas de las costumbres vikingas, vio que a continuación la joven dibujaba unas marcas en la raya del rostro.

—¿Por qué haces eso?

Sonriendo por la curiosidad de aquella, Beth dijo:

—Cada muesca es por un familiar perdido al que le pides ayuda y fuerza. En mi caso, cinco muescas: mamá, papá, tía Ottilia, tío Sven y mi bebé.

Arabella asintió, pero aun así murmuró:

—Mejor pedirles ayuda a los vivos, ¿no crees?

—En mi cultura se les pide a los muertos.

—¡Qué raros sois!

—¡Tú sí que eres rara! —replicó la joven.

Arabella, para no contrariarla, no le contestó. Y Beth, tras mirar a dos hombres que estaban pendientes de ellas, añadió:

—Si algo me ocurriera...

—Nada te va a ocurrir.

—Si algo me ocurriera —repitió Beth— y en tres días no regresara, los hombres que se quedan en el campamento te llevarán al puerto de Bergen. Allí embarcarás, junto a Kristen, Dhalia y Jorgen, en uno de los navíos de tío Lars y viajaréis hasta el puerto de Edimburgo.

La mujer se disponía a hablar cuando Beth añadió:

—Te quedas aquí con los niños. No vienes.

Arabella abrió la boca, de la que empezaron a salir sapos y culebras, y cuando finalmente calló, Beth, divertida, se mofó:

—¡Por Odín, hablas peor que un vikingo, Arabella! A Cailean le va a dar algo cuando te oiga.

Ver la risa de aquella hizo sonreír a la mujer.

—Voy contigo —indicó.

—No.

—Este viaje lo comenzamos juntas y lo terminaremos juntas —insistió.

—No es tu guerra, Arabella.

La aludida asintió y, segura de su respuesta, agregó:

—Ahora lo es, porque tú eres parte de mi familia.

Beth negó con la cabeza conmovida y, mirándola, se mofó:

—¡Aissss, qué monaaaaaa!

Ambas sonrieron y luego la joven, cogiendo entre las suyas las manos de la mujer, insistió:

—Cuida de mis niños si falto yo. Y dile a Iver que fue lo mejor que me pasó en la vida y que, tras cada estrella que ilumine el cielo, siempre dejaré cientos de besos para él.

Horrorizada, Arabella negó con la cabeza y, al ver que los guerreros la sujetaban y comenzaban a atarla a una silla, chilló:

—¡Maldita vikinga! ¿Qué estás haciendo?

—Cuidado con lo que dices, Arabella..., que te rodean vikingos, no lo olvides —musitó Beth.

—Como se te ocurra irte y dejarme aquí, te juro que cuando te encuentre te rajaré la barriga, te sacaré las tripas y después las pondré a secar al sol.

—Arabella *Morro Torcido*..., ¿y esa ordinariez? —se burló Beth.

La mujer, que sabía que aquellos gigantes no la iban a soltar hasta que Beth y Adalsteinn estuvieran lejos, susurró entonces:

—Ten cuidado, por favor.

Beth asintió y, tras darle un cariñoso beso en la mejilla, aseguró:

—Lo tendré.

Una vez que dijo eso, le guiñó un ojo y se dio la vuelta para alejarse.

Cuando llegó junto a Adalsteinn montó en el caballo y, con decisión, partieron al trote seguidos por todo un ejército de hombres.

* * *

Al anochecer, cuando estaban ya muy cerca de su destino, Beth sentía que el corazón iba a salírsele del pecho. Volvía a ver con sus propios ojos lugares en los que había jugado de pequeña con su hermana, buscado flores con su madre y aprendido a ser una guerrera con su padre.

Observaba gustosa todo a su alrededor cuando, al ver que Adalsteinn sonreía, preguntó:

—¿De qué te ríes?

El muchacho la miró.

—Bajo aquel árbol di mi primer beso de amor.

—¡Adalsteinn! —Beth rio.

A la joven le había encantado descubrir que aquel muchacho era su hermano. El chico tenía todo lo que su madre habría deseado en un hijo. Era bueno, justo, sensible, valiente. Que hubiera resultado ser hijo de Leiv *Buenospelos* y no de Óttar *Costilla de Hierro* sería una terrible carga para el muchacho en la vida, pero Beth estaba dispuesta a quererlo y a ayudarlo; Adalsteinn se lo merecía. Por ello, mirándolo, preguntó:

—¿Alguna vez has pensado en ser el duque de Bjälbo?

Adalsteinn negó con la cabeza y, encogiéndose de hombros, afirmó:

—No.

—¿Por qué?

—¿Cómo pensar en eso teniendo un padre como Leiv y un hermano como Sigurd?

Ambos cabecearon en silencio y luego el muchacho añadió:

—La verdad es que he empleado mi tiempo en formarme en el arte de la guerra y en ayudar a quien lo necesitara.

Beth asintió y, recordando las charlas que había mantenido con Lars y otros hombres, declaró:

—Hay quien cree que serías un duque justo y valeroso.

Adalsteinn sonrió.

—Algo me dice que tío Lars ha hablado contigo —repuso.

—Vas bien encaminado, hermano —afirmó Beth.

Haber oído la opinión de tío Lars acerca de Adalsteinn le había resultado interesante, especialmente porque, desde que había llegado a Noruega, el muchacho no le había hablado del ducado ni una sola vez. Solo parecía interesarle ayudar a Beth y al pueblo y acabar con la maldad de Sigurd y Gladys.

—¿Qué apodo tienes? —preguntó la joven a continuación.

Adalsteinn sonrió.

—De momento, ninguno.

—¿Qué harás una vez que acabe esto?

—Me gusta hacer mesas, muebles y sillas —contestó él sin dudarlo—. Creo que dedicarme a ello podría ser una muy buena opción.

Beth cabeceó y, necesitando saber más sobre él, insistió:

—¿Tienes alguna enamorada?

El joven soltó una carcajada al oír eso. Solo tenía quince años, pero por circunstancias de la vida había tenido que madurar deprisa.

—Reconozco que Lagertha Eiríksdóttir me quita el sueño —confesó.

—¿Es guapa y agradable?

Adalsteinn asintió.

—¡Por Odín que lo es!

Ambos rieron y, acto seguido, el muchacho indicó:

—Si salgo victorioso de esta guerra, quizá me atreva a pedirle que pasee conmigo.

—¡Claro que sí! ¡Tienes que hacerlo! —lo animó Beth.

Cabalgaron unos minutos en silencio, hasta que ella comentó:

—El hombre al que amo se llama Iver McGregor.

—¿Te ama él a ti?

—Sí.

Adalsteinn sonrió complacido y Beth añadió:

—Es el hombre más guapo, gentil y cariñoso que he conocido en mi vida. ¡Te caería bien!

—Es hijo de Arabella *Morro Torcido*, ¿verdad?

—Sí.

—¿Y no le importó que tuvieras sangre vikinga?

—No.

—Me cae bien mi cuñado —comentó Adalsteinn al oír eso.

Ambos rieron y luego él preguntó mirándola:

—¿Regresarás a Escocia?

Con una seguridad aplastante, Beth asintió.

—Si salgo victoriosa de esta guerra, volveré a Escocia a por Iver.

Durante un rato los dos hermanos continuaron charlando. De pronto saber el uno del otro se había convertido en algo necesario, hasta que en un momento dado se reunieron con otros *jarl* y, dejando a un lado la parte privada de sus vidas, hicieron un alto para hablar con aquellos acerca de cuál era el mejor modo de atacar.

Una vez que lo tuvieron todo perfectamente planeado, Adalsteinn montó de nuevo en su caballo y musitó dirigiéndose a su hermana:

—Me ha encantado conocerte, Revna. Si morimos en la lucha será un honor entrar en el Valhalla contigo.

La aludida asintió. Y, colocándose bien las pieles que llevaba sobre los hombros para protegerse del frío, repuso:

—Lo mismo digo, hermano.

Intercambiaron una mirada, ambos sabían que tenían que continuar, por lo que, montando muy erguidos sobre sus caballos para demostrar su dignidad y su valor, Adalsteinn y Revna se encaminaron a la lucha seguidos de su ejército.

Capítulo 75

Arabella, preocupada por cómo pudiera estar Beth, resoplaba nerviosa mientras regresaba de lavarse en el río. Imaginarse volviendo a Escocia sin la joven se le hacía imposible. De pronto oyó un revuelo más allá y, al levantar la cabeza, vio a un grupo de jinetes que entraban en el campamento; el corazón se le detuvo al reconocer entre ellos a su marido, por lo que echó a correr de inmediato.

El grupo, comandado por Sven, Harald y Demelza, que eran quienes sabían moverse por la zona, había conseguido llegar hasta allí. Nada más alcanzar el campamento, Sven se había apresurado a apearse del caballo para preguntar a los hombres que estaban a cargo de este. Estos le dijeron que su sobrina no estaba, pero sí la otra mujer y también los niños.

Demelza, Harald y él se miraron boquiabiertos, y el resto, al ver sus caras de sorpresa, inquirieron:

—¿Qué ocurre?

Demelza sonrió y, mirando a Iver y a Cailean, se apresuró a contestar:

—Al parecer, Arabella *Morro Torcido* está aquí.

Oír eso hizo que Cailean e Iver tomaran aire, y de pronto oyeron un grito a su espalda.

—¡Ehhhhh! ¡Cailean!

El guerrero se volvió al oír su nombre, y al ver a una mujer a la que no conocía que corría hacia él, entornó los ojos y preguntó:

—¿Quién es esa mujer?

Todos la miraban. Aquella que corría en su dirección llevaba botas altas, pantalones de cuero, pieles sobre los hombros y el pelo trenzado. Y entonces volvió a gritar:

—¡Cailean!

El aludido distinguió entonces su voz y murmuró:

—Por las barbas de san Ninian..., ¿es Arabella?

—Imposible —replicó Iver mirando también a la mujer—. Madre nunca se vestiría así.

—¡Cailean! —chilló Arabella.

Esta vez el guerrero comenzó a correr. Aquella que lo llamaba era Arabella, su Arabella. Y cuando poco después se fundieron en un abrazo apretado, tierno y sentido, Alan, que los miraba desde lejos, cuchicheó:

—Definitivamente no es tu madre.

—No. No lo es —convino Iver dirigiéndose hacia ellos para ver de quién se trataba.

Arabella y Cailean, que se abrazaban lejos de todos, se miraron entonces a los ojos, y el hombre, emocionado, iba a hablar cuando ella dijo:

—Lo siento... Siento no haber sido la mujer que deseabas.

Sorprendido, el guerrero levantó las cejas.

—¿Y quién te ha dicho eso? —murmuró.

Arabella, que necesitaba decirle muchas cosas, insistió:

—No soy cariñosa contigo ni con los niños. ¿Cómo me has soportado todos estos años?

Cailean la miró y, sonriendo, contestó:

—Porque te quería.

Arabella asintió. Su respuesta, en pasado, hizo que el corazón se le parara.

—¿Ya no me quieres? —preguntó a continuación.

Cailean, que todavía estaba en shock, afirmó sin poder dejar de mirarla:

—Más que a mi vida..., maldita gruñona.

Ella se llevó las manos a la boca emocionada, y Cailean murmuró con ternura:

—Me he pasado media vida deseando que corrieras hacia mí y me besaras como acabas de hacer.

De nuevo volvieron a besarse y luego el hombre preguntó nervioso:

—Pero ¿cómo vas vestida así?

—Lo sé..., ¡parezco una vikinga! —susurró ella—. Pero es lo único que se puede conseguir por estas bastas tierras. Y con este frío, si te soy sincera, prefiero los pantalones a las faldas. ¿Me queda muy mal el pelo así?

El guerrero miró a su mujer, que estaba preciosa.

—Pues, mi vida, te favorece parecer una vikinga... —afirmó con gesto pícaro.

—¡Cailean!

—Nunca te había visto con pantalones, pero espero verte a menudo a partir de ahora...

—¡Cailean! —Aquella rio feliz.

El hombre, sorprendido al verla reír, cuchicheó a continuación:

—Por favor, pellízcame... Creo que estoy dormido.

Arabella sonrió y él murmuró:

—¡Por las barbas de Nessie..., lo has vuelto a hacer! ¡Has vuelto a sonreír!

Divertida, ella asintió, y en ese momento Iver se aproximó a ellos y al reconocerla susurró boquiabierto:

—¡¿Madre?!

Arabella se tiró a sus brazos al verlo.

—Cariño mío..., ¿estás bien?

Asombrado por aquel abrazo y por sentir a su madre como nunca la había sentido, Iver se disponía a responder cuando la mujer se apresuró a añadir sin dejarlo hablar:

—¡Hay que ir en busca de Beth porque esa chica vale mucho! Ha ido al valle de Bergsdalen para encontrarse con la estúpida de su hermana y su primo Sigurd, y...

Según oyó eso el gesto de Iver cambió y, dándole un beso a aquella, dijo:

—¡Gracias, madre! Padre, ¡quédate con ella hasta que regresemos!

Acto seguido Iver corrió hacia su caballo y, dirigiéndose a Sven,

Harald y Demelza, gritó antes de agacharse para coger una flor violeta que vio a su lado:

—¡Al valle de Bergsdalen! ¡Beth está allí!

Sin tiempo que perder, todos montaron en sus caballos y, comandados por Sven, que sabía hacia dónde iba, salieron al galope.

Capítulo 76

Según llegaban, Beth pudo ver que el lugar ahora tan solo estaba conformado por cuatro casuchas medio derruidas. Horrorizada, vio que había dejado de ser un lugar de ensueño para convertirse en un sitio triste, frío y dejado de la mano de Dios.

Sobre su caballo, y junto a su hermano, la joven se encaminó hacia la plaza mayor siendo consciente de las miradas que despertaban entre los habitantes del pueblo, que se escondían atemorizados en sus casas al verlos pasar.

Beth se disponía a decir algo cuando Adalsteinn se apresuró a aclarar:

—No es hostilidad lo que ves en sus miradas, es miedo.

La joven asintió mientras pasaban por delante de los guerreros de su hermana y Sigurd, unos hombres que los miraban con antipatía, con rabia, con fiereza; unos hombres dispuestos a matar sin saber realmente por qué lo hacían, pero ahí estaban, listos para la lucha.

Vigilando a su alrededor Beth vio la tarima con los sillones de madera donde su padre, junto a su madre, atendía en el pasado los problemas de aquel pueblo. En ellos estaban ahora sentados Sigurd *Diente Podrido* y su hermana Gladys. Verlos hizo que su cuerpo se erizara, y le provocaron tanto rechazo que incluso se le revolvió el estómago.

Los esperaban vestidos con opulencia y gesto soberbio, y Beth reparó en dos cosas. La primera, que Sigurd portaba a *Ragnar*, el hacha de su padre. La segunda, que en el lado derecho unos hombres retenían a Lars Ragnarsson, que estaba herido, pero aun así este sonrió al verlos.

Con gesto frío y seguro los recién llegados detuvieron sus caballos frente a aquellos y, de inmediato, Beth declaró dirigiéndose a ellos:

—Las personas falsas y malas como vosotros solo merecen morir con deshonor y no entrar nunca en el Valhalla.

Sigurd sonrió con superioridad, Gladys también.

—¡Revna, sabía que vendrías! —dijo esta.

—Yo no huyo de los problemas —replicó ella y, sabiendo que lo que iba a decir calaría para la eternidad, añadió—: Agda *la Traidora*.

Al oír eso su hermana parpadeó.

—Soy Agda *la Bella Enfermiza* —siseó.

—Eres Agda *la Traidora* —aseguró Adalsteinn.

Rabiosa, la joven miró entonces al muchacho.

—Adalsteinn..., Sigurd me ha hablado de ti, pero me temo que no voy a poder conocerte aunque seas hijo de mi madre...

—Conocerte sería lo último que desearía —la cortó él.

A Beth le entraron náuseas al ver y oír hablar a su gemela de ese modo. Pensar en todo lo que la había querido, protegido, cuidado y servido le hizo saber que había sido una buena hermana, pero que aquello ya era pasado. Se había acabado.

—Existe un límite para luchar por alguien, y yo ya he rebasado ese límite contigo porque tú has elegido tu destino.

—¡Oh, qué pena, *Nubarroncito*...! —se mofó Gladys.

Ver la guasa de aquella y oír las risas de los guerreros que la secundaban la enfermó.

—La sangre con sangre se paga... ¿Lo recuerdas, Agda? —afirmó apretando los puños.

La aludida, sintiéndose protegida por los hombres de Sigurd, pero ajena a la cantidad de guerreros que esperaban fuera del pueblo para atacar junto a Beth, soltó una risotada y, mirando a su hermana, siseó:

—¡Has llegado justo a tiempo para que te matemos!

Beth asintió con frialdad.

—Tú, yo y todos estamos destinados a morir algún día —replicó—. No temo a la muerte.

Al oírla Agda suspiró. Odiaba a su hermana. Le repateaba la seguridad que siempre mostraba en sus palabras. Y entonces Sigurd, enseñándole algo, dijo mientras se levantaba del sillón:

—Mira lo que tengo, Revna. Mi padre se la arrebató al tuyo y yo se la arrebaté a él... ¿Cuántas veces has pensado en recuperarla?...

Beth vio a *Ragnar*, el hacha que había pertenecido a su padre y que ahora estaba en manos de aquel indeseable. La contempló con cariño, pero no respondió. Entonces de pronto Sigurd se encaminó hacia un costado y, sin previo aviso, de un mandoble le cortó la cabeza a una mujer.

La gente comenzó a correr y a chillar despavorida, mientras Agda decía divertida:

—¡Una boca menos que alimentar!

Sigurd soltó una risotada. La maldad de Agda le encantaba.

De repente una flecha se clavó en el hombro izquierdo de Adalsteinn y Sigurd soltó:

—Como te he dicho infinidad de veces, hermano, no llegarás a los dieciséis...

Él y Gladys reían a carcajadas mientras el muchacho hacía esfuerzos para no chillar del dolor. Beth, angustiada, lo ayudó a bajarse del caballo. Al hacerlo intercambió una mirada con su tío Lars y supo que debía dar la orden. Debía hacer la señal y atacar. ¿Para qué esperar más?

Así pues, sin dudarlo, se llevó de inmediato los dedos a la boca y silbó con fuerza. A ese silbido le siguió otro y otro y otro, y en menos de lo que esperaban cientos de guerreros comenzaron a entrar en la plaza para luchar con los que allí estaban.

El barullo que se originó fue descomunal. Beth llevó a Adalsteinn a un lado para que fuera atendido y luego indicó:

—Voy a por Lars.

Espada en mano, y saltando por encima de los guerreros caídos que luchaban con fiereza, Beth corría hacia el lugar donde había visto que tenían a su tío. Nada en el mundo la iba a parar. Una vez que llegó frente a él luchó con fuerza y determinación para liberarlo de los guerreros que lo retenían, y cuando lo consiguió, pasó una mano por debajo de su cuerpo.

—Vamos —le dijo—, intenta caminar.

A Lars le resultaba difícil andar, pero, sacando fuerzas de donde no sabía que las tenía, el viejo guerrero lo intentó. Si aquella muchacha había podido llegar hasta él, ¿cómo no iba él a caminar hasta donde ella quisiera?

En cuanto Beth dejó al hombre a salvo, vio a Adalsteinn luchando espada en mano.

—¿Te encuentras bien? —le preguntó cuando él hubo abatido a su rival.

—Mejor que bien, hermana —afirmó el chico mientras se olvidaba de su dolor y se lanzaba ya hacia otro hombre.

Durante un buen rato Beth luchó con fiereza junto a su hermano y el ejército que la seguía. Sabía que era su vida o las de los hombres que empuñaban su espada frente a ella, por lo que se concentró en salir victoriosa y, uno tras otro, lo consiguió. Entonces, de pronto Lars gritó:

—¡Revna! Sigurd y Agda...

Oír eso hizo que la joven volviera la cabeza en su dirección y, al ver que aquellos bajaban de la tarima para huir, pues su ejército comenzaba a ser mermado, afirmó:

—Voy a por ellos.

Beth se dirigió hacia ellos y se encontró de nuevo sumergida en la vorágine de espadas, golpes y lamentos. Durante varios minutos luchó, gritó, empujó, soltó patadas..., todo valía con tal de mantenerse con vida. Vio entonces que su hermana y Sigurd corrían hacia el bosque y, sin dudarlo, los siguió.

Sin descanso, cubierta de sangre y espada en mano, corrió hacia ellos mientras su rabia y su furia se redoblaban cada vez que un guerrero se interponía en su camino. Sigurd y Agda. Agda y Sigurd. Ellos habían provocado que ella estuviera allí y lo iban a pagar. Aquellos maleantes les habían arrebatado la vida a sus tíos y a demasiadas personas inocentes, y ahora ella se la iba a arrebatar a ellos. Por lo que, sin pensarlo, cogió impulso y se abalanzó sobre ellos tirándolos al suelo.

Los tres rodaron por el barro del valle, lastimándose al caer. Acto seguido Sigurd se levantó espada en mano y se arrojó contra ella, mientras Agda se quedaba en el suelo mirando con el hacha en la mano.

Beth se enfrentó a él con destreza. Sigurd era un buen guerrero, eso no lo dudaba nadie, pero ella era aún mejor. Luchar contra aquel era como hacerlo contra Leiv.

—Pensaba matar a tu padre por lo que le hizo al mío —siseó mirándolo—, pero tú, maldito asqueroso, me privaste de ese privilegio...

Sigurd, sorprendido por la habilidad de la joven, que no tenía nada que ver con Agda, replicó entonces:

—El privilegio para mí será matarte a ti también.

Beth sonrió con frialdad. Acto seguido despistó a Sigurd haciendo un quiebro con la espada y, soltándola, le arrebató el hacha a su hermana, la asió con las dos manos y soltó mirando al que era su primo:

—Frente al enemigo no pienses y actúa...

Y, sin más, cortó la cabeza de Sigurd *Diente Podrido*, que segundos después pasó rodando por delante de sus pies.

Capítulo 77

Al ver la cabeza de Sigurd *Diente Podrido* en el suelo Gladys gritó horrorizada. No..., aquello no podía estar pasando. Sigurd no podía haber muerto. Sin él..., ¿qué tenía? ¿Qué iba a hacer?

Beth, temblorosa, no se movió. La rabia, la furia y la sed de venganza la habían llevado hasta allí. Y, tras mirar a su hermana, se agachó sin dudarlo y, cogiendo la cabeza de su primo por el pelo, la levantó en el aire y exclamó:

—¡Sigurd *Diente Podrido* no entrará nunca en el Valhalla!

Los hombres de Sigurd dejaron de luchar al ver aquello, en cambio, los guerreros que seguían a Beth y a Adalsteinn comenzaron a gritar victoriosos.

Desesperada, Gladys lloraba como una loca, gemía y suplicaba, y Beth, con gesto serio, soltó la cabeza de su primo mientras notaba que todo el cuerpo le temblaba. Adalsteinn llegó hasta ella y la abrazó. Sabía que Beth lo necesitaba, y no le importaba nada que la cabeza de su hermano estuviera en el suelo.

—¿Estás bien, Revna? —le preguntó.

La joven asintió y, notando que se había quitado un enorme peso de los hombros al provocar aquella muerte, se abrazó a él con cariño.

—Mejor que nunca —aseguró.

Abrazados, mientras los guerreros gritaban felices a su alrededor, ambos supieron que sus vidas cambiarían a partir de ese momento.

Entonces Gladys, arrastrándose frente a ellos, comenzó a decir que primero Goran y luego Sigurd la habían manipulado, y por eso había actuado de esa forma. Adalsteinn y Beth permanecían con gesto serio. Nada de lo que dijera les valdría.

Beth la oía sin escucharla y la veía sin mirarla. Y cuando de pronto se percató de que aquella se levantaba del suelo con intención de abrazarla, gritó quitándosela de encima:

—¡No vuelvas a tocarme en tu vida!

—¡Hermana...!

Pero ella negó entonces con la cabeza y replicó mirándola con desapego:

—Tú no eres mi hermana.

Oír eso hizo que Agda parpadeara asombrada.

—¡Mamá y papá no estarán nada orgullosos de ti después de lo que has dicho! —exclamó.

Sin embargo, a su hermana ya no le afectaba nada de lo que ella pudiera decirle; ahora todo había cambiado.

—De quien seguro que no estarán orgullosos será de ti, Agda *la Traidora* —afirmó mirándola con repugnancia.

Ambas se miraron en silencio durante unos segundos, hasta que Beth exclamó:

—¡Los tíos te querían! ¡Ellos habrían dado su vida por ti! ¡Eran lo mejor que teníamos en nuestras vidas, y tú, por tu envidia y tu mal hacer, los mataste!

Temblando desencajada, Gladys parpadeó. Sabía que su hermana decía la verdad, ella había ordenado asesinar a sus tíos, pero intentando cambiar la versión, replicó:

—Fue Goran. Él..., él... me..

—¡¿Él?! —la cortó Beth, consciente de que Gladys siempre se sacudía las culpas de encima.

Las hermanas volvieron a mirarse fijamente y luego esta insistió:

—Goran me manipuló... Beth, hermanita..., ¿cómo no te das cuenta?

A Beth, oír que la llamaba de ese modo le resultó repulsivo.

—La decepción que me llevé contigo me hizo abrir los ojos y cerrar mi corazón para ti —declaró a continuación.

—¡Hermana...!

—Te lo repito: yo ya no soy tu hermana.

Los temblequeos, los lamentos y las súplicas de Gladys prosiguieron, pero nada hizo que Beth claudicara. Mientras su gemela no paraba de llorar y de dar absurdas explicaciones que no tenían justificación, sus ojos y los de Adalsteinn se encontraron. Beth vio en ellos cariño, amor, hogar..., todo lo contrario de lo que siempre había visto en los ojos de Gladys. Asió el hacha de su padre, la miró, le limpió la sangre y, tras colocársela a la espalda, dejó de sonreír a conciencia por una vez en la vida, pensó en los seres que añoraba y, cerrando los ojos, susurró:

—Espero haber sido la guerrera que vosotros deseabais.

Según dijo eso, por una fracción de segundo una suave brisa se paseó por su rostro. Sin duda aquello eran mimos y besos de sus seres queridos, y eso la hizo volver a sonreír.

De pronto comenzó a oír cómo los hombres coreaban el nombre de Revna *la Duquesa Guerrera*.

Esa era ella... Ella era Revna *la Duquesa Guerrera*. Pero ¿de verdad quería serlo?

Pensó en Iver, en el amor que le profesaba. No podía imaginarse una vida sin él, por lo que, segura de sus sentimientos, cuando tuvo claro lo que deseaba, miró a Adalsteinn, aquel joven muchacho que había dado la vida por ella desde el primer instante, y pidió:

—Acompáñame.

Dicho esto, Beth cogió por los pelos a su hermana y, junto a ellos dos, echó a andar entre los guerreros, que se retiraban a su paso. Una vez que llegó frente a la tarima, se subió a ella y, tras soltar en el suelo a Gladys, que cayó a sus pies, tomó aire y declaró:

—Soy Revna Gundersen, *la Duquesa Guerrera* por derecho de cuna. Mi padre fue Óttar *Costilla de Hierro* y mi madre Blanca *Sonrisa de Ángel*. Para salvarnos de morir a Agda y a mí a manos de Leiv *Buenospelos*, mis padres nos mandaron a Escocia junto a Louis *Daga Sangrienta* y Candance *la Soñadora* y nos pidieron que no volviéramos. Sabían que si lo hacíamos nuestras vidas correrían peligro. Pero ella, Agda *la Traidora* —dijo señalándola con desprecio—, es como Leiv *Buenospelos* y Sigurd *Diente Podrido*. La codicia y la avaricia pudieron con ella y, al igual que Leiv mató a mi padre para hacerse con el ducado y Sigurd luego lo mató a él, esta mala mujer, a la que ya no llamo «hermana», quería matarme a mí.

Gladys temblaba mientras la gente del pueblo la miraba con asco, con desapego, con repulsión, y Beth prosiguió:

—Todos sabéis que mi madre tuvo un hijo, Adalsteinn. Un hijo que, a pesar de tener un padre y un hermano pésimos, es una persona amable, justa, valiente y leal. Sin conocerme, mi hermano Adalsteinn, al que yo apodo *el Grande*, me ayudó, me quiso, me respetó y me valoró. Algo que ella, Agda *la Traidora*, no hizo nunca...

—¡Noooooo! —gritó entonces Gladys.

Pero Beth, ignorándola, cogió la mano de Adalsteinn, que la miraba boquiabierto, e indicó:

—Mi vida y mi amor están en Escocia. Allí hay un hombre que me conoció no como la duquesa de Bjälbo, sino simplemente como Beth, y me valoró como persona. A él le dio igual si tenía sangre vikinga, si era sobrina de unos taberneros, si no tenía ni un simple caballo que montar... Él solo me quería a mí, y por Odín que cuando regrese a sus brazos ¡lo haré mío!

Oír eso hizo que el pueblo y los guerreros la vitorearan, y luego ella añadió:

—Pero antes de regresar junto a mi amor quiero deciros que mi hermano, Adalsteinn *el Grande*, es el nuevo duque de Bjälbo porque así lo quieren los dioses y porque estoy segura de que él os guiará hacia una vida y una prosperidad que nunca tuvisteis con Leiv *Buenospelos* y Sigurd *Diente Podrido*.

Agda, horrorizada al oír eso, se sacó entonces una daga de la bota y se lanzó a por su hermana. ¡Quería matarla! Pero Beth era más hábil y rápida, y la sujetó.

—Te cuidé, te protegí y te quise —siseó mirándola—. Pero, como le prometí a mamá, no voy a aceptar de nadie menos de lo que doy. Así pues, y aunque me duela el alma..., adiós.

Según dijo eso, Beth la empujó y bajó de la tarima sin mirar atrás. Sujeta por varios guerreros, Agda la llamó, le suplicó, pero Beth ya no la escuchaba. Aquella había tenido muchas oportunidades, demasiadas.

—¿Estás segura de ello? —le preguntó Adalsteinn acercándose.

Beth asintió convencida. Agda ya no formaba parte de su vida.

—Ella, con sus actos, así lo ha decidido —repuso.

Después de eso Adalsteinn dio una orden a los soldados, que rápidamente comenzaron a llevarse a los detenidos, entre los que iba Agda. Y, al darse cuenta de lo que había dicho delante de todos, soltó con guasa:

—Me gusta el apodo de Adalsteinn *el Grande*...

—¡Es estupendo! —Beth sonrió.

Ambos rieron y luego el joven musitó mirándola:

—Gracias, hermana.

Ella sonrió al oírlo y, abrazándose a aquel, que habría dado su vida por ella sin pedir nada a cambio, murmuró:

—Serás un magnífico duque. Yo tengo que regresar a Escocia con mi amor y tú tienes que pedirle un paseo a Lagertha.

Adalsteinn rio y entonces el pueblo comenzó a jalearlo. Él era el nuevo duque de Bjälbo, y aquello era bueno.

Beth miró entonces sin ninguna pena a su hermana, a la que los soldados se llevaban junto con los guerreros de Sigurd para ajusticiarlos. La envidia y la avaricia habían terminado con su vida.

—Quien haga daño a mi sangre lo pagará —murmuró—, pero quien lo haga con saña e innecesariamente lo pagará mil veces más, y tú, Agda *la Traidora*, lo has hecho y lo vas a pagar.

Acto seguido dio media vuelta y, al echar a andar, de pronto se encontró con unos ojos que no esperaba ver allí. A escasos metros Iver McGregor, aquel escocés que la tenía enamorada por completo, la observaba con una sonrisa y una flor en la mano.

Sintiendo que el mundo resplandecía de pronto, Beth sonrió a su vez. ¡Iver estaba allí! Sin importarle los cientos de miradas indiscretas, comenzó a correr en su dirección y, una vez que saltó a sus brazos y sintió que él la apretaba con fuerza contra sí, la joven murmuró:

—Mírame y bésame.

E Iver obedeció.

Con ella entre sus brazos, el guerrero escocés la besó mientras fieros vikingos los vitoreaban felices por lo que veían, y cuando sus labios se separaron y se volvieron a mirar a los ojos, él empezó a decir:

—Si algo te hubiera pasado, yo...

—Aquí estoy —lo cortó Beth—, tranquilo.

Iver asintió. Hasta que la había visto sana y salva no había estado tranquilo.

—Eres mi amor y el lugar al que siempre deseo volver —susurró mirándola—. Y donde tú quieras estar ahí estaré yo.

Conmovida por sus palabras, por su amor y su cariño, la joven sonrió cuando Iver, enamorado, preguntó:

—¿Has visto quién está ahí?

Al volverse hacia el lugar donde él le indicaba, el semblante de Beth se descompuso. Allí estaba su adorado tío Sven. Y, soltándose de Iver, se refugió entre los brazos de aquel.

Sven, respirando por primera vez en muchos días, murmuró con emoción en la voz:

—Has hecho lo que tenías que hacer, mi vida... Y, tranquila, tu tía está bien, y seguro que tus padres se sienten muy orgullosos de ti.

Verlo, sentirlo vivo y oír eso a Beth le dio la vida y asintió emocionada. No había más que decir.

Al cabo, boquiabierta y feliz, la joven saludó también a Demelza, Harald, Alison, Alan y Aiden, y, abrazada a Iver, que no se separaba de ella, escuchó todo lo que aquellos habían hecho para llegar hasta allí.

Capítulo 78

Antes de partir hacia el campamento donde los esperaba Arabella, Beth se reunió con los jarl para agradecerles su apoyo y despedirse de ellos. Horas más tarde, montada en el mismo caballo que Iver, la joven lo miró.

Aquel guerrero era sin duda el hombre con el que tía Ottilia había soñado. No solo la llenaba de flores, sino que además ahora había surcado los mares por ella, y, sonriendo, lo besó.

—Dame los que quieras de esos —comentó el guerrero encantado—. Te aseguro que nunca me cansaré.

Divertida, la muchacha reía cuando de pronto Arabella y Cailean salieron de una de las tiendas con caras de felicidad.

—¡Por san Ninian...! —murmuró Iver asombrado—. ¡Mi madre sabe sonreír!

Beth soltó una carcajada al oírlo y, mirando a Arabella, afirmó:

—Tu madre te sorprenderá. ¡Es una mujer increíble!

—Pero ¿qué ha ocurrido entre vosotras?

—De todo lo que te puedas imaginar —indicó ella divertida.

Él la miró atónito, y Arabella, acercándose a ellos, exclamó dirigiéndose a la joven:

—¡Jodida vikinga...!

—Arabella, ¡esa boca! —reprochó Cailean.

Iver se tensó. Si su madre comenzaba de nuevo con aquello, todo volvería a ser un desastre. Pero Beth se bajó entonces del caballo, se plantó frente a aquella y, mirándola, murmuró:

—Jodida escocesa..., ¡todo ha acabado ya, aquí estoy!

Y, dicho esto, ambas se abrazaron ante las caras de sorpresa de Iver y Cailean.

—¿Y Lars? —preguntó entonces Arabella con disimulo.

Al ver que se interesaba por aquel, Beth sonrió con picardía y la otra se apresuró a añadir:

—No pienses mal... Es mera preocupación.

—¿Por un vikingo?

Arabella sonrió y luego la joven le aseguró:

—Él está bien.

La mujer asintió con la cabeza; en ese momento Cailean, acercándose para abrazar a Beth, musitó al verla con el hacha colgando a la espalda:

—¿Y eso, muchacha?

Sin dudarlo Beth asió el hacha de su padre y, mostrándosela, dijo:

—Cailean, te presento a *Ragnar*.

El hombre observó el hacha labrada, que era una maravilla, y tras mirar a la joven inquirió:

—¡¿Y sabes utilizarla?!

Beth y Arabella intercambiaron una mirada y afirmaron al unísono:

—¡No quieras saberlo!

Eso hizo que todos sonrieran; justo después una niña rubia se aproximó a Arabella, esta la cogió en brazos y, mirando a Iver, declaró:

—Iver, te presento a Kristen.

Él asintió encantado y luego oyó que Arabella añadía:

—Kristen, él es tu hermanito Iver.

El joven las miró boquiabierto mientras Cailean exclamaba:

—¡No solo no me separo de tu madre, sino que además por fin tenemos una niña!

Todos se miraron divertidos unos a otros. Pero ¿qué estaba pasando allí?

Al ver el gesto de desconcierto de Iver, Beth lo cogió de la mano.

—Ven conmigo —pidió.

El guerrero la siguió y, cuando se alejaron de los demás, preguntó:

—Pero ¿qué le ha ocurrido a mi madre?

—¿Tú no sabes que los viajes a veces cambian la vida?

Iver parpadeó y, señalando hacia Arabella, que reía junto a sus amigos, insistió:

—Pero ¡¿tanto puede cambiar?!

Beth asintió y, mirando a una Arabella locuaz y vivaz, a una Arabella que ahora era capaz de demostrar algo más que frialdad, aseguró:

—A veces, cariño, se necesita tristeza para conocer la felicidad, ausencia para valorar la presencia, silencio para apreciar el ruido y desamor para valorar el amor.

Iver asintió boquiabierto mientras observaba como su madre le daba un beso en los labios a Cailean. Era la primera vez que veía que ella hacía algo así.

—Mi padre se va a desmayar... —cuchicheó sonriendo.

Ambos sonreían mirando a Cailean. Por su expresión, era como un chiquillo ilusionado. Y entonces Beth, deseosa de ver a sus bebés, y consciente de que la vida de Iver también iba a cambiar en cuanto se los mostrara, declaró llena de amor:

—Sabes que nací para encontrarme contigo, ¿verdad?

—Un poco lejos de mí lo hiciste, ¿no crees?

Beth asintió. Como decía su madre, en esta vida todo tenía su porqué.

—Por eso el destino me llevó hacia ti —respondió.

Iver sonrió. La receptividad que sentía por parte de Beth era lo que necesitaba tras la angustia que había pasado en el último mes. Aquella era su mujer, la mujer deslumbrante que había esperado durante toda su vida.

—Tienes que casarte conmigo —dijo ella entonces.

—Cuando quieras —afirmó él sonriendo.

Beth lo besó. A ese beso le siguió un segundo y un tercero, y cuando la pasión se apoderó por completo de ellos, él musitó deseoso de más:

—No veo el momento de tenerte desnuda sobre un lecho limpio y fresco...

Ambos rieron por aquello y la joven indicó:

—Antes tengo que enseñarte algo.

Iver, a quien la felicidad apenas si lo dejaba respirar, asintió. Tener a su lado a Beth era lo único que necesitaba.

Y, tras seguirla al interior de una tienda, ella se dirigió hacia unas pieles que había en el suelo y declaró:

—Son Jorgen y Dhalia.

Al ver a los bebés plácidamente dormidos, Iver sonrió conmovido.

—Los padres de Jorgen eran franceses y los de Dhalia, nórdicos —continuó Beth—. Se quedaron huérfanos y... decidí hacerme cargo de ellos.

Al oír eso Iver la miró y ella susurró:

—Sabes que no puedo darte hijos, pero si tú quieres...

No pudo terminar la frase. Iver la abrazó y, sin dudarlo, afirmó:

—Quiero, ¡claro que quiero!

Oír eso era lo que Beth deseaba, por lo que, tras darle un beso lleno de amor, cogió a los dos pequeños y, poniéndolos en los brazos del boquiabierto guerrero escocés, dijo:

—Iver McGregor, aquí tienes a nuestros hijos. Y ahora, regresemos a casa.

Epílogo

Fort William, Escocia, seis meses después

En el viaje de regreso en el galeón *La Bruja del Mar*, el capitán Jack Moore casó a Iver y a Beth en una preciosa ceremonia en la que no faltaron las risas y el amor. Y, por supuesto, en esta ocasión todos bailaron danzas españolas, mientras Arabella gritaba como una descosida aquello de «¡Olé!».

Una vez en Escocia, tras pasar por Elgin para que Beth se reencontrara con Ottilia y *Valkiria* y saludara a los amigos que se habían quedado allí al cuidado de los niños, Iver y Beth decidieron partir hacia Fort William con sus preciosos hijos. Iver tenía allí un hogar al que deseaba llevarlos.

Tío Sven y tía Ottilia se fueron a vivir con ellos y, cómo no, se llevaron a *Valkiria* consigo. Beth los quería cerca; además, necesitaba ayuda con los pequeños, y quién mejor que ellos para dársela. Y, como era de esperar, Beth buscó un sitio de honor para *Ragnar*, el hacha de su padre: la colocó sobre el hogar del salón, un lugar donde siempre la podría admirar.

Arabella, Cailean y Kristen regresaron a Dirleton. La vida le había dado una segunda oportunidad a la mujer para cambiar y ser feliz, y esta vez no la desaprovechó. Ahora quería, amaba y abrazaba a Cailean, a Kristen y a sus hijos, a sus nueras y a sus nietos, y junto a ellos y sus súbditos disfrutó de vivir y, sobre todo, de sonreír.

Alan McGregor, contento por la felicidad de su buen amigo,

pero deseoso de intimidad, se trasladó a vivir a una gran casa cercana a Fort William. Durante el día compartía trabajo y vida con Iver y con Beth, pero, llegada la noche, disfrutaba de la tranquilidad de su hogar.

Una mañana, cuando Beth entró en el salón de su casa, Iver, que estaba con los niños, exclamó mirándola:

—¡Cariño, no te lo vas a creer!

—¿Qué pasa?

Gustoso con sus dos bebés en brazos, Iver añadió:

—Dhalia me acaba de decir «papá».

Según oyó eso, Beth se acercó a ellos, miró a la pequeña Dhalia, que era todo sonrisas, y murmuró:

—Aisss, mi niñaaaaa, qué monaaaaa, ¡que ha dicho «papáááááá»!

Como era de esperar, la pequeña soltó una carcajada, y en ese momento la puerta del salón se abrió y entró Alan, que anunció:

—Esta noche han parido varias ovejas y ahora tenemos una docena de nuevos miembros en la familia.

Eso los puso contentos, pues su negocio estaba enfocado a la venta de lana de ovejas y caballos.

Entonces Iver, tras mirar a su mujer, soltó con picardía dirigiéndose a su amigo:

—¿Sabías que hemos recibido una invitación de Duncan McRae?

Alan lo miró al oírlo.

—Al parecer, él y su mujer, Megan, darán una fiesta en verano —añadió Beth— y les encantará que asistamos los tres...

El guerrero sonrió, le encantaban las fiestas, y cogiendo entonces a Jorgen en brazos cuchicheó mirándolo:

—Música, baile, preciosas mujeres... ¿Qué te parece el plan, muchachote?

Jorgen soltó un gritito de satisfacción y Beth, divertida por aquello, insistió:

—Estará también Johanna McRae..., ¿te acuerdas de ella?

Alan asintió y luego repuso con guasa:

—¿Cómo olvidar a la señorita *Libre Como el Viento*?

Saber que podría volver a verla le agradó. Esa muchacha pizpireta y algo alocada había llamado su atención. Y, de pronto, al notar un olor raro, exclamó:

—¡Por san Fergus...! ¿A qué huele aquí?

Iver y Beth se miraron divertidos.

Alan tenía al pequeño Jorgen en brazos y, cuando entendió las risas de sus amigos, miró al pequeño y afirmó:

—De acuerdo, muchachote... ¡Oficialmente me acabas de dejar claro que soy tu tío!

La saga *Las guerreras Maxwell* en Booket:

Descubre la última entrega de *Las guerreras Maxwell*: